Dans
ture
l'enj
l'horizon des possibles sert d'un regard sagace sur des
mœurs en bataille.

OLIVIER BOISVERT, Lettres québécoises

Illustration habile du double standard et riche réflexion sur les enjeux de genre, *La trajectoire des confettis* tisse une toile complexe, reflet des tensions sociales et intimes qui dictent la conduite – ou le dérapage – des êtres.

YANNICK MARCOUX, Le Devoir

Résumer ce titre en quelques lignes est une torture, tant il regorge de références, de perles géniales, de revirements, de thèmes et de tribulations qui en font un ovni qui divertit, en plus d'offrir à son lectorat une foule d'informations passionnantes sur plusieurs sujets qui vont dans toutes les directions. Du grand calibre littéraire par une plume novatrice et prometteuse. Subjuguant.

CLAUDIA LAROCHELLE, L'Actualité

La trajectoire des confettis surprend de chapitre en chapitre, dérange, fascine et montre déjà une saisissante maîtrise littéraire.

BAPTISTE LIGER, Lire Magazine

Le récit trouble et instruit, et l'auteure a du génie.

JOSÉE BOILEAU, Le Journal de Montréal

Une somme aussi monstrueuse que formidable.

CHANTAL GUY, La Presse

LA TRAJECTOIRE DES CONFETTIS

MARIE-ÈVE THUOT

La trajectoire des confettis

roman

LES HERBES ROUGES

Les Herbes rouges remercient le Conseil des arts du Canada,
le Fonds du livre du Canada ainsi que la Société de développement des entreprises culturelles du Québec pour leur soutien
financier.

Les Herbes rouges bénéficient également du Programme de crédit
d'impôt pour l'édition de livres du gouvernement du Québec.

Financé
par le gouvernement   Canada   Québec
du Canada.

Nous reconnaissons que nous sommes sur les territoires non
cédés et traditionnellement partagés, entre autres, par les
peuples Kanien'kehá:ka et Anishinaabeg, qui les nomment
respectivement Tio'tia:ke et Mooniyaang.

Nous saluons le peuple Kanien'kehá:ka, qui continue à prendre
soin de ce territoire pour les générations à venir.

À ma mère

Sur le plan technique, la possibilité de récupérer des œufs sur des bébés avortés reste envisageable : on pourrait ainsi faire naître des enfants dont la mère biologique n'aurait jamais vécu.

HERVÉ KEMPF
La révolution biolithique

Nous sommes en train de faire cette guerre contre les curés pour avoir le droit de se marier avec sa propre mère.

GABRIEL GARCÍA MÁRQUEZ
Cent ans de solitude

Là où tout commence par
l'ingurgitation de cerveaux

— Je prendrais trois cerveaux.

Xavier eut un doute. Il se répéta la commande, trois cerveaux, incertain de la procédure. La fille glissa vers lui une carte bancaire, ses ongles étaient vernis de bleu, ils brillèrent sous la lumière phosphorescente.

— On n'accepte que l'argent comptant.

Elle déposa sur le comptoir un sac à motifs de fleurs scintillant. Tandis qu'elle y fouillait, les fleurs changeaient de couleurs. Trois cerveaux, se redit Xavier. Le sien était vide. Quelle heure était-il ? Au moins la fille était seule.

— C'est suffisant ?

En baissant les yeux sur le billet de vingt dollars qu'elle lui tendait, il remarqua un tatouage sur le dos de sa main. Il n'arrivait pas à distinguer ce qui était représenté, la manche de son chandail en cachait la moitié.

— Oui.

Il sélectionna avec hésitation trois bouteilles, pas trop sûr que la vodka soit l'alcool de base. Ce soir, il était seul à travailler au bar.

— Des gens vont venir vous rejoindre ?

Dès qu'il l'eut formulée, il regretta sa question. Le moins possible leur parler. 2 h 45, nota-t-il en alignant les trois verres. Le bar fermait dans quinze minutes. À part la fille, il n'y avait déjà plus de clients. La perspective que plusieurs personnes déboulent à cette heure l'embêtait, il préférait savoir à quoi s'attendre.

— Vous les faites avec de la vodka?

— Vous avez raison, j'ai pris la mauvaise bouteille…

Il considéra les tablettes derrière lui, indécis.

— Le schnaps est sur la droite, lui indiqua la cliente.

Du schnaps aux pêches, voilà. Xavier revint en face d'elle et chavira la bouteille au-dessus des verres. Du coin de l'œil, il la surveillait, curieux d'apercevoir son tatouage. Elle remonta sa main tatouée vers son oreille, ajusta une mèche de ses cheveux rouge vif, puis se mit à tâter une touffe de plumes arc-en-ciel agrafée à son chandail.

— Pourquoi vous m'avez demandé si des gens vont venir me rejoindre?

Xavier avait cru qu'elle avait oublié sa question. Il prit un air encore plus indifférent.

— Trois cerveaux… à trois heures moins quart…

Il reposa le schnaps et déboucha le Baileys. La fille continuait de caresser les plumes de sa broche. En la regardant, Xavier se remémora le jour où il avait assisté au tatouage de points sur les mains de trois prisonniers.

— Il y en a un pour vous.

— Pour moi?

La liqueur lactée plongea dans l'alcool cristallin sans s'y mêler. Depuis deux ans, Xavier s'était fait payer bien des verres, mais un cerveau, c'était une première. Il s'efforça de lui sourire, refoulant une grimace, et échangea la bouteille de Baileys contre celle de grenadine.

— Vous n'aimez pas les cerveaux?

— C'est ce qu'on va voir.

La grenadine s'enfonça à son tour dans le premier verre, sans non plus se mêler aux alcools.

— Vous n'en avez jamais bu?

— Jamais jusqu'à maintenant.

Pour juger du résultat, Xavier se baissa, les yeux à la hauteur du comptoir. Dans les trois verres, le Baileys avait coagulé en une boule informe autour de laquelle s'entortillait un fil rouge. De la masse cérébrale saignante flottant dans du formol, pensa-t-il. Il ne se souvenait pas d'avoir composé cette recette plus d'une ou deux fois. Personne ne commandait plus de cerveaux.

— C'est assez sucré, vous allez voir. Vous aimez les trucs sucrés?

— Pas particulièrement.

Réussi, estima-t-il, quoiqu'on dirait des fœtus plutôt que des cerveaux. La fille en prit un. Sa main passa à quelques centimètres de ses yeux sans qu'il puisse identifier son tatouage.

— Vous trouvez ça ressemblant? lui demanda Xavier.

— À un cerveau? Non.

Elle attendit qu'il prenne un des verres restants. Il hésita entre les deux. Le grumeau de Baileys dans celui de droite lui évoquait la forme d'un escargot, et celui de gauche, les motifs psychédéliques du papier peint que Charlie avait créé pour lui et qui tapissait un mur de sa chambre. Mais plus que tout, des fœtus. Un peu glauque.

— Vous trouvez que je les ai ratés?

— Non, vous les avez pas ratés. Ça ne ressemble jamais à des cerveaux. En fait, on dirait des embryons.

Il se décida pour celui de gauche en s'interrogeant sur la différence entre fœtus et embryon, puis leva son verre, la boule de Baileys se scinda en deux. Des jumeaux, se dit Xavier. La fille l'imita.

— À Ulrique-Éléonore, reine de Suède.

Elle avala son cerveau d'un trait. Xavier enregistra le nom sans comprendre. Il ne saisit le sens de ses paroles qu'au moment où une gorgée pâteuse envahissait sa bouche, et faillit s'étouffer. La texture était horrible, le goût sucré lui piqua la langue. Il n'en avait bu que la moitié.

— Et puis ? Sucré, hein ?

Sans délai, elle s'empara du dernier verre, renversa la tête, l'alcool disparut. A-t-elle réellement porté un toast à une reine de Suède ? s'étonna Xavier. La Suède… Il tenta de repousser les pénibles souvenirs qui affluaient.

— T'aimes pas ? Les gars disent souvent que les boissons sucrées sont des alcools de filles. Ils disent ça avec un peu de mépris, en souriant, ah ça c'est un truc de filles, ça c'est pour les filles.

Elle reposa son verre. Xavier s'aperçut qu'elle recouvrait délibérément ses mains de ses manches. Impossible de voir son tatouage. Avait-elle froid ? Il tourna la tête vers les fenêtres, dehors les flocons tombaient dru. Trois heures approchait, il pourrait fermer bientôt. Rentrer chez lui. Dormir, enfin.

— Juste bon pour les filles… Et toujours dit avec mépris. Pourtant, les hommes n'arrivent jamais à boire autant quand c'est très sucré.

Le shooter à moitié plein était encore dans la main de Xavier. La fille se pencha vers lui, il la laissa le lui enlever. Elle avait évité que leurs doigts se frôlent. Tant mieux.

— Les hommes considèrent le fait de tenir l'alcool comme un signe de virilité. Tu connais les centurions ?

— Pas vraiment.

— Non, laissons faire les centurions. J'ai un meilleur exemple, c'est un truc que je fais de temps en temps quand je sors.

Xavier s'avisa qu'elle avait commencé à le tutoyer, il devrait redoubler d'efforts pour rester distant.

— Je m'assois au comptoir, continuait la fille, et j'entame une conversation avec un client. À un moment donné, je lui raconte que la veille, un gars, dans ce même bar, m'a proposé un défi : celui de nous deux qui buvait le moins de shooters en vingt minutes payait nos consommations. Je raconte que le gars de la veille était sûr de gagner, qu'il se vantait d'être un buveur invétéré, qu'il prétendait que les femmes tolèrent mal l'alcool. Le gars qui m'écoute veut savoir comment ça s'est fini, je réponds que j'ai gagné.

Elle tenait toujours le verre que Xavier n'avait pas terminé, examinant son contenu en parlant.

— Chaque fois, c'est pareil. Le gars à qui je raconte l'histoire se met à rire. Il se moque du gars de la veille et il assure qu'à sa place, il aurait gagné. J'émets des doutes. Il propose qu'on essaie. Je fais semblant d'hésiter, il insiste. Je finis par accepter, à condition que ce soit moi qui choisisse quelle sorte de shooters on boit. Puis je commande ce qu'il y a de plus sucré. Généralement, des cerveaux.

La fille remua sur son tabouret et les paillettes roses de son chandail miroitèrent. Elle doit avoir plusieurs autres tatouages, songea Xavier en l'observant, habituellement on ne se fait pas tatouer la main en premier.

— Tu devines la suite ?

D'un coup sec, elle fit tournoyer le verre sur le comptoir comme une toupie, le simulacre de cerveau en Baileys s'évanouit dans le schnaps. L'image de son corps nu parsemé de tatouages se formait dans l'esprit de Xavier. Cette vision le mit mal à l'aise, il la chassa en se concentrant sur le goût sucré qui persistait sur sa langue.

— Eh oui, conclut la fille. Je gagne.

La porte d'entrée s'ouvrit. Un homme entra, il titubait, les joues rougies par le froid et l'alcool. Ses cheveux étaient couverts de neige qui fondit sur-le-champ, ils passèrent du blanc au noir, comme s'il avait rajeuni de dix ans en une seconde. Xavier se rappela son impression étrange quand, cinq ans plus tôt, travaillant comme plâtrier, il rentrait le soir les cheveux grisonnants à cause de la poussière qu'il avait fait jaillir des murs toute la journée. Il n'avait jamais pu s'habituer à contempler son reflet vieilli dans le miroir de la salle de bains, avant que le jet de la douche le débarrasse du mirage des années en trop.

— Je peux emprunter vos toilettes ? demanda l'homme.

D'un signe de tête, Xavier lui désigna une porte au fond. La fille sortit un billet de son porte-monnaie.

— Trois autres.

Il jeta un coup d'œil à l'horloge en débouchant le schnaps.

— Il est presque trois heures.

— Tu vas en prendre un au complet, cette fois ?

La fille lui souriait. Elle est jolie, s'avoua Xavier à regret. Il repensa à son histoire de concours.

— C'est vraiment sucré... Pour un homme...

— Je peux te demander ton nom ?

Il répondit à contrecœur, il détestait fraterniser avec les clientes. Comme il n'enchaînait pas par l'habituel « Et toi ? », la fille prit les devants.

— Moi, c'est Fanny.

À ce nom, Xavier tressaillit. Après la Suède, Fanny. Ce n'était pas son soir, le hasard s'acharnait à remuer ses souvenirs. Il s'appliqua à sa tâche avec plus d'attention, espérant empêcher sa mémoire de s'emballer.

— Cet apaisement qu'on ressent après les premiers verres, quelle merveille.

— Vous n'aviez rien bu avant ?

Encore une fois, il se blâma pour sa question et se répéta sa devise : le moins possible leur parler. Il fut sauvé par le bruit d'un claquement de porte. L'homme titubant s'approcha du comptoir, s'assit sur un tabouret à côté de la fille.

— Vous prendrez un verre avec nous ?

Elle l'avait offert sans se tourner vers lui, attentive au ballet des bouteilles qui se renversaient et se redressaient sous les gestes de Xavier.

— Qu'est-ce qu'on boit ?

La voix de l'homme était nasillarde, trop aiguë pour sa corpulence.

— Des cerveaux.

— Ah ouais ? Des Bloody Brains ? Ça se fait encore ?

— Tout se fait. Il suffit de demander.

Elle avait répondu en dévisageant Xavier. Il baissa les yeux avec gêne et distribua deux des shooters. Le nom de Fanny résonnait dans sa tête, ravivant une époque de sa vie qu'il préférait oublier.

— On boit à quoi ? marmonna l'homme.

Un son de cloche synthétique retentit par-dessus la musique. Trois heures. Sans enthousiasme, Xavier leva son verre avec eux. Tous trois restèrent un instant le bras en suspens, puis la fille fit tinter son shooter sur ceux de l'homme et de Xavier. La manche de son chandail se retira jusqu'au poignet.

— À Mel B. Dumais, lâcha-t-elle avant d'engloutir son cerveau.

L'homme en fit autant et ils reposèrent leurs verres devant Xavier, qui n'avait toujours pas réussi à voir le tatouage. Un oiseau peut-être. Et un autre toast inattendu. Il avala l'alcool, cette fois sans surprise.

— Mel B. Dumais, la femme qui est morte hier? dit l'homme d'une voix pâteuse. C'était une féministe, hein? J'ai lu ça dans le journal. C'est ben plate comme histoire… Y en a beaucoup aujourd'hui, des féministes. Ah c'est sûr qu'y en faut, mais des fois, je trouve que…

— Vous savez pourquoi on trinque avant de boire? coupa la fille.

— Ben… ça doit être pour… hum…

— Ça nous vient du Moyen Âge. À l'époque, les meurtres par empoisonnement étaient fréquents. Par mesure de précaution, avant de boire, les gens portaient un toast en entrechoquant leurs verres assez fort pour que le contenu gicle de l'un à l'autre. Comme ça, tout le monde risquait de boire ce qu'il y avait dans le verre des autres. C'était passablement dissuasif. Aujourd'hui, on ne se méfie plus, on trinque doucement, on veut pas briser la vaisselle. On ne connaît plus le sens du geste. Mais bon, de nos jours, il y a des façons plus créatives d'éliminer ses ennemis.

— Ah… Jamais entendu ça. En tout cas, merci pour le shooter. C'est quoi ton p'tit nom?

— Oscara.

Xavier lui lança un regard perplexe en entendant ce nouveau nom, se sentit soulagé qu'elle ne s'appelle pas Fanny, puis se demanda qu'est-ce que ça pouvait bien lui faire, son nom.

— C'est quoi ça, comme nom? poursuivait l'homme.

— Suédois.

— Il est trois heures, leur signala Xavier, excédé par cette énième coïncidence.

À ces mots, l'homme se leva, boutonna son manteau en grommelant. La fille salua Xavier et se dirigea vers la sortie, il la suivit des yeux. Quelques flocons s'engouffrèrent à l'intérieur lorsqu'elle ouvrit la porte. L'homme, marchant d'un pas déséquilibré, sortit à son tour.

Xavier demeura un moment les yeux rivés sur les verres vides. Ce format m'a toujours évoqué des verres pour enfants, songea-t-il, incapable de refouler les souvenirs de Fanny qui lui revenaient en tête. Il détourna le regard vers les trois bouteilles. Blanc crème, rouge, limpide. Des cerveaux. Ça se fait encore ? avait demandé l'homme. Lui-même s'était dit que personne ne buvait plus ça. Quand avait-il servi ce shooter la dernière fois ? Un an peut-être. Il s'en souvenait maintenant, une fille et un gars, au début de la vingtaine, qui s'étaient amusés à commander ce genre de consommations insolites pendant toute une soirée. Bazooka, Orgasm, Bloody Brain, Kalachnikov, Blow Job. Les cerveaux, il ne savait pas les faire. La propriétaire de Chez Hélie s'en était chargée en lui expliquant comment procéder, le schnaps aux pêches en premier, le Baileys tout doucement, un filet de grenadine. Tu auras oublié la prochaine fois, avait prédit Sandra, c'est rare qu'on s'en fasse commander, personne ne boit plus ça. C'était ses mots à elle aussi, à peu près. Personne ne boit plus ça… Le jeune couple avait fini la soirée dans un état lamentable, le père du gars était venu les chercher, aucun taxi ne voulait d'eux. Il avait dû patienter jusqu'à son arrivée à quatre heures du matin. C'était la pire vague de froid de l'année, laisser les deux jeunes attendre dehors dans un tel état d'ébriété était impensable. Juste au moment où le père poussait la porte du bar, le gars avait vomi sur le comptoir, sa blonde s'était esclaffée. Tandis que le père peinait à vêtir son fils de son manteau, elle avait enroulé son foulard violet autour du cou de Xavier en riant, avant de lui enfoncer sur la tête son chapeau assorti en fausse fourrure. Un gardien d'enfants de 20 ans et une poupée grandeur nature, voilà mon rôle, avait-il pensé.

En coupant l'eau du robinet une fois les verres rincés, il réalisa qu'il n'avait pas éteint la musique comme il le faisait d'ordinaire après le départ des derniers clients. Il le fit, le silence envahit le bar. Il jeta un œil dehors. La neige tombait toujours avec régularité. Sans émotion, se dit Xavier. Elle ne tombait pas violemment ni de façon féerique. Elle tombe, tout simplement. Pas de métaphore. Mais les flocons étincelaient sous l'éclairage rose de la devanture, et ils lui rappelaient les paillettes disséminées sur le chandail de la fille. Mon cerveau rapproche les deux images, réfléchit-il, est-ce qu'on appelle ça une métaphore aussi ? Depuis des mois, il s'apercevait qu'il était quasiment impossible de parler de manière neutre. Avec les clients, les clientes surtout, c'est ce qu'il tentait, d'être neutre, mais celles qui désiraient entendre des doubles sens ou des allusions en trouvaient, elles déformaient ses propos, souriaient, il s'empêtrait, la barrière qu'il s'escrimait à mettre entre elles et lui s'envolait. Probablement qu'il n'était pas fait pour être barman. Les deux autres employés de Chez Hélie n'avaient pas ce problème. On ne les attendait pas dehors à la fermeture pour leur proposer d'aller terminer la soirée ailleurs. Matis savait les tenir à distance, quitte à être impoli.

Jean-Sébastien les draguait toutes, en choisissait une presque chaque fois, et c'est assise sur un des tabourets en sirotant un dernier verre que l'élue de la soirée attendait qu'il finisse de travailler. Seul lui ne savait pas gérer.

Il sortit de derrière son comptoir pour aller chercher la serpillière. En revenant, ses yeux tombèrent sur un tabouret. Une chose blanche illuminée par les black lights y reposait, tranchant sur les éléments sombres environnants. Celui où la fille s'était assise. Fanny ou Oscara… Pourquoi avait-elle menti ? Et à qui, à lui ou à l'homme ? Peut-être aux deux. Il ramassa l'objet. Un foulard. D'un côté, il était blanc. Au revers, des couleurs criardes constellées de paillettes dorées. Encore des paillettes… De sa main libre, il remit les tabourets en ordre, dans son autre main les paillettes lui piquaient les doigts. La politique de l'endroit était de conserver les objets perdus dix jours. Xavier constata qu'il n'avait aucune idée de comment Sandra se débarrassait des objets non réclamés.

Voulant nettoyer le sol, il alluma les néons. L'ambiance du bar se métamorphosa, tout sembla sale, usé. La lumière crue intensifia son agitation. Pourquoi était-il si troublé ? Elle avait porté un toast à une reine de Suède et à Mel B. Dumais. Même sans son aversion pour la Suède, il y avait de quoi sourciller. À cette coïncidence s'ajoutait qu'un de ses deux prénoms soit Fanny…

Et ce tatouage qu'il n'avait pas réussi à voir. Violaine aussi en avait un sur la main. Elle lui avait dit que c'était son huitième ou neuvième, il n'était pas trop sûr, les autres n'étaient pas visibles, et même celui sur sa main, c'était à peine quelques lignes discrètes. Qu'est-ce que ça représentait déjà… Un hiéroglyphe… ou un symbole chinois… Pourtant, il l'avait souvent regardé, perdu dans ses pensées qui le ramenaient quinze ans en arrière. Mais ce n'était pas vraiment le tatouage de Violaine qu'il voyait en fixant sa main, c'était une autre image qui s'imposait derrière ses yeux, celle des cinq points en quinconce que portent certains prisonniers entre le pouce et l'index. On lui avait expliqué à l'époque la signification de ce tatouage, quatre points pour les quatre murs de la prison, un cinquième au centre figurant le détenu. Vieux souvenir…

Au sol, tandis qu'il passait la serpillière, les franges se contractaient en boucles onduleuses, puis se raidissaient. Comme des cheveux qu'on frise et défrise, se dit Xavier. La fille avait les cheveux un peu bouclés, et rouge vif. Longs, d'aspect emmêlé. Une autre métaphore, remarqua-t-il avec découragement.

Tout fut vite rangé, seuls une trentaine de clients s'étaient aventurés au bar à cause de la tempête de neige, un soir de semaine en plus. Si la fille n'était pas passée, il aurait pu fermer un peu d'avance. Il n'aurait pas cette sensation de sucré qui persistait sur sa langue. Et il n'aurait pas entendu son anecdote où elle défiait les hommes de boire. C'était sans doute une histoire inventée, il s'était accoutumé depuis deux ans à entendre les gens débiter des bobards sous l'emprise de l'alcool. À quand remontait la dernière fois où il avait bu avec plaisir? Aucune idée. Pour lui, maintenant, l'alcool était synonyme d'hommes en sueur aux paroles confuses, de filles aux yeux vides, avachies à leur table en fin de soirée, de gars cherchant sans raison la bagarre, de femmes qui essayaient de le séduire, lui proposant d'aller chez lui à la fermeture, ou lui chez elles, ou bien à tel motel, ou même dans les toilettes, tout de suite. Des hommes aussi lui faisaient des avances, sans plus de retenue. Il en riait avec Matis et Jean-Sébastien, de ces flirteurs et flirteuses avinés, mais en réalité ça ne l'amusait pas.

Une fois, le lendemain d'une soirée où il avait éconduit une jeune fille particulièrement insistante qui l'avait attendu après la fermeture et l'avait suivi jusque chez lui en jacassant, Xavier s'en était ouvert à Sandra. Sa patronne l'avait écouté sans expression pendant qu'il rapportait comment il n'avait pas voulu rentrer chez lui, de peur que la fille ne note son adresse, comment il avait tourné en rond une dizaine de minutes, ne sachant de quelle façon la semer, comment il lui avait finalement donné un faux numéro pour s'en libérer, et comment aujourd'hui il détestait imaginer qu'elle reviendrait lui reprocher son leurre. Elle n'avait pas 20 ans, avait-il ajouté avec lassitude. Sandra était restée silencieuse, et Xavier avait lu sur son visage qu'elle était embarrassée. Embarrassée que son employé de 35 ans et de 6 pieds 5 ne sache pas repousser des quasi-adolescentes enivrées, ou ne profite simplement pas de l'occasion de temps à autre.

Bien sûr, elle n'avait rien dit de tel. Lorsqu'elle lui avait répondu, Sandra avait plutôt insisté sur l'importance de développer des tactiques d'évitement, de mettre une distance, mais poliment, il fallait quand même ménager les clientes. Elle lui avait recommandé de leur mentionner rapidement une blonde fictive, sorte d'épouvantail censé les repousser. Mais elles n'en ont rien à faire ! avait essayé de lui expliquer Xavier. Ce n'était pas tout à fait juste, certaines le laissaient tranquille après qu'il leur eut parlé de cette blonde fabuleuse qu'il adorait, sans qu'elles comprennent qu'il employait le mot « fabuleuse » au sens de « qui tient de la fable ». Reste que beaucoup ne se laissaient pas démonter. Souvent, il se demandait comment elles auraient réagi si elles avaient appris la vérité gênante qui estampait son passé. Ou enfin, la fausse vérité. Peut-être que cela ne les aurait même pas rebutées. Pour finir, Sandra lui avait suggéré d'imiter Matis. Il en était incapable.

Xavier ouvrit le tiroir où on gardait les objets perdus. Il y avait une mitaine, deux chandails et un soutien-gorge. Une odeur de vomissure lui monta au nez. Instinctivement, il se couvrit le nez du foulard, et un parfum de noix de coco camoufla le relent. À moins qu'il ne sente l'ananas... L'effluve avait une essence tropicale qui ne cadrait pas avec la tristesse du bar vide sous son éclairage cru, ni avec la grisaille que Xavier savait l'attendre au-dehors. Noix de coco, décida-t-il après s'être concentré sur la senteur du foulard. Il hésita à le ranger parmi les vêtements contaminés du tiroir. Il faudrait un sac en plastique pour l'emballer et lui épargner le contact avec ces souvenirs de soirées mal terminées.

Il fit le tour de l'arrière-boutique, n'en trouva pas. 3 h 35. L'envie d'être étendu sur son lit s'accentua. Il rouvrit le tiroir des objets perdus, l'émanation lui souleva le cœur. Dormir. Il secoua le foulard, ses paillettes chatoyèrent, l'une d'elles se détacha et virevolta à ses pieds. La laine était soyeuse, au contraire des paillettes. Se résignant, il roula le foulard et le mit dans son sac. Il le rapporterait au bar le lendemain, protégé par un sac en plastique.

En marchant dans la rue, il apprécia la blancheur scintillante dont la neige avait drapé Montréal. Les voitures étaient ensevelies, demain matin leurs propriétaires pesteraient en les déneigeant avant de filer au travail, pendant ce temps il dormirait au chaud, mais d'un sommeil troublé par la lumière qui filtrerait malgré ses rideaux noirs. Son cerveau déclencherait le signal du réveil, il peinerait à se rendormir. Non, il ne pourrait pas être barman encore très longtemps.

Il faut d'abord siphonner le cerveau

1984

Alice avait 28 ans quand son mari lui confessa qu'il la trompait depuis des mois. C'était un jour de canicule, et par la fenêtre elle surveillait ses deux fils, excédée de voir l'aîné s'amuser à bombarder de sauterelles le cadet qui, sans se défendre, se recroquevillait sur l'herbe. Elle ne tourna même pas la tête vers Matthew.

— Mais… je suis enceinte.

Aussitôt prononcée, sa réponse lui sembla absurde. Elle aurait dû l'insulter, lui ordonner de partir, le gifler, fondre en larmes. N'importe quoi sauf se contenter de lui rappeler calmement sa grossesse. Ne trouvant rien de mieux à dire, elle répéta tout de même sa phrase, formule magique qui n'aurait pas opéré du premier coup.

— Je suis enceinte.

— Elle aussi.

Tiens, pensa Alice, ça, je ne m'y attendais pas. Dehors, l'aîné sauta par-dessus la boule vulnérable que formait son frère, puis jeta un œil vers la maison, soudain inquiet que sa mère l'ait vu.

— Ça dure depuis combien de temps ?

— Cinq mois.

— Depuis combien de temps tu sais que… qu'elle aussi ?

— J'aurais dû te le dire plus tôt…

— Combien?

— Je l'ai appris il y a deux mois.

— Avant ou après moi?

— Le même jour. Elle me l'a dit le matin et toi le soir.

Qu'est-ce que ces informations apportaient? Il lui fallait un portrait de la situation. L'image d'un tableau de Jackson Pollock apparut à l'esprit d'Alice. C'était ça, le portrait, un chaos de lignes dégoulinantes lancées au hasard. Elle prit un ton impatient.

— On fait quoi?

— Rien.

— Comment, rien?

— Je veux rien changer…

— C'est impossible.

— Pourquoi? C'est comme ça depuis cinq mois… Tu trouvais que j'avais changé? Que je vous négligeais?

Des couleurs projetées à tout hasard, sans plan précis, sans harmonie. Les dernières années avaient cette forme. Comment se faisait-il qu'elle soit enceinte une troisième fois en sept ans? Avait-elle choisi ça? Désiré un autre enfant? Non, c'était arrivé « par hasard ».

— Réponds-moi… Trouvais-tu que je vous négligeais, depuis cinq mois? Te doutais-tu de quelque chose?

— Non.

C'était la vérité. Et la vérité lui parut bizarre, pas digne de la situation. Elle songeait toujours aux tableaux de Pollock, aux coulures de peinture aléatoires. Ses fils s'approchèrent de la porte vitrée, elle leur fit signe de rester à l'extérieur, en levant le bras elle sentit le bébé remuer dans son ventre. Une famille en dripping.

— On pourrait au moins en discuter, risqua Matthew. Pourquoi ça ne marcherait pas ?

— Et elle ?

— Je lui ai dit la même chose. Rien n'a besoin de changer.

— Tu sais que l'avortement est impossible à 21 semaines ?

— Il n'est pas question de ça…

En fait, il n'était pas impossible, mais nettement plus compliqué qu'au cours des premières semaines de gestation. Comme l'apprit Alice, à 21 semaines, le fœtus ne pouvait plus être délogé à l'aide d'un tube à succion ; la dureté et le volume des os crâniens nécessitaient d'abord de broyer la tête. Le médecin devait insérer des forceps dans l'utérus, saisir le fœtus vivant et l'extraire des pieds au cou, tout en maintenant la tête à l'intérieur. Il perforait ensuite le crâne et, par l'ouverture, procédait au siphonnage du cerveau. Une fois vidée, la boîte crânienne se désintégrait. On terminait en retirant les résidus de l'opération, dont la tête en bouillie qui, si elle n'avait été pulvérisée à ce stade de la grossesse, aurait possiblement déchiré le périnée de la femme lors de l'accouchement ; chez les mammifères, il est caractéristique du genre humain de naître avec un cerveau surdéveloppé et difficile à expulser, dont l'ampleur n'empêchera toutefois pas l'enfant de mettre près de deux décennies à être autonome vis-à-vis de ses parents. Et encore.

2015

Charlie avait encombré la table de la salle à manger de dessins, et des cercles de café salissaient le seul périmètre dégagé. Renonçant à se faire une place, Zack se rabattit sur le sofa, son ordinateur portable dans une main et son assiette de gaufres dans l'autre. Au salon, il trébucha sur une boîte de crayons de couleur. Du sirop déborda et éclaboussa le tapis, tandis que la sonnerie de son téléphone annonçant Cassandre entamait son air joyeux. La journée promettait.

— Cass.

Il retourna à la cuisine, le chat le suivit des yeux.

— Zack, as-tu été sur Facebook ce matin ?

— Non.

— Tu es devant ton ordi ?

— J'aimerais bien.

Il revint au salon avec un torchon. Des empreintes luisantes de pattes de chat traçaient un chemin du tapis au couloir, gommant au passage les échantillons de papier peint que Charlie avait étalés au sol.

— C'est Sophie. Son dernier message est louche. Va voir s'il te plaît. Écris-lui peut-être.

— Écrire à Sophie ?

Il coinça son téléphone entre son oreille et son épaule, et souleva le chat. Le sirop était collé aux poils. Il essuya les pattes en jurant intérieurement d'avoir cédé à la pression de Charlie pour qu'ils adoptent cet animal. Et à celle de sa belle-sœur.

— Toi, elle t'écoute. Tu as le temps ? Tu partais ?

— Non, je travaille de la maison aujourd'hui. Je m'en occupe.

— C'est vrai, on est vendredi… Avant qu'on se laisse, dis-moi, Charlie va bien?

Hésitant sur sa réponse, il considéra le désordre qui régnait dans la pièce. Le chat cracha vers lui.

— Charlie… Elle est dans une de ses phases. Elle dessine du matin au soir. La nuit aussi.

— Ah, donc elle va bien?

— Ouais, très bien… On ne peut mieux.

Zack lui souhaita bonne journée et raccrocha. Le chat se tortillait dans ses bras, il le reposa, frotta le tapis. Il repoussa du sofa un nuancier de couleurs et une dizaine de feuilles de croquis et s'y laissa enfin choir. Il réalisa avec découragement qu'il avait oublié de nettoyer les empreintes du chat sur les papiers peints. Plus tard.

En attendant que son ordinateur s'allume, il ferma les yeux. Il aurait pu se rendormir en quelques secondes. Quand Charlie traversait un épisode de manie créative, elle allait et venait dans l'appartement toute la nuit, impossible de dormir d'un sommeil acceptable. Son téléphone sonna une deuxième fois, il coupa le son sans même vérifier la provenance de l'appel. Sur Facebook, Sophie s'exprimait dans un savant mélange de tristesse équivoque, d'extase devant la beauté de la vie et de déception face à ses échecs, en un jargon un brin mystique, et sans bien sûr préciser à quels échecs elle faisait allusion. Zack admira cette façon d'inquiéter en assurant ses arrières. Quoi qu'on lui réponde, elle pourrait plaider qu'on avait mal compris ses commentaires. L'art d'attirer l'attention. Il lui écrivit un court message en privé pour prendre de ses nouvelles, s'abstenant de mentionner sa publication fleurie et habilement manipulatrice.

Il ouvrit ensuite les sites des quatre journaux qu'il parcourait chaque matin, survola les gros titres, lut en diagonale un article à propos d'un énième projet de loi pour restreindre le droit à l'avortement aux États-Unis. En consultant une section internationale, il tomba sur un hommage à l'activiste féministe Mel B. Dumais, tuée deux jours plus tôt dans un attentat terroriste. La bombe avait été larguée près d'une ambassade, dont les radars avaient été brouillés par l'utilisation de paillettes. Le complot ne la visait pas, elle s'était trouvée au mauvais endroit au mauvais moment, mais parce qu'elle était une figure publique, son nom circulait dans tous les médias. On louait son dévouement exemplaire à des causes multiples, ces dernières années elle s'était considérablement mobilisée contre l'excision des femmes en Somalie et au Soudan.

Zack apprit qu'elle n'avait qu'une seule tache à son parcours de militante, elle était fiancée à un certain Dorian Daviault, homme d'affaires et leader d'un groupe extinctionniste. Ce mot ne lui disait rien, il lut avec curiosité l'article suivant qui présentait la philosophie du groupe de Daviault, baptisé KiMSaG, acronyme pour Kill Mankind Save Gaïa. Ses membres promouvaient l'extinction volontaire de l'espèce humaine, pour permettre à la terre de retrouver sa «splendeur d'antan» : l'être humain était responsable de la disparition de milliers d'espèces animales et végétales ; si notre seule espèce se retirait, combien d'autres seraient sauvées ? Zack soupçonna qu'au-delà du ton alarmiste de l'article, ce mouvement devait être mi-humoristique mi-sérieux, soit sérieux de par son idée principale – nous sommes trop d'êtres humains sur cette planète –, mais burlesque dans les solutions proposées – entre autres, que tous les êtres humains se fassent stériliser de leur plein gré…

Une sorte de rhétorique construite dans le but de faire réagir avant qu'il soit trop tard, conclut Zack en déplaçant des coussins pour le chat qui voulait s'installer à ses côtés. Évidemment, c'était plus sensationnaliste pour le journal de traiter le conjoint de Mel B. Dumais de fou furieux. Surtout que, ironie du sort, Daviault venait de perdre sa fiancée dans un attentat terroriste, alors que son groupe en appelait à un «terrorisme volontaire de chaque individu contre lui-même», afin de «désamorcer la bombe reproductive en nous, programmée pour faire déferler sur notre planète un déluge d'humains écocides et terracides».

Zack chercha ensuite la critique d'un livre qu'un ancien collègue publiait ces jours-ci. Un seul journal en rendait compte, titrant sa chronique «Déclin de la qualité du sperme au cours de la vie : les hommes attendent-ils trop pour être pères? L'âge du père, un facteur d'autisme et de schizophrénie chez l'enfant». Il réfléchit en fixant le chat déjà endormi, avant de s'absorber dans la lecture. Démoralisé, il déposa son ordinateur.

Quel monde. Une ribambelle de problèmes. Rivalités sans fin, avidité, discordance entre nature et culture. Zack était perdu dans ses pensées et dans la contemplation du papier peint conçu par Charlie, qui recouvrait le mur devant lui. Des motifs de paons faisant la roue, ou au repos, les plumes repliées, tous aux couleurs invraisemblables, dessinés de manière à s'emboîter discrètement les uns dans les autres. Des motifs ayant le potentiel de s'enchaîner à l'infini, bien que la superficie du mur tapissé de 3,2 mètres sur 2,5 mètres restreigne la reproduction à 16 motifs complets et 4 demis. Il n'appréciait pas tellement les couleurs du papier peint, la teinte d'orange lui paraissait trop agressive, mais les oiseaux lui plaisaient. Il s'aperçut qu'il devenait somnolent, se redressa, s'efforça de rassembler sa motivation pour la rédaction du plan de la prochaine réunion, puis repensa au message de Sophie.

Dire que je suis sorti un an et demi avec elle, s'étonna-t-il comme chaque fois qu'il devait gérer ses envolées sur Facebook. Lui être fidèle s'était avéré un calvaire dès les premiers mois, même pas, les premières semaines. Auparavant, il n'avait jamais été en couple, et à 34 ans, ça lui avait semblé anormal. Toute sa vingtaine, il répétait à ses amis qui se casaient un à un que lui, il profitait de sa jeunesse, qu'il se donnait jusqu'à 30 ans. Sauf qu'il n'y a pas de coupure entre 29 et 30 ans, et en franchissant la trentaine, il avait réalisé qu'il n'avait aucune envie de sacrifier sa liberté. Alors il avait reporté d'une année, suivie d'une autre, et d'une autre.

À son 34e anniversaire, ses inquiétudes avaient débuté. Sophie était charmante, drôle, intelligente, sexuellement ça marchait à merveille. Il avait décidé d'essayer. Il avait cru pouvoir renoncer à toutes les autres, les filles avec qui il couchait régulièrement, certaines depuis des années, ou les inconnues qui le faisaient bander en lui lançant un sourire ambigu dans ces clubs où il avait passé des années à flirter. Tout comme il avait cru que fermer ses comptes de sites de rencontre serait une bagatelle. Quelle naïveté. Pendant un an, il s'était empêtré dans des mensonges, des manigances, des aveux partiels, et les remords aussi, insupportables. Puis le hasard lui avait amené Charlie. Délivrance. Avec elle, aucune culpabilité possible.

Depuis bientôt deux ans qu'il sortait avec Charlie, Sophie s'entêtait à rester célibataire. Elle publiait régulièrement de ces messages ingénieux dans leur flottement de sens. Comme ils avaient beaucoup d'amis en commun, c'était encore lui qu'on appelait quand elle laissait planer des doutes sur son état psychique. Sans compter les messages qu'elle lui envoyait en privé, amalgames de nouvelles et de questions banales, des phrases qui semblaient des prétextes où glisser des reproches. Dans ses pires journées, elle lui affirmait qu'un jour, ils reviendraient ensemble. Possibilité qu'il démentait catégoriquement, mais elle refusait de l'écouter, elle répétait qu'il ne pouvait pas passer sa vie avec une femme comme Charlie. Une femme comme Charlie… Toujours cette expression méprisante. Et Sophie ne connaissait même pas le plus problématique des fantasmes de Charlie… Si elle avait su. Quand il souffrait d'insomnie, angoissant à l'idée que sa femme commette un geste aux conséquences désastreuses, il se demandait parfois quelle tête ferait Sophie, si elle l'apprenait.

*Comment Alice fit de Jacques
un capteur de rêves*

1984

Après trois nuits à rêver de fœtus au crâne en miettes, Alice se leva tôt, prit l'autoroute en direction de la ville, dépassa sa sortie habituelle sans même la regarder. Bien décidée à ne pas subir une autre nuit peuplée d'images macabres, elle se gara devant le Palais de justice et monta jusqu'au troisième étage. Une demi-douzaine d'hommes étaient perchés sur des escabeaux, sablant les murs fraîchement plâtrés, une poudre blanche neigeait à travers l'immense pièce.

Jacques était sur le dernier échelon du sien, il donnait des consignes à deux de ses employés arrivés avec une heure de retard, les yeux cernés et empestant l'alcool. Alice eut un haut-le-cœur en s'approchant, elle avait encore des nausées matinales.

— Alice ?

Jacques ne l'avait pas vue entrer. Son pouls s'accéléra, comme chaque fois. Toute la salle autour d'eux était du gris pâle des panneaux de gypse, avec des taches de plâtre blanc ici et là. Son vêtement de travail était blanc, comme ceux de ses employés, la poussière de plâtre qui flottait créait l'illusion que même l'air était blanc. L'apparition d'Alice avait fait jaillir au milieu de la blancheur une touche de rouge cerise, sur laquelle ressortaient ses cheveux dorés. Elle avait les joues rosées par la canicule et par les trois étages grimpés à pied – et peut-être aussi par cette petite voix discordante qui lui chuchotait de s'enfuir.

— Je peux te parler ?

Alice avait prononcé sa question d'un ton trop brusque. Les deux employés avaient à peine 20 ans. Ils remarquèrent le trouble de Jacques. L'un d'eux lui lança un regard rempli de sous-entendus, l'autre ricana.

— Tu me laisses dix minutes ? Je finis de donner mes directives et je te rejoins au café d'en face ?

Alice sentait la sueur perler sous son chandail de lin. Au bureau, la climatisation fonctionnait tout l'été à plein régime. Ce matin, elle avait enfilé une robe trop moulante à son goût pour ses cinq mois de grossesse, qu'elle avait ensuite a moitié camouflée sous son informe chandail rouge. L'envie de partir l'effleura, puis ses cauchemars de fœtus mutilés lui revinrent à l'esprit.

— Non, pas de café. Ici, c'est parfait.

— Ici ?

— On peut aller dans le couloir? Ou la pièce à côté?

N'y tenant plus, elle ôta son chandail. Les deux jeunes plâtriers regardaient Jacques d'un air grivois, mais lorsqu'ils aperçurent le ventre rond d'Alice moulé par sa robe, les sourires disparurent. L'un dévisagea Jacques d'un regard interrogateur, son confrère baissa les yeux vers ses bottes. Du haut des escabeaux, les autres employés continuaient de faire neiger le plâtre tout en surveillant la scène, à défaut d'entendre les paroles assourdies par le bruit du papier sablé contre les murs.

— OK, tout le monde, on va prendre la pause de l'avant-midi. Avisez les gens du quatrième étage. Quinze minutes.

Les deux employés sortirent, le plus jeune sourit à Alice en passant près d'elle. Les autres descendirent de leurs escabeaux pour les suivre, plusieurs jetant des coups d'œil curieux à l'inconnue. Jacques avait la réputation d'être un éternel célibataire à la chasteté imperturbable.

— Ils sont jeunes, s'excusa Jacques en descendant à son tour. Tu veux pas qu'on aille ailleurs?

— Non, si on est seuls, aussi bien rester ici.

— L'air est irrespirable.

— Ça va, je t'assure.

— Tu veux un masque au moins?

Jacques me propose un masque, se dit Alice. Il s'était toujours inquiété pour elle. Pourquoi n'était-ce pas de lui qu'elle était tombée amoureuse… Il n'y avait pas de raison. Le hasard. Ce n'était juste pas de lui et ça ne changerait pas. Le doute la reprit. Elle pouvait encore partir. Sauf qu'hier, elle avait eu sa deuxième échographie, elle y était allée seule, machinalement, perdue.

À la surprise de l'échographiste, pas une fois elle n'avait tourné la tête vers l'écran où l'être qui s'agitait dans son ventre était visible en noir et blanc. Par contre, elle n'avait pas osé résister quand le médecin lui avait enfoncé les embouts du stéthoscope dans les oreilles. Elle avait essayé très fort de prendre les battements de cœur qu'elle entendait pour de simples contractions du muscle cardiaque d'une boule de chair dépourvue d'âme et de conscience, toutefois en contrepoint elle sentait son propre cœur tambouriner violemment, réduisant à néant ses tentatives de chosification.

— Non non, je vais seulement m'asseoir.

— Prends quand même un masque.

— Non, vraiment, ça va.

Alice marcha vers une chaise couverte de poussière. Jacques voulut l'avertir qu'elle allait se salir mais se retint, sachant qu'elle n'en ferait qu'à sa tête. La nostalgie le saisit, la présence d'Alice dans cette grande pièce vide ravivait de vieux souvenirs. Il la revit dix ans plus tôt, à l'atelier de l'École des Beaux-Arts, les cheveux relevés, les bras picotés de peinture, ses vêtements tachés, son front plissé par la concentration.

— Comment savais-tu que j'étais ici ?

— Tu as mentionné ce contrat la semaine dernière.

— Ah oui ?

— Jacques, veux-tu toujours un enfant ?

Un vacarme retentit au-dessus d'eux. Jacques déduisit qu'un escabeau s'était renversé. Ses employés… Pourquoi la majorité des plâtriers qu'il engageait étaient-ils des alcooliques, des toxicomanes, ou au mieux des fêtards ? Alice le fixait, attendant une réponse. Il n'était pas sûr de comprendre.

JANVIER 2015

Le matin suivant sa rencontre avec la fille qui buvait des cerveaux, le bruit de la déneigeuse réveilla Xavier à sept heures. Il eut une mauvaise journée et se surprit plusieurs fois à se demander s'il la reverrait le soir – peut-être qu'elle passerait récupérer son foulard. Avant de partir travailler, voulant l'emballer pour le protéger du tiroir nauséabond des objets perdus, il fit sans succès le tour de son appartement à la recherche d'un sac en plastique. Avec la tendance aux sacs réutilisables, c'était devenu une denrée rare. Il le laissa en fin de compte dans son sac à bandoulière, se disant qu'il le lui remettrait directement. La fille ne vint pas, il rapporta le foulard chez lui. Le lendemain, il eut l'idée de prendre un sac-poubelle. En fouillant dans l'armoire, il ne trouva qu'une boîte vide. C'est son coloc Olivier qui devait se charger de l'achat des produits ce mois-ci, il ne l'avait visiblement pas fait. Il résolut de se procurer un sac en plastique dans un des commerces sur son trajet vers le bar, sauf qu'en partant, il oublia de reprendre le foulard. De toute façon, la fille ne passa pas davantage. Les jours 3 et 4, Xavier avait congé. Il appela au bar afin de prévenir Matis que si une fille réclamait un foulard pailleté, blanc d'un côté et multicolore de l'autre, celui-ci était chez lui. Il tâcha d'expliquer pourquoi il l'avait en sa possession, mais son collègue lui rit au nez et enchaîna quelques commentaires salaces à propos des clientes qu'on ramène chez soi, blagua sur cette tactique sans subtilité consistant à feindre d'oublier des choses destinées à servir de prétexte pour repasser, et le félicita d'avoir enfin dérogé à son abstinence à l'endroit de la clientèle. Il était célibataire, lui, après tout, non? Aussi bien en profiter. Xavier raccrocha en se reprochant d'avoir fourni trop de détails sur le foulard, sa description avait dû créer un drôle d'effet, puis il se rendit à l'évidence, Matis l'avait à peine écouté, trop content de conclure que son collègue avait profité de ce qu'il nommait les bénéfices secondaires du travail de barman, dont lui-même à vrai dire n'avait rien à faire – il était en couple et père de deux enfants. Xavier se promit de rapporter le foulard sans faute la prochaine fois, mais la veille du jour 5, il se coucha avec la gorge irritée, se réveilla au matin étourdi et en sueur, se gava vainement de sirop, et vers seize heures abdiqua, impossible d'aller travailler. Il se remit péniblement les jours 6 et 7. Le jour 8, ayant retrouvé son aplomb, il sortit faire des courses en avant-midi, revint avec deux sacs en plastique, y enveloppa le foulard soigneusement. À treize heures, Sandra lui téléphona. Un refoulement d'égout survenu dans la cave de service empuantissait tout le bar, on n'ouvrirait pas aujourd'hui. Xavier se dit que c'était la première fois en deux ans que Chez Hélie serait fermé, même à Noël ils accueillaient des clients. Le jour 9, il prit le métro d'un pas léger, il détestait habituellement se savoir quinze mètres sous terre, mais pour une fois il avait envie d'aller au travail, sans doute ces six jours de congé forcé l'avaient revigoré. Ce n'est qu'arrivé Chez Hélie qu'il réalisa qu'il avait laissé son sac à bandoulière dans le wagon. Il appela la Société de transport, on lui conseilla d'attendre au surlendemain avant de tenter sa chance au comptoir des objets trouvés, il fallait accorder un peu de temps aux articles égarés pour qu'ils voyagent jusqu'à la bonne station. Le jour 11, il le récupéra dans un état misérable, gris de poussière et trempé d'eau sale, il crut même déceler une odeur d'urine. De retour chez lui, il en sortit le sac en plastique abritant le foulard, constata que celui-ci était intact. Il s'évertua à nettoyer son propre sac, capitula et le mit aux ordures, lava du mieux qu'il pouvait le contenu souillé, jeta un roman détrempé, se débarrassa de quatre feuillets publicitaires qu'on lui avait remis ces derniers temps dans la rue et qu'il avait été incapable de refuser comme tout le monde, craignant de froisser ceux qui les distribuaient. Quand il eut fini son tri, il s'aperçut qu'il allait être en retard, partit en vitesse, récidiva en oubliant le foulard. Au bar, il fit le décompte, cela faisait onze jours et tout portait à croire que la fille n'était pas repassée. En rentrant, il le balança dans son garde-robe avec l'intention de l'apporter au centre de récupération lorsqu'il aurait des vêtements à donner. Elle ne reviendrait pas.

Comment l'infidélité de Matthew
valut à Louis une chambre rose

Il n'y avait qu'un hôpital qui desservait les environs de Saint-Jean-sur-Richelieu, et le jour où Alice sortit de sa deuxième échographie, elle croisa dans la salle d'attente Matthew et sa nouvelle blonde. Sa colère contre son ex monta d'un cran. Une de ses amies travaillait à cet hôpital comme infirmière, Alice la supplia de se renseigner sur la date projetée de l'accouchement de Diane. Ce n'était pas son département, mais son amie mena son enquête et lui dénicha la date : 6 novembre. Le terme d'Alice était prévu le 8 novembre. Deux jours d'intervalle. 48 heures. À peu près rien. Le risque de croiser Matthew, Diane et leur nouveau-né à l'hôpital après son accouchement redoubla son exaspération.

Sept ans plus tôt, avant la naissance de Zack, Alice avait acheté quelques livres traitant de la gestation et de la maternité, elle avait bâillé en lisant chaque page, avait renoncé à mi-chemin à les terminer, puis les avait laissés accumuler la poussière sur la dernière tablette de sa bibliothèque. Après qu'elle eut vu Matthew et Diane à la clinique d'obstétrique, elle retrouva les livres qui l'avaient tant ennuyée, lut attentivement les passages concernant les bébés nés avant terme. Deux à trois semaines d'avance n'étaient pas problématiques, un enfant pouvait naître avant neuf mois et être parfaitement sain.

Alice avait souvent entendu des histoires de femmes qui avaient dépassé les neuf mois et qui, enceintes jusqu'aux yeux, lavaient leur plancher à la brosse dans l'espoir de déclencher le travail. Elle en discuta avec son amie infirmière, qui lui expliqua que l'idée était de s'activer, ce qui incitait le bébé à descendre vers le col de l'utérus. L'infirmière lui suggéra quelques astuces dont l'efficacité n'était plus à prouver.

Trois semaines avant le 8 novembre, Alice se mit à monter et à descendre compulsivement des escaliers, à laver avec frénésie les planchers de leur maison, puis elle décida de repeindre la chambre du futur bébé en rose malgré l'incompréhension de Jacques – ils ignoraient le sexe de l'enfant. Alice argua qu'elle était sûre que c'était une fille, que le jaune ne lui plaisait plus, qu'au pire un nourrisson mâle pouvait très bien commencer son existence entre des murs roses, cette association garçon-bleu et fille-rose était stupide, et de toute façon ce serait une fille, les mères se trompent rarement sur ces choses-là. Elle passa sous silence qu'elle avait cru durant ses grossesses de Zack et de Xavier qu'elle aurait une fille. Peu importe, cette fois-ci serait la bonne. Ses efforts portèrent fruit, et la cinquième journée, elle sentit une première contraction. Le lendemain, les contractions se firent plus pressantes, ils partirent pour l'hôpital. Six heures plus tard, Jacques pleurait et Alice tenait son troisième fils dans ses bras. Elle avait encore eu tout faux.

La résignation de Zack

2014

Il l'avait rencontrée en février, l'avait convaincue en août d'emménager chez lui et de résilier le bail de son studio, l'avait demandée en mariage en décembre même si c'était un peu démodé, l'avait épousée à la fin du printemps suivant. La première année que Zack et Charlie vivaient ensemble, le soir de l'Halloween, pendant qu'il était absent, elle avait tenu un langage ambigu à un adolescent qui accompagnait sa sœur pour faire la cueillette de bonbons. Celui-ci était revenu seul deux heures plus tard. En rentrant, Zack les avait trouvés au salon, ils bavardaient et écoutaient de la musique, le garçon était torse nu, Charlie ne portait qu'un short très court et un t-shirt échancré qui dévoilait la moitié de ses seins. Il avait compris ce qui s'était passé, et il aimait justement que Charlie lui épargne le poids de la fidélité, ils formaient un couple ouvert, chacun était libre de choisir ses aventures. Reste que la jeunesse du garçon l'avait déboussolé. Charlie et son invité étaient sortis se baigner dans le spa et Zack s'était surpris à remercier le ciel de la haie de cèdres de 12 pieds qui clôturait leur cour. Il en avait profité pour fouiller les poches du jeans laissé dans le salon, avait trouvé le portefeuille, vérifié les pièces d'identité. 17 ans. Charlie en avait 28... Et lui 36... Quand l'adolescent était parti, il en avait parlé à sa femme, sans lui faire de reproches, uniquement par inquiétude, savait-elle qu'elle venait de coucher avec un mineur ? mais elle s'était contentée de rire, et ce jour-là, pour la première fois, il avait eu peur pour elle.

Le lendemain, il avait fait des recherches sur internet et avait découvert avec soulagement que l'âge du consentement sexuel était fixé à 16 ans, alors qu'il avait toujours cru qu'il correspondait à la majorité civile, 18 ans. Il n'y avait donc pas eu de danger la veille. En y repensant, Zack avait néanmoins eu un doute, Charlie avait-elle questionné le jeune homme sur son âge ? Après tout, quelle est la différence entre un adolescent de 15 ans et un de 16 ? Le soir, il lui avait demandé si elle savait que l'âge du consentement sexuel était de 16 ans. Elle s'était moquée de lui en protestant qu'il la sous-estimait, bien sûr qu'elle le savait. Et pourquoi ne l'avait-elle pas contredit la veille, lorsqu'il se tracassait en croyant que l'âge légal était de 18 ans ? Pour toute réponse, Charlie avait eu ce sourire espiègle qui d'habitude le charmait. Il s'était retenu de lui demander si elle s'était assurée de l'âge du garçon avant de l'inviter. La harceler de questions aurait ressemblé à un interrogatoire.

Au cours de l'année suivant cette soirée d'Halloween, il y avait eu un employé d'une entreprise qui tondait leur gazon, un vendeur de la crèmerie du coin, l'arbitre supervisant un match de soccer auquel participait sa nièce Rosalie, un colporteur de tablettes de chocolat, l'aide-serveur d'un restaurant où ils déjeunaient les dimanches. C'était chaque fois le même type, des garçons de 16 ou 17 ans, peut-être 18, bâtis comme des hommes, mesurant dans les 6 pieds, mais au visage qui conservait un air enfantin. Il était au courant de toutes ces aventures, soit parce que Charlie les lui avait racontées, soit parce qu'il avait croisé les garçons à son retour. Car naturellement, elle ne pouvait pas aller chez ses jeunes conquêtes, qui habitaient avec leurs parents. Zack ne disait rien. Il n'osait pas lui reprocher un penchant qui découlait d'un trait de caractère qui autrement lui plaisait tant.

En se rendant à l'évidence que coucher avec de très jeunes hommes faisait partie des préférences sexuelles de Charlie, Zack était devenu de plus en plus soucieux. Il avait relu la loi, à la recherche d'informations sur la peine qu'encouraient les adultes accusés d'infraction, mais c'est plutôt une exception à la législation qui avait attiré son attention. Avec désarroi, il avait appris qu'il était interdit aux adultes en situation d'autorité d'avoir des relations sexuelles avec les mineurs sous leur responsabilité. Par exemple, les professeurs. La limite de 16 ans montait à 18 pour leurs élèves.

Charlie travaillait comme professeure surnuméraire dans une école de formation professionnelle, pour le programme de décoration intérieure. La plupart de ses élèves étaient mineurs. Par chance, il n'y avait pratiquement que des filles inscrites à ses cours. Avait-elle aussi cette tendance envers les adolescentes? Zack en doutait, elle n'avait jamais rien mentionné de tel. En tout cas, elle devait connaître les lois encadrant les rapports enseignant-élève… N'empêche, une école bourrée de mineurs n'était peut-être pas le meilleur endroit pour elle... Il hésita, puis finit par lui poser la question, connaissait-elle l'exception à la loi concernant les professeurs? puisqu'elle travaillait dans une école... il fallait être prudente, lui n'y voyait rien à redire, mais la justice... En l'entendant émettre ses réserves, elle s'était mise, encore une fois, à rire. Elle riait tout le temps.

Un an après le soir de l'Halloween, ils avaient quitté la banlieue pour déménager au centre-ville de Montréal, et Zack avait pensé à tort que ce serait moins risqué. Il ne comprenait plus par quel raisonnement désespéré il avait pu s'en persuader. Parfois, pris d'insomnie, il craignait qu'un jour elle ne ramène chez eux un garçon de 15 ans lui ayant menti sur son âge, il s'imaginait être accusé en même temps qu'elle, de complicité ou de non-intervention, quelque chose comme ça. Il aurait pu la supplier de ne plus inviter de mineurs à leur appartement, mais l'idée qu'elle se présente insouciamment à la réception d'un hôtel flanquée d'un homme qui aurait le visage d'un enfant l'en avait dissuadé. Il s'était résigné.

On n'a jamais trop de frères et sœurs

1984
Lorsque Alice entra dans la chambre d'hôpital qui lui avait été assignée après son accouchement, une chambre qu'elle partagerait avec une autre mère, la première chose qu'elle vit fut une chemise verte à carreaux du même modèle que celle qu'elle avait offerte à Matthew l'année précédente, puis, dans la chemise,

Matthew. Il tenait la main de Diane qui dormait. Voyant qu'il allait se lever pour la saluer, Alice lui indiqua d'un signe non équivoque de rester assis et de se taire. Jacques était parti lui acheter une boisson gazeuse à une des distributrices du rez-de-chaussée, elle s'exaspéra d'avoir eu cette envie. Elle se mit au lit avec le goût de pleurer ou de crier, peut-être les deux. Il était 21 heures. Diane s'éveilla, reconnut Alice, baissa les yeux, ne dit rien. À cette époque, Alice ne savait pas que la nouvelle blonde de Matthew était sourde, mais qu'elle pouvait lire sur les lèvres.

Des minutes qui leur parurent interminables s'écoulèrent. Enfin, Jacques arriva. Il se troubla en voyant Matthew, mais se ressaisit et le salua, sourit à Diane. Quand il s'approcha d'Alice, elle l'embrassa comme elle ne l'avait pas fait depuis les trois mois qu'ils vivaient ensemble, avec une fougue qui ressemblait presque à de la passion – chose qu'elle ne referait pas en 47 ans de vie commune.

Il était impossible qu'elle change de chambre. Jacques essaya bien de parlementer avec les infirmières, la cause les laissa indifférentes. L'hôpital, ce n'est pas un hôtel. Aujourd'hui, une situation comparable se produirait, Alice bouclerait sa valise et descendrait royalement le couloir jusqu'à l'ascenseur. L'hôpital n'est pas un hôtel ? Soit. Ce n'est pas une prison non plus. Cependant, à 28 ans, elle croyait que les médecins avaient une autorité réelle sur leurs patients, et l'idée de refuser une hospitalisation n'aurait pu lui venir à l'esprit.

Au moins, on permettait au père de dormir à l'hôpital, sur un lit de camp installé au sol. Alice comprit que, pour une raison nébuleuse, Matthew ne pouvait pas rester avec Diane. Elle se demanda si déjà il la trompait, elle aussi. Au milieu de la nuit, elle s'éveilla. La blonde de Matthew lui tournait le dos, impossible de déterminer si elle dormait. Alice jeta un œil à Jacques, qui reposait sans couverture parce qu'elle s'était plainte d'avoir froid et qu'il avait insisté pour lui laisser la sienne. Elle ressentit un élan de pitié envers Diane. Elle détailla la forme recroquevillée de son corps fluet sous les draps, et se rappela que celle-ci était de neuf ans sa cadette. 19 ans.

C'est à ce moment qu'elle réalisa que Diane avait également accouché deux semaines plus tôt que prévu. Ses efforts avaient été inutiles. Lui vint le soupçon que Diane, sachant elle aussi que leurs dates estimées d'accouchement étaient quasiment les mêmes, s'était démenée ces derniers jours pour éviter de tomber dans les couloirs de l'hôpital sur l'ex-femme du père de son enfant. Qui sait…

Quelques minutes après, deux infirmières allumèrent les lumières et poussèrent des chariots dans la chambre. C'était l'heure de l'allaitement. Diane se réveilla, Alice s'efforça de lui faire un sourire, et celui que Diane lui rendit exprimait tellement de détresse que son cœur se serra. Jacques était debout près d'Alice, il lui caressait les cheveux. Les infirmières soulevèrent les deux bébés. Alice regarda le sien, puis le bébé de Diane et pensa : son demi-frère. Elle réfléchit qu'on n'a sans doute jamais trop de frères et sœurs pour traverser la vie en ce monde ingrat, avant de se demander d'où lui venaient ces considérations grandiloquentes. Elle mit ses émotions sur le compte du post-partum et grimaça lorsque son fils lui pressa le mamelon.

Le lendemain matin, quand Alice s'éveilla, Diane dormait encore. Elle était affamée, l'heure du déjeuner était loin. Elle descendit avec Jacques à la cafétéria.

À leur retour, Diane et sa valise avaient disparu. Elle se renseigna auprès de l'infirmière, qui lui apprit que sa voisine de chambre avait eu son congé, puisqu'elle avait accouché trois jours auparavant. Louis, constata Alice, était donc le plus jeune fils de Matthew... jusqu'à nouvel ordre. Même si elle ne croyait pas à ces superstitions, elle calcula que son fils était Scorpion et celui de Diane, Balance. Elle se trouva ridicule d'éprouver de la satisfaction à l'idée que le scorpion soit une créature combative, capable de terrasser un adversaire des centaines de fois plus gros que lui. Puis elle songea que la balance était signe d'équilibre. Elle chassa ces pensées oiseuses. Il leur restait deux nuits à passer ici. Ensuite, son fils aurait une chambre rose.

« N'importe quel nom aurait fait l'affaire. »
OLIVIER

JUIN 2015

Un matin, Xavier fut tiré du sommeil par les plaintes de son colocataire en train de vomir dans la salle de bains contiguë à sa chambre. Au bout de quinze minutes à entendre les râlements et jurons d'Olivier, il renonça à se rendormir, se leva, lui demanda à travers la porte si ça allait. «Du Gatorade!» lui cria entre deux soubresauts son colocataire, à qui advenaient régulièrement ces douloureuses matinées postbeuveries.

Xavier ouvrit le frigo, n'y trouva pas la boisson riche en électrolytes dont se gavait Olivier pour soigner ses abus. En l'entendant de nouveau tenter de déglutir, il se résigna à sortir.

On dit qu'on ne choisit pas sa famille, mais qu'on choisit ses amis. On pourrait ajouter qu'on ne choisit pas toujours ses colocataires. Trois personnes habitent ensemble, quelqu'un décide de partir, on entend dire que l'ami d'un ami cherche une chambre parce que sa blonde le met à la porte, et comme on n'a pas trop le temps d'accomplir d'autres démarches, sans compter qu'on a besoin d'une troisième personne pour assumer le tiers du loyer, eh bien on accepte le trentenaire nouvellement séparé même s'il nous a fait une impression mitigée lors de sa visite.

Xavier, lui, n'avait certes pas le sentiment d'avoir choisi ses deux colocataires. Outre Olivier qui avait atterri chez lui après que son ex l'eut quitté, il partageait en théorie son appartement avec Pierre-Luc, qui était continuellement en voyage pour son travail, sauf la fois du mois où il débarquait 24 heures, en profitait pour inviter ses amis, festoyait toute la nuit, et s'éclipsait le lendemain sans rien nettoyer. Puisque Olivier se souciait peu de la salubrité des lieux, c'est Xavier qui écopait du rangement.

Quand Xavier revint, Olivier gisait sur le canapé du salon, des traces de salive et de bile souillant son t-shirt. Il posa devant lui la bouteille de Gatorade et un verre, s'assit dans un fauteuil. Son colocataire entrouvrit les paupières, marmonna un mot que Xavier supposa être « merci », à moins que ce ne soit « merde ».

— Alors ?
— Trop bu.
— Ouin ?
— Yep.

Leur conversation animée semblant tirer à sa fin, Xavier se leva pour partir, mais Olivier pointa la bouteille.

— Tu m'en verserais ?

Xavier s'exécuta en pensant à tous ces verres qu'il servait à longueur de soirée aux clients qui se défonçaient le foie comme son colocataire, et se dit que, depuis les dix mois qu'il cohabitait avec Olivier, il devait par-dessus le marché s'occuper des répercussions du lendemain.

— T'en avais dans le frigo ?

— Non, je suis allé t'en acheter.

Olivier eut un hoquet, se redressa brusquement, prêt à courir aux toilettes, attendit aux aguets sous le regard découragé de Xavier, puis se laissa choir dans les coussins.

— Fausse alerte. Merci pour le Gatorade.

— Bon, je vais sortir.

Xavier s'apprêtait à quitter le salon pour de bon, la pièce empestait le fond de tonne. Olivier émit un grognement.

— Vous servez ça à ton bar, une espèce de shooter aux pêches, super sucré, avec comme un caillot de Baileys qui flotte au milieu ?

— Un cerveau ?

— Ouais, c'est ça.

— On en sert, pourquoi ?

— J'ai bu avec une fille hier, elle arrêtait pas de commander ça.

Xavier se rassit, intrigué.

— Pis ?

— C'est ça qui m'a rendu malade. C'était juste trop sucré. C'est pas l'alcool, c'est à cause du sucre que je vomis.

— Olivier, tu passes un samedi sur deux à vomir toute la journée…

— Pas tant que ça.

Xavier avait en fait adouci la moyenne, il aurait été tenté de dire chaque samedi. Samedi dernier pour sûr… et le précédent aussi… peut-être pas celui d'avant par contre, quoique… oui, celui d'avant aussi à bien y penser… Il se souvint du foulard, toujours dans son garde-robe.

— Peu importe, reprit Olivier, cette fois-ci c'est le sucre. Pas l'alcool. J'ai pas bu tant que ça.

— Non? Pourtant les bouteilles à la cuisine…

— On a bu deux bouteilles de vin en attendant de sortir au Bily Kun, mais on était trois dessus. Rendu au bar, j'ai peut-être bu trois bières avant de rencontrer la folle aux cerveaux… en tout cas, pas plus que quatre… Ouin, quatre, Steve a payé la dernière.

— La folle aux cerveaux?

— La fille qui commandait des cerveaux à la pelle. C'est vrai qu'avant ça, j'ai aussi pris un verre de sangria dans le pichet de Jenny… Ah pis Christelle a payé une tournée d'Uppercuts, après je me sentais déshydraté, j'ai pris un gin tonic. Non, deux.

— En admettant que toi et Steve ayez pas bu plus de vin que Christelle, ça fait l'équivalent de onze consommations.

— Possible, mais en cinq-six heures, y'a rien là.

— Si tu le dis… Pis après?

— Après, Steve et Christelle sont partis avec Jenny au Salon Daomé, les filles voulaient danser. Je me suis retrouvé au comptoir à boire un Jameson, et j'ai commencé à parler avec une fille.

— Douze.

— Hein? Ouin, douze. Mais je te répète qu'on a commencé à six heures, là il devait être une heure du matin.

— Donc t'as bu des cerveaux avec une fille au comptoir et ça t'a rendu malade?

— C'est plus compliqué… Au début, on jasait, je sais que je la trouvais baisable, pis elle était assez drôle… À un moment, on s'est mis à parler de centurion, elle disait qu'elle en avait déjà fait un et qu'elle avait fini dans les derniers. Je la croyais pas. Tu sais c'est quoi, un centurion ?

— Plus ou moins.

— C'est un concours de boisson. Il faut boire un shooter de bière par minute, pendant cent minutes. Ça veut dire boire huit bières en même pas deux heures. Les premiers shooters, c'est facile, mais à un moment donné, ça rentre plus. On a le droit de vomir entre les gorgées, tant qu'on boit les shooters dans les temps.

— Ark.

— Ouais, c'est pas trop la classe… C'était plus populaire il y a vingt ans. J'ai fait ça quelques fois, je me souviens pas d'avoir vu des filles gagner… Anyway, la fille d'hier, j'étais pas sûr de la croire et j'aimais mieux faire semblant que non, pour l'agacer. C'est pour ça qu'elle a proposé qu'on fasse un concours, pour savoir qui pouvait boire le plus entre nous deux. Mais à condition que ce soit elle qui choisisse ce qu'on boit.

C'était elle. La fille à la main tatouée à qui il avait repensé par intermittence depuis janvier, sans comprendre pourquoi son souvenir ne s'effaçait pas dans la masse indistincte des clients.

— Elle était comment ?

— Elle était… colorée.

— Colorée ? Ça veut dire quoi ?

— Elle était habillée drôlement… Elle était baisable, c'est pas ça, mais elle portait une jupe avec plein de couleurs qui allaient pas trop avec le haut… un chandail d'un jaune citron qui arrache les yeux. Et comme des plumes dans ses cheveux. Quand j'ai commencé à avoir mal au cœur, je regardais les lignes sur sa jupe et j'arrivais pas à faire le focus. En plus à ce moment-là, elle parlait sans arrêt. Peut-être le sucre des shooters... Elle m'étourdissait.

— Mais physiquement ?

— Je te l'ai dit, elle était tout à fait baisable.

Xavier soupira, ennuyé. Seules les filles qui avaient rembarré Olivier se voyaient affublées de qualificatifs vulgaires.

— Elle s'appelait comment ?

— Hum...

— T'as oublié ?

— Non, attends, laisse-moi me rappeler... Elle s'appelait Cléopâtre.

— Cléopâtre ?

— Oui.

— Tu as cru que c'était son vrai nom ?

— Xavier, qu'est-ce que j'en avais à foutre de son vrai nom ? Tu penses que je voulais demander sa main ou son contact Facebook ? Je voulais juste coucher avec elle, j'ai pas besoin de son vrai nom pour ça. N'importe quel nom aurait fait l'affaire.

Olivier scrutait sur son t-shirt les vestiges de son difficile passage à la salle de bains.

— Faudrait que j'aille me changer.

— Donc... tu as couché avec elle ?

— D'après toi ? Tu vois quelqu'un ici ce matin ?

— Au bar peut-être...

— Comment ça, au bar ?

— Je sais pas... dans les toilettes...

— Voyons, tu crois que je suis le genre de gars à baiser avec une inconnue dans les toilettes ?

— Parfois, quand je travaille, ça arrive que...

— Xavier, ton bar c'est le trou de cul du monde. Ou au moins le trou de cul de Montréal.

— T'exagères.

— À peine. Chaque fois que je passe te voir, c'est ce que je me dis.

Xavier s'abstint de défendre Chez Hélie. Lui-même n'avait pas une très haute opinion de l'endroit.

— Elle avait un tatouage sur la main?

Olivier le fixa, étonné, fouilla ses souvenirs embrumés par l'alcool.

— Tu la connais?

— Pas vraiment. Elle est passée au bar une fois.

— Récemment?

— Non, il y a quatre-cinq mois.

— Pis tu te souviens d'elle?

— Vaguement.

— Eh ben…

— Tu as vu son tatouage? Sur sa main?

— Oui.

— C'était quoi?

— Hum… non, ça j'ai oublié. Je l'ai vu après qu'on ait bu, je pense… Oui, je me sentais déjà malade, elle a mis sa main sur mon front, j'ai vu qu'elle avait un tatouage, mais pas ce que c'était.

— T'es sûr?

— Oui, pourquoi? C'est quoi?

— Je sais pas.

— Sérieux, elle t'a marqué, cette fille-là.

Olivier pencha sa tête vers ses genoux en geignant, puis reprit sa position initiale, le visage blême.

— Ça va? demanda Xavier.

— Moi? Super. Vraiment super. Ah je t'avais pas dit? Je me suis explosé le pancréas dans un concours de descente de shooters imbuvables tellement sucrés qu'ils devraient être interdits par Santé Canada pour incitation au diabète.

— Bon…

— La seule chose qui me dérange, c'est d'avoir vomi sur ses bottes.

— Quoi ?

— Ouin… Je sais pas trop, je me suis levé du tabouret, tout tournait, je regardais sa jupe, j'ai voulu lui dire que je revenais dans deux minutes, et c'est sorti d'un coup. Je me souviens qu'il y en avait sur ses bottes… pas ailleurs je pense… j'espère. Anyway, c'est des choses qui arrivent.

— Ça m'est jamais arrivé.

— Peut-être, mais il t'arrive jamais rien non plus. Tu vomis pas, mais tu sors pas. Pis tu baises pas. Est-ce que c'est mieux ?

— Comme si c'était la seule façon.

Olivier observa Xavier avec curiosité. Il détourna les yeux.

— Pour résumer, c'est elle qui t'a soûlé, et c'est toi qui as payé.

— Pfff.

— C'est ça pareil.

— J'arrive juste pas à comprendre comment elle pouvait aller aussi bien après tous les cerveaux… Quand je suis sorti des toilettes, elle jasait avec le barman, elle avait l'air sobre.

— Elle avait peut-être pas douze consommations derrière elle avant votre concours.

— Pis c'est une fille, poursuivit Olivier en ignorant le commentaire de Xavier, les filles tiennent pas l'alcool. Elle avait bu six cerveaux, en vingt minutes… Y'a quoi là-dedans, au juste ?

— Schnaps aux pêches, grenadine, Baileys.

— C'est ben fort, le schnaps ?

— Moyen. Dans les 20 %.

— Juste 20 %… C'est ce que je disais. Le sucre, pas l'alcool. Je sais tenir l'alcool.

— C'est sûr. L'avais-tu déjà vue avant au Bily Kun ?

— Pas que je me souvienne.

— Donc t'as aucun moyen de la revoir ?

— Pourquoi je voudrais la revoir ?

— Non, je sais pas, j'ai pensé… vu que ça n'a pas… mais que tu la trouvais quand même…

— Baisable ?

Xavier eut un mouvement d'impatience qui fit sourire Olivier.

— C'est ça. Vu que t'étais malade, elle aurait pu te laisser son numéro.

— Voyons, Xavier, quelle fille voudrait revoir un gars qui lui vomit sur les pieds ?

— Ouin…

— Pis pourquoi tu me poses un paquet de questions sur elle ?

— Pour rien.

— Pour rien ?

— Non, rien… Elle… Elle avait oublié un foulard au bar.

— Pis ?

— Peut-être qu'elle voudrait le récupérer.

Olivier le dévisagea sans comprendre. Après dix mois à côtoyer Xavier quotidiennement, celui-ci demeurait pour lui une énigme.

— Il est où, le foulard ?

— Mais… au bar, j'imagine.

— Ok, si j'avais eu son numéro, t'aurais voulu l'appeler pour lui rendre son foulard ?

— Ben…

— Tu l'aurais appelée, tu lui aurais dit que son foulard est encore au bar, pis qu'elle peut passer le chercher ? Idéalement quand t'es là, genre ?

— Non, n'importe quand.

— As-tu couché avec elle ?

— Non.

— Mais t'aurais voulu ?

— Non. Veux-tu un autre verre de Gatorade ?

Olivier se mit à rire.

— Avoir su, j'aurais pu lui dire que tu la cherches. Ça aurait bien été la première fille que t'aurais laissée entrer ici. À part Violaine, mais tu m'as dit que tu couchais pas avec elle… Tu couches pas avec elle ?

— Non, je couche pas avec elle. Tu peux la cruiser tant que tu veux.

— Hum. Violaine est jolie, vraiment jolie. Plus que l'autre. Mais coudonc, si tu préfères le genre arc-en-ciel échoué…

— J'ai seulement parlé de lui rendre son foulard.

— Ouais, c'est ça. Je vais reprendre du Gatorade.

8,3 milliards

2026

Comment, tout en ayant terminé les Beaux-Arts avec succès, se retrouve-t-on, 50 ans plus tard, à regretter que la majeure partie de sa vie ait consisté à diriger 60 heures par semaine une entreprise de produits pharmaceutiques ? Comment en vient-on à écraser ses ambitions, à considérer comme inéluctable une réorientation de carrière et à s'imposer l'obtention d'un MBA ? Tout d'abord, plutôt que d'être amoureuse de notre meilleur ami qui partage notre passion pour la peinture, qui nous idolâtre, qui croit davantage en nous que nous-même, qui est l'homme le plus attentionné, doux et généreux qu'on ait rencontré, on pousse par hasard la porte du mauvais bar le mauvais jour à la mauvaise heure, et on tombe dans la mire d'un autre homme, terriblement beau, terriblement égoïste, distrait, étourdi, parce que ces défauts, au début, soit on ne les voit pas, soit on n'y accorde pas d'importance, et que tout ce qu'on remarque, c'est que lorsqu'on marche à ses côtés, les têtes se tournent sur notre passage, pour regarder cet homme excessivement grand, qui lui ne se retourne pas, mais qui, parfois, assez souvent même, pose ses yeux sur une femme et lui donne l'illusion d'être la seule au monde, sauf que ça, au début, on ne le sait pas non plus. Ensuite, c'est de lui qu'on devient amoureuse, parce qu'à notre entrée par hasard dans ce mauvais bar ce mauvais jour à la mauvaise heure, c'est nous qu'il a repérée, qu'il a distinguée entre toutes, et que cet homme, s'il veut quelque chose, il le demande, simplement, avec cette absence de gêne qui ne relève pas de la confiance en soi, mais plutôt d'une tendance à ne pas saisir les codes, les conventions, et comme il est aussi beau, sa manière directe, sans détour, un peu autiste, charme au lieu de choquer. Et pour finir de transformer la diplômée des Beaux-Arts en mère de famille et en future gestionnaire, on découvre avec cet homme la sexualité en prenant fréquemment des risques, parce qu'il n'aime pas trop les préservatifs, qu'on ferait n'importe quoi pour lui plaire, et qu'en 1976, si la pilule est disponible depuis quelques années, elle n'a pas encore la banalité qu'elle s'apprête à acquérir.

Trois grossesses et quelques décennies plus tard, au souper célébrant son 70e anniversaire, en entendant Chanel, sa petite-fille de 8 ans, expliquer à sa sœur Noé la procréation en des termes n'ayant rien de métaphorique, Alice se souviendrait qu'à 13 ans, elle n'avait aucune idée de comment sont conçus les bébés. On devait aborder le sujet à l'école une journée de sa septième année, cependant, ce matin-là, Alice s'éveilla avec les ganglions qui lui obstruaient la gorge. Au bout d'une semaine, de retour en classe, elle constata que maintenant, les autres savaient et pas elle. Trop timide pour questionner ses amies, elle se rabattit sur sa mère, une catholique fervente qui, étant donné qu'Alice était l'aînée de six enfants, n'avait jamais eu à parler de sexualité avec personne. Mais vraiment, personne. On le faisait, on n'en parlait pas. Devant les questions de sa fille, la mère chercha à se défiler. Alice lui tint tête, insista, puis écouta des explications sommaires sur le fonctionnement de la sexualité humaine, ce secret à la fois bien gardé et très connu puisque, tout compte fait, en 1969, l'année de ses 13 ans, on dénombrait pas moins de 3,6 milliards d'humains. Des humains qui, selon toute logique, étaient sexuellement actifs car, à peine plus loin sur l'échelle du temps terrestre, pendant qu'Alice, assise à la table de sa salle à manger, regarderait ses sept petits-enfants et les trois quarantenaires que seraient devenus ses fils – en songeant avec un brin de perplexité qu'elle était responsable de la vie d'une dizaine d'êtres humains de plus en ce monde –, l'humanité, en cette année 2026, franchirait la barre des 8,3 milliards de population mondiale avec, apparemment, pas tellement l'intention de s'arrêter en si bon chemin. Enfin, c'est ce qu'on croirait. Ou craindrait.

« Pas de tabou ! »
CHARLIE

Alice avait oublié le nom de la nouvelle blonde de Louis. Sarah ? Sabrina ? Non… Sally peut-être…

— Jacques, son nom déjà ?

— Cécilia.

Bon, elle ne l'aurait pas trouvé. Elle se justifia en considérant que ce n'était pas un nom très commun au Québec. Cécilia venait de France. En assemblant le basilic et le bocconcini au-dessus des tomates, Alice épiait par la fenêtre ses trois fils, sa belle-fille et la blonde de Louis qui bavardaient sur la terrasse. Cécilia, se répétat-elle en essayant de mémoriser son prénom. Jacques versa du vin dans sa coupe déjà vide et posa un baiser sur sa joue. Dehors, Zack, Charlie et Louis éclatèrent de rire, Xavier parut mal à l'aise, Cécilia ne semblait pas comprendre. Même si Alice n'entendait pas la cause de leur rire, elle la devinait aisément. Zack et Louis ne se lassaient pas de blaguer aux dépens de leur frère. Quand Xavier finirait-il par être accompagné lui aussi ? Il n'y avait eu personne depuis quinze ans. Pas depuis le traumatisme de son voyage en Suède. Enfin, son voyage… son exil plutôt. Franchement, à 35 ans, il était temps de passer à autre chose.

— Vous travaillez ensemble ? demandait Zack à Louis et à Cécilia.

— Cécilia fait un stage avec nous. Elle est au Québec pour un an, elle rentre en France en avril prochain.

— Tu es conceptrice de jeux vidéo comme Louis ?

— Non, je suis aux communications.

Zack sourit à Louis d'une façon entendue.

— Un an ? Mais comment ferez-vous après ? L'amour à distance, c'est pas évident…

— Envisages-tu d'aller vivre en France, Louis ?

Charlie s'était exprimée très sérieusement, Cécilia ne pouvait pas saisir l'ironie de sa question.

— On en a discuté, répondit Cécilia. Louis se voit pas vivre ailleurs qu'ici. Peut-être que je réussirai à le convaincre. Le temps que je finisse mon master, après on pourrait revenir au Canada. Je crois que tu te plairais en France.

Pendant que Cécilia parlait, Louis avait discrètement lancé un regard réprobateur à Zack et à sa belle-sœur.

— Oui, sûrement. Mais avec le travail…

— Tu pourrais prendre une année sabbatique et travailler en France. Ou en Suisse.

— Tu es de quel coin ? demanda Zack.

— Annecy.

— Louis, insista Charlie, la France l'an prochain ?

Louis savait que Charlie n'en démordrait pas. Il conclut qu'il était mieux de se prêter au jeu.

— Oui, pourquoi pas ? On verra.

— Tu me manquerais beaucoup, affirma Charlie d'un ton équivoque.

— Tu viendras nous voir à Annecy. Avec Zack. Il doit y avoir des clubs échangistes là-bas aussi ? Ou à Genève ?

Cécilia prit un air interrogatif.

— Pourquoi tu…

— Mon distingué frère et sa charmante épouse vont dans ce genre d'endroits.

Zack embrassa Charlie de manière théâtrale.

— Ma femme raffole de ces lieux de libertinage. Vous pourriez nous accompagner un soir. Xavier, tu es le bienvenu aussi. Il faudrait te trouver quelqu'un, par contre.

— Il blague, assura Louis en voyant l'embarras de Cécilia.

Xavier ignora la remarque de Zack et regarda la piscine creusée. Pour un 24 juin, c'était frisquet, ça ne donnait pas envie de se baigner. L'an dernier, ils avaient tous fait une baignade à leur soirée de la Saint-Jean-Baptiste. Quand les feux d'artifice avaient explosé au parc à côté, Xavier se souvenait de les avoir observés, immergé jusqu'à la taille, assis dans l'escalier de la piscine avec Rosalie, la fille de son demi-frère Justin. Les autres étaient sur la terrasse. À un moment, il avait plongé sous l'eau, puis avait ouvert les yeux, le visage vers le ciel, curieux de voir l'effet des lumières frétillantes déformées par la réfraction de l'eau. Sa nièce l'avait imité. Ils s'étaient ensuite rassis sur les marches, Rosalie claquait des dents, elle était dans l'eau depuis trop longtemps, mais elle voulait rester près de lui, finalement il s'était résigné à sortir. Ils s'étaient installés sur les chaises longues entourant la piscine, toujours à l'écart du reste du groupe qui admirait les feux d'artifice de la terrasse.

Il reporta son attention sur les deux couples, tentant de s'intéresser à la conversation. Charlie et Zack riaient pour une raison qui lui échappait, Louis semblait embêté, Cécilia souriait. Il comprit que Charlie parlait encore de la possibilité que Louis vive en France avec Cécilia. Toute cette comédie. À 30 ans, son frère n'était jamais sorti avec une fille plus de six mois. Puisque Cécilia et lui s'étaient rencontrés au début de mai, leur relation devrait se terminer… en novembre. Aucune chance que Louis mette les pieds en France au printemps prochain. Jacques passa la tête par l'embrasure de la porte.

— C'est prêt.

En entrant dans la salle à manger, Xavier nota, comme chaque fois, la disposition des places. À une extrémité de la table rectangulaire, Alice, avec à sa droite Jacques; à l'autre extrémité Zack, avec à sa gauche Charlie, elle et Jacques se retrouvant côte à côte. En face d'eux, sur l'autre long côté, Louis et Cécilia, et lui. S'ils n'étaient que sept, Jacques ne se donnait pas la peine d'ajouter la rallonge qui agrandissait la table de 60 centimètres, et Xavier, en voyant les chaises ainsi disposées, avait le sentiment d'être de trop, que Louis et sa blonde du moment auraient été plus à leur aise s'il n'avait pas été là. Leurs trois napperons se chevauchaient, pas ceux de Jacques et de Charlie. Les fois où Justin venait avec sa fille et sa blonde, Jacques prenait le temps d'adapter la table. Dans ce cas, ils formaient un nombre pair, dix, quatre couples et deux célibataires, lui et Rosalie, sa nièce de 7 ans.

— Justin ne pouvait pas souper avec nous? demandait Louis au même instant.

— Non, Vanessa et lui sont en Abitibi, dans la famille de Vanessa.

— Qui est Justin?

— Mon demi-frère, je t'en ai déjà parlé? Celui qui est né deux jours avant moi?

Jacques leva son verre.

— Avant qu'on commence à manger, j'aimerais porter un toast.

Zack affecta une attitude solennelle et fredonna tout bas le refrain de *Gens du pays*. Charlie lui fit un sourire mi-désapprobateur, mi-amusé.

— Je serai bref. Je suis heureux de vous avoir tous autour de la table ce soir, pour célébrer notre fête nationale. Nous n'avons peut-être pas encore un pays, mais nous avons une fête nationale. Le reste est à venir.

Ils trinquèrent, Zack descendit d'un trait le reste de sa coupe.

— Au Québec! Il y a encore du côtes-du-rhône?

Xavier lui passa la bouteille.

— Tu chantais quoi, Zack? voulut savoir Cécilia.

— *Gens du pays.*

— C'est un peu comme l'hymne national de notre nation qui n'en est pas une, lui expliqua Louis.

— Louis, protesta Jacques, nous sommes quand même une nation.

— Le dernier référendum pour l'indépendance du Québec, c'était en quelle année?

— Les années 90, je pense.

— 1995! s'exclama Zack d'une voix faussement indignée. Louis, s'il te plaît, ne nous fais pas honte!

— Déjà vingt ans, concéda Jacques. Mais il y en aura un autre. Il faut garder espoir.

— Pour ça, de l'espoir, il nous en faut, en effet.

— Zack, reprocha Alice.

— C'est bon, on va pas ouvrir un débat sur l'avenir de la souveraineté ce soir, dit Jacques. Même si ce serait la meilleure occasion. On va faire grâce à Cécilia de nos divergences d'opinions. Qui prendrait du pain?

— Jacques, je voterais en faveur de la séparation du Québec, rectifia Zack. Je voudrais bien qu'on devienne un pays. Je pense juste pas qu'il y aura un autre référendum de sitôt, et même s'il y en avait un, d'après moi, le résultat ne serait pas différent des deux premiers.

— Les résultats étaient *déjà* différents entre le premier et le deuxième, répliqua Jacques avant de s'adresser à Cécilia : en 1980, le camp du Oui a obtenu 40,44 % des votes, et en 1995, 49,42 %. On y était presque.

— Toi, Louis, demanda Cécilia, tu voterais pour que le Québec devienne indépendant, s'il y avait un troisième référendum?

— Absolument.

Louis avala la dernière gorgée de sa bière, histoire d'avoir un prétexte pour s'éclipser à la cuisine. Ces discussions sur la politique l'ennuyaient profondément. Sans oser l'avouer, il savait que s'il y avait un référendum, il n'irait même pas voter. Tout comme il n'avait voté à aucune élection, excepté à 18 ans, quand il avait eu le droit de vote. Il y avait été par curiosité, puis n'y était pas retourné, d'ailleurs il ne se souvenait plus s'il avait voté pour une élection provinciale ou fédérale. Il ferma le frigo et regagna la salle à manger.

— Tu sais, Cécilia, que Louis-Joseph porte les prénoms d'un patriote? disait Jacques.

— D'un quoi?

— Les patriotes, un groupe de rebelles qui se sont opposés à l'armée britannique au 19e siècle.

— Ah… Je connais pas bien l'histoire du Québec…

— Même Zack, Xavier et Louis ne la connaissent pas très bien, tu es tout excusée.

— Personne ne t'appelle par ton prénom complet, fit remarquer Cécilia à Louis.

— C'est un peu long, hasarda celui-ci en décapsulant sa bouteille.

Zack sentit son téléphone vibrer dans sa poche. Il le sortit en le gardant sous la table et essaya de voir qui lui envoyait un message. Alice détestait qu'on utilise son téléphone durant le repas. Incapable de lire, il se risqua à le remonter à la vue de tous. Peut-être qu'on ne ferait pas attention à lui, la conversation allait bon train, sa mère parlait de son dernier voyage d'affaires.

— Tinder ? lui lança Charlie.

Il lui avait confié qu'il chattait depuis cinq jours via l'application de rencontre avec une certaine Patricia et que, ce matin, elle lui avait proposé qu'ils prennent un verre bientôt.

— Non, Sophie.

— Qu'est-ce qu'elle veut ?

— Me souhaiter une bonne soirée de la Saint-Jean-Baptiste chez Alice et Jacques. Elle l'a fait l'année passée aussi, tu te rappelles ?

— Non, pas vraiment.

— Oui, et l'autre d'avant aussi. C'est sa manière de me dire qu'elle se souvient du temps où c'était elle qui m'accompagnait ici le 24 juin.

Zack était découragé. Charlie lui caressa la cuisse sous la table.

— Mon pauvre mari. Victime de sa popularité.

— C'est ça, ouais.

Xavier avait écouté leur échange. Chez Hélie, des clients lui racontaient parfois qu'ils attendaient un « match Tinder » pour leur premier rendez-vous en personne. Il se mit à penser à cet homme qui lui avait montré la photo d'une femme sur Tinder. Elle devait le rejoindre d'une minute à l'autre. Le client était surexcité, buvait précipitamment, surveillait la porte d'entrée aux trente secondes. Il lui avait même lu des messages envoyés par la femme, tous à caractère sexuel. Quand elle était arrivée, ils avaient commandé verre sur verre pendant une heure. Alors qu'ils allaient partir, l'homme avait fait un clin d'œil à Xavier, il n'avait répondu que par un bref signe de tête. Il ne ressentait pas l'ombre d'une complicité avec cet étranger qui exhibait ses histoires de flirt au premier public à sa disposition. Aujourd'hui, il réalisait que cela aurait pu être son frère aîné. Quoique Zack n'agissait peut-être pas de manière aussi puérile.

— Tu veux voir?

Xavier s'aperçut qu'il fixait le téléphone de son frère.

— Quoi?

— La fille dont on est en train de parler, Patricia.

Zack lui tendit son téléphone. Embarrassé de lui faire savoir que ses aventures ne l'intéressaient pas trop, il le prit.

— Hum.

— Jolie, hein?

Il voulut lui rendre l'appareil, Zack le repoussa.

— Regarde les autres photos.

— Quelles autres?

— Glisse sur la gauche, il y en a cinq.

Machinalement, Xavier fit défiler les photos. Elle était jolie, mais qu'est-ce que ça pouvait lui faire? Charlie était d'ailleurs beaucoup plus belle. Il leva les yeux vers elle pour la comparer aux photos. Zack attendait qu'il les commente.

— Alors?

— Alors quoi?

Que Charlie soit plus jolie est une réflexion hors de propos, songea Xavier. Probable que Charlie aussi couchait avec des hommes moins bien que son frère. Pour eux, l'intérêt, c'était la nouveauté.

— Si c'est ton genre, marmonna Xavier.

— Mais quel est *le tien*? rétorqua Zack en riant. J'ai jamais réussi à te soutirer un seul avis positif sur une fille.

Charlie s'empara du téléphone et examina les photos.

— Patricia ne te plaît pas, Xavier?

— Chérie, personne ne plaît à mon frère. Xavier, tu sais à quel point ma femme aimerait te trouver quelqu'un.

Encore une fois, Xavier releva que Zack et Charlie avaient cette manie de dire à outrance *ma* femme, *mon* mari, toujours avec ironie, comme s'ils se moquaient de ces expressions. Ils devaient les considérer un peu vieux jeu… Il se demanda pour une énième fois si son frère avait épousé Charlie surtout parce qu'elle le laissait avoir des aventures. Sa belle-sœur inspectait les photos.

— Patricia est pas mal, pourtant.

— Elle ne t'arrive pas à la cheville, chérie. Mais je te ferai lire ses messages, elle… écrit très bien. Xavier doit attendre un absolu, une femme parfaite, comme toi. Xavier?

Son frère se contenta de reprendre du pain.

— Charlie? interpella Alice.

— Oui?

— Cécilia me disait qu'elle adore le papier peint.

— Il est trop beau. C'est toi qui l'as fait?

— J'ai conçu le motif, oui.

Louis observa le mur en face de lui, où s'enlaçaient des fleurs. Il s'adressa à Cécilia.

— Le papier peint dans mon salon, c'est Charlie qui l'a fait.

— C'est vrai?

— Oui. Tout le monde a un papier peint de Charlie chez soi.

— Ma femme a parfois des crises de créativité déchaînée. Il faut bien placer le fruit de son génie quelque part.

— Il m'arrive de passer des jours à travailler sur des papiers peints, sans rien faire d'autre. C'est les motifs, ça devient obsédant. Il faut créer des motifs qui puissent se répéter à la fois à l'horizontale et à la verticale.

Charlie pointa certains détails sur le mur derrière elle.

— Ici, cette ligne s'imbrique dans celle-là, qui est la continuation de l'autre plus haut, et qui en redescendant devient celle-ci. Tu vois la coupure entre les bandes? Le papier peint vient en rouleau de 50 centimètres de largeur, le motif doit s'insérer dans cet espace, et aussi se répéter à la verticale. Le défi, c'est de créer un motif relativement restreint et qui s'imbrique dans lui-même dans les deux sens. Tu vois?

Cécilia plissait les yeux en tentant de décortiquer comment les motifs de fleurs se greffaient l'un à l'autre.

— Oui…

— Je fais aussi des papiers peints avec des motifs juxtaposés, mais c'est moins excitant à concevoir. J'aime mieux quand les motifs s'emboîtent d'une manière complexe qui camoufle l'organisation des répétitions.

— C'est difficile?

— Ça dépend de mon inspiration. C'est surtout obsédant. Trouver des solutions en gardant l'équilibre des lignes, des formes, et aussi des couleurs.

— Ma chérie, déclara Zack en se levant, il faut dire que tu as une tendance générale à l'obsession. Il n'y a quand même pas juste par le papier peint que tu es obsédée.

Il déposa un baiser sur sa tête et fila vers la cuisine. Charlie sourit en le regardant s'éloigner. Comme à son habitude, Alice fit semblant qu'elle ne saisissait pas l'allusion. Depuis que Zack était avec Charlie, il était encore plus exubérant, elle ne s'y faisait pas. Il avait cette manière insupportable de leur rappeler sans cesse que lui et sa femme n'étaient pas exclusifs. Alice ne comprenait pas ce choix, et d'autant moins leur besoin de le crier sur les toits. Elle regarda Xavier. Le contraire exact de son frère… Ce n'était pas mieux…

Jacques en profita pour se lever lui aussi et ramasser les assiettes des entrées. À l'opposé d'Alice, il riait, essayant de montrer que la dynamique entre Zack et sa femme ne le choquait pas. Xavier détaillait le papier peint, il réfléchissait aux explications de sa belle-sœur. Il faudrait qu'il analyse celui qu'elle lui avait offert et qui recouvrait le mur derrière son lit. Il n'avait jamais porté attention à la façon dont les motifs s'emboîtaient. Zack réapparut avec une bouteille de malbec.

— Tu gagnes ta vie comme ça? demandait Cécilia.

— Non. Je suis designer à mon compte. Ma branche, c'est les restos, les bars et les hôtels. Je fais aussi du remplacement dans une école de formation professionnelle.

Zack soupira en entendant cette dernière précision, Charlie lui jeta un coup d'œil en continuant de répondre à Cécilia. Regrettant d'avoir manifesté trop ouvertement son dépit, il se reversa du vin en se faisant la remarque qu'il avait pas mal bu… bah, c'était la Saint-Jean. Xavier dévisageait Zack, curieux de la cause de son soupir.

— Ça va ?

— Parfaitement bien. Tu veux d'autre vin ?

— Non merci.

— Toi, Cécilia, tu travailles avec Louis ? interrogeait Alice.

— Oui, je fais un stage de six mois aux communications.

— Six mois ? Et après ?

— Cécilia veut visiter l'Ouest canadien.

— Il y a de très beaux endroits à voir au Québec.

— Jacques… lui dit Alice.

— Oui, je veux voir le Québec aussi, mais…

— On doit aller en Gaspésie la dernière de juillet, coupa Louis.

— Tu veux voir le caillou ? demanda Zack à Cécilia.

— Le caillou ?

— Notre légendaire Rocher Percé.

— Oui, j'aimerais bien.

Zack bâilla.

— Quels coins du Canada t'intéressent ? reprit Alice.

— Je voudrais voir Vancouver, Victoria, Banff, Calgary…

Xavier, assis sur la terrasse, surveillait par la fenêtre Jacques et Alice qui débarrassaient la table. Ils avaient refusé leur aide, comme à chaque souper. Sa mère s'interrompit pour consulter son téléphone, la lumière blafarde qui éclaira son visage la fit paraître plus cernée. Elle travaillait un nombre d'heures exagéré, et grugeait sur son sommeil pour venir à bout de ses tâches. Depuis qu'il était barman, ses nuits n'étaient guère mieux… ni celles de Zack, qui souffrait d'insomnie récurrente. Ce soir, par contre, avec

tout l'alcool consommé, son frère ne devrait pas chercher le sommeil trop longtemps… Il se détourna de
la fenêtre. Louis et Zack parlaient de se baigner malgré la température pas très chaude, Charlie farfouillait
dans un plant de fraises en pot, Cécilia était à la salle
de bains. 22 heures. Les feux d'artifice débuteraient
dans une heure. Xavier pensa que ses frères avaient
assez bu pour ne pas se soucier du froid de l'eau, ils le
sentiraient à peine. Pas lui. Charlie s'esclaffa.

— Pratique de prendre une Française, ironisait
Zack. Tu as l'excuse parfaite pour rompre après ta date
d'échéance de six mois.

— Ta gueule.

Louis l'avait dit sans être réellement offusqué, en lui
jetant la capsule de sa bière. Il savait que son frère avait
raison. Non seulement il y avait peu de chances qu'il soit
encore avec Cécilia dans quelques mois, mais il ne pouvait se mentir : en la rencontrant, l'idée l'avait effleuré
qu'avec elle, la rupture irait d'elle-même. Habituellement, il entamait ses nouvelles relations convaincu que
cette fois, c'était la bonne. Sauf que sa dernière liaison
s'était terminée si péniblement, et Judith lui en voulait
toujours… Il se sentit coupable en voyant Cécilia ouvrir
la porte-patio pour les rejoindre. Zack changea de cible.

— Toi, Xavier, nous présentes-tu bientôt l'élue de
ton cœur que tu nous caches depuis dix ans ?

— Quinze ans, corrigea Louis.

Cécilia regarda Xavier, incertaine. Louis ricana.

— Mon frère refuse d'amener les filles qu'il fréquente à nos soupers de famille. On n'est pas assez
bien pour elles.

— Il n'y a pas de fille, se défendit Xavier.

— Bon, bon, bon, railla Louis. On est supposés
croire ça.

— Pourquoi t'essaies pas Tinder? suggéra Zack. Tu y ferais fureur. Moi, j'y fais fureur et on se ressemble. En plus, les filles veulent toutes des hommes grands, ça nous avantage.

— Tu étais sur Tinder? demanda Cécilia.

— Je *suis* sur Tinder.

— C'est pas un site de rencontres?

— Pas un site, une application de rencontres, c'est conçu pour le téléphone. Dans le genre, le truc le plus efficace inventé dans les dernières années.

— Zack et Charlie sont tous les deux sur Tinder, précisa Louis à Cécilia. Ils ont une conception singulière de la vie de couple…

— Pourquoi Tinder est plus efficace?

Xavier avait posé la question sans se méfier des conséquences, curieux de mieux comprendre ces clients qui ne juraient que par Tinder et venaient Chez Hélie pour des rendez-vous planifiés grâce à l'application, et non plus pour draguer les autres clients. Réalisant son erreur, il s'attendit à une avalanche de blagues de la part de Zack. Pourtant, son frère se lança dans des explications sérieuses.

— Avec Tinder, les gens sont géolocalisés, tu sais où la personne se trouve au kilomètre près. Pas de perte de temps à discuter avec quelqu'un qui vit trop loin pour organiser une rencontre. Quand je voyage pour le travail, si j'indique que je veux rencontrer des filles à cinq kilomètres, l'application s'adapte. Mais le plus important, c'est le côté efficace de Tinder. On regarde une photo et on décide si oui ou non on veut en savoir plus. Si c'est non, on glisse la photo sur la gauche et la personne disparaît. Si c'est oui, on clique dessus. Là on voit quelques photos supplémentaires, parfois un court texte. Faire le tour d'un profil prend quelques secondes. Si la personne nous plaît, il suffit de glisser sa photo sur la droite. Si c'est réciproque, Tinder nous indique qu'on a un match avec cette personne. Ensuite, on peut établir le premier contact par «Salut, ça va», «j'aime bien ta troisième photo». Des banalités. Au pire, la fille répond pas, on passe à la suivante. Simplicité et efficacité.

— Tu rencontres beaucoup de filles avec Tinder? demanda Cécilia, encore surprise.

— Hum… J'ai toujours plusieurs conversations en cours, mais que je rencontre sur une date… peut-être une par mois, des fois deux.

— Et toi, Charlie?

— À peu près pareil.

Zack prit Charlie par la taille et l'attira à lui.

— Elle ment. Ma femme fait un malheur sur Tinder. Chaque semaine, elle m'abandonne au moins une soirée pour des rencontres extraconjugales. Ou alors elle disparaît toute la nuit pour me revenir aux p'tites heures du matin.

Il avait chantonné sa dernière phrase, tirée d'une chanson dont il ne se rappelait que ce vers parce qu'il l'avait entendue à la radio les premiers temps de sa relation avec Charlie, et que les paroles lui avaient fait penser à elle. À cette époque, lui et Sophie venaient de rompre, il avait le sentiment que sa vie pouvait recommencer à être une chose facile, avec en prime la fin de ses inquiétudes quant à son incapacité d'être en couple. Charlie l'écoutait d'un air amusé. Elle voulut prendre une gorgée de son mojito, mais Zack arrêta son geste et l'embrassa. Après leur baiser, il fit semblant de lui mordre l'épaule, elle le repoussa en riant.

— Mes rencontres extraconjugales ne découlent pas que de Tinder, chéri.

— C'est vrai, convint Zack.

— Ils sont toujours comme ça, s'excusa Louis en voyant la mine perplexe de Cécilia.

Celle-ci était préoccupée de l'opinion de son nouveau copain sur les pratiques de son frère et de sa belle-sœur. Louis lui sourit pour signifier que leurs commentaires étaient à prendre à la légère. Zack se tourna vers Xavier.

— Pis, Xavier, quand est-ce que tu couches avec ma femme?

Cette fois, Cécilia s'étouffa dans son porto.

— Ils font tout le temps ça, la rassura encore Louis.

— C'est quand tu veux, Xavier, dit Charlie d'un ton badin, ma proposition tient toujours.

— C'est noté, abdiqua Xavier, sachant qu'il était parfois plus simple de prendre part à leurs jeux.

— J'attends impatiemment ce jour.

— Ils déconnent, répéta Louis à Cécilia, qui ne parvenait pas à dissimuler son incompréhension.

— Absolument pas, coupa Zack. Ma femme fantasme sur mon frère depuis le début de notre relation, et alors? Je t'adore, ajouta-t-il à l'oreille de Charlie.

— Vous plaisantez? laissa tomber Cécilia. Oui, vous plaisantez…

— On a l'air de blaguer? répliqua Zack.

Xavier secoua la tête, l'absurdité de la situation lui paraissait invraisemblable. Et que ce soit lui le centre de leurs délires l'était d'autant plus.

— Pas de tabou! lança Charlie, le poing levé dans une pose combative.

— Les tabous sont le substrat où germe l'intolérance et fleurit la haine, renchérit Zack pompeusement avant que Charlie et lui pouffent de rire.

Alice et Jacques sortirent sur la terrasse.

— Vous restez au moins pour les feux d'artifice ?

— Sûr ! On va pas manquer cet hommage au Québec ! On se met du Paul Piché ?

— Arrête de te moquer, Zack. Un jour on va l'avoir, notre indépendance.

— Jacques, c'est un serpent de mer, l'indépendance.

— Pantoute. On va finir par y arriver. Dans moins longtemps que vous pensez.

— Le pourcentage de francophones au Québec est en baisse depuis des années, s'obstina Zack. Comment veux-tu qu'on gagne un référendum ?

Xavier ressentit un peu de pitié pour son beau-père. Quand ses frères dépassaient un certain seuil d'ébriété, ils cessaient de ménager Jacques et ses convictions.

— Il a pas tort… se risqua Louis. C'est quoi un serpent de mer ?

— Une affaire qui arrivera jamais.

— C'est parce que les Québécois font pas assez d'enfants, s'attrista Jacques. Les francophones je veux dire. Ça pourrait changer.

— On va quand même pas se mettre à faire des enfants pour la souveraineté du Québec.

Zack riait, Alice le regarda avec exaspération. Jacques ne se laissa pas démonter.

— Pas juste pour la souveraineté. Pourquoi vous en faites pas, des enfants ? Vous êtes déjà dans la trentaine, vous avez des bonnes jobs.

— Tu veux qu'on fasse des enfants pour produire des électeurs ?

— Faudrait que Xavier commence par se faire une blonde anyway.

— Louis, franchement…

— On n'est plus au 18e siècle, reprit Zack, on se fera pas une Revanche des berceaux prise 2.

— Nos ancêtres se sont sacrifiés, c'est tout à leur honneur. On serait pas six millions et demi de francophones s'ils s'étaient pas démenés pour avoir des grosses familles.

— Nos ancêtres étaient sous la botte de l'Église catholique. Ils se sont sacrifiés pour finir au paradis, pas pour sauver une langue qu'on leur apprenait même pas à lire et à écrire.

— On parle pas de faire dix enfants par couple non plus...

Charlie saisit le poignet de Louis pour voir l'étiquette de sa bière.

— C'est pas américain, cette marque-là ?

— Deux ou trois enfants, poursuivit Jacques, ça fait une belle famille. Regarde, on a une belle soirée là. Ça vous fait pas peur de penser que vous allez vieillir seuls ?

— Nope.

— Louis, le taquina Charlie, c'est toi qui as acheté cette bière-là ?

— T'aimerais pas ça Alice, avoir des petits-enfants un jour ?

— Elle était en spécial. Huit piasses le six-pack.

— Il y a rien qui presse, répondit Alice. Ils ont le temps pour les enfants...

— Le soir de la Saint-Jean, tempêta Zack, de la bière américaine ! T'aurais pu te forcer !

Louis lança une autre capsule à Zack.

— Rajoutes-en pas, c'est juste de la bière.

— Si c'est le français qui t'inquiète, dit Xavier à Jacques, il paraît que notre langue est en hausse dans le monde.

— Ah oui ?

— L'Afrique. Ça parle français dans plusieurs pays et les Africains font beaucoup plus d'enfants que nous.

— Ben, ça devrait vous inspirer.

— «En moins de temps qu'il ne me faut pour te faire un enfant», chantonna Zack à Charlie.

— De toute façon, maugréa Louis, pourquoi on aurait la mission de protéger la langue des Français, quand ils nous ont envoyés dans un climat merdique pour avoir de la fourrure de castor, avant de nous domper au premier problème?

— Tu t'en viens soûl, Louis.

— C'est notre langue... protesta Jacques. Tu comprends tout de travers.

— Qu'est-ce que tu chantais, Zack? demanda Cécilia, qui peinait à suivre la conversation et s'accrochait de nouveau aux mélodies.

— Attention, Louis nous sort les deux trucs qu'il se rappelle de ses cours d'histoire du secondaire.

— C'était Jean Leloup, répondit Charlie à Cécilia.

— Qui se soucie de ces quelques arpents de neige?

— Ben Louis, il les a pas compris, ses cours d'histoire du secondaire, pour nous sortir des affaires de même. Le français, c'est notre langue.

— La langue de Voltaire! s'écria Zack en coupant court à la cacophonie, son téléphone en main. Tiens, écoutez ce qu'il pensait de notre beau pays: «Quand deux ou trois marchands de Normandie, sur l'espérance d'un petit commerce de pelleterie, établirent une colonie dans le Canada, pays couvert de neiges et de glaces huit mois par année, habité par des barbares, des ours et des castors.» Ça ferait une bonne pub de voyage, en fait...

— Lâche ton cell, Zack.

— Bon, qui vient se baigner? Cécilia?

— C'est trop froid pour se baigner...

— Pas du tout! trancha Zack. Je vais mettre mon maillot.

— Vous êtes trois, s'entêta Jacques. Ça se peut pas qu'à trois, on soit jamais grands-parents.

— Moi, c'est réglé, j'en veux pas.

— Moi non plus.

— Toi, Louis ?

— Des enfants ? Peut-être un…

Zack posa sa bière au bord de la piscine creusée et sauta à l'eau. Charlie l'imita, puis nagea jusqu'à l'escalier et s'assit à côté de Xavier. Louis descendait prudemment par l'échelle, frissonnant à chaque palier.

— Tu te tortures pour rien, Louis, se moqua Zack en l'aspergeant.

— Merde, c'est trop froid.

Il s'immergea en geignant, avant de récupérer sa bière. Ils se mirent à parler de cette Patricia que Zack devait bientôt rencontrer.

— Comment ça se passe au bar ces temps-ci ? demanda Charlie à Xavier.

— Pas si mal. La routine. Les gens boivent toujours autant. Plus même, avec l'été.

22 h 50. Plus que dix minutes. Après les feux d'artifice, il rentrerait chez lui, demain il travaillait à seize heures. Avec un peu de chance, la soirée serait tranquille, les gens ayant assez fêté la veille. Charlie étira son bras pour atteindre son mojito, elle frôla Xavier sans faire exprès et tressaillit.

— Excuse-moi.

Xavier fit mine de scruter le ciel, cachant sa perplexité. Comment Zack et elle pouvaient lui répéter qu'elle voulait coucher avec lui, pour qu'ensuite elle s'excuse de l'avoir à peine touché…

— Je voulais pas…

Elle laissa sa phrase en suspens, Xavier eut l'impression qu'elle était gênée. Elle s'enfonça sous l'eau, nagea pour rejoindre Zack et Louis. Xavier la suivit des yeux. Charlie était pour lui un mystère. Lorsqu'elle et Zack avaient commencé à dire qu'il pourrait coucher avec elle, il avait cru qu'ils blaguaient, que ce n'était que de la provocation. Le jour de leur mariage, il avait compris qu'elle était sérieuse. Depuis, de temps en temps, elle arrêtait le voir Chez Hélie durant les heures creuses, s'assoyait au comptoir, commandait un dry martini. Jamais elle ne lui tenait de propos ambigus. Xavier en était même venu à trouver sa compagnie agréable.

— Je vais me chercher une autre bière, t'en veux une ?

Zack montait l'escalier pour sortir de la piscine. Xavier hésita.

— Ok.

Il n'avait pas tellement envie de boire, mais il craignait d'avoir l'air plate, le soir de la Saint-Jean en plus. Au moins, cette année, il n'aurait pas à gérer les clients soûls qui déferleraient Chez Hélie à la fermeture des parcs. Son frère revint, lui tendit une bière, s'assit à sa droite. Zack resta silencieux un moment, et soudain s'anima.

— Si tu savais tout ce que j'ai fait dans cette piscine.

— T'inquiète pas, j'en sais des bouts.

Zack se mit à rire. Des images des étés de leur adolescence passèrent par la tête de Xavier, quand Alice et Jacques partaient en vacances avec Louis, tandis que Zack et lui restaient seuls à la maison parce qu'ils occupaient des emplois étudiants. Zack se lança dans le récit d'anecdotes liées à la piscine, Xavier constata qu'il était dans un état d'ivresse avancée. Louis bavardait avec Charlie, lui aussi plus très sobre.

Un son aigu siffla, suivi d'un bruit d'explosion, une pluie de flammes blanches et bleues illumina le ciel. Bleu et blanc, les couleurs du drapeau de cette province francophone qui avait voulu être un pays, mais qui demeurait coincée au sein du deuxième plus vaste pays du monde, à majorité anglophone. Deux cultures unies par un nom de pays. Au fond, réfléchit Xavier, n'était-ce pas toujours ça, un pays, un amalgame de gens en désaccord? Un compromis perpétuel en vue de partager un territoire sans s'entretuer? D'un autre côté, même sans être tous des souverainistes convaincus, la plupart des francophones que Xavier côtoyait se disaient d'abord Québécois avant de se rappeler qu'ils étaient aussi Canadiens. Était-ce suffisant pour devenir deux pays? Xavier en doutait. Il y avait sûrement moyen de s'entendre… C'était déjà ce qu'ils faisaient, de toute façon… Il jeta un regard à son beau-père, assis sur la terrasse avec Alice et Cécilia. Jacques serait extrêmement déçu s'il pouvait lire dans ses pensées.

Pendant qu'il contemplait l'orgie de couleurs zébrant le ciel et méditait sur la situation du Québec, Xavier entendait distraitement son frère qui se remémorait des souvenirs de ses 18 et 19 ans, où des noms de filles avec qui il avait couché fusaient à chaque phrase. Alcool, feux d'artifice et nostalgie. Les célébrations de la fête nationale battaient leur plein.

Dans la voiture, seule avec Louis, Cécilia revint sur les propos de Zack et Charlie.

— C'est pour nous narguer?

— Probablement.

— Comment, probablement?

— Ça dure depuis deux ans… Charlie… Oublie tout ça.

— Non, je veux comprendre. C'est vrai ou pas?

— Quoi?

— Tout. Les clubs échangistes? Ils sont sur Tinder? Charlie voudrait coucher avec Xavier? Zack l'y encourage?

— Ben…

Louis n'avait pas envie d'aborder ce sujet. Il vérifia l'heure, minuit et quart, se demanda s'il y aurait beaucoup de monde au party où ils allaient finir la soirée. À sa requête, Cécilia conduisait lentement. La tête lui tournait. Trop de bière.

— Louis, tu m'écoutes? Tu t'es pris une sacrée murge, dis donc.

— Une quoi?

— Tu t'es bourré la gueule.

— Ah… Ici on dirait se soûler la face. Ou se paqueter la fraise. Ou virer une brosse. Ou…

— Comme tu veux. Pour moi, tu t'es bourré la gueule.

— C'est la Saint-Jean-Baptiste… C'est fait pour ça.

— Votre fête nationale est faite pour vous soûler?

— Comme toutes les fêtes nationales, non? Vous, le 14 juillet?

— Laisse tomber, on parlait de Zack et Charlie.

— Qu'est-ce que tu veux savoir? Oui, ils vont dans des clubs échangistes, ils ont chacun un paquet d'amants, Charlie couche avec des femmes et… c'est tout. Je sais pas le reste.

— Mais est-ce qu'elle voudrait réellement coucher avec Xavier?

— J'en sais rien… non. Ils niaisent.

— Ils sont trop bizarres. Tu imagines, si je voulais coucher avec un de tes frères ?

Louis sursauta.

— On n'est pas comme ça.

— Heureusement que c'est pas sur toi qu'elle a flashé.

— Ouin… Pourquoi pas, en fait ?

— Je serais trop mal. Tu imagines, te faire draguer par la femme de ton frère ?

— Non. Ben non.

Louis sentit un reflux dans sa gorge. Il bredouilla à Cécilia d'arrêter la voiture, et ouvrit la portière de justesse. Cécilia leva les yeux au ciel. Elle pouvait oublier le party maintenant. Sa première Saint-Jean-Baptiste ne lui parut pas tout à fait un succès.

DIANE

Les forceps

1984
En 1934, le code Hays entra en vigueur dans le milieu du cinéma hollywoodien. Jusqu'en 1966, il censura les outrages aux mœurs : indécence, prostitution, criminel traité de façon à susciter l'empathie, relation sexuelle interraciale, etc. Parmi les sujets à éviter, on trouvait la naissance d'un enfant. Sous aucun artifice on ne devait montrer cet événement qui, au même titre que la traite des Blanches ou la perversion sexuelle, pourrait « rabaisser le niveau moral des spectateurs ». Quand le scénario comportait un accouchement, la femme pouvait, par exemple, disparaître derrière une mystérieuse porte et réapparaître plus tard, radieuse, son bébé dans les bras. Rien de mieux qu'une ellipse pour maintenir le mythe de l'accouchement heureux.

Durant les décennies suivant le déclin du code Hays, les réalisateurs ne se gêneront plus pour exploiter le sujet. Dans une sorte de retour du refoulé, des scènes cultes rivaliseront d'imagination et iront jusqu'à présenter des personnages féminins mettant au monde zombie, vampire, larve de mouche et extraterrestre. Si en 1984 ce curieux topos de l'accouchement glauque n'était pas encore tout à fait en vogue, il y avait déjà un moment que le cinéma s'était réconcilié avec le tabou de la naissance. Alors qu'elle attendait son premier

84

enfant, Diane disposait d'un certain imaginaire ciné-matographique pour se représenter son accouchement – autrement, elle avait très peu de repères. La réalité ne fut toutefois pas comme elle l'avait escompté.

Matthew assista à la naissance de Justin. Une ving-taine d'années plus tôt, il aurait été relégué derrière une mystérieuse porte comme le spectateur de cinéma à l'ère du code Hays, mais, depuis 1966, les pères qué-bécois étaient admis dans la salle d'accouchement. Après que Diane eut souffert de crampes atroces pen-dant vingt heures, qu'elle eut poussé pendant cinq, et cru qu'elle allait mourir pendant deux, le médecin déclara qu'il devait utiliser des forceps. Matthew, qui avait assimilé une centaine de gestes de la langue des signes, n'avait bien entendu aucune idée de la façon de traduire ce mot. Il sortit son calepin et y expliqua la situation à Diane. Elle ne comprit pas le mot « forceps ». Matthew décrivit l'instrument comme il put : « pince insérée dans le vagin pour tirer l'enfant ». La jaquette d'hôpital sur ses jambes relevées empêchait Diane de voir les mains du médecin. Livide, elle demanda qu'on lui montre l'objet. Le médecin s'opposa à sa requête. Matthew transcrivit la réponse, Diane insista, Matthew se refit l'interprète, le médecin persista dans son refus. Devant l'entêtement du médecin, Diane, qui jamais ne manifestait la moindre opposition à quoi que ce soit, se mit à hurler. Matthew laissa tomber son calepin, et le médecin ses forceps. Diane vit rouler au sol la pince métallique de la taille de deux grosses cuillères à salade et, terrifiée, s'évanouit.

Pourtant, l'invention des forceps fut un événement salvateur dans l'histoire de l'humanité. Avant leur inven-tion, la disproportion céphalo-pelvienne était une cause fréquente de la mort en couches. Lorsque la tête du bébé restait coincée dans le canal génital, deux options s'offraient. On brisait le crâne et on extrayait le bébé en plusieurs morceaux ; d'autres fois, c'est la mère qui était sacrifiée : on brisait l'os pubien et on sauvait le bébé.

Que Diane le voulût ou non, le médecin accoucha donc Justin à l'aide de forceps, et aucun os ne fut fracturé. Il y avait longtemps qu'on avait envoyé promener la sélection naturelle.

Charlie ne se mariera pas en blanc
(mais ne pourra pas s'enfuir)

2014

Quelques semaines avant leur mariage, Charlie lui avait lancé à la blague que le jour J, elle coucherait avec Xavier. Zack avait tout de suite compris que c'était un désir réel déguisé sous une blague. Il lui avait répondu ce qu'elle voulait entendre et qui avait l'avantage d'être la vérité : ça ne le dérangeait pas. Les yeux de Charlie avaient brillé, on aurait dit une enfant à qui on donne une permission inespérée. Elle lui avait expliqué que coucher avec le frère de son mari le soir de ses noces lui semblait digne des pires scénarios de films pornos. Zack avait déduit que c'était ça qui l'excitait, davantage que son frère lui-même. Il l'avait prévenue des faibles chances que son plan réussisse, c'était aux antipodes du genre de Xavier, de toute façon elle le savait bien.

Pour leur mariage, Charlie avait choisi une robe rouge vif en satin, composée d'un bustier qui dénudait ses épaules et d'une base en forme de cloche modelée par du tulle. À partir de la taille, un voile diaphane aux reflets dorés et argentés recouvrait le satin jusqu'aux chevilles, à l'autre extrémité le haut du corsage était paré de pierreries brillantes assorties. La coupe d'une robe de mariage traditionnelle, mais pas la couleur. À son retour de l'atelier de couture avec la robe, Charlie l'avait revêtue pour la montrer à Zack – après tout, elle avait magasiné avec lui son smoking, au diable la pratique de se faire la surprise le jour des noces. Elle lui avait précisé qu'il était hors de question qu'elle se marie en blanc, symbole de pureté et de virginité imposé aux femmes sans qu'il y ait d'équivalent du côté des hommes. Zack l'avait qualifiée de féministe qui s'ignore, Charlie avait rigolé, puis il avait remonté les multiples appliques de tulle pour lui faire l'amour dans cet encombrant vêtement qui rappelait des époques où l'on accoutrait les femmes d'une telle quantité de tissu que tout déplacement devenait une épopée, et s'enfuir en courant, quasi impossible.

L'accent de Justin

1984-1989
Jusque dans les années 1960, au Québec, il n'était pas très courant que les pères s'occupent des déjections de leurs enfants en bas âge. Au fil des années 1960 et 1970, sous l'influence de la révolution sexuelle et de la Révolution tranquille, les comportements commençaient à se modifier, et les hommes découvraient les exigences asservissantes du système gastro-intestinal

et urinaire d'un bébé. Matthew, lui, avec ses deux premiers fils, ne s'était pas senti concerné par ces choses-là. Pour sa défense, il faut concéder qu'Alice, à l'instar de bien des mères de l'époque, veillait à tout sans rien demander.

La situation devint problématique à la naissance de ses troisième et quatrième fils. Les premiers mois, Diane, comme Alice avant elle, se chargea des besoins de Justin. Matthew se contentait de le prendre dans ses bras pour le plaisir de tenir ce petit être aux sourires niais qui refermait ses doigts autour des siens avec une poigne dérisoire. Quant à son autre fils, Louis, il ne pouvait quitter Alice, qui le nourrissait au sein. Matthew ne voyait pas tellement plus ses deux aînés. Depuis qu'Alice l'avait mis à la porte, il squattait le minuscule deux et demi de Diane ; impossible de s'entasser à cinq dans cet espace.

Deux mois après la double naissance, Matthew se décida enfin à louer un appartement plus grand, et Xavier et Zack purent commencer à passer une fin de semaine sur deux chez leur père. Alice ne tarda pas à sevrer Louis, impatiente de reprendre le travail et d'oublier le chaos qu'était devenue sa vie. Tandis qu'elle retournait au travail, Diane eut sa première crise de dépression, trouble qui s'avérerait récurrent et qui, dix-huit années plus tard, l'amènerait à avaler un flacon d'Effexor, tout en se tailladant les veines avant de plonger sa voiture dans la rivière Richelieu – on n'est jamais trop prudent.

Pour l'instant, Justin n'était pas orphelin de mère, quoique Diane fût incapable de veiller à sa survie. Matthew réalisa avec étonnement l'énergie et le temps que demande un bébé de 3 mois, et il ressentit une légère honte à l'idée qu'il lui avait fallu être quatre fois père pour en prendre conscience. Mais légère, très légère, et pas plus de cinq minutes. La semaine suivante, quand Alice l'informa que Louis, maintenant nourri au biberon, accompagnerait dorénavant ses frères aînés chez lui, Matthew éprouva une pointe de panique, lui qu'à peu près rien n'ébranlait. Les deux jours furent catastrophiques, et lorsque Alice récupéra Louis baignant dans sa couche trempée d'urine froide, Xavier le visage strié de marques de feutre noir, œuvre de Zack qui, lui, était dans un état de surexcitation incontrôlable causé par l'ingurgitation immodérée d'Orange Crush, elle fut forcée de se rendre à l'évidence. Elle ne bénéficierait pas de sitôt de fins de semaine de repos. Il fut entendu que Louis n'irait pas chez Matthew pour un temps «indéterminé».

Même si l'être humain mettra près d'une vingtaine d'années avant de pouvoir se passer de ses parents pour son bien-être physique, et un temps comparable pour son émancipation psychologique et émotive – quand ce n'est pas trois ou quatre décennies, voire plus –, tout évolue si vite chez les bébés qu'il est inutile de parler en termes d'années, mieux vaut compter en mois. Ça aussi, Matthew l'ignorait, et les premières fois qu'il amena Justin à la garderie, si des mères tentaient de jaser avec lui et le questionnaient sur l'âge de son fils, il répondait qu'il n'avait pas 1 an. Après quelques semaines, il finit par comprendre le code tacite en usage et l'intérêt de compter en mois. Deux semaines de plus, et il comprit autre chose : cette vie n'était pas pour lui. Il avait quatre enfants, mais il n'était pas fait pour être père. Il avait beau les aimer, il ne savait pas s'en occuper. Dès que Diane fut remise de sa dépression, il patienta ce qui lui parut un temps décent et, en dépit de quelques remords, il la quitta.

Le hic, c'est que Diane pouvait difficilement apprendre à parler à son fils. Elle lui enseigna la langue des signes et lui transmit ce qu'elle savait du langage parlé. Pour pallier son handicap, une femme des services sociaux vint régulièrement à la maison durant les premières années. Malgré tout, Justin entendait davantage la voix de sa mère. Côtoyer d'autres enfants aurait pu lui être utile, mais comme Diane ne reprit pas le travail après sa dépression, elle le retira de la garderie. Outre ses demi-frères qu'il voyait trois fois par année parce qu'Alice prenait soin de l'inviter à leurs fêtes d'anniversaire, Justin fut très isolé. Jusqu'à l'âge de 5 ans.

Quand il entra à la maternelle, Justin réalisa qu'il ne parlait pas « comme les autres ». Il en avait bien eu l'intuition, lors des anniversaires de ses frères. Zack lui lançait des sourires narquois, Louis le dévisageait avec curiosité, seul Xavier n'adoptait pas d'attitude particulière. Et les amis de ses frères l'évitaient. En devenant la tête de Turc de sa classe, les enfants s'amusant à imiter son étrange accent, il comprit qu'il avait eu chez Alice un aperçu de ce que serait sa vie d'écolier.

Chez Hélie comme utérus externe

AOÛT 2015
Parmi les recettes de cocktails et de shooters que Xavier avait apprises pour être barman, rien ne l'horripilait plus que ce mélange de Baileys et de Tia Maria qu'on

avait gratifié du métaphorique nom de Blow Job. Il détestait qu'on lui en commande. Il les apprêtait en se donnant un air indifférent, s'efforçant de penser que ce n'était qu'une banale combinaison de crème irlandaise et de liqueur de café surmontée d'un tourbillon de crème chantilly. Mais les rires des filles attendant d'être servies, ou les blagues obscènes des gars zieutant les proies à qui ils destinaient leurs shooters, lui rappelaient combien ce genre d'allusion l'ennuyait. Des Blow Jobs, qui avait eu cette idée ?

Ce soir-là, tandis que Xavier en préparait trois pour un groupe particulièrement turbulent composé de filles et de gars de 18 ans – leur âge lui était connu, car il avait demandé à voir leurs pièces d'identité pour découvrir que, pas de chance, tous étaient majeurs, le plus jeune fêtant justement ses 18 ans le jour même –, il eut de surcroît à endurer les commentaires graveleux d'un quinquagénaire aviné qui attendait avec impatience de profiter du spectacle. Xavier déposa les verres sur le comptoir, et trois filles s'avancèrent en gloussant. La coutume, si l'on peut ainsi s'exprimer, exigeait que le buveur – plus souvent la buveuse – place ses mains derrière son dos durant toute l'opération, se penche vers le shooter pour d'abord déguster avec sa langue la crème coiffant la boisson, puis, une fois la mousse blanche dégagée, encercle le contour du verre de ses lèvres et renverse la tête pour avaler le tout. Si certaines filles se prêtaient sans pudeur au jeu, allant jusqu'à sucer le cylindre quelques coups avant d'incliner la tête, plusieurs n'osaient pas le prendre dans les règles de l'art et se contentaient d'agripper la moitié du rebord en y pressant leurs dents et leurs lèvres. Dans cette version plus distinguée, les risques d'éclaboussures devenaient considérables.

Sans surprise, deux des trois filles choisirent cette deuxième option moins évocatrice, et une seule avala le Blow Job d'un trait. Les deux autres renversèrent la tête même si elles n'avaient pratiquement aucune chance d'égaler le succès de leur amie. Comme Xavier l'avait anticipé, l'alcool dégoulina sur leur menton, leur cou, et pour finir entre leurs seins, toutes deux portant des vêtements échancrés. Un gars du groupe se pencha vers l'une d'elles et lui lécha le cou en descendant jusque dans son décolleté, oubliant peut-être, ou peut-être pas, qu'il la débarrassait ainsi d'un ersatz de sperme. La troisième fille s'en chargea elle-même, glissant ses doigts sur sa poitrine, avant de se les enfoncer dans la bouche en dévisageant un autre gars, qui imita alors le premier et fit courir sa langue contre sa peau. Le quinquagénaire les regardait d'un air salace. Xavier avait suivi la scène, se tenant sur le qui-vive pour fournir serviettes de papier et torchon.

Voyant que les dégâts étaient limités, il arrêta de les surveiller et aperçut une fille debout à côté du comptoir, vêtue d'une robe rétro noire à pois rouges, qui semblait avoir été témoin de la scène et qui promenait son regard entre le groupe tapageur et le quinquagénaire. Xavier la reconnut, c'était cette cliente qui l'hiver dernier lui avait commandé un autre shooter au nom métaphorique, tout aussi sucré mais moins vulgaire. La fille aux cerveaux. Il se dirigea vers elle et vit qu'elle portait au bras gauche deux larges bracelets en tissu à imprimé léopard. Ils retombaient sur son poignet et sa main, cachant en partie le tatouage qui l'avait intrigué. À part ces deux accessoires, ses bras et ses épaules étaient nus, et Xavier nota qu'aucun tatouage n'ornait cette superficie de sa peau. Sans doute ailleurs. Elle avait changé la couleur de ses cheveux, qui étaient d'un roux flamboyant et non plus rouges. En remarquant son sac rose, il se souvint de ce qu'Olivier avait dit – trop de couleurs. L'ensemble lui parut pourtant harmonieux. Ou peut-être qu'il n'y connaissait rien. Même s'il était en face d'elle, la fille continuait d'épier les jeunes.

— Fascinant.

— Pourquoi? demanda-t-il après avoir hésité à engager la conversation.

— Ce sont des enfants… Quel âge peuvent-ils avoir? 18 ans? 19? À moins que ce soit 16 ou 17.

— J'ai exigé leurs pièces d'identité, ils ont 18 ans. On ne laisse pas entrer de mineurs.

La fille lui sourit. Depuis la dernière fois que Xavier l'avait vue, Sandra avait fait modifier l'éclairage du bar, les black lights avaient été retirées, il voyait mieux les clients. Il la trouva encore plus jolie que dans son souvenir.

— Bien sûr, aucun bar ne laisse entrer de mineurs. Les plus rusés y entrent pareil. Mais bon, s'ils ont de fausses pièces, ça ne vous concerne plus.

Elle les considéra de nouveau, puis s'assit sur un tabouret.

— Des enfants. Et nous tous qui sommes là, pour en prendre soin.

— En prendre soin? En leur servant de l'alcool jusqu'à ce qu'ils se rendent malades?

— Quand bien même ils seraient malades, toi et tes collègues allez pouvoir gérer? Et si c'est au-dessus de vos capacités, vous allez composer un ou deux numéros, policiers, ambulance, et d'autres vont prendre la relève. Très peu de risques que quelqu'un meure ce soir ou garde des séquelles. On veille sur leurs abus. Nous agissons comme une couveuse humaine.

— Une quoi?

— Une couveuse humaine. C'est un concept de Peter Sloterdijk. Les enfants naissent trop tôt. Après neuf mois dans l'utérus, le développement est insuffisant. On commence notre vie avec une absence d'autonomie extrême par rapport aux autres mammifères. Tu sais après combien de temps de gestation les enfants humains devraient naître pour avoir l'autonomie des bébés primates?

— Non…

— 21 mois. Il faudrait passer *21 mois* dans l'utérus. Mais c'est impossible, à cause du cerveau. Au-delà de 9 mois, la tête ne passerait plus. Elle passe déjà à peine. Quand on y réfléchit, tous les enfants naissent prématurés. Pour pallier le déficit de croissance intra-utérine, les adultes, c'est-à-dire la mère, le père, la famille, les professeurs, la société, agissent pendant des années comme une sorte d'utérus externe. Une couveuse humaine.

Elle s'interrompit et se mit à fixer Xavier. Il baissa les yeux, eut envie de lui demander s'il pouvait voir son tatouage, sachant qu'il n'en ferait rien. Couveuse humaine, pensa-t-il, une autre métaphore… pas la plus classique qu'il ait entendue, par contre. La fille pointa les six jeunes. Trois d'entre eux étaient grimpés sur des chaises et dansaient.

— La couveuse humaine rend possible une prolongation de l'infantilité. Elle peut être beaucoup plus longue que chez les autres espèces, puisque tout est en place pour que l'enfant ait le luxe de se développer lentement. Sloterdijk dit que ça permet la «persistance de traits fœtaux chez l'adulte».

Xavier ne sut quoi répondre. Il tourna la tête vers les jeunes, l'une venait de tomber de sa chaise.

Persistance de traits fœtaux chez l'adulte… Comme la fille n'ajoutait rien, il se rabattit sur une banalité.

— Je vous sers quelque chose ?

— Vous faites des Aviations ?

— Euh… qu'est-ce que c'est ?

— Un cocktail à base de gin, maraschino, crème de violette et jus de citron.

— Crème de violette…

Et maraschino. Donc cerise et violette, encore un truc sûrement ultrasucré. De la crème de violette, il ne se souvenait pas d'avoir vu ça. Il lui fit signe d'attendre, et alla demander à Matis s'il avait déjà entendu parler de ce cocktail et d'un alcool aromatisé à la violette.

— Jamais. C'est la cliente au bout là-bas ? Je m'en occupe.

— Non, ça va.

Xavier s'éloigna avant que Matis puisse le devancer.

— On a pas de crème de violette. Je peux vous faire la même chose sans ? Vous avez dit gin, marasquin, citron ?

— Non, donnez-moi plutôt un Black Velvet.

Pendant qu'il étageait dans une chope le cidre et la bière noire, il l'observa du coin de l'œil, qui observait de son côté les jeunes à qui Matis servait une girafe de Budweiser. Ce choix quelque peu hasardeux pour un groupe de six personnes déjà en état d'ébriété frénétique consistait en une haute colonne de plastique transparent pouvant contenir quatre litres de bière, juchée sur un socle muni d'un robinet. La bière se réchauffait rapidement, il fallait la boire sans tarder – ce que paraissait déterminé à accomplir le sextuor. Xavier posa devant la fille son Black Velvet.

— Le cocktail à la violette, vous avez bu ça où ?

— Un Aviation ? À Détroit. C'est un cocktail qui était populaire aux États-Unis durant la prohibition. J'ai jamais réussi à en trouver à Montréal. J'essaie d'en commander dans tous les bars.

— Si on n'en sert nulle part à Montréal, il n'y en aura pas ici. Notre offre n'est pas très éclectique. Généralement, nos clients non plus…

Qu'est-ce qu'il venait de dire… Et pourquoi lui parler autant, malgré sa volonté d'être le plus laconique possible avec les clientes ? Il se rappela son foulard pailleté, qui était toujours chez lui. Il n'allait pas le lui avouer, après tout ce temps… La fille le regardait en souriant.

— Éclectique ?

— C'est huit dollars.

Elle fouilla dans son sac, Xavier recommença le même manège qu'en janvier, suivre ses gestes pour apercevoir son tatouage. Peut-être que les bracelets se déplaceraient lorsqu'elle ressortirait sa main. Elle extirpa un porte-monnaie en forme de caméléon, lui tendit la somme, puis égrena sur le comptoir une poignée de cinq et de dix sous.

— Un pourboire éclectique.

— Je voulais pas vous froisser.

— Oh non, c'est le plus beau compliment qu'on m'ait fait ce soir. J'aimerais juste me débarrasser de ma monnaie, si ça te va.

Plutôt que de porter l'argent à la caisse, Xavier resta devant elle, cherchant quelque chose à dire. La fille le scrutait sans gêne, buvant son Black Velvet.

— Tu es déjà allé à Détroit ? lança-t-elle.

Il constata qu'elle était passée du vouvoiement au tutoiement, comme la première fois.

— Non.

— La ville qui a fait faillite. Il faut y aller. Certains quartiers sont… apocalyptiques.

Elle plissa les yeux, Xavier crut qu'elle allait poursuivre, mais elle se tut. Un client l'apostropha, il dut la laisser. En remplissant une pinte, il vit un homme s'asseoir à côté de la fille, ils se mirent à bavarder. Peu après, il y eut une affluence de clients au comptoir.

À un moment où tout le monde était servi, Xavier s'appuya sur un des frigos et, faisant mine de surveiller la salle, il examina la fille. Elle discutait toujours avec le même client. Il songea qu'elle était bien assez jolie pour intéresser de nombreux hommes, mais pas assez pour les intimider et les décourager de lui adresser la parole. Elle semblait dans cet âge à la fois jeune et pas si jeune selon les points de vue, quelque part autour de 35 ans. Ses vêtements brouillaient un peu les cartes… Xavier eut l'impression qu'en s'installant seule au comptoir, elle pouvait être abordée tant par des gars de 25 ans que des hommes de 50.

Une cliente le héla, il cessa de la détailler. Un quart d'heure plus tard, il vit qu'elle s'apprêtait à partir, il s'étonna d'en être déçu. Il la regarda marcher vers la porte et sortir, puis s'approcha de la place qu'elle avait occupée au comptoir, ramassa son verre à cocktail et fixa le fond rouge où flottaient des glaçons, s'interrogeant sur ce qu'elle avait bu après son Black Velvet. Il remarqua soudain qu'elle revenait, s'empressa d'abandonner son verre parmi la vaisselle sale.

— La dernière fois que je suis venue ici, c'était l'hiver, je crois que j'ai oublié un foulard. Vous ne l'auriez pas trouvé par hasard ?

— Non. C'est-à-dire… les objets perdus sont gardés dix jours.

— Et ensuite ?

— Ensuite, ils… je sais pas, je peux m'informer.

— Pas la peine, ça fait des mois.

Xavier se retourna en entendant Matis jurer. L'une des filles de 18 ans vomissait sur une table, une autre dansait en serrant la girafe vide dans ses bras et en chantant *Bonne fête*, tandis que deux gars venaient d'enflammer une poignée de feux de Bengale. Chez Hélie comme couveuse humaine… peut-être bien.

De retour chez lui, il retrouva le foulard et le laissa sur sa commode pour penser à le rapporter lors de sa prochaine journée de travail. Si elle repassait, il improviserait pour le lui remettre. Mais il n'en fit rien, et s'habitua à cette tache de couleurs qui détonnait dans le dénuement triste de sa chambre. Seul le papier peint de Charlie empêchait que la pièce soit déprimante. Et à présent le foulard… Chaque fois qu'il allumait le plafonnier en rentrant à quatre heures, les paillettes lui renvoyaient des reflets nacrés, le matin lorsqu'il ouvrait les rideaux, c'est la lumière du jour qui l'irisait. De toute façon, elle ne reviendrait pas. Elle n'était venue que deux fois en sept mois, se disait-il, et la deuxième, c'était peut-être seulement dans l'espoir de récupérer son foulard. Qu'est-ce qui pourrait l'inciter à revenir dans un bar comme Chez Hélie ? En plus, maintenant, elle savait qu'ils ne servaient pas d'Aviations.

> *En aucune circonstance, la femme épanouie n'est obsédée de l'orgasme. L'acte sexuel n'est jamais tributaire du plaisir.*
>
> CLAUDE PRUDENCE
> *L'art d'aimer son mari – L'épouse chrétienne*

1965

Il fallut beaucoup d'entêtement de la part de Mariette pour persuader son mari de recouvrir son pénis d'une membrane de latex avant de lui faire l'amour, ou enfin, de se satisfaire avec elle, parce que, en 42 ans de mariage, Mariette ne conserverait aucun souvenir d'avoir eu un orgasme grâce à Pierre. Pour ça, elle avait Léonard qui, lui, ne se faisait pas prier pour enfiler tout ce qu'elle voulait ; il aurait accepté n'importe quelle condition pour coucher avec la femme de son cousin.

Elle avait connu Pierre à la petite école, ils s'étaient fréquentés chastement pendant deux ans, s'étaient mariés à 19 ans, et Mariette avait cru la première année de leur mariage qu'une relation sexuelle durait une minute – pas le temps de ressentir grand-chose. À son premier accouchement, elle avait intercepté une conversation chuchotée entre deux infirmières. Non, une minute, ce n'était pas la norme finalement… Quand elle en avait glissé un mot à Pierre, il l'avait assurée qu'il était incapable de faire autrement – mauvaise volonté ou désordre physiologique, elle ne le sut jamais. Elle avait tenté de se consoler : son mari n'était pas la norme, mais de toute façon, on lui avait enseigné que pour la femme, la sexualité ne doit pas être tributaire du plaisir…

Au bout d'un an, hantée par la discussion entre les infirmières et leurs rires joyeux, Mariette dédaigna cette sentence minimisant le plaisir féminin et jeta son dévolu sur Léonard. Les possibilités n'étaient pas nombreuses, elle habitait à la campagne, passait le plus clair de son temps à la ferme, ne côtoyait pratiquement que des gens du village. Léonard lui sembla le candidat idéal. Il la dévorait des yeux chaque fois qu'elle le croisait, et surtout, c'était le cousin de Pierre, les deux avaient un air de famille. Si un incident survenait, ça ne paraîtrait pas. Et il avait dix ans de plus que Pierre, peut-être que l'expérience aidant… La première fois qu'elle commit un adultère, Mariette comprit qu'elle s'était fourvoyée dans son choix de mari.

Léonard, lui, n'osait plus depuis longtemps toucher sa propre femme, Jeanine, une catholique bigote qui n'aurait au grand jamais péché, ainsi que le faisait Mariette, en «empêchant la famille». En effet, le jour où Jeanine accoucha de leurs huitième et neuvième enfants, Léonard décida qu'il ne referait pas l'amour à sa femme d'ici deux décennies. Parmi ses neuf enfants, il y avait trois couples de jumeaux, et Jeanine n'avait pas 30 ans lorsqu'elle mit au monde leurs deux derniers. De toute manière, il y avait Mariette, avec son sourire aguicheur, ses mains habiles, son corps qui une fois sur deux était parcouru de spasmes de plaisir quand il lui faisait l'amour, au contraire de sa femme qui restait immobile et attendait qu'il en ait fini. Et avec son caractère assez fort pour subir chaque dimanche matin l'humiliation due aux préceptes de l'Église, auxquels veillait le curé Nolet dans leur paroisse.

2014

Le soir du mariage de Charlie et Zack, une vingtaine de chambres étaient réservées pour eux et leurs invités à l'hôtel où avait lieu la réception. Vers minuit, la majorité des invités étaient partis ou avaient gagné leur chambre. Seules fêtaient encore les personnes les plus proches de Zack et Charlie, qui s'avéraient également être, à quelques exceptions près – dont Xavier et Justin –, les plus délurées. Tous avaient beaucoup bu – y compris, pour une fois, Xavier et Justin. Cette partie de la soirée devait demeurer imprécise pour Zack, sa consommation de vins et spiritueux l'ayant mené à ce niveau où un voile assombrit les souvenirs. Des dernières heures avant l'aube, il ne conservait qu'un fatras d'images floues dont la chronologie était impossible à reconstituer. Il se rappelait vaguement le personnel de l'hôtel les suppliant de quitter la piscine, les amies de Charlie essayant sa robe de mariage l'une après l'autre en se déshabillant sur place, et une chanson qui jouait en boucle parce qu'une de ses cousines avait chassé le DJ et pris le contrôle de la musique. De toute façon, le DJ, un ami de Charlie, négligeait son rôle depuis déjà un moment. Il mettait les mêmes chansons deux fois, ratait ses transitions, laissait des silences entre les pièces, moins intéressé par la musique que par les plateaux de shooters qui circulaient. L'alcool l'avait rendu déchaîné. Il avait fini par sauter habillé dans la piscine – un classique –, s'était ensuite débarrassé de ses vêtements, avait grimpé flambant nu sur la table où trônaient les décombres du gâteau et s'était roulé dedans. Une fois paré de crémage, il s'était enfui dans l'hôtel pour courir à travers les couloirs en criant «Qui veut du dessert ?» – réveillant au passage les dormeurs. Lui restaient aussi le souvenir d'une collègue de Charlie qui l'embrassait dans le cou alors qu'ils dansaient, et celui de Charlie apparaissant sur le bord de la piscine, affublée de son smoking qu'il avait troqué peu avant contre des vêtements plus confortables. Elle était montée sur le tremplin, avait mimé un début de striptease d'un air faussement sérieux, puis s'était jetée à l'eau. Dans la foulée, inspirés par Charlie, quelques-uns de leurs amis masculins avaient à leur tour essayé la robe rouge et bouffante.

À la fin de cette parade incongrue, le photographe, un ami d'ami que Zack connaissait plus ou moins, lui avait dit qu'il immortalisait des mariages depuis douze ans, que celui-ci était particulièrement animé, que les photos seraient géniales. En conclusion, il lui avait proposé de composer deux albums de photos au lieu d'un seul : un album «officiel», que Charlie et lui pourraient montrer à leur famille et à leurs relations moins intimes, et un album «secret», «underground», réservé aux photos prises après minuit. Zack se souvenait que le photographe gesticulait pour accentuer certains mots en dessinant des guillemets dans les airs, et qu'il trouvait ce geste ridicule même si l'idée des deux albums lui plaisait, mais il se souvenait surtout qu'il l'avait écouté distraitement, plus intéressé par une amie de Charlie sur laquelle il fantasmait depuis des mois ; derrière le photographe, il la voyait, totalement ivre, qui avait renfilé la robe de mariée et faisait le tour de la piscine pour une troisième fois d'un pas martial en chantant l'hymne national du Canada, ou plutôt les cinq-six premiers vers qu'elle connaissait, pièce sans doute élue à cause de la couleur de la robe, rouge comme le drapeau de ce pays auquel, après deux référendums ratés, ils appartenaient toujours tous. Ainsi va la vie, et le plus cérémoniel s'entremêle à la débauche. Puis s'en sépare : Zack donna son accord au photographe pour le double album.

> *Les intentions particulières des conjoints, leur vie commune, leur perfectionnement personnel, ne peuvent se concevoir que subordonnés au but qui les dépasse, la paternité et la maternité.*
>
> PIE IX

1967

Quelle était cette humiliation que subissait Mariette chaque dimanche ? Il s'agissait d'une humiliation subtile. Après avoir donné naissance à une fille en 1965 et à un garçon l'année suivante, Mariette remarqua que son aînée ne tournait jamais la tête vers elle quand elle l'appelait. En poussant l'investigation, elle constata que sa fille ne sursautait pas si elle claquait une porte, ni si elle échappait une marmite, ni non plus si elle hurlait à deux centimètres de son oreille. Le médecin confirma ce qu'elle savait déjà : sa fille était sourde.

Il la prévint que cette anomalie pouvait aussi être le lot de son fils, mais qu'il fallait attendre que l'enfant ait 1 an pour poser un diagnostic, l'oreille interne n'étant pas suffisamment développée chez le bébé de 6 mois. Il précisa que si c'était le cas, il y aurait de grandes chances que tous ses enfants souffrent du même handicap. Dès lors, Mariette défendit à son mari de l'approcher. Pierre, dépassé par la situation, ne protesta pas. Puis leur fils eut 1 an, et ils durent accepter que, comme Diane, il n'entendait pas le moindre son. À la suite de cette deuxième mauvaise nouvelle, Mariette se résigna, la mise en quarantaine de son époux ne pourrait pas durer éternellement. Elle chercha une solution et se décida pour cette invention commercialisée depuis peu qu'on nommait candidement un «outil de planification familiale», comme si tout ébat sexuel se produisait nécessairement «en famille», entre mari et femme.

Quelques semaines après, durant la messe du dimanche, Mariette pensa qu'elle ne s'était pas confessée depuis longtemps. Le curé le lui reprocherait bientôt. Dans le confessionnal, elle hésita. Elle devait avouer qu'elle et son mari ne faisaient plus l'amour pour enfanter, mais uniquement pour le plaisir, ou enfin, pour celui de Pierre. L'idée de mentionner ces détails la mit en sueur. Elle omettait déjà l'adultère qu'elle commettait avec Léonard; ça, elle ne l'aurait jamais confié. Renchérir en dissimulant la contraception lui parut beaucoup, elle se résolut à en alléger sa conscience. Et tôt ou tard, le prêtre trouverait suspect qu'elle ne soit pas de nouveau enceinte. Elle balbutia donc des aveux confus au curé Nolet. Sachant que les deux enfants de Mariette et Pierre étaient sourds, il comprit vite de quoi il retournait. S'opposant à l'avis du médecin, il lui déclara que seul Dieu déciderait si leur troisième enfant serait sourd. Si Sa volonté était de leur envoyer un autre enfant frappé de cette infirmité, ce n'était pas à eux d'en juger. La contraception était un péché. Le prêtre lui donna l'absolution pour l'utilisation qu'elle en avait faite – morte de honte, elle murmura que ce n'était arrivé qu'une fois –, après lui avoir imposé pour pénitence de réciter une série de Notre Père et de Je vous salue Marie.

Mariette, dont la mère avait eu treize enfants, n'avait pas l'intention d'élever une ribambelle d'enfants sourds. Elle persévéra dans sa résolution de «planifier sa famille», et ce qu'elle avait planifié, c'était : plus de famille. Au pire, elle ferait toutes les prières exigées. À sa confession suivante, elle avoua au curé qu'elle avait récidivé, endura ses remontrances, et repartit avec sa prescription de Notre Père et de Je vous salue Marie.

La fois d'après, le curé Nolet l'attendait de pied ferme. Elle confessa le même péché, mais le curé lui refusa l'absolution. Revenez quand vous cesserez d'offenser Dieu, la blâma-t-il.

Mariette aurait très bien pu vivre sans le pardon de sa faute. Avec ce qu'elle et Léonard faisaient, elle n'était plus trop sûre si le ciel lui serait ouvert. Lorsque la peur l'envahissait, elle se calmait en se promettant qu'un jour, elle renoncerait aux plaisirs condamnables. Pour l'instant, pas question de mettre une croix sur Léonard. Elle n'avait pas d'orgasme à chaque infidélité, mais une fois sur deux, c'était déjà mieux qu'avec son mari. Elle aurait toute sa vieillesse pour se repentir. Oui, l'absolution pouvait attendre. Le problème, c'est que pour communier, il faut avoir été absous. C'est là que commença son humiliation.

Le parc humain

NOVEMBRE 2015

La première chose que vit Xavier en poussant la porte de Chez Hélie fut deux bottes dorées qui tapaient avec impatience sur le barreau d'un tabouret, sans se soucier de suivre le rythme de la musique. En levant les yeux, il constata qu'elles appartenaient à une fille aux cheveux blond platine. Il ne voyait pas son visage. Il détailla ses vêtements, qui lui semblèrent bigarrés. En passant derrière le comptoir, il la reconnut, la fille aux cerveaux.

Il ne l'avait pas revue depuis l'été. Elle avait encore changé la couleur de ses cheveux. Elle discutait avec un homme éméché en veston-cravate, d'environ 40 ans, assis à sa droite. Peu après son arrivée, elle le héla.

— On prendrait six cerveaux.

— Des cerveaux, c'est quoi ça? voulut savoir l'homme.

— Des shooters.

— Jamais bu ça.

— Ce sera ton baptême. Six, répéta-t-elle à Xavier. Avec du schnaps.

Ah, pensa-t-il, elle se souvient de mon erreur du premier soir. Pourtant, cela faisait presque un an. Il apporta les trois bouteilles en se demandant si l'homme finirait comme son coloc. En tant que serveur, ce n'était pas très éthique d'être complice de ce piège.

— On peut vous payer à la fin?

Il se contenta d'acquiescer et décida que leur jeu ne le concernait pas. Il nota qu'elle portait une veste vert pomme dont les manches trop longues couvraient ses deux mains jusqu'aux jointures. Ce ne serait pas aujourd'hui qu'il verrait son tatouage.

— Comment tu t'appelles déjà? demandait le client.

— Tu as oublié?

— C'est un nom compliqué…

— Ulrique-Éléonore. Mes parents m'ont baptisée comme ça en l'honneur d'une reine de Suède.

Xavier se raidit. Encore la Suède. Et qu'est-ce que c'était que ce nom… Il déboucha la bouteille de schnaps aux pêches.

— Tu es d'origine suédoise?

— Non. Mais ma mère est historienne, elle a écrit un livre sur la royauté dans la Suède du 17ᵉ siècle. À l'époque, il y avait beaucoup de mortalité maternelle. Les femmes avaient une chance sur cent de mourir quand elles accouchaient. Comme elles avaient habituellement plusieurs enfants, ça voulait dire de 4 à 15 % de chances que sa vie se termine en accouchant. Pour tenter d'améliorer les choses, la reine Ulrique-Éléonore a fait ouvrir la première école de sages-femmes de la Scandinavie.

En préparant les cerveaux, Xavier écoutait son histoire. Il se rappela le nom qu'elle s'était donné avec Olivier, Cléopâtre. Un autre nom de reine…

— Aujourd'hui, poursuivait la fille, personne connaît Ulrique-Éléonore. Par contre, tout le monde connaît le Taj Mahal.

— C'est quoi le rapport?

— Le Taj Mahal a été commandé par un empereur moghol qui s'appelait Shâh Jahân. Un demi-siècle avant qu'Ulrique-Éléonore ouvre des écoles de sages-femmes, Shâh Jahân a perdu sa femme pendant un accouchement. Elle donnait naissance à leur quatorzième enfant. À sa mémoire, l'empereur a fait construire le Taj Mahal. On le considère comme une des merveilles du monde, même s'il a fallu 22 000 esclaves pour le construire. Et ça, sous les ordres d'un homme qui avait trois épouses et un harem de 2000 femmes. Le Taj Mahal serait un symbole d'amour.

— Ma sœur l'a visité. J'ai vu des photos, ça reste très impressionnant.

— L'empereur aurait mieux fait d'utiliser son pouvoir pour créer des écoles de sages-femmes.

— C'est vrai, t'as raison... J'aimerais quand même aller le voir un jour. Pas toi ?

— Je l'ai déjà visité. Sauf que là-bas, j'ai gardé en tête que ma mère m'a donné un nom pour me rappeler de voir plus loin que les apparences.

— Eh ben, t'es toute une féministe. J'aime les femmes qui ont du caractère.

— T'es pas féministe ?

L'homme ricana et leva son premier shooter. Xavier venait de leur servir les six cerveaux.

— À ma très prochaine victoire !

La fille trinqua sans rien dire et ils descendirent leur verre.

— Ouin... c'est sucré.

Xavier dut les quitter pour servir d'autres clients. Dès qu'il y eut une accalmie, il revint près d'eux. Un panier d'agrumes traînait à proximité, il entreprit de couper des demi-rondelles de citrons. Les deux achevaient leur troisième verre. L'homme grimaça.

— La texture aussi, beurk. T'aimes ça ?

— C'est pas le but. Six autres, lança-t-elle à l'intention de Xavier.

— La même chose ? s'étonna l'homme.

— La même chose.

— On fait un concours, expliqua-t-il à Xavier tandis qu'il préparait la deuxième tournée. Celui qui en boit le plus gagne et le perdant paye les shooters. Mademoiselle ici présente pense qu'elle peut gagner. Mais t'en fais pas, ajouta-t-il en se tournant vers la fille, je payerai même si tu perds.

— Hors de question. Si je perds, je paye.

— Ah oui c'est vrai, t'es une féministe.

Il recommença à rire, puis s'interrompit pour sortir son téléphone.

— Je dois répondre, j'en ai pour deux minutes, dit-il avant de partir prendre l'appel à l'extérieur.

— Ulrique-Éléonore? ne put s'empêcher de demander Xavier avec ironie, après un moment. Tu t'appelais pas Cléopâtre?

— Pas ce soir. Tu connais Olivier?

La fille ne paraissait pas le moindrement troublée.

— Le seul à qui j'ai donné ce nom dans la dernière année s'appelait Olivier, précisa-t-elle devant la surprise de Xavier. J'en déduis que tu le connais?

Le jour où il avait trouvé son colocataire agonisant dans la salle de bains, rendu mal en point par un abus de cerveaux, remontait à juin, cinq mois plus tôt.

— Tu te rappelles de lui? Et de son nom?

— Bien sûr. Comment va-t-il? Il s'est remis?

L'homme réapparut à cet instant. Il s'assit et prit entre ses doigts une mèche des cheveux de la fille.

— J'ai un faible pour les femmes aux cheveux longs et bouclés.

— Ils ne sont pas bouclés. Seulement emmêlés. J'ai rarement la patience de les démêler.

Elle dégagea ses cheveux de la main de l'homme. Xavier déposa les shooters, curieux malgré lui de la suite. L'homme entama son quatrième.

— C'est infect. T'aimes ça?

— J'ai déjà répondu. C'est pas la question.

Il plongea les yeux dans son décolleté pendant qu'elle emboîtait son verre plein dans un vide. Xavier glissa les citrons de sa planche à découper vers un saladier, faisant semblant de ne pas suivre leur conversation.

— Tu m'as pas dit ce que tu fais dans la vie.

— Je suis étudiante.

— Vraiment? T'as quel âge? Si c'est pas impoli…

— 34 ans.

— C'est pas un peu vieux pour être étudiante?

— Je suis au troisième cycle. Les doctorants sont toujours un peu attardés.

— Attardés?

— En retard sur le cheminement voulu par la société.

— Hum. C'est quoi ton domaine?

— Je rédige une thèse en philosophie sur Peter Sloterdijk, un auteur allemand. Je travaille sur son livre *Règles pour le parc humain*.

— Le parc humain? C'est quoi ça?

— Le parc où sont gardés les humains.

— Quel parc?

— Les lieux où on met les humains. Les villes, les pays, les empires, mais aussi les immeubles, maisons, appartements, HLM, résidences pour personnes âgées. Ivan Illich appelait ça «les endroits où parquer les gens entre deux sorties au centre d'achats». Là où on dispose les humains pour mieux les contrôler, comme un troupeau.

— C'est ton sujet de recherche?

— En fait, je m'intéresse à ce que Sloterdijk appelle la lutte constante entre la bestialisation et la domestication de l'être humain. Sloterdijk pense qu'il y a deux façons d'éduquer les êtres humains : les soumettre à des influences inhibantes ou désinhibantes. Pour lui, avant, avec l'humanisme, il y avait une volonté politique de faire triompher la domestication de notre part animale. Ça se faisait avec l'instruction et la lecture. Il appelle ça nous «désensauvager» par les Lumières. Aujourd'hui, Sloterdijk a peur que la bestialité et la désinhibition soient en train de l'emporter.

— Pourquoi?

— À cause des nouveaux médias qui favorisent une culture du divertissement abêtissante, comme la télévision ou internet. En fait, il y aurait toujours eu des médias animalisants. Par exemple, dans la Rome antique, il y avait le cirque et les combats de gladiateurs. L'histoire serait depuis toujours une lutte entre les deux tendances : les médias qui domestiquent – en gros, les livres – et ceux qui bestialisent. On peut dire qu'aujourd'hui des médias inhibants et des médias désinhibants se livrent une guerre dans le parc humain. Pour Sloterdijk, la victoire est assez prévisible. Le parc va devenir la jungle.

— T'es d'accord avec lui?

— Disons que je pense qu'être inhibé n'a pas juste du bon. Un siècle de psychanalyse l'a assez montré.

— Me semble que ça fait un bout qu'on n'est plus des animaux. Ton philosophe devrait s'acheter un chien, il verrait bien. Quand ton chien avale ton démarreur à distance, que le vétérinaire doit lui ouvrir le ventre, pis qu'il te refait le coup un mois plus tard en mangeant une clé USB parce qu'il a toujours pas compris que le plastique, c'est pas comestible, tu te dis qu'on est pas pire intelligents pour des animaux.

— Bien sûr. On s'en est éloignés. Reste que «chaque visage est une formation de museau qui n'a pas eu lieu».

— What the hell… C'est ton philosophe qui dit ça?

L'homme la fixa en méditant sa phrase, elle acquiesça, après quelques secondes il s'esclaffa. Xavier, toujours discrètement attentif, avait déjà tranché plus de citrons qu'il n'en fallait pour la soirée, il se mit à rincer des bouteilles. Matis passa près de lui et jeta un regard sceptique à la montagne de demi-lunes jaunes. La fille avait bu ses trois cerveaux de la deuxième tournée tranquillement, avec régularité, tout en discourant sur ce supposé philosophe – Xavier soupçonnait qu'elle l'avait inventé.

— Six autres !

— Tu veux pas prendre autre chose ? proposa l'homme qui peinait à finir son cinquième.

— On avait dit que je décidais, non ?

Xavier secoua la tête pour montrer sa désapprobation, mais aligna tout de même six verres et recommença à composer des cerveaux. L'homme suivait ses gestes.

— C'est fort, cette affaire-là ? C'est tellement sucré, on goûte pas l'alcool.

— 17 % le Baileys, 23 % le schnaps, lui apprit Xavier en lisant les étiquettes.

— Tu vas te rendre malade, reprocha le client à la fille. C'est trop d'alcool pour une femme.

En guise de réponse, elle attrapa le premier shooter que Xavier venait de terminer et l'engloutit d'un trait. Son septième, compta-t-il avant de se demander si elle pouvait vraiment tolérer neuf cerveaux. Ou douze. L'homme en but un autre sans conviction.

— J'arrête, déclara-t-il. Je veux pas être responsable que tu sois malade. C'était pour blaguer, le concours. J'aime mieux payer de toute façon.

— Comme tu veux. Je prendrais une bière pour continuer, commanda-t-elle à Xavier. N'importe laquelle.

Celui-ci ramassa les verres vides et hésita face aux cinq pleins.

— Non non, j'ai l'intention de les boire.

— Ce sera une eau pétillante pour moi. T'en veux pas une ? offrit-il à la fille. Il faut s'hydrater quand on boit autant.

— Pas besoin. S'hydrater dans un bar, c'est pour les faibles.

Elle l'avait dit sur un ton blagueur. Il voulut répliquer, mais s'arrêta pour mettre sa main devant sa bouche et tousser. Xavier eut l'impression qu'il cherchait à cacher un hoquet.

— C'est pas seulement à cause de l'alcool, objectat-il. Y'a ben du sucre là-dedans… Moi, je préfère les bières amères, les IPA, ou les alcools d'homme, le whisky par exemple.

Il enleva son veston, se tapota le front, desserra son nœud de cravate. La fille l'observait.

— Ça va ?

— Un peu chaud. J'ai eu une grosse journée au bureau. Sans compter que j'ai pas super bien dormi hier. J'ai dîné trop léger aussi, il faut bien manger avant de boire autant. J'aurais peut-être dû passer mon tour pour ton concours. En temps normal, j'aurais gagné.

— Je pensais que t'avais abandonné par galanterie.

L'homme but une gorgée d'eau, puis se leva en marmonnant qu'il revenait dans deux minutes. La fille et Xavier le regardèrent s'éloigner.

— Il va vomir, dit-elle d'un air songeur. Tu connais Susan Polgár ?

— Non.

La fille lui tendit un des cerveaux. Xavier le prit, en avala tout juste le tiers, ne comprit pas pourquoi il avait accepté un truc aussi mauvais.

— Susan Polgár est une joueuse d'échecs hongroise. Son père avait des théories particulières sur le génie. Il croyait qu'un enfant élevé dans un environnement adéquat pouvait devenir un génie dans n'importe quel domaine, à condition que le domaine l'intéresse. Tu aurais une paille ?

Il lui en donna une. Elle l'enfonça dans l'un des shooters.

— Le père de Susan a expérimenté ses théories sur sa fille. Il lui a appris les échecs alors qu'elle était très jeune. Quand elle a su jouer, il l'a amenée au club d'échecs le plus prestigieux de Budapest. Il n'y avait que des hommes qui le fréquentaient. On était dans les années 70, à l'époque beaucoup de gens croyaient que le cerveau des femmes n'était pas adapté aux échecs.

Tout en parlant, elle mélangeait le shooter avec la paille. Elle la planta ensuite dans un autre et reprit son brassage.

— Quand le père de Susan est débarqué au club d'échecs, les hommes se sont moqués de lui, mais ils ont quand même accepté de jouer contre sa fille. Susan les a battus, un après l'autre.

Elle s'attaqua au troisième. Xavier regardait les imitations de cerveau disparaître dans le schnaps.

— Susan dit qu'après leur défaite, plusieurs hommes sont venus la voir pour se plaindre qu'ils ne se sentaient pas très bien, qu'ils avaient mal dormi la veille, ça les avait rendus malades, ils avaient mal au ventre. Pendant son enfance, Susan avait l'habitude de dire à la blague qu'elle n'avait jamais battu un homme bien portant.

Encore une fois, Xavier douta que son histoire fût vraie. Il faudrait qu'il vérifie sur internet le nom de Susan Polgár, et de Peter quelque chose, le philosophe avec son livre sur le parc des hommes. Et cette prétendue reine de Suède… La fille lui remit un billet pour payer sa bière. Sur le comptoir, les cerveaux n'étaient plus qu'un liquide beigeâtre.

— Olivier aussi, après avoir vomi sur mes bottes, disait qu'il n'avait pas assez mangé dans la journée. Comme Nicolas.

— C'est qui, Nicolas?

— L'homme qui, s'il n'est pas sorti des toilettes d'ici une dizaine de minutes, va avoir besoin que tu ailles t'assurer qu'il va bien. Ou pas trop mal.

Matis tapa sur l'épaule de Xavier et lui indiqua une cliente qui s'impatientait, il ne pouvait s'en occuper, déjà accaparé par un groupe. Xavier se détourna briè-vement, puis voulut dire à la fille qu'il revenait, mais elle avait disparu.

Il ne l'avait lâchée des yeux que trois secondes. Elle n'était pas parmi la douzaine de personnes massées près du bar. À moins que l'alcool ne lui ait fait effet d'un coup et qu'elle ne soit tombée de son tabouret. Il ignora la cliente qui lui adressait avec insistance un signe de la main et traversa de l'autre côté du comptoir.

La fille s'était accroupie pour lacer une de ses bottes, elle se redressa alors que Xavier s'approchait. Elle attrapa son manteau et s'écarta vers la porte. Xavier la rejoignit, pensant qu'il n'aurait pas dû être là, que puisqu'elle allait bien, il pouvait retourner à son poste. Apercevant Xavier, elle lui lança un regard interrogateur.

— J'ai cru que vous étiez tombée…

— Tombée?

Elle rit, sortit un foulard de la manche de son manteau.

— Tu peux me tenir ça, le temps que je mette mon manteau?

Xavier prit le foulard à contrecœur, craignant qu'il ne lui reste dans les mains. La fille remarqua son malaise.

— J'ai pas la lèpre.

— Vous… Tu bois pas ta bière?

— Non. Changement de programme.

Elle enfila son manteau, reprit son foulard, l'enroula autour de son cou et lui tendit la main.

— J'ai été enchantée de faire ta connaissance. Enfin, ta connaissance dans ton rôle de barman. Pour une troisième fois.

En lui serrant la main, Xavier vit par la fenêtre derrière elle un groupe de quatre jeunes adultes chahutant, qui se dirigeaient vers l'entrée de Chez Hélie. L'un d'eux perdit pied, la glace sans doute, et s'effaça de son champ de vision. Les autres éclatèrent de rire. Ses yeux se reposèrent sur la fille, il réalisa qu'il tenait sa main tatouée. Sans réfléchir, il la retourna pour en voir le dos, et put enfin contempler son tatouage.

C'était un dinosaure avec un long cou, d'une forme enfantine. L'intérieur de la figure était rempli d'arabesques moyen-orientales, très détaillées, délicates. Les lignes n'étaient pas que noires comme il l'avait cru, il y avait plusieurs couleurs, rose, rouge, bleu, vert, violet. Le corps de l'animal occupait presque toute la surface de sa main. Les pattes étaient parallèles aux jointures, le cou et la tête remontaient sur son poignet et son bras. Comment appelle-t-on ça, se demanda-t-il, brachiosaure, brontosaure… Sa nièce Rosalie s'intéressait aux dinosaures ces temps-ci, sûrement qu'elle saurait…

— Pourquoi un dinosaure?

— Ils ont été exterminés de la surface de la terre. Même s'ils étaient des géants. Ça me rappelle que tout prend fin, à un moment ou à un autre. J'aime aussi penser qu'un jour, ce sera notre tour, les humains.

Xavier ne trouva rien à répondre. Il continua d'examiner le tatouage, avant de relever les yeux. Depuis combien de temps gardait-il sa main dans la sienne? La fille le dévisageait. Elle retira sa main, le salua, franchit la porte et tourna sur la droite, il la vit marcher devant les grandes fenêtres de la façade, ses cheveux semblèrent roses sous la lumière de l'enseigne.

L'idée saugrenue qu'il venait de tomber amoureux surgit dans son esprit. En fait, d'abord, ce ne fut pas une idée, non, l'idée était arrivée avec deux secondes de retard pour rendre compte du sentiment qui l'avait saisi un bref instant, même pas un sentiment, mais plutôt, simultanément : un remous derrière le thorax ; l'envie impérieuse de voir dans quelle proportion son corps était couvert de tatouages ; et l'image vue d'en haut de la salle à manger chez sa mère, sa famille tout autour de la table, et la fille, assise à ses côtés, trop colorée pour s'harmoniser avec l'endroit. Ce tableau changea de point de vue et il s'imagina l'embrasser devant sa famille, sans gêne, trop longuement pour le contexte, assez pour leur faire baisser les yeux, et sa présence était comme un bouclier entre lui et ses frères. Puis il rit de cette mise en scène qui manquait de réalisme, jamais Zack et Charlie ne baisseraient les yeux, ils profiteraient au contraire du spectacle, peut-être même que Charlie les filmerait avec son portable pour se rejouer la scène en boucle. Il fut surpris de constater qu'il avait ri tout haut, et le remous recommença, il pensa qu'il voulait à la fois qu'il disparaisse sur-le-champ et qu'il persiste très longtemps. Ce désir ambivalent l'irrita, il aurait préféré souhaiter uniquement sa disparition. De nouveau des mots résonnèrent dans sa tête et lui répétèrent qu'il était amoureux d'elle, et la vision de son sourire moqueur accompagna l'idée qu'il ne voulait pas entendre. Il s'aperçut qu'il avait encore la sensation de sa main dans la sienne, comme une chaleur que son autre main n'avait pas. Le client sortit des toilettes. Il jura en découvrant que la fille ne l'avait pas attendu et enchaîna quelques phrases peu flatteuses agrémentées des termes «profiteuse», «agace» et «féministe enragée». Xavier retourna sans rien dire derrière son comptoir. Le remous ne passait pas.

> *Le plaisir sans l'amour est généralement très peu de chose, surtout pour la femme. Telle de vos amies (?) vous dira le contraire. Il s'agit d'ailleurs souvent en ce cas d'une malade ou tout au moins d'une anormale.*
>
> Dr ARMAND HEMMERDINGER
> *Elle a quatorze ans...*
> *Jeune fille, un médecin te parle*

1967-1973

Chaque semaine, le dimanche, tandis que les paroissiens faisaient la file pour communier, Mariette dut rester clouée à son banc. Si elle les avait imités, l'affront aurait été pire; le curé lui aurait refusé l'hostie devant tout le monde. Les autres s'aperçurent vite qu'elle s'abstenait de communier. Personne ne lui en fit la remarque ni ne lui posa de questions, mais les spéculations allèrent bon train. Puisque Mariette n'eut pas d'autres enfants, les gens de la paroisse devinèrent aisément pourquoi elle ne communiait plus.

Son mari, lui, ne fut point embêté par le curé. Contrairement à sa femme, il ne lui vint pas en tête de confesser les détails de sa vie sexuelle à cet homme. Quant au curé, il conclut des aveux de Mariette que c'était elle qui incitait son mari à pécher. Jamais il ne sermonna Pierre ni ne lui refusa l'hostie.

Diane, en grandissant, constata elle aussi que sa mère était seule à ne pas communier. Elle lui demanda pourquoi elle ne faisait pas comme les autres mères. Mariette haussa les épaules sans répondre. Lors de sa préparation à la première communion, Diane apprit qu'il n'y avait qu'une explication possible. Sa mère avait commis un péché pour lequel elle n'avait pas été absoute. Elle interrogea Mariette qui, impatiente, rectifia les faits : elle n'avait pas commis un péché, elle en commettait un. La mère n'en révéla pas davantage, disant à sa fille que lorsqu'elle serait une grande personne, elle comprendrait. Diane angoissa des années à propos de cette mystérieuse faute impardonnable que perpétuait sa mère, imaginant les pires méfaits menant à l'enfer.

Peu après que Diane eut fêté ses 8 ans, Mariette décréta que la famille devait déménager en ville. Les enfants avaient besoin d'une éducation spécialisée, de poursuivre leur étude de la langue des signes, d'apprendre à lire sur les lèvres. Rien de cela n'était accessible à la campagne. Ils quittèrent leur village natal et le curé Nolet, mais aussi Léonard, qui ne se remit jamais du départ de Mariette. À Montréal, Mariette se garda d'avouer au curé de sa nouvelle paroisse que Pierre et elle «empêchaient la famille». Elle recommença à communier, et Diane en déduisit qu'elle avait été absoute. Ce n'est que des années plus tard qu'elle comprit que sa mère avait choisi d'offenser Dieu en évitant de lui donner d'autres frères et sœurs.

Empêcher la famille ne fut pas le seul péché dont Mariette conserva l'habitude : elle trouva rapidement un remplaçant à Léonard, un voisin célibataire qui avait profité à maintes reprises des services de prostituées et en savait plus sur le sexe que les deux hommes qu'elle avait connus. Quoique l'acte sexuel ne soit jamais tributaire du plaisir – du plaisir de la femme, s'entend, car pour l'homme, tout de même, il faut bien renouveler les rangs des catholiques –, le ratio d'une fois sur deux où elle avait un orgasme en trompant son mari monta à neuf fois sur dix.

La doublure

2014

En s'éveillant le lendemain, Zack s'était rappelé ces détails épars de la partie la plus arrosée de son mariage. Sa femme sur le tremplin en smoking, la fille hurlant l'hymne national, les gars en robe rouge, le DJ nu se roulant dans le gâteau… Par contre, impossible de se rappeler que Charlie se soit absentée assez longtemps pour accomplir son fantasme de pseudo-trahison familiale. Il s'était dit que, tel qu'escompté, Xavier s'était défilé.

Au déjeuner, Charlie lui avait pourtant appris que Xavier s'étant avéré intraitable, elle s'était rabattue sur son plus jeune frère. Louis-Joseph. Zack avait cru qu'elle blaguait, avant de trouver ce revirement de situation prévisible. Le scénario restait le même. Dans celui-ci, ses frères étaient interchangeables.

Que Louis ait accepté l'avait tout de même surpris. Puis, quelques souvenirs de son frère avaient émergé : sa chemise tachée de vin, sa façon de parler aux filles en les prenant systématiquement par la taille, sa voix pâteuse, à l'aube Zack avait dû le reconduire à sa chambre, il tenait à peine debout. Pas si étonnant au fond.

La semaine suivante, Louis l'avait invité à dîner. Au resto, il était anormalement affable, un brin mal à l'aise, et Zack s'était amusé à faire semblant de rien. Au dessert, son frère s'était empêtré dans des aveux confus auxquels il n'aurait pas compris grand-chose s'il n'avait pas déjà su. Zack avait mis fin à son supplice : Charlie lui avait tout raconté. Louis avait paru soulagé, il s'était transformé, comme si on lui avait enlevé un poids énorme. Encore une fois, Zack avait songé que la fidélité et la jalousie étaient les choses les plus stupides qui soient si elles avaient le pouvoir de mettre les gens dans un tel état pour un simple échange d'orgasmes.

Ils avaient ensuite bavardé à propos de Charlie, de lui, de Louis, de fidélité, d'exclusivité. Son frère soutenait qu'il serait incapable de tromper quelqu'un ou de pardonner si on le trompait, encore moins d'être dans un couple ouvert. D'ailleurs il ne comprenait pas que Zack soit aussi zen avec ce qui s'était passé au mariage. Voyons, Louis, s'était moqué Zack, on parle juste de sexe, c'est la chambre rose, ça t'a rendu exagérément sentimental. Louis avait grimacé, son frère l'achalait avec la chambre rose depuis leur enfance. Ignorant ce commentaire, il s'était mis à parler de son dégoût pour l'infidélité de Matthew. Tromper Alice et faire un autre enfant dans son dos, était-il concevable de tomber si bas. Lui, jamais il ne ferait ça, à personne. Il s'identifiait davantage à Jacques, qui était l'intégrité incarnée. Même si Zack avait du mal à croire que les gens puissent être fidèles, il avait dû s'avouer que son frère semblait sincère.

Peu avant de partir, il avait raconté à Louis que le plan de Charlie visait d'abord Xavier, mais qu'elle n'avait pas réussi à le séduire. Zack s'attendait à ce

qu'ils en rient et qu'ils plaisantent sur la chasteté légendaire de leur frère. À sa surprise, les yeux de Louis
s'étaient assombris. Comme s'il était vexé d'avoir joué
les doublures de dernier recours pour remplacer Xavier
dans le scénario de Charlie... Zack n'en revenait pas :
Louis était jaloux que Xavier ait été le premier choix
de Charlie, alors qu'une heure auparavant, il était
rongé par la culpabilité d'avoir couché avec la femme
de son frère. C'était à n'y rien comprendre. Vraiment,
la jalousie lui était un sentiment étranger.

Les méprises

1984
La relation de Matthew et Diane, comme bien des
relations, était le fruit d'un malentendu. À 19 ans, si
Diane savait lire sur les lèvres et prononcer un certain
nombre de mots, elle aimait nettement mieux discuter
à l'aide de ses mains avec ses amies. Néanmoins, il fallait travailler. Après beaucoup de refus, les employeurs
hésitant à embaucher cette frêle jeune femme qui
semblait saisir leurs paroles mais répondait d'une
voix mal assurée, lente, et à l'accent bizarre, Diane
eut enfin sa chance. Un propriétaire de café l'enga-
gea et lui montra à préparer les boissons et les sand-
wichs. Elle n'avait presque pas besoin d'interagir avec
les clients, une autre serveuse, Nancy, s'en chargeait.
Il n'y avait qu'aux pauses de sa collègue que Diane
prenait le relais. Elle observait attentivement les lèvres
des clients, hochait la tête, puis leur servait leur commande en souriant. C'était suffisant. Si un quiproquo

survenait, elle sortait papier et crayon, leur expliquait son handicap, demandait des précisions. Tous étaient très compréhensifs. Des habitués voulurent même qu'elle leur apprenne les signes pour «merci», «comment allez-vous?» ou «à la prochaine». L'un d'eux lui demanda quels gestes signifiaient «voulez-vous coucher avec moi?», heureusement Nancy survint sur ces entrefaites, vit le trouble de Diane, jeta un œil à la feuille, engueula le client en lui ordonnant de déguerpir. Outre cet incident, tout allait bien.

Trois mois après son embauche, Matthew vint une première fois au café. Diane le trouva particulièrement beau, il dépassait tous les clients d'une tête. Qu'il puisse lui arriver quoi que ce soit avec cet homme d'une quinzaine d'années son aîné ne lui aurait toutefois pas effleuré l'esprit – en réalité, il avait 25 ans de plus qu'elle, mais à 44 ans, avec ses cheveux fournis et son visage juvénile, Matthew ne faisait pas son âge. À cause de son caractère distrait et de son manque d'attention aux gens, il ne réalisa pas, les premiers temps où il s'arrêta chaque jour pour acheter un café – toujours à 10 h 20 tapantes, heure de la pause de Nancy –, que Diane n'entendait pas ses paroles et déduisait leur sens du mouvement de ses lèvres.

Par contre, qu'elle regardait ses lèvres quand il lui commandait un café, il finit par le remarquer. Il n'avait jamais pris garde à cette jeune femme qui le servait chaque matin, mais ce jour-là, lorsqu'elle posa la tasse devant lui, il songea que, malgré sa timidité, elle avait un sourire charmant.

Le lendemain, il nota qu'elle regardait encore sa bouche, le surlendemain aussi. Matthew en conclut qu'il lui plaisait, et que peut-être, tandis qu'il lui parlait, elle l'écoutait à moitié et s'imaginait l'embrasser.

D'ailleurs, elle ne disait jamais rien, possible que son attirance pour lui la rende timide. Il l'invita donc à boire un verre ; Matthew n'avait pas l'habitude d'user de détours si une femme l'intéressait. Diane fronça les sourcils, incertaine de comprendre. Elle lui tendit une feuille sur laquelle elle lui mentionnait sa surdité et lui suggérait de répéter sa question à l'écrit. Matthew hésita, prit le crayon, resta plusieurs secondes sans bouger, assimilant la nouvelle, puis inscrivit mot pour mot sa proposition. Le visage de Diane se couvrit de rouge, et elle répondit «Non». Elle ne dormit pas de la nuit ; de toute sa vie, aucun homme ne lui avait manifesté de l'intérêt, hormis cet abruti qui voulait savoir comment on fait des avances en langue des signes. Le lendemain, Matthew réclama une feuille et un crayon, et demanda si par hasard elle n'aurait pas changé d'idée.

Parmi les nombreux premiers rendez-vous de Matthew avec des femmes, prendre un verre en compagnie de Diane fut de loin le plus étrange. Au bar, elle lui dit qu'elle préférait qu'il lui écrive que de s'efforcer de lire sur ses lèvres. Leur conversation se déroula sur une liasse de feuilles que Diane emporta à la fin de leur rencontre. Matthew eut la pensée singulière qu'elle pourrait tout relire et être déçue de commentaires qui sur le coup ne l'auraient pas frappée. De plus, il n'aurait pas le bénéfice du doute s'ils n'étaient pas d'accord quant à leur souvenir respectif d'un échange. Puis il oublia ces considérations. Il avait passé une bonne soirée. Matthew n'était pas quelqu'un de très loquace, et avec Diane, la conversation était ralentie par l'exigence de tout écrire. En raison de cette contrainte, ils n'avaient

pas perdu de temps à bavarder de trucs inutiles. Sa surdité lui sembla un détail. Peut-être même que c'était un
avantage. Diane lui parut reposante.

Louis sait

NOVEMBRE 2015

En rentrant chez lui, Xavier prit le foulard posé sur sa
commode depuis des mois, le lança sur son fauteuil,
l'enterra sous un tas de vêtements qui traînaient, s'effondra dans son lit, dormit d'un sommeil agité. À son
réveil, il eut le souvenir sur sa langue d'un goût de
pêche et de grenadine. Se rappelant la veille, il se leva
brusquement, marcha sans raison autour de son lit, se
recoucha, se releva, se remit à tourner en rond.

Il ouvrit la fenêtre, le froid et un peu de neige se
précipitèrent dans sa chambre surchauffée. Le radia-
teur avait besoin d'être ajusté, quand avait-il contacté
le propriétaire à ce sujet, il tapa distraitement sur le
dessus, balaya la poussière qui s'accumulait entre les
fentes. Que savait-il de cette fille ? s'impatienta-t-il.
Qu'elle aimait les couleurs criardes, les trucs brillants,
le tape-à-l'œil ? Que c'était une féministe qui exprime
ses convictions sur l'égalité des sexes par l'entremise
de concours improvisés de boisson ? Qu'elle changeait
souvent la couleur de ses cheveux ? Qu'elle ne disait
jamais son vrai nom ? Qu'elle avait une bonne tolérance au sucre ? Des détails.

Et tout ce qu'il ne savait pas. Que faisait-elle dans
la vie, était-elle célibataire, quel âge avait-elle, elle
était peut-être plus jeune ou plus vieille que ce qu'elle

prétendait, après tout elle mentait constamment, puis comment en juger dans la pénombre trompeuse du bar ? Et pourquoi s'amusait-elle à discuter avec des étrangers au comptoir, elle était toujours seule, n'avait-elle pas d'amis ? Pourquoi s'était-elle retrouvée à boire avec son colocataire, pourquoi venait-elle dans cet endroit sans intérêt qu'est Chez Hélie, pourquoi avait-il l'impression qu'elle ne le regardait pas avec la même ironie que les autres ? Aimait-elle voyager, lire, faire du sport, les enfants ? Il ne l'avait vue que trois fois. On ne tombe pas amoureux de quelques détails et d'une pile de questions. Mais qu'en savait-il, de quoi on tombe amoureux ? Rien. Rien depuis trop longtemps. C'était parfait ainsi. Rien, rien, rien, il n'en voulait rien savoir.

Son téléphone sonna, coupant court à sa rumination. Sa mère lui envoyait un message pour lui demander ce qu'il faisait. Xavier ne comprit pas en quoi cela pouvait l'intéresser, puis se souvint qu'il devait dîner avec elle. Il était quinze minutes en retard, impossible d'être au restaurant avant une demi-heure. Sa mère lui répondit qu'elle l'attendrait, il fut surpris qu'elle ne renonce pas à leur rendez-vous, ne préférait-elle pas remettre ça ? Elle répliqua qu'elle avait absolument besoin de lui parler. Il s'habilla en vitesse, faillit trébucher dans l'escalier couvert de glace, se gela les doigts sur la poignée de porte du resto, s'affala sur une chaise devant Alice, constata avec exaspération qu'elle lisait un article à propos de Mel B. Dumais.

— Tu deviens féministe maintenant ?

— Je l'ai toujours été.

— Hum.

— Quoi ?

— Un féminisme passif, peut-être.

— Et après ? Tiens, tu veux manger quelque chose ?

Sa mère lui tendit le menu, Xavier le prit en essayant de chasser son envie de courir à son appartement se tapir dans son lit. Cette fille, il ne la reverrait probablement jamais, donc quelle importance, ce remous insistant derrière son thorax et quelques impulsions décousues oscillant entre serrer de nouveau sa main dans la sienne ou soulever ses vêtements pour explorer sa peau à la recherche de tatouages.

Il déposa le menu sans le consulter, ramassa une fourchette et la fit rouler entre ses doigts. Sa mère referma son magazine. En couverture, une photo attira son attention et il lut, au-dessus d'un amas de boudins ondulés comprimés dans une demi-sphère, «Les hommes et les femmes : même cerveau?» L'image du Baileys flottant dans du schnaps se présenta à son esprit. Xavier cessa de manier sa fourchette, sentit une bouffée de chaleur l'envahir, se demanda s'il avait de la fièvre, s'aperçut qu'il n'avait pas encore ôté son manteau. Depuis combien de temps était-il arrivé? Le serveur posa sur la table une corbeille de pain et dit qu'il revenait dans deux minutes.

— Je vais prendre leur poulet aux champignons. Toi?

— Hein?

— Tu n'as pas faim?

Il avait oublié qu'ils étaient ici pour manger. Il parcourut le menu sans rien associer aux mots, songea qu'il devait vraiment se dévêtir un peu. Alice observait la couverture de son magazine.

— Je n'ai pas lu l'article principal. Toi, penses-tu que le cerveau des hommes fonctionne différemment de celui des femmes?

— Comment va Jacques? coupa Xavier.

— Jacques? Bien. Comme toujours.

— Et Matthew ?

— Mais Xavier… qu'est-ce que j'en sais ?

— De quoi voulais-tu me parler ?

Alice prit une grande respiration.

— Je crois que Louis sait. Pour… pour « la Suède » et… pour le reste…

Comme un coup qui vide l'air des poumons et fait s'abattre le silence dans les pensées.

— Tu *crois* ?

— Non… il sait.

Les méprises (bis)

1984

La première fois qu'ils firent l'amour, comme Diane ne lui demanda pas de mettre un préservatif, Matthew supposa qu'elle prenait la pilule. Même si Alice s'obstinait à ne pas faire confiance aux hormones synthétiques, se méfiant des effets secondaires – une méfiance à laquelle elle renoncerait sans hésiter après la naissance de Louis –, les dernières maîtresses de Matthew ne juraient que par cette possibilité offerte depuis peu en toute légalité. Au Canada, la contraception fut dépénalisée en 1969. Leurs voisines du Sud durent patienter jusqu'en 1972 pour avoir accès sans restriction à cette victoire contre la nature, car aux États-Unis, de 1965 à 1972, seules les femmes mariées pouvaient se faire prescrire la pilule. Pour les autres, tant pis – on n'allait quand même pas encourager la fornication anténuptiale.

Matthew, qui avait vécu à New York dans sa vingtaine, période de sa vie où sa collection de maîtresses s'étoffait – sans toutefois pouvoir se comparer à celle qui attendait son fils Zack –, avait pu profiter plus qu'à son tour de cette nouvelle liberté accordée aux femmes mariées. Cela dit, on était maintenant en 1984, la pilule était relativement entrée dans les mœurs, et puisque Diane était plus jeune que toutes ses précédentes amantes, Matthew présuma qu'elle utilisait cette méthode. Diane, elle, le premier soir, était trop intimidée pour aborder le sujet. Elle n'avait jamais couché avec un homme et, même si elle arrivait à le cacher, elle était terrorisée. Elle se dit que Matthew savait ce qu'il faisait, il avait sûrement l'intention de se retirer avant d'éjaculer. Une de ses amies lui avait confié qu'elle et son chum se protégeaient ainsi ; bien que cette méthode à l'efficacité jugée douteuse ne soit pas recommandée, son amie assurait que c'était des bobards de livres pudibonds voulant effrayer les gens. Bref, Diane s'en remit à Matthew. Il ne soupçonna pas qu'il était le premier homme à la toucher, trouva certes qu'elle était un peu coincée, mais imputa cette timidité à son tempérament.

Diane eut donc le désagrément de s'apercevoir que Matthew n'avait pas employé la technique du chum de son amie. Elle s'affola, puis tenta de se rassurer, peut-être qu'il n'était pas possible de tomber enceinte lors du premier rapport sexuel. Elle se souvenait d'avoir déjà entendu ça. La prochaine fois, s'il y avait une prochaine fois, elle lui demanderait de mettre un préservatif.

Comme Diane n'avait pas la force de caractère de sa mère, la fois suivante, elle n'osa pas davantage parler de contraception à Matthew. Alors qu'il l'embrassait et la déshabillait sur son lit, il aurait fallu le repousser, se lever, aller au salon se procurer papier et crayon, écrire des mots qui la faisaient rougir juste d'y penser. Elle laissa Matthew éjaculer en elle en se promettant que, la prochaine fois, elle aurait rédigé un texte à l'avance.

Pendant trois jours, elle chercha une formulation adéquate, mais tous les mots lui semblaient grossiers, vulgaires, impossibles à écrire. Puis Matthew passa au café lui remettre un billet indiquant qu'il avait «des problèmes à régler» et qu'il ne serait pas disponible avant quelques jours. En vérité, Zack avait attrapé la varicelle, sauf que ça, il ne pouvait pas le mentionner à Diane, qui ignorait qu'il était marié et père de deux enfants. Zack ayant refilé son virus à Xavier, les quelques jours se transformèrent en deux semaines, et Diane négligea la rédaction qui la tourmentait.

La veille du jour où Matthew reviendrait chez elle, Diane avait son rendez-vous médical annuel. En procédant à son questionnaire de routine, son médecin comprit les risques que sa patiente avait pris. Il la sermonna, lui exposa soigneusement les principes de base de la reproduction humaine, balaya en trois mots cette légende urbaine selon laquelle on ne devient pas enceinte la première fois, et lui fit remarquer qu'elle en était à deux, même la légende n'allait pas jusque-là. Diane attendit dans l'angoisse les résultats, était-il imaginable qu'elle ait la malchance de se retrouver enceinte après deux relations sexuelles de quinze minutes où elle n'avait rien ressenti d'autre qu'une douleur cuisante parce que le premier homme à lui faire l'amour était doté d'un pénis de huit pouces? – tout en manquant de références en la matière, Diane se doutait que Matthew se situait bien au-dessus de la moyenne, une intuition qui se confirmerait grâce à Richard, puis Steven, puis Jean-Luc, avec lesquels elle constaterait, soulagée, que la plupart des hommes ont des organes reproducteurs de taille plus modeste. Mais pour l'instant, au milieu de sa nuit d'angoisse, son seul point de repère était Matthew. Le lendemain, le verdict tomba. Elle n'avait plus à s'inquiéter d'un enchaînement de phrases trop crues à son goût. C'est avec d'autres mots qu'elle aurait à se débattre pour informer Matthew de sa grossesse.

Nora

2007

La surdité congénitale est une anomalie dont certaines formes ont la particularité de rarement se manifester chez le descendant direct. Quoique le gène puisse avoir été transmis, il reste inactif. L'héritage des grands-parents risque toutefois d'échoir aux petits-enfants – en langage populaire, on dit «sauter une génération». Même avant l'invention du dépistage génétique, les parents sourds n'avaient donc pas trop à craindre d'engendrer des êtres qui souffriraient de leur handicap. La peur de mettre au monde des bébés sans ouïe était renvoyée à la génération subséquente, et c'était elle qui devait débattre de l'épineuse question de se reproduire ou non. Dans le cas de Justin, il n'y eut aucun questionnement déchirant.

Alors qu'elle sortait avec Justin depuis cinq mois, Nora remarqua bien qu'elle avait pris quelques kilos. Elle ne s'en formalisa pas, elle était en surpoids depuis des années, ça se résorberait, suffisait de faire plus attention. Un matin, pourtant, en enfilant son maillot à la piscine municipale, sa silhouette la laissa perplexe. Elle fit le calcul, ses dernières règles remontaient à deux mois. Rien d'anormal, elle n'avait ses règles que trois ou quatre fois par année. Et deux mois, quand même, une grossesse ne pouvait pas causer une prise de poids après si peu de temps. Pas de raison de s'inquiéter. De toute façon, elle prenait la pilule.

Trois mois plus tard, une crampe fulgurante la plia en deux pendant qu'elle courait les boutiques en compagnie d'une amie, résignée à renouveler sa garde-robe – malgré ses efforts, impossible de se débarrasser du surpoids. Les crampes devenant insupportables, elle demanda à son amie de la conduire à l'urgence, convaincue qu'elle faisait une crise d'appendicite. Après palpations, tests et échographie, un médecin lui expliqua qu'ils allaient bel et bien devoir lui ouvrir le ventre, non pas pour en extraire son appendice, mais plutôt un enfant parvenu à 33 semaines de gestation, miraculeusement vivant, issu d'un ovule fécondé s'étant niché dans sa cavité abdominale. Il s'agissait d'un phénomène très grave, précisa-t-il, potentiellement létal pour la mère, et rarissimes étaient les grossesses extra-utérines qui ne se soldaient pas par une fausse couche ou une interruption – elle avait de la chance que le fœtus ait survécu.

Dans un élan de déni, et au mépris de l'image du bébé apparaissant sur l'écran de l'échographe, Nora se défendit : elle prenait des anovulants, et elle avait eu ses règles récemment, ce n'était pas possible. Le médecin secoua la tête, ce qu'elle avait pris pour des règles n'étaient que des saignements, d'autant moins étonnants dans le cas d'une grossesse abdominale. Quant à la pilule, l'efficacité n'était pas absolue, d'ailleurs était-elle sûre de n'avoir jamais raté une dose ? et peu importe, on n'allait pas argumenter et sortir le calendrier, il fallait maintenant opérer d'urgence par césarienne. Nora bafouilla à sa meilleure amie de joindre Justin. Celle-ci lui téléphona et, incapable d'annoncer cette déconcertante nouvelle, se contenta de lui ordonner de se présenter à l'hôpital.

À son arrivée, Justin fut pris en charge par un médecin. Il écouta la nouvelle d'abord sans comprendre. L'expression «gestation extra-utérine» n'évoquait rien dans son cerveau. Puis le sens de l'exposé compliqué du médecin émergea. D'ici quelques heures, il serait père. À cause de son peu de succès avec les filles avant Nora, il ne s'était jamais demandé sérieusement si, un jour, il aurait des enfants. Il y avait certes songé, mais comme à une question abstraite insoluble. Quand la réponse surgit sans qu'il puisse rien y faire, il avait 22 ans.

Xavier se questionne sur le mot « mythomane »

NOVEMBRE 2015

Xavier marchait dans les rues enneigées pour rentrer chez lui, une boîte dans les mains contenant les restes de son repas, si on pouvait appeler ça des restes, il manquait trois bouchées. La possibilité de téléphoner à Sandra pour lui dire qu'il souhaitait augmenter ses heures lui traversa l'esprit. Elle menait présentement des entretiens d'embauche pour un emploi à temps partiel, il pourrait assumer cet horaire en plus de son temps plein, travailler chaque jour, comme ça si la fille revenait… Sottises. Il dut s'arrêter à une intersection, une gratte poussait un monticule de neige. Un camion-benne s'immobilisa à sa droite. La gratte s'éloigna, une souffleuse prit sa place et aspira une bordée de neige qu'elle déversa à l'arrière du camion. Xavier pensa qu'il ignorait où on stockait toute cette neige en attendant le retour du printemps. Il aurait pu continuer son chemin de l'autre côté de la rue, mais il était hypnotisé par les mouvements des véhicules et l'ingéniosité du système qui permettait que le rythme de la ville soit à peine ralenti lors des tempêtes. Et il n'avait pas le goût de rentrer à son appartement. Ni nulle part ailleurs.

Louis était au courant pour la Suède. Il sait, se répéta Xavier, essayant de réfléchir. Son frère savait qu'il n'avait pas fait ce voyage, et pourquoi. Tout ça parce qu'à l'anniversaire de Jacques, alors qu'ils étaient réunis en famille au resto, une amie de la nouvelle blonde de Louis se trouvant là par hasard était venue les saluer et avait reconnu Xavier. La sœur d'un détenu qui l'avait vu au cours de ses visites à la prison et se souvenait de lui.

Sa mère et lui en avaient discuté pendant une heure. Xavier allait tout nier et dire que l'amie de la blonde de Louis le confondait avec quelqu'un d'autre. Alice avait tenté de le persuader d'avouer la vérité à son frère cadet, et pourquoi pas à Zack aussi, cela faisait seize ans, n'avait-il pas envie de se libérer de ce secret? Non, il n'en avait aucune envie. Même si Alice n'avait rien ajouté, Xavier devinait le fond de sa pensée. Elle n'avait jamais approuvé qu'il mente à ses frères. Peu importe, c'était hors de question.

Il avait toujours su qu'il y avait des risques qu'un jour, quelqu'un le reconnaisse. Mais pourquoi maintenant? s'énerva-t-il. Pourquoi aujourd'hui, en plus qu'hier… Qu'hier quoi? Il ne s'était pratiquement rien passé. Il avait tenu la main d'une fille, et depuis son cerveau lui envoyait des images et des sensations inutiles, alors qu'il n'éprouvait plus rien de ce genre depuis seize ans, mais ça passerait.

Xavier suivait encore les mouvements des déneigeuses. Quand la neige fut ramassée, un véhicule muni d'un brise-roche s'approcha et commença à casser l'asphalte. Un problème de canalisation peut-être. Une pelle mécanique se stationna derrière, attendant son tour pour dégager l'asphalte morcelé. Le conducteur actionna des manettes, et le long cou qui se terminait par une pelle monta, s'étira, avant de redescendre se poser au sol. Xavier, qui observait la manœuvre, sursauta. L'engin lui rappelait la forme d'un brontosaure ou d'un brachiosaure, il ne savait toujours pas le nom exact. Il regarda les véhicules qui s'activaient et eut un vertige, l'impression d'être tout petit à leurs côtés.

Il traversa prudemment la rue, puis accéléra le pas. Quelques minutes plus tard, en tournant un coin, un autre chantier apparut devant lui. Une dizaine de véhicules allaient et venaient dans un trou d'un demi-kilomètre carré. Sans doute qu'on préparait le terrain pour l'érection d'une tour. Xavier eut une vision de dinosaures farfouillant dans le sol, balourds et puissants, trop gros pour être maîtrisés. Le bruit des véhicules lui sembla des rugissements. Avait-il de la fièvre? L'idée qu'il était assailli de métaphores visuelles et sonores lui déplut profondément. *Ils ont été exterminés de la surface de la terre. Tout prend fin, à un moment ou à un autre.* Dormir. C'est de ça qu'il avait besoin.

En arrivant chez lui, il appela son amie Violaine pour qu'ils se fixent un rendez-vous. Il ouvrit ensuite une page internet et tapa successivement «reine de Suède, sage-femme, Éléonore», «joueuse échecs, Susan, Hongrie» et «philosophe allemand, Peter, parc». Ses lectures lui apprirent que la fille n'était pas une menteuse intégrale; ses trois histoires étaient vraies. Puis il fit ce qu'il aurait dû faire seize ans plus tôt et chercha «mythomanie».

La petite fille remarque le pénis, visible de
manière frappante et bien dimensionnée,
le reconnaît aussitôt comme la contrepartie
supérieure de son propre organe.

SIGMUND FREUD

2008

Durant la grossesse, il n'est pas possible de savoir avec
certitude si le système auditif de l'enfant sera fonc-
tionnel, et en 2008, même après la naissance, il fallait
attendre quelques mois pour poser un diagnostic. Bien
que Justin le sût, il passa ces mois à parler à sa fille du
matin au soir et à interpréter tout mouvement de tête
dans sa direction comme un bon présage. La vérité,
c'est qu'il se réveillait la nuit en panique. Avait-il ou
non légué à cet enfant la surdité de Diane? Il aurait
aimé en discuter avec sa mère, lui demander à quel
point la vie d'un handicapé auditif est difficile, mais il
y avait déjà quatre ans qu'elle avait balancé sa voiture
dans la rivière Richelieu.

Quand Rosalie eut 2 mois, Justin fut accueilli en
rentrant du travail par un ensemble de trois valises
assorties et une pile de boîtes. Nora lui résuma l'affaire
en trois phrases. Elle n'avait jamais voulu être mère.
Elle avait essayé. Elle en était incapable. À l'issue de
démarches administratives éprouvantes, où il erra d'un
bureau à l'autre en trimballant un panier dans lequel
reposait sa fille, dont les joues roses rebondies, les
cheveux fournis d'un blond presque blanc et les sourires baveux faisaient la joie des fonctionnaires, Justin
se vit accorder les prestations d'un congé parental.

Après que Nora les eut quittés, Justin développa
une peur obsessive que sa fille ne soit victime du syndrome de mort subite du nourrisson. Il avait entendu

l'année précédente l'histoire d'un couple qui avait perdu ainsi son premier enfant, et l'idée qu'il puisse avoir cette malchance s'insinua en lui dès qu'il fut le seul responsable de Rosalie. Il passait des nuits agitées, se relevait de nombreuses fois afin de s'assurer qu'elle respirait. Il aurait préféré la coucher dans son lit, mais il craignait de l'étouffer en roulant sur elle pendant son sommeil – il avait eu vent d'histoires semblables. Le jour, il s'arrangeait toujours pour l'avoir à l'œil. Chaque matin, il déplaçait le parc de Rosalie dans la salle de bains. En se lavant, il la surveillait à travers la vitre de la douche, dont il essuyait compulsivement la buée. Il lui était impensable de laisser sa fille seule dans son berceau ne serait-ce que cinq minutes.

Avec le temps, des questions à propos de Rosalie lui venaient, et il n'avait personne à qui les poser. Diane n'était plus de ce monde, et même si son père avait eu quatre enfants, Matthew était loin d'être une référence en la matière. Un jour qu'il s'inquiétait que Rosalie se soit griffé le visage – souffrirait-elle d'insensibilité congénitale à la douleur? –, il eut l'idée d'appeler Alice. Elle avait élevé trois enfants, elle devait en savoir long sur les bébés. Il la connaissait peu, mais c'était la mère de ses frères. Alice le rassura, à un certain stade de leur développement moteur, les bébés se griffent le visage avec leurs ongles, car ils ne contrôlent pas encore bien leurs mouvements, il suffit de leur mettre des mitaines, on ne pouvait absolument pas conclure de ces égratignures anodines que Rosalie ne ressentait pas la douleur. Justin la remercia et s'excusa à maintes reprises de l'avoir dérangée. Alice l'assura que cela lui avait fait plaisir de lui être utile.

Une autre fois, il s'effraya parce que Rosalie avait une rougeur sur le bras, puis une troisième parce qu'elle refusait de manger toute viande en purée. Finalement, il prit l'habitude de téléphoner à Alice chaque semaine, il dressait la liste de ses questions, elle éclaircissait ses doutes un par un. Parfois, il ne s'agissait que d'incertitudes banales – par exemple, à partir de quand faut-il commencer à couper les cheveux des bébés? –, mais le plus souvent ses interrogations concernaient la crainte que sa fille ne soit malade ou anormale, que son développement ne soit perturbé à son insu – à quel âge fallait-il lui parler de sa mère qu'elle ne voyait jamais? comment réagirait-elle maintenant qu'il reprenait le travail et la laisserait à la garderie huit heures par jour, éprouverait-elle un sentiment d'abandon? Rosalie suçait toujours son pouce à 16 mois, allait-elle déformer sa dentition? Chaque fois, Alice le rassurait patiemment, il se tracassait trop, il devait se faire confiance, sa fille était une enfant comme les autres.

Elle finit par lui dire, avec toute la délicatesse possible, que ses inquiétudes pour Rosalie confinaient à l'obsession. Le lendemain, lorsque Justin sortit de la douche, sa fille prisonnière de son parc fixa ses yeux sur son pénis. Pour la première fois, il se sentit gêné d'être nu devant elle et s'empressa de se couvrir d'une serviette. Était-ce inconvenant? Elle avait un an et demi, à quel âge une fillette doit-elle cesser de voir son père nu? En conserverait-elle des souvenirs? S'imaginer appeler Alice et lui poser ces questions le plongea dans l'embarras. Il s'habilla dos à Rosalie, se rendit à la cuisine, fouilla dans la poubelle et retrouva le papier où était griffonné le numéro de téléphone d'un psychologue conseillé par Alice. Il ferait, dans les semaines à venir, l'étonnante découverte du «complexe d'Électre».

2015

Même si Louis était convaincu que Zack et Charlie cumulaient les plans à trois ou quatre, voire plus, et qu'ils fréquentaient régulièrement des clubs échangistes, ces fantasmagories relevaient plutôt de sa propre conception de ce qu'est une sexualité débridée – il faut concéder que tous deux s'amusaient de ne pas le contredire. En vérité, leur principale excentricité était d'avoir des aventures chacun de son côté, qu'ils se racontaient ensuite pour s'exciter. Zack aimait mieux voir les autres femmes sans elle. Quant à Charlie, ses fantasmes étaient souvent incompréhensibles pour Zack. Elle avait tendance à faire une fixation sur certains hommes ou types d'hommes pour des raisons qui lui échappaient. Comme cette obsession sur son frère.

Un jour, elle lui avait dit qu'elle était sûre que Xavier n'avait pas couché avec une femme depuis des années, et que c'est ce qui l'attirait chez lui. Zack avait pris la défense de son frère : il n'était qu'un peu farouche, pas asexué, il devait simplement préférer rester discret sur sa vie, d'ailleurs sa meilleure amie était une des pires nymphomanes qu'il ait rencontrées.

— Comme moi ? avait-elle demandé en souriant.

— Non… pas comme toi.

C'était la première fois que Zack rapprochait les comportements de Charlie et de Violaine.

— Non ?

— Comment dire… À l'école, pendant ton adolescence, avais-tu une « réputation » ?

— Non.

— À quel âge tu as commencé à coucher avec des gars ?

— 15 ans.

— Mais tu faisais quoi ? Tu as eu un chum stable ? Ou quelques-uns ?

— Non plus. J'ai dû coucher avec une cinquantaine de gars pendant mon secondaire.

— Et t'as jamais eu de problèmes ? Des rumeurs sur toi ?

— Jamais.

— Ou tu as été chanceuse, ou tu allais dans une école aux élèves à la mentalité particulièrement progressiste…

— Rien de tout ça. Je couchais juste pas avec des gars de mon école.

Évidemment, il aurait dû y penser. Charlie avait un instinct de la psychologie humaine assez fort pour avoir saisi dès l'adolescence les risques encourus par les filles qui collectionnaient les garçons.

— Tu les rencontrais où ?

— C'était souvent des gars un peu plus vieux, qui travaillaient dans des boutiques, des restos, au centre commercial. Ou encore des fils d'amis de mes parents qui vivaient dans des villes éloignées. Ou des gars de mon âge rencontrés dans des clubs 14-18 qui allaient à d'autres écoles que moi. Et surtout, jamais deux amis du même groupe. Idéalement, des gars qui ne se connaissaient pas entre eux. Avec quelques règles de base, on s'en sort.

Zack songeait à Violaine, qui n'avait pas eu l'habileté de Charlie pour se protéger des médisances. Il repensa au mot qu'il avait employé, « nymphomane ». En réalité, il avait probablement eu autant de partenaires sexuels que Violaine à l'adolescence. Il se demanda quel mot désignait un homme ayant une sexualité excessive, mais n'en trouva pas. Ça devait forcément exister…

— L'amie de mon frère dont je te parlais, elle n'avait pas ton côté stratégique. Au secondaire, elle avait une réputation terrible. C'était dommage.

— Est-ce que Xavier avait couché avec elle ?

— À cette époque, je crois pas. Violaine n'allait pas à la même école que nous, elle était au privé. Elle a un an de moins que moi et deux ans de plus que Xavier. Ils sont devenus amis parce qu'ils travaillaient dans le même camp d'été. Mais aujourd'hui, ça se pourrait très bien qu'il couche avec elle. Ils ont été colocataires un bout de temps, quand Xavier est rentré de Suède. Je sais qu'ils se voient encore souvent.

— Xavier couche avec personne. Depuis long-temps, j'en suis sûre.

— C'est impossible.

— C'est non seulement possible, mais c'est ça.

— Peut-être qu'il est gai.

— Si ton frère était gai, pourquoi il nous le dirait pas ?

— Il a peut-être peur qu'on le juge.

— Zack, ta famille est une des familles les plus ouvertes d'esprit que je connaisse. Tu penses vraiment que Xavier pourrait avoir peur de choquer Alice ou Jacques ? Ou Matthew ? Ou te choquer *toi* ?

Elle l'avait dit d'un ton moqueur.

— Mais gai ou pas gai, Xavier doit bien coucher avec quelqu'un. Peut-être des clientes de Chez Hélie.

— Je pense pas que ce soit son genre. Il n'y a personne.

— Louis et moi, on a une libido pas possible, pour-quoi Xavier ferait exception ?

Peu importe, Charlie n'en démordait pas. Alors, à chaque souper de famille, Zack et elle blaguaient sur la chasteté de Xavier. Louis embarquait dans le jeu,

Alice levait les yeux au ciel, Jacques les laissait faire, Justin se contentait de sourire, Vanessa se taisait. Zack avait beau prendre la défense de son frère quand il était seul avec Charlie, il ne pouvait nier que ça l'amusait, essayer de provoquer Xavier. Tout de même, cette conversation l'avait rendu songeur. Si Charlie avait raison, il ne comprenait rien à l'abstinence de son frère.

> *On ne peut guère douter de l'importance de l'envie de pénis.*
>
> SIGMUND FREUD

2009

Si bien des gens savent qu'Œdipe, après avoir tué son père et forniqué quelques années avec sa mère, s'est crevé les yeux et a abandonné ses fils-frères et filles-sœurs, rares sont ceux qui connaissent cette autre figure de la mythologie grecque, Électre, immortalisée pour avoir incité son frère à assassiner leur mère – par vengeance –, qui avait fait poignarder leur père – par vengeance –, qui de son côté avait abattu une autre de ses filles – mais pas par vengeance, Iphigénie ayant été immolée aux dieux pour une affaire de vents soufflant du mauvais bord et causant un pépin aux voiliers qui devaient accoster à Troie –, cette autre fille se trouvant être la sœur d'Électre. Cette relation sororale ne semble d'ailleurs pas avoir ému Électre quand vint le temps de venger l'«honneur» de son père – de quel honneur peut-on gratifier un homme ayant déchiré sur l'autel les entrailles de sa fille afin de stimuler les conditions météorologiques et atteindre les rives ennemies de Troie, dans le but de venger l'orgueil de son frère cocu dont la femme s'était enfuie avec un prince troyen ? Reste à voir. Matricide, parricide, infanticide, inceste, coucherie hors des liens du mariage : tout porte à croire que le déploiement de tabous ait eu la cote dans la culture littéraire des Grecs, ce corpus gore fournissant à Freud, deux-trois millénaires plus tard, un terrain de jeu fertile pour la psychanalyse, cette approche friande des névroses humaines.

Justin, en entrant dans le bureau du psychologue d'obédience psychanalytique recommandé par Alice, ne connaissait à peu près rien de ces fables familiales sordides. Tout ce qu'il avait envie d'apprendre, c'était comment gérer sa nudité devant sa fille, mais le psychologue le fit plutôt parler en long et en large de Diane. Après avoir pleuré à chaudes larmes pendant quatre séances sur sa mère disparue prématurément, Justin constata que son budget pour de l'aide psychologique était presque à sec. Il ne pouvait se permettre qu'une dernière séance, laquelle tourna un peu autour de Rosalie, mais encore beaucoup autour de Diane. Le psychologue insista sur l'histoire familiale se répétant en symétrie inversée quant à la répartition des sexes entre Diane/Justin et Justin/Rosalie, puis fusionna les figures Matthew/Nora. Outre cette analyse de cyclicité monoparentale, Justin repartit outillé de la notion de complexe d'Œdipe, à laquelle il n'avait à vrai dire pas compris grand-chose, et surtout pas cette idée déroutante affirmant que toutes les fillettes désirent être pourvues d'un pénis et, en conséquence, qu'elles se sentent castrées. Cette théorie, exposée en vitesse par le psychologue – il ne leur restait que dix minutes –, laissa Justin perplexe. Sur le point de partir, la main déjà sur la poignée de porte, il surmonta sa gêne et interrogea le spécialiste.

— Freud, c'est quelles années?

— Il est mort en 1939.

— Ah.

— Pourquoi?

Justin rougit, mais réussit à poser sa question.

— Comment les petites filles de cette époque savaient que les hommes ont un pénis? Est-ce que… les pères se promenaient nus devant elles?

— Sûrement pas. Il faut prendre ces théories de façon plus symbolique.

— Ah, ben oui… désolé.

— Nous en reparlerons.

Justin l'avait pourtant prévenu qu'ils ne reparleraient de rien, faute de moyens financiers. Le reste de la journée, il ressassa ces idées qui lui semblaient prodigieusement disjonctées, tout en se dévalorisant et en minimisant son scepticisme – après tout, il n'était qu'aide-cuisinier, il n'avait pas derrière lui des années d'université comme ce psychologue. N'empêche, comment les fillettes pouvaient-elles acquérir l'envie d'un pénis symbolique sans avoir vu de pénis réel… Et même si elles en avaient vu un, pourquoi se sentir lésées pour un bout de chair flasque dont elles ne pouvaient pas saisir l'utilité… Ben coudonc.

Le lendemain, il se procura à la bibliothèque un livre sur le complexe d'Œdipe. Il y découvrit que, lors du stade phallique, le garçon, amoureux de sa mère, alimenterait des pulsions meurtrières à l'égard de son père et lui exhiberait son pénis par bravade, ce que ledit père réprimanderait, suscitant alors chez son fils une angoisse de castration. Quant à la fille,

Justin s'étonna de lire que, frustrée par son absence de pénis et décidée à remédier à cette «castration», elle tenterait durant ce stade de séduire son père pour «s'approprier son pénis » et combler son « manque originaire». Un disciple de Freud aurait suggéré de rebaptiser le pendant féminin du complexe d'Œdipe par le nom de «complexe d'Électre». Puisque la fille, en convoitant le pénis paternel, deviendrait la rivale de sa mère, il paraissait naturel à Jung de faire d'Électre, cette matricide, l'émule d'Œdipe le parricide – une proposition que Freud n'aurait toutefois pas appréciée, car elle mettait sur un pied d'égalité la fille et le garçon.

Le livre que parcourait Justin n'avait pas actualisé ses propos en fonction de l'éclatement de la famille traditionnelle. Appliquer les complexes d'Œdipe et d'Électre à la famille monoparentale dont il était issu et à celle qu'il offrait à sa fille lui posait quelques embarras. Ayant beau chercher, il ne se rappelait aucun souvenir lui permettant de supposer qu'il avait été amoureux de sa mère, ou encore qu'il avait exhibé son pénis devant Matthew lors de ses rares visites. En même temps, comment se fier à sa mémoire… À moins que les enfants grandissant au sein de familles monoparentales n'échappent aux complexes d'Œdipe et d'Électre? Et ses frères, qui avaient grandi avec Jacques, avaient-ils transféré sur lui ces comportements infantiles réputés universels? Va savoir.

Je ferai de mon mieux avec ma fille, conclut-il en fermant le livre. Alice avait raison, elle lui avait indiqué plusieurs fois le véritable problème. Pas besoin de cinq séances à 100 dollars l'heure pour saisir : il devait seulement ne pas trop couver sa fille. Et, plus tard, lui accorder la liberté nécessaire pour «transcender les premiers liens affectifs de l'enfance». Il relut les désordres qu'encouraient les filles qui ne surmontaient pas leur complexe d'Électre : difficulté à aimer ou à se laisser aimer, peur des hommes, besoin excessif d'indépendance, femme-enfant, succubisme, masculinité, refus de la maternité, séduction hyperbolique, homosexualité, aphamégamie, frigidité. La liste continuait. Il jeta un œil du côté des hommes, c'était du même acabit. Justin fut interloqué de constater que l'auteur classait l'homosexualité parmi les troubles du comportement. Non, vraiment, il n'y comprenait rien.

Ça irait. Il avait été élevé uniquement par sa mère, qui lui avait prodigué une éducation laxiste, ne s'était pas inquiétée outre mesure, et il n'avait pas l'impression de souffrir des déviances affectant les hommes à la suite d'un Œdipe non résolu. Il ferait comme Diane. Au diable la psychanalyse et ses théories saugrenues de castration.

Le cauchemar de Darwin sur la main

DÉCEMBRE 2015

Violaine observait Xavier qui déchirait en minuscules morceaux son napperon de papier. Son visage avait une expression plus soucieuse qu'à l'habitude. Il se plaignait de Chez Hélie, les clients soûls, se coucher presque à l'aube, les problèmes de sommeil.

— Tu travailles ce soir? coupa-t-elle.

— Oui. Et toi, on est mardi, pourquoi t'es pas au magasin?

— J'ai congé cette semaine.

Violaine travaillait pour son père, qui avait créé sa propre entreprise, un jour elle en serait propriétaire. Xavier songea qu'il aurait aimé que Matthew ait un commerce à lui léguer. Ou Jacques. Il avait essayé de gagner sa vie comme plâtrier, mais il ne supportait pas la poussière, il toussait et éternuait sans arrêt malgré le masque, peut-être qu'il avait une faiblesse pulmonaire. Il n'aurait pas pu être barman avant que soit votée la loi interdisant de fumer dans les lieux publics. Une loi entrée en vigueur en 2006, donc six ans après son pseudo-voyage en Suède… Il pensa à Louis. Son frère lui avait envoyé plusieurs textos depuis quatre jours. Il n'avait répondu à aucun.

— Tu voudrais travailler au magasin avec moi? On doit engager quelqu'un au printemps.

148

— Au printemps… Non, je peux pas quitter le bar.

— Pourquoi pas?

— Pour… pour Sandra.

En fait, ce n'était pas Sandra que Xavier avait en tête, mais une inconnue aux histoires invraisemblables qui portait un dinosaure sur la main pour se rappeler la contingence du monde et de l'espèce humaine.

— Comment ça se passe à ton nouvel atelier?

— Oh, il faut que tu viennes voir. J'adore les gens avec qui je partage l'espace. J'ai envie de lancer une nouvelle collection, quelque chose de plus coloré, plus funky…

Xavier l'écoutait à moitié, il avait juste voulu changer de sujet. Et quand Violaine parlait de ses créations d'animaux rembourrés, elle était intarissable. Il s'en étonnait encore, car les trois ans où ils avaient été colocataires, Violaine faisait un baccalauréat en sociologie, elle réussissait très bien, envisageait de poursuivre au deuxième cycle. Xavier n'aurait pu croire que quelques années plus tard, elle consacrerait ses journées à vendre des fenêtres et ses temps libres à confectionner des toutous.

Violaine n'avait pas cessé de parler de son nouvel atelier. En allongeant le bras pour atteindre son verre, Xavier renversa la carafe d'eau.

— Merde.

— C'est pas grave, Xavier, c'est juste de l'eau.

— Oui, c'est grave, marmonna-t-il en se levant. Merde.

— Ça va.

— Non, ça va pas. Merde, merde, merde.

— Ок…

Xavier épongeait leur table, une serveuse vint achever de nettoyer le dégât. Ils se rassirent, restèrent un moment silencieux. Violaine était déstabilisée, jamais Xavier ne s'emportait. Comme il ne disait rien, elle se mit à suivre discrètement la conversation du couple assis à la table jouxtant la leur. Elle croyait deviner malgré leurs propos voilés que la femme avait trompé l'homme avec un collègue. Un classique.

— Violaine, tu saurais pas comment s'appelle le dinosaure qui a un long cou, mince et courbé, avec une tête assez petite ?

— Hein ? Non. Pourquoi ?

— Non non, rien.

— Regarde sur internet.

— Hum.

— C'est pour ta nièce ?

Xavier ne répondit pas et recommença à réduire en miettes son napperon. Les particules de papier lui rappelaient les confettis blancs et métallisés qu'on avait lancés au mariage de Zack et Charlie, un an et demi auparavant, comme une neige brillante en juin. Après la soirée, à sa chambre d'hôtel, quelques-uns étaient tombés lorsqu'il avait retiré sa chemise. Il les avait ramassés et s'était assis sur le lit double qu'il ne partagerait avec personne. Il avait levé le bras et les avait laissés tomber sur l'édredon, puis ramassés et laissés tomber de nouveau, plusieurs fois, en songeant que lui ne se marierait jamais. Il ne ressentait rien de particulier à cette idée. Il les avait jetés au sol en se demandant à quoi rimait de bombarder les mariés de confettis, et s'était couché, soulagé que cette journée soit terminée.

— Un diplodocus.

Violaine lisait sur son téléphone.

— Quoi ?

— Le nom de ton dinosaure, c'est «diplodocus». Rosalie a toujours pas fini son trip dinosaures ?

— Violaine, je dois coucher avec quelqu'un.

Violaine, qui venait d'apprendre pour l'oublier aussitôt que le diplodocus est l'un des sauropodes les plus connus, releva la tête et le dévisagea un instant. Xavier ne parlait jamais de sexe.

— Avec qui ?

— Personne en particulier. Avec quelqu'un. Avec une femme.

— Ah... oui, c'est...

— Tu sais depuis combien de temps ça m'est pas arrivé ?

À la table voisine, la fille disait regretter d'avoir autant bu au party de Noël de l'entreprise, elle accusait le punch et le mousseux qu'on avait choisis de piètre qualité pour privilégier la quantité, mais Violaine ne parvenait plus à se concentrer simultanément sur les deux conversations. Elle essaya de prendre un ton naturel pour cacher sa surprise.

— Non, Xavier, tu m'en parles jamais... Ça fait combien de temps ?

— Trop longtemps pour que je te dise le nombre d'années.

— *D'années ?*

C'était sorti tout seul. Si Xavier était l'homme le plus beau qu'elle connaisse, c'était aussi le plus renfermé. Violaine était au courant qu'il voulait éviter les aventures. De là à ce qu'il n'y ait aucune exception... Comment c'était possible...

— Je sais que tu veux rester célibataire, mais... Je sais pas, chaque fois que je viens te voir au bar, il y a des filles qui te...

Xavier lui lança un regard sombre qui lui fit laisser sa phrase en suspens. Elle réalisa que le plus intrigant n'était pas de savoir comment Xavier pouvait se passer de sexe, la vraie question était : pourquoi? Elle n'osait pas la lui poser.

— Bon… avec qui?

— Surtout pas une fille du bar.

— Ok, ça restreint le champ des possibilités.

Quelle réponse creuse, se reprocha Violaine. La même formule qu'elle employait pour aider ses clients à choisir le style de fenestration de leur maison… Elle tenta une approche plus légère.

— Pourquoi pas un choix au résultat assuré? La femme de ton frère? Je blague.

À son étonnement, Xavier prit un air songeur.

— Je blaguais, répéta-t-elle, incertaine.

— Quoi? Charlie? Oui, très drôle. Non, je me demandais, depuis que t'es plus avec Guillaume… tu vas sur Tinder et ces affaires-là?

Pas de tabou! La voix de Charlie résonnait dans l'esprit de Xavier. Il imaginait mal Violaine utiliser l'application de rencontres, après tout le travail qu'elle avait dû faire, au milieu de sa vingtaine, pour cesser de coucher avec le premier venu. Il lui semblait que dans son cas, Tinder, c'était comme ouvrir une boîte de Pandore. Violaine acquiesça, un peu gênée.

— Ah oui?

— Mais Xavier, il faut être de son temps… Tout le monde fait ça… tous les célibataires. Ceux que je connais, en tout cas.

— Et avec tes clients?

— Je… oui, c'est arrivé.

Violaine n'aimait pas discuter de ça avec Xavier, il était une des rares personnes de son entourage à connaître la réputation qui avait été la sienne pendant son adolescence et au-delà. Il pouvait se rappeler les graffitis odieux incluant son nom qui barbouillaient les cabines des toilettes des centres commercial et communautaire, il avait entendu les ragots qui la dénigraient… Elle s'aperçut que Xavier fixait le tatouage sur sa main. Ça lui arrivait parfois, elle n'avait jamais compris pourquoi.

— Qu'est-ce que c'est? murmura-t-il.

— De?

— Ton tatouage, ça représente quoi?

— Tu le sais pas? C'est un paon, le cauchemar de Darwin. Il est un peu schématisé, et là tu le vois à l'envers, mais regarde, ici c'est la queue en éventail, la tête est au centre, les pattes. C'est Guillaume qui me l'a fait.

— Comment ça, le cauchemar de Darwin?

— Darwin disait que le paon était son cauchemar parce que sa longue queue colorée n'avait pas de sens pour la théorie de la sélection naturelle. Sa queue le rend moins agile et trop voyant pour les prédateurs. Le paon aurait dû disparaître ou évoluer vers une queue plus discrète. Darwin a été obligé d'ajouter à sa théorie le principe de la sélection sexuelle. Selon ce principe, un attribut peut devenir de plus en plus important s'il augmente la force de séduction, donc l'avantage reproductif.

— C'est pour ça que tu t'es fait tatouer un paon?

— Oui, pour me souvenir qu'on peut tout expliquer par le sexe.

Voyant l'incrédulité de Xavier, Violaine se mit à rire.

— Mais non. Le paon est aussi un symbole de fertilité. Guillaume me l'a tatoué quand on essayait d'avoir un enfant. Je sais que tu n'aimes pas les tatouages à cause de ça. Les rappels qu'ils nous font du passé.

— Ouin…

Xavier reprit son mutisme, puis réalisa que, même si tout le dîner il avait regardé sporadiquement le tatouage de Violaine, pas une seconde il n'avait pensé aux cinq points tatoués sur les mains des prisonniers. Seule l'image d'un dinosaure avait clignoté dans sa mémoire. Cette constatation accentua son désarroi. Le tatouage de Violaine avait toujours été un des mémentos qui lui rappelaient la prison et, du même coup, de rester à distance des gens. Aujourd'hui, il n'avait éveillé que le souvenir de cette cliente aux prénoms multiples et pas très plausibles... Violaine réfléchissait, embêtée.

— Tu veux essayer Tinder... ?

En imaginant la photo de Xavier sur Tinder, son visage aux traits réguliers, son regard trop sincère, ses cheveux bruns un peu désordonnés, Violaine eut la certitude que, vu sa personnalité, ce n'était pas une bonne idée.

— Comment ça marche déjà ? demanda Xavier.

— Tu sais quoi, pourquoi pas quelqu'un de ton entourage ? Je sais pas, une amie de ton coloc, ou d'un de tes frères, ou tu m'avais pas dit que ta dentiste te cruise à chacun de tes rendez-vous ? On peut même sortir danser un soir.

— Toi ?

— J'aime pas danser, mais je peux faire une exception pour toi.

— Non, je veux dire... toi ? Tu fais partie de mon entourage.

— Je...

En ayant terminé avec son napperon réduit en miettes, Xavier épluchait les étages de carton de son sous-verre. Ce n'était pas dans ses plans de demander à Violaine de coucher avec lui, mais son énumération de possibilités et la perspective de draguer des inconnues l'avaient découragé. Il connaissait Violaine depuis vingt ans, ça ne pouvait pas si mal se passer. Au pire, elle comprendrait. Et peut-être qu'après, il arrêterait d'être hanté par cette fille.

— Ça serait trop bizarre, Xavier…

— Pas de tabou…

Il avait chuchoté. Ses yeux lui brûlaient à cause du manque de sommeil, cela faisait quatre jours qu'il dormait à peine. Le volume de la conversation du couple de la table à côté monta d'un cran, il n'était plus nécessaire de se concentrer sur leurs paroles pour les entendre. Le téléphone de Xavier émit un son, il jeta un œil, encore un message de Louis, « appelle-moi stp ». À cet instant, la serveuse vint s'informer s'ils prendraient autre chose, Xavier leva la tête.

— Vous auriez pas des Aviations ?

— Des quoi ?

— Aviations ?

— C'est quoi ça ?

— Un cocktail à base de liqueur de violette et de gin. Citron aussi.

— Xavier, dit Violaine, on est dans un resto de déjeuners…

— J'ai pas ça, non. Vous voulez autre chose ?

— Non, c'est bon.

La serveuse les laissa. Violaine était de plus en plus stupéfaite.

— Tu voulais un drink ? À midi ?

— Pourquoi pas.

Il reprit son silence et son déchiquetage de sous-verre. Violaine repensait à ce qu'il lui avait proposé, de coucher avec lui. Elle s'étonnait d'avoir autant envie d'accepter. Sauf que Xavier semblait confus. Elle eut l'impression incongrue que ce serait comme profiter de la situation. Mais comment pourrait-elle «profiter» d'un homme de 35 ans, de 6 pieds 5 et de 190 livres, qui lui demandait de coucher avec lui? Pourtant... Il lui paraissait vulnérable. Elle songea qu'elle se l'était toujours représenté ainsi, sans mettre de mot exact sur ce qu'elle percevait. Vulnérable... pourquoi? À ce qu'elle sache, il n'avait vécu aucun drame, ni traumatisme, ni épreuve qui marque pour la vie. Elle fut surprise de constater qu'elle ne s'était jamais interrogée sur la raison de son côté vulnérable. Ses frères, au contraire... L'idée qu'elle avait couché avec les deux, et même plusieurs fois avec Zack, lui revint en mémoire. Ça faisait si longtemps... Xavier n'était pas au courant. Non, elle ne pouvait pas faire ça.

— Xavier, qu'est-ce qui se passe?

— Je pensais que...

— Que j'étais une nymphomane qui ne refuse jamais personne?

— Non, pas du tout. Non.

Elle l'avait dit en souriant. Xavier était mal à l'aise, il s'en voulut de lui avoir fait cette proposition.

— J'ai changé.

— Je sais.

Depuis bientôt neuf ans, Violaine n'avait pas couché avec un seul homme «pour lui faire plaisir» ou dans l'espoir de se faire aimer. Il lui avait fallu trois ans de thérapie pour parvenir à dire non et à se limiter aux hommes qui lui plaisaient. C'était sa ligne de conduite. Coucher avec Xavier ne contredisait donc pas son code de vie, mais... non, ce n'était pas possible.

2004-2015

Louis avait commencé à sortir avec des filles à l'âge de 14 ans. Ces relations peu sérieuses ne duraient qu'un mois ou deux et se succédaient rapidement. Dans les intervalles, il ne restait seul que quelques jours. À 18 ans, c'était devenu ridicule, et à 20 ans, lui-même s'était trouvé grotesque, seuls des ados se comportent ainsi.

Zack, tant que son cadet ramena à la maison des filles de moins de 20 ans, ne leur porta guère attention – il avait 21 ans quand son frère et ses blondes en avaient 14. La première qu'il remarqua s'appelait Rachel, elle avait 22 ans et Louis 20. Ce serait sa première relation qui dépasserait le cap des deux mois pour atteindre un record de six. Même si Zack trouvait Rachel charmante, il n'aurait rien tenté alors qu'elle était avec Louis. Après Rachel, il y avait eu Leticia, avec qui Louis sortit six mois, puis Meredith, six mois également, suivie de Camille, avec qui il allait rester… six mois.

Pendant que Louis se plaisait dans cette quatrième relation de six mois, Zack avait croisé Rachel par hasard, l'avait invitée à prendre un verre, ils avaient couché ensemble, s'étaient revus quelques fois. Le scénario s'était reproduit avec Meredith tandis que Louis entamait avec Jade sa cinquième relation de six mois. Zack avait été attiré par Jade dès qu'il l'avait rencontrée, et il s'était surpris à compter les mois avant que ça en fasse six, tout en pensant que, pas de chance, ce serait la première relation de son frère qui se prolongerait des années.

Pourtant, passé six mois, Louis rompit comme à son habitude. Cette fois, Zack n'attendit pas de croiser Jade par hasard. Il lui envoya une série de courriels pour lui exprimer sa déception par rapport à la décision de son frère, lui dire à quel point c'était dommage, qu'il se désolait à l'idée de ne plus la voir aux soupers de famille, où il lui posait des questions à propos d'une caméra vidéo qu'il voulait s'acheter, peut-être saurait-elle le conseiller puisqu'elle travaillait dans une boutique d'électronique, peut-être même qu'il pourrait passer la voir pendant ses heures de travail ? Bref, rien de subtil, ce qui n'empêcha pas que trois semaines plus tard, il couchait avec Jade dans le lit où son frère avait dormi presque chaque nuit ces derniers mois.

Ce troisième succès laissa Zack perplexe. Il réfléchit au comportement de Louis et réalisa que le pattern se reproduisait scrupuleusement d'année en année. Son frère quittait sa blonde environ un mois avant Noël. Le soir du réveillon, il venait accompagné d'une nouvelle fille. Vers mai, il rompait, puis leur présentait une autre fille au souper de la Saint-Jean-Baptiste. D'après ce que Zack en savait, toutes ces relations duraient de cinq à six mois, il soupçonnait que parfois elles se chevauchaient – ce que Louis n'allait cesser de démentir.

La découverte de cet invariable schéma avait enchanté Zack. Au souper de famille suivant, où Louis n'était pas accompagné, il s'était moqué de la rigidité avec laquelle son frère calquait le rythme de ses relations sur celui des saisons. Il s'était lancé dans une analyse loufoque de cette insolite manie, accusant la chambre rose, cette terrible erreur d'Alice et Jacques, d'en être la principale cause. Louis avait eu l'air embarrassé. Il était tout à fait conscient qu'il répétait le même pattern.

Avec le temps, c'était devenu un running gag entre les trois frères. Louis continuait pourtant de soutenir que le jour où il trouverait la bonne, il ne la quitterait pas. Après onze ans de ce manège étourdissant – entre autres pour Alice qui souvent se trompait de nom en s'adressant à ses belles-filles temporaires –, la femme mythique censée mettre fin à cette mauvaise fortune ne s'était pas encore manifestée.

Violaine se trompe entre la droite et la gauche

DÉCEMBRE 2015

Les médias de rencontres comme Tinder – qu'ils passent par la ligne téléphonique, le site internet ou l'application de rencontres – peuvent sembler une innovation bien récente dans l'histoire des relations amoureuses et conjugales. Une certaine nostalgie passéiste ne se gêne d'ailleurs pas pour vilipender ces nouveaux dispositifs. Accusés de rompre avec le charme romantique de la rencontre spontanée, ils réduiraient la recherche de l'amour à un trivial épluchage de catalogue d'individus. Leurs détracteurs regrettent un temps plus authentique où l'on se rencontrait uniquement en « vrai », par « hasard », grâce au « destin ». Que ce soit en attendant sa brassée de linge à la buanderie, au détour d'un rayon d'épicerie ou sur un plancher de danse, n'importe quelle occasion leur paraît préférable à cette vulgaire technologie tordant le bras à la fortune. Pourtant, l'innovation de ces médias ne fut pas totale ; les intermédiaires de rencontres n'ont pas attendu l'avènement des télécommunications pour exister.

Dès les premières décennies du 19ᵉ siècle, on trouve des agences matrimoniales, dont les mandataires s'affairent à former des couples parmi leurs clients souhaitant convoler en justes noces. Le rôle de l'algorithme tinderien qui propose à ses utilisateurs des candidats potentiels est ici tenu par une personne en chair et en os, avec les aléas que cela suppose : subjectivité, mauvaise intuition, volonté de bâcler l'affaire et d'empocher le magot – à l'époque, jusqu'à 10 % de la dot était exigé pour ces services. Cette pratique n'est toutefois pas l'apanage du 19ᵉ siècle, et en remontant plus avant dans les âges, on découvre dans la Rome antique l'existence de courtiers matrimoniaux. Le rôle de ceux-ci était bien vu par les magistrats romains, puisque accroître le nombre de mariages signifiait accroître la puissance et l'invincibilité de la Cité. Car qui dit mariage dit enfants, et qui dit enfants dit futurs légionnaires. Et aujourd'hui ? À l'heure où les pays d'Occident n'ont plus le taux de renouvellement des générations nécessaire à la perpétuation des systèmes et des institutions, ainsi qu'à l'entretien de leur population vieillissante, nos gouvernements actuels voient-ils d'un aussi bon œil les Tinder, Badoo, MeetUp et autres entremetteurs désincarnés ? Qui dit Tinder dit peut-être sexe, mais dit-il mariage et enfants ? L'équation du 21ᵉ siècle est un tantinet plus complexe...

En rentrant chez elle après son dîner avec Xavier, Violaine ouvrit l'application pour sa plage quotidienne de dix minutes. Comme Tinder comporte un risque d'accoutumance, et qu'elle avait eu besoin d'une thérapie de trois ans pour se débarrasser d'une dépendance approchante, elle se fixait une limite et programmait une alarme. Parcourir des photos d'hommes et choisir entre les glisser sur la droite s'ils lui plaisaient, ou sur la gauche dans le cas contraire, pouvait être dangereusement hypnotisant.

Cette journée-là, elle y alla sans conviction. Même si elle n'était pas contre une relation sérieuse, ce qu'elle attendait de Tinder, c'était surtout des aventures d'un soir. Là aussi, elle s'était mis des balises, pas plus d'une aventure par semaine. Sauf qu'aujourd'hui, l'homme qu'elle avait en tête, c'était Xavier. Elle savait qu'elle ferait défiler les profils et que personne ne supporterait la comparaison.

Pourquoi lui avait-il proposé qu'ils couchent ensemble ? Alors qu'il connaissait son passé... Le premier visage apparut sur son téléphone, l'image était floue, Violaine la glissa vers la gauche. Les gens masquaient parfois leurs défauts par des photos pas nettes. La deuxième présentait un homme trop vieux à son goût, gauche – elle avait paramétré l'application pour ne voir que les utilisateurs de 32 à 42 ans (elle avait 37), mais à deux reprises elle avait rencontré des hommes qui, une fois en tête-à-tête, avaient rectifié leur âge à la hausse avant de s'expliquer : ils ne s'identifiaient pas à leur génération, ils étaient jeunes de cœur, les femmes de leur âge paraissaient plus vieilles qu'eux, blablabla. Un des deux lui avait même allégué que «les femmes, contrairement aux hommes, ça ne les dérange pas les hommes plus vieux»; dans ce cas, avait-elle pensé, pourquoi devoir dissimuler son âge réel pour avoir des matchs avec des femmes plus jeunes ? Mystère. La description du troisième profil lui plut, mais à la dernière ligne, il mentionnait mesurer 5 pieds 6, elle faisait 5 pieds 9. L'idée de sortir avec un homme plus petit lui déplaisait, gauche. Le suivant était excessivement barbu, l'autre lui parut efféminé, en arrière-plan de la photo du sixième on apercevait un enfant, le genre de détail qui la refroidissait. Gauche, gauche, gauche. Elle hésita ensuite devant un charpentier-menuisier, mais lorsqu'elle cliqua pour examiner ses autres photos, toutes étaient des selfies, comme la principale. Ce choix la rendait méfiante – ces gens n'avaient-ils aucun ami ni famille pour les photographier ? Elle poursuivit machinalement son tri, la plupart des photos s'envolaient vers la gauche, trois eurent l'honneur de la droite – un entraîneur sportif qui lui rappelait son ex, un chef cuisinier les bras couverts de tatouages, et un professeur d'anglais dont la description l'amusa –, puis l'index de Violaine resta en suspens. Elle avait sous ses yeux la photo de Zack.

Zack… Il y avait au moins cinq ans qu'elle ne l'avait pas revu… et peut-être dix qu'elle n'avait pas couché avec lui. Ce n'était pas la première fois que Tinder lui suggérait son profil, elle l'avait déjà rejeté. Et elle le referait aujourd'hui. Avant de le reléguer dans les limbes, elle se mit à le scruter. Lui et Xavier se ressemblaient tellement. Tout comme ils ressemblaient à Louis-Joseph. Elle n'avait couché avec Louis qu'à une occasion, ça s'était plus ou moins bien passé. Ils s'étaient croisés à un party. Autour de minuit, comme elle envisageait de partir, Louis était arrivé. Elle avait été surprise qu'il la drague immédiatement, pour elle il avait toujours été le petit frère de Xavier, il avait 11 ans quand elle l'avait connu. Ils avaient jasé un peu, puis Louis l'avait entraînée à la cuisine. Une dizaine de personnes participaient à un jeu de boisson, quelqu'un remplissait à la chaîne des shooters de téquila, la salière circulait, l'alcool coulait, tout le monde grimaçait en mordant dans des citrons. Une heure après, elle était en train d'embrasser Louis sur la terrasse, deux autres heures et ils étaient dans son lit, une de plus et Louis s'excusait en marmonnant que ça ne marcherait pas. Elle avait déjà joui deux fois, mais Louis était incapable d'éjaculer. Elle s'était endormie, s'était réveillée avec la tête qui tournait, Louis dormait en serrant un oreiller dans ses bras. Il ne s'était réveillé qu'au milieu de l'après-midi, ils avaient plaisanté à propos de la téquila et du party, sans rien dire par rapport à ce qui s'était passé entre eux. Violaine avait mis sur le compte de la surconsommation d'alcool que Louis n'ait pas pu jouir, c'était loin d'être la première fois qu'elle voyait ça chez des gars qui avaient trop bu.

Elle détaillait toujours le portrait de Zack. Même s'il avait des traits similaires à ceux de Xavier, son air confiant l'en distinguait. Elle regarda ses autres photos. Sur l'une d'elles, on le voyait aux côtés de deux gars qu'on remarquait à peine, Zack les éclipsait. Comme il pouvait éclipser Xavier dans n'importe quelle conversation. Au début de leur vingtaine, dans un party où elle avait passé la soirée avec les deux frères, elle avait été témoin du contraste entre l'enchaînement alerte de blagues de Zack et les bafouillages clairsemés de Xavier. Zack n'était pas imbu de lui-même ni prétentieux, il débordait simplement de sociabilité, alors qu'à l'époque, Xavier semblait vouloir disparaître sous terre dès qu'il y avait plus d'une ou deux personnes aux alentours. Ça n'avait pas tant changé…

Non, Xavier n'avait pas ce sourire qu'elle voyait sur les photos de Zack. Elle revint à l'image principale. Comment pouvaient-ils être si différents ? Dès l'adolescence, Zack avait la réputation de cruiser plein de filles. À l'inverse, Xavier et elle s'étaient rencontrés dans un camp de jour où ils travaillaient, et c'était un des rares gars qui n'ait pas essayé de coucher avec elle. En fait, à la fin de l'été, elle avait couché avec tous les célibataires du camp, mis à part lui.

Après cet été, ils étaient restés amis. Des années plus tard, Xavier était parti en Suède pour un voyage de six mois qu'il avait écourté à quatre. En rentrant, il n'avait pas d'appartement. Une des colocataires de Violaine déménageait, il avait pris sa chambre. Les premiers mois de cohabitation n'avaient pas été faciles, à son retour Xavier était dépressif, encore plus renfermé. Violaine soupçonnait qu'il avait vécu là-bas une histoire avec une Suédoise ou une autre touriste, dont il avait purgé la peine d'amour en passant le plus clair de son temps cloîtré entre les quatre murs de sa chambre. Au bout de quelques mois, son humeur s'était améliorée, il avait entrepris des études de géographie, mais jamais plus il n'était sorti avec une fille. Il fallait qu'il l'ait drôlement aimée pour se fermer à ce point. Le truc qu'elle cherchait cet après-midi, ce drame déclencheur de sa vulnérabilité, c'était peut-être ça…

Même si Xavier et son frère étaient différents, songea Violaine en parcourant le texte de Zack qui accompagnait ses photos, ils avaient un trait commun… une sorte d'indépendance d'esprit. Zack avait une forte personnalité, penser comme les autres était le dernier de ses soucis. Un jour, une de ses amies s'était retrouvée autour d'un verre en compagnie de Zack et de quelques autres. Son amie lui avait rapporté qu'au détour d'une conversation, deux gars s'étaient vantés d'avoir couché avec Violaine et avaient blagué à ses dépens. Violaine n'avait pas demandé de détails, elle devinait aisément la teneur de leurs blagues. Elle connaissait les ragots qui circulaient : elle couchait avec tout le monde ; les trois quarts des gars en bas de

20 ans de la ville avaient été dépucelés par ses soins; elle faisait des pipes à cinq dollars dans les toilettes du centre d'achats; elle avait baisé avec son propre frère; à son party d'après-bal, elle s'était enfilé douze gars un à la suite de l'autre sans condom, le sperme du précédent servant de lubrifiant au suivant; elle avait obtenu son diplôme du secondaire de l'école privée parce qu'elle couchait avec ses profs. Selon son amie, tous riaient, sauf Zack qui, après les avoir laissés cancaner, les avait tournés en ridicule en leur opposant une rafale d'arguments.

À sa manière, Xavier aussi avait cette indépendance d'esprit. Vers la fin de l'été où ils s'étaient connus, elle avait manqué trois jours au camp pour maladie. Elle n'était pas censée travailler avant la semaine suivante, mais le vendredi elle se sentait mieux, elle s'était présentée à l'improviste à la réunion des animateurs. Alors qu'elle s'apprêtait à entrer dans la salle, elle avait entendu un gars se moquer d'elle. Un gars avec qui elle avait couché deux semaines plus tôt... Elle s'était arrêtée, écoutant depuis le couloir. Des rires ponctuaient chacune des blagues vulgaires qu'il lançait à son sujet. Elle avait eu envie de tourner les talons, de lâcher cet emploi, de ne plus sortir de chez elle, mais elle s'était raisonnée : ce n'était pas la première fois qu'elle vivait une situation de ce genre, ce n'était que des imbéciles, il lui suffisait de se montrer et ils se tairaient, les gens étaient terriblement hypocrites. Elle se préparait à les affronter lorsque le gars s'était adressé à Xavier : pourquoi était-il le seul à ne pas rire? Un silence avait suivi. Le gars avait répété sa question, deuxième silence, puis il avait demandé à Xavier s'il était amoureux de «la pute du camp». Silence. Rires étouffés. Il avait répété sa question, les rires montaient, Xavier ne répondait toujours pas. Violaine était entrée à ce moment, surtout pour mettre fin au supplice de Xavier. Comme prévu, les rires avaient cessé. Elle s'était assise sur la première chaise à sa portée, les jambes molles, le cœur affolé, le visage brûlant de honte, en s'efforçant de faire semblant de rien. Elle n'osait pas regarder Xavier. Il s'était levé pour s'asseoir à ses côtés, comme d'habitude, et s'était informé de ses plans pour la fin de semaine. Rien dans son visage ni le ton de sa voix ne reflétait ce qui venait de se produire, il était tout à fait calme. Et après cet épisode, son attitude envers elle n'avait pas changé. Où cet adolescent de 15 ans, timide et renfermé, trouvait-il le courage de se désolidariser d'un groupe de gars prenant comme bouc émissaire une fille avec qui ils avaient tous couché, sauf lui ?

Parce qu'elle n'avait jamais couché avec Xavier… La première année, avant qu'il se fasse une blonde, il y avait peut-être eu des moments légèrement équivoques entre eux. Mais puisqu'il était tellement gêné, et que de son côté elle craignait de perdre son amitié s'ils couchaient ou sortaient ensemble, ça n'avait pas dépassé quelques malaises éphémères. Zack, en revanche… Si Xavier avait peut-être hésité pendant un an, il lui avait suffi de trois minutes. C'était à l'époque où Xavier et elle étaient colocs. Ils étaient passés chez Zack prendre un appareil photo, s'étaient assis au salon pour bavarder. À la fin, Xavier s'était absenté pour aller aux toilettes. Zack l'avait regardée en souriant, il ne l'avait pas lâchée des yeux durant trois longues minutes, il n'avait pas besoin de parler, il ne faisait que la regarder sans rien tenter, elle détournait le regard, puis le reportait sur lui, puis le détournait, et le reportait de nouveau sur lui, irrésistiblement, il continuait de sourire, elle comprenait parfaitement ce que son sourire et ses yeux disaient, finalement, lorsqu'elle avait entendu Xavier sortir de la salle de bains, elle avait murmuré «quand?» et il avait répondu «ce soir?», elle avait acquiescé. Xavier les avait rejoints, ils étaient partis, et le soir elle était revenue seule.

Par la suite, elle avait revu Zack quelques fois par année. Il l'appelait, ou l'inverse, ils couchaient ensemble, ne se voyaient pas pendant des mois, soudain l'un se souvenait de l'autre. Zack avait cette habileté de lui donner l'impression d'être exactement celle qu'il voulait, là, maintenant, et pas une autre, sans qu'il soit toutefois possible de s'imaginer que ça pouvait aller plus loin. Il disait n'avoir jamais été en couple... Pendant sa vingtaine, elle rencontrait des gars qui avaient des comportements ambigus, souhaitaient-ils que ça soit purement sexuel, ou espéraient-ils davantage, ce n'était pas clair. De peur qu'elle refuse de coucher avec eux, certains n'osaient pas lui avouer que leur intention se limitait au sexe – évidemment, dans leur tête, toutes les filles désiraient du sérieux. Il y avait aussi le type sauveur, ces quelques gars qui avaient projeté de sortir avec elle malgré sa réputation, envers et contre tous, persuadés qu'elle tomberait amoureuse d'eux – après tout, personne d'autre ne voulait d'elle, non? –, et qui avaient été surpris qu'elle les éconduise. Et il y avait ceux qui la laissaient avec la sensation d'avoir été utilisée, expédiant les préliminaires et éjaculant après cinq minutes, le genre de gars qui n'avaient jamais fait jouir une fille de leur vie, tenant pour acquis que, de toute façon, les filles jouissent rarement, qu'y pouvaient-ils?

Avec Zack, rien de ça. C'était simple, il était attentif, se préoccupait d'elle. Il était assurément parmi ses meilleures baises. Et elle ne manquait pas de points de comparaison… Bon, Zack était aussi le frère de Xavier, et Xavier lui avait toujours plu. Coucher avec lui tenait sans doute de la substitution.

Elle se souvint qu'au début de sa thérapie, alors qu'elle s'était fixé comme objectif d'être chaste durant un mois, Zack l'avait appelée. Elle était allée chez lui, ils avaient baisé, et après, elle s'était mise à pleurer. Une voix dans sa tête la sermonnait d'avoir flanché. En essuyant ses yeux, affligée d'être incapable de retenir ses larmes, elle avait dit à Zack que ça n'avait rien à voir avec lui. Il n'avait pas répondu, il l'avait prise dans ses bras, avait attendu que ça passe. Quel gars ferait ça avec une fuckfriend… Il lui avait ensuite proposé qu'ils soupent ensemble. Vers la fin du repas, il lui avait demandé comment elle allait ces temps-ci. Elle avait mentionné évasivement sa thérapie, croyant que ça ne l'intéresserait pas, mais à son étonnement, Zack avait voulu en savoir plus. Qu'il s'inquiète d'avoir le même problème lui était passé par la tête. À en croire Xavier, son frère n'avait jamais cessé de cumuler un nombre faramineux d'aventures. Il ne semblait pas en souffrir par contre… C'était plus facile pour les hommes.

Elle avait raconté à Zack sa première séance de thérapie. Selon le psychologue, sa sexualité n'était pas synonyme de désordre physiologique ni psychique. D'ailleurs, il n'existait même pas de seuil correspondant à une quantité de pulsions ou de relations sexuelles saine. On considérait qu'il y avait un problème si la sexualité d'un patient lui occasionnait de la souffrance, mais cette souffrance découlait généralement des rapports à autrui, eux-mêmes conditionnés par les mœurs propres à chaque époque et à chaque culture. La finalité de sa thérapie était de reconstruire son estime d'elle-même et de décortiquer pourquoi elle couchait avec des gars en sachant qu'elle le regretterait.

Zack l'avait écoutée avec intérêt, lui avait posé plusieurs questions. Après cette journée, il avait eu la délicatesse de ne plus la contacter, lui laissant l'initiative, et chaque fois qu'elle l'appelait, il était disponible, toujours célibataire, toujours partant. Elle avait arrêté de le relancer quand elle avait rencontré Guillaume. L'année suivante, Xavier lui avait appris que son frère allait…

L'alarme retentit. Les dix minutes étaient écoulées, elle n'avait regardé qu'une trentaine d'hommes. Le sourire de Zack était encore figé sur l'écran. Il avait un peu vieilli, ça faisait tout de même cinq ans qu'elle ne l'avait pas croisé. Xavier aussi vieillissait, elle avait remarqué récemment quelques cheveux blancs brillant à travers les bruns. Dix minutes. Il fallait éliminer Zack, fermer Tinder. Elle posa le doigt sur l'image, la fit glisser vers la droite.

Merde. Elle l'avait envoyée à droite, et pas à gauche. Son cœur battit plus fort, puis elle se dit que ce serait sans conséquence, Zack glissait sûrement sa photo à elle sur la gauche, les fois qu'il la voyait. Les deux utilisateurs devaient se sélectionner pour que l'application les jumelle. Il n'en saurait rien.

Le don précoce de la poupée à la fillette peut s'entendre comme l'appréhension du besoin fondamental de compensation lié à sa déconvenue narcissique lorsqu'elle découvre la différence anatomique des sexes. Désignée comme sa propriété exclusive, la poupée constituerait alors un fétiche, substitut symbolique du pénis qui lui manque.

MURIEL DJERIBI-VALENTIN

2012

Au cinquième anniversaire de Rosalie, Xavier commit l'impair d'acheter une poupée. Malgré les bouleversements du siècle dernier quant à la répartition des tâches entre le père et la mère, l'usage d'offrir seulement aux fillettes des bébés en plastique persistait. Histoire d'aiguiser leur désir de reproduction, on leur fournissait ainsi le nécessaire pour « jouer à la mère », tout en leur apprenant pourtant à refréner la moindre pulsion sexuelle – jouer à être parent, oui, jouer à faire le nécessaire pour l'être, non. Tandis que les fillettes étaient encouragées à prendre soin de répliques de bébés telles des mères dignes de l'Immaculée Conception, les garçons échappaient toujours en quasi-totalité à cette précoce stimulation de la fibre parentale.

Comme bien des gens, Xavier était peu enclin à polémiquer sur la perpétuation des stéréotypes genrés, et c'est sans arrière-pensée qu'il demanda à la vendeuse quel modèle plairait à sa nièce. En échange d'un supplément, il fit emballer la boîte d'un papier cadeau orné de motifs de familles de licornes – une grande licorne bleue, une moyenne licorne rose et une petite licorne blanche ; cette configuration, inscrite dans l'imaginaire dès l'enfance, promouvant des couples où l'homme dépasse en hauteur la femme pour mieux… pour mieux quoi en fait?

Xavier, qui mesurait 6 pieds 5 pouces, n'avait certes pas connu la difficulté de trouver une partenaire lui permettant de constituer un couple conforme à l'idéal physiologique des concepteurs de papier cadeau pour enfants, mais Justin, à 5 pieds 7, si. Néanmoins, les adultes présents lorsque Rosalie déballa la poupée – Xavier, Justin, Vanessa – étaient loin de juger le papier comme suspect et porteur de clichés – Justin avait imputé aux aléas de la génétique qu'au cours de son expérience avec les sites de rencontres, de nombreuses filles l'avaient éconduit en raison de sa taille ; l'idée que la faute en incombe à une construction sociale, dont la promotion débute à l'aube de la vie, n'avait pas effleuré son esprit. Quant à Rosalie, les trios de licornes la laissèrent indifférente, cette figuration familiale vulgaire échappant pour lors à son attention, et c'est plutôt la découverte du jouet qui refroidit son intérêt. Elle ralentit ses mouvements, dégagea la boîte sans enthousiasme, le visage impassible. Xavier, qui suivait la scène, n'arrivait pas à déchiffrer l'attitude de sa nièce. Rosalie le remercia, avant de lui apprendre qu'elle n'aimait pas les poupées. Elle lui demanda poliment s'il avait conservé la facture et s'il était possible de l'échanger.

Déjà perplexe, Xavier fut surpris que sa nièce de 5 ans soit si renseignée sur les modalités de retour des magasins. À son âge, il ne lui serait jamais passé par la tête d'échanger les cadeaux décevants. Il lança un regard interrogateur à Justin, qui avait l'air navré.

— Comment sait-elle que…

— Rosalie est assez difficile pour les jouets depuis un an… Elle refuse de jouer avec ceux qu'elle n'aime pas. On garde les factures et on retourne échanger.

Vanessa leva les yeux au ciel.

— Justin, Rosalie n'est pas «assez difficile», elle est impossible à contenter. Et il n'y a pas de «ceux qu'elle n'aime pas», c'est absolument tout ce qu'on lui donne qu'elle rejette.

Rosalie n'écoutait plus les adultes. Ces propos, elle les entendait depuis des mois. Xavier restait insatisfait des explications.

— Vous savez ce qu'elle aime et pourquoi? Ses critères?

— Non… répondit Justin, pas moyen de comprendre. En tout cas, pas de poupée. Pour les dessins animés aussi, c'est compliqué… On arrive pas vraiment à saisir ce qu'elle veut… ou plutôt ce qu'elle veut pas. Parfois, elle fait des crises…

— On le sait, son critère : l'esprit de contradiction.

Vanessa regretta son commentaire. Encore une fois, elle passait pour la belle-mère désagréable. C'était plus fort qu'elle. Elle était convaincue que quelque chose ne tournait pas rond chez cette enfant qui avait récemment démembré une poupée à la prématernelle, et qu'ils devaient, afin d'éviter les crises, garder à la maison si des films étaient prévus au programme.

— On fait de notre mieux, dit banalement Justin.

— Ça va, c'est un cadeau. L'idée c'est de lui faire plaisir.

Pendant que les adultes discutaient de son cas, Rosalie avait déchiqueté le papier d'emballage pour fabriquer des escargots en origami, un truc qu'elle avait appris sur internet avec son père. Xavier s'adressa à elle.

— Ok, on va l'échanger.

— Tu as encore la facture?

— Sûrement. On ira ensemble et tu prendras ce que tu veux.

— En autant que c'est le même prix.

En entendant sa belle-fille répéter à Xavier leurs directives, Vanessa eut un geste involontaire d'exaspération. Xavier sourit et regarda Justin, de plus en plus mal à l'aise.

— On essaie au moins de lui mettre des limites…

— Pas de trouble.

La facture, Xavier ne l'avait plus. Il amena malgré tout sa nièce au magasin de jouets, parlementa avec la caissière, puis avec la gérante, se vit opposer deux refus d'échange ou de remboursement. Il laissa quand même Rosalie choisir un cadeau qui correspondrait à ses impénétrables désirs. Sa nièce se décida pour un chimpanzé en peluche, et à partir de ce jour, Xavier croisa chaque matin le regard sans expression d'une poupée dans sa boîte qui le dévisageait depuis sa commode. En effet, à son retour du magasin de jouets, il la déposa sur ce meuble de sa chambre. Bien qu'il se répétât régulièrement qu'il devait s'en débarrasser, il négligea de le faire. Pendant trois ans, ce visage figé resterait le premier que Xavier contemplerait à son réveil.

La cause cachée des six mois

2011

Ce que Zack ne comprenait pas, c'était pourquoi Louis sortait avec des filles dont il n'était visiblement pas amoureux. Pourquoi ne pas juste avoir des aventures, comme lui ? Et pourquoi six mois ? À cette dernière question, Louis n'avait pas de réponse. Il ignorait pourquoi son envie de changement survenait passé ce laps de temps. Concernant la première question, par contre, Louis savait très bien ce qui l'empêchait d'agir comme son frère.

Ils en avaient discuté un soir qu'ils étaient allés boire un verre au Saint-Bock après un souper de famille, ce qui était rarissime à l'époque – Xavier n'avait pas voulu les accompagner. Louis avait alors 26 ans. Profitant de l'occasion, Zack l'avait questionné à propos du pattern des six mois. Louis avait tenté de changer de sujet, mais devant l'insistance de son frère, il s'était résigné. Selon lui, avait-il expliqué, l'amour se développait au fil du temps. Depuis qu'il avait 20 ans, il avait simplement cru, à chacune de ses relations, qu'il finirait par tomber amoureux. Vraiment ? avait demandé l'aîné, de chacune des douze filles ? Zack concevait mal qu'une telle naïveté puisse survivre à six ans de preuves contraires. Louis avait défendu ses convictions en citant l'exemple d'Alice et Jacques, dont l'amitié avait précédé de dix ans leur amour ; Zack, qui se rappelait les circonstances dans lesquelles Jacques avait remplacé Matthew dans la vie de leur mère, s'était abstenu de commentaire.

Le second point qui motivait Louis à s'engager dans des relations stables était plus délicat, et il avait hésité à s'en ouvrir à Zack. Le problème, c'est qu'il n'arrivait pas à jouir avec une fille qui n'était pas sa blonde. Il s'en était aperçu dès l'adolescence, avait réessayé à diverses occasions, cela lui arrivait même encore – toujours entre ses relations de six mois, jamais pendant –, mais rien à faire. Il avait conclu à une sorte de blocage. Et puisqu'il avait le goût de baiser chaque jour, et même plusieurs fois par jour, il sortait avec des filles qui lui plaisaient sans que ce soit le grand amour, tout en supposant que les sentiments viendraient. Néanmoins, à part une amitié plus forte, rien ne survenait. Passé six mois, le décalage entre ses sentiments et ceux de la fille lui devenait insupportable, il se défilait des projets à long terme, commençait à remarquer d'autres filles, culpabilisait, se résolvait à rompre. À la Saint-Jean-Baptiste ou au Noël suivant, il se présentait dans sa famille accompagné de sa dernière rencontre, prêt à subir les sourires en coin de Zack et de Xavier. Ainsi depuis une demi-douzaine d'années.

Ce soir-là, au Saint-Bock, tandis que Louis répondait aux questions de son frère et s'apprêtait à lui parler de son curieux blocage, il avait repensé à Meredith et à Rachel. Il savait que Zack avait couché avec les deux. Dans le cas de Meredith, c'est elle qui le lui avait appris. Il avait d'abord cru qu'elle inventait cette histoire pour se venger. Il avait immédiatement téléphoné à son frère, confiant que celui-ci démentirait tout, il ne pouvait pas avoir fait ça... quoique Zack était tellement... il n'avait pas de principes. Mais à ce point ? Non, ce n'était pas possible. Pourtant Zack avait confirmé, oui, il avait couché avec Meredith, mais bien après que Louis l'ait quittée, pourquoi ? Louis était resté sidéré. *Pourquoi...?* mais Zack, c'est mon ex... Justement, avait rétorqué Zack, ton *ex*, oui. Louis avait raccroché. Pas sous le coup de la colère, plutôt parce que la surprise le laissait sans mots. Son frère l'avait rappelé, il n'avait pas décroché.

Le lendemain, Zack était débarqué chez lui. Au bout de 24 heures à ressasser ce qu'il considérait comme une trahison, là, oui, Louis était en colère. Zack avait toutefois démonté l'affaire d'une manière telle qu'après une heure de discussion, Louis ne savait plus que penser. Il y en a eu d'autres ? lui avait-il finalement demandé. Oui. Zack avait répondu sans la moindre honte. Qui ? Rachel. La colère de Louis avait recommencé à grimper. C'est tout ? C'est tout. En réalité, Zack avait eu l'intuition d'omettre Jade. Il couchait encore avec elle de temps en temps, et il devinait que trois, ça ne passerait pas. Peut-être qu'à deux il réussirait à faire avaler le morceau… et Jade était une fille discrète, tandis que Rachel… difficile à dire. Louis réfléchissait. C'était mes ex… Et ? avait répliqué Zack, elles vont t'appartenir jusqu'à quand ? Mais tu es mon frère, s'était de nouveau impatienté Louis, mon aîné… de sept ans. Zack avait soupiré. OK OK, je suis désolé, si j'avais su…

Cette dispute remontait à trois ans la fois où, autour d'une bière, Louis envisagea de confier à son frère ses problèmes d'orgasme. Réflexion faite, il laissa tomber. Malgré les excuses de Zack et les années écoulées, sa rancune persistait, il ne lui faisait plus totalement confiance. Et qu'est-ce que son frère y comprendrait, de toute façon ?

Louis en resta donc à son explication de l'amitié précédant l'amour, et Zack à l'idée que son frère était singulièrement naïf. Suite à leur absorption d'un nombre de bières plus que respectable, Zack suggéra de terminer la soirée dans un club pas très loin, qui avait la réputation d'être un endroit où draguer. À leur arrivée, toutes les tables étaient occupées. Zack en repéra une à quatre places où deux filles buvaient des cocktails colorés. Il leur demanda si elles leur permettraient de squatter leur table, et dès qu'ils furent assis, il flirta avec l'une d'elles. Louis bavardait avec l'autre. Lorsque Zack s'absenta pour acheter des bières,

Louis se mit à draguer la fille sur laquelle son frère avait jeté son dévolu. En revenant, Zack se rabattit sur son amie, mais Louis manœuvra ensuite pour danser avec elle. Le manège se reproduisit avec une troisième fille, suivie d'une quatrième. Même si les deux frères étaient indubitablement soûls, ils savaient se tenir, et ils étaient parmi les plus beaux hommes présents. Tous deux avaient en outre l'avantage de surplomber la foule de leurs 6 pieds 3 et 6 pieds 4 respectifs – Zack avait un pouce de plus que Louis ; bref, ce soir-là, Zack et Louis, on ne pouvait pas ne pas les voir.

Zack comprit que son cadet courtisait systématiquement les filles qu'il draguait. Cette compétition ridicule l'amusa. Rendu à la cinquième, il ne laissa pas la chance à Louis de l'accaparer avant de l'avoir embrassée. Parce qu'il avait perdu l'habitude d'être aussi expéditif, il choisit une fille qui le regardait avec insistance depuis un moment – elle s'appelait Audrey. Il l'embrassa à plusieurs reprises puis, le temps de leur commander des shooters, l'abandonna en compagnie de son frère et de deux filles que Louis avait accostées. À son retour, tel qu'anticipé, Louis parlait avec Audrey, il avait même posé sa main sur sa taille. Dès qu'elle vit Zack, elle se dégagea et se colla contre lui, ce qui sembla irriter Louis. Zack plaisanta, lançant à Audrey qu'elle avait une touche avec son frère. Elle leur offrit à la blague de venir tous les deux dormir chez elle, Zack eut la certitude que c'était une proposition sérieuse. Après toutes ces années à cumuler les aventures, il savait que bien des gens sont incapables d'exprimer leurs désirs et leurs fantasmes autrement que sous le couvert de l'humour. En entendant l'invitation d'Audrey, Louis se rembrunit. Une heure plus tard, Zack prit en note le numéro d'Audrey et quitta le bar seul avec son frère, qui venait de vomir de justesse dans les toilettes. Zack le traîna à l'extérieur en rigolant, lui reprochant de boire comme une fille et mettant la faute sur la chambre rose.

Dans le taxi, le cadet bougonna tout au long du trajet des phrases décousues à propos de la trahison de son frère, lui reprochant d'avoir couché avec ses ex et rabâchant les noms de Meredith et de Rachel. Zack ne se gênait pas pour rire, jusqu'à ce que Louis lui dise qu'il était comme Matthew. Comment comme Matthew? s'étonna l'aîné. Infidèle, maugréa Louis, déloyal, courailleux, sans principes. Zack se défendit, il était célibataire, il ne pouvait être infidèle à personne. Louis répéta qu'il était quand même comme Matthew. Zack avait presque 34 ans. S'il avait respecté les élucubrations de sa vingtaine, il aurait été casé depuis bientôt quatre ans. Il songea aux expériences qu'il aurait manquées, se remémora plusieurs filles qu'il avait connues durant sa trentaine. Puis il pensa à Matthew. Son père avait 70 ans. Il était actuellement célibataire, sa dernière conjointe, 41 ans, l'avait quitté la semaine dernière. Ils étaient restés ensemble trois mois… Aucune de ses relations n'avait dépassé deux ans depuis Alice. L'idée de ressembler à cet éternel adolescent qu'était son père le rebutait. Sans compter qu'il avait toujours trouvé pitoyables les hommes d'un certain âge qui s'amourachaient de femmes beaucoup plus jeunes et affichaient leur peur de vieillir à leur bras. Il réfléchit à la théorie de Louis, l'amour naissant de l'amitié… Foutaises. À moins qu'il n'ait raison…

Le taxi s'arrêta devant l'immeuble de Louis. Zack indiqua au chauffeur de l'attendre, aida son frère à monter l'escalier, lui ouvrit la porte après avoir essayé toutes les clés de son trousseau, le guida vers son lit, retourna dans la voiture. Le lendemain, il s'éveilla et ressentit une angoisse plus forte qu'à l'accoutumée. Un mois plus tard, il fêtait ses 34 ans. Un autre, et il rencontrait Sophie.

L'anatomie, c'est le destin.
SIGMUND FREUD

DÉCEMBRE 2015

Lorsque Rosalie fêta ses 6 ans, soit un an après l'adoption du chimpanzé, Xavier l'amena à l'atelier de Violaine pour qu'elle choisisse un toutou. Étant donné son caractère, il craignait que sa nièce ne trouve rien à son goût, mais elle sélectionna sans difficulté une grenouille disproportionnée qui veillerait sur son sommeil pendant la prochaine décennie. Xavier renouvela l'expérience pour ses 7 ans – un éléphant –, puis hésita l'année suivante. Rosalie allait avoir 8 ans, aimait-elle toujours les animaux en peluche ? Apparemment oui.

Cela faisait un mois que Xavier avait essuyé de la part de Violaine un refus mal assuré, qu'il avait pris pour un non catégorique, quand il lui rendit visite accompagné de sa nièce. Son amie les attendait, impatiente de leur montrer sa dernière collection. Elle avait caché ses créations sous une grande pièce de tissu qu'elle tira théâtralement pour les leur dévoiler.

— Tadam !

Xavier découvrit avec stupéfaction une douzaine de dinosaures d'espèces variées, aux couleurs vives et fantaisistes.

— J'ai eu l'idée le jour où on a parlé de diplodocus, tu te souviens ?

Il s'en souvenait parfaitement, quoiqu'il aurait préféré l'oublier, comme il s'efforçait d'oublier la fille et son tatouage apocalyptique. Violaine se mit à expliquer qu'elle avait employé une nouvelle technique pour les coutures, et que les yeux étaient en verre, alors qu'avant elle utilisait des demi-billes de plastique. Xavier l'écoutait distraitement. Sa nièce, après avoir évalué rapidement les toutous, s'était dirigée vers le diplodocus. Il y vit une raillerie supplémentaire du hasard.

— Je veux lui, déclara-t-elle.

— Ah, t'es sûre? J'ai pas encore eu le temps de faire son bébé, regarde.

Violaine pointa les animaux, qui étaient agencés par paires, un gros et un petit. Seul le diplodocus n'était pas couplé avec un spécimen assorti.

— Je veux lui, répéta Rosalie.

— Bon, quand j'aurai terminé le petit, je le donnerai à Xavier, il te l'apportera.

— Non.

Violaine fut déboussolée par le ton ferme de Rosalie. Xavier sortit enfin de sa torpeur.

— Pourquoi?

— Juste le grand.

— Ok, mais pourquoi?

Rosalie ne répondit pas. Xavier se tourna vers Violaine et haussa les épaules, il l'avait déjà informée du caractère capricieux de sa nièce. Violaine reprit ses explications sur la confection des toutous. Elle montra à Xavier des photos dont elle s'était inspirée, lui fit remarquer les insertions de tissu métallique imitant des écailles, lui annonça fièrement que six boutiques avaient passé une commande.

— C'est un peu grâce à toi. Et à ta nièce.

— Comment ça?

— C'est à cause d'elle que tu cherchais le nom du diplodocus? Tu disais qu'elle s'intéressait aux dinosaures.

Xavier garda le silence. Rosalie avait ramassé un énorme morceau de bourre en polyester et le trimballait dans l'atelier.

— Est-ce que ça va? s'inquiéta Violaine.

— Oui oui.

Violaine le dévisageait, c'était la deuxième fois en peu de temps que Xavier avait des comportements bizarres. Elle se demanda si sa réponse négative à sa proposition de l'autre jour l'avait blessé. Rosalie tenait maintenant un large carré de mousse. Elle le plia pour s'en faire un banc, s'assit dessus, se releva brusquement, la mousse se déplia d'un coup. Elle rit, observa de nouveau les dinosaures. Son visage devint sérieux.

— Moi, j'aurai pas d'enfants plus tard.

Xavier et Violaine la regardèrent avec surprise. Rosalie avait commencé à manipuler les dinosaures.

— Pourquoi pas? voulut savoir Violaine.

— Toi, tu as des enfants?

— Non… peut-être un jour. Ou peut-être pas. Mais à ton âge, j'en voulais.

— Pas moi.

— Pourquoi? insista Xavier.

— Les enfants font toujours comme les parents.

— Qu'est-ce que tu veux dire?

— Si les parents fument, les enfants fument quand ils sont grands. Si les parents sont gros, les enfants aussi, parce qu'ils mangent la même chose.

— Pis? Qu'est-ce que Justin et Vanessa font que tu veux pas faire?

Rosalie ignora la question. Elle déplaçait les dinosaures de façon à séparer les gros des petits.

— De toute manière, Rosie, les enfants ne font pas *toujours* comme leurs parents.

— Moi, ma mère m'a abandonnée.

Xavier eut un serrement de cœur. Sa nièce ne parlait jamais de sa mère.

— Ça veut pas dire que tu feras comme elle quand tu seras grande.

— Je veux jamais d'enfants.

— Tu changeras peut-être d'idée.

— Non.

Elle l'avait dit avec conviction en plongeant ses petits doigts dans une boîte remplie d'yeux étincelants de toutes les couleurs. Violaine réfléchit que les femmes qui ne veulent pas d'enfants affrontent des préjugés, se font traiter d'égoïstes, reprocher que c'est anormal, qu'elles n'ont pas d'instinct maternel, qu'enfanter fait partie de leur destin anatomique, etc., alors que les hommes sans enfants subissent rarement des commentaires équivalents. Comme si faire des enfants était d'abord le rôle de la femme… Bon, Rosalie avait 8 ans, elle avait amplement le temps de changer d'idée. Violaine se demanda quand même si, lorsqu'elle serait adulte, les mentalités auraient évolué. Tout comme elle se demandait souvent si les adolescentes à la sexualité trop active seraient un jour à l'abri des réputations injustes, qui n'affectaient pas les garçons. Depuis sa thérapie, la pensée d'être seulement née à la mauvaise époque la réconfortait.

Ils quittèrent l'atelier peu après, Rosalie satisfaite de son diplodocus, Xavier agacé de devoir supporter la présence du toutou durant les 24 prochaines heures. Sa nièce passait la fin de semaine chez lui. Chaque fois que son regard tomberait sur le dinosaure, il lui rappellerait cette fille qui se donnait des noms de reines et n'avait jamais la même couleur de cheveux, dont le souvenir suffisait pour que son cerveau sécrète une décharge de dopamine et de phényléthylamine (hormones de l'amour), production qui, parce que Xavier s'effrayait de la possibilité d'être amoureux, s'accompagnait d'une hausse de cortisol et d'adrénaline (hormones du stress). Il se consola en songeant qu'il venait de percer l'un des mystérieux critères de sélection de Rosalie. Critère n° 1 : pas de poupées. Le n° 2 : Rosalie ne voulait pas de jouets qui figuraient la famille. Le reste était facile à déduire.

Combien de vies dans un testicule ?

2015

La pointe du scalpel s'enfonça dans le scrotum. Une perle de sang se forma, le docteur l'épongea avec précaution. Ses doigts gantés exécutèrent ensuite une pression délicate mais suffisamment forte pour diriger le testicule dans l'incision. Une masse ronde jaillit du scrotum, suivie du cordon spermatique et du canal déférent. Le docteur les saisit à l'aide de pinces à préhension, puis noua entre eux les conduits. Le pouls du corps en voie d'émasculation demeurait stable. Une fois les deux parties ligaturées, le docteur reprit son scalpel et trancha à la base du nœud ; le testicule se détacha définitivement du reste du corps, sans que celui-ci manifeste la moindre résistance à sa mutilation. L'enchaînement des étapes fut répété afin d'extraire le second testicule.

Quelques minutes plus tard, deux boules qui semblaient toujours palpitantes de vie gisaient sur une plaque de métal. En dégageant le masque d'anesthésie de la tête du chat, Vanessa songea que ces deux glandes roses insignifiantes, à peine plus grosses qu'un pois, contenaient la potentialité d'engendrer 20 000 autres chats en seulement quatre ans. Après dix ans, les descendants se compteraient par millions. Bien sûr, on était dans la théorie, mille facteurs auraient concouru à tempérer cette prolifération vertigineuse. N'empêche, la possibilité existait. Avait existé. Vanessa appuya sur l'un des deux testicules. La chair était encore chaude. Elle soupira et fit signe à son assistante de les débarrasser des résidus organiques.

C'était sa dernière opération de la journée. Elle confia l'animal anesthésié aux soins de la technicienne et se dépêcha de clore son dossier. En sortant de son bureau, elle aperçut le chat abandonné qu'on lui avait remis ce matin. Elle ouvrit la cage et le prit dans ses bras, il planta ses griffes dans son manteau pour s'accrocher à elle, paniqué. Quel âge avait-il déjà? 2 ans… Elle le flatta un moment, tentant de l'apaiser. Ce chat a bon caractère, jugea-t-elle, un peu peureux mais sociable, affectueux. Elle évalua son pelage, ses traits, s'efforçant de le regarder avec les yeux du commun des mortels. Il n'était sans doute pas très beau. Blanc, avec une grosse tache grise informe sur le visage, quelques poils gris ici et là sur le corps. «Couleurs mal réparties, potentiel limité», pensa-t-elle, se remémorant les paroles du propriétaire de l'animalerie où elle avait travaillé durant son adolescence. Ces paroles qui l'avaient tant choquée la première fois. Avant ça, pour elle, tous les chats étaient beaux. Travailler à l'animalerie lui avait vite fait comprendre que les gens ne partageaient pas tous cet avis. Les raisons qui disqualifiaient un chat dans ce concours de beauté lui étaient longtemps restées obscures. Aujourd'hui, avec son expérience de dix ans en clinique vétérinaire, elle parvenait presque à tout coup à deviner si un chat serait adopté. Celui-ci, si elle devait miser… Il vivait sûrement ses derniers jours.

À moins qu'elle puisse convaincre Xavier de l'adopter… Elle avait réussi avec Alice trois ans auparavant, puis avec Zack, enfin, plutôt avec Charlie, et Zack avait cédé puisqu'il ne lui refusait jamais rien.

Pour Louis, c'était impossible, il était trop instable. Un jour... Par contre, Xavier serait tout à fait apte à s'occuper d'un chat. La dernière fois qu'elle avait essayé de lui faire adopter un chat délaissé à sa clinique, Xavier avait prétexté qu'il déménageait bientôt, mais depuis elle avait entendu dire qu'il avait renoncé à quitter son appartement. Peut-être... Ou un client se laisserait quand même attendrir par ce chat peu choyé et sa robe disgracieuse. L'animal passerait les prochains jours exposé dans la salle d'attente. Si personne n'en voulait, un nouveau chat sans maître arriverait tôt ou tard, probablement plus tôt que tard, pour prendre sa place. Elle devrait alors se résigner à déposer le premier chat au refuge où elle savait qu'on l'euthanasierait dans les 72 heures. Là aussi, le personnel aurait rapidement à faire de la place aux suivants. Et la roue continuerait de tourner sans fin. Ou en tout cas, cette fin, elle ne serait plus là pour la voir.

Les garçons inexpérimentés : Charlie

2014

Le lendemain du jour où Zack avait croisé dans son salon le commis un peu boutonneux qui travaillait à l'animalerie du quartier, il avait questionné Charlie sur ce qui lui plaisait autant dans ses aventures avec des adolescents. Elle avait répondu sans hésiter : le manque d'expérience. Les adolescents qu'elle choisissait étaient toujours des gars timides, au regard fuyant, qui plongeaient les yeux furtivement dans son décolleté ou la reluquaient presque malgré eux. Elle aimait le contraste entre leurs manières gênées et leur corps assez grand et costaud pour faire d'elle n'importe quoi, elle aimait leur faible assurance, leur maladresse qui révélait qu'ils avaient peu ou pas d'expérience avec les filles, et que ces maigres expériences s'étaient mal passées, certains lui en parlaient même après. Elle aimait baiser avec eux comme ils ne l'avaient jamais fait, elle aimait leur niveau d'excitation impossible à retrouver chez les hommes habitués au sexe, elle aimait qu'ils éjaculent en dix secondes, tout au plus deux minutes, quand ils ne venaient pas carrément sur ses cuisses. C'était sans importance, parce que très vite ils étaient de nouveau en érection, la deuxième fois dépassait rarement les dix minutes, peu après il y en avait une troisième, parfois quatre.

Ils étaient en train de préparer une salade, et Charlie lui avait énuméré ses raisons en lavant des feuilles de laitue. Zack tranchait des tomates en prenant garde de ne pas se couper, il l'avait écoutée les yeux baissés, concentré sur sa tâche. À la fin, Charlie était restée silencieuse. Il avait relevé la tête, elle tenait le reste de la laitue, ne faisait plus rien, sauf le fixer avec ce sourire qu'elle prenait pour lui signifier qu'elle avait envie de faire l'amour. Elle s'était assise sur le comptoir en lui faisant signe de la rejoindre. Dès qu'il avait été à sa portée, Charlie avait l'attiré vers elle, Zack l'avait observée avec excitation se jeter sur sa braguette. Il avait tenté de lui enlever sa jupe, mais elle l'en avait empêché, se contentant d'écarter sa culotte pour qu'il la pénètre immédiatement. Une minute plus tard, c'était elle qui jouissait précocement, et Zack avait été déstabilisé par la rapidité et l'intensité de son orgasme. Non, il ne la convaincrait pas facilement de renoncer aux adolescents.

2012-2015

Justin lui disait fréquemment qu'il la trouvait belle, même si elle ne se maquillait jamais, qu'elle négligeait de se raser, qu'elle troquait son sarrau pour des vêtements confortables et informes dès son retour de la clinique vétérinaire. Il ne lui reprochait pas que leur vie sexuelle se limite à une relation par mois, voire moins, ni qu'elle ne l'accompagne qu'à la moitié des soupers chez Alice et Jacques. Au restaurant, à leur premier rendez-vous, Justin n'avait eu aucun mouvement de répulsion quand Vanessa avait mentionné ses neuf chats – contrairement à tous les autres hommes qu'elle avait rencontrés via des sites internet pour célibataires. Il l'avait écoutée avec intérêt raconter qu'elle rêvait de déménager à la campagne à sa retraite et d'acheter une fermette où elle élèverait des alpagas – pour la laine – et des paons – pour les plumes –, et tant qu'à y être, peut-être aussi quelques poules pour les œufs, des chèvres pour le lait, un berger allemand pour éloigner les renards. Justin lui avait demandé ce qu'était un alpaga, puis l'avait questionnée sur la résistance des paons au climat québécois. Rien ne semblait l'ennuyer. Son sourire était franc, il n'y avait pas de moquerie dans sa voix. Et il avait un accent particulier qu'elle trouvait charmant. Elle avait d'abord cru qu'il était d'origine étrangère, mais il lui avait confié qu'il tenait cet accent de sa mère sourde. Puisqu'il maîtrisait la langue des signes, en plus du français et de l'anglais, il était trilingue, Vanessa était impressionnée. Elle lui avait demandé de lui dire une phrase avec ses mains, il avait enchaîné quelques gestes, elle avait voulu savoir la signification, il avait répondu « Je passe une belle soirée », elle avait rougi. Après le repas, il l'avait raccompagnée à pied. Il ne lui avait pas proposé de monter chez elle, Vanessa en avait été aussi soulagée que déçue. Une fois seule, en repensant aux heures qu'ils venaient de passer ensemble, elle s'était rendu compte que les trois quarts de leur conversation avaient tourné autour des animaux. Il ne la rappellerait sûrement pas. Un autre rendez-vous raté. Le lendemain matin, à son réveil, un message l'attendait pourtant sur sa boîte vocale. Justin l'invitait à faire une promenade au Jardin botanique, avec lui et sa fille.

Cinq mois plus tard, Vanessa, Justin, Rosalie et les neuf chats emménageaient au rez-de-chaussée d'un immeuble situé dans un quartier tranquille de Montréal, pour que les animaux puissent aller et venir aisément. En général, la meute montait à dix, c'était le maximum que Vanessa s'autorisait – cela dit, le nombre ne descendait en aucun cas sous la barre du neuf. Quand un chat mourait ou était adopté par un nouveau foyer, elle le remplaçait par un des animaux abandonnés à sa clinique.

La première fois qu'elle avait rapporté un minuscule chaton de douze jours à la maison, elle avait guetté anxieusement le retour de Justin. Cela faisait deux mois qu'ils vivaient ensemble. Bien qu'il soit au courant de sa limite auto-imposée, elle s'était contrainte à patienter avant d'amener un dixième chat. Elle craignait qu'il ne lui reproche d'exagérer. À cette époque, les rapports entre elle et la fille de Justin étaient difficiles. Vanessa essayait de créer des liens, mais Rosalie faisait tout pour lui rappeler qu'elle n'était pas sa mère. Lorsque Justin était rentré, il avait souri en voyant le chaton noir duveteux qui dormait sur ses genoux. Vanessa lui avait expliqué qu'il fallait le nourrir aux quatre heures à l'aide d'un compte-gouttes, elle devrait programmer une alarme durant les prochaines nuits, et même s'il miaulait beaucoup, il serait préférable de le faire dormir dans leur chambre… Justin lui avait demandé avec quoi on nourrissait un si jeune chat, il ne semblait aucunement contrarié. Vanessa s'était promis de redoubler d'efforts avec Rosalie.

Malgré cette promesse, après trois ans de vie commune en famille recomposée, force était d'admettre que ses efforts donnaient peu de résultats. Vanessa n'avait jamais voulu d'enfants, elle ne comprenait pas bien comment agir avec eux, encore moins avec sa belle-fille. Rosalie avait des comportements étranges, tenait des propos incompréhensibles, maniait l'art d'être subtilement effrontée. Vanessa avait pour ainsi dire renoncé. En trois ans, Justin avait développé plus de liens avec ses chats qu'elle ne l'avait fait avec sa fille. Elle était prise par un sentiment de honte en y songeant, mais cette honte ne lui fournissait pas davantage d'indications sur l'attitude à adopter à l'égard de Rosalie.

L'effet de rareté

2014
Au souper, après avoir fait jouir Charlie en une minute sur le comptoir de leur cuisine, Zack était revenu sur son principal sujet d'inquiétude. Avait-elle déjà retrouvé chez des hommes plus âgés l'intensité qu'elle aimait chez les adolescents ?

— Rarement, mais quelques fois.

— C'est dû à quoi, ces fois-là ?

— L'abstinence prolongée. Ou être amoureux.

— Être amoureux ?

— Oui. Tu croyais que j'allais te nommer des trucs hors norme ? Trips à trois, orgies, baiser dans des lieux publics, échangisme, BDSM ? Tout ça n'a pas l'intensité facile des premières expériences de l'adolescence. Pas pour les hommes en tout cas. C'est ce que j'ai cru remarquer.

— C'est possible. Question d'hormones peut-être.

— Pas seulement. C'est l'effet de rareté. Les adolescents, pour eux, le sexe est nouveau. Ils sont capables de se dire là c'est ma première relation sexuelle, maintenant ma deuxième, et celle-ci ma cinquième, puis à un moment on perd le fil, on ne compte plus. Même chose pour le nombre de personnes avec qui on a couché. Passé quoi, une vingtaine ou une trentaine, on arrête de compter ?

Zack hocha la tête, pensif. L'effet de rareté… Ce n'était certainement plus quelque chose qui pouvait l'exciter.

— Tomber amoureux, par contre, c'est plus compliqué, donc là aussi il y a une rareté. La plupart des gens que je connais, en moyenne ils ont été amoureux deux ou trois fois dans leur vie, peut-être quatre. Et ça, les gens ne perdent pas le compte.

Deux ou trois fois, songea Zack. Y aurait-il une autre fois, pour lui…

— Il y a même des gens qui n'ont jamais été amoureux, poursuivait Charlie. J'ai des amis, quand j'essaie de leur expliquer ce qu'on ressent, ce désir d'être tout le temps avec l'autre, le manque insoutenable si il ou elle n'est pas là, cette euphorie parfois douloureuse, l'émerveillement, ils n'ont pas vraiment idée de quoi je parle. Ils le conçoivent à peu près, parce qu'ils ont regardé des films, lu des livres, vu des gens, mais de le ressentir eux-mêmes, comme une expérience vécue, non. Tu connais des gens comme ça ?

Zack réfléchit. Il en connaissait. Xavier peut-être…

— Toi, par exemple, avec combien de femmes penses-tu avoir couché ?

— Ouf… laisse-moi essayer d'évaluer.

Quelque part à 19 ans, il s'était dit qu'il avait franchi la centaine, sans savoir avec qui exactement. Entre 19 et 24 ans, quand il était étudiant en biologie, c'était peut-être une ou deux filles par mois. À 24 ans, il avait commencé à travailler au laboratoire, il avait eu plus de temps et d'argent pour sortir, et jusqu'à 29 ans, c'était presque une nouvelle par semaine, il se rappelait avoir trouvé qu'il exagérait. Il sortait les vendredis ou samedis et réussissait chaque fois à dénicher une fille cherchant la même chose que lui. Un de ses amis le détestait d'avoir autant de facilité, tandis que lui galérait toute la soirée et finissait quasiment toujours seul. Alors que Zack, une par soir… Il avait même le souvenir d'être allé dans un bar, d'être parti vers minuit pour suivre une fille qui habitait tout près, d'avoir baisé avec elle, et puisqu'elle ne voulait pas qu'il reste pour la nuit, il était retourné au bar à deux heures, en avait dragué une deuxième, et l'avait ramenée chez lui. Le lendemain, il s'était senti coupable. Ce qui ne l'avait pas empêché de récidiver… À 29 ans, malgré toutes ses expériences, il avait eu le sentiment qu'il devait mieux profiter de son célibat avant ses 30 ans fatidiques où il prévoyait de se caser. Après tout, il lui restait seulement un an. Et comme à 30 ans il n'avait rien changé à ses habitudes, s'accordant un sursis, c'est pendant deux ans, jusqu'à ses 31 ans, qu'il avait monté la cadence, peut-être six filles par mois? Ensuite il s'était calmé, il avait été promu directeur du laboratoire, il travaillait davantage. Il avait aussi réalisé qu'il aimait mieux revoir les mêmes filles que faire sans cesse de nouvelles rencontres. Mais, outre celles-là, au moins une par mois. À 34 ans, il y avait eu Sophie, et cette insupportable pause de trois mois durant laquelle il avait été fidèle. Quand il s'était mis à la tromper, il n'avait pas voulu d'amantes régulières. Il aurait craint que l'une d'elles ne tombe amoureuse de lui et ne révèle leur liaison à Sophie, alors il ne couchait qu'avec des inconnues. Autour d'une vingtaine... Ou une trentaine? Difficile à dire. En réalité, il avait confessé la plupart de ses infidélités à Sophie, mais il préférait le faire lui-même, en négligeant certains détails et en déguisant les circonstances. Et maintenant qu'il était avec Charlie, environ une par mois, en excluant celles qu'il voyait à différentes fréquences. Donc... en additionnant...

— C'est très approximatif, autour de 600 je dirais.

— Combien de fois as-tu été amoureux?

Ça, Charlie avait raison, il le savait très bien, sans même y penser.

— Une fois.

— Moi?

— Qui d'autre?

Elle lui avait souri.

— Et toi? Combien de fois as-tu été amoureuse?

— Trois fois.

— Et avec combien d'hommes as-tu couché?

Son sourire avait changé de forme, cet air qu'elle avait quand leurs conversations l'excitaient.

— Juste les hommes ?
— Les femmes aussi. Les deux.
— Les deux tous ensemble, ou les deux séparés ?
— Séparés.
— Essaie de deviner.
— Plus ou moins que moi ?

Le soir, Zack avait eu du mal à s'endormir. Cette histoire d'adolescents, encore. Il repensait à l'excitation de Charlie dans la cuisine, à son orgasme expéditif. Prenait-elle le temps de s'assurer de leur âge… Ça lui semblait peu probable. D'un autre côté, si Charlie avait été assez rusée durant sa propre adolescence pour s'abstenir de coucher avec les garçons de son école, à 29 ans elle devait être en mesure d'esquiver les problèmes…

Il se mit à réfléchir au physique des adolescents qu'elle choisissait, grands, plutôt costauds. Lui-même avait ce type de physique. Ses frères aussi. Par contre, si les garçons que Charlie sélectionnait étaient peu confiants et timides, à 15 ans il était déjà sûr de lui avec les filles. Louis avait acquis de l'assurance à peu près au même âge, mais Xavier, jamais. Bizarrement, à 34 ans, Xavier conservait un résidu de cette attitude des adolescents insécures d'avoir grandi trop vite. Et Charlie était convaincue que Xavier n'avait pas couché avec une femme depuis des années…

Au fond, réalisa-t-il, Xavier l'attirait pour les mêmes raisons que les adolescents. L'effet de rareté… D'ailleurs, pourquoi son frère était-il aussi timide, embarrassé pour un rien, socialement maladroit ? Ils avaient été élevés dans la même famille. C'est vrai que leur enfance avait été chaotique… Le divorce de leurs parents, l'arrivée de Jacques, les fins de semaine où ils étaient laissés à eux-mêmes chez leur père… Malgré tout, il ne voyait pas comment Xavier avait pu développer ce caractère réservé, presque farouche. Pour Justin, qui manquait également de confiance en lui, Zack comprenait. La négligence de Matthew, la surdité de sa mère, l'accent qui lui avait causé des ennuis avec les autres enfants, le désert amoureux et sexuel pendant des années, le suicide de Diane, la naissance imprévue de Rosalie, le départ de Nora. Non, dans le cas de Xavier, ça ne collait pas.

La ruse de Rosalie

2014

Parce que Rosalie ne conserva aucun souvenir de l'époque où Justin déplaçait son parc dans la salle de bains pour la surveiller en prenant sa douche, elle resta persuadée que le premier pénis qu'elle avait vu dans sa vie appartenait à un homme badigeonné de crémage qui hurlait «Quelqu'un veut du dessert?» Elle s'était réveillée dans un lit d'hôtel trop grand pour elle, avait voulu aller à la salle de bains, s'était trompée de porte et, par l'entrebâillement, elle avait eu la surprise d'apercevoir dans le couloir le DJ du mariage de son oncle et Charlie, ses vêtements en moins. Le crémage ne recouvrant toutefois pas les endroits stratégiques, Rosalie eut le loisir de contempler l'appareil reproducteur mâle qui passa à 50 centimètres de ses yeux. Elle referma vivement la porte et regagna son lit, le cœur battant.

Le lendemain, des images de ce qu'elle avait vu entre les jambes de l'homme l'assaillirent. Impuissante à élucider les questions qui la tourmentaient, elle finit par demander à son père comment naissent les bébés. Justin bégaya quelques métaphores boiteuses, s'empêtra dans des explications qui répondaient à des questions qu'elle n'avait pas posées – un jour, elle rencontrerait un garçon, elle l'aimerait, lui aussi, ils voudraient fonder une famille, blablabla –, et Rosalie s'éloigna fort insatisfaite.

Elle continua de ruminer sa vision de la veille, et en fin d'après-midi, alla trouver Vanessa. Sa belle-mère procédait au brossage hebdomadaire de ses dix chats. Déterminée à ne pas repartir bredouille, Rosalie lui demanda comment les chats font des chatons. Vanessa, qui n'avait jamais développé cette tendance commune aux adultes de s'adresser aux enfants comme à des êtres à part, se lança dans un exposé digne de ses cours universitaires en médecine vétérinaire. Rosalie écouta attentivement les éclaircissements cliniques de sa belle-mère, puis enchaîna avec sa véritable question : comment les humains font-ils leurs bébés ? Vanessa réalisa avec dépit que sa belle-fille venait de la piéger. Elle se contenta de marmonner que c'était à peu près pareil pour les humains et les chats. Rosalie repartit satisfaite, mais passablement dégoûtée.

2015

Un hiver, Charlie avait accepté un remplacement de deux mois. C'était son plus long contrat comme professeure. Auparavant, ses remplacements s'étaient limités à une ou deux journées, une dizaine de fois par année. Pendant ces deux mois, Zack était obsédé par l'idée qu'elle drague un étudiant. Il n'y avait peut-être que des filles dans sa classe, mais l'établissement regorgeait de futurs plombiers, ébénistes, cuisiniers et autres apprentis, dont un bon nombre n'avaient pas 18 ans. Bien qu'ils ne soient pas les élèves de Charlie, Zack soupçonnait qu'elle représentait quand même pour eux une figure d'autorité. Il s'était mis à faire des recherches sur internet de façon compulsive, à relire sans cesse les mêmes sites.

Il avait appris qu'il existait des précédents au Québec, des enseignantes qui avaient écopé de peines variant de six mois à quatre ans. Même si très souvent les adolescents étaient consentants, ces femmes avaient été condamnées pour « agression sexuelle » – selon la loi, leurs élèves n'étaient pas aptes à consentir. L'expression avait fait grincer Zack des dents.

Le cas d'une enseignante avait été particulièrement médiatisé. À 30 ans, elle avait commencé avec un élève de 15 ans une liaison qui avait duré deux ans, au cours desquels ils auraient eu 300 rapports sexuels. Des années plus tard, le garçon considérait qu'elle avait abusé de sa confiance, gâché son adolescence, l'avait incité à mentir à sa famille et à ses amis. Zack s'était consolé, au moins Charlie n'entretenait pas de relation à long terme avec des adolescents. Les chances que l'abus psychologique entre en jeu demeuraient faibles. La lecture du témoignage l'avait néanmoins chamboulé. Il avait toujours jugé les tendances de Charlie comme inoffensives, bénignes. Minimisait-il les conséquences de ses comportements?... En poursuivant ses recherches, il était tombé sur d'autres cas où les adolescents affirmaient qu'ils ne s'étaient aucunement sentis manipulés, qu'ils étaient consentants, certains disaient même avoir fait les premiers pas.

Si Zack élargissait ses investigations à l'ensemble du Canada, les infractions se multipliaient, idem pour les États-Unis. Une page web rapportait une dizaine de cas sensationnalistes. Les adolescents avaient généralement 16 ou 17 ans, mais aussi 15, 14, 13, même 12... Une enseignante de 27 ans avait été condamnée à huit ans de prison avec sursis pour avoir couché avec son élève de 13 ans. Elle avait été relâchée après neuf mois, mais elle avait osé récidiver et avait été réincarcérée pour subir l'entièreté de sa peine. Autre infraction digne des films pornos les plus clichés, deux enseignantes de 24 et 32 ans avaient entraîné un élève de 16 ans dans un trip à trois. La plus importante condamnation revenait à une femme dans la trentaine qui avait eu des relations sexuelles avec trois élèves, dont un pendant qu'elle était en liberté conditionnelle. Sentence : 30 ans.

Et il y avait l'histoire de Mary Kay Letourneau, scandale ultramédiatisé dans les années 1990. Zack se souvenait d'en avoir entendu parler. À 34 ans, Mary Kay avait entamé une liaison avec un élève de 12 ans. Elle était alors mariée et mère de quatre enfants – son jeune amant n'avait qu'un an et demi de plus que son fils aîné. Reconnue coupable, elle avait accouché d'un premier enfant de sa «victime» avant d'être emprisonnée. Deux semaines après sa libération, toujours en probation, elle s'était fait prendre à récidiver. Elle avait été incarcérée pour sept ans. En prison, elle avait accouché de leur deuxième fille. Les deux enfants avaient été confiés à la grand-mère paternelle. À sa sortie, comme le garçon avait atteint 21 ans, Mary Kay l'avait épousé. Aujourd'hui, ils avaient 31 et 53 ans, ils étaient mariés depuis dix ans.

Qu'avaient donc toutes ces femmes, s'était demandé Zack, à prendre de tels risques? Alors même qu'elles attendaient leur sentence ou sortaient tout juste de prison… Est-ce que Charlie agirait de façon aussi étourdie si elle était arrêtée? Il avait lu que le mari d'une femme prise en faute avait supplié les parents de l'adolescent de ne pas porter plainte. Se retrouverait-il un jour, lui aussi, à implorer les parents d'une «victime» de sa femme?

Concernant l'éventualité où Charlie coucherait avec un mineur de l'école qui ne serait pas son étudiant, Zack n'avait pas trouvé de réponse. Si celui-ci avait 16 ou 17 ans, soit l'âge du consentement sexuel au Canada, serait-elle considérée en position d'autorité? Il avait pensé appeler un avocat, mais il s'était surpris, lui que rien ne gênait, à ressentir de la honte à l'idée de poser ces questions.

Il avait glissé un mot à Charlie de ses recherches incomplètes. Pour une fois, elle l'avait rassuré, non, elle ne coucherait pas avec un étudiant de l'école. Comment savoir? lui avait-il rétorqué. Par exemple, comment pouvait-elle être sûre que le caissier du fast-food du coin ne suivait pas parallèlement une formation de mécanicien? Charlie avait soupiré, dit qu'il s'en faisait beaucoup trop. Elle ne prenait jamais ses remarques au sérieux. Zack comptait les jours et attendait la fin du contrat comme une délivrance. Il n'était pas jaloux, il avait peur pour elle.

2026

Pourquoi Vanessa s'était-elle fixé une limite de dix
chats ? Zack se le demandait chaque fois qu'il rendait
visite à son demi-frère et à sa belle-sœur. Il comprenait
qu'elle devait s'arrêter quelque part, que toute manie
doit être encadrée, qu'au-delà d'un certain nombre les
chats seraient devenus ingérables, il y avait la question
des excréments, la salubrité, le poil, etc. Mais pourquoi dix, s'interrogeait-il, et non pas sept ? Ou onze ?
Pourquoi précisément *dix* ? Car enfin, pourquoi le système numérique le plus répandu chez les humains a-t-il
pour base le nombre dix, qui leur fait accorder une
importance symbolique aux multiples de ce nombre ?

Un jour, alors qu'il observait un siamois de
Vanessa, en s'étonnant que les chats aient cinq griffes
à leurs pattes avant et seulement quatre aux pattes
arrière, Zack, dans une illumination, saisit que c'est
parce que les humains ont dix doigts. C'était aussi élé-
mentaire que ça. Les enfants apprennent à compter sur
leurs doigts ; les mathématiques, la discipline abstraite
par excellence, s'apprivoisent d'abord sur des bouts de
chair. Si les humains avaient eu huit ou douze doigts,
songea-t-il, ils auraient compté tout autrement. À la
place d'un système décimal, ils auraient fonctionné
avec un système octal ou duodécimal. Leurs limites
symboliques n'auraient pas été 10 ou 20, ni 50, ni 100.
Dans un monde hypothétique où ils auraient eu quatre
doigts par main, plutôt que de penser en dizaines, ils
auraient pensé en « huitaines ». Leur 10 aurait correspondu à notre 8. Et leur 20 à notre 16. Vanessa n'aurait
jamais eu plus de 8 chats, à moins qu'elle n'ait opté
pour le nombre symbolique supérieur, soit 2 fois 8,

ce qui aurait correspondu à notre 16. Ça aurait fait beaucoup de chats… Possible que Justin, malgré sa bienveillance, aurait un peu tiqué. Quoique…

Désireux d'en savoir plus, Zack fit quelques recherches et découvrit que même si les humains n'ont pas huit ou douze doigts, certains peuples ont développé leur conception du calcul différemment. On trouve dans la culture indo-européenne des traces d'un système vicésimal – base 20 –, et on suppose que ses utilisateurs auraient inclus les orteils dans les parties du corps servant à se représenter les nombres. Pas si bête…

Charles XII, roi de Suède entre 1697 et 1718, a quant à lui développé un système octal pour la simple beauté d'outrepasser le corps humain et ses cinq doigts par main. Après tout, pourquoi consentir à ce que son esprit soit formaté par les aléas de l'évolution ? Ce que ses lectures n'apprirent pas à Zack, c'est qu'alors que Charles, à la tête d'un pays de quelque 1,5 million d'âmes, se démena dans l'abstrait avec un système de numération dédaignant le trivial système décimal, sa mère, Ulrique-Éléonore, fut de son côté préoccupée par une autre contrainte du corps aux répercussions bien plus concrètes : cette difficulté pour le corps féminin d'expulser le fœtus sans y laisser sa peau, tracas qui allait l'inciter à œuvrer en faveur de la formation de sages-femmes aptes à surmonter les périls de l'accouchement. Les femmes ou les chiffres ? La survie des mères, ou l'éblouissement intellectuel d'un univers mathématique contre-intuitif ? À chacun son truc.

Dans le système de Charles XII, ou dans l'éventualité où nous aurions eu huit doigts, Zack, lui, au lieu de redouter le passage de 29 à 30 ans – âge qu'il

avait élu pour renoncer à son célibat et à ses avantages
– et d'anticiper avec angoisse celui de 49 à 50 ans –
autre cassure imaginaire qui provoquait chez lui la
crainte d'une modification des perceptions d'autrui à
son égard –, aurait vu ses hantises devancées. En effet,
si nous avions eu huit doigts, Zack ne se serait pas
tourmenté à cause des anniversaires qui le feraient
basculer dans ses troisième et cinquième décennies de
vie, mais plutôt à cause de ceux qui auraient inauguré
ses troisième et cinquième «huiténies». Selon notre
système, cela aurait été comme s'il avait appréhendé
d'avoir 24 et 40 ans. Mais vivant dans un monde où
les humains ont dix doigts, il eut quelques années de
sursis et ne s'inquiéta que pour ses 30 et ses 50 ans.
À bien y penser, compter en dizaines, ce n'est pas
si mal. Quoique si on avait eu six doigts par main et
qu'on avait calculé à l'aide d'un système duodécimal,
Zack se serait tourmenté à l'orée de ses 36 et de ses
60 ans. Ou de ses 48. Mais bon, un jour ou l'autre, il se
serait tourmenté. Ça, ce n'était pas évitable. Pas plus
que la horde de Vanessa, qu'elle compte huit, dix ou
seize chats.

L'art de la dédramatisation

2014
Charlie était tellement insouciante qu'un jour où Zack
s'évertuait à la convaincre des dangers inhérents à ses
aventures avec des mineurs, elle lui avait répliqué que
ce serait le summum de la provocation, qu'elle passe
quelques mois en prison. Il pourrait s'en vanter devant

leurs amis et leur famille, se targuer que sa femme n'avait pas de tabou par rapport à l'âge, qu'elle se considérait au-dessus des lois régissant les relations sexuelles entre citoyens. C'est une des rares fois où Zack s'était réellement énervé contre elle. Il s'était lancé dans une litanie d'arguments, Charlie l'avait fixé en silence, et lorsqu'il s'était tu, elle avait commencé à se déshabiller. Zack avait compris qu'imaginer ce scénario d'emprisonnement l'avait excitée et qu'elle n'avait rien à faire de ses sermons. Quand Charlie avait ôté sa robe, il avait constaté qu'elle ne portait pas de culotte. Il avait trouvé l'idée excitante, puis son excitation ridicule, s'était ensuite demandé si les femmes trouvaient excitant qu'un homme se promène sans sous-vêtements – sans doute pas –, puis il avait réalisé qu'il bandait. Alors que deux minutes auparavant, il atteignait des sommets d'exaspération à cause d'elle. Charlie, c'était l'art de la dédramatisation. Elle était pire que lui.

Après, en la regardant se rhabiller, il avait essayé de se raisonner – ce n'était que des mots, elle avait traversé son adolescence sans ennui malgré sa forte libido, elle était assez rusée pour ne pas se mettre en danger –, mais ses craintes persistaient. N'y tenant plus, il lui avait demandé si ses fantasmes délurés ne pourraient pas de temps en temps rester des fantasmes, au contraire du soir de leur mariage, par exemple. Comme à son habitude, Charlie avait souri sans répondre.

Dans ses nuits d'insomnie, il tentait de se calmer, se répétant qu'au Québec, pour un premier délit, les peines tournaient autour de trois mois, ce serait vite passé. Mais leur séparation temporaire n'était pas sa véritable inquiétude. Il redoutait surtout qu'elle n'en

sorte changée, qu'elle n'y perde sa joie et sa désin-
volture. Il était convaincu que Charlie se faisait une
idée romanesque de la prison. De toute façon, elle était
persuadée que rien ne lui arriverait. Alors, quand il
croisait un adolescent dans son salon, il avait peur pour
elle. Peut-être que cette peur de la perdre amplifiait
l'intensité de leur relation… mais ça augmentait aussi
ses insomnies. L'imaginer en prison était sa limite.
Elle avait réussi à trouver sa faiblesse. Lui n'avait pas
encore trouvé la sienne.

Rosalie ne craindra plus les films

2016
Rosalie apprit ce qu'était une ovariohystérectomie à
l'âge de 8 ans. Des années plus tard, elle se rappellerait
encore les circonstances de cette révélation déterminante.

Vanessa venait de rentrer du travail, et Justin de
les quitter pour un contrat. Depuis trois jours, elle
appréhendait de passer la soirée seule avec sa belle-
fille. Épuisée, elle se blottit sur le sofa et ferma les
yeux. Des chats s'approchèrent. L'un se percha sur son
épaule, un autre se nicha dans le creux de ses genoux.
Un troisième étira une patte jusqu'à son visage pour
lui signifier sa présence, elle lui caressa la tête sans
ouvrir les yeux.

— Tu es fatiguée ? demanda Rosalie.
— Oui. J'ai eu une grosse journée.

— Pourquoi ?

— J'avais onze ovariohystérectomies. Et aucune orchidectomie, c'est bizarre… Ça ne m'était jamais arrivé.

— Onze quoi ?

— Ovariohystérectomies.

— C'est quoi ?

— L'ablation de l'utérus et des ovaires.

Sa belle-fille prit un air mécontent. Vanessa répondait distraitement, gardant les yeux clos, somnolente.

— Qu'est-ce que c'est, des ovaires ?

— Les organes de reproduction chez la femelle.

— Je comprends rien.

Vanessa, elle a 8 ans. La voix de Justin résonna dans son esprit, elle ouvrit les yeux. Cette phrase qu'il lui répétait chaque jour.

— L'utérus est la poche dans laquelle les chatons ou les chiots grandissent quand ils sont dans le ventre de leur mère, expliqua Vanessa en s'efforçant d'utiliser un langage adapté. Si on l'enlève, la femelle ne pourra pas avoir de bébés. Quand les gens ont une chatte ou une chienne, mais qu'ils ne veulent pas qu'elle ait de bébés, ils viennent me voir pour que j'enlève son utérus.

— Est-ce que les êtres humains ont un utérus ?

— Oui, les femmes en ont un.

— Et les bébés grandissent dedans ?

— Oui.

— Est-ce qu'on peut enlever les utérus des femmes ?

— On peut… On le fait seulement si la femme est malade.

— Mais si une femme veut pas de bébés ?

— Dans ce cas, on ligature les trompes de Fallope.

— C'est quoi ?

— Rosalie, pourquoi tu veux savoir tout ça?

— Mais c'est quoi?

— C'est un conduit… On bloque un conduit et la femme ne peut pas avoir de bébés.

La semaine suivante, Justin prévint Rosalie qu'elle n'irait pas à l'école le vendredi après-midi, car on projetterait un dessin animé en classe. Pour la première fois depuis quatre ans, Rosalie protesta, elle voulait voir le film. Mais c'est l'histoire d'un prince qui délivre une princesse, précisa Justin. Pas grave, rétorqua Rosalie.

Maintenant, grâce à Vanessa, elle savait qu'il existe des moyens d'échapper à l'enfantement. Elle se demanda pourquoi on ne lui avait pas mentionné plus tôt cette information cruciale. Les adultes, des fois…

FANNY, OSCARA, CLÉOPÂTRE,
ULRIQUE-ÉLÉONORE, RAPHAËLLE

La dégustation

En février 2016, la propriétaire de Chez Hélie décida qu'il était temps d'emboîter le pas à la mode des bières de microbrasserie. Voilà 30 ans qu'on ne servait que les marques populaires, Budweiser, Molson, Labatt, bières fades, pétillant paresseusement, de qualité médiocre, conçues pour être bues sans être savourées. L'heure était venue d'élever le bar au-dessus de sa réputation de taverne et d'élargir la clientèle cible. Chez Hélie avait déjà dix ans de retard sur la tendance.

— Ça marchera pas, coupa Matis. La majorité des clients vont continuer de commander la bière la moins chère, pas plus compliqué que ça.

— Nos futurs nouveaux clients vont demander d'eux-mêmes ces bières-là, répliqua Sandra. Et les anciens, vous allez les inciter à prendre autre chose. Vous allez leur expliquer le menu, avec la liste de nos bières…

— Un menu ?

— Oui, Matis, comme dans plein d'autres bars.

— Ils ont juste à regarder les noms sur les pompes, comme maintenant.

— Non, on va avoir trop de variétés pour ça. En plus, notre sélection de bières en bouteilles va être plus fournie.

— Ça marchera pas.

— Bon, moi, d'ici cinq ans max, je vends le bar. Je pourrai pas le vendre à bon prix si on rehausse pas le style de la place.

— Ça marchera pas.

L'avis de Matis, Sandra s'en fichait. Quand les bières et leurs pompes furent livrées, elle avertit ses deux employés du jour d'arriver en avance pour se familiariser avec les nouveautés. Elle montra à Xavier et à Matis une trentaine de verres assez petits, mais plus gros que des shooters.

— Ça, c'est des verres de dégustation. Si un client hésite entre deux bières et veut goûter.

Matis jeta un coup d'œil méprisant aux 30 verres, Sandra l'ignora. Elle leur fit goûter les quinze bières une à une, puis remplit les verres une deuxième fois pour leur faire comparer telle et telle sorte aux caractéristiques similaires, tout en insistant sur le fait que chaque bière avait sa « personnalité distincte ». Elle leur répétait les mots « arôme », « effluves », « fermenté », « houblonné », « amertume », « effervescence ».

— Il faut aussi assimiler le vocabulaire, ça fait plus crédible.

— Ça marchera pas.

Sandra continua ses explications, et s'arrêta devant un tonneau métallique posé à l'écart.

— Ici nous avons une bière en cask. Elle a la particularité de ne pas être gazéifiée.

— On en sert depuis dix ans de la bière flat, je vois pas la nouveauté.

— Elle est aussi servie température pièce.

— Les gens vont payer pour de la bière chaude ?

— Absolument. Si vous leur vendez le produit avec conviction, oui.

— Bon, c'est laquelle la moins chère ?

À la suite de cette initiation, Xavier réalisa qu'il était plus qu'éméché. Il eut un fou rire lorsqu'une des nouvelles pompes se coinça et déversa des litres de bière sur Matis, qui se débattait pour la refermer en jurant. Étonné de rire autant à cause d'une broutille, il fit le calcul et évalua qu'il avait bu l'équivalent de quatre bières en deux heures. Non, plutôt cinq. À moins que ce soit six… Il avait pris les explications de Sandra trop au sérieux et s'était scrupuleusement appliqué à détecter le goût caramélisé d'une ambrée américaine, le parfum de noisettes d'une brown ale, le côté torréfié d'une stout. À chaque qualificatif, il avait eu besoin de plusieurs gorgées pour discerner les nuances. Matis, qui tenait beaucoup mieux l'alcool, lui lança un regard suspicieux.

— Es-tu ivre ?

— Peut-être un peu.

— Seigneur. On ouvre dans cinq minutes.

— Ben non, dit Sandra, il va dessoûler vite. C'est rien qu'un peu de bière.

C'est cette journée-là, après trois mois d'absence, que choisit Fanny-Oscara-Cléopâtre-Ulrique-Éléonore pour passer au bar. En l'apercevant, Xavier eut envie d'aller la voir et de lui demander sans préambule si elle avait d'autres tatouages, combien, où, quoi. Puis il l'inviterait à prendre un verre. Pas ici, mais ailleurs, demain, pourquoi pas. Son enthousiasme se refroidit quand il constata que cette fois, elle n'était pas seule. Un gars dans la vingtaine l'accompagnait.

Ils s'assirent au comptoir et Matis s'avança pour les servir. Une cliente près d'eux appela Xavier, il dut lui aussi s'approcher. Tout en préparant un Bloody Caesar, il suivit l'échange entre la fille, le jeune homme et Matis. Son collègue tentait de les convaincre d'essayer leurs nouvelles bières.

— Tu me suggères quoi ? questionnait le gars.

— T'aimes quel genre de bière ?

— Les bières qui ont du goût, assez amères.

— La Sentinelle, répondit Matis avec assurance même s'il n'en savait trop rien.

— C'est good.

Matis se tourna vers la fille, qui détaillait la carte.

— Je sais pas quoi prendre…

— J'ai une bière aux arômes de poire et litchi, Les 4 surfeurs de l'Apocalypso, indiqua-t-il en pointant des noms sur la liste, et aussi une blonde vieillie dans un fût de sauternes, ça lui donne un goût sucré. Ou la Mellifera qui est très bonne, elle est au miel.

La fille fixa Matis d'un air interrogatif. Il saisit son erreur.

— Ou une blanche belge… ah, elle est aux agrumes par contre…

— Apportez-moi votre IPA la plus forte, celle à 8 %.

Matis les laissa, les pompes des bières étaient à l'autre bout du comptoir.

— Tu as vu, fit remarquer la fille. Toi, il te demande ce que tu aimes, moi il m'énumère ses bières fruitées. Très chic.

— Nelly, les femmes aiment moins la bière que les hommes. Ça fait qu'elles boivent des variantes plus…

— Plus quoi ?

— Plus dénaturées. Mais plus faciles à boire.

Xavier finit de servir sa cliente, puis s'efforça de ne plus leur porter attention. À un moment, le gars qui accompagnait la fille sortit fumer, elle demeura seule. Xavier se mit à l'observer de loin, hésitant à l'aborder. Ses cheveux étaient maintenant noirs, il trouva que cette couleur lui allait bien. En la surveillant, il eut l'impression qu'elle avait quelque chose d'étrange. Elle s'habillait d'une façon voyante, s'inventait des noms, débitait des histoires bizarres, mais ce n'était pas que ça. Un truc la distinguait des autres… Soudain, il vit ce que c'était. Alors qu'elle attendait, elle contemplait les gens autour d'elle. Contrairement à tous les clients qui se retrouvaient seuls, elle ne meublait pas sa solitude avec un téléphone. En fait, il ne l'avait jamais vue en utiliser un. Il l'épia qui zieutait un couple en train de se quereller près de la porte, jusqu'à ce qu'un client lui commande une vodka 7 Up. Il s'absenta ensuite un instant. En ressortant des toilettes, il tomba nez à nez avec la fille. Elle portait son manteau.

— Déjà ? lui dit-il, déduisant qu'elle partait.

— Déjà quoi ?

— Tu l'as déjà soûlé ?

— Pas aujourd'hui. Je suis pressée, je dois y aller.

— On pourrait se revoir ?

Xavier fut déstabilisé par sa propre audace. Il baissa nerveusement les yeux, les releva, conscient que malgré son ivresse, il devait avoir l'air terriblement gêné. La fille le dévisageait sans répondre, il crut qu'elle allait refuser.

— Tu dois avoir deviné qu'habituellement je revois pas les gens… Olivier, Nicolas…

— Oui mais… OK. Je… On sait jamais.

Elle fouilla dans ses poches, en retira ses mitaines, les enfila en réfléchissant.

— Tu connais le Nesta ?

— Le bar sur Saint-Laurent ?

— Je serai là demain. Tu travailles demain ?

— Non.

— Alors à demain.

Elle sortit sans que Xavier pense à demander plus de précisions. Il retourna derrière le comptoir, incertain de l'heure à laquelle il devrait arriver au Nesta.

En fin de soirée, toujours indécis, il alla trouver Matis, qui nettoyait un tabouret éclaboussé de Long Island Iced Tea en pestant contre Sandra et son idée d'avoir fait remplacer les anciens tabourets d'aluminium par un modèle plus stylisé, dont le siège était garni d'un coussin à l'étoffe damassée. Xavier lui raconta qu'il avait rendez-vous demain, dans un bar, avec une fille, mais qu'il avait oublié l'heure de leur rencontre, selon lui vers quelle heure devrait-il se présenter, pour être sûr de ne pas être en retard ?

— Appelle-la pour savoir. Ou texte-la.

— C'est un peu compliqué…

— Elle a un chum ?

— Euh… non. C'est juste… J'ai pas son numéro.

Matis le considéra avec une pitié dédaigneuse.

— Qu'est-ce que c'est que cette affaire ?

— Rien, oublie ça.

Xavier s'éloigna en songeant qu'elle pouvait être en couple. Il ne l'avait pas envisagé sérieusement, mais oui, pourquoi ne serait-elle pas avec quelqu'un ? Il faudrait tenter de s'informer demain.

L'album noir

Parce que le photographe de leur mariage avait une imagination quelque peu convenue, Zack, en recevant les deux albums, découvrit que celui contenant les photos décentes était composé de pages blanches insérées entre deux couvertures également blanches, alors que l'album moins présentable était noir. Cette dichotomie à la symbolique grossière le fit ricaner.

Il feuilleta distraitement l'album blanc, à peine plus attentivement le noir. Il n'aimait pas les photos, elles lui évoquaient trop le temps qui passe.

Un soir, en rentrant, il les trouva sur la table de salon. Sans doute Charlie les avait-elle regardés. Il ouvrit l'album noir au hasard, nettement le plus intéressant, et une image attira son attention. On y voyait plusieurs invités qui trinquaient près de la piscine. Tous souriaient, sauf Xavier. Il levait son verre comme les autres, mais son visage exprimait une indifférence totale. Peut-être même de l'embarras. À ses côtés, Justin souriait, Louis aussi. Quoique Louis avait un drôle d'air… l'effet de l'alcool probablement. Une fois de plus, Zack se demanda ce qui clochait chez Xavier. Il se souvint que Charlie avait voulu coucher avec lui ce soir-là. Intraitable, avait-elle résumé le lendemain, avant de lui apprendre qu'elle s'était rabattue sur Louis. Quelques jours après le mariage, il avait revu Xavier et avait plaisanté sur la tentative de Charlie. Son frère avait haussé les épaules. Elle blaguait, avait marmonné Xavier. Bien sûr que non, avait répondu Zack. Xavier avait changé de sujet. Il préférait croire qu'elle blaguait.

Zack examina encore la photo. Est-ce qu'à cet instant, Charlie avait déjà essayé de séduire Xavier ? Et couché avec Louis ? Les photos ne révélaient presque rien. Des traces silencieuses au sens perdu ou s'estompant, sorte de mnémotechniques trompeuses qui permettaient de s'inventer des souvenirs approximatifs. La seule chose dont elles témoignaient réellement selon Zack, c'était du vieillissement des corps.

Il ferma l'album et observa la photo de couverture, où on voyait Charlie et lui sous les confettis. À ce moment-là, elle lui avait chuchoté que s'il connaissait la signification de cette pluie de papier lancée sur les mariés, il s'enfuirait. Elle ne lui avait expliqué le sens de son commentaire que le lendemain matin, quand ils avaient croisé un employé de l'hôtel qui balayait les serpentins et confettis de la veille. Ce souvenir le fit sourire. Peut-être que les photos pouvaient tout de même rafraîchir la mémoire… Il rouvrit l'album, cherchant les photos où se pavanaient les amies de Charlie avec sa robe de mariée, lorsque son téléphone vibra.

Tinder lui annonçait qu'il avait un match. Sur l'écran, il reconnut Violaine. Elle avait enfin glissé sa photo vers la droite… De son côté, cela faisait bien trois ou quatre fois qu'il traitait positivement son profil ces dernières années, mais jamais l'application ne les avait jumelés, ce qui voulait dire que Violaine le balançait à gauche. Pas cette fois… Il lui écrivit un bref message, puis déposa son téléphone. Ses yeux tombèrent sur l'album de mariage, il repensa à Xavier. S'il revoyait Violaine, il pourrait lui poser des questions sur son frère.

« *La vérité, on s'en fout.* »
RAPHAËLLE

Ne pouvant compter sur l'aide de Matis pour induire une heure d'arrivée à son rendez-vous, Xavier s'en remit à son expérience de barman témoin de multiples rencontres orchestrées Chez Hélie, et conclut qu'il serait au Nesta à 21 h 30. Quoiqu'il n'était pas sûr que ce soit vraiment un rendez-vous… Possible qu'elle ne vienne pas. Tout de même, mieux valait se présenter trop tôt que trop tard.

Comme il l'avait anticipé, elle n'y était pas. Il l'attendit en sirotant une bière, puis, à 22 h 30, sortit s'acheter un truc à manger. Il revint trois quarts d'heure plus tard, toujours rien. Il pensa rentrer chez lui, décida plutôt de faire une promenade et de repasser vers minuit.

Cette troisième fois, elle était là.

Il l'aperçut au comptoir, elle bavardait avec un homme dans la mi-quarantaine, vêtu élégamment, buvant un alcool roux sur glace. Le tabouret à sa gauche était libre. En voyant Xavier s'asseoir, elle lui fit signe d'attendre. Elle poursuivit sa discussion une minute, pivota enfin vers lui.

— Xavier.

Il voulut dire son nom, mais se souvint qu'il ne le connaissait pas. Elle comprit son hésitation.

— Ce soir, c'est Karmina.

— Comme la vampire ?

— Exact. Tu bois quoi ?

Xavier eut envie de répondre « rien », envisagea ensuite une eau gazéifiée, histoire de consommer au moins quelque chose, avant de réaliser que ces options étaient rabat-joie.

— Un gin tonic.

Elle héla le barman.

— Deux gins tonics et deux Kamikazes.

— Pourquoi deux ? demanda Xavier.

— C'est plus simple. Excuse-moi.

Elle reprit sa conversation avec son voisin de droite. Le serveur revint avec les quatre verres.

— Pourquoi deux ? insista Xavier.

— Pour nous éviter d'avoir à recommander dans dix minutes. Il y a quatre gorgées dans ces verres. On boit ça rapidement et on s'en va ailleurs.

— Tu veux pas rester ici ?

Elle se pencha vers lui.

— On peut. Mais j'ai un interlocuteur déterminé à finir la soirée avec moi. C'est toi qui vois.

Elle se détourna de nouveau. Xavier avala une gorgée, la soirée ne serait pas simple. Au fond, c'était prévisible… En attendant, il examina son habillement. Comme d'habitude, trop de couleurs. Elle portait ses bottes dorées, une robe de laine moulante grise et violette, ornée d'un bouquet de plumes multicolore à l'encolure, le même qu'à leur première rencontre. Sur ses épaules, une veste bleu vif. Xavier remarqua à ses oreilles deux fleurs roses ciselées.

— Donc? Je commande un autre verre ou pas?

Alors que Xavier avait à peine entamé son premier verre, elle avait déjà terminé ses Kamikazes. Il fit non de la tête, engloutit ses gins tonics. La fille se leva et mit son manteau. Ce n'était pas celui de la veille, il était en velours rose fuchsia. Xavier repensa à ce qu'Olivier avait dit à propos d'un de ses vêtements, une couleur qui arrache les yeux.

— Tu pars? lui dit son voisin de comptoir, surpris.

— Cet inconnu m'a persuadée de le raccompagner chez lui, répondit-elle en pointant Xavier.

— Ah, je croyais…

— Il a été très convaincant. Désolée. On remet ça.

Elle se dirigea vers la sortie sous le regard stupéfait de l'homme. Xavier, passablement mal à l'aise, la suivit.

— On va où?

— Je dois passer brièvement au Rouge. Ça te va?

Ils marchèrent un moment en silence, puis elle voulut savoir où il habitait.

— Sur le Plateau-Mont-Royal, sur Christophe-Colomb.

— Parfait.

— Parfait pourquoi ?

— C'est un quartier stratégique.

Xavier ne comprit pas le sens de sa réponse. Elle ouvrit son sac, en sortit un pilulier, sélectionna deux cachets, les avala sans eau.

— Qu'est-ce que c'est ?

— Des vitamines.

— Maintenant ?

— J'en prends une trentaine par jour. Pas seulement des vitamines, aussi des plantes, des enzymes, antioxydants, oméga-3, algues, racines, probiotiques, ce genre de choses. Je dois répartir les doses, je peux pas les prendre tous en même temps. Ça m'irriterait l'œsophage. Et ça serait moins efficace.

— Sans eau, c'est bon pour l'œsophage ?

— Vu. Très mauvais. On est arrivés.

Elle bifurqua dans une embrasure. L'endroit était plein à craquer, la musique tonitruante, la piste de danse bondée. Elle réussit à leur trouver un bout de comptoir.

— Qu'est-ce que tu bois ?

L'idée de l'eau pétillante se représenta à l'esprit de Xavier. Il demanda une bière en fût.

— Seulement une, précisa-t-il.

Elle lui lança un sourire et commanda leurs bières.

— Tu as peur que je te fasse boire ?

— Non, je… peut-être.

— De quoi voulais-tu me parler ?

— Comment… ?

— Tu voulais me revoir ?

— Mais… je voulais qu'on se revoie, je…

— Je blague, Xavier. Tu aimes danser ?

— Pas vraiment.

— Bien sûr.

Le serveur posa deux bières devant eux. Elle prit une gorgée en fixant Xavier.

— Tu es étudiante? dit-il pour briser le silence.

— Plus ou moins.

— Mais ta thèse sur le philosophe allemand?

— Sloterdijk? Non, ça c'est pour les autres. Ça en jette, hein? Tu t'en rappelles encore.

— Alors tu étudies ou pas?

— Oui.

— Dans quel domaine?

À cet instant, un gars d'environ 25 ans lui toucha le bras, euphorique de la voir. Elle lui parla poliment, ne partageant manifestement pas son euphorie. Xavier fit semblant de scruter la salle, il n'entendait pas bien leurs paroles et ne tenait pas à se joindre à la conversation. Il capta malgré lui quelques bribes, crut saisir que le gars l'appelait Calila. Peu après, ils se donnèrent une accolade et, comme il allait partir, il remarqua Xavier.

— Oh, you're not alone?

— Non. C'est Xavier.

— Nice to meet you, je suis Kevin.

Xavier lui serra la main. Kevin parla à l'oreille de la fille, avant de les quitter.

— Un ami?

— Dans le genre.

Elle siffla le reste de son verre.

— On peut y aller. Je vais juste faire un tour sur la piste de danse deux minutes.

— Tu veux danser?

— Non, si t'aimes pas danser, on va pas danser. Je veux seulement traverser la piste.

— Tu cherches quelqu'un?

— Non. Attends-moi ici, ok?

Elle disparut. Xavier ouvrit son téléphone pour s'occuper, vit un nouveau message de Louis, il soupira d'impatience. Après qu'en novembre sa mère lui eût annoncé que son frère était au courant par rapport à la Suède, Xavier l'avait fui. Il s'était arrangé pour travailler le soir de Noël, s'évitant le souper de famille. Au début de janvier, son frère avait commencé à l'appeler chaque jour, il avait fini par répondre. Il avait nié être le prisonnier que l'amie de sa blonde avait cru reconnaître, il avait eu l'impression d'être assez convaincant. Louis l'avait ensuite laissé tranquille. Mais depuis quatre jours, les textos avaient repris, son frère voulait qu'ils aillent boire un verre. Il rangea son téléphone en voyant la fille revenir. Ils sortirent.

— On va à un endroit en particulier? demanda Xavier.

— J'aimerais aller dans un autre bar pas très loin.

— C'est aussi bruyant que celui d'où on sort?

— Pire. Ça te va? J'en ai pas pour longtemps.

— Tu as quelque chose à faire dans ces endroits?

— Oui… C'est compliqué.

Xavier hésita.

— Le gars, Kevin, il croit que tu t'appelles comment?

— Caligula.

— Caligula… J'ai déjà entendu ça… C'est pas un nom d'homme?

— Oui. C'est le nom d'un empereur romain fou et mégalomane. Selon la légende, il voulait nommer son cheval consul. J'ai dit à Kevin que mon père est italien, il a pas posé de question.

— Ah…

— J'aime bien l'idée, pour le cheval. Bon, Caligula était aussi un tortionnaire qui entretenait une relation incestueuse avec sa sœur, mais enfin. Je cautionne pas tout en empruntant le nom.

Il faillit lui demander son vrai nom, puis renonça, cela lui sembla inutile.

— Tu habites à Montréal ?

— Même si je te réponds, tu croiras une mythomane ?

— Mythomane…

— Tu sais ce que ça veut dire ?

Xavier le savait très bien. Ce qu'il ne comprenait pas, c'est pourquoi, venant d'elle, le mot ne lui donnait pas envie de se sauver.

— C'est quelqu'un qui ment de manière compulsive.

— Ou de manière pathologique.

— Tu fais ça pourquoi ?

— J'ai commencé un peu par hasard et j'ai continué pour des raisons compliquées… Aujourd'hui, c'est devenu un automatisme.

— Tu peux pas t'en empêcher ?

— Pas toujours… Si tu veux une explication, disons qu'on a des conversations beaucoup plus intéressantes avec les gens si on ment. On en apprend plus sur eux et sur l'être humain.

— Je suis pas sûr de comprendre…

— C'est une question d'identité. Les gens jugent énormément sur l'emploi. On ne me traitera pas de la même façon si je dis que je suis manucure ou orthodontiste. Ou technicienne de scène, massothérapeute, infirmière, pianiste, avocate, peu importe. C'est fascinant. Les conversations sont très différentes. Semblable pour les prénoms. On ne choisit pas son nom, et pourtant il nous colore pour la vie. La perception que les gens se font de moi ne sera pas la même si je dis m'appeler Ernestine, Manon, Yasmina, Isabelle, Marie-Antoinette, Stéphanie ou Ashley. Ou Caligula. C'est ici.

Ils entrèrent dans un bar où il y avait tellement de monde qu'ils ne pouvaient se déplacer qu'avec peine.

Elle monta deux étages et leur dénicha une table dans une section moins achalandée, près d'une petite piste de danse. Seule une quinzaine de personnes dansaient. La musique jouait à un volume acceptable, Xavier se dit qu'il serait plus facile de discuter. Une serveuse s'arrêta à leur table. La fille le regarda.

— Xavier, tu prends quoi?

— Un gin tonic.

Elle se commanda un Corpse Reviver. La serveuse s'éloigna.

— Tu fais ça depuis longtemps, mentir?

— La première fois, j'avais 19 ans… On était au début de l'année 2000, *Fight Club* était sorti l'automne précédent. J'étais allée le voir trois fois au cinéma. Tu l'as vu?

— Non.

Il réfléchit au fait qu'à l'automne 1999, il avait autre chose en tête qu'aller au cinéma. Et les mois suivants…

— Dans le film, il y a deux personnages, Marla et Jack, qui font semblant de souffrir de différents troubles pour participer à des groupes de soutien. Par exemple, des groupes pour les cancéreux ou les alcooliques. Ça leur permet de voir qu'il y a des gens plus à plaindre qu'eux. Mentir peut être un bon moyen d'entrer en contact avec des personnes à qui on ne parlerait pas sinon.

La fille parlait en gardant les yeux rivés sur sa main, elle suivait de son index les contours de son tatouage.

— Quand on y pense, toute relation humaine est basée sur une quantité variable de mensonges. Encore plus les relations à grande échelle, les communautés, la société. C'est un des trucs que j'ai compris du film, à l'époque… Puis, en janvier, une de mes amies s'est fait violer.

Xavier devint tendu. Il regarda la piste, cinq filles dansaient en cercle, leurs sacoches posées par terre au milieu, il trouva l'effet discutable.

— Mon amie a fait une déclaration aux policiers. Ils ont ouvert une enquête, mais elle ne connaissait pas son agresseur. Ils ne l'ont jamais retrouvé. Elle a consulté un psy, il lui a suggéré de s'inscrire à un groupe de thérapie collective. Elle ne voulait pas y aller toute seule, alors elle m'a demandé d'y aller avec elle. Les filles de 19 ans peuvent être très dépendantes de leurs amies… c'était notre cas. Elle s'était mis en tête que j'avais juste à m'inventer une agression. Elle aussi avait vu *Fight Club*. J'ai fini par accepter, on peut pas refuser ça à une amie.

La serveuse leur apportait les verres, elle se tut un instant.

— Pendant les rencontres, reprit-elle, j'étais vraiment mal à l'aise, j'avais l'impression d'être un imposteur. J'arrêtais pas de penser que si les femmes racontaient leur agression devant moi, c'est parce qu'elles croyaient qu'on avait vécu la même chose. À la troisième séance, la travailleuse sociale qui dirigeait le groupe m'a demandé si je me sentais prête à partager mon histoire avec les autres.

Elle prit la paille plantée dans son verre et se mit à la plier en accordéon. Xavier fixait son tatouage.

— J'avais tout préparé : le contexte, comment j'avais été incapable de porter plainte parce que j'avais trop peur, etc. J'ai bredouillé mes premières phrases apprises par cœur, puis je me suis arrêtée. Je sais pas ce qui m'a prise, mais j'ai commencé à improviser une histoire complètement différente. Les mots sortaient tout seuls, j'étais comme possédée. À un moment, j'ai réalisé que plusieurs femmes pleuraient. J'ai conclu sur une fin plutôt positive. Quand j'ai eu terminé, je ne me souvenais presque pas de ce que j'avais dit. Je me suis sentie hypercoupable, et là, j'ai remarqué que même mon amie pleurait.

Une fois la paille pliée au maximum, elle la pinça entre ses doigts et la relâcha subitement, la paille fusa. Elle la rattrapa de l'autre main.

— Mon amie m'a dit après que ça n'avait pas d'importance, que ce soit faux, mon histoire l'avait émue. À la fin de la séance, deux femmes sont venues me voir pour me dire que mon témoignage les avait bouleversées, que j'étais un exemple d'espoir. C'était hallucinant. J'ai compris que la vérité, souvent, on s'en fout.

Xavier observait la piste de danse, songeur.

— Comment je fais pour savoir que tout ça, c'est vrai ?

La fille sourit.

— Tu peux pas.

Elle descendit la moitié de son Corpse Reviver, puis s'appuya au dossier de sa chaise.

— Je comprendrais si tu préférais qu'on en reste là.

— Qu'on en reste là ?

— Que tu inventes une excuse pour partir. Ou que tu ne me proposes pas qu'on se revoie. Ou que tu commences à me cruiser, pour coucher avec moi au plus vite et passer à autre chose.

Xavier avala sa gorgée de travers et détourna les yeux vers le DJ, qui venait de mettre une chanson qu'il détestait. «*Je me la suis coupée pour ne plus te faire pleurer ma chérie*», hurlait le chanteur du groupe Caféine dans les haut-parleurs. Il essaya d'ignorer la musique, se concentra sur le goût acidulé de son gin tonic. Leur silence s'éternisant, la fille se leva.

— On part.

Tandis qu'ils marchaient en silence sous les flocons, elle prit le bras de Xavier.

— La glace, dit-elle pour justifier son geste.

Xavier se demanda si elle invoquait la glace comme prétexte pour se rapprocher de lui. Quoique Violaine aussi faisait ça, quand ils marchaient dans les rues l'hiver, par crainte de tomber. En pensant à Violaine, il se fit la réflexion que la fille était plus petite que son amie, qui faisait 5 pieds 9. Combien pouvait-elle mesurer, il savait que Charlie faisait 5 pieds 2, son frère avait l'air d'un géant à côté d'elle, donc la fille qu'il tenait contre lui… 5 pieds 6 peut-être…

Dès qu'ils débouchèrent sur une artère principale, les trottoirs devinrent plus dégagés, elle lâcha son bras. Xavier aurait aimé reprendre le sien, mais il n'en fit rien. Après quelques pas, elle lui lança un regard qu'il ne sut déchiffrer.

— On va où ? la questionna-t-il, un peu gêné.

— C'est toi qui décides.

— Euh… je connais pas très bien les bars.

— Tu veux que je décide ?

— Oui. Non.

— Pas facile…

— Tu connais pas un endroit tranquille ?

— Bien sûr. Tu veux qu'on aille chez toi ?

— Chez moi ?

Xavier la dévisagea, incertain. Il jeta un œil à son téléphone, 1 h 28, se souvint de ce qu'elle avait dit – coucher avec elle au plus vite et passer à autre chose, est-ce que lui proposer d'aller chez lui était un test ? –, puis il se rappela que le foulard de la fille était sur sa commode.

— Non.

— Non?

Elle fronça les sourcils et se tourna vers la chaussée.

— Écoute, je dois être dans l'est de la ville à trois heures. On est mieux de remettre ça.

— Quoi?

Elle fit signe à un taxi stationné près d'eux.

— Qu'est-ce que… Je t'ai froissée? On peut aller chez moi.

— Une autre fois.

Elle avait déjà commencé à entrer dans la voiture. Xavier sentit le désespoir l'envahir.

— Tu veux pas me donner ton numéro? Ou je te laisse le mien?

— J'ai pas de téléphone.

— Tout le monde a un téléphone…

— Pas moi.

— Mais… on se revoit quand?

— Je viendrai te voir Chez Hélie.

— Mais quand?

— Bonne soirée.

Elle ferma la portière et le chauffeur démarra. Si la tendance se maintenait, s'affligea Xavier en regardant la voiture s'éloigner, elle ne repasserait pas avant des mois.

L'album blanc

Après avoir écrit à Violaine sur Tinder, Zack ouvrit l'album blanc. Sur l'une des photos qu'il préférait, Charlie était entourée d'une dizaine d'amies. Il compta qu'il avait couché avec trois d'entre elles, dont une dans le contexte d'un échange entre couples. La plupart des amies de Charlie lui ressemblaient, émancipées, séductrices, fêtardes. Un ami de Zack disait qu'en sortant avec elle, il s'était déniché un harem… Il tourna une page et tomba sur Charlie avec sa cousine Clara et son mari Bastien. En fait, Bastien était aussi le cousin de Charlie… Non, son petit-cousin… Bien qu'ils soient mariés, Clara et Bastien avaient un lien de parenté… ils étaient… oncle et nièce? Ou Clara était la tante de Bastien? Comment savoir, ils semblaient du même âge.

Il observa Clara. Elle était d'une beauté frappante, tout comme Charlie, les deux avaient un air de famille. Mais Clara était sérieuse et posée, alors que Charlie avait le type de la femme-enfant, enjouée, rieuse. Clara et Bastien m'ont paru sympathiques, se rappela Zack, dommage que Charlie ne les voie pratiquement pas. Avant leur mariage, il ne les avait jamais rencontrés. Ou plutôt il croyait ne jamais les avoir rencontrés. Quand Charlie les lui avait présentés après la cérémonie, il était certain d'avoir déjà vu Clara quelque part. En bavardant avec elle, il avait appris qu'elle venait de Saint-Jean-sur-Richelieu, comme lui, qu'ils avaient été à la même école secondaire, en même temps, puis il s'était souvenu qu'il avait carrément couché avec elle à l'époque. Le lendemain, il l'avait dit à Charlie. Évidemment, ce n'était pas le genre de détail pouvant l'énerver. On est quittes pour ton frère, avait plaisanté Charlie. Ouin, avait répliqué Zack, c'était il y a vingt ans, Clara et moi.

Il feuilleta la suite de l'album, s'arrêta sur une photo de Clara et Bastien avec leur fille. Elle était d'origine chinoise. Charlie lui avait expliqué qu'ils s'étaient abstenus d'avoir des enfants biologiques par crainte des risques liés à leur consanguinité. Plus loin dans l'album, il se vit aux côtés de son père – le photographe avait eu cette manie d'insister pour immortaliser toutes les combinaisons familiales possibles. Matthew souriait, on aurait pu croire au bonheur d'un père le jour du mariage de son fils. Pfff... Lorsque Zack lui avait annoncé qu'il se mariait, Matthew avait tenté de l'en dissuader. Il lui avait tenu un discours sur l'inutilité du mariage, lui avait avoué n'avoir épousé Alice qu'à cause de sa grossesse et de la pression que sa belle-famille mettait sur lui, mais aujourd'hui cette pression sociale concernant le mariage n'existait plus, et Zack et Charlie ne voulaient pas d'enfants, bref c'était quoi l'idée?

C'était quoi l'idée... En réalité, auparavant, Zack n'avait pas pensé qu'il se marierait. Mais avec Charlie, ce qu'il ressentait était si fort qu'il avait eu besoin d'officialiser cette relation, pour lui, pour elle, et, il en avait un peu honte, pour les autres. Quelques-uns de ses amis se moquaient de lui, convaincus que ça ne durerait pas plus qu'avec Sophie, qu'il sortait avec Charlie surtout parce qu'elle ne lui imposait pas d'être fidèle. La marier était aussi une façon de les faire taire.

Au début, pour éviter ces remarques, il ne confiait pas à tous leur non-exclusivité. Seulement à ses amis qu'il jugeait assez ouverts d'esprit. Et parfois, il se trompait. Comme avec Samuel, se souvint-il. Samuel était travailleur social. Quand Zack lui avait parlé de Charlie, son ami s'était lancé dans un long monologue psychologisant. Zack l'avait écouté débiter que les femmes à la sexualité débridée ont souvent des problèmes, qu'elles manquent d'estime d'elles-mêmes et compensent cette lacune par la séduction, qu'elles ont possiblement un rapport malsain avec leur père ou leur mère, que la nymphomanie est une pathologie, pas un comportement à encourager.

Cette discussion avait laissé Zack perplexe. Il était sûr que Charlie n'était pas nymphomane, elle n'avait pas plus d'aventures que lui. C'était uniquement parce qu'il était un homme que, dans son cas, personne ne s'en offusquait. Samuel ne lui avait jamais diagnostiqué de pathologie. Pourtant, ils étaient amis depuis l'adolescence, Samuel avait été témoin de la profusion de filles avec qui il avait couché. Existe-t-il un mot pour nommer une sexualité pathologique chez l'homme ? se demanda-t-il encore une fois, en continuant de parcourir l'album. « Nymphomanie masculine » ? Ça sonnait bizarre... Non, il ne connaissait aucun concept analogue destiné aux hommes.

Que Samuel me ressorte ses notes de cours stigmatisant le désir féminin, songea-t-il, soit, sauf que ses paroles n'avaient pas le ton d'un avis professionnel, plutôt celui d'un jugement hautain. Alors que Zack voulait le persuader que la dynamique entre Charlie et lui était basée sur une confiance réciproque, qu'ils étaient heureux ainsi, que Charlie était épanouie, qu'elle avait des parents irréprochables, Samuel l'avait regardé avec pitié. Zack avait senti l'abîme se creuser entre eux en l'espace d'un dîner, l'impression que vingt ans d'amitié ne survivraient pas à une conversation d'une heure. Il avait ensuite pensé que Martine, la femme de Samuel, était d'une jalousie maladive. Ça le ramenait probablement à ses propres tracas, qu'un de ses amis sorte avec l'antithèse incarnée de la jalousie...

Il avait revu Samuel lors de l'anniversaire d'un ami commun. Durant le souper, Zack avait noté les regards condescendants que Martine jetait à Charlie.

Par chance, celle-ci ne remarquait rien. Il s'était senti gêné, puis stressé par l'éventualité qu'une scène embarrassante survienne. Martine avait tendance à devenir railleuse si elle prenait un verre de trop, ce groupe d'amis était du genre conformiste et prompt à médire, pour couronner le tout l'alcool coulait à flots : la combinaison parfaite pour un dérapage.

À la fin du repas, les convives étaient de plus en plus enivrés, l'ambiance se relâchait – Zack, lui, après son premier verre, avait été incapable de boire quoi que ce soit, il voulait garder le contrôle en cas de problème –, et Martine avait lancé une blague méprisante sur les nymphomanes en fixant Charlie. Elle avait enfin compris que Martine savait pour leur couple ouvert. Charlie s'était esclaffée, puis avait passé le reste de la soirée à faire des blagues juste assez salaces pour être drôles sans être déplacées. Martine était seule à ne pas rire, Samuel se contentait de sourire poliment. Zack se rappelait le regard fasciné qu'un autre de ses amis posait sur Charlie. Il s'était détendu en constatant qu'elle se débrouillait très bien et avait entamé son deuxième verre de vin. Finalement, ils étaient partis sans qu'éclate la scène redoutée.

Cette nuit-là, Zack avait souffert d'insomnie. Charlie était la première femme dont il était tombé amoureux après deux décennies d'aventures innombrables, et voilà que l'idiote mariée avec Samuel lui avait fait éprouver une gêne teintée de honte pour leur type de relation. À l'aube, il avait décidé que plus jamais il ne jouerait un rôle en faisant semblant que Charlie et lui étaient un couple comme les autres. Il s'était mis à parler devant tout un chacun de leur entente, à claironner qu'ils fréquentaient des clubs échangistes – en vérité, c'était très rare –, que Charlie invitait des amies à la maison et qu'ils baisaient à trois – ce n'était arrivé que deux fois. Il s'était aperçu que Charlie, sans le laisser paraître, adorait voir l'embarras des gens trop prudes, leur silence désapprobateur ou leur façon de prendre ses propos à la blague dans un réflexe de déni. Aujourd'hui, tout le monde savait que Charlie et lui n'étaient pas exclusifs – sauf les parents de Charlie, son père avait 81 ans, elle disait qu'il ne comprendrait pas, et elle ne tenait pas à mettre sa mère dans le secret.

Zack ferma l'album et se cala dans le canapé, pensif. Il s'était toujours demandé si sa manière effrontée d'exposer leur rejet de la monogamie sexuelle, quitte à choquer, avait pesé dans la balance lorsque Charlie avait accepté de l'épouser. Elle était plus jeune que lui et tellement libre... Il avait alors 36 ans et elle 28, mais elle avait la chance d'en paraître cinq de moins. Enfin, la chance... Quand Charlie avait des histoires avec des adolescents, il pensait parfois que, pour lui du moins, ce n'était peut-être pas qu'une chance.

L'héritière de Canaan

Le lendemain de son court et hasardeux rendez-vous avec la fille à la main tatouée d'un diplodocus, Xavier arriva Chez Hélie complètement déprimé. La soirée fut pénible, il éclaboussa une cliente de sangria parce qu'un homme ivre avait trébuché sur lui, et un videur dut sortir deux gars qui se bagarraient, l'un d'eux se débattit et Xavier reçut au passage un coup de coude dans les côtes. Sans compter qu'il avait dû nettoyer par deux fois des flaques de vomi, dont une en pleine piste au milieu des danseurs qui l'observaient passer la serpillière. La moyenne s'élevait à un client malade incapable d'atteindre les toilettes par semaine, donc deux le même soir, ce n'était vraiment pas de chance.

Quinze minutes avant la fermeture, il oublia ces incidents. Comme il déposait un Cosmopolitan devant une cliente qui le draguait depuis une heure, il la vit, la fille qui saturait ses pensées. Il négligea de faire payer le cocktail et se dirigea vers elle.

— Un Old Fashioned, lui dit-elle pour toute salutation.

Il le prépara en silence, cherchant un sujet de conversation, mais dans sa nervosité ne trouva rien. Toute la journée, il avait espéré, sans y croire, qu'elle vienne. Il lui servit son Old Fashioned, elle y goûta et grimaça.

— Trop acide. Tu vas t'en sortir?

— Me sortir de quoi?

— Tu as des ennuis avec la cliente, celle quatre tabourets à ma droite?

Il jeta un œil à la femme qui buvait son Cosmopolitan, elle avait commencé à flirter avec un nouvel homme, sans pour autant cesser de reluquer Xavier.

— Tu viens d'arriver?

— Deux minutes.

— Tu as vu ça en deux minutes?

— Xavier, n'importe qui le verrait en trois secondes.

Un homme plus loin lui faisant signe, il dut la quitter. Le dernier quart d'heure fut occupé, tout le monde voulait profiter du last call, et Matis avait disparu, peut-être un dégât supplémentaire à nettoyer. Entre deux commandes, il s'approcha de la fille. Il fallait lui dire quelque chose, il ne savait pas trop quoi. Elle parlait avec un gars, en apercevant Xavier elle interrompit sa discussion.

— Oui ?

— Tu penses rester jusqu'à la fermeture ?

— Pourquoi ?

— Pour savoir…

— Tu veux que je t'attende ?

— Je… Oui.

Des clients s'éternisèrent jusqu'à 3 h 15. Xavier réussit à les mettre à la porte, et prévint Matis qu'il filait, il ne pourrait pas l'aider à ranger ce soir. Son collègue avait remarqué qu'une femme l'attendait, il ne protesta pas, signifiant quand même son mécontentement par un air ennuyé. Une fois dehors, Xavier se sentit embêté. La fille lui sourit.

— Bon, tu voulais que je t'attende, et maintenant ? Il est passé trois heures, presque tout est fermé.

— Presque tout ?

— Je connais des endroits où on peut aller toute la nuit.

— Le genre d'endroit que…

— Que tu devrais voir au moins une fois dans ta vie.

— Tu veux pas…

— Quoi ?

— J'en sais rien… On va où tu veux.

— Il faut prendre un taxi.

Ils roulèrent vingt minutes. Xavier aurait aimé entamer une conversation, mais elle jasa durant tout le trajet avec le chauffeur, lui posant des questions sur son travail, les clients, Montréal. Le taxi s'arrêta dans une rue déserte d'un quartier industriel. Elle sonna à une porte, un homme leur ouvrit. Au dernier étage, une centaine de personnes dansaient ou prenaient un verre. La salle était enfumée, Xavier eut besoin de quelques minutes pour s'y faire.

À peine furent-ils assis qu'un couple vint saluer la fille. Elle leur fit la bise, présenta Xavier, et resta debout à bavarder. Xavier n'avait pas envie de se joindre à eux, il leur faussa compagnie sous prétexte d'acheter des consommations. En faisant la file, il vérifia son téléphone, encore un message de Louis. Il cliqua distraitement sur l'icône pour l'afficher, *connaitrais tu malec boudreault ?* Son cœur bondit à la lecture du nom. Il laissa le message sans réponse, commanda deux Rhum & Coke. À son retour, le couple était parti.

— C'est moins original que ce que tu bois d'habitude, dit Xavier en lui donnant un des verres. Ils n'ont pas une vaste sélection….

— C'est parfait. Dans ce genre d'endroit, on peut pas être trop exigeant.

Elle regarda la piste de danse. Xavier s'efforçait de se concentrer sur la musique pour ne plus penser au texto de Louis, mais des souvenirs refaisaient tout de même surface : la colère de Malec après chaque appel téléphonique avec sa blonde, ses ronflements qui l'avaient empêché de dormir pendant quatre mois, sa main rougie et enflée à cause du tatouage des cinq points…

— Je pourrais savoir ton vrai nom ? se risqua Xavier au bout d'un moment.

— Raphaëlle.

— Raphaëlle… C'est plus plausible, mais…

— T'aimes pas ?

— C'est pas la question, je voudrais savoir ton vrai nom.

— Ça l'est.

— Tu me montrerais pas tes pièces d'identité ?

— Je suis pas dans ton bar pour que tu aies le droit de me carter.

— C'est pour être sûr que c'est ton vrai nom…

— Oh mes pièces d'identité sont inutiles pour ça.

Elle lui tendit son portefeuille. Il y avait douze cartes, chacune avec un nom différent. Emma, Cléopâtre, Solanas, Nelly, Marie-Antoinette, Marla… Il n'y trouva pas Ulrique-Éléonore ni Fanny. L'une d'elles portait le nom de Raphaëlle.

— C'est légal, se promener avec ça?

— Probablement pas.

Xavier lui rendit son portefeuille en songeant qu'elle mentait sûrement, toutes les cartes devaient être fausses. Au moins, il pourrait l'interpeller maintenant… Et pour lui, elle n'avait pas choisi un pseudonyme alambiqué comme Ulrique-Éléonore ou Cléopâtre, c'était déjà ça…

— Je te fais peur? lui demanda la fille.

— Non… Pourquoi tu as ça?

— Pour mes soirées, parfois c'est pratique. C'est une façon parmi d'autres d'appliquer le principe «Quiconque vit selon ses moyens souffre d'un manque d'imagination».

— C'est de toi, cette phrase?

— Non. Oscar Wilde.

— Mais…

— Mais quoi?

— Rien… Tu n'as pas de téléphone?

— Non.

— Pourquoi?

— Il m'en faudrait un nouveau chaque soir. C'est compliqué de donner un faux numéro, souvent les gens veulent te texter tout de suite pour établir le contact. Trop de trouble. Pas de téléphone. Pas de Facebook non plus. Rien qui fige l'identité.

— C'est pas…

En passant près de leur table, une fille perdit une de ses chaussures à talon aiguille et s'affala au sol. Xavier se leva pour l'aider. Tandis qu'elle s'appuyait sur lui et tentait sans succès de remettre sa chaussure, un gars surgit. Il se mit à l'engueuler, la criblant de reproches parce qu'elle avait trop bu et l'accusant de «cruiser tout ce qui bouge». Un deuxième gars arriva, il calma le jeu en les persuadant de l'accompagner au bar pour une tournée de téquilas. Xavier se rassit, découragé. Raphaëlle était absorbée dans la contemplation de la piste de danse. Un homme et une femme s'y trémoussaient en feignant de baiser. L'homme fit mine de la prendre par-derrière, puis la femme se retourna, fléchit les genoux jusqu'à ce que sa tête soit à la hauteur de son sexe, paracheva sa descente en léchant son jeans. À côté d'eux, une altercation éclata à cause d'un homme qui avait essayé à deux reprises d'embrasser une fille, celle-ci le gifla, un autre homme s'interposa et fit déguerpir le premier.

— Fascinant.

— Qu'est-ce qui est fascinant? s'étonna Xavier. Que les gens ne savent pas se conduire?

— Ils se conduisent plutôt bien.

— Ah ouais?

— Je trouve que oui… Les bars, les boîtes de nuit, les afters, ce sont des poches de désinhibition. Ça fait partie des endroits où on est au plus près de l'animalité des êtres humains. Mais si on y réfléchit, on en est aussi très loin. C'est tout le paradoxe. Ça me fascine. Il faut voir ça de l'intérieur, sinon on rate un gros morceau du monde. Le miracle de notre époque.

— Tout ça parce qu'un gars vient de défendre une fille qui s'est fait harceler?

— Il faut voir plus loin que les apparences. Prends les clubs. On n'y pense pas, mais ce sont des temples de la civilité. Il y a un peu de grabuge, parfois de l'agressivité, c'est vrai, mais ça reste minime par rapport à ce qui pourrait arriver. Imagine, il peut y avoir 500 personnes qui boivent de l'alcool et qui dansent, sur une musique tellement forte que le système nerveux d'un homme né il y a 300 ans aurait envoyé une décharge d'adrénaline provoquant la fuite la plus rapide dont son corps soit capable. Une musique tellement forte que dans le cas d'un homme né il y a 3000 ans, son cerveau aurait eu besoin d'inventer qu'un dieu est responsable du vacarme, qu'il faut lui sacrifier je sais pas quoi, et prier pour le supplier de stopper la musique. Nous, rien de ça. On trouve ça banal.

Une nouvelle chanson commença. La fille qui avait perdu sa chaussure repassa en courant vers la piste de danse, nu-pieds et un verre à la main, répandant une traînée de bière sur son chemin. Xavier la suivit des yeux.

— Et ensuite, continuait Raphaëlle, ces 500 personnes, elles sont venues en groupe de quoi, peut-être deux, trois, quatre, maximum dix, donc les autres personnes qui remplissent le club sont des étrangers. Les gens dansent et se laissent aller à boire, ils se rendent volontairement vulnérables, ils affaiblissent leur vigilance par l'alcool, et ça parmi des centaines d'étrangers. Alors qu'il n'y a pas si longtemps, l'être humain supportait seulement quelques étrangers à la fois, et encore avec méfiance. Les gens vivaient en communautés restreintes, ils se connaissaient tous entre eux. Chaque étranger était suspect. Mais dans notre club hypothétique, ces 500 personnes font confiance à *des centaines d'étrangers*. En plus, ils le font dans la pénombre, même si le noir a été pendant des milliers d'années une de nos plus grandes menaces.

Raphaëlle s'arrêta pour prendre une gorgée. Xavier regardait toujours la fille pieds nus, le gars qui l'avait engueulée plus tôt l'avait rejointe sur la piste de danse. Il tenait ses talons aiguilles et lui parlait en les secouant. D'après ses gestes, Xavier comprit qu'il s'escrimait à la convaincre de les remettre.

— Et la beauté de la chose, dans ce club qui devrait être extrêmement anxiogène, qui devrait détraquer le système nerveux et faire perdre les pédales, il y a quoi, une trentaine de personnes dont le travail est de superviser la foule? Tu imagines, 30 personnes pour contrôler cette foule de 500 êtres humains, en majorité ivres, plongés dans la pénombre, dans un bruit toni-truant et au milieu d'étrangers. Et après ça, il y a des gens qui disent qu'on serait en train de régresser vers l'animalité. C'est le contraire. On s'en éloigne à toute vitesse. On a cessé d'avoir peur du danger.

— Je sais pas… J'ai de la difficulté à considérer Chez Hélie comme un temple de la civilité.

— Oui, il faut faire un changement de lorgnette. En tout cas, même si on entend constamment dire que notre époque est barbare, inculte, débauchée, je suis pas d'accord. C'est trop simpliste.

Le couple se disputait maintenant en criant, les danseurs autour d'eux se dispersaient. Raphaëlle s'interrompit pour suivre la scène. D'un mouvement brusque, la fille prit ses chaussures que le gars lui tendait, mais au lieu de les remettre, elle les balança derrière elle en le fixant avec défi. L'une des chaussures rebondit sur la tête d'un homme soûl qui leur faisait dos, il tâtonna sa tête sans comprendre et continua de danser. L'autre chaussure atterrit sur la table d'une fille qui fumait d'un air absent, totalement défoncée, elle la ramassa machinalement et s'en fit un cendrier.

— D'après toi, demanda Xavier, ces jugements sur notre époque, ils sont dus à quoi ?

— Un des problèmes, c'est encore et toujours le sexe. Tout ce qu'on voit sur internet, la porno, les gens qui se donnent en spectacle, beaucoup de monde trouve ça bestial. Mais quel animal peut capter des images de lui en train de jouir à Los Angeles, les lancer sur un réseau invisible et exciter des congénères localisés à Moscou ? Il faut être extrêmement avancée comme civilisation pour que ce genre de prouesse soit possible.

— Sur internet, il y a aussi des filles qui se font… enfin… j'ai entendu dire…

— Oui, il y a toutes sortes d'horreurs. J'ai pas dit que tout allait bien. J'ai dit qu'on a un rapport compliqué avec notre animalité. On a domestiqué notre système nerveux, pour le meilleur et pour le pire.

— Je peux même pas savoir si tu penses ce que tu dis.

— Ah ça…

— Dis-moi ton nom.

— Je te l'ai dit : Raphaëlle.

— Pourquoi tu me dirais la vérité ? Pourquoi tu m'avouerais à moi que tu fais pas de thèse en philo ? Que tu pièges des hommes avec tes concours de shooters ?

— Parce que tu es barman.

— Qu'est-ce que ça change ?

— Tu es de l'autre côté du comptoir. C'est un peu comme être de l'autre côté du miroir. Tu vois l'envers du décor.

— Ça fait quoi ?

— Tu es séparé de ce qui se passe par le comptoir. Moi, je me mêle à la foule, j'essaie d'étudier ça de l'intérieur. Toi, tu as un regard extérieur. Tu ne fais pas exactement partie des spécimens qui me fascinent.

— Quels spécimens?

— Les gens qui perdent la tête en buvant trop.

— Je serais peut-être plus fasciné si j'avais pas l'impression de gérer chaque soir des enfants de 30 ans…

— Tu es l'héritier de Japhet.

— Qui?

— Tu as lu la Bible?

— Non…

— Dans la Genèse, Noé se soûle et se flanque à poil. Son fils Canaan va dans la tente où Noé cuve son vin, il le voit nu. Il avertit ses frères, Japhet et Sem. Les deux entrent dans la tente à reculons, avec un manteau, pour couvrir la nudité de leur père. Ils essaient de ne pas le voir, par respect. Ils prennent soin de lui. Toi, tu fais ça, tu t'occupes des abus. Moi, je suis Canaan, je regarde, j'ai aucune discrétion.

— Le même Noé que celui de l'arche?

— Exact. Deux pages après avoir sauvé l'humanité, le héros se soûle et fait du nudisme devant sa famille.

— Tout ça répond pas à ma question.

— Laquelle?

— Pourquoi tu me dirais la vérité sur ton nom et le reste, alors que tu mens à tout le monde?

— Parce que c'est ma seule chance de te tirer de l'autre côté du miroir. De toute façon, tu m'avais démasquée.

— Me tirer de l'autre côté?

Raphaëlle sourit.

— Oui. Sinon, je n'arriverai jamais à te faire boire des cerveaux.

— Pourquoi tu voudrais ça?

— J'adore voir les gens soûls. Découvrir comment ils sont quand leurs inhibitions faiblissent.

— Je… Mais toi, tu es de quel côté si tu te payes la tête de tout le monde ?

— Des deux. C'est le meilleur point d'observation.

— Mais…

— Je vais danser. Tu m'attends ou tu viens ?

Il répondit qu'il l'attendait. Elle dansa dix minutes, Xavier l'observa, se demandant pourquoi elle l'intriguait tant. Et pourquoi il aimait sa présence. Un homme qu'elle semblait connaître dansa un peu avec elle, Xavier ressentit une pointe de jalousie, c'était un sentiment qui ne lui était pas familier. Raphaëlle revint à la table et sortit son pilulier, avala un cachet noir.

— C'est pas un peu contradictoire, prendre des vitamines avec de l'alcool ?

— Ça l'est. Mais je ne devrais plus être à une contradiction près pour toi.

Elle rangea son pilulier et se leva.

— On s'en va.

— Où ?

— Je rentre.

Dans le taxi, pendant qu'elle discutait avec le chauffeur comme à l'aller, Xavier réfléchit à ce qu'il fallait faire. La voiture fit halte devant chez lui sans qu'il ait trouvé.

— Bonne nuit, dit Raphaëlle.

— Tu veux pas…

— Quoi ?

— Tu veux qu'on se revoie ?

— Je passerai te voir. Demain.

Xavier sortit du taxi, pas convaincu qu'elle dise vrai. Il avait l'impression d'avoir été prodigieusement ennuyeux. Peut-être que cette fois-ci, c'était la dernière.

Quoique Zack n'en sût rien, «nymphomanie» a bien un équivalent masculin : «satyriasis». Étymologiquement, alors que le premier est formé de «Nymphes» – divinités de sexe féminin personnifiant la nature et la fertilité – ainsi que de «manie», qui signifie folie, le pendant masculin est tiré de «Satyres» – créatures de la mythologie grecque symbolisant la force vitale. On peut conjecturer qu'il ne parut pas pertinent à ses concepteurs de rattacher de façon plus évidente l'idée de la folie aux libidos exagérées si elles concernaient les hommes. «Satyromanie», vraisemblablement, on n'a pas vu l'utilité. D'ailleurs, qui connaît le terme de «satyriasis», et qui ignore celui de «nymphomanie»? Il semble que le premier, au contraire du second, ne soit pas tout à fait entré dans l'usage…

— Tu as peut-être raison, à propos de Xavier.

Zack était assis au salon, son téléphone dans les mains, il faisait défiler des profils sur Tinder. Charlie venait de rentrer. Elle s'accota sur le bras du fauteuil, observant les photos par-dessus son épaule.

— Par rapport à quoi?

— Qu'il ne couche avec personne. J'ai revu Violaine aujourd'hui, sa meilleure amie dont je t'avais parlé.

— Celle qui est nymphomane?

— Elle est pas vraiment nymphomane. Elle avait seulement tendance à coucher avec trop de gars pour ce que les préjugés pouvaient supporter. De toute façon, à l'adolescence, j'ai probablement couché avec plus de filles que Violaine avec des gars, et j'ai jamais eu de problème. Cette connerie, de stigmatiser les filles pour ça, c'était tellement stupide. J'espère qu'en 2016, les adolescents sont moins cons.

— Crois-tu ?

— Sais pas… J'espère. Si tu savais à l'adolescence le nombre de filles à qui j'ai dû promettre que je dirais à personne qu'on avait couché ensemble. Ou que j'ai dû convaincre qu'elles pouvaient me faire confiance, que coucher avec moi sans qu'on sorte ensemble impliquait pas que j'allais les ignorer le lendemain, ni que la nouvelle ferait le tour de l'école.

— Je peux imaginer… L'adolescence, c'est pas la période la plus simple, sexuellement.

— Je me souviens, à 20 ans, j'entendais des gars de mon âge se plaindre que leur blonde était coincée, qu'elle n'avait pas d'initiative, ne jouissait pas, n'aimait pas assez le sexe. C'était les mêmes gars qui cinq ans plus tôt écrivaient sur les murs de l'école que telle fille était une salope, ou qui riaient d'une autre parce qu'elle avait supposément couché avec la moitié de l'école. Quand je les entendais se plaindre, je me disais : mais si vous les aviez laissées expérimenter pendant l'adolescence et coucher avec autant de gars qu'elles voulaient, au lieu de leur envoyer le message qu'une fille doit se restreindre pour pas être étiquetée « fille facile », on n'en serait pas là.

Zack soupira et appuya sur l'écran de son téléphone afin d'avoir accès aux paramètres de son compte Tinder.

— C'était schizophrénique : tous les gars que je connaissais à l'adolescence voulaient coucher avec des filles, avec beaucoup de filles, mais en même temps ils voulaient pas que ces filles-là aient couché avec trop de gars.

Une fois dans les paramètres, il augmenta sa limite de distance au maximum, 161 kilomètres.

— Pareil pour les fellations. Les gars voulaient se faire sucer par des filles qui en auraient pas trop sucé d'autres, tout en espérant qu'elles fassent ça à merveille.

161 kilomètres... Il séjournerait à Sherbrooke la semaine prochaine pour le travail. Qui sait... À moins d'écrire à Claudine, une Sherbrookoise rencontrée sur Tinder, qu'il avait vue lors de ses deux derniers passages. C'est si facile de nos jours, songea-t-il. Pourquoi Xavier ne couchait-il avec personne ? Et pourquoi rester célibataire depuis quinze ans ?

— Mais le plus dommage, reprit-il, c'est que même si elles avaient couché avec quelques gars, beaucoup de filles étaient incapables de répondre à la question « qu'est-ce que t'aimes ? » Violaine, quand j'ai couché avec elle la première fois, elle avait début vingtaine, elle savait comment un gars pouvait la faire jouir. Sauf que ça lui avait coûté un paquet de rumeurs sur elle.

— Tu faisais quoi, avec les filles incapables de te dire ce qu'elles aimaient ?

— Je prenais mon temps. D'habitude, on finissait par trouver.

— Même quand tu étais adolescent ?

— Pas les toutes premières, mais les autres, oui. J'ai toujours aimé voir les filles jouir. Savoir que je pouvais provoquer ça.

— Rappelle-moi, tu avais quel âge la première fois ?

— 14 ans.

— C'était qui ?

— La blonde de mon cousin.

Charlie se mit à rire. Zack ne sembla pas le remarquer, il lui parlait distraitement, la tête ailleurs.

— Quelle loyauté.

— Hein? Ah, mon cousin… Sa blonde avait 18 ans et lui 30. Une fille imprévisible, un peu étrange.

— C'était presque de l'inceste.

— Bof… Rien à côté de ton cousin et ta cousine qui sont mariés.

— Clara et Bastien?

— Oui.

— Zack, ils sont tante et neveu, je te l'ai expliqué plein de fois. Clara est ma cousine, Bastien mon petit-cousin. Dis-moi plutôt, comment en es-tu arrivé à coucher avec la blonde de ton cousin?

— On était au chalet d'un de mes oncles pour une fin de semaine, sa blonde voulait faire une balade en motoneige, sauf qu'elle savait pas la conduire, mon cousin pouvait pas l'accompagner, il avait une entorse au bras. C'est moi qui l'ai amenée. On a traversé un bois, et à un moment elle m'a dit d'arrêter. J'aurais pas pensé qu'il se passerait quoi que ce soit, mais dix minutes plus tard, c'était fait.

— C'est arrivé une seule fois?

— Non, après on a passé les deux jours à faire de la motoneige. Mon cousin se doutait de rien.

— Deux jours! Comme je disais, aucune loyauté.

— J'étais jeune…

— Elle a joui?

— Pas la première fois. Après, oui. Mais cette fille-là, elle avait des orgasmes facilement. Ça, je l'ai compris avec les filles suivantes. À part la blonde de mon cousin, les premières filles, j'y arrivais pas.

— Et ensuite tu y arrivais? Même les filles vierges?

— Déjà au secondaire, je couchais seulement avec des filles sans sortir avec elles. C'était presque jamais des filles dont c'était la première fois. Pour ça, elles voulaient un chum sérieux. Je peux pas dire que ça m'excitait non plus. Tu connais le film *Kids*? C'est sorti j'avais 18 ans. Jamais rien compris au personnage principal. Je préférais les filles qui risquaient d'avoir un orgasme.

— Il fait quoi, le personnage principal?

— Il ne couche qu'avec des vierges, pour pas attraper le sida. Il fait ça n'importe comment, genre ça lui plaît qu'elles aient mal. Comme si c'était compliqué de faire souffrir une fille dont c'est la première fois.

Zack fixait son téléphone, l'air préoccupé. Charlie était surprise de le voir si soucieux. *Kids*... Ce film ne lui évoquait rien. Pas étonnant, lorsque Zack avait 18 ans, elle en avait 10.

— Tu as vu l'amie de ton frère? Violaine, c'est ça?

— Oui, on a dîné ensemble ce midi. Elle aussi dit que Xavier couche avec personne.

— C'est Xavier qui lui a dit ça?

— Oui.

— Et elle te l'a répété?

— Au début, elle voulait pas répondre.

— Et après?

— Chérie, je sais être convaincant quand je veux savoir quelque chose.

— C'est pas un peu intime?

— C'est mon frère.

En retournant au menu des paramètres, Zack vérifia quelle tranche d'âge il avait sélectionnée. De 28 à 42 ans... Sherbrooke... C'était pas mal moins populeux que Montréal. Il hésita à élargir ses critères d'âge. Il glissa le point de la limite inférieure à son minimum, le nombre 18 apparut, il la remit à 28. Il bougea ensuite la limite supérieure à son maximum, s'attendant à ce que ce soit 99, mais s'aperçut que c'était «55+». Comme si en haut de 55 ans, les gens devenaient une masse indistincte… bizarre. Combien d'années lui restait-il avant de plonger dans la soupe des 55 ans et plus ? Dix-sept ans.

— Tu m'avais pas dit que tu avais déjà couché avec Violaine ! s'exclama soudain Charlie.

— Non ? Assez souvent en fait, quand on était dans la vingtaine.

— Mais aujourd'hui aussi ?

— Oui, aujourd'hui aussi. Je l'avais pas revue depuis dix ans.

Charlie devint songeuse.

— Est-ce que Xavier sait que tu couches avec sa meilleure amie ?

— Bonne question… Je sais pas, j'imagine que non.

— Tu crois que ça le dérangerait ?

— Pourquoi ?

Zack réalisa que l'idée ne lui avait jamais traversé l'esprit. Xavier et Violaine n'étaient qu'amis. Par contre, il avait longtemps soupçonné que Xavier couchait avec elle. Même à l'époque où il l'avait draguée et avait baisé avec elle de temps à autre, il était sûr qu'en parallèle elle voyait son frère. Pourquoi ne s'était-il pas demandé si ça le blesserait ?… Il se rappela les trois blondes de Louis avec qui il avait couché, et ses reproches relativement à Meredith et Rachel. Peut-être qu'il avait un problème après tout. Une déviance, un aveuglement à la sensibilité de ceux qui pouvaient éprouver de la jalousie par sa faute, une tendance pathologique à assouvir ses pulsions… L'équivalent de la nymphomanie pour un homme…

Tandis qu'il faisait le bilan des filles qu'il avait partagées ou cru partager avec ses frères, Charlie se pencha et l'embrassa, puis lui demanda si Violaine lui avait laissé suffisamment d'énergie pour elle. Il comprit que leur conversation l'avait excitée, sentit qu'il bandait et oublia ces questionnements inutiles. Charlie et lui étaient au-dessus de ces conventions.

Fanny

Malgré les craintes de Xavier d'avoir ennuyé Raphaëlle au point de ne plus la revoir, le lendemain, à son arrivée au bar, elle était là. Pendant une semaine, elle passa Chez Hélie tous les jours où il travaillait. Elle s'assoyait au comptoir, prenait un verre, ils bavardaient, puis elle disparaissait. Ses deux soirs de congé, Xavier l'accompagna d'un bar à l'autre comme lors de leur premier rendez-vous. Chaque fois, ils parlaient de sujets banals au milieu desquels elle introduisait des histoires bizarres. Il n'arrivait pas toujours à suivre, encore moins à savoir si ses propos étaient vrais. Quand il essayait de lui poser des questions plus personnelles, ses réponses étaient évasives. Il n'insistait pas. D'après ses recherches sur la mythomanie, s'il voulait qu'elle continue de lui ouvrir son univers inconstant, mieux valait accepter ses réponses fuyantes ou invraisemblables.

Le huitième jour, alors qu'ils revenaient en taxi d'un after et que la voiture s'arrêtait devant l'appartement de Xavier – elle ne voulait jamais être déposée en premier –, Raphaëlle suggéra qu'ils sautent quelques jours avant leur prochaine rencontre.

— Pourquoi ?

— Pourquoi pas ?

— Parce que… parce que…

Que devait-il dire ? Il se souvint du chauffeur qui patientait, tenta de gagner du temps en cherchant un billet pour payer la course. Raphaëlle soupira.

— Bon, je monte chez toi.

Elle sortit du taxi. Xavier s'empressa de l'imiter.

— Je suis épuisée. J'habite à vingt minutes d'ici et demain matin j'ai à faire dans ton quartier. Ça te va ?

Xavier entra dans sa chambre envahi d'appréhensions, incapable de ressentir une quelconque forme d'excitation tant il était nerveux. Au moins, il avait caché le foulard. Raphaëlle balaya la pièce du regard, examina le papier peint, s'approcha ensuite de la commode et souleva avec curiosité la boîte contenant la poupée. Xavier l'avait oubliée, il se sentit affreusement gêné, pourquoi n'avait-il pas pensé à la ranger comme le foulard. Il bafouilla que c'était un cadeau pour sa nièce, elle n'en avait pas voulu, il ne savait pas quoi en faire, d'ailleurs il faudrait qu'il s'en débarrasse. Raphaëlle passa son index sur la couche de poussière tapissant le dessus de la boîte. Ça fait combien de temps ? demanda-t-elle. Trois ans, marmonna Xavier. Tu aimes prendre ton temps… Ne trouvant rien de pertinent à répondre, Xavier se tut, mal à l'aise. Ils restèrent un instant à se regarder, un mètre les séparait. De plus en plus troublé, il s'éloigna pour tirer les rideaux, ramassa quelques vêtements éparpillés, ajusta l'abat-jour d'une des lampes de chevet. Raphaëlle l'observait.

— T'aurais pas un t-shirt à me prêter pour dormir ? finit-elle par lui demander.

Il fouilla dans un tiroir et lui en tendit un, elle partit à la salle de bains. Qu'est-ce qu'il fallait faire ? La prendre dans ses bras et l'embrasser, ou d'abord lui demander s'il le pouvait, ou attendre un peu et… Qu'aurait fait Zack à sa place ? Il n'aurait pas réfléchi, il aurait… il l'aurait embrassée dès le vestibule. Ou la cage d'escalier. Ou plutôt sur la banquette du taxi. Non, son frère ne serait pas dans cette situation, il aurait couché avec elle dix jours auparavant. Donc… Lorsqu'elle revint, son t-shirt la couvrait jusqu'à la mi-cuisse, ses jambes étaient nues. Aucun tatouage.

— Je peux prendre ce côté ?

Sans attendre de réponse, Raphaëlle se glissa sous les draps. Xavier hésita, elle s'était plainte d'être épuisée, il avait déduit que c'était un prétexte pour s'inviter chez lui, mais si c'était sincère… qu'elle voulait seulement dormir ici pour s'épargner un aller-retour dans son quartier… après tout ils s'étaient toujours comportés de façon purement amicale l'un avec l'autre…

— Tu préfères que je dorme au salon ? proposa-t-il.

Elle se redressa et le toisa, perplexe.

— Pourquoi ? C'est quoi ça, un lit king ?

C'en était un. Xavier ne l'avait pas choisi, comme bien des choses dans sa vie. Une de leurs colocataires était partie en voyage, n'était jamais rentrée, Xavier avait récupéré son lit et son matelas. Il dormait seul sur le plus grand matelas offert sur le marché.

— On peut dormir côte à côte dans un aussi grand lit, trancha Raphaëlle. Je ne te toucherai pas.

Elle reposa sa tête sur l'oreiller. Embarrassé, Xavier vint se coucher à son tour, éteignit la lumière. Pendant de longues minutes, il envisagea un geste et un autre, sans rien oser. Cela faisait seize ans qu'il n'avait pas dormi avec une fille… Il tergiversa une demi-heure, avant de réaliser qu'elle s'était endormie.

Il se mit à penser à sa première blonde, Nadia. Ils s'étaient connus à l'école, ils avaient 17 ans, elle était vierge, et au début elle ne voulait pas qu'ils fassent l'amour. Il ne s'en souciait pas, se disait qu'ils avaient le temps, se contentait de l'embrasser durant des heures. Les choses avaient évolué le troisième mois, ils avaient couché ensemble le quatrième. Enfin, couché ensemble… La première fois avait été une catastrophe, les suivantes à peine mieux. Et le lendemain de la première, Nadia avait appris qu'elle déménageait en Alberta, son père était muté, leur départ aurait lieu dans un mois. Xavier s'était demandé si, cette nouvelle tombant deux jours plus tôt, ils auraient fait l'amour… Pas sûr. Quand même, Nadia ne s'était pas opposée à ce qu'ils recommencent. Ils avaient essayé à quatre reprises et chacune avait été désastreuse. Après une demi-heure de tentatives, Xavier ne parvenait à entrer que quelques centimètres de son pénis en elle, Nadia avait mal, il ne savait pas quoi faire, suggérait d'arrêter, elle insistait pour continuer, mais plus ils s'acharnaient plus elle avait mal, et plus elle avait mal plus elle devenait tendue, ils se résignaient à abandonner. La dernière fois avait été un peu mieux, il avait réussi à la pénétrer, mais très vite elle l'avait repoussé, elle avait trop mal. Puis elle était déménagée.

L'année suivante, il avait rencontré Fanny. Ils avaient plusieurs cours ensemble. C'était impossible de ne pas la remarquer, elle obtenait toujours les meilleures notes aux examens, résolvait les problèmes sur lesquels les autres butaient, à côté d'elle la majorité des étudiants semblaient souffrir d'un trouble d'apprentissage. En la connaissant davantage, il avait découvert que sous son intelligence presque arrogante, elle était sensible, vulnérable, et il s'était mis à la trouver séduisante. Ce mélange de force et de fragilité… Cette fille qui le surpassait dans chaque matière, discussion intellectuelle, jeu qui relevait de l'intelligence, non seulement lui mais tout le monde, et qui néanmoins rougissait s'il la complimentait…

Le même genre de contraste qui lui avait plu chez Violaine, d'ailleurs. Violaine qui attirait tous les regards, paraissait sûre d'elle, bavardait avec n'importe qui sans gêne, et qui, si on la connaissait, s'avérait anxieuse, doutant d'elle-même, tourmentée de n'être qu'une belle fille avec qui les gars rêvent de baiser et rien de plus. À l'époque, il avait envisagé de sortir avec Violaine. Plusieurs fois il avait failli lui prendre la main ou lui déclarer son intérêt, mais il hésitait, pas convaincu qu'elle veuille une relation sérieuse ni qu'elle soit capable d'être fidèle. Elle flirtait constamment avec tous les gars… Excepté lui au fond. Malgré ça, il avait l'impression de lui plaire. Connaissant l'avenir, il aurait mieux fait de sortir avec une fille qui l'aurait à moitié aimé et trompé à répétition que de s'éprendre de Fanny.

Il était sorti avec Fanny vers la fin de l'automne. Ils avaient fait l'amour assez rapidement, sans se heurter aux difficultés qu'il avait eues avec Nadia. Sauf que Fanny ne jouissait pas, jamais. Pourtant, pas une fois elle ne refusa qu'ils fassent l'amour, elle disait que ça finirait par marcher. Xavier angoissait, qu'est-ce qu'il faisait ou ne faisait pas qu'il aurait dû faire ou ne pas faire, il n'en avait aucune idée, il tentait de lui en parler, elle n'avait pas de réponse, disait que ça viendrait, toutes ses amies avaient ce problème avec leur chum. Il se rabattait sur ce qu'on leur avait enseigné au secondaire en cours d'éducation sexuelle, que pour les filles c'était plus compliqué. Ce qui, songeait-il, n'avait pas empêché Zack, à son âge, d'en faire crier plus d'une dans la piscine… Pendant deux étés… et le reste de l'année, il en avait entendu d'autres aussi, sa chambre jouxtait celle de Zack. Comment faisait-il… Même si cette question lui trottait souvent dans la tête, Xavier n'aurait pas osé demander conseil à son frère.

Au bout de six mois, Fanny lui avait confié qu'elle avait été victime d'agressions sexuelles. Ils étaient dans le lit de Fanny, ils venaient de faire l'amour, et encore une fois elle n'avait rien ressenti. Comme d'habitude, Xavier lui avait demandé si c'était sa faute, s'il faisait quelque chose qui lui déplaisait, et cette fois, elle lui avait parlé de son agression. L'homme était un ami de ses parents. Il avait une fille de son âge, Myriam, Fanny et elle ne s'entendaient pas très bien. Malgré tout, leurs parents tentaient de forcer leur amitié, et un samedi sur deux, Fanny passait la journée chez eux et y dormait, l'autre samedi Myriam venait chez elle. C'était une façon pour les parents d'avoir une soirée de gardiennage gratuite. À ses 9 ans, une nuit, le père de Myriam avait réveillé Fanny et l'avait conduite à la salle de bains. Les premières fois, il s'était masturbé devant elle, puis, à la longue, il avait mis en place un rituel qui exigeait d'elle divers attouchements et qui se répétait à l'identique aux deux semaines. Lui ne posait pas les mains sur elle. Ensuite, il s'assurait de la terroriser pour qu'elle garde le silence sur ces sévices.

Par un subterfuge tordu, il lui avait raconté que son père faisait la même chose avec Myriam pendant l'autre week-end. Il la menaçait que, dans l'éventualité où Fanny révélerait à quiconque leur rituel, il dénonce-rait aussi son père. Celui-ci irait en prison et sa famille n'aurait plus d'argent, puisque la mère de Fanny était femme au foyer. Durant un an, Fanny avait cru à cette histoire. Elle s'était rebellée contre son père, sans que ses parents s'en inquiètent trop. Les parents de Fanny étaient exagérément sévères, la relation entre elle et eux était houleuse depuis longtemps.

Jamais elle n'en avait parlé avec Myriam. L'homme le lui avait interdit et elle était incapable de défier l'ascendant qu'il exerçait sur elle. Les samedis où Myriam dormait chez elle, Fanny essayait de rester éveillée toute la nuit pour surprendre son père, mais toujours elle finissait par s'endormir. Ces agressions avaient duré un an, jusqu'à ce que l'homme meure dans un accident de voiture. En grandissant, elle avait compris qu'il l'avait manipulée, et que son père n'avait certainement rien fait du genre. Elle n'avait pas pu avouer la vérité à ses parents, paralysée par la culpabilité de s'être laissée berner et d'avoir cru que son père était aussi un agresseur.

Tout le long de son récit, les mains de Fanny tremblaient. Xavier les avait prises dans les siennes, impuissant, ne sachant quoi faire d'autre. Il se sentait complètement dépourvu. En l'écoutant, il éprouvait une colère insupportable et une sorte de honte d'être un homme. Dans les jours suivants, il avait réalisé qu'il ne savait plus comment se comporter. Il ignorait ce que devait être son rôle auprès d'une fille qui avait subi un tel traumatisme et avec qui il faisait l'amour régulièrement. Il avait fait ce qu'il pouvait. Il s'était efforcé de redoubler d'attention et de tendresse, et il avait arrêté de la questionner par rapport à son absence de plaisir.

Un an et demi après le début de leur relation, ses sentiments pour Fanny s'étaient affaiblis. Le problème n'était pas tant leur sexualité compliquée que leurs chicanes continuelles. Ils se disputaient souvent, ou plutôt Fanny se fâchait contre lui, elle avait des sautes d'humeur terribles, il essayait de rester calme, elle faisait tout pour l'énerver, l'accablait de reproches, inventait qu'il avait reluqué telle fille, il se défendait, finissait par hausser le ton lui aussi. Ils étaient ensuite 24 heures sans se parler, avant qu'elle débarque chez lui comme si rien ne s'était passé. Avec le temps, il ne supportait plus cette comédie. Surtout que ses crises de jalousie étaient injustifiées, il ne reluquait aucune fille. Il n'était pas très impressionné par la beauté physique des inconnues, il lui fallait un minimum d'échanges pour être charmé par une fille, et puisque Fanny était jalouse, il évitait les autres.

Par contre, ce qui était vrai dans ses reproches, c'est que son désir envers elle diminuait. Elle ne retirait toujours aucun plaisir lorsqu'ils faisaient l'amour, apparemment pas de déplaisir non plus, n'empêche qu'il vivait de moins en moins bien ces rapports à sens unique. Les semaines après avoir appris son agression, il s'était mis à réfléchir à ce qu'était exactement une relation consentante. Fanny ne lui disait jamais non, mais en serait-elle même capable, avec ce qu'elle avait subi ? Est-ce que la capacité de se respecter et de refuser un rapport sexuel s'était effondrée chez elle, l'année de ses 9 ans ? Ces idées l'horrifiaient. Il avait cessé de lui proposer de faire l'amour, lui expliquant qu'il préférait que ça vienne d'elle. Pendant quelques temps, chaque fois qu'elle prenait l'initiative, Xavier était rassuré, au fond elle en avait tout de même envie. Mais au bout d'un moment, il s'était trouvé stupide. Elle n'en avait pas envie : elle avait peur de le perdre. Tant qu'à ça, il aimait mieux s'abstenir, mais s'il refusait quand Fanny voulait faire l'amour, elle se sentait blessée, rejetée, et il culpabilisait de nuire à son estime d'elle-même. C'était sans issue.

Lorsque leurs disputes s'étaient multipliées, il avait commencé à s'éloigner d'elle. Un jour, il avait tenté de lui parler, leur couple battait de l'aile, peut-être qu'ils avaient besoin d'une pause. Elle avait fondu en larmes et s'y était opposée catégoriquement, il avait laissé tomber. Le lendemain, elle lui avait annoncé qu'elle était enceinte. Le mois précédent, un préservatif s'était déchiré, c'était sûrement dû à cet accident. Xavier avait été épouvanté par la possibilité qu'elle garde l'enfant. D'un autre côté, il ne voulait pas faire de pression sur elle. Durant deux semaines, il était venu la voir chaque jour, ils en discutaient, il lui exposait qu'à 19 ans il se sentait trop jeune pour avoir un enfant, mais lui promettait de respecter son choix. Finalement, Fanny lui avait dit qu'elle avait fait une fausse couche et que, dorénavant, elle prendrait la pilule. Soulagement. Il s'était résolu à rester avec elle, peut-être que les choses pouvaient s'arranger entre eux, de toute façon la quitter à ce moment-là lui semblait misérable.

Il avait rompu le mois suivant. Après une crise interminable, Fanny s'était calmée et l'avait supplié qu'ils fassent l'amour une dernière fois, il avait cédé, s'était exécuté sans plaisir, avait été surpris d'éjaculer en ne ressentant presque rien. Il était reparti, appréhendant les prochains jours, persuadé qu'elle le harcèlerait de coups de fil, viendrait chez lui à l'improviste. Mais il ne s'attendait pas du tout au cauchemar qui se préparait.

Elle n'avait d'abord pas donné de nouvelles. La session était finie, ils ne se voyaient plus en classe. En juin, elle l'avait invité à prendre un café, il s'était senti obligé d'accepter. Au restaurant, elle lui avait déclaré qu'elle était enceinte. Cette fois, il ne l'avait pas crue. Elle prenait la pilule, non ? Fanny avait répondu qu'elle ne comprenait pas ce qui s'était passé, son médecin supposait qu'elle avait sauté une dose… Elle lui avait montré un test de grossesse positif, il ne l'avait pas crue davantage. Sa sœur était enceinte, elle pouvait avoir manigancé avec elle, cette fille était aussi menteuse qu'elle. Il y avait longtemps qu'il s'était aperçu que Fanny avait tendance à mentir, à inventer des histoires. En général il démêlait sans peine le vrai du faux, et ses bobards ne concernaient que des choses banales, c'était des fabulations pour se rendre intéressante, il ne s'en formalisait pas. Bien qu'après sa prétendue fausse couche, il se soit demandé si elle l'avait manipulé avec cette grossesse. Mais comme un préservatif s'était déchiré… Et il n'aurait pas imaginé que Fanny puisse être cruelle. Seulement malmenée par la vie, affectée par son manque de confiance en elle. Qu'elle soit encore enceinte en tout cas, il n'y croyait pas. Il s'était impatienté, l'avait traitée de manipulatrice, avait quitté le restaurant. Dans sa voiture, il s'était ressaisi et avait convenu que ce n'était pas impossible. Le plus sage était d'attendre. Si elle avait inventé cette histoire, elle retrouverait la raison. Si c'était vrai, elle reviendrait à la charge. Il verrait. Trois jours après, il avait compris que, pour sa grossesse du moins, elle n'avait pas menti. Longtemps, il avait été obnubilé par l'idée que ce puisse être le résultat de cette horrible dernière fois à laquelle il n'avait pas su dire non.

Quand la lumière de l'aube filtra entre les rideaux, Xavier réalisa qu'il avait passé des heures à ressasser ce désastre qu'avait été sa vie amoureuse et sexuelle, un désastre auquel il évitait de penser depuis quinze ans. C'était sa seule façon de vivre paisiblement. Et là, tout était revenu d'un coup. L'acuité des souvenirs l'étonnait, comme s'il n'avait rien oublié. C'était ça, le bilan : une première fille qu'il avait fait souffrir une demi-douzaine de fois, et une deuxième qu'il avait laissée physiquement indifférente durant deux ans, mais qu'il avait blessée psychologiquement au point qu'elle décide de détruire sa vie. Et dans ce bilan, un enfant qu'il n'avait jamais vu. À cette pensée, Xavier sursauta, il ne fallait en aucun cas lui permettre de remonter. Il prit le premier souvenir qui lui vint pour s'en détacher, et ce fut celui de la chambre de Fanny où ils avaient l'habitude de faire l'amour. Une chambre minuscule, dans un appartement délabré, glacial en hiver et suffocant l'été. Fanny avait tout de même la chance de ne pas habiter chez ses parents, contrairement à lui. Combien de fois avaient-ils couché ensemble? Au moins une cinquantaine… Et combien de fois cela lui avait-il vraiment plu? Même les premiers mois, quand c'était plus simple qu'avec Nadia, c'était loin d'être génial. Il n'y avait pas seulement que Fanny ne jouissait pas, ce qui le préoccupait sans cesse pendant qu'ils faisaient l'amour, il y avait aussi qu'elle mettait des tas de restrictions, interdisait qu'il allume la lumière, elle n'aimait pas les préliminaires, repoussait souvent sa main s'il se hasardait à la caresser, et le sexe oral était tout à fait exclu. Elle-même ne l'avait sucé que deux fois et très brièvement. C'était vers la fin de leur relation, et elle l'avait sûrement fait par désespoir, ne sachant plus comment le retenir. Elle n'avait jamais voulu auparavant, et il avait cru comprendre que ce refus était lié aux agressions. Alors, ces deux fois, dès qu'elle approchait sa bouche, il se demandait si elle repensait à son agresseur, si elle le suçait en revivant ces épisodes traumatisants, et sans tarder, il débandait. Ensuite, il culpabilisait de lui donner l'impression qu'elle ne l'excitait pas… Non, le genre de sexe dont Zack se vantait, il n'avait vraiment rien vécu de tel.

Il s'appuya sur un coude et regarda Raphaëlle. Comment ce serait avec elle? Ce n'était pas une fille de 17 ou 18 ans comme Nadia et Fanny... Elle avait forcément plus d'expérience... Comment ferait-il pour ne pas avoir l'air d'un adolescent s'ils faisaient l'amour? C'est-à-dire possiblement d'ici quelques heures... Il sentit la panique le gagner. C'était peut-être une mauvaise idée. Ou peut-être qu'au contraire il aurait dû se risquer avant qu'elle s'endorme. Peut-être qu'à son réveil elle n'aurait pas le temps, elle avait mentionné un truc à faire le matin. Il se pencha vers elle, espérant qu'elle se réveille. Raphaëlle remua, ses cheveux se déplacèrent et dégagèrent son cou, il eut envie d'y poser ses lèvres. À la place, il se recoucha. Bon, il n'était rien arrivé cette nuit, mais elle était dans son lit. C'était un premier pas.

Vers midi, quand il s'éveilla, elle était déjà partie. Xavier regretta de n'avoir pas surmonté ses peurs et d'avoir perdu des heures à ruminer son dérisoire passé sexuel. Que penserait-elle d'un homme qui dormait à ses côtés passivement? Cette fois, il avait tout gâché, elle ne reviendrait plus au bar, et il n'avait pas de numéro où la joindre. Il n'était même pas sûr de savoir son vrai nom.

La jalousie triomphe du blocage

Louis aurait-il couché avec Charlie si deux insignifiants confettis ne s'étaient pas égarés dans ses cheveux au mariage de son frère ? Les jours suivants, et même longtemps après, il fut hanté par la question. Il n'était pas accompagné pour l'événement, car bien qu'on soit à la mi-juin, il n'avait rencontré personne depuis qu'il avait quitté Amanda. Il ferait toutefois la connaissance de Gaëlle six jours plus tard et ne briserait pas la tradition d'amener une nouvelle blonde au souper de la Saint-Jean-Baptiste. Mais pour l'instant, le soir fatidique.

D'un naturel étourdi, Louis avait oublié son maillot. En l'entendant se plaindre qu'il ne pouvait pas se baigner, Charlie lui suggéra d'en emprunter un à son frère, qui en avait apporté deux. Zack était en grande conversation avec un ami, Charlie dit à Louis de la suivre. Arrivé dans leur chambre d'hôtel, Louis eut un sentiment bizarre, s'y retrouver seul avec sa belle-sœur lui sembla incongru – il ne la connaissait pas beaucoup, elle était avec Zack depuis seulement un an et demi. Charlie lui donna le maillot et lui demanda de l'aider à dézipper sa robe. Elle voulait se changer, elle avait une tenue plus confortable pour finir la soirée, tant qu'à être ici aussi bien le faire maintenant. Louis acquiesça, après tout c'était sa belle-sœur. Donc

presque sa sœur. En tout cas, une sorte de sœur. Charlie tenait le bustier pour que la robe ne tombe pas. Il
descendit la fermeture éclair et, apercevant sa culotte
en dentelle, il jugea de nouveau la situation étrange.
Charlie disparut dans la salle de bains. Il ne savait pas
s'il devait l'attendre. Sa chambre était dans un pavillon de l'hôtel à l'arrière du domaine, celle de Zack et
Charlie près de la piscine. Il pourrait se changer ici,
quand elle aurait terminé avec la salle de bains…

Il décida d'attendre, s'assit sur le lit. Charlie ressortit, Louis la trouva plus sexy avec cette deuxième
robe. En se levant, il eut un étourdissement et constata
que l'alcool l'affectait plus qu'il n'avait cru. Charlie le
fixait, Louis marmonna qu'il allait mettre son maillot.
Tandis qu'il passait près d'elle, elle tendit la main vers
ses cheveux et en retira un confetti. Louis s'arrêta. Ils
se regardèrent en silence, puis Charlie chuchota qu'il y
en avait un autre, Louis pencha la tête, et cette fois ses
doigts s'attardèrent un peu trop dans ses cheveux. Elle
n'avait fait que ça, mais après qu'elle l'eut débarrassé
du second confetti, l'ambiance s'était métamorphosée.
Louis gardait les yeux rivés sur une épaule de Charlie
que sa robe dénudait, et l'envie d'y mettre ses dents,
feignant de la mordre comme le faisait son frère aîné,
lui causa un début d'érection. Il songeait que Zack
avait couché avec Meredith et Rachel, deux de ses
ex, se disait que s'il couchait avec Charlie ce serait la
même chose, ensuite se raisonnait, non, c'était différent, Zack et Charlie sortaient ensemble, elle n'était
pas une ex, mais la jalousie qu'il entretenait depuis
des années reprenait le dessus et lui assurait que c'était
similaire, puis il se souvenait de Zack et Charlie se
vantant à chaque souper d'être sans tabou, qualifiant
la fidélité de torture inutile, après quoi il pensait à

Meredith lui avouant sa trahison et affirmant avoir couché avec son frère carrément dans le même lit où elle et lui avaient fait l'amour tant de fois, et alors qu'il jonglait avec ces idées, Charlie s'avança lentement, lui donnant tout le loisir de se reculer, mais comme il ne bougea pas, plongé qu'il était dans ses désirs de vengeance, les lèvres de Charlie finirent sur les siennes. Louis se laissa faire, toujours hésitant. À un moment, il faillit s'excuser et partir, mais lorsqu'il s'écarta ses yeux retombèrent sur l'épaule de Charlie. Sans réfléchir, il fit exactement ce qu'il avait imaginé, imiter Zack, y appuyer ses dents et presser juste assez pour imprimer des traces qui s'effaceraient rapidement. En la mordillant, il fut si excité qu'il abandonna ses tergiversations. Il résolut son dilemme en pensant qu'il n'éjaculerait pas, il en était incapable s'il n'était pas avec sa blonde. Ce ne serait qu'une demi-vengeance. Cinq minutes plus tard, en jouissant avec étonnement dans les bras de sa belle-sœur, il comprit que son blocage pouvait avoir ses exceptions.

Pendant que Charlie se rhabillait, il s'enferma dans la salle de bains et s'assit sur le rebord de la baignoire, abasourdi. Comment était-ce possible ? Il avait 29 ans, il avait essayé plusieurs fois. Combien ? Au moins une vingtaine, sans succès… Au point que trois ans plus tôt, il s'était résigné, les one-nights, ce n'était pas pour lui. Alors pourquoi maintenant ? Pourquoi avec elle ? Il n'avait pas fait attention, il était tellement sûr que cela se déroulerait comme d'habitude, qu'il sentirait la jouissance monter, puis reculer contre son gré, puis monter encore, puis reculer, et ainsi de suite, interminablement, jusqu'à ce que l'énervement le submerge et diminue ses sensations, et qu'à la fin elles soient réduites à rien. Il réalisa que sa vengeance était

complète. Il en éprouva d'abord un mélange de satisfaction et d'excitation, ensuite la culpabilité l'envahit.
Quand il sortit de la salle de bains, Charlie était partie.
Il passa le reste de la soirée à se soûler en évitant Zack,
et dragua en vain une cousine de sa belle-sœur.

Le désordre des étapes

Le lendemain de sa première nuit platonique avec
Raphaëlle, à trois heures moins dix, tandis que Xavier
tentait de convaincre un client seul et aviné qu'il était
beaucoup trop tard pour commander un pichet de bière,
il la vit qui attendait à une table, enveloppée de son
manteau rose fuchsia. Elle était revenue. L'agitation
qui l'avait perturbé toute la journée s'évanouit, il eut
envie de servir au client son pichet, mais se contenta
de poursuivre sa tentative de rappel à la raison, on
ne boit pas 900 millilitres de bière en cinq minutes.
Comme c'était Matis et Jean-Sébastien qui devaient
fermer, il put s'éclipser à trois heures et quart, lorsque
les derniers clients eurent accepté de quitter le bar. Les
jeudis, vendredis et samedis, les gens avaient tendance
à croire que l'effet de groupe pouvait étirer l'heure de
la fermeture d'un quart d'heure à une demi-heure, il
fallait négocier pour les faire partir. Certains étaient
tellement soûls qu'ils ne semblaient plus comprendre
le sens des mots «on ferme». Raphaëlle suggéra d'aller dans un resto ouvert 24 heures. Ils parlèrent de tout
et de rien, personne n'évoqua la nuit précédente. Son
assiette terminée, elle décida qu'elle voulait rentrer.
Elle ne précisa pas où, Xavier n'osa pas demander.

Dans le taxi, elle informa le chauffeur qu'il y aurait deux adresses où les conduire. Alors qu'ils approchaient de l'appartement de Xavier et qu'il hésitait à l'inviter, Raphaëlle déclara qu'elle avait changé d'idée, elle dormirait chez lui. Tout se déroula comme la veille, sauf qu'elle avait apporté ses vêtements pour la nuit, une robe de rechange, son ordinateur. Encore une fois, Xavier ne réussit pas à faire un geste vers elle, et Raphaëlle ne fit rien non plus. Il pensa qu'il l'avait peut-être froissée la veille et qu'elle attendait qu'il se rattrape. Il en fut incapable.

La semaine suivante, elle dormit toutes les nuits chez lui, sans que du nouveau survienne. Il restait des heures étendu près d'elle à se reprocher sa passivité, mais sa panique concernant son manque d'expérience et le fiasco qu'avaient été ses deux précédentes relations était encore plus forte. Chaque matin, il se disait qu'elle ne reviendrait pas, quel intérêt de dormir ici dans ces conditions, aucun, voilà, il avait raté sa chance.

Pourtant, au bout d'une semaine, elle voulut savoir où il rangeait sa brosse à dents, il lui montra quel tiroir du meuble-lavabo lui était réservé, et Raphaëlle sortit de son sac une brosse à dents neuve qu'elle déposa à côté de la sienne. Elle avait donc l'intention de revenir… Toutes les fois qu'il ouvrait ce tiroir, il se sentait rassuré, mais aussi complètement perplexe, qu'est-ce qu'elle essayait de lui dire, comment envisageait-elle leur relation, quand feraient-ils l'amour, que signifiait ce désordre des étapes… Quelques jours plus tard, elle lui demanda même s'il n'avait pas une clé supplémentaire, ainsi, les soirs qu'elle était fatiguée, elle pourrait le rejoindre à l'appartement plutôt que de faire un détour par Chez Hélie. Xavier lui remit une clé puis prévint ses colocataires. De toute façon, Pierre-Luc était rarement là, et ils croisaient peu Olivier, qui travaillait de neuf à cinq. Ils ne le voyaient que la fin de semaine. Celui-ci bavardait alors avec Raphaëlle, plaisantait sur leur rencontre au Bily Kun, lançait des commentaires ambigus que Xavier faisait semblant de ne pas remarquer même s'ils attisaient confusément sa jalousie.

Pendant un mois, il continua d'écumer avec elle des endroits où il n'avait jamais mis les pieds. Après son travail, il l'accompagnait de temps en temps dans des afters, ses deux soirs de congé ils faisaient la tournée des bars jusqu'à trois heures. Lorsqu'il était Chez Hélie, elle arrêtait parfois boire un verre, parfois pas, il ne savait pas d'avance. En dehors de ses visites impromptues, il n'avait aucune idée où ni avec qui elle était. Les soirs où elle ne le rejoignait pas à la fermeture, il rentrait seul chez lui, et soit elle y était déjà et dormait, soit elle débarquait à l'aube. Il lui était impossible de s'endormir tant qu'elle n'était pas là. Il guettait son retour en se promettant de l'embrasser dès son arrivée, ou de lui prendre la main, de la serrer dans ses bras. Quand elle franchissait la porte, ses résolutions s'évanouissaient. Raphaëlle se couchait sans tarder, sombrait dans le sommeil, et parce qu'au moins elle était près de lui, il parvenait à s'assoupir – mais pas avant de s'être tourmenté un long moment en cherchant comment rectifier la situation.

À son réveil, le plus souvent elle était déjà partie, mais quelquefois elle l'attendait, assise dans son fauteuil à la droite du lit, le visage concentré, écrivant sur son ordinateur portable. Ils sortaient déjeuner au resto, après quoi elle disparaissait, elle avait à faire, elle ne donnait pas de détails.

Les matins où elle l'attendait, elle ne portait qu'un short de pyjama et un t-shirt court qui moulait ses seins. Xavier la regardait et se désespérait d'avoir passé la nuit chastement à ses côtés. Dès qu'il s'assoyait sur le bord du lit, camouflant son érection sous les couvertures, Raphaëlle se levait, disait qu'elle avait faim et qu'elle allait s'habiller, elle s'enfuyait à la salle de bains.

Il était incapable de faire le premier pas, et il était évident qu'elle ne le ferait pas davantage. Il n'était même pas sûr qu'elle en ait envie. Chaque jour, il pensait qu'il ne comprenait rien à cette fille. Ni à aucune, probablement. Comprenait-il mieux les hommes… sans doute pas. À sa manière, hommes et femmes, il s'en était tenu le plus loin possible depuis seize ans.

Louis accuse les confettis

La journée fut longue pour Louis le lendemain du mariage de Zack et Charlie, et en début de soirée, les effets de sa gueule de bois commençaient à peine à s'estomper. Pourtant, vers vingt heures, quand un ami lui proposa de sortir, il accepta. Il était affligé d'une culpabilité lancinante dont il ne savait que faire. Il tentait de se persuader que son frère ne lui en voudrait pas, ou pas trop, après tout ils étaient si différents à ce sujet, Zack répétait sans cesse que la fidélité n'avait aucune importance, que c'était la plaie du genre humain, il ne tarissait pas de critiques contre la jalousie et l'exclusivité. Quoique… sa femme couchant avec son frère ? Le jour de son mariage ? Quel mauvais plan. Tout ce bourbier à cause de quelques malheureux confettis... Probable que Charlie l'avait raconté à Zack. Dans ce cas, pourquoi ne l'avait-il pas déjà appelé pour l'engueuler? Pouvait-il être si indifférent? Ainsi, lorsqu'une chance se présenta de passer la soirée dans un bar, plutôt que chez lui à ruminer, Louis sauta sur l'occasion.

Si l'on en croit le folklore des ivrognes, le meilleur moyen de se rétablir le lendemain d'une beuverie, c'est de reprendre un verre. Louis ne l'avait jamais testé, et en descendant sa première bière, il eut la sensation agréable qu'elle chassait les conséquences persistantes de ses excès de la veille. Lui et son ami se soûlèrent jusqu'à minuit dans un endroit assez miteux, puis décidèrent de migrer vers un club moins mal famé. Toute la soirée, Louis avait continué d'être assailli par des images de ce qui s'était produit avec sa belle-sœur. Pour s'en débarrasser, il conclut qu'une façon efficace serait de les écraser à l'aide d'un souvenir plus récent, et il entreprit de dénicher sur la piste de danse une fille susceptible de finir la nuit en sa compagnie. De la même manière qu'il avait chassé les restes de sa gueule de bois avec une bière, il chasserait le souvenir de Charlie avec une inconnue.

En entrant dans sa chambre quelques heures plus tard suivi de Mia, Louis convint que sa démarche était stupide – il avait suffisamment dessoûlé pendant le trajet de bus pour retrouver un peu de lucidité. Il savait qu'il ne jouirait pas, la veille avait été une anomalie. Au moins, il se mettrait d'autres images en tête. Et Mia était jolie... Il appréhendait surtout cette déception qu'il lirait sur son visage, celle qu'avaient toutes les filles quand, au bout d'une heure, il leur annonçait qu'il n'aurait pas d'orgasme. Sans compter l'impression que sa virilité était mise en doute. C'était pour s'éviter ces moments de malaise que, depuis trois ans, il avait définitivement renoncé aux one-nights… Bon, maintenant qu'elle était rendue dans sa chambre… Confiant qu'il n'éjaculerait pas, il se laissa aller, Mia s'avéra particulièrement agile, et Louis lut dans ses yeux une déception différente de celle anticipée lorsqu'il jouit après trois minutes. Il s'assit, sous le choc, marmonna que ça ne lui arrivait pas d'habitude, au contraire. Mia sourit. Non, vraiment, c'est même l'inverse. L'inverse ? Il s'empêtra dans un début de réponse, sentit Mia qui lui prenait la main pour la glisser entre ses cuisses.

Le lendemain matin, il mit à l'épreuve sa nouvelle aptitude, même résultat. La semaine suivante, il refit l'expérience avec une autre. Son blocage avait bel et bien disparu. Il songea que Charlie l'avait libéré. Puis il appela Zack et l'invita à dîner. La culpabilité ne passait pas. En fait, elle allait crescendo.

Pourquoi Raphaëlle traverse des pistes de danse

Raphaëlle continuait de discourir sur l'être humain, son évolution, la bestialité, les lieux qu'on ne fréquente que la nuit, et parfois elle avait de ces phrases qui lui donnaient une érection malgré lui. En dépit de leur proximité quotidienne et de ses commentaires provocants, il n'osait toujours pas tenter un geste. Un midi, au restaurant, elle augmenta ses craintes en lui révélant comment elle gagnait sa vie.

— Blogueuse.

— Quelle sorte de blogue ?

— J'écris des nouvelles érotiques. C'est de la fiction.

Xavier ne la crut pas, mais elle lui montra son site. Elle modifia une phrase devant lui, pour prouver que c'était bien elle qui rédigeait les textes.

— Voilà.

— C'est payant ?

— Avec la pub, ça va. C'est suffisant.

Il était éberlué. Comment pouvait-il être tombé amoureux d'une fille qui vivait d'une telle activité, lui qui n'avait pas couché avec une femme depuis seize ans ? Encore plus que sa mythomanie, cette révélation lui donna l'impression qu'ils habitaient deux mondes distincts.

— C'est… il y a beaucoup de compétition ?

— Si tu voyais la médiocrité de la plupart des blogues. Des histoires qui n'ont pas de sens, des auteurs incapables de faire monter l'excitation graduellement, qui décrivent des fellations dès la deuxième ligne, qui pensent que saturer leur texte des mots « chatte », « sperme » et « sodomie » suffit pour que ça soit excitant. Trop direct. Trop banal. Au début peut-être, les premiers textes, mais on se lasse vite. Tu as déjà regardé ce genre de blogues ?

— Euh… non, pas vraiment…

— Tu dois préférer les vidéos. Si tu en lisais, tu comprendrais. Presque tous les auteurs maîtrisent mal l'écriture, et ils font toujours la même chose. Alors qu'il y a tellement de possibilités.

— Comme quoi ?

— Hum… Par exemple, on peut prendre dix pages pour décrire un coït de deux minutes, en mentionnant un paquet de détails très crus. Ou à l'inverse, on peut un moment se la jouer à la Flaubert et narrer une balade à cheval, une conversation équivoque, des rapprochements incertains. Puis conclure par un mot qui dit tout, mais au fond dit rien. Ensuite, changer de paragraphe et parler d'une «chose survenue plus considérable que le déplacement des montagnes». N'importe quel lecteur peut s'imaginer cette «chose» qui est arrivée entre les deux paragraphes. L'excitation passe aussi par cette forme de non-dit. Et plus loin, dans une autre scène, là, cette fois, on décrit. Je compose aussi des textes d'une manière plus directe. Je varie. Sinon, je m'ennuierais.

— Est-ce que t'aimes ça?

— Ça me convient parfaitement. C'est la raison pour laquelle je sors tous les soirs.

— Comment ça?

— J'ai besoin d'observer les gens et de sentir l'énergie qu'on trouve dans les bars, les boîtes de nuit, les afters. C'est ce qui me permet d'écrire. Le jour, je fouille sur internet, ça donne d'autres idées. Mais ça vaut pas le contact avec les gens. As-tu déjà réfléchi à la fonction des bars? Officiellement, ce sont des endroits où le but est de consommer de l'alcool et de «socialiser». Mais soyons honnêtes, «socialiser» est une façon acceptable de dire «cruiser» et «trouver des opportunités sexuelles». On fournit aux gens des lieux pour qu'ils viennent s'enivrer et se désinhiber, pour ensuite avoir l'audace de se chercher un partenaire sexuel. Tu collabores à cette débauche légale et organisée.

— J'ai pas le choix de travailler…

— Je trouve que barman est un travail fabuleux… En plus, les bars aujourd'hui, c'est une culture menacée. Avec les sites de rencontres, les gens se parlent de moins en moins. Il faut s'intéresser à ce qui est en mutation. C'est ce que je fais avec les bars. Ça me fascine, et en même temps ça m'inspire.

— C'est pour t'inspirer que tu traverses des pistes de danse sans danser ?

— Exact. Vampiriser l'énergie qui s'y accumule.

Xavier ignorait si elle plaisantait. Elle paraissait tout à fait sérieuse.

— Sur ton blogue, tu mets ton vrai nom ?

— Xavier, je n'ai pas de vrai nom.

Il soupira, découragé. Pourtant, il l'avait soupçonné dès le début, que « Raphaëlle », c'était un mensonge… Est-ce qu'il avait fini par croire naïvement, se reprochat-il, qu'à lui seul elle ne mentait pas ?

— Je t'appelle Raphaëlle depuis trois semaines. C'est un faux nom ?

— C'est mon vrai nom, je blaguais. Et non, évidemment que je mets pas mon vrai nom sur internet.

Le soir, Xavier fut morose. Il finissait exceptionnellement à minuit. Il la rejoignit, l'accompagna partout, ne but rien, parla peu. De retour à l'appartement, Raphaëlle s'énerva et menaça d'appeler un taxi.

— Pourquoi ? Tu peux dormir ici.

— Mais qu'est-ce que t'as ? C'est mon blogue ? Ça te fâche de penser que des gens se masturbent devant des mots que j'ai écrits, alors que toi t'es incapable de me toucher ?

Xavier la fixa, fit un pas vers elle, se demanda, comme il l'avait fait toute la journée, à quoi pouvait ressembler un blogue de textes érotiques. Il hésita, puis s'éloigna.

— Ça n'a rien à voir. Tu peux écrire tout ce qui te tente. Je veux seulement savoir ton vrai nom.

— C'est Raphaëlle, je t'ai dit.

— Pfff.

Il se coucha en silence, elle l'imita. Le lendemain, il s'éveilla confus, se souvint de leur dispute de la veille, regretta de l'avoir ennuyée avec ses questions sur son nom. Il avait lu que les mythomanes peuvent préférer fuir que d'être mis face à leurs mensonges. Avant d'ouvrir les yeux, il se répéta que si elle était là, il la prendrait dans ses bras. Tout simplement. Cette fois, oui, il le ferait. Ouvrir les yeux, ne pas réfléchir, s'approcher d'elle, ce n'était rien de compliqué.

Mais elle n'était pas là. Sur son oreiller, il y avait un passeport. Elle s'appelait bien Raphaëlle. Détenir un faux passeport était certainement plus difficile et coûteux que se procurer de fausses cartes d'assurance maladie... Il repensa à ce qu'elle lui avait révélé, sa situation lui parut encore plus absurde. Il dormait chastement depuis huit nuits avec une blogueuse qui écrivait des histoires érotiques. Elle devait le trouver complètement coincé...

Xavier avait congé, il googla le blogue de Raphaëlle, passa l'après-midi et la soirée à le parcourir. Il eut le temps de lire une trentaine de textes. Il y découvrit ce qui lui sembla les classiques de l'imaginaire porno – trip à trois, sadomasochisme, fétichisme en tout genre, double pénétration, nymphomane couchant avec dix hommes le même jour –, mais ce qui le déstabilisait davantage, c'était les histoires mettant en scène des sexualités plutôt conventionnelles. Les couples les plus banals avaient des pratiques déjà très éloignées de ce qu'il avait expérimenté. Les personnages de Raphaëlle avaient des rapports faciles, excitants dès le premier regard. Le sexe oral revenait un peu partout, dans une moindre mesure, la sodomie. Et tout le monde jouissait aisément.

En lisant, il lui arrivait de penser à Fanny, la seule fille qu'il ait vraiment connue sexuellement. Ses souvenirs d'eux faisant l'amour étaient teintés de malaise. Fanny était timide, il sentait son embarras dès qu'elle était nue, il n'osait pas la toucher n'importe où, jamais il ne percevait chez elle d'excitation, quand il la pénétrait il se demandait comment faire pour que ça lui plaise, il essayait de varier, surveillait la moindre de ses réactions, se désespérait qu'elle n'en ait à peu près aucune. Parfois, il perdait son érection, trop préoccupé par elle, et la crainte d'avoir l'air de manquer de virilité s'ajoutait à ses angoisses. Fanny lui disait que ce n'était pas grave, que ça pouvait arriver à n'importe quel gars. En entendant ce lieu commun, il se sentait encore plus lamentable d'être réconforté comme un enfant par cette fille qu'il ne parvenait pas à faire jouir, ni même à exciter. Nadia non plus ne semblait pas particulièrement excitée s'ils s'embrassaient ou se caressaient, même en excluant les tentatives de pénétration qui lui faisaient mal, sans doute parce qu'il était bien trop membré pour cette adolescente délicate dont c'était les premières fois. Ça n'avait pas été si difficile de renoncer aux filles à 20 ans, avec des expériences aussi pénibles… L'indifférence ou la souffrance, voilà ce qu'il avait suscité. Blogueuse de textes érotiques… Raphaëlle serait aux antipodes de Nadia et de Fanny… sauf qu'elle aurait plus d'attentes. Elle s'attendrait à ce qu'il se comporte comme les autres gars, ait les mêmes gestes, prenne des initiatives… Des gestes qu'il n'avait soit jamais posés, soit pas posés depuis seize ans… Il serait forcément maladroit. À l'adolescence, tous les gars étaient nuls et inexpérimentés, mais à 36 ans, de quoi aurait-il l'air… Tous les gars excepté Zack, en fait…

Lorsqu'il rejoignit Raphaëlle vers minuit, il s'arrêta un instant devant le bar. Elle était assise à une table près de la fenêtre, discutant avec deux gars, il l'observa à travers la vitre. Après cette journée passée à se promener dans son imagination, il était incapable de savoir s'il la connaissait mieux ou si, au contraire, elle lui était encore plus étrangère.

À partir de cette conversation au sujet de son blogue, Raphaëlle l'amena dans des endroits de plus en plus saugrenus compte tenu de leur relation. Elle voulut d'abord prendre un verre dans un bar de danseuses, elle avait soi-disant besoin d'inspiration pour une nouvelle histoire. Ensuite ce fut le bar de Montréal où des hommes nus dansent pour des femmes. Un midi, elle déclara qu'elle avait une course à faire avant d'aller au resto, et elle poussa la porte d'un sex-shop. En prenant son temps, elle fit le tour du magasin. Xavier la suivit, ne sachant où poser les yeux entre des vibrateurs rose fluo de dix pouces, des affiches de femmes vêtues de latex aux poses provocantes, des élargisseurs de pénis aux boîtes criblées de promesses ahurissantes, ou d'autres objets dont il ne comprenait même pas la fonction. Raphaëlle sélectionna finalement une bouteille d'huile de massage, expliqua que cette boutique était la seule qui vendait cette marque à base d'huile d'argan et d'essence de cardamome, c'était un cadeau d'anniversaire pour une amie. À l'extérieur, elle regarda Xavier avec curiosité.

— Tu n'étais jamais entré dans un sex-shop?

Sans répondre, Xavier commença à marcher vers le restaurant. Raphaëlle le suivit et se mit à lui parler d'un homme qu'elle avait rencontré la veille, il lui avait proposé de faire un tour d'avion dans son Cessna 152, un engin ne pouvant transporter que deux personnes.

— Tu vas y aller?

— Sûrement.

— Il a quel âge, cet homme?

— Je sais pas, peut-être 40 ans.

Xavier avait espéré un retraité chauve et bedonnant, usé par des années de temps supplémentaire lui ayant permis à 65 ans de se payer un avion. Il dissimula son exaspération, et se dit qu'il devait l'embrasser, là, maintenant, peu importe ses peurs, il le ferait et verrait enfin sa réaction. En se tournant, il vit qu'elle n'était plus à ses côtés, elle s'était arrêtée près d'un passant. Ils se firent la bise et se mirent à bavarder. Xavier réalisa qu'à aucun moment elle ne l'avait salué de cette manière. Tout le monde faisait ainsi, se saluer en s'embrassant sur les joues. Eux ne faisaient pas même ça. C'était ridicule. Quand ils reprirent leur marche, il se promit que le soir, en rentrant, si elle dormait il la réveillerait, et si elle arrivait après lui, il ferait quelque chose, n'importe quoi, lui prendre la main, la taille, presque rien mais pas rien.

Emmanuelle

Sous la fenêtre, un coffre meublait la pièce autrement vide. Se pouvait-il qu'un homme se cache à l'intérieur? Il sortit dans le couloir. Les trois portes de droite étaient fermées à clé, celle de gauche donnait sur un mur de briques. Restait la pièce avec le coffre. Il rouvrit la porte et courut vers le coin opposé à la potentielle cachette. Un grincement se fit entendre, le couvercle du coffre se soulevait. Son intuition ne l'avait pas trompé. En ajustant l'ennemi dans sa mire, une crainte l'assaillit. Si c'était un membre de son équipage ? La lumière de la fenêtre éclairait la scène à contre-jour, il ne vit émerger du coffre qu'une silhouette, comprit qu'elle le mettait en joue. Tant pis, pas de risque à prendre. Il tira à bout portant. La boîte crânienne explosa, la silhouette s'effondra. Des morceaux de chair éclaboussèrent le sol, lambeaux de peau, globes oculaires, et surtout, du cerveau. Il s'approcha et constata que la forme n'était pas humaine : il venait de tuer un singe.

Louis posa la manette. Ce jeu vidéo était nul. Pas de doute, ce compétiteur perdait du terrain. Il jeta un œil à sa montre, 18 h 45. Emmanuelle devait rentrer d'une minute à l'autre. En se levant du sofa, il se rendit compte qu'il était en érection. C'était à cause de la veille. Depuis ce matin, il ne cessait de repenser à comment Emmanuelle l'avait sucé dans la voiture après le 5 à 7. Sur le trajet du retour, elle n'avait parlé que de Jennifer, convaincue que la nouvelle chef d'équipe avait regardé Louis toute la soirée. Lorsqu'il avait arrêté la voiture dans leur garage souterrain, Emmanuelle s'était subitement penchée vers lui, jamais elle ne l'avait sucé à cet endroit, n'importe qui pouvait surgir. Quand il l'avait prévenue qu'il allait jouir, parce qu'habituellement elle ne voulait pas qu'il éjacule dans sa bouche, elle avait continué. Cécilia non plus n'aimait pas ça, ni avant elle Judith, mais Gaëlle tolérait, donc cela ne lui était pas arrivé depuis… un an et demi. C'était peut-être les Tequila Sunrise qu'elle avait bus. Il ouvrit le frigo, indécis, le referma, sortit d'un tiroir une liasse de dépliants de restos. Chinois, vietnamien, pizza, indien, sushis, rôtisserie… Trop de choix. En passant en revue les prospectus, il tomba sur la publicité d'un restaurant suédois, il pensa à Xavier. Son frère n'avait pas répondu à ses derniers messages, cette affaire devenait absurde. Ça faisait quoi, cinq mois, et il n'avait toujours pas réussi à le confronter en personne. Il releva la tête, croyant entendre le bruit de la clé dans la serrure. Oui, c'était elle.

Emmanuelle balança son sac par terre, se laissa choir sur le banc de l'entrée. Épuisée. Louis apparut, une publicité de resto à la main. Évidemment, il n'avait rien cuisiné.

— Tu terminais pas à midi aujourd'hui ? lui demanda-t-elle.

— Oui. Pourquoi ?

— Non, comme ça.

Quand elle fut debout, Louis la prit dans ses bras, elle posa sa tête contre lui et ferma les yeux. La sensation de pouvoir s'endormir là, maintenant. Qu'est-ce qu'elle avait à être aussi fatiguée… Louis déposa un baiser sur ses cheveux, puis sur son front, sa tempe, et soudain elle s'aperçut qu'il était bandé. Encore. Pourvu que ça en reste là. Mais non, aucune chance… Elle se dégagea comme si elle n'avait pas remarqué, se dirigea vers la cuisine.

— Il n'y a pas un truc qu'on pourrait cuisiner ?

— Tu veux pas faire livrer ?

— Tu as fait quoi depuis que tu es rentré ?

Elle l'avait demandé sur un ton anodin, comme pour s'enquérir de son après-midi sans arrière-pensée, même si des pensées qu'elle dissimulait, elle en avait des tas. Louis lui énuméra ce qu'il avait fait : il était allé jogger – au moins ça –, il avait visionné deux épisodes d'une série américaine – deux heures de perdues –, à seize heures, il avait rejoint Zack pour prendre une bière – elle déduisit qu'« une bière » signifiait minimum quatre –, en revenant il avait essayé le nouveau jeu de leur compétiteur – quelle surprise. Emmanuelle soupira. De toute façon, Louis n'avait jamais l'impression de travailler, il lui avait dit que concevoir des jeux le passionnait autant qu'y jouer. Il décidait de son horaire, soutenait qu'il avait besoin de temps libre pour préserver sa créativité, se rendait rarement aux locaux de l'entreprise avant dix heures, en ressortait à quinze, sauf les fois où il travaillait vingt heures d'affilée, passait la nuit debout, envoyait le résultat à son équipe, puis ne faisait rien pendant trois jours. Rien, c'est-à-dire qu'il flânait dans l'appartement, s'amusait à des jeux vidéo durant des heures comme un ado, s'enfilait des séries télé de treize épisodes en continu, attendait qu'elle revienne pour lui murmurer à l'oreille qu'il avait pensé à elle toute la journée. À elle nue en train de contenter ses envies sans fin, oui. Et tout allait super bien, il était un des concepteurs les plus prolifiques de la boîte. Avec un tel mode de vie, pas surprenant qu'il soit toujours relax. Toujours relax et toujours bandé.

Emmanuelle referma le frigo en se résignant. Ils n'avaient pas fait les courses depuis deux semaines.

— Bon, une pizza?

— J'ai mangé ça ce midi.

— Ah oui?

— J'ai lunché avec Annabelle.

— Tu m'avais pas dit…

— Non… j'ai oublié.

— Elle va bien?

Louis se lança dans le récit détaillé de leur conversation. Emmanuelle avait remarqué que s'il craignait qu'elle ne soit jalouse, il lui donnait un maximum de détails, espérant peut-être l'empêcher d'élaborer des scénarios d'infidélité. Annabelle est une collègue de Louis, se sermonna-t-elle, il n'y a rien de louche à ce qu'il dîne avec elle de temps en temps. Malgré ses efforts pour se raisonner, sa jalousie était trop forte. Avant lui, elle n'avait jamais eu peur d'être trompée. Mais Louis… sa libido était au-dessus de ses forces.

Elle ramassa un prospectus de sushis, le parcourut sans suivre le monologue de Louis. Il finit par se taire, s'approcha, lui enleva le dépliant des mains, l'enlaça encore et lui demanda si elle ne voudrait pas lui faire comme la veille. Emmanuelle refréna un mouvement de découragement. Au début de leur relation, elle avait été flattée qu'il soit en érection dès qu'ils se collaient. Ils faisaient l'amour deux ou trois fois par jour, elle ne se rappelait pas avoir autant joui de sa vie. Elle arrivait en retard au travail un matin sur deux, dès qu'à son retour elle franchissait la porte il commençait à la déshabiller, leurs activités du week-end consistaient à baiser et à traîner au lit. Elle se disait que c'était la passion du début, il fallait en profiter, ça passait si vite. Après quelques semaines, si la fréquence avait diminué, il semblait impensable pour Louis de sauter une journée. Aujourd'hui qu'ils étaient ensemble depuis quatre mois, elle n'osait toujours pas le repousser. Ni lui laisser entendre qu'elle était trop fatiguée, qu'elle n'avait pas envie. À moins qu'il lui propose une deuxième fois le même jour. Dans ce cas, elle s'esquivait. Il n'insistait pas, ne boudait pas, rien. Il n'avait même pas l'air de lui en vouloir. C'était plus insidieux… Chaque refus lui laissait l'impression de ne pas être à la hauteur. Elle avait regardé sur Facebook les photos des nombreuses ex de Louis, et en se comparant elle s'était sentie moche. Et pourquoi est-ce que ça n'avait pas marché avec toutes ces filles? Depuis, la crainte de le décevoir l'obsédait. Comme une peur constante qu'il la trompe. Parfois, elle songeait qu'il aurait fallu deux ou trois femmes pour combler ses besoins. Ou un harem. Idées inutiles. Machinalement, elle déplaça ses mains vers sa ceinture.

> *Les miroirs et la copulation sont abominables parce qu'ils multiplient le nombre des hommes.*
>
> JORGE LUIS BORGES

Bien que Xavier se soit promis, après leur passage au sex-shop, de vaincre ses appréhensions le soir même, à son retour Raphaëlle n'était pas là, et quand elle rentra, à 5 h 20, pour la première fois il la vit soûle. Elle n'était pas dans un état lamentable, elle était seulement volubile à l'extrême, riait pour un rien, s'enthousiasmait à propos d'une nouvelle idée concernant son blogue: une histoire passionnelle entre une femme de 37 ans et un jeune homme de 22, dont la liaison désincarnée se déroulerait uniquement via les réseaux sociaux, une «relation épistolaire façon 21e siècle».

Xavier se dit que ce n'était pas le bon moment. Il ne pouvait pas être resté distant pendant un mois et tout à coup, alors qu'elle avait trop bu, se jeter sur elle. Tandis qu'il se demandait si elle finirait par se coucher – il était près de six heures et elle ne cessait de broder autour de ses deux personnages –, Raphaëlle s'approcha de la commode surmontée d'un miroir. La poupée y était toujours. Elle prit la boîte et commença à défaire l'emballage.

— Tu as mis une poupée devant un miroir… Borges disait que la copulation et les miroirs sont horribles parce qu'ils multiplient le nombre d'êtres humains dans le monde. Si on y pense, les poupées aussi… Et encore plus les poupées devant les miroirs…

— Ça te tenterait pas qu'on se couche ?

— L'alcool aussi joue un rôle là-dedans. La copulation a souvent besoin d'un peu d'aide… Tu connais l'histoire de Loth, par exemple ? Dans la Bible ?

— Non. T'es pas fatiguée ?

— Loth vivait à Sodome, la ville dépravée. Dieu a envoyé deux anges pour lui faire un rapport sur l'état des mœurs. Les anges ont conclu qu'à part Loth et sa famille, tout le monde méritait d'y passer. Dieu s'est décidé pour un génocide. Il a averti Loth de s'enfuir avec sa famille. Après leur départ, Dieu a rasé la ville avec une pluie enflammée de soufre. La femme de Loth n'a pas survécu, mais lui et ses filles, oui. Ils se sont exilés dans une montagne. L'ennui, c'est que les deux filles voulaient des enfants, et qu'il n'y avait personne là-bas, aucun homme. À part leur père. Elles ont décidé de soûler Loth pour coucher avec lui, parce qu'elles savaient qu'il n'accepterait pas de commettre un inceste à jeun. Ensuite, elles ont mis au monde Moab et Ben-Ammi, qui ont engendré une suite interminable d'enfants, petits-enfants, arrière-petits-enfants, etc.

— C'est dans la Bible, ça ?

— Tout à fait. Il y a d'autres exemples. Ou tiens, une autre affaire d'inceste, le mythe d'Œdipe. Ça vient pas de la Bible, mais ça reste l'Antiquité. Tu sais comment Œdipe a été conçu ?

— Pas vraiment.

— Pour faire court, le père d'Œdipe, Laïos, a épousé Jocaste. Juste après le mariage, un oracle a prédit à Laïos qu'il aurait un fils qui allait le tuer et épouser sa propre mère. Laïos était épouvanté, il a choisi de ne pas prendre de risque. Lui et Jocaste avaient une relation platonique. Complètement platonique…

Raphaëlle avait libéré la poupée et examinait ses mains.

— Bon, c'est bien beau, mais il se passe quoi ensuite ? Comment on poursuit le récit ? Il y a un oracle qui doit s'accomplir. Sauf qu'il ne faut pas non plus faire passer Laïos pour un fou. Qui coucherait avec sa femme après cette prophétie ? Donc un jour, coup de théâtre ! Laïos se soûle, sa libido prend le dessus, et il fait l'amour avec Jocaste. Elle tombe enceinte d'Œdipe. Grâce à l'alcool, le récit peut continuer. C'est une bonne solution narrative. Tu trouves pas ?

— Euh… oui, sûrement…

— C'est comme dans l'histoire de Loth. Celui qui l'a imaginée, une fois qu'il a exilé le père et ses deux filles sur la montagne, il a dû se dire merde, je fais quoi pour continuer ? L'inceste c'était pas super, mais avec un peu de vin ça devient moins scandaleux. De tout façon c'est la faute des filles, le sexe pécheur. Ça déstabilise pas trop le lecteur, avec le récit d'Adam et Ève, il le sait depuis la troisième page de la Bible, que les femmes incitent au mal. La Bible, narrativement, ceux qui l'ont écrite, je t'assure, c'était des pros. Tout ça pour dire que dans les deux histoires, Loth et Œdipe, s'il y a eu copulation, c'est parce qu'il y a eu consommation d'alcool.

Raphaëlle assit la poupée sur la commode en réfléchissant, puis s'anima.

— Et Noé, même si l'histoire le dit pas, peut-être qu'il avait des tendances chroniques à l'ivrognerie? Peut-être qu'il avait bu avant de s'envoyer en l'air avec sa femme, quand il a conçu Sem, Cham et Japhet? Noé, Loth, Laïos... Combien d'êtres humains y aurait-il de moins sur terre si se soûler n'avait pas été possible? Combien d'entre nous sommes les rejetons directs ou indirects de l'abus d'alcool?

— Il faudrait se coucher, il est passé six heures.

— Combien de vies aujourd'hui sont le résultat fortuit d'une once de trop avalée quelque part dans l'histoire?

— Toi, tu as bu combien de verres ce soir?

— Mais Xavier, j'ai pas compté... Tu sais que tu es le premier homme que je rencontre qui a une poupée dans sa chambre? Tu es le premier pour d'autres choses aussi.

Raphaëlle se coucha enfin et éteignit la lampe de chevet de son côté, tout en répétant des bouts de ses divagations avinées et en s'esclaffant. Xavier n'ajouta rien. Non, ce n'était pas le bon moment. Demain.

À son réveil, elle était déjà partie. Toute la journée, une idée le tracassa. Pourquoi n'avait-elle rien fait la veille? Elle était soûle, «désinhibée» selon son expression. Elle aurait pu l'embrasser, adopter une attitude flirteuse... se comporter de façon exagérément affectueuse comme certaines clientes de Chez Hélie... Même soûle, Raphaëlle n'était pas tombée dans l'effusion. Était-ce si important pour elle, qu'il fasse les premiers pas...

Le soir, Chez Hélie, elle flirta au comptoir avec deux hommes, rien de très sérieux, mais assez pour que Xavier ressente cette jalousie insupportable crépiter derrière son thorax. À l'appartement, elle se coucha sans un mot. Quand il s'éveilla vers midi, Raphaëlle l'observait, installée dans le fauteuil, exceptionnellement elle n'était pas en train d'écrire. Il s'assit sur le bord du lit, elle ne bougea pas. D'ordinaire, ce mouvement déclenchait son départ à la salle de bains. Une minute s'écoula, il réfléchissait à quel point c'était tendu depuis deux jours, il avait peut-être manqué de patience le soir où elle était rentrée éméchée, et hier il avait feint l'indifférence en la voyant flirter avec d'autres, peut-être qu'elle croyait qu'il s'en foutait, peut-être qu'il l'avait vexée, et surtout, surtout, surtout, il n'avait encore rien fait, et pendant qu'il cherchait à s'expliquer le malaise et se flagellait à cause de son apathie, Raphaëlle se leva, sortit une robe de son sac, enleva son t-shirt et son pyjama, ne gardant que sa culotte, et revêtit sa robe devant lui. Xavier baissa les yeux, paralysé par la gêne. Elle quitta la chambre en disant qu'elle l'attendait au salon.

À compter de ce jour, elle cessa de se changer dans la salle de bains, troquant son pyjama contre ses robes en sa présence. Même s'il évitait de la regarder, il finit par remarquer qu'elle n'avait pas de tatouage sur le haut de son corps. Un matin, elle lui demanda de l'aider avec la fermeture éclair de sa robe, elle souleva ses cheveux, l'air pressé, tout son dos était découvert, plutôt que d'obtempérer il lui aurait suffi de poser sa main sur sa taille, l'attirer à lui, embrasser son cou, caresser son ventre, ses seins, faire tomber sa robe… Au lieu de ça, Xavier remonta docilement la fermeture éclair. Même s'il comprenait qu'elle essayait de le provoquer, il restait incapable de réagir. Plus le temps passait, plus leurs rapports se pétrifiaient.

Durant ses temps libres, il continuait d'éplucher son blogue d'histoires érotiques. Il n'en revenait pas de s'être épris d'une fille qui tirait ses revenus d'une forme de pornographie. Il avait trouvé une section ne regroupant que des histoires où des femmes soumettaient des hommes. Dans l'une d'elles, un couple pratiquait le candaulisme : la femme avait une panoplie d'aventures, alors que l'homme devait lui être fidèle ; elle lui imposait souvent des semaines d'abstinence, pendant lesquelles elle ramenait ses amants chez eux pour qu'il assiste chastement à leurs ébats ; elle exigeait qu'il lui serve de chauffeur lors de ses rendez-vous adultères. Un autre texte relatait un reverse gangbang où, au cours d'une soirée, une vingtaine de femmes ordonnaient à un homme d'assouvir tous leurs désirs à l'aide de sex toys, sans qu'il puisse lui-même se satisfaire.

Mais toujours, c'était les histoires de couples à la sexualité plus classique qui embêtaient Xavier. En explorant le blogue de Raphaëlle, il se demandait constamment si elle avait déjà fait ou faisait ce qu'elle décrivait. Aimait-elle baiser dans des toilettes de restaurant, se faire attacher, atteindre des orgasmes multiples, le sexe anal ? Peut-être pas… Il s'agissait de fictions lui permettant de gagner sa vie, ce n'était que des mots… Reste qu'elle était à l'aise de les écrire.

La débâcle des six mois

2016
Lorsqu'à la mi-juin Louis apprit à Alice, qui l'apprit à Jacques, à Zack et à Xavier, qui eux-mêmes l'apprirent

à Charlie et à Justin, qui ce dernier l'apprit à Vanessa, que Louis viendrait à leur souper de la Saint-Jean-Baptiste avec la même fille qu'à Noël, personne n'y crut. Après tout, il restait dix jours d'ici là. Pourtant, le soir de la fête nationale, Louis arriva bel et bien accompagné d'Emmanuelle. Zack la considéra plus attentivement, curieux de cette première fille à provoquer la débâcle du pattern des six mois. Non, il ne voyait pas ce qu'elle avait de plus que les autres. Toutes les blondes de Louis étaient jolies, brillantes, gentilles, mais aucune ne s'était détachée du lot, Emmanuelle pas davantage. Zack allait découvrir sous peu en quoi cette fille se distinguait des ex de son frère.

Louis aurait certes pu appeler sa mère et ses frères un à un, il estima plus simple de régler l'affaire d'un coup, quitte à susciter la stupéfaction générale durant l'apéro en leur annonçant qu'Emmanuelle était enceinte. Bang.

La semaine suivante, Vanessa débarqua chez Louis avec une boîte en carton, et demanda si Emmanuelle était à la maison. Elle parut déçue en apprenant son absence. Vous êtes toujours ensemble ? s'enquit-t-elle. Louis répondit par l'affirmative, s'efforçant de dissimuler sa perplexité. Jamais sa belle-sœur ne lui rendait visite sans Justin. Et même quand Justin passait faire un tour, elle l'accompagnait rarement. Louis se rappela l'unique fois où il s'était retrouvé seul à seule avec son autre belle-sœur, Charlie. Pendant une seconde, il s'inquiéta des intentions de Vanessa, surtout qu'elle avait l'air mal à l'aise. Puis l'idée lui sembla tout à fait farfelue. Vanessa, ce n'était pas Charlie.

Un bruit qu'il n'identifia pas le détourna de ses pensées. Vanessa le dévisageait, hésitante. Le bruit reprit, Louis comprit qu'il provenait de la boîte. Il comprit aussi qu'il s'agissait d'un miaulement, et ensuite, devina pourquoi Vanessa était chez lui. Il se mit à rire en réalisant que sa belle-sœur voulait lui refiler un chat abandonné, alors que son cerveau lui générait des images où elle se déshabillait et où il lui mordait l'épaule.

Vanessa ouvrit la boîte et une tête rousse apparut. Louis prit le chaton, il pesait à peine une livre. Il se dit que trouver preneur pour un animal si adorable ne devrait pas être trop compliqué, quelqu'un d'autre accepterait certainement de l'adopter. Toutefois, en observant son visage, il constata que le chaton avait une paupière fermée. Peut-être qu'il était malade. Vanessa se lança dans l'historique de l'animal, avec une profusion de détails sur sa santé, l'endroit où il avait été sauvé, qui le lui avait amené, etc. Louis la coupa. Pourquoi moi ? Eh bien… maintenant qu'Emmanuelle et toi… Ça y est, songea Louis. Il se souvint des deux fois où Vanessa l'avait appelé pour lui proposer d'adopter un chat. Il s'était défilé sous prétexte qu'il n'était pas stable, il changeait souvent de blonde, qu'arriverait-il s'il rencontrait une fille allergique ? Il repensa à la soirée chez ses parents. Emmanuelle avait plusieurs fois pris dans ses bras le chat d'Alice et Jacques. Ce genre de comportement n'échappait sûrement pas à Vanessa.

Sa belle-sœur avait repris son plaidoyer. L'animal avait un bon caractère, il aimait la compagnie humaine, dès qu'il aurait six mois elle pourrait le stériliser gratuitement, le vacciner aussi, Louis n'aurait qu'à le lui amener aux dates qu'elle lui indiquerait. Il est malade ? demanda-t-il, à bout d'arguments. Vanessa secoua la tête. Il est en parfaite santé. Son œil ? insista Louis. Probablement un accident… il lui manque l'œil droit…

À cet instant, Emmanuelle poussa la porte de l'appartement. Elle ne devait pas rentrer avant deux heures, mais elle était si fatiguée qu'elle avait laissé tomber son cours de yoga. En apercevant dans l'entrée une femme de dos, elle sentit la jalousie lui comprimer la poitrine. Vanessa se retourna, ses craintes se dissipèrent. N'empêche, elle n'avait toujours pas confiance en Louis. Elle jeta un regard vers lui, remarqua la petite bête orange et grouillante qui grimpait sur son épaule et, de là, tentait de se hisser sur sa tête. Saisissant la raison de la présence de Vanessa, elle sourit. Elle ne savait pas si Louis pouvait être infidèle. Par contre, depuis trois semaines, elle savait que lui aussi était incapable de lui dire non. Un bébé dans six mois. Et un chat tout de suite.

En voyant le visage d'Emmanuelle s'illuminer, Louis songea que Vanessa avait de la chance qu'elle soit rentrée en avance. Quoiqu'il n'avait plus d'excuse à opposer à sa belle-sœur. Et puis bon, un chat… Emmanuelle saurait s'en occuper. C'est un mâle ou une femelle ? s'informa-t-il. Un mâle. Louis se demanda encore une fois s'ils auraient une fille ou un garçon. Il avait l'impression qu'élever un garçon serait plus facile. Mais une fille… il n'avait pas eu de sœur, et il avait entendu dire qu'à l'adolescence, les parents devaient s'inquiéter davantage pour une fille… Oui, ça ne s'avouait pas, mais il préférerait un garçon. Cette pensée allait le tracasser pendant des mois, et même une fois que l'échographie aurait révélé que le fœtus était de sexe féminin, Louis continuerait d'espérer que le médecin se soit trompé. Après tout, l'image était tellement floue… En décembre 2016, il serait obligé de se rendre à l'évidence. Emmanuelle choisirait de l'appeler Victoria – ce que Zack jugerait très drôle. Louis, lui, n'aurait pas trop d'opinion sur la question, Victoria, oui, pourquoi pas.

En attendant, il fallait choisir un nom pour le chat, et Louis écouta Emmanuelle et Vanessa débattre pendant une heure de différentes options, sans s'intéresser à son avis. Peter, décidèrent finalement les deux femmes. Emmanuelle se souvint de Louis et lui demanda si ça lui plaisait. Peter, oui, pourquoi pas. Exactement les mots qu'il aurait dans quelques mois pour l'ensemble de lettres et de sons qu'allait traîner sa fille durant toute sa vie afin de s'identifier. Va pour Peter, répéta-t-il devant le regard interrogateur d'Emmanuelle, et il souleva le chaton, voulant examiner de nouveau cette paupière derrière laquelle aucun œil ne se cachait. À ce moment, il n'en savait rien, mais tandis que Peter serait au cours des vingt prochaines années son seul chat, Victoria, elle, l'autre être qu'il baptiserait avec indifférence dans l'année, ne serait pas son seul enfant. Loin de là.

Très loin de là même. Très, très loin de là. En fait, cinq fois loin de là : très très très très très loin de là.

Vanessa repartit pleinement satisfaite. Si tous les membres de la famille avaient un papier peint de Charlie chez eux, maintenant presque tous possédaient aussi un chat abandonné à sa clinique. Lui restait Xavier. Un jour. Oui, forcément, un jour il finirait bien par se caser, lui aussi.

Hasard et chaos

Alice ne peignait plus depuis 30 ans. Rare vestige de son ancienne passion, un de ses tableaux était suspendu dans la salle à manger. Lors d'un souper de famille, Charlie l'avait interrogée : datait-il du temps où Alice avait fait les Beaux-Arts ? Avait-elle conservé d'autres de ses œuvres ? Sa belle-mère l'avait emmenée à l'étage, lui avait montré deux tableaux entreposés dans un placard. Comme celui du rez-de-chaussée, ils s'inspiraient de Jackson Pollock.

— Ils ne sont pas du temps des Beaux-Arts, avait expliqué Alice, à cette époque j'étais influencée par l'op art. J'aimais l'idée de jouer avec la perception du spectateur. Combiner méticuleusement des lignes et des couleurs pour déstabiliser l'œil, créer un malaise visuel. Le but, c'était de dévoiler la non-fiabilité de l'œil, et du même coup, l'orgueil de notre conviction que nos sens sont en adéquation avec le monde. Détruire l'illusion que ce qu'on voit est ce qui est. Pour y arriver, il fallait un haut degré de contrôle sur les images produites. Je vouais un culte à Bridget Riley, tu dois connaître ?

— Oui, l'op art a vite été récupéré en design.

— J'admirais ses œuvres et son parcours. Quand j'étudiais la peinture, dans les années 70, on manquait de modèles de femmes peintres. C'était facile de finir par croire que les femmes étaient moins douées en art.

— Pourquoi tu as arrêté de peindre ?

— J'ai commencé par décrocher de l'op art à 28 ans. Contrôler la perception du spectateur ne m'intéressait plus. J'étais enceinte de Louis et j'ai dû prendre un congé de maternité anticipé à cinq mois. C'est là que j'ai eu une phase dripping. Je peignais à longueur de journée. Après la naissance de Louis, j'ai continué jusqu'à mon retour au travail. J'ai fait une cinquantaine de tableaux, mais j'en ai gardé seulement trois. Ensuite, j'ai arrêté définitivement.

— Où sont les autres ?

— Je les ai donnés à la fille d'une cousine qui étudiait en art, elle a dû peindre par-dessus.

— Ah… Et tes toiles du temps des Beaux-Arts ?

— Même chose.

Alice alluma une lampe de table et tourna son faisceau vers l'un des tableaux. Elle inspecta la surface.

— Je n'aimais pas Pollock avant mes 28 ans… Avant de comprendre qu'il n'y a rien que ça de vrai, le hasard. Remarque, Pollock niait que ses œuvres soient le résultat du hasard, il disait qu'avec la pratique il avait appris à contrôler les coulures. C'est des foutaises, on ne contrôle pas de la peinture qui dégoutte. Mais le hasard fait peur, il nous dénie le contrôle. Il affaiblit notre impression de nécessité, de cohérence, de destin. Des critiques reprochaient à Pollock que ses œuvres n'étaient qu'un chaos. De mon point de vue, c'était un compliment. Trouver une façon de représenter le chaos, pour un esprit né dans une époque judéo-chrétienne, c'était un tour de force.

— Mais le chaos… Est-ce que c'en est vraiment ? Il y a une certaine harmonie.

— Le chaos est d'abord un état d'indifférenciation du temps et de l'espace. Chez Pollock, l'espace est indifférencié.

Charlie caressa du bout des doigts le côté d'une toile, où les coulures du devant se poursuivaient.

— J'ai toujours eu le sentiment, dit Charlie, que Pollock faisait partie de ces peintres qui sont limités par la surface de leur toile. Que ce qu'il peignait aurait pu s'étendre à l'infini. Il n'y a aucune raison qu'une toile en dripping se termine, à part le cadre de la toile.

— Il y en a une, une raison : on ne vend pas l'infini en peinture. Ça ne rentre ni dans un musée ni dans un salon.

— C'est vrai… Il est là quand même… en germe.

— Je n'ai jamais eu un rapport très mystique à l'art.

Charlie observait un des tableaux, elle pointa du doigt un coin où une minuscule ligne se détachait.

— On dirait que ce n'est pas une coulure…

— Non. Tu as l'œil.

— Qu'est-ce que c'est ?

— La lettre L.

— Pourquoi ?

— J'identifiais mes toiles par des chiffres, sauf mes plus réussies, je les ai identifiées par Z, X et L, les premières lettres des prénoms de Zack, Xavier et Louis.

— Laquelle est dans la salle à manger ?

— X.

Charlie se mit à rire.

— Xavier est dans la salle à manger… Et Zack et Louis au placard. C'est ton fils préféré ?

— Non, le hasard.

— Le hasard ?

— C'est Jacques qui a choisi de l'accrocher là. Je ne lui ai jamais expliqué les lettres, il n'a sûrement pas remarqué. Le hasard.

Les couteaux convexe et droit sont affûtés. Glisser son index sur les lames de ses ciseaux à pointes émoussées lui assure qu'elles sont exemptes de résidus de l'opération précédente. Les instruments sont prêts, ne manquent que le fil et les aiguilles. Ses assistants achèvent de les stériliser.

L'heure est venue. Un des assistants empoigne le cou et compresse la carotide. Les paupières se ferment. Il faut agir promptement, car l'inconscience sera brève.

Le maître incise l'aine, pendant que les deux assistants maintiennent le corps évanoui par mesure de précaution. Il insère ses doigts et tâte les chairs afin de repérer les testicules. À cet âge, ils ne sont pas encore descendus dans le scrotum. Malgré son expérience, une pointe de dégoût le saisit lorsqu'il retire les deux glandes. En les sectionnant, il se demande, comme à chaque castration, de combien de volupté il vient de priver l'enfant qui repose.

Sur le chemin du retour, Felice repense aux orgasmes que ne connaîtra pas le garçon qu'il a châtré. Le père a argué que son fils possède une voix magnifique, un don de Dieu, qu'il serait péché de laisser la nature gâter une telle beauté. Soit, mais pour un peu de musique, combien d'êtres humains contenus en puissance dans les deux testicules retranchés ne fouleront jamais le sol de cette terre ? A-t-il contrarié la naissance, d'ici quelques générations, d'un homme de génie qui aurait découvert un remède à la syphilis ou le moyen de voler ?

À son arrivée chez lui, Felice fait signe à sa femme. Voyant l'expression de son mari, Lorenza comprend qu'il vient d'émasculer un garçon pour répondre au désir des parents d'en faire un castrat. Felice passe dans la pièce d'à côté. Sa femme le suit. Sans rien lui dire, il l'agrippe et soulève ses jupes.

Ils n'ont toujours pas d'enfant malgré douze ans de mariage. Felice et Lorenza interprètent la stérilité de leur union comme une punition divine vengeant ces âmes dont il empêche la naissance. Faire l'amour uniquement par plaisir, sachant que rien n'en résultera, et ce après qu'il ait coupé l'herbe sous le pied à des centaines d'êtres humains, les excite chaque fois d'une façon brutale. La culpabilité et la sensation de commettre une profanation s'amalgament et amplifient leur jouissance.

Si Felice voit juste quant aux générations sacrifiées au temple de l'art musical, il ne se doute pas de la quantité d'orgasmes qu'il vient de rendre possibles par son opération du jour. Ce n'est toutefois pas son jeune patient qui jouira des suites de sa castration, mais les nombreuses femmes qui exploiteront ses dispositions contre nature.

Vingt ans après la journée fatidique qui altéra à jamais sa virilité, Antonio se présente à la cour de Munich avec une voix singulière qui ne ressemble ni à celle d'un homme ni à celle d'une femme, et muni d'un second atout moins apparent, dont la rumeur aura tôt fait de répandre le secret entre les murs du château : le chanteur peut tenir une érection pendant deux heures sans éj

Une panne de courant fit virer au noir l'écran de son ordinateur, Xavier jura. Il n'avait pu lire que le début du dernier texte mis en ligne par Raphaëlle. Sa tablette était déchargée et il détestait lire sur son téléphone. Il se demanda si elle avait écrit cette histoire chez lui, tandis qu'elle attendait son réveil assise dans le fauteuil. Depuis qu'il lisait son blogue, il avait constaté qu'elle utilisait différentes techniques pour narrer des scènes sexuelles, avec une écriture parfois très crue, parfois plus suggestive, parfois entre les deux. Ce texte-ci le laissa perplexe, il détonnait parmi les autres.

L'électricité ne revenant pas, Xavier se rendit en avance au bar où il devait rejoindre Raphaëlle, se commanda une bière, brancha sa tablette et reprit sa lecture des péripéties d'Antonio, qui pouvait mener à la jouissance des femmes en leur faisant l'amour durant des heures, sans lui-même atteindre l'orgasme, et sans qu'elles aient à craindre une grossesse indésirée. Ce n'était pas une histoire pour exciter un homme… À cette idée, Xavier réalisa qu'il était bandé. Quoiqu'il l'était souvent ces temps-ci, c'était sûrement fortuit… Il regarda autour de lui, il n'y avait qu'une fille, à deux tables de lui, qui parlait au téléphone avec animation. Non, ce n'était pas fortuit, c'était le texte. Ces descriptions de femmes jouissant à répétition, intensément… Il ne connaissait pas ça, provoquer un orgasme. Il songea à Raphaëlle. Pourrait-il la faire jouir ? La question le tracassait chaque jour. Peut-être pas la première fois… Mais s'il n'y avait qu'une seule fois… Et qu'il s'y prenait mal… Qu'elle n'aimait pas sa façon de la toucher, de l'embrasser… Qu'il jouissait en deux minutes… Ou que, trop nerveux, il débandait… Après tout, ça faisait seize ans… Et elle ? Peut-être qu'elle n'avait pas couché avec un homme depuis quelque temps… Il jeta un œil à la fille assise à sa droite, puis vérifia l'heure, 21 h 35, et se dit qu'il devait se débarrasser de son érection.

Il se concentra sur le côté glauque du texte. La castration pour empêcher la mue… Quelle barbarie. Toutes ces idées tordues de l'être humain. Pourquoi d'ailleurs commençait-elle certains textes par des scènes glauques… Il chercha une autre histoire, parcourut le récit détaillé des ébats d'un jeune homme s'envoyant en l'air avec sa tante après des années d'attirance réciproque refoulée – rien pour améliorer son sort. Il tomba ensuite sur deux textes mettant en scène des homosexuels, ils lui parurent moins risqués. Raphaëlle arriva alors qu'il achevait le deuxième. Elle vit sa tablette et reconnut sa nouvelle.

— Eh ben…

— Oui, je… J'étais curieux…

Xavier l'observa. Elle portait son manteau fuchsia, ses cheveux noirs semblaient bleutés par contraste avec le rose. En dessous, une robe qu'il ne lui connaissait pas, noire, beaucoup plus chic que ses vêtements habituels, très échancrée, moulante. Il sentit son érection revenir, tenta de focaliser son attention sur son histoire de castration.

— Tu arrives d'où?

— J'ai pris un verre à l'hôtel Ritz-Carlton. Ils ont un bar à champagne. Un ami m'a invitée.

— Un ami?

— Oui, un ami. Un Américain que j'ai rencontré il y a quelques années, il est obstétricien. Il travaille dans une clinique de fertilité à Philadelphie. Il vient à Montréal deux fois par année, il a de la famille ici.

— Et vous êtes allés au Ritz-Carlton?

— Seulement au bar. Il séjourne toujours à cet hôtel.

— C'est pour ça, la robe?

Raphaëlle bâilla.

— Quoi la robe? Je suis toujours en robe.

— Mais celle-ci est plus…

— Plus quoi?

— Rien. Tu t'appelais comment avec le médecin?

— Marla.

— Comme dans *Fight Club*?

— Oui. Comme dans ce fameux film sur l'émasculation.

— Je savais pas que c'est sur l'émasculation.

— C'est bourré de références et de symboles... Il faudrait que tu le voies.

Elle héla la serveuse qui passait près de leur table.

— Vous avez des Aviations?

— Pardon?

— Des Aviations? Un cocktail avec de la liqueur de violette?

— Non, jamais entendu ça.

— Ce sera un Amaretto Sour dans ce cas.

Raphaëlle fit un signe de tête vers l'iPad de Xavier.

— Pourquoi tu lis ça?

— Ton blogue?

— Un texte érotique gai.

— Ah... C'est pas ce que tu crois... Je lis tout ce qu'il y a sur ton blogue.

— Je ne crois rien. Qu'est-ce que tu voudrais que je croie?

— Que... J'ai pas... Je le lisais seulement par curiosité, c'est tout ce que je voulais dire.

— Et les autres, tu les lis pourquoi? Seulement par curiosité aussi?

— Non, parce que c'est toi qui les as écrits, parce que... que...

— Ça ressemble presque à une déclaration.

— Comment? Tu... J'ai juste...

Ils se regardèrent un instant en silence. Raphäelle eut un soupir de résignation.

— Donc tu lis tout. Tu as lu celui de ce matin?

— Oui…

— Tu l'as trouvé comment ?

— Je l'ai trouvé… différent.

— C'est-à-dire ?

— Il détonne un peu de ton style habituel.

— J'ai pas de style habituel. Je fais tout pour éviter ça.

— Il détonne de tes styles habituels, si t'aimes mieux.

— J'ai lu pas mal sur les castrats avant de l'écrire. Tu sais que l'Église catholique leur interdisait de se marier ? La loi civile et religieuse stipulait que le but premier du mariage, c'est la procréation. Pas de sperme, pas de mariage. Sérieux… En tout cas, les castrats avaient quand même des relations sexuelles. On a des sources des 17e et 18e siècles qui l'attestent. Il y a même des castrats qui pouvaient jouir. Ceux qui pouvaient pas, ils devaient se demander toute leur vie quel effet ça fait. Tu t'imagines, si on t'avait enlevé la possibilité d'avoir des orgasmes ? De savoir ce que ça fait ?

Elle fixait Xavier, il prit une gorgée de sa bière, mal à l'aise. La serveuse le tira d'embarras en revenant avec l'Amaretto Sour.

— On va où ce soir ? demanda Xavier.

— Un centurion.

— Ça existe encore ? Je croyais que c'était populaire il y a vingt ans.

— C'est vrai, mais j'ai des amis… Des connaissances plutôt, deux gars, ils en organisent de temps en temps.

— C'est où ?

— Chez un des deux. Il a une maison à Longueuil. On va être une trentaine. C'est des fêtards incorrigibles, ils adorent se défoncer. T'es pas obligé de m'accompagner.

— Pourquoi tu veux aller là ?

— Étude des comportements humains… Inspiration… Ça m'amuse, aussi. Les gens de ce soir, ils ont aucune classe, ils vont renverser de l'alcool toute la soirée, raconter les pires grossièretés, il y en a qui vont se chamailler comme des enfants même s'ils ont la trentaine, et les filles vont s'embrasser entre elles et se toucher les seins comme des adolescentes pour exciter les gars, plusieurs personnes vont sauter dans le spa à poil. Des éternels ados. J'adore ça. Des gens qui vieillissent en beauté.

— Mais qu'est-ce qu'on va faire là ?

— On va participer.

— Tu vas y aller avec cette robe ?

— Bien sûr que non. J'en ai une autre dans mon sac.

— Donc dans la même soirée, le bar à champagne de l'hôtel cinq étoiles le Ritz-Carlton, et un bungalow à Longueuil où des trentenaires attardés se réunissent pour se comporter comme s'ils avaient 16 ans ?

— Tu as tout compris. La variété humaine est un truc fascinant.

— Comment tu connais ces gens-là ?

— J'ai rencontré Rémi dans une taverne d'Hochelaga. J'avais essayé de le battre dans un concours de cerveaux, mais c'était impossible, sa tolérance était trop grande, même au sucre. Il a quand même été impressionné que j'aie pu en boire autant.

— Ça va être quoi ton nom, ce soir ?

— Solanas. En hommage à Valerie Solanas.

— C'est qui ?

— L'auteure du *scum Manifesto*, un pamphlet féministe qui professe que les femmes devraient prendre le pouvoir et supprimer tous les hommes.

— Elle professe la fin de l'humanité ?

— Non, il y aurait des banques de sperme.

— Euh…

— C'est une satire. Sur bien des points, son pamphlet travestit des idées de Freud. Sauf que l'un a engendré une discipline qui se fait passer pour de la science depuis cent ans, et l'autre a été cataloguée comme une folle enragée. Bon, Valerie Solanas a desservi son œuvre en tirant sur Andy Warhol, mais si on réussit à négliger le fait que Céline était antisémite… C'est pareil.

— Eh bien… Je lirai ça…

— Je t'enverrai le lien. Tu oublieras pas, pour le nom ? Solanas. Ne m'appelle surtout pas Raphaëlle. Tu veux te rebaptiser ce soir ?

— Pourquoi ?

— Fun.

— Je… non. On va rester là longtemps ?

— Deux-trois heures, le temps que les choses dérapent assez pour assister à des scènes intéressantes.

— Toi, si les filles s'embrassent… ?

Raphaëlle sourit.

— Il m'est arrivé d'en embrasser. Pour jouer le jeu. Tu vas voir, je serai pas tout à fait moi-même ce soir. Il faut savoir s'adapter aux circonstances.

— Ça existe, toi-même ?

Elle devint songeuse.

— Avec toi, je suis assez souvent moi-même…

— *Assez* souvent ?

— Oui… Assez… souvent. Je vais changer de robe.

Lorsqu'elle revint, Xavier fut encore plus déconcerté. Moins chic que la première, la deuxième robe était tout aussi provocante. Peut-être plus. Il eut envie d'embrasser une de ses épaules nues, se contenta de baisser les yeux pour évaluer la quantité de bière dans son verre.

— Ne bois pas trop, conseilla Raphaëlle, il faut être d'attaque pour le centurion.

— Je comprends pas l'intérêt.

— Je te répète que je peux y aller toute seule.

Évidemment, Xavier la suivit. Il l'aurait suivie n'importe où. À leur arrivée, l'ami de Raphaëlle les accueillit, elle lui présenta Xavier en spécifiant «un ami». Cette précision l'agaça, mais qu'est-ce qu'elle pouvait dire d'autre? convint-il. «Voici Xavier, l'homme chez qui je dors toutes les nuits, dans son lit, sans qu'il soit ni mon amant ni mon chum»? Il était perdu dans ses réflexions quand une sonnerie retentit. La trentaine de personnes présentes descendirent leur verre. Xavier en fit autant, résigné.

Trois quarts d'heure plus tard, il avait abandonné depuis une quinzaine de verres. Raphaëlle poursuivait. Il calcula qu'elle avait consommé l'équivalent de quatre bières, et lui, deux et demie. Les gens étaient de plus en plus bruyants. Dix minutes après, elle reposa son 54e verre en déclarant qu'elle arrêtait. Ses joues étaient roses, elle semblait éméchée, quoique ce n'était rien comparé à d'autres. Elle se tourna vers Xavier en riant.

— Je dois être fatiguée aujourd'hui. À moins que j'aie pas assez mangé.

Seuls deux gars parvinrent au centième verre. La soirée se déroulait comme prévu, les invités étaient soûls à l'extrême, des filles se déshabillèrent devant tout le monde avant d'aller dans le spa, quelques gars les imitèrent, un couple se mit à danser sur une table basse, la fille en tomba deux fois. Xavier pensa que c'était le genre de clients qu'il servait Chez Hélie, pas besoin de se déplacer à Longueuil pour être témoin de cette débauche.

À un moment, Raphaëlle sortit fumer un joint avec Rémi. Xavier l'attendit dans le salon. Une fille s'assit à ses côtés, se présenta – elle s'appelait Laura –, et lui tint des propos avinés, desquels il comprit qu'elle croyait qu'il sortait avec Raphaëlle. Elle lui révéla qu'en six ans, jamais « Solanas » n'était venue chez Rémi accompagnée, c'était tout un exploit qu'il ait réussi à mettre le grappin sur cette fille. Il aurait aimé en savoir plus, sauf que Raphaëlle rentra et s'assit avec eux. Laura continua de divaguer sur Xavier, répéta de sa voix pâteuse à quel point elle était contente que Solanas ait enfin rencontré quelqu'un, après six ans, non mais *six* ans, on ne peut pas passer sa vie célibataire. Raphaëlle l'écouta quelques minutes, puis la coupa, oui on pouvait très bien passer sa vie célibataire, être en couple était un choix parmi d'autres, d'ailleurs Xavier n'était qu'un ami. Laura dévisagea Xavier aussi attentivement que son état d'ébriété le lui permettait, hésita, regarda Raphaëlle, de nouveau Xavier, finit par rire, s'exclama « voir si on reste amie avec un gars comme ça ». Elle se pencha à l'oreille de Xavier et ajouta, suffisamment fort pour que Raphaëlle entende, qu'elle allait dans le spa, s'il avait envie de l'accompagner, « en ami » ou en tout ce qu'il voudrait, après quoi elle s'éloigna en lui décochant un clin d'œil. Raphaëlle rigola et partit à la cuisine se resservir un Rhum & Coke.

Deux minutes après, Laura reparut en bikini. En voyant que Xavier était seul, elle se rassit et se mit à l'assaillir de paroles aguicheuses. Elle appuyait sa main sur sa cuisse, son bras, son épaule, se pressait contre lui, Xavier tentait maladroitement de se dégager de cette fille à peine vêtue. Chez Hélie, le comptoir le séparait presque en tout temps des clientes, faisant office de bouclier contre celles qui le draguaient. Finalement, Raphaëlle regagna le salon, Laura abandonna ses tentatives de séduction et fila à l'extérieur. Raphaëlle lui demanda pourquoi il ne la suivait pas dans le spa, Xavier ne se donna pas la peine de répondre. Elle siffla son verre et décida qu'il était temps de rentrer.

Dans le taxi, Raphaëlle raconta avec enthousiasme au chauffeur qu'ils venaient de participer à un centurion. Xavier ruminait le «je te présente Xavier, un ami». Et Laura, à qui Raphaëlle avait affirmé d'un ton catégorique qu'ils ne sortaient pas ensemble. Sans oublier le médecin pour qui elle avait mis la robe la plus séduisante qu'il l'ait vue porter. Peu avant d'arriver à l'appartement, Raphaëlle indiqua au chauffeur de les déposer dans un pub, elle avait faim.

Une fois à table, elle remarqua la mine soucieuse de Xavier, lui demanda ce qu'il avait.

— Rien.

— C'est le centurion? Ça t'a déplu?

— Non… Oui. C'est que… Pourquoi tu as contredit la fille avec autant d'insistance?

— Laura? La fille qui croyait qu'on sortait ensemble?

Raphaëlle lui parlait distraitement, elle épiait un groupe de gars qui construisaient une pyramide avec leurs verres de bière en plastique.

— Oui, Laura.

— Parce qu'elle disait n'importe quoi.

— Hum.

— «On peut pas passer sa vie célibataire», qu'est-ce que c'est que ça?

— Oui, pour ses considérations générales, tu as raison, elle disait n'importe quoi… Mais je parlais plus de toi et moi…

La pyramide flancha, un des gars la redressa de justesse. Raphaëlle répondait sans cesser de suivre leur échafaudage.

— Quoi, toi et moi ? On n'est pas ensemble parce qu'on dort sur le même matelas.

— On se voit quand même tous les jours depuis un mois… On…

— Xavier, on n'a jamais *couché* ensemble. Il faut coucher avec une personne avant de s'engager avec elle.

Xavier toussota nerveusement. C'était la première fois que Raphaëlle abordait ce sujet. Elle avait bu pas mal… Les 54 shooters de bière… Et tout le reste… Il songea à Nadia et à Fanny, la première qui l'avait fait attendre quatre mois, la deuxième trois semaines.

— Ouin… Ça aussi, c'est une observation générale…

Comme elle allait être coiffée du dernier verre, la pyramide s'écroula, les gars poussèrent des cris de déception. Raphaëlle tourna enfin la tête vers lui.

— Comment ça pourrait ne pas être général ? C'est ce que tout le monde fait. Admettons le scénario inverse. Si ça marche pas sexuellement, les gens font quoi ? Ils se quittent après deux semaines ? Aussi bien s'en assurer avant.

— Il n'y a pas que ça qui compte…

— Mais voyons. Tu resterais avec une fille qui t'ennuie sexuellement ?

— Bon… alors…

— Alors quoi ?

Elle le scrutait maintenant avec curiosité, Xavier eut soudain l'impression qu'il était pour elle une expérience. Peut-être un sujet de recherche pour son blogue… Encore une fois, il réfléchit que s'il couchait avec elle, ce serait possiblement désastreux. Et s'il croyait ce qu'elle venait de dire, après, il ne la reverrait plus. Il se rappela un détail.

— C'est vrai qu'en six ans, t'es allée à aucun de leurs centurions accompagnée par un gars?

— Ouais.

— Pourquoi?

— Parce que je suis sortie avec personne depuis que je les connais.

— Non? Et avant?

— Avant quoi?

— Avant six ans, tu… tu as été avec quelqu'un?

— Ça fait longtemps.

— Mais… pourquoi?

— Comment veux-tu qu'une mythomane puisse tolérer quelqu'un qui pourrait la démasquer?

— Moi, tu me tolères.

— C'est pas pareil.

— Pourquoi?

— D'après toi?

Elle l'examinait toujours avec intérêt. Le même intérêt, pensa Xavier, qu'elle accordait une minute plus tôt à un château de verres vides. Il hésita.

— Toutes ces années, est-ce que tu…

— Quoi?

— As-tu eu… je sais pas… des aventures?

— Quelle question. Oui. Tu connais beaucoup de gens qui restent chastes pendant une décennie?

— Je… non. Tu as raison, non.

Le serveur déposa leurs assiettes. Puisque Xavier n'ajoutait rien, Raphaëlle raconta une anecdote à propos de Rémi. Xavier l'écoutait à moitié, préoccupé. Lorsqu'ils rentrèrent, elle se coucha et s'endormit aussitôt. Après quelques minutes, Xavier ralluma sa lampe de chevet pour la regarder. Dans sa tête, une phrase tournait en boucle. *Tu resterais avec une fille qui t'ennuie sexuellement?*

Bien entendu qu'il resterait avec elle, même si c'était le cas. Pas l'inverse…

La possibilité de l'infini

Zack n'avait jamais très bien compris la passion de Charlie pour les papiers peints. Pourquoi préférait-elle créer des motifs destinés à remplir des espaces de manière répétitive, au lieu de réaliser des illustrations uniques ou, encore mieux, de peindre des toiles ? Il se rappelait l'époque où sa mère peignait, et dans son imaginaire, la peinture était un art plus noble.

Au début de leur relation, Charlie avait tenté de lui expliquer que sa démarche et celle d'Alice étaient moins opposées qu'il ne le croyait. En théorie, les tableaux d'Alice auraient pu se poursuivre sur des surfaces immenses, comme ses papiers peints, puisque leur sujet ne limitait pas leur étendue. Pour appuyer son propos, elle s'était lancée dans des théories sur l'histoire de la reproductibilité en art en tant que volonté de transcendance des limites de la matérialité et de la fabrication manuelle d'artéfacts, auxquelles Zack n'avait pas pigé grand-chose.

Remarquant son incompréhension, Charlie avait abandonné la théorie pour lui exposer le côté envoûtant de son art. Travailler à l'élaboration d'un papier peint l'hypnotisait. Elle devait découvrir des façons originales de faire s'emboîter des formes qui portaient en elles la possibilité de l'infini. L'art refermé sur lui-même, restreint par les dimensions d'une toile, l'ennuyait. Ses créations n'avaient pas réellement de limite, car la fin d'un pattern correspondait au commencement du prochain. Même si, une fois imprimés, ses motifs occupaient des superficies d'au plus quelques dizaines de mètres carrés, ils avaient le potentiel de se prolonger sur des distances infinies, impossibles à concevoir pour le cerveau humain. Zack saisissait l'idée, mais pas qu'elle puisse susciter un tel enthousiasme.

Peu après cette discussion, Charlie l'avait invité dans un restaurant. Un papier peint y couvrait un mur de vingt mètres de longueur par quatre mètres de hauteur, c'était la plus grande reproduction d'une de ses créations. Elle lui avait confié qu'en le contemplant, elle imaginait que ses motifs franchissait le mur de façade du restaurant, se répandaient à l'extérieur, se déployaient sur le sol et les bâtiments, enveloppaient tout sur leur passage, les voitures, les objets, les arbres. Parfois, elle rêvait d'un monde où absolument tout était recouvert d'un même motif, y compris, par body painting, les gens. Dans un autre rêve récurrent, elle était dans un manoir, on lui parlait d'une chambre décorée d'un papier peint en trois dimensions, à sa recherche elle arpentait en vain des dédales de corridors et de pièces, jamais le rêve ne la laissait l'apercevoir. À son réveil, elle ne pouvait pas même se figurer ce qu'était un papier peint 3D.

Au restaurant, Charlie lui avait parlé pour la première fois de ses épisodes de créativité, au cours desquels elle était en transe et ne faisait plus que dessiner. Elle l'avait mis en garde : ces phases avaient été un élément de disputes avec tous ses ex. Zack avait cru que «ne faisait plus que dessiner» était une façon de parler, jusqu'à ce qu'un jour, elle annule leur rendez-vous et lui annonce qu'elle ne serait pas disponible les prochaines semaines. Elle lui avait permis de passer la voir de temps en temps, il avait eu envie d'y aller immédiatement, s'était contraint à patienter – après tout, elle disait avoir besoin de solitude. Au bout de trois jours, inquiet d'être sans nouvelles et n'y tenant plus, il était débarqué chez elle. Son appartement était dans un état chaotique. Des croquis traînaient partout, les murs étaient envahis de papiers épinglés, Charlie n'avait pas dormi depuis 24 heures, elle parlait sans arrêt, sautant d'une idée à l'autre en lui montrant des dessins. Il était reparti étourdi.

Des semaines après, il lui avait proposé d'emménager chez lui. Elle l'avait de nouveau averti, ces épisodes se produisaient trois ou quatre fois par année, et même si c'était les moments les plus excitants de sa vie, pour les autres elle devenait invivable. Elle métamorphoserait sa maison durant des jours, passerait la nuit debout, ne s'occuperait que de ses projets. Zack avait rétorqué qu'il s'en foutait, la moitié du temps il était en voyage d'affaires, et si ça survenait pendant l'autre moitié, il dormirait à l'hôtel, ou chez Cassandre, ou chez Julie, Anaïs, Kimberley, il avait l'embarras du choix. Il cherchait à la faire rire, mais Charlie avait approuvé : ce serait aussi bien ainsi, dans ses périodes de créativité, le sexe ne l'intéressait pas. Zack avait peine à la croire.

Rien qui rompe l'étrange routine

Le lendemain du centurion, Raphaëlle laissa son ordinateur ouvert sur le fauteuil et partit se maquiller dans la salle de bains. La page d'un site de rencontres s'affichait sur l'écran. Xavier y vit une photo assez floue de Raphaëlle, accompagnée d'un faux nom – Maryse Merteuil. Il marcha en silence jusqu'au restaurant dans une humeur exécrable. Une fois assis, il ne put se retenir de la questionner.

— Tu veux rencontrer quelqu'un?

— Quelqu'un?

— Ton ordinateur était ouvert. Tu as un profil sur un site de rencontres.

— Oui, je veux rencontrer des gens, c'est ce que je fais chaque soir.

— Mais maintenant, tu m'as rencontré moi.

— Oui, et après? Je peux plus rencontrer personne parce que je t'ai rencontré?

— Tu dis n'importe quoi.

Xavier referma le menu en soupirant.

— C'est tout ce que je suis pour toi? Un ami?

— Qu'est-ce que tu pourrais être d'autre?

— Tu dors chez moi toutes les nuits depuis un mois.

— Ouais, à peu près comme un frère et une sœur dormiraient ensemble.

Elle l'avait dit en le regardant d'un air provocateur, Xavier détourna les yeux.

— Ce soir…

— Ce soir quoi, Xavier?

— Rien.

Et en effet, le soir, il ne se produisit rien qui rompe leur étrange routine. Le lendemain matin, Raphaëlle s'assit sur le fauteuil, maussade, et entreprit de démêler ses cheveux. Une dent du peigne se cassa, elle le lança sur le lit en jurant.

— Je croyais que tu ne les démêlais jamais, fit remarquer Xavier.

— Presque jamais. Mais je vais au salon de coiffure demain pour une coloration, et mon coiffeur ne veut plus me les démêler, ça prend trop de temps. Il me sermonne que je devrais le faire chaque jour. De toute façon, il m'arrachait le cuir chevelu.

— Tu veux que je le fasse ?

— Toi ?

— J'ai souvent démêlé ceux de ma nièce.

Elle lui tendit le peigne, un peu surprise, lui céda le fauteuil et s'assit par terre. Xavier palpa ses cheveux afin d'évaluer l'ampleur des dégâts. Il songea qu'il les touchait pour la première fois, alors que Nicolas, le client qu'elle avait soûlé de cerveaux quelques semaines auparavant, les lui avait touchés sans gêne. Ses cheveux étaient plus emmêlés que ceux de Rosalie après une journée à se baigner chez Alice et Jacques. Ils étaient beaucoup plus longs aussi. Il les peigna délicatement un moment, puis constata que les épaules de Raphaëlle se couvraient de chair de poule. Sans réfléchir, il effleura sa peau du bout des doigts. Raphaëlle frissonna.

— Tu as la chair de poule…

— Peut-être que j'ai peur.

— Peur ?

— Peur de toi. On est seuls dans ta chambre, je suis assise dos à toi, tu pourrais m'encercler le cou avec tes mains, m'étrangler…

Xavier retira vivement ses doigts.

— Je dois me lever.

Raphaëlle s'écarta. Xavier alla s'asseoir sur le lit, le plus loin possible, submergé par le souvenir de Fanny déclarant au juge qu'elle avait peur de lui.

— Ça va ? lui demanda Raphaëlle avec curiosité.

— Tu as peur de moi?

— Bien sûr que non. Je blaguais.

— Hum.

— Xavier, comment je pourrais avoir peur de toi? Je me couche dans ton lit chaque soir, et t'oses même pas me prendre la main.

C'était la troisième fois qu'ils en parlaient en deux jours. Xavier se dit que leur comédie allait peut-être cesser. Il repensa à Fanny.

— Peur de toi? répétait Raphaëlle en riant. Xavier, je crois qu'un soir, je pourrais draguer un homme, le ramener chez toi, et te demander de dormir dans le salon pour nous laisser ta chambre, et tu sais quoi? Je crois que tu le ferais. Sans même protester.

Xavier se releva, impatient.

— Essaie pour voir.

— Parfait. Ce soir. Ce soir je ramène quelqu'un.

— Tu es assez weird pour le faire.

— Et toi tu es assez passif, amorphe et inoffensif pour que ça se passe exactement comme je l'ai décrit. Tu es complètement inhibé.

Sans répondre, il se dirigea vers la fenêtre, ouvrit les rideaux.

— Mais Xavier, défends-toi! Merde!

Il continua de l'ignorer, fixant le mur de briques de l'immeuble d'à côté, seul horizon de sa chambre. Comme il restait muet, Raphaëlle ramassa un oreiller et le lui lança.

— Tiens, on te laissera ça ce soir pour dormir dans le salon.

Elle sortit en claquant la porte. Deux minutes plus tard, elle revint, vêtue de son manteau, et annonça qu'elle partait, elle passerait ce soir le chercher vers 21 heures, c'était bien son jour de congé? Xavier acquiesça.

— Tu veux pas qu'on aille manger? proposa-t-il, s'efforçant d'adopter un ton calme.

— J'ai pas faim.

Les phases de Charlie

Aujourd'hui qu'ils vivaient ensemble depuis deux ans, Zack était accoutumé aux phases créatives de Charlie. Comme elle l'avait prévenu, durant celles-ci, son atelier ne lui suffisait plus et elle chambardait tout leur appartement. Elle accaparait chaque fois la table de la salle à manger, qu'elle recouvrait bientôt de papiers, puis agrandissait son territoire à la table de la cuisine. Ils étaient alors des jours à prendre leurs repas sur le canapé. De toute façon, Charlie mangeait à peine, si Zack ne lui préparait rien il lui arrivait d'oublier de se nourrir. Il cuisinait seul, elle avalait quelques bouchées en lui parlant de ses projets, décrivait des motifs et des agencements de couleurs, retournait au plus vite se pencher sur ses dessins.

Parfois, Zack insistait pour qu'ils soupent à l'extérieur, arguant que ça lui ferait du bien de s'extirper du bordel de leur appartement et de se changer les idées. Charlie refusait un jour, un autre, ne cédait à contrecœur qu'au bout du troisième. Au restaurant, elle l'écoutait avec difficulté, ne pensait qu'à ses créations, à tout moment elle avait des absences, perdue dans des visions de motifs répétés à l'infini. Elle observait les éléments autour d'elle, attirait l'attention de Zack sur la teinte d'un mur, l'ornementation de la nappe, la ciselure d'une fourchette, tandis qu'après le repas il payait l'addition au comptoir, elle en caressait le dessus en quartz, hypnotisée par la répartition des couleurs. Zack prenait son bras pour marcher jusqu'à leur voiture, elle continuait de discourir à propos d'arabesques, de symétrie et d'asymétrie, d'illusions d'optique.

Par chance, l'horaire de Charlie se limitait à quelques rendez-vous par semaine. Le reste du temps, elle travaillait chez elle à l'élaboration de plans et, à l'occasion, enseignait comme suppléante. Quand elle était dans une phase de créativité intense, elle annulait tous ses rendez-vous, ignorait les appels téléphoniques, ne lisait plus ses courriels. Pour lui éviter des ennuis, Zack avait pris l'habitude de répondre à ses clients. Si l'un d'eux résiliait un contrat urgent, Charlie haussait les épaules. Bien que Zack ne raffolât pas de jouer les secrétaires, il remarquait avec satisfaction les appels manqués de l'école qui l'embauchait, soulagé de s'épargner une nuit d'insomnie à craindre que sa femme ne séduise un étudiant.

Lorsque plusieurs projets atteignaient un stade avancé, Charlie les faisait imprimer en taille réelle. Elle montait ces «échantillons» sur des cartons de deux mètres sur deux mètres, selon elle c'était le minimum requis pour juger du résultat. Ces cartons restaient accrochés un peu partout dans l'appartement pendant plusieurs jours. Charlie disait pouvoir ainsi évaluer l'effet de ses papiers peints dans un contexte réaliste, et pas seulement sur un écran d'ordinateur ou étalés sur une table. Zack voyait mal en quoi un appartement aux murs bariolés de carrés de papier peint, se concurrençant pour capter le regard, pouvait tenir lieu de contexte réaliste. Chaque fois qu'il entrait dans une pièce, il ne savait où poser ses yeux entre fioritures psychédéliques, entrelacements de lignes ondulantes, fleurs pop art et losanges en trompe-l'œil, le tout dans une orgie de couleurs étourdissantes. Il avait l'impression de vivre au milieu d'un décor de scène de film représentant un bad trip.

Mais jamais il n'aurait essayé de restreindre les élans de Charlie. Il attendait que ça passe. Il savait que son trop-plein d'idées finirait par se calmer. Qu'ils reprendraient leur vie normale. Et leur vie sexuelle.

Car lors de ses périodes de manie créative, trois semaines pouvaient s'écouler sans qu'ils fassent l'amour. Zack voyait ses amantes, passait davantage de temps sur Tinder. Parfois, au contraire, Charlie se jetait sur lui, et rarement ils faisaient l'amour aussi intensément. Il s'était un jour demandé ce qui adviendrait si, pendant une de ces phases, un adolescent se présentait à leur porte pour leur vendre une bricole. En combinant les deux, sa transe créative et son éphébophilie, sa jouissance serait-elle décuplée ? Zack garda pour lui ses divagations. Il ne souhaitait surtout pas lui donner des idées qui alimenteraient son inclination pour les très jeunes hommes.

« *Avec toi au téléphone*
plutôt qu'avec lui en personne »

Tu voulais savoir hier quelles voitures il a mon amant de 51 ans, mais je le savais pas, parce que moi ça m'emmerde au possible les voitures, mais toi t'as que 22 ans, ça t'excite encore comme n'importe quel gamin, alors je lui ai demandé ce matin qu'on descende

313

dans sa section privée du garage de sa tour à condos, pour les voir, on y est allés, il me les a nommées, Lamborghini, Porsche, Zenvo, Ferrari, il les pointait une après l'autre, radotait sur la puissance, le moteur, etc., j'ai dit : ouais, on abrège, c'est laquelle la plus chère ? Il a montré la Ferrari, s'est remis à s'extasier, un truc à 400 000 piasses, qui va à je-sais-pas-combien de km/heure, j'ai dit : assez, tu te tais et c'est dans celle-là qu'on baise, right now. Il était trop excité, t'as pas idée, mais inquiet aussi, pour sa banquette et tout, tu sais qu'il est vraiment chiant, anyway on a baisé là, ça n'a pas duré longtemps, comme chaque fois j'ai pas joui, même pas proche, après il était mal, il voulait me lécher, j'ai dit pas la peine, tu sais comment il est nul pour ça, je lui ai ordonné de remonter à son penthouse, j'ai dit que moi je restais là un peu pour regarder les voitures, quand il est parti je me suis rassise dans la même, la plus chère, j'ai commencé à me masturber, en pensant à toi, tant qu'à penser à toi je t'ai appelé, je t'ai dit où j'étais, ce que je faisais, tu m'as lancé une enfilade de cochonneries, j'étais hyper excitée, j'aurais voulu que tu sois là, que ta queue soit là, j'ai pris mon téléphone pour me filmer, je t'ai envoyé une vidéo où tu voyais tout, mes doigts dans ma chatte, mes doigts dans mon cul, tu l'as regardée en continuant à me dire des obscénités, à la fin j'ai joui en m'imaginant te sucer dans la voiture de mon amant de 51 ans, j'ai joui en t'entendant jouir, parce que toi aussi tu te branlais en même temps, en pensant qu'à 22 ans tu dominais à travers moi un homme hyper riche qui aurait pu être ton père, parce que moi je préférais me faire venir avec toi au téléphone plutôt qu'avec lui en personne. Après, je me suis dit qu'il fallait absolument que je revienne avec toi dans son garage, à mon amant, pour qu'on baptise ses huit voitures une après l'autre, parce que lui, il est trop con pour l'avoir déjà fait.

Xavier referma l'ordinateur, pensif. Depuis une semaine, Raphaëlle publiait chaque jour un épisode de cette liaison exclusivement épistolaire qu'entretenaient une femme de 37 ans et un homme de 22. Ce texte-ci venait de paraître sur son blogue. L'avait-elle écrit dans la journée? Il repensa à leur querelle du matin. *Je ramènerais un homme chez toi, je te demanderais de dormir au salon, et tu accepterais sans protester.* Si elle avait écrit ce texte aujourd'hui, leur dispute ne l'empêchait pas de travailler…

Il ouvrit une nouvelle page de son blogue, sélectionna d'autres textes au hasard comme il le faisait chaque après-midi. Au bout d'une heure de lecture, il se rendit compte que son érection était insupportable. Il était bandé à peu près en permanence toutes les nuits durant ses insomnies, et le jour en parcourant son blogue, et souvent lors de leurs soirées si elle lançait des commentaires osés, et même n'importe quand, sans raison. Il avait un bref répit les fois où Raphaëlle n'était pas là et que, n'en pouvant plus, il se masturbait. Sauf qu'après, il ressentait une vague de déprime – comment pouvait-il en être réduit à se branler alors que la fille de qui il était amoureux dormait dans son lit chaque nuit?

Elle passerait à 21 heures. Il lui suggérerait de rester à son appartement, décida-t-il. Non, pas suggérer. Plutôt refuser de sortir et insister. Ou agir comme Zack, se faire convaincant, obstiné le sourire aux lèvres, le genre de personne à qui on dit oui sans même s'en apercevoir… Mais non. Jamais il ne pourrait avoir cette attitude. Alors simplement le lui demander. Il se pliait à toutes les envies de Raphëlle et ne proposait rien. Ils rentraient à des heures exagérément tardives, épuisés, elle s'endormait rapidement, le lendemain elle avait à faire, ou elle avait faim, voulait aller au resto. Pas une fois ils n'avaient eu du temps véritablement libre chez lui. S'ils passaient la soirée ici, au lieu de vagabonder d'un bar à l'autre, peut-être qu'ils finiraient par se rapprocher.

Prendre trois jours pour 24 heures

Lors des voyages de Zack, Charlie et lui avaient l'habitude de bavarder au téléphone quotidiennement, mais un jour, pendant un congrès à Honolulu, il ne parvint pas à la joindre. Il lui laissa un message, elle ne le rappela pas. Ses textos restèrent sans réponse. Peut-être avait-elle eu un rendez-vous inopiné.

Le lendemain matin, il ouvrit son téléphone en espérant qu'elle lui aurait écrit durant la nuit. Rien. Il essaya toute la journée de la contacter. En après-midi, des images insoutenables commencèrent à l'assaillir. Cela faisait 48 heures qu'il n'avait aucune nouvelle. Charlie couchait régulièrement avec des hommes qu'elle connaissait à peine, et le cerveau de Zack puisa dans ses pires souvenirs de thrillers pour lui élaborer des scénarios atroces. Le soir, il relut leurs conversations de la dernière semaine, cherchant des indices, avait-elle mentionné une rencontre imminente? pouvait-elle être partie sur un coup de tête on ne sait où avec un amant? à moins qu'il n'ait dit quelque chose qui l'ait dérangée ? l'évitait-elle délibérément, voulait-elle profiter de son voyage pour s'accorder un moment de réflexion ? dans un cas comme dans l'autre, pourquoi ne pas l'avoir prévenu ? Désespéré, il écrivit à plusieurs de leurs amis. Tous répondirent qu'ils n'avaient pas parlé à Charlie récemment. Il se mit au lit en sachant qu'une nuit d'insomnie l'attendait, il avala deux Zolpidem.

La troisième journée, toujours sans nouvelles, il réalisa en sortant de sa réunion de l'avant-midi qu'il devait envoyer quelqu'un à leur appartement. Il passa en revue les gens potentiels, et conclut qu'il valait mieux s'adresser à sa famille. Louis n'était pas très fiable, il texta Xavier. Son frère était Chez Hélie, il terminait à trois heures, il offrit de passer chez eux le lendemain. Trop tard. Zack réfléchit, il pourrait demander à sa mère et à Jacques, sauf qu'ils vivaient à 45 minutes de voiture. Il décida d'appeler Justin. À Honolulu, il était 12 h 15, donc à Montréal, 18 h 15, Justin était sûrement rentré du travail. Son demi-frère était serviable, plus sérieux que Louis, il n'habitait pas si loin.

Justin accepta. Comme ils s'apprêtaient à raccrocher, Zack sentit son hésitation.

— Zack… tu crois pas que Charlie peut… elle n'est pas… je veux dire… c'est qu'il va falloir que j'amène Rosalie, Vanessa travaille ce soir…

— Suicidaire ? Oublie ça. Charlie… Non.

— Ok, je lui dis de t'appeler dès que j'y suis.

— Je vais attendre son appel.

— Je serai là dans 30 minutes.

Cette demi-heure d'attente fut parmi les moments les plus pénibles que Zack ait vécus. Il participait à une table ronde à treize heures dans une salle de conférence de l'hôtel, il n'aurait que quelques minutes pour parler à Charlie. Si elle appelait… Il tenta de regarder la télé, zappa sans rien voir, feuilleta en vain le document préparatoire au panel, vérifia cent fois que le volume de son téléphone était au maximum. La sonnerie retentit enfin. Sur l'écran, il vit le nom de Justin, son cœur bondit. Si son frère était arrivé chez lui, pourquoi n'était-ce pas le nom de Charlie qui s'affichait à l'écran ? Il répondit au comble de l'anxiété. Au bout de la ligne, il reconnut la voix de sa femme.

— Zack ? Ça va ? Qu'est-ce qui se passe ?

— Comment, qu'est-ce qui se passe ? Pourquoi tu répondais pas ?

— Mon téléphone était déchargé, je viens de le brancher là.

— T'as pas pensé à m'appeler ?

— On s'est parlé hier.

— Non Charlie, ça fait trois jours.

— Ah… attends… ouais, t'as raison, je vois la date sur mon téléphone… C'est que j'ai commencé un nouveau projet de papier peint.

Ses foutus papiers peints. Pourquoi n'y avait-il pas pensé ? s'exaspéra-t-il. Le soulagement l'envahit, rivalisant avec la colère, et aussi l'inquiétude, comment pouvait-elle prendre trois jours pour 24 heures ?

— T'as pas pensé à moi ?

— Ben… Oui, mais… J'ai pas vu le temps passer.

— À mon retour, je fais installer une ligne pour un téléphone fixe.

— Si tu veux…

— As-tu mangé aujourd'hui ?

— Zack, j'ai pas 12 ans.

— Tu as mangé quoi ?

— Ben… rien.

— Il est dix-neuf heures, Charlie.

— Ah… oui, c'est vrai…

— Passe-moi Justin, je vais le remercier.

Zack soupira d'impatience, la table ronde débutait dans dix minutes.

— Oui ?

— Désolé pour le dérangement. Dis-moi, est-ce qu'elle a l'air bien ?

Justin tarda à répondre, Zack comprit qu'il s'éloignait. En sourdine, il entendait les voix de Charlie et de Rosalie.

— Elle a l'air d'aller… Il y a du papier peint partout, c'est assez spécial…

— Elle fait toujours ça dans ses crises.

— Ah, ok…

— Pas trop étourdi par les couleurs ?

— Les couleurs ?

— Elle a fait plein de morceaux dépareillés de plein de couleurs ?

— Non… Tout est noir et blanc.

— Noir et blanc ? Bon, une nouveauté. Tu peux me dire ce que ça représente ? Mettons juste trois, pour que j'aie une idée ?

— Qu'est-ce que tu veux dire ?

— Choisis trois morceaux différents et dis-moi ce que tu vois.

— Il n'y a pas de morceaux… C'est tout pareil.

Qu'est-ce que c'est que ça encore, s'énerva Zack. Il fit un effort pour se contenir.

— C'est quoi ? Qu'est-ce qu'elle a dessiné ?

— Des êtres humains.

— Des êtres humains ? C'est tout ? Rien d'autre ?

— Non, rien d'autre. Mais il y en a vraiment beaucoup… Ça a dû être long.

— Non non, c'est des reproductions, elle... Peu importe.

— C'est clair qu'elle a pas dû avoir beaucoup de temps pour penser à t'appeler...

Il songea que Justin ne comprenait pas, et il n'avait pas le temps de se lancer dans des explications à propos des techniques de reproduction et de la transe occasionnée par l'abus de création de papiers peints.

— L'emmènerais-tu souper ? Il y a un resto en bas, juste en face.

— Zack... elle est en pyjama, elle dessine, je...

— Passe-moi-la, je vais lui dire de s'habiller et que tu vas l'accompagner.

— C'est pas une enfant...

— En ce moment, elle a grosso modo la même capacité de s'occuper d'elle-même que ta fille. C'est comme y aller avec Rosalie.

— Je... Bon, si elle veut...

— Passe-moi-la.

Zack parlementa avec Charlie avant de raccrocher. Elle lui avait promis d'écouter Justin, de sortir un peu, de manger, de se rapporter un plat pour le lendemain midi. Dans 24 heures, il serait de retour. « Écouter Justin »... exactement comme on dirait à une enfant.

Les femmes sont le sexus sequior, le sexe second à tous égards, fait pour se tenir à l'écart et au second plan. Il est évident que la femme par nature est destinée à obéir.

ARTHUR SCHOPENHAUER, 1851

Les deux Sexes sont égaux. Cela ne peut être établi qu'en réfutant deux sortes d'Adversaires, le Vulgaire, et presque tous les Savants.

FRANÇOIS POULLAIN DE LA BARRE, 1673

Le soir après leur querelle où elle l'avait menacé de ramener un homme chez lui, Raphaëlle ne passa pas vers 21 heures comme prévu. Elle l'appela à 22 heures.

— Tu as mon numéro ? s'étonna Xavier.

— Bien sûr. Si tu veux me voir ce soir, je suis au Sainte-Élisabeth jusqu'à 23 h 30, et à partir de 1 h 30, au Datcha.

— Entre les deux, tu comptes aller où ?

Elle avait déjà raccroché. Lorsqu'il arriva au Sainte-Élisabeth, elle buvait des cerveaux en compagnie d'un gars. Sur leur table, une demi-douzaine de verres vides en côtoyaient autant de pleins. Il comprit en s'assoyant qu'ils étaient soûls.

— Ah, Xavier ! Je te présente Colin, un ami.

Xavier le salua, Colin lui dit qu'il était extrêmement enchanté, l'emphase le surprit.

— Colin étudie la philosophie, précisa Raphaëlle. Lui, c'est pour vrai.

— Tu as quand même un bac en philo toi aussi.

— Une erreur de jeunesse. Trois ans à lire des misogynes.

— Grossière exagération !

— Tu défends ta confrérie, c'est normal. Avec ta thèse sur Sartre…

— Pas Sartre, Schopenhauer.

— C'est encore pire.

— Bon, te connaissant, tu vas me parler des idées de Schopenhauer sur les femmes. Il faut remettre les choses en perspective, il écrit au 19e siècle, il baigne dans les mentalités de l'époque.

— Pas d'excuse! Au 17e siècle, François Poullain de La Barre écrivait déjà sur l'égalité des hommes et des femmes. On peut toujours écrire à rebours de l'idéologie de son temps. Faire de la transgression idéologique. C'est même le but de la philosophie. Ton Sartre…

— Schopenhauer!

— Même chose. Deux hommes qui se sont fourvoyés toute leur vie. Qu'est-ce qu'on disait déjà… Ah oui. Xavier, j'étais en train d'expliquer à Colin que la philosophie est une imposture.

Colin s'esclaffa avant de descendre un shooter.

— C'est vrai, poursuivit Raphaëlle. Penses-y. C'est pas moi qui l'ai dit : l'histoire de la philosophie est le résultat d'élucubrations et d'angoisses d'hommes blancs, hétérosexuels, cisgenres, qui en plus ne… Tu connais Nancy Huston?

— Non.

— Une auteure canadienne. Elle a ajouté que non seulement la philosophie avait été écrite par des hommes blancs et hétérosexuels, mais qu'en plus ces hommes-là n'avaient pas eu d'enfants, ou du moins, sauf exception, n'avaient pas vécu dans l'entourage de jeunes enfants. Ce qui veut dire qu'ils étaient déconnectés de la réalité de 90% des gens sur terre, mais qu'ils se permettaient de formuler des généralités à propos de la vie, la morale, l'humanité. Eh bien moi, j'ajouterais que la majorité de nos philosophes actuels, Sloterdijk disons, ils n'ont probablement jamais mis les pieds dans un club ! Ça, c'est un manque impardonnable ! On ne peut rien comprendre à notre époque si on va pas voir ça de ses propres yeux. Voilà pourquoi on en est là ! Voilà pourquoi personne ne sait penser le monde correctement !

Colin leva un verre en riant, les yeux vitreux.

— Comme tu veux, Raphaëlle. Buvons au premier philosophe digne de ce nom qui ira se soûler de cerveaux dans un club où la moitié de la clientèle est en rut. Santé !

Il l'avala, puis s'excusa et partit aux toilettes. Xavier le regarda s'éloigner.

— Tu donnes ton vrai nom maintenant ?

— Colin est un bon ami. Tiens, prends-en un. On va porter un toast. Un cerveau à la santé du cerveau de Judit Polgár !

— C'est pas Susan Polgár ?

— Judit est sa sœur. Elle était encore plus performante que Susan. Elles ont une autre sœur, Zsófia, qui a aussi un titre de maître d'échecs. Leur père a eu trois filles. Trois chances de montrer que le cerveau des femmes peut affronter celui des hommes.

Elle engloutit le shooter.

— Ouache. C'est tellement sucré ! Mais ça me rappelle trop de bons souvenirs. Un autre. À László Polgár !

Xavier l'imita sans enthousiasme. Elle s'éclipsa ensuite et rapporta un pichet de bière.

— Tu crois pas que t'as assez bu ?

— Colin le boira avec moi si t'en veux pas. C'est un buveur sans fond. Je lui ai dit qu'on sortait ensemble, toi et moi.

— Quoi?

Colin revint à ce moment. Il attrapa le dernier shooter.

— Ça ressemble pas pire à un cerveau.

— Le cerveau humain est fabuleux, s'emballa Raphaëlle. Les grands maîtres d'échecs réussissent à jouer plusieurs parties simultanément, sans même voir un échiquier. Ils jouent dans leur tête, disent leurs coups à voix haute, se rappellent tout ce qu'eux et leurs adversaires ont joué. Leur mémoire à court terme est plus développée que la normale. Le cerveau est capable de telles prouesses. Pourtant, un être humain moyen ne peut emmagasiner que sept éléments dans sa mémoire à court terme, quand il en ajoute un huitième, le premier s'efface. Par exemple, toi, Xavier, tu oublies peut-être d'une journée à l'autre celle de la veille, donc chaque jour tu penses que c'est la première fois que je dors chez toi. Tu te rends pas compte que ça fait 39 nuits.

Colin ne comprit pas son commentaire, rigola tout de même. Il se leva en apercevant une fille.

— Désolé. Une ancienne fuckfriend dont je veux tester la disponibilité.

— 39 nuits? Tu les comptes?

— Ouais. À 40, je disparais.

Elle se mit à rire. Xavier fit un signe de tête vers Colin.

— Il croit qu'on sort ensemble?

— Exact. Comme Olivier, comme Matis, comme plein de monde. Il n'y a que toi et moi qui savons qu'il ne se passe absolument rien entre nous.

Un homme contourna leur table et lança un drôle de regard à Raphaëlle, elle le remarqua. Il s'assit un peu plus loin avec une femme.

— Lui aussi, je l'avais soûlé une fois. Il s'imagine peut-être que je refais la même chose avec toi. Il peut pas savoir que c'est impossible de te faire boire.

Elle jeta un œil dans la direction de l'homme.

— J'adore les gens.

— Tu adores aussi les rendre malades.

— Bah… C'est de bonne guerre.

— T'es vraiment soûle.

— J'ai délibérément laissé mon pilulier chez moi.

— Qu'est-ce que ça fait ?

— J'ai pas pris de charbon végétal. Ça absorbe une partie de l'alcool.

— C'est ça, ton truc ?

— Il faut le prendre en doses suffisantes et aux moments propices. L'efficacité n'est pas absolue, mais ça augmente la tolérance. Pour moi, ça marche.

— Pourquoi ce soir… ?

— J'avais envie d'être soûle.

— Mais pourquoi ?

— Devine ?

Elle recommença à rire. Xavier ne l'avait jamais vue dans un état d'ivresse si avancé.

— Tu veux rester ici encore longtemps ?

— Non. On va dans un club échangiste bientôt. Sans Colin.

— Pour quoi faire ? Un autre problème d'inspiration ?

— Je n'ai jamais de problème d'inspiration. Juste des solutions. Ce soir, c'est un club échangiste. On restera pas longtemps. Je peux pas y aller toute seule, c'est trop risqué. Non, c'est pas vrai, il n'y a aucun risque, c'est un endroit tout à fait civilisé… C'est juste qu'on va m'aborder plus souvent si je suis seule.

— J'ai pas envie d'y aller.

— Tant pis, j'irai seule. Ou j'appellerai Kevin.

— C'est qui, Kevin ?

— Tu te souviens, le premier soir, on est allés au Rouge ? Un gars est venu me parler, pas très grand, cheveux bruns, genre 25 ans. Je l'avais rencontré des semaines plus tôt, il m'avait accompagnée dans un club échangiste, j'avais besoin de quelqu'un. Je l'avais prévenu que je serais seulement spectatrice. Mais Kevin… si tu l'avais vu. Il doit en garder un excellent souvenir… J'ai une histoire sur mon blogue inspirée de cette soirée.

Xavier soupira et se servit un verre, surtout pour diminuer la quantité de bière qu'elle consommerait. Raphaëlle lui demanda de lui prêter son téléphone.

— Pourquoi ?

— Pour appeler Kevin.

Il prit une gorgée sans répondre.

— Xavier, si tu veux pas, j'emprunte celui de Colin.

— Pas besoin de Colin ni de Kevin. Je vais t'accompagner.

Une fois là-bas, Xavier eut peur de tomber sur son frère et Charlie. Il essaya de se calmer, ce n'était sûrement pas l'unique bar échangiste à Montréal, et son frère ne sortait pas chaque soir non plus… Ils s'installèrent à une table dans une section où les gens ne faisaient que bavarder. Raphaëlle, silencieuse, examinait les clients en buvant un manhattan. Xavier évitait au contraire de croiser le regard de quiconque.

— Ton ami Colin… Tu lui as vraiment dit qu'on était ensemble ?

— C'était pour blaguer.

— Blaguer ?

— Je suis mythomane, Xavier. Je raconte n'importe quoi à n'importe qui. Tu le sais.

— Ça change pas que…

— Que quoi ?

— On se voit tous les jours. Je sais que tu as dit que… mais…

— J'ai dit quoi, Xavier ?

— Ton idée, qu'on peut pas rester avec quelqu'un qui nous ennuie…

— Sexuellement ?

Raphaëlle avait cessé d'observer les gens, elle le dévisageait comme la veille, avec cette curiosité qui la caractérisait parfois. Un doute effleura Xavier.

— Tu crois ça pour vrai ?

— Je sais pas… Non…

— Ce non, c'est la vérité ?

Elle hésita.

— Peut-être pas.

— Raphaëlle…

— Je reviens.

Elle l'abandonna. Peu après, un homme et une femme vinrent saluer Xavier, il leur répondit froidement, ils s'éloignèrent. Il prit son téléphone d'un air absorbé, espérant s'en faire un repoussoir contre les clients. Il ouvrit distraitement les trois derniers textos de Louis. C'était devenu banal, il ne les lisait même plus en les recevant. Il découvrit avec agacement que dans le message de la veille, Louis l'informait qu'il viendrait le voir Chez Hélie vendredi soir. Merde. Xavier mentit et lui écrivit qu'il avait congé cette semaine, qu'il le recontacterait pour remettre ça. Son envie de voir Louis était nulle, mais il n'avait plus trop le choix… Il passa au message de l'avant-veille. *j'ai rencontré Malec Boudreault t'étais en prison pq ?*

Il posa son téléphone, le cœur battant, croisa le regard d'un client, reprit l'appareil. Son frère lui avait carrément parlé… Malec Boudreault… Il demeura immobile à fixer son écran, ne sachant quoi répondre.

Pendant qu'il se tourmentait, deux couples s'assirent à la table voisine, puis les hommes allèrent acheter des bières. Les femmes entamèrent une conversation que Xavier entendait malgré lui. L'une d'elles rapporta que la semaine dernière, elle avait couché avec un homme de dix ans son cadet, fin vingtaine, qui était «tellement poche», elle ponctuait ses explications de ricanements et de «On aurait dit un ado», «J'me suis demandé s'il était puceau», «Moi, les gars qui savent pas faire un cunnilingus», «Tant qu'à ça, j'aurais dû prendre un vrai jeune». Xavier but nerveusement sa bière, incapable de les ignorer.

Raphaëlle reparut avec des gins tonics. En voyant les deux femmes, elle les salua et commença à jaser avec elles, Xavier comprit qu'elles se connaissaient. Les femmes l'appelaient Emma. Les deux hommes revinrent, l'un d'eux annonça qu'il avait reçu un appel de la gardienne, un pépin les obligeait à rentrer. Lui et sa femme les quittèrent.

— Assoyez-vous avec nous, proposa l'autre femme, celle qui s'était moquée de son jeune partenaire empoté de la semaine dernière.

Raphaëlle se tira une chaise et s'installa à leur table. La sueur inonda Xavier, il se passa la main sur le front.

— Xavier?

Il changea de table, avala une trop grosse gorgée de son gin tonic, le trouva exagérément alcoolisé – avait-elle commandé un double? –, le reposa en se disant qu'il devait ralentir, ce n'était pas le moment d'être soûl. Quoique… Non, mauvais plan. L'homme et la femme se présentèrent, ils s'appelaient Stéphane et Tracy. Eux et Raphaëlle se mirent à parler de la nouvelle pièce du dernier étage qui venait d'être rénovée, réservée aux duos de couples déjà formés.

— On pourrait monter tantôt faire un tour, suggéra Stéphane.

— Excusez-moi.

Xavier se leva, marcha à tout hasard, poussa la porte d'une salle de bains, s'enferma dans une cabine. Qu'est-ce qu'il foutait dans cet endroit? Il lui fallait une excuse pour s'en aller… N'importe quelle excuse… Ses idées fuyaient, confuses, il repensa à Louis, à Malec Boudreault, au couple et à leur gardienne, il décida d'inventer qu'un texto de sa mère le forçait à partir. *On va m'aborder plus souvent si je suis seule.* Est-ce que Raphaëlle resterait ici? Seule? Avec ce couple?

Ce n'est qu'un jeu, tenta-t-il de se raisonner. Elle faisait tout le temps ça, provoquer des situations improbables. Il lui suffisait de l'imiter, de tenir son rôle, jusqu'à ce qu'elle mette fin à sa mise en scène. Elle l'avait assuré qu'elle ne voulait que regarder, non? Comme lors de sa soirée avec Kevin… Il sortit de la cabine, s'aspergea le visage d'eau froide. Un jeu. Ça ne dépasserait pas le bavardage aux tables, pas besoin d'en faire un plat. C'était l'occasion de lui montrer qu'il n'était pas si ennuyant… Qu'il pouvait l'accompagner dans ses fabulations… dans ses délires mythomaniaques…

Il regagna la table, tâchant de rassembler son courage. Raphaëlle racontait quelque chose à Tracy et Stéphane, ils suivaient ses propos en hochant la tête. Dès que Xavier s'assit, Tracy cessa d'écouter Raphaëlle et rapprocha sa chaise de la sienne.

— Je t'ai jamais vu avec Emma. Es-tu déjà venu ici sans elle?

— Je… Non…

Il prit une gorgée, c'était toujours un bon prétexte pour justifier des réponses courtes.

— C'est ta première fois ici ?

— Hum.

— Tu trouves ça comment, à date ?

— Euh… Très bien…

— Oui ? Vous êtes arrivés depuis longtemps ?

— Non.

Tracy l'observa un instant, Xavier réalisa qu'il devait donner l'impression de ne pas vouloir bavarder. À son désarroi, elle laissa tomber ses questions convenues et opta pour une approche plus frontale.

— Emma et toi, vous cherchez un échange ou un moment en quatuor ?

— Je… C'est Ra… Elle… On en a pas vraiment discuté, on…

— Ah ok, vous êtes du genre à improviser. Intéressant. Comment trouves-tu Stéphane ?

— Il… ouais.

— Nous, c'est plutôt les trips à quatre, sans barrières, pas de distinction. La confusion des rôles. Fuck les genres, l'orientation. Les étiquettes. Toi ?

— Moi ? Euh… Pas de barrières, oui, c'est bien…

— J'adore voir Stéphane toucher un homme. Le voir se faire toucher par un homme aussi. Les deux. Mais on reste ouverts à d'autres configurations. On s'adapte aux propositions…

Xavier essaya de croiser le regard de Raphaëlle, mais elle parlait à Stéphane, en riant et en gesticulant.

— Stéphane aime quand un homme dominant me prend et lui ordonne de rester à l'écart.

Sa gorge se crispa au passage du gin tonic, il toussota. Un jeu, se répéta-t-il. Il s'efforça encore une fois de se raisonner : Raphaëlle y mettrait fin bientôt, avant que ça aille trop loin, et ils partiraient, prendraient un taxi, rentreraient à l'appartement…

— Ou encore, on inverse les rôles. Vous faites ça parfois ?

— Inverser les rôles ?

— Oui ?

Le téléphone de Tracy, posé sur la table, s'illumina. Elle jeta un œil à l'écran avant de reporter son attention sur Xavier.

— Tu feel pour quoi, ce soir ?

— Vraiment, je… je laisse Emma décider, moi je…

Il engloutit le fond de son verre, se sentit vulnérable de n'avoir plus rien à boire. Il pourrait s'acheter un autre gin tonic… quoiqu'il avait plusieurs verres dans le nez… c'était mieux pas… Tracy se rapprocha davantage.

— C'est elle qui décide ? Êtes-vous dans une relation domination-soumission ?

— Quoi ? Non non, c'est juste…

— Oui t'as raison, c'est préférable de pas trop étiqueter les choses. Comme le cuckolding, c'est pas toujours si clair, qui domine qui. Stéphane est un adepte de ça. Est-ce que c'est le genre d'affaire qui t'excite ?

— Ben… De temps en temps, pourquoi pas…

Il ne savait même pas ce que le mot voulait dire. Il lui semblait l'avoir déjà entendu par contre… Ou lu… Sûrement sur le blogue de Raphaëlle…

— L'inversion des rôles nous a fait revisiter complètement notre rapport l'un à l'autre. Un homme n'est plus le même après s'être fait pénétrer.

Ouin, peut-être qu'au fond, un autre gin tonic n'était pas une si mauvaise idée…

— On aime aussi se faire sodomiser en alternance par le même homme, continua Tracy. Mais le summum pour nous deux, c'est qu'un homme me sodomise, pendant qu'à côté, sa femme sodomise Stéphane avec un strap-on.

Gin tonic. Alors qu'il s'apprêtait à se lever, Raphaëlle se tourna.

— Xavier, que dirais-tu qu'on accompagne Tracy et Stéphane? Juste pour voir la nouvelle salle?

Sans attendre, elle se leva, les autres l'imitèrent, et Xavier, pris de court, ne sut comment protester. Il les suivit, essayant de réfléchir. Ça allait un peu loin… Par quelle astuce Raphaëlle les sortirait-elle de là? En plus, c'est elle qui avait proposé d'aller au dernier étage… pourquoi? Il tenta de croiser son regard, pas moyen. Raphaëlle marchait en avant avec Stéphane. Tracy restait à ses côtés, elle n'arrêtait pas de lui parler, l'empêchant de se concentrer, sans qu'il parvienne pour autant à suivre son monologue. Il y avait trois étages outre le rez-de-chaussée, ils s'engagèrent dans le premier escalier. Et si Raphaëlle n'interrompait pas le jeu? s'inquiéta-t-il. Si elle avait envie de le provoquer, de le pousser à bout… Il imagina se retrouver au bord d'un lit avec les trois, Tracy dézippant son jeans tandis que Stéphane déshabillait Raphaëlle. Il lança un coup d'œil à Tracy, sa phrase *On aurait dit un ado* lui revint en mémoire. Sur le blogue de Raphaëlle, songea-t-il, il y avait une histoire relatant la soirée de deux couples dans un club échangiste… C'était très réaliste… descriptif… Peut-être que c'était autobiographique… Peut-être que Raphaëlle lui avait menti concernant Kevin… qu'elle n'avait pas seulement joué les voyeuses, qu'elle avait participé autant que lui… Une image de Raphaëlle à genoux, avec

Stéphane derrière elle et Kevin devant, traversa son esprit. Arrivé au premier étage, ses jambes lui parurent molles. Si Raphaëlle ne faisait rien d'ici le prochain palier, décida-t-il en entamant le deuxième escalier, il leur dirait qu'il partait, leur balancerait son excuse… Qu'est-ce que c'était d'ailleurs, l'excuse qu'il avait inventée aux toilettes… Tracy mit sa main sur son bras en murmurant une phrase incompréhensible, il tressaillit, ce contact le révulsa, il se souvint de Laura, la fille en bikini au centurion. Son cœur battait de plus en plus vite, ses oreilles se mirent à bourdonner. Tracy montait en le frôlant. *J'me suis demandé s'il était puceau.* Voyons, se concentrer, se rappeler son excuse… Il fallait croiser le regard de Raphaëlle. Non, impossible, il n'avait pas réussi à attirer son attention depuis qu'ils avaient quitté la table… Elle évitait de le regarder… Qu'est-ce qu'il devait faire… Blogueuse de textes érotiques… Elle n'avait pas l'intention d'interrompre leur ascension vers la pièce du haut… Elle… Une bouffée de chaleur le submergea. Interpeller Raphaëlle… Lui adresser la parole… Assez fort pour qu'elle n'ait pas le choix de se retourner… Il allait le faire quand il se souvint qu'elle ne s'appelait pas Raphaëlle en ce moment, elle s'appelait… elle s'appelait… Cléopâtre… non… Il n'arrivait plus à réfléchir… Deuxième étage. Stéphane se tourna et leur dit quelque chose qu'il ne comprit pas, Tracy et Raphaëlle éclatèrent de rire. Troisième escalier. Troisième… et dernier. Se rappeler son nom de ce soir… Solanas… non… Marla… Ulrique, Malec?… non, Malec, c'était un nom d'homme… c'était le nom de… mais Caligula aussi, c'était un nom d'homme… Comment ça, Malec… L'empereur qui… à moins que… comment… Se concentrer. Se rappeler son nom…

Oscara ? Fanny ?… Hein ? Fanny… qu'est-ce que… Il devait rejoindre sa mère, pensa-t-il, elle… elle l'avait texté pendant qu'il était aux toilettes, parce qu'elle… non, ce n'était pas ça… Ses jambes… Ulrique, Marla, Fanny… encore Fanny… pourquoi… c'était le nom de son ex… mais le premier soir… Il toucha son front, regarda sa main, elle luisait de sueur. *On aurait dit un ado.* Raphaëlle s'appelait Fanny le tout premier soir… Chez Hélie… Il y avait une tempête… Des cerveaux… Un toast à la Suède… et aujourd'hui, là, ici, maintenant, elle s'appelait… elle s'appelait… Une fois dans la pièce du dernier étage il ne pourrait plus reculer, réalisa-t-il, ce serait absurde, il aurait l'air de se sauver… Un jeu… Mais même en partant maintenant, il aurait l'air de se sauver… Ulrique… Cléopâtre… D'autres images affluèrent, Raphaëlle suçant Stéphane, Tracy harnachée d'un gode rose fluo, Stéphane baisant Raphaëlle en la tenant par les cheveux, Tracy observant la scène en se masturbant, Stéphane lui ordonnant de sodomiser sa femme… Solanas… ou Ulrique… Son excuse déjà, son excuse… Impossible… Il avait reçu un texto… un texto de… Si ce n'était qu'un jeu… pourquoi… Ils étaient au milieu de l'escalier, plus que quelques marches avant de… avant quoi ? Il devait écrire à Louis… à propos de… *On aurait dit un…* non, il devait écrire à Malec… il devait… devait…

Tout d'un coup, il eut l'impression qu'un fusible avait sauté dans sa tête, la réalité s'effrita, sa pensée se suspendit un instant, puis il regarda l'homme devant lui, sans parvenir à l'identifier. Il tourna la tête vers le mur, aperçut une peinture de facture hyperréaliste représentant une femme nue qui brandissait un fouet, assise à califourchon sur le dos d'un homme à quatre pattes, il se demanda où il était. Il posa un pied sur une marche, comprit qu'il se trouvait dans un escalier et qu'il devait monter. À sa gauche, une femme parlait, il sentait obscurément qu'il s'agissait d'une présence ennemie. Ses lèvres bougeaient, mais il n'entendait pas sa voix ni les bruits ambiants, seulement une rumeur assourdie comme s'il était sous l'eau. Les lumières aussi étaient bizarres, elles paraissaient réfractées par un milieu aqueux. Sous l'eau... Ses mouvements pour grimper l'escalier lui semblèrent ardus, il avait la sensation de lutter contre la pression d'un courant. Et le temps... étiré... informe... Qui était cette femme?... Au moment où ils atteignaient le dernier étage, dans un flash de lucidité qui précipita le temps jusqu'à lui restituer son rythme habituel, il revint à lui. Ses pensées se bousculèrent pour lui rappeler en quel lieu il était, l'informer qu'il ne savait même pas comment agir avec une femme, et que là, il était en compagnie de deux femmes et un homme, dont un couple qui adorait *se faire sodomiser en alternance par le même homme*, et qu'il était sur le point de s'engouffrer avec eux dans une pièce destinée à ce genre d'ébats, le mot «confusion» employé par Tracy clignota dans son esprit, et ensuite le mot «rôle», puis des questions finirent par se former, ça rimait à quoi exactement, «confusion des rôles»? confusion à partir de quel standard? quel rôle un homme devait-il tenir dans une configuration à quatre non confuse? Sur le palier du troisième étage, il n'y avait qu'une seule porte. Comme Stéphane posait sa main sur la poignée, Xavier, sans donner de raison, se retourna et dévala l'escalier, ralentit sur les dernières marches avant le deuxième étage, hésita, reprit sa fuite vers le vestiaire.

Se croyant au rez-de-chaussée, il poussa une porte, se retrouva dans une section avec des tables, la traversa en baissant les yeux, aboutit dans une anti-chambre, ouvrit la porte devant lui, vit un homme et une femme nus et enlacés, rebroussa chemin. Après cinq minutes d'errements, il émergea enfin dans le vestiaire. Raphaëlle l'y attendait, leurs manteaux dans les bras. Elle lui tendit le sien sans un mot, l'air maussade.

Ils quittaient le club lorsqu'un couple entra. Raphaëlle les salua, ils se mirent à discuter.

— Xavier, je te présente Clara et Bastien, des amis de longue date.

Il leur serra la main comme un automate, peinant à rassembler ses idées.

— On se connaît, non? lui demanda Clara.

— Non.

Il se pencha vers Raphaëlle, eut malgré lui un ton suppliant.

— Je vais t'attendre dehors, OK? Je vais trouver un taxi.

Sur le trottoir, Xavier constata qu'il était exténué, comme si son système nerveux avait épuisé toutes ses ressources. Il appela un taxi, puis repensa au couple dans le vestiaire. La femme avait raison, il les avait déjà vus. Raphaëlle le rejoignit.

— C'était qui? lui demanda-t-il, s'efforçant de se ressaisir.

— Des amis.

— Ils me disent quelque chose... M'avais-tu déjà parlé d'eux?

— Sais pas.

Raphaëlle fouilla dans son sac, le visage renfrogné. Xavier n'osait pas parler de ce qui venait de se passer.

— Clara est la tante de Bastien, et lui son neveu. Ils sont mariés.

— C'est légal ?

— Mais oui, Xavier.

Elle sortit une flasque et prit une gorgée.

— T'as pas une histoire sur ton blogue entre une tante et un neveu ? s'enquit-il après un moment de silence.

— Ouais. Je me suis inspirée d'eux. J'ai modifié les noms, par contre. C'est ben long, le taxi…

— Ils le savent ?

— Évidemment pas. Qui veut servir de pâture pour un blogue érotique ?

— Qui veut servir de pâture…

Il réfléchit, est-ce qu'il venait de lui servir de pâture pour son blogue ? L'était-il depuis le début ? Jouait-il les futurs personnages en l'accompagnant dans ses soirées au cours desquelles elle traquait l'inspiration ?

— T'avais l'intention de t'arrêter quand ? lâcha-t-il.

— Quoi ?

— Au seuil de la porte, avec Tracy et Stéphane, si j'étais pas parti, t'aurais fait quoi ?

— Rien. On serait entrés dans la nouvelle salle, on aurait trouvé un coin libre, on aurait suivi le flot.

— T'es sérieuse ?

— Ils sont pas ton genre ?

— Tu m'avais dit que tu voulais juste regarder, comme avec Kevin… Est-ce que tu…

Raphaëlle eut un mouvement d'impatience.

— Xavier, Xavier, Xavier. Qu'est-ce que tu penses. Que j'allais t'amener dans cette pièce pour vrai ? Après nos 39 nuits platoniques ? Voyons. J'allais leur lancer une excuse quand tu t'es sauvé. Qu'est-ce qui t'a pris, d'ailleurs ?

— Je te crois pas.

— Bien sûr que tu me crois pas, je suis mythomane. Tu commences enfin à comprendre.

— On tourne en rond.

— Oui, on tourne en rond, mais ça, ça date pas de ce soir.

Tandis qu'ils se faisaient face, Raphaëlle le fixant avec défi, Xavier, à bout de nerfs, ne sachant pas comment désamorcer ce début de dispute, un taxi s'arrêta à côté d'eux. Ils roulèrent quelques minutes, puis Xavier se souvint. L'homme et la femme au vestiaire, il les avait vus au mariage de Zack et Charlie. Il ne se rappelait pas qu'ils aient été présentés... il y avait plus de cent personnes. Sûrement des amis ou des membres de la famille de Charlie. Et Raphaëlle les connaissait... Étrange coïncidence. Soudain, il se demanda si elle n'avait pas tout inventé, que c'était de vieux amis, qu'ils étaient tante et neveu, que l'histoire sur son blogue s'inspirait d'eux. Peut-être qu'elle les avait rencontrés la fois avec Kevin, qu'ils avaient couché ensemble, les quatre. Avant ou après qu'ils couchent avec Stéphane et Tracy... Peut-être qu'elle avait une vie sexuelle bien plus mouvementée qu'il ne l'imaginait...

— Tes amis, le couple à la fin, tu les as rencontrés où ?

— On était à l'université ensemble.

— Il n'y a rien de vrai là-dedans.

— C'est vrai. J'ai eu plusieurs cours avec Bastien.

Raphaëlle était appuyée sur la portière, elle regardait par la fenêtre, lui répondant machinalement.

— En philo ?

— Non, après mon bac. Maîtrise en bibliothéconomie.

— Et pourquoi aujourd'hui t'es pas bibliothécaire ?

— Je l'ai été. Un an. C'était mortellement ennuyeux.

— C'est n'importe quoi.

— Je te laisserai mon diplôme sur l'oreiller demain matin.

Xavier s'aperçut qu'elle semblait déprimée. Sans doute le contrecoup de l'excès d'alcool… De sa main gauche, elle jouait avec la flasque, trois fois elle en avait descendu une lampée à l'insu du chauffeur.

— Il y a quoi là-dedans?

— Vodka.

Elle serait encore plus soûle, songea-t-il en suivant les mouvements de ses doigts qui tapotaient la surface dorée de la flasque. Il pourrait tendre sa main, prendre la sienne, c'était simplissime… Il avança sa main, et au dernier instant, réprima son geste, Raphaëlle ne remarqua rien. C'était sa main tatouée, s'exaspéra-t-il, il l'avait tenue alors qu'il ne la connaissait pas. Pourquoi à présent en était-il incapable…

À l'appartement, Raphaëlle tituba jusqu'à la chambre, se cogna contre la base de lit en jurant, trébucha sur le fil de son ordinateur portable, fit tomber une tasse posée sur la commode, elle éclata en morceaux. Pendant que Xavier balayait le dégât, elle se déshabilla, il évita de la regarder. Il finit par se retourner en l'entendant s'affaler sur le lit. Elle avait l'habitude de dormir avec un t-shirt et un short de pyjama, mais cette fois-ci, elle était nue. Elle se tourna face au mur, éteignit sa lampe de chevet, ne prit pas la peine de se glisser sous les draps. Médusé, Xavier s'assit dans le fauteuil, les yeux baissés, manipulant nerveusement le porte-poussière. Elle est soûle, se dit-il, demain elle regrettera peut-être de… Mais non, elle cherchait à le provoquer depuis des semaines. Et toute cette mise en scène au club échangiste… même chose, le provoquer. Il lui jeta un coup d'œil. Maintenant, il avait sa réponse : elle n'avait aucun tatouage, excepté celui sur sa main. Pourtant, Violaine, qui était sortie avec un tatoueur, lui avait confirmé qu'en général on ne commence pas par la main, c'est trop apparent. Bon, dans le cas de Raphaëlle, être hors norme tenait du mode de vie.

Il se coucha, éteignit sa lampe, plongeant la chambre dans le noir. Elle devait déjà dormir, avec la quantité d'alcool qu'elle avait bu… Peut-être que j'aurais dû l'imiter et me soûler, pensa-t-il. Il y avait des années qu'il n'avait pas perdu la raison à cause d'un verre de trop… À part l'après-midi où il s'était un peu enivré en se familiarisant avec les nouvelles bières de Chez Hélie. C'est à cette occasion qu'il avait osé l'inviter… Sa seule initiative en… Qu'est-ce qu'elle avait dit, 39 jours ? C'était peut-être la solution… Même si c'était navrant d'en arriver là… Et puis quoi, c'est ce que tout le monde faisait, arroser ses premiers rendez-vous. Qu'est-ce que son coloc lui avait lancé une fois… *tu bois pas mais tu baises pas*… Il avait raison… La fille de qui il était amoureux était nue, à ses côtés, il serait en érection la moitié de la nuit, et prendre l'initiative lui serait impossible.

Tu connais beaucoup de gens qui restent chastes durant une décennie ? C'était ça, le problème… Dès qu'il agirait, il serait terriblement maladroit et Raphaëlle ne comprendrait pas, parce que dans son univers, on ne choisit pas d'être chaste pendant seize ans… Aussi longtemps qu'il ne se passait rien de sexuel entre eux, elle ne pouvait pas savoir… Il ne la perdait pas, puisque pour l'instant, elle ignorait qu'il serait «tellement poche», selon les mots de Tracy. *J'me suis demandé s'il était puceau… Tant qu'à ça, j'aurais dû prendre un vrai jeune…* Ouais, quelle femme dans la trentaine voulait ça…

Après cinq heures à se torturer, il se leva en entendant Olivier quitter l'appartement. Il se coucha sur le canapé du salon et s'endormit en se promettant que le soir, il ferait comme les autres et casserait ses inhibitions à coups de shooters et de pintes de bière. Comme Raphaëlle, comme ses frères, comme Olivier, comme ses clients, comme tout le monde. Sous ses appréhensions paralysantes, lui aussi devait bien avoir cette personnalité désinhibée.

À son réveil, elle était partie. Le soir, elle ne vint pas le rejoindre. Celui d'après non plus, ni les suivants. Il comprit que, sur ça du moins, elle n'avait pas menti. Ça faisait 40 jours, et elle avait disparu.

> *Il pensa, pendant qu'il lissait le noir pelage, que ce contact était illusoire et que le chat et lui étaient comme séparés par une plaque de verre, parce que l'homme vit dans le temps, dans la succession, et le magique animal dans l'actuel, dans l'éternité de l'instant.*
>
> JORGE LUIS BORGES

À son retour d'Honolulu, en débarquant de l'avion, Zack songea qu'il passerait la fin de semaine avec Charlie, puis irait à l'hôtel à partir de dimanche. Ou il pourrait s'inviter chez Cassandre pour la semaine. Chose certaine, s'il restait chez lui, il aurait des nuits infernales, Charlie se coucherait à des heures pas possibles, et son seul moyen de dormir serait de s'assommer aux Zolpidem, mais le lendemain ça lui mettait la tête dans les vapes. Chez Cassandre, décida-t-il, et il lui écrivit un texto.

En tentant de pousser la porte de son appartement, il sentit une résistance. Comme si un objet était appuyé derrière… Il avait l'impression qu'en forçant, elle céderait. Il n'osa pas et frappa. Charlie lui parla à travers la porte.

— Oh attends, bouge pas, j'ai oublié de tailler les contours.

Après un moment, un bruit se fit entendre, Zack reconnut le son d'une lame fendant du papier. Il devina qu'elle avait tapissé la porte. Et quoi encore… Elle lui ouvrit, un sourire embarrassé aux lèvres, les yeux brillants.

— Zack, c'est temporaire… Je vais tout enlever bientôt.

Dans l'entrée, il constata que les trois murs, le plafond et le plancher étaient couverts de papier peint. Aucun centimètre carré n'était laissé à nu. Charlie lui prit la main et le conduisit au salon, dans un état d'euphorie palpable.

— Deux jours après ton départ, expliqua-t-elle avec précipitation, j'ai refait le rêve du manoir, et je suis entrée dans une chambre où un papier peint enveloppait tout de façon parfaite. Ça effaçait la perception spatiale parce que tout était pareil, il n'y avait plus de repères. C'était comme un chaos. Je croyais que la répétition était le summum de l'organisation, mais la répétition absolue peut aussi mener au chaos.

Ils se tenaient dans la pièce principale de leur appartement, une aire ouverte rassemblant la cuisine, la salle à manger et le salon. Tout était recouvert, les armoires de cuisine, les comptoirs, le dosseret de céramique, les électroménagers, même les fenêtres. Justin avait dit vrai, il n'y avait qu'un seul sujet, des êtres humains nus – Zack en distingua six modèles différents, enlacés –, et l'ensemble était en noir et blanc. La pièce était vide. Dans un coin, du sol au plafond, deux panneaux de carton étaient disposés en angle. Zack s'en approcha, tira l'une des cloisons, à l'arrière leurs meubles étaient empilés.

— C'est comme pour le temps, poursuivait Charlie, dans mon rêve il n'y en avait plus, il était suspendu. S'il n'y a ni espace ni temps, c'est le chaos. C'est ce que je fais quand je crée des motifs, je suspends le temps… Comment veux-tu que je pense à manger ?

— Les autres pièces sont aussi comme ça ?

— Je n'ai pas touché à ton bureau.

— Merci… La chambre ?

— Un peu. Viens voir mon atelier.

Zack était estomaqué. Le mot « démesure » roulait dans son esprit, et aussi le mot « bipolaire ». Sauf que Charlie n'avait pas d'épisode dépressif, il n'y avait que le pôle maniaque qui s'exprimait chez elle. Comment appelait-on ça alors ? Manie tout court ? Dans son atelier, chaque surface était tapissée. Puisque la pièce était plus petite et exempte d'éléments en saillie, le résultat impressionnait davantage.

— Je sais maintenant ce que voulait me montrer le rêve. Le papier peint n'a pas besoin d'être en 3D, il doit seulement couvrir un espace 3D. Il doit couvrir tous les murs, avoir des jonctions camouflées aux coins, comme là, où ces deux murs et le plancher se touchent, tu comprends ? Regarde comment ça s'emboîte !

Avec des mouvements frénétiques, Charlie montrait les lignes de son papier peint qui se rejoignaient dans un coin de la pièce. «Monomanie», trancha Zack, voilà le bon terme... Il faudrait faire une recherche sur internet pour en savoir plus. Il se souvint de Justin. Son demi-frère avait dû croire que Charlie était cinglée.

— Comment Rosalie a trouvé ça?

— Elle a adoré.

— J'imagine...

Il faut avoir neuf ans, réfléchit-il, pour adorer qu'un appartement soit transformé en happening de papier peint. Il s'était souvent dit que Charlie avait le profil parfait de la femme-enfant, un peu écervelée, ricaneuse, émerveillée, naturellement joyeuse. Elle aimait dessiner pendant des heures, abordait le sexe comme un jeu, s'excitait en s'inventant des histoires. Pas surprenant qu'elle ait un faible pour les adolescents... elle n'était qu'à moitié sortie de l'enfance.

— Pourquoi des êtres humains?

— C'était comme ça dans le rêve... C'est cohérent... Nous sommes les reproductions les uns des autres. Même si chaque personne est unique, il y a des motifs qui se répètent, dans les physiques et les personnalités. Des archétypes... Comme une série humaine... On se multiplie depuis des siècles jusqu'à tout recouvrir... C'est pas clair... Dans ma tête, ça l'est. On utilise le même mot que pour le papier peint... la «reproduction»... Techniques de reproduction... As-tu déjà touché au présent, Zack?

— Charlie...

— Quand on fait l'amour, tu y touches? Dis-moi que tu y touches.

— Je suppose que oui.

— C'est la même chose, dessiner, mais ça dure plus longtemps. Ça peut durer des jours. Chaque personne doit avoir une passion qui lui permet ça. On peut tous jouir, on doit tous pouvoir toucher au présent.

— Il y a des gens asexués…

— Tu penses à Xavier… Oui, peut-être… Il ne touche pas au présent…

— As-tu mangé aujourd'hui ?

— Aujourd'hui… J'arrive pas à me rappeler… Tu vois, le sexe a donné lieu à tellement de tabous dans le passé… et même encore de nos jours… Peut-être parce qu'il permet de toucher au présent… et à l'infini… L'infini est une forme de chaos et les gens ont peur du chaos…

— Hier, tu t'étais rapporté un plat du resto ?

— Le resto ? Quel… Ah oui, avec Justin… Zack, c'est que les gens ont peur du présent. Ils sont toujours à s'inquiéter de leur futur et à regretter leur passé. Pourtant, l'un devrait éliminer l'autre… Dès qu'on regrette le passé, on devrait comprendre que le futur n'a pas de sens, puisqu'il est seulement le moment où on regrettera ce qui se passe maintenant… ou ce qui ne se passe pas… Il suffirait de le faire arriver… Seul le présent a un sens… Il faut essayer d'y toucher…

Elle est complètement exaltée, s'inquiéta Zack en observant ses yeux rougis par le manque de sommeil. Son débit, ses gestes, ses propos… comme si elle était devenue elle-même un chaos ambulant. Et d'un point de vue plus concret, elle avait mis le chaos dans leur appartement. Zack examina de nouveau la pièce. Lorsque sa phase s'achèverait, il faudrait tout enlever, replacer les meubles. Il lui donnerait un coup de main, bien sûr. Sans se plaindre ni lui faire de reproches. Même si ça leur prendrait des jours…

Il regarda Charlie. C'était quoi pour elle, des jours ? Elle décollerait les tranches de papier en chantonnant et en imaginant d'autres motifs. Lui, il l'aiderait en songeant à sa dernière réunion d'équipe ou à son prochain rendez-vous Tinder. Le passé et le futur… Elle avait raison, ils vivaient au sein de temporalités distinctes. Elle habitait une sorte d'éternel présent formé de plages de temps pas très longues, quelques heures à la fois, et qui, durant ses crises, se raccourcissaient jusqu'à n'être que des parcelles d'infini successives dont elle effaçait les jonctions.

Ce n'est pas étonnant qu'elle ne soit pas jalouse, réalisa-t-il tout à coup. Elle ne pensait pas au temps qu'il passait avec d'autres, elle n'avait devant elle que son présent, dans lequel il entrait et sortait sans qu'elle lui demande des comptes. Elle n'entretenait pas non plus la notion d'un futur où il la quitterait pour une autre. Et contrairement à lui – il en eut l'intuition subite –, elle ne se préoccupait pas du passage du temps. Charlie ne disait jamais qu'elle avait peur de vieillir. Elle avait 31 ans. À son 30e anniversaire, il se rappelait qu'elle n'avait pas eu la moindre nostalgie par rapport à la décennie qui se terminait. Louis avait eu 30 ans six mois avant elle et il avait évoqué avec émotion des souvenirs de sa vingtaine. Dernièrement, Alice avait appréhendé l'approche de la soixantaine. Même Rosalie prenait très au sérieux le fait d'avoir 10 ans en décembre prochain. Charlie… elle était dans un monde à part.

Le cygne

Le jour où Bastien sut qu'il était amoureux de sa tante, elle cassait un cygne au-dessus de leurs têtes. Il avait 13 ans et elle 18. Il ne voyait que la moitié de son visage et fut parcouru d'un frisson qui hésita entre son cœur et son sexe, avant que s'emballent les deux. L'animal suspendu se fendit en morceaux, des dizaines de petits sachets lustrés en jaillirent et voltigèrent jusqu'aux invités. Le soleil les faisait briller. Tous les enfants se précipitèrent pour attraper les bonbons, Bastien ne bougea pas. À tout hasard, sans quitter Clara des yeux, il tendit la main sous la pluie de sucreries. Pendant que sa tante laissait tomber son bâton et dégageait le bandeau qui obstruait sa vue, Bastien sentit quelque chose atterrir dans sa paume. Il ne vérifia pas ce que le sort lui avait envoyé, perdu dans ses pensées, se rappelant que le mois précédent, il était passé au salon alors que ses parents regardaient un film, la scène avait piqué sa curiosité, il avait ralenti le pas. On y voyait une femme bander les yeux d'un homme. Sa mère et son beau-père n'avaient d'abord pas réagi, puis la situation à l'écran s'était corsée, Séverine avait arrêté le film. Bastien était reparti, poursuivi par l'image d'une femme s'agenouillant devant un homme à moitié nu au regard masqué.

À quelques pas de lui, sa très jeune tante, débarrassée de son bandeau, saisissait à pleines mains des friandises.

Bastien s'extirpa de sa rêverie, baissa les yeux, identifia distraitement dans sa main une banane en gélatine qui semblait lui sourire, puis constata qu'il était en érection. Il s'enfuit vers la maison, personne ne fit attention à son départ. Clara mordit dans une sucrerie. Elle n'en saurait rien avant huit ans, mais l'incubation du drame qui colorerait la majeure partie de sa vie venait de s'enclencher.

Bastien revint dix minutes plus tard. Les restes du cygne cartonné gisaient sur le gazon, il s'en approcha. Son frère Didier, dont c'était l'anniversaire, accourut et sauta à pieds joints sur l'oiseau éventré pour achever son anéantissement. Des années après cette journée, Bastien ne pourrait s'empêcher de ressentir une excitation incongrue en assistant au massacre d'une piñata.

Sauver du mal un mouton égaré

La mère de Bastien s'appelait Séverine. Elle était l'aînée d'une famille de sept enfants. Au début de sa vingtaine, elle fit du bénévolat auprès de prisonniers à qui elle lisait la Bible. Denis n'avait jamais été trop porté sur la religion, mais l'air angélique de cette jolie femme le motiva à s'intéresser au texte sacré – du moins, à feindre de s'y intéresser. À chaque lecture, il posait des questions, partageait ses impressions, glissait des compliments appuyés.

Séverine s'amouracha de ce détenu, dont elle attendit la libération pendant deux ans. Elle s'imaginait en rédemptrice qui sauve du Mal un mouton égaré. En sortant de prison, Denis découvrit que la foi de sa dulcinée ne se limitait pas à prier, à lire la Bible et à consacrer du temps aux prisonniers. Séverine respectait scrupuleusement les recommandations de l'Église, y compris, au grand dam de Denis, l'interdit du sexe hors mariage.

Denis ne se laissa pas démonter, et une semaine après sa sortie, il acheta une bague, demanda la main de Séverine, l'épousa le mois suivant. Au bout d'un autre mois, en apprenant que sa toute récente femme était enceinte, il s'irrita de leur pauvreté. Il planifia un dernier coup, prévoyant de se retirer ensuite des activités illicites, eut la malchance de se faire prendre une seconde fois, et écopa d'une peine de cinq ans.

Quand Séverine accoucha de Bastien à l'âge de 24 ans, la plus jeune de ses sœurs, Clara, avait 5 ans. Elle retourna vivre chez ses parents. Bastien vécut ses premières années sous le même toit que sa tante, jusqu'à ce que Denis recouvre sa liberté, se trouve un emploi sur un chantier situé à 900 kilomètres et les emmène loin de cette ville qui, disait-il, lui avait porté malheur pendant 35 ans.

« Dieu n'existe pas ! »
CLARA

Grégoire et Amélie, les parents de Séverine, avaient élevé leurs enfants selon les principes de l'Église catholique. Sans être d'aussi fervents croyants que l'aînée, tous leurs enfants, sauf Clara, adhérèrent à divers degrés aux valeurs traditionnelles qu'ils leur transmirent. Pratiquant un catholicisme modéré, Grégoire et Amélie assistaient à la messe chaque dimanche, ne mangeaient pas de viande les vendredis, récitaient le bénédicité aux repas, mais après six enfants, ils se résolurent à recourir à la contraception. Ils laissèrent leurs fils et leurs filles mener leur vie comme ils l'entendaient et fermèrent les yeux sur leurs fréquentations amoureuses. Malgré tout, leurs six premiers enfants se disaient catholiques, firent baptiser leurs propres enfants, et ne rataient jamais les messes de Noël et de Pâques.

La rébellion contre cette foi molle tempérant les caractères ne se manifesta que chez Clara. Alors que ses six frères et sœurs étaient nés à un ou deux ans d'intervalle, Clara avait été conçue par inadvertance neuf ans après celui qui aurait dû rester le cadet. Même si Grégoire et Amélie ne respectaient pas tous les enseignements de l'Église, l'avortement était hors de question. Amélie assuma donc à 41 ans une septième grossesse. La nature difficile de Clara était-elle une punition divine parce que les époux avaient choisi la contraception après six enfants? Énigme sans réponse, qui hanta régulièrement Amélie pendant l'enfance de sa fille, et avec une fréquence accrue au cours de son adolescence.

Alcool, drogue, sexualité précoce, absentéisme scolaire, vêtements extravagants, langage ordurier : Clara cumula les classiques des excès en vogue chez les adolescents. Chaque fois que ses parents tentaient de la raisonner, elle finissait par quitter la maison en hurlant « Dieu n'existe pas et dites-lui dans vos prières que je l'envoie chier ! » Comme Grégoire et Amélie n'avaient pas eu à user d'autorité avec leurs autres enfants, discipliner une adolescente en crise ne faisait pas partie de leurs compétences. Approchant de la soixantaine, ils avaient l'impression que Clara vivait à une époque différente de celle où avaient grandi leurs plus vieux. Ils lisaient avec inquiétude les articles de journaux rapportant des histoires de fugue, d'une drogue qui faisait éclater la vessie, de jeunes retrouvés sur un pont en train d'halluciner des monstres marins. En réalité, des variantes à ce genre d'excès existaient depuis long-temps, Amélie et Grégoire avaient simplement eu la chance que leurs six premiers enfants ne les explorent pas. Clara, elle, n'allait pas se gêner.

Puisqu'ils craignaient que leur fille ne fugue, ils la laissaient faire à peu près n'importe quoi au sous-sol où elle avait installé sa chambre. Ils préféraient que ses frasques se passent chez eux plutôt que de l'imagi-ner soûle dans un parc au milieu de la nuit – ce qui se produisait tout de même – et ils s'étaient résignés à lui permettre de ramener à la maison des garçons, plutôt que d'ignorer où elle dormait – ce qui arrivait également. Malgré leur certitude qu'elle le flauberait en alcool et en drogues, ils lui allouaient un mon-tant d'argent de poche, espérant ainsi la mettre à l'abri d'elle-même. Dans l'alternative où ils ne lui auraient rien donné, ils n'osaient envisager ce que leur fille aurait fait pour s'en procurer. En cela, Gré-goire et Amélie se trompaient. Si Clara était indocile et excentrique, elle n'était pas non plus inconsciente. Elle savait où se trouvait la limite entre profiter de son adolescence et hypothéquer son avenir par des gestes néfastes. Toutefois, sur cet instinct, elle préférait entre-tenir un flou profitable. Elle comprenait qu'elle devait torturer ses parents juste assez pour qu'ils lui laissent le champ libre, de peur qu'elle ne leur échappe, et paral-lèlement leur démontrer qu'il n'y avait jamais mort d'homme à la suite de ses bévues. D'ailleurs, n'était-elle pas première de classe malgré tout?

En effet, parmi le jeu dont elle disposait à ce poker de permissions-restrictions mené contre ses parents, il y avait la carte de son arrogante réussite scolaire. Même si Clara manquait le tiers de ses cours, elle choisissait stratégiquement ses journées d'absence, ne ratait aucun examen, et trônait dans toutes les matières aux côtés des meilleurs élèves, ce qui avait le don d'exaspérer ses professeurs, qui s'époumonaient à répéter que la présence en classe est essentielle à la réussite.

Le ping-pong

Bastien garda peu de souvenirs de cette tante avec qui il avait vécu pendant les années d'emprisonnement de son père. Après la deuxième libération de Denis, il ne revit pas la famille de sa mère avant ses 11 ans. Les retrouvailles eurent lieu quand Séverine fit un premier pas dans son émancipation des impératifs de l'Église et demanda le divorce. Elle revint habiter dans la région où elle avait grandi. Bastien renoua avec les frères et sœurs de sa mère, qui avaient alors entre 25 et 33 ans, sauf Clara, qui en avait 16. Même si pour tous, il était un neveu, pour la cadette, il avait davantage l'âge d'un cousin.

Neveu ou cousin, pour Clara qui rentrait à l'aube, collectionnait les garçons et débarquait fréquemment avec un nouvel élément de l'arsenal des adolescents de l'époque pour exaspérer leurs parents, piercings, cheveux bleus, crâne à moitié rasé – mais pas de tatouage, car à 16 ans, Clara croyait qu'elle n'aimerait rien toute sa vie –, Bastien n'était qu'un enfant. Lors de leurs visites chez Amélie et Grégoire, pendant que les adultes bavardaient dans le salon et que Didier s'acharnait à leurs côtés sur une console vidéo, Bastien descendait au sous-sol jouer au ping-pong. Il y avait une table dans la pièce familiale jouxtant la chambre de sa tante. Les frères et sœurs de Clara avaient tous quitté la maison, plus personne n'utilisait le sous-sol à part elle. Grégoire et Amélie y venaient rarement, préférant ne pas trop savoir ce qui s'y passait. Bastien n'appréciait pas particulièrement le ping-pong en solo, mais cela lui permettait de tendre l'oreille vers la chambre de Clara. Souvent, plusieurs adolescents riaient et s'exclamaient derrière la porte qu'il aurait aimé traverser du regard. Il captait des bribes de leurs propos décousus, de leurs histoires de beuverie, de leurs blagues qu'il comprenait plus ou moins. Si l'un d'eux sortait, un nuage de fumée se précipitait dans l'embrasure. Certaines fois, il ne percevait ni parole ni rire, une musique tonitruante couvrant tous les bruits. La musique qu'écoutait sa tante ne ressemblait pas à celle qu'il entendait à la radio et sur les CD de sa mère. Elle était plus violente, plus criarde, et plus intrigante.

L'automne suivant, Bastien entra en première secondaire à l'école où Clara complétait sa cinquième secondaire. Durant cette seule année où ils fréquentèrent le même établissement, Bastien la suivit des yeux chaque fois qu'il la croisa. Parfois Clara lui faisait de loin un signe de la main, parfois non, parfois elle le saluait bruyamment et le montrait du doigt en riant aux gens qui l'accompagnaient, ses yeux rougis par le cannabis, et Bastien entendait les mots «neveu», «tante» et les rires sceptiques de ses amis. Quand il les revoyait chez Amélie et Grégoire, ceux-ci ne semblaient pas le reconnaître. Probablement avaient-ils pensé que pour alimenter ses délires, elle avait sélectionné un enfant au hasard parmi les plus jeunes élèves.

Cette année-là, quand il descendait au sous-sol de ses grands-parents sous prétexte de jouer au ping-pong, Bastien continuait de tendre l'oreille. Une fois, Clara sortit de sa chambre avec un air renfrogné, se dirigea vers une bibliothèque, fourragea entre les livres pour en extraire une bouteille d'alcool dissimulée, fixa Bastien en buvant au goulot, retourna à sa chambre en claquant la porte. Un après-midi, le silence régnait lorsqu'il arriva, mais quinze minutes plus tard sa tante dévala l'escalier accompagnée d'un garçon. En l'apercevant, elle parut agacée, le salua froidement, s'enferma avec son invité, et pour la première fois Bastien l'entendit jouir. Un univers d'érotisme et de rébellion entourait cette tante turbulente qui n'était résolument pas de la même génération que sa mère. Ce qu'il ressentait pour elle se limitait toutefois à la curiosité d'un enfant envers l'adolescence toute proche qui l'attend. Avec ses cheveux bicolores rouge et violet, ses vêtements marginaux et ses manières effrontées, Clara ne répondait pas aux goûts de Bastien, qui lui préférait une fille de sa classe, blonde et d'allure sage.

Le jour de l'anniversaire de Didier où Séverine avait acheté une piñata, Clara surgit à l'improviste à ce party organisé chez Grégoire et Amélie, et auquel assistaient une dizaine d'enfants. Tous s'étaient essayés à briser le cygne aux entrailles remplies de sucreries, néanmoins l'oiseau résistait. Clara était escortée de deux adolescents, l'un aux cheveux crépus teints en vert, l'autre portant d'énormes dreads, chacun trimballant un skateboard. Le garçon aux cheveux crépus avait la peau noire, à l'époque il y avait très peu de gens d'origine étrangère à Saint-Jean-sur-Richelieu, et l'une des fillettes du party lui demanda si elle pouvait toucher ses cheveux. Il s'accroupit à sa hauteur, elle fit courir ses doigts sur ses cheveux et, tant qu'à y être, voulut aussi tâtonner de ses petites mains les couettes cotonneuses de l'autre garçon. Clara suivait la scène en mâchouillant un bâton de réglisse. Quand la fillette recula, Clara engloutit le morceau restant pour se libérer les mains, s'approcha de ses deux amis toujours accroupis et, en riant, leur caressa sensuellement la tête. Celui avec les dreads fit mine de frissonner, l'autre de lui mordre la main. Amélie parut gênée, Grégoire s'efforça de sourire, tandis que les enfants les regardaient avec de grands yeux. Les trois adolescents rigolaient, sans doute pas très sobres. Remarquant la piñata, Clara voulut tenter sa chance. Séverine lui banda les yeux. Après avoir balancé son bâton à quelques reprises dans le vide, elle frappa le cygne une première fois, puis l'explosa en trois coups. C'est à ce moment que Bastien se réfugia dans la salle de bains où, la porte à peine refermée, il éjacula, l'esprit bombardé d'images de sa tante.

Cet été était le dernier où Clara habiterait chez ses parents. Pour vivre en toute indépendance, elle avait choisi d'étudier la littérature dans un cégep hors de sa ville natale. Elle emménagea à la fin de l'été dans un appartement miteux de la rue Coloniale où demeuraient trois colocataires délurés avec qui elle poursuivrait l'exploration de ce que la vie offre d'excitant quand on a autour de 20 ans. À Montréal, elle continuerait d'enchaîner les partys, tournées des bars et débauches en tout genre, et découvrirait le plaisir de sortir dans des lieux où la clientèle masculine se renouvelle plus rapidement qu'à Saint-Jean-sur-Richelieu et où l'anonymat propre aux métropoles protège les fêtardes des mauvaises réputations.

Pendant que Clara élargissait ses connaissances relatives à la vie menée par les noctambules et, accessoirement, à la littérature, Bastien termina ses études secondaires. Il ne revoyait Clara qu'à Noël. Chaque année, à partir de la mi-novembre, il comptait les jours qui le séparaient de cette soirée, peinait à dormir la semaine qui la précédait, traversait la fin de l'année et le mois de janvier obsédé par les nouvelles images de Clara qu'il en conservait. À 15 ans, il rencontra une fille qui fut sa blonde durant deux ans. Entre novembre et janvier, il ne pouvait lui faire l'amour sans penser à Clara. Le jeune couple rompit quand Bastien avait 17 ans. Le Noël suivant, il essaya de se retrouver seul avec sa tante, mais aucune occasion ne se présenta. Clara venait à chacun de leurs partys accompagnée d'un gars différent, celui de ses 22 ans ne fit pas exception. Vers minuit, elle sortit fumer, son chum choisit de l'attendre à l'intérieur. Bastien la suivit sous prétexte de prendre l'air. Dix secondes après ce début de tête-à-tête, le chum se ravisa et les rejoignit, Bastien éprouva pour lui une haine viscérale. Il dut toutefois s'avouer qu'il ne savait pas trop ce que sa présence empêchait.

En finissant le secondaire, Bastien imita Clara et s'inscrivit dans un programme de lettres donné par un cégep montréalais. Clara, elle, en était à sa dernière année au baccalauréat en linguistique. Ce Noël-là, elle annonça à sa famille qu'elle ferait sa maîtrise en Allemagne et qu'elle ne les reverrait pas aux deux prochains Noëls. Bastien eut un moment de panique. Avec l'énergie du désespoir, il s'imagina lui déclarer ses sentiments, ou l'embrasser, ou la draguer banalement comme il l'aurait fait avec n'importe quelle autre fille. Pour la première fois depuis des années, Clara était seule. Toute la soirée, il l'accompagna à l'extérieur dès qu'elle allait fumer, tout en refusant les cigarettes qu'elle lui offrait. Clara le trouva anormalement nerveux et volubile. Parce qu'il vivait maintenant à Montréal, Bastien lui posa des questions sur la ville, où sortait-elle, quelles étaient les meilleures places, avait-elle des bars à lui recommander ? Elle mentionna six endroits. Clara devait s'envoler pour Berlin au début de juin. Il passa les cinq mois suivants à écumer les bars recommandés. Mais soit elle avait changé ses lieux de prédilection, soit il n'avait pas de chance et n'était jamais au bon endroit au bon moment, toujours est-il qu'il ne la croisa pas une seule fois.

La date de son vol était le 5 juin. Une semaine avant la date fatidique, il sortit chaque soir faire la tournée des bars qu'elle avait nommés. Le 5 juin, à trois heures du matin, un ami le ramena chez lui complètement ivre. Le lendemain, il déprima toute la journée. On était en 2003. Il avait 18 ans, était amoureux de sa tante, et avait épuisé ses économies pour traîner dans les six mêmes bars depuis des mois. C'était ridicule. Bastien se dit qu'il ne la reverrait pas avant deux ans et demi. Il essaya de se raisonner. D'ici là, il l'oublierait.

Le plan

Durant les années que Clara passa à apprendre l'allemand et à s'amuser avec des Berlinois, Bastien termina son programme de lettres qu'il avait surtout choisi pour imiter sa tante et qui, comme il le découvrit, avait l'avantage d'attirer beaucoup plus de filles que de gars. Il en fréquenta une sans trop de conviction pendant quelques mois, puis une deuxième, qu'il quitta à la fin de son cégep. Il s'inscrivit ensuite à l'université en enseignement de l'histoire. À cette époque, il se mit à avoir plus de succès avec les filles et il enchaîna des relations éphémères. Une fois, il demanda à l'une de ces blondes si elle le laisserait lui bander les yeux, mais en la pénétrant il jouit tellement vite qu'il renonça à répéter l'expérience. Même sans cet artifice, lorsqu'il couchait avec des filles, passé les premières fois qui avaient l'attrait de la nouveauté, des images de Clara recommençaient à le hanter. S'il essayait parfois de chasser ces images, la plupart du temps, au contraire, au moment de jouir, il se concentrait sur elles. Après coup il s'en voulait, pensait qu'il s'était promis de l'oublier, finissait par se dire qu'elle pouvait rester un fantasme. Il y croyait à moitié.

Puis Clara revint en août 2005. Bastien n'avait pas de raison de la voir avant Noël. Il traversa l'automne dans un état d'impatience insoutenable. En novembre, il croisa dans la rue une fille dont le visage lui disait quelque chose. Elle avait la mi-vingtaine et était enceinte, son ventre écartait les boutons de son manteau. Il fit un effort et réussit à la reconnaître. C'était une amie de Clara qui venait chez ses grands-parents fumer et ricaner pendant des heures, il y avait de cela bientôt dix ans. Bastien s'éloigna, troublé. Il n'avait pas envisagé que Clara puisse être enceinte, mais si une de ses anciennes amies d'école avait l'âge de fonder une famille, pourquoi pas elle? Elle avait maintenant 26 ans et lui 21. Il ne pouvait plus attendre.

Le 25 décembre, il arriva avec une détermination fébrile chez ses grands-parents. Il avait un plan. Quand il aperçut Clara, ses yeux se précipitèrent sur sa taille.

Il se rassura en voyant qu'elle portait une robe moulante qui ne laissait pas de doute. Quoique les premiers mois… À un moment, Amélie réclama leur attention parce que Clara avait une bonne nouvelle à leur apprendre, Bastien crut qu'il allait défaillir, sa tante leur annonça son admission au doctorat en linguistique, il reprit confiance. Il s'arrangea pour engager une conversation seul à seule avec elle, lui posa des questions à propos de l'Allemagne, ses études, puis s'enquit si elle avait un chum. En formulant sa question, il la trouva un peu brusque, mais tant pis, il n'avait plus de temps à perdre. Non, elle était célibataire. Où vivait-elle? Montréal. Où? Dans l'arrondissement Côte-des-Neiges. Quelle rue? Clara parut un peu surprise, lui dit qu'elle habitait sur le chemin Queen-Mary, et Bastien inventa qu'un de ses amis avait un appartement dans ce quartier, sur cette rue, peut-être Clara et lui étaient-ils voisins? Il repartit à la fin de la soirée avec son adresse exacte.

Le vœu de tomber amoureuse

Comment annonce-t-on à sa tante de cinq ans son aînée qu'on ressent pour elle un amour qui refuse de s'éteindre après huit ans d'efforts? Bastien passa dix jours à s'écrire mentalement des discours, puis abandonna et sonna chez Clara le 4 janvier. Il craignait qu'il n'y ait pas de réponse, ce serait trop facile qu'elle soit là dès sa première tentative, mais elle lui ouvrit.

Clara mit un instant à le reconnaître, elle ne s'attendait pas à voir son neveu sur son palier. Perplexe, elle le fit entrer en lui demandant la raison de sa visite. Bastien s'embourba dans des aveux nébuleux d'où elle finit par dégager une idée qu'elle ne parvenait pas à croire. Elle se mit à rire nerveusement, puis s'excusa de le mettre à la porte, malheureusement elle avait rendez-vous, une de ses amies allait arriver d'une minute à l'autre. Bastien se retrouva sur le perron, soulagé. Même s'il ne se rappelait à peu près pas ce qu'il lui avait dit, il savait que l'essentiel était sorti. Sa démarche était lancée.

Une fois seule, Clara s'esclaffa. Elle ne comprenait rien à ce qui venait de se passer. Il lui avait parlé de huit années passées à l'attendre, d'une sorte de coup de foudre survenu à 13 ans. Ça n'avait aucun sens. Tout le reste de la journée, elle repensa à Bastien et à sa visite impromptue. Jamais elle ne l'avait considéré autrement que comme un enfant. Sauf ce Noël, c'est vrai, elle avait remarqué qu'il avait beaucoup changé en trois ans, elle s'était même dit qu'il était devenu plutôt charmant. Mais c'était son neveu, ses constats s'étaient arrêtés là. Les jours suivants, elle se demanda s'il allait revenir. Il n'en fit rien. Elle conclut qu'il devait être mort de honte, qu'elle ne le reverrait pas avant le prochain Noël, à ce moment elle ferait comme s'il n'était pas venu chez elle.

Une semaine après cette visite, elle sortit d'un cours et tomba sur Bastien, qui l'attendait dans le couloir. Voyant sa surprise, il lui expliqua qu'elle avait mentionné ce séminaire le soir de Noël, et qu'il avait déniché sur internet le numéro du local. Ne voudrait-elle pas prendre un café avec lui ? Ou même un verre ? Clara acquiesça, médusée, l'écouta silencieusement durant le trajet parler de ses nouveaux cours de la session, et se retrouva attablée devant deux bières et ce jeune homme de 21 ans qui était son neveu, le fils de sa sœur, le petit-fils de ses parents.

Bastien regardait Clara, assise devant lui, qui n'avait presque rien dit depuis qu'il l'avait abordée dans le couloir de l'université. Il interrompit son bavardage et lui sourit d'un air gêné, sans cesser de soutenir son regard. Elle finit par lui demander ce qu'il voulait. Il lui tint le même discours confus que l'autre fois, concéda qu'ils ne se connaissaient pas vraiment, après tout ils ne s'étaient pas vus pendant trois ans, et avant il était trop jeune, mais maintenant l'écart d'âge paraissait moins grand, non? Clara le coupa pour lui rappeler qu'elle était sa tante. Bastien haussa les épaules, elle n'avait jamais respecté les normes, pourquoi accordait-elle de l'importance à des tabous sociaux dépassés?

Clara abrégea leur entretien en lui promettant qu'ils pourraient se revoir. Elle n'en avait pas l'intention. En marchant vers son appartement, elle repensa à son commentaire sur les tabous. Et à sa déclaration… Lui revenaient aussi en tête des souvenirs de Bastien flânant au sous-sol pour l'épier, de la fois où elle l'avait surpris à fouiller dans sa réserve d'alcool cachée derrière les livres, de ses amis qui suggéraient à la blague d'offrir une bouffée de joint au garçon traînassant dans la pièce à côté, histoire de voir à quoi ressemblerait un préadolescent défoncé. Des tabous sociaux dépassés… Elle songea qu'il avait une image d'elle construite à partir de son adolescence tapageuse. Puis l'idée s'insinua dans son esprit que si ce n'était pas son neveu, mais un gars ayant le même sourire, la même attitude, le même physique, la même manière de la regarder, un gars qu'elle aurait rencontré par hasard, avec qui elle aurait pris une bière, et qui l'aurait draguée en utilisant cette même approche, à la fois timide et directe, en ce moment elle serait en train de coucher avec lui.

À l'adolescence, elle avait des amies qui fantasmaient sur leurs cousins et des amis sur leurs cousines. Elle, elle n'avait pas eu ce problème. Ses parents étaient les cadets de leur fratrie, tous ses cousins avaient de dix à vingt ans de plus qu'elle, même les moins âgés lui semblaient à peine de sa génération. Elle n'avait qu'une cousine de sept ans sa cadette, Charlie, née du second mariage d'un de ses oncles. Même décalage avec ses frères et sœurs… Quand elle avait 5 ans, le plus jeune de ses frères, Laurent, en avait 14, il avait mieux à faire que de jouer avec elle. À 11 ans, elle s'était mise à l'espionner, comme Bastien le ferait plus tard pour elle. Sauf que son frère n'avait pas une vie très mouvementée. Ses amis étaient fades, aucune fille ne venait à la maison, et à 20 ans il passait ses temps libres à ferrailler contre des armées imaginaires en jouant à Donjons et Dragons. Une fois, elle avait capté sur la ligne téléphonique une conversation entre Laurent et un ami. Son frère racontait qu'il avait embrassé une fille au cinéma, il lui avait aussi tenu la main, il en était surexcité. Cinq ans après, c'était au tour de Clara d'être adolescente, mais à 16 ans, elle avait déjà couché avec une dizaine de gars, et lorsqu'elle et son meilleur ami Martin, avec qui elle baiserait sporadiquement jusqu'à ses 19 ans, s'emmerdaient, ils se tapaient des films pornos que celui-ci dérobait dans la collection de vhs de son frère aîné.

Quelques années plus tard, en souriant à sa famille après avoir contemplé les bougies en forme de deux et de zéro plantées dans son gâteau d'anniversaire, elle songerait en croisant le regard de Laurent qu'à ce même âge, il s'extasiait pour un baiser et deux mains s'enlaçant dans le noir d'une salle de cinéma. Elle soufflerait les bougies en formulant le vœu de tomber amoureuse. À 20 ans, cela ne lui était pas encore arrivé. Maintenant qu'elle avait 26 ans, oui, deux fois. Mais ça n'avait pas duré. Et Bastien qui disait fantasmer sur elle depuis huit ans…

Elle se contraignit à ne répondre à aucun des appels de Bastien ni à la demi-douzaine de courriels qu'il lui envoya. Le lundi suivant, elle se rendit à son séminaire et n'écouta à peu près rien, distraite par la possibilité qu'il l'attende après le cours. C'était absurde, parce que Bastien, s'il avait voulu la voir, aurait pu sonner à sa porte à n'importe quel moment de la semaine. Pourquoi aurait-il patienté sept jours pour venir la rejoindre à la sortie de son cours?

Pourtant, il était là. Clara ne put réprimer un sourire en l'apercevant. Il proposa qu'ils aillent prendre un verre, et elle décida de faire comme si c'était son cousin. Après tout, ils avaient presque le même âge, et elle trouvait que la situation aurait été moins grave, s'ils avaient été cousins. Elle avait déjà entendu parler de cousin et cousine mariés. Tante et neveu, par contre, elle n'avait jamais entendu une telle histoire.

Tempête de neige et piñata

Pourquoi deux personnes tombent-elles amoureuses? Certains parlent de coup de foudre, de prédestination, d'atomes crochus, d'âmes sœurs. D'autres préfèrent croire à un amour qui se développe avec le temps et à la complicité qui se fortifie au fil des années. La science accuse plutôt le cerveau, les hormones, ou invoque la survie de l'espèce.

Quoi qu'il en soit de la cause profonde, l'élément qui déclenche la prise de conscience est souvent un détail. Pour Bastien, ce fut une piñata saccagée par sa tante sous les regards convoiteurs de deux adolescents dont elle venait de caresser les cheveux, un moment de deux minutes qui condensa ce que son inconscient pressentait depuis qu'il l'espionnait. Et pour Clara, ses sentiments deviendraient clairs à cause d'une tempête de neige qui, en chamboulant leurs habitudes, lui révélerait ce qu'au fond elle savait depuis la première fois où Bastien avait sonné chez elle, c'est-à-dire que la déclaration hasardeuse de son neveu, malgré, ou plutôt en raison de sa maladresse et de son improbabilité, avait déjà décidé de ce qu'elle sortirait avec lui, et que peu importe ses réflexions interminables sur leur lien de parenté, il lui avait suffi de son regard timide mais déterminé, il lui avait suffi de quelques phrases où elle occupait un rôle démesuré, il lui avait suffi de presque rien, de deux minutes surréelles, pour ressentir une attirance irrésistible envers lui.

Pendant un mois, Clara accepta de le voir après son séminaire, mais s'obstina à ignorer ses appels et ses courriels. Elle avait l'impression qu'elle ralentirait ainsi l'arrivée des problèmes, peut-être aussi voulait-elle gagner du temps contre elle-même. Ils allaient toujours au même endroit, passaient des heures à discuter, se quittaient jusqu'à la semaine suivante, Bastien se retenait de l'embrasser sur les lèvres quand elle lui tendait sa joue avant de partir. Ils bavardaient de tout et de rien, de leurs études, de leur vie, de livres, de films, de leurs amis, mais surtout pas de leur famille – ça, ils évitaient. Parfois, en le regardant, Clara pensait avec crainte qu'ils finiraient par coucher ensemble, leurs rencontres risquaient d'y aboutir. Bon, au pire, ça se produirait quelques fois, et ils seraient mal à l'aise en se revoyant à Noël… Quoique Bastien avait affirmé qu'il était amoureux d'elle… Ce n'était peut-être pas une bonne idée…

Un lundi, Bastien n'était pas là. C'était la pire tempête de l'hiver. Clara l'attendit à l'université, tenta de l'appeler, se rendit à leur bar habituel. Elle se résigna à retourner chez elle, et une heure plus tard, il sonna à sa porte. Elle le laissa entrer dans le vestibule, l'écouta distraitement raconter une histoire d'autobus retardé, de pile de téléphone à plat, elle ne pensait qu'à si oui ou non elle pouvait faire ça, s'approcher et l'embrasser, initier un geste qui en entraînerait plein d'autres, elle n'avait jamais eu de difficulté à faire le premier pas avec un gars, mais là c'était son neveu, est-ce que ça changeait vraiment quelque chose, elle savait qu'il n'attendait que ça, mais elle était sa tante, mais elle était l'aînée, mais quelle relation ça pourrait donner, mais mais mais. Bastien s'aperçut qu'elle ne l'écoutait pas, il cessa de parler, baissa les yeux, remarqua ses ongles violets, se souvint que la dernière fois ils étaient noirs, se demanda s'il avait bien fait de débarquer chez elle sans prévenir. Il la regarda de nouveau, elle se mordillait la lèvre.

Il avait toujours son manteau, sa tuque, ses bottes, il n'osait rien ôter. Contre la fenêtre, on entendait le vent souffler. Clara essaya de se dire que c'était un gars comme les autres, et leva lentement son bras pour atteindre sa tête, tira tout aussi lentement sur sa tuque, l'électricité statique souleva ses cheveux. Bastien ne

bougeait pas, l'expression de Clara lui semblait indé-
chiffrable. Elle redescendit son bras, resta un moment
sa tuque dans la main, envisagea de la lui remettre sur
la tête et de lui demander de partir, à la place elle la
serra plus fort. Bastien esquissa un mouvement pour
s'approcher, Clara plaqua sa main libre sur son torse
et l'en empêcha. Une voix en elle murmura que c'était
encore possible qu'il disparaisse, qu'ils cessent de
se voir, une deuxième voix répliquait qu'il était trop
tard depuis des semaines. Elle prit finalement entre
ses doigts la fermeture éclair de son manteau, hésita,
puis la glissa vers le bas, son pouls s'accéléra parce
qu'une troisième voix sarcastique ricana que là, c'en
était fait. Clara se répéta : un gars comme les autres.
Mais en sentant les mains de Bastien se refermer sur sa
taille, elle pensa qu'elle était sa tante, et comprit avec
lucidité que l'idée l'excitait.

Ils recommencèrent les jours suivants, et Clara arrêta
d'ignorer les appels de Bastien. Une fois, il lui dit qu'il
l'aimait, pas dans une déclaration maladroite, mais simplement, en trois mots, comme on le dit à quelqu'un
qu'on voit tous les jours et avec qui on passe ses nuits.
Clara ne répondit pas. Le lendemain, elle lui confia que
les deux seules fois où elle était tombée amoureuse, ça
n'avait pas duré. Après une dizaine de mois, elle en avait
eu assez, avait étiré un peu les choses, mais rien à faire,
elle s'ennuyait. Selon elle, la passion était provisoire,
les couples qui persistaient au-delà d'une année se résignaient à l'usure de leurs sentiments. Elle lui lança qu'ils
pourraient sortir ensemble, sans en parler à leur famille,
c'était inutile de les énerver pour une histoire qui finirait
d'elle-même dans maximum un an. C'était surtout ses
parents, ils s'étaient suffisamment inquiétés, elle leur
en avait fait voir de toutes les couleurs pendant son

adolescence, aujourd'hui elle essayait de les ménager. Bastien se contenta de hocher la tête. Il ne la croyait pas. Il lui demanda qui étaient ces deux gars qu'elle avait aimés. L'un était un Allemand, l'autre un certain Thierry qui l'accompagnait au Noël de ses 22 ans, elle le lui décrivit, Bastien se rappelait très bien. En vérité, il se souvenait de tous les gars qui étaient venus avec elle les soirs de Noël et il demeurait convaincu qu'elle n'en regardait aucun comme elle le regardait maintenant. Il décida de jouer le jeu. Il avait patienté huit ans, il pouvait bien attendre que sa croyance sur la durée limitée de l'amour lui passe.

Par la suite, Clara avait beau se dire que l'attirance est une chose mystérieuse, qu'on ne choisit pas de qui on tombe amoureux, que ce n'était pas sa faute si elle éprouvait des sentiments pour son neveu, ni non plus si la vie les avait fait naître à cinq ans d'intervalle au lieu de mettre une génération entre eux, elle savait, en se racontant ces excuses, qu'il y avait beaucoup de vrai mais aussi un peu de faux ; ils n'auraient pas dû être ensemble, et quand Bastien et elle faisaient l'amour, cette transgression la faisait jouir plus fort.

Un an de duplicité

Puisque Clara ne voulait pas que quiconque apprenne l'existence de leur relation, ils se voyaient surtout chez elle. S'ils allaient se promener, prendre un café, étudier à la bibliothèque, flâner dans des librairies, elle exigeait qu'ils se comportent amicalement. Elle ne pouvait se défaire de l'inquiétude de croiser des amis, ou pire, sa

sœur Déborah qui vivait à Montréal. Bastien lui objectait que c'était peu probable, mais elle n'en démordait
pas. Parfois, pendant leurs sorties, lorsqu'elle était
certaine que personne ne les surprendrait, dans un
couloir vide de métro, dans un ascenseur, derrière le
rayon d'une bouquinerie déserte, Clara laissait Bastien l'enlacer, il insérait sa main sous son manteau, lui
effleurait les seins, d'autres fois c'était elle qui soudainement l'embrassait de cette façon insistante qui le
mettait immédiatement en érection. Après des heures
de ces brefs contacts dérobés, il n'avait plus envie de
faire ce qu'ils avaient prévu, le resto, le cinéma, il voulait rentrer à son appartement lui faire l'amour toute
la soirée, Clara feignait de tenir à leurs plans, finissait par céder, et sur le trajet du retour en autobus, ils
s'assoyaient hors de portée des regards, elle dézippait
son pantalon, il enfouissait sa tête dans son cou pour
étouffer ses gémissements. Bastien se demandait si
elle ne préférait pas cette dynamique qui les obligeait
à se fréquenter en cachette et qui entourait leur liaison
d'une aura d'interdit. Lui-même, lorsqu'il restait des
heures près d'elle sans trop pouvoir la toucher, pensait
qu'aucune fille ne l'avait autant excité.

Leur duplicité avait aussi ses revers. Quand Clara
était invitée à des soupers entre amis, elle s'opposait à
ce qu'il l'accompagne, alléguant qu'elle n'avait aucune
manière de le présenter qui ne suscite des questions
indiscrètes. Tout comme elle refusait systématiquement
d'aller chez les amis de Bastien. Si les soupers intimes
semblaient à Clara trop risqués, le jour où elle fut
conviée à un party, elle hésita. Après tout, il y aurait tellement de monde, ils se fondraient parmi les invités…
Elle lui permit de l'accompagner et le présenta comme
son cousin. Bastien avait essayé de la convaincre de

dire qu'il était un ami, mais en employant le mot «cousin», Clara savait qu'il n'oserait rien pouvant les trahir. Elle se fit draguer la majeure partie de la soirée par un ami d'université qui lui courait après depuis des mois, et aussi par le frère d'une amie avec qui Bastien savait qu'elle avait déjà couché. Tout en discutant avec d'autres invités, Bastien la suivait du coin de l'œil tandis qu'elle repoussait sans conviction ces avances, y trouvant manifestement un certain plaisir – quand elle avait bu, Clara devenait un peu flirteuse. En l'observant, il se souvenait de tous ces Noëls où il l'avait épiée au bras d'un autre, et il éprouvait un mélange de jalousie superficielle et de satisfaction à l'idée que ce soir, c'est lui qui partirait avec elle.

Ils étaient rentrés à pied, avinés, c'était l'été, ils marchaient à deux heures du matin dans les rues endormies. Clara parlait sans discontinuer, Bastien ne disait presque rien. Dès qu'ils empruntaient une ruelle, il la poussait contre un mur, l'embrassait en glissant sa main sous sa jupe, elle se dégageait en riant, protestait qu'ils devaient attendre d'être à l'appartement, puis elle le raillait, lui disait qu'il ne l'avait pas lâchée des yeux de la soirée, comme s'il la surveillait, comme s'il craignait qu'elle ne se sauve avec un autre. Bastien restait silencieux, elle reprenait son bavardage.

Au rez-de-chaussée de son immeuble, ils avaient traîné devant la porte. Elle n'arrivait pas à trouver ses clés, jacassait, fouillait nonchalamment dans son sac, Bastien soupirait, vérifiait l'heure. Lorsqu'elle avait enfin sorti ses clés, son téléphone avait sonné. C'était cet ami d'université qui l'avait draguée durant la soirée, il l'appelait pour lui proposer de prendre un dernier verre. Plutôt que de déverrouiller la porte, Clara s'était appuyée contre les boîtes aux lettres, faisant semblant d'hésiter, répétant d'un ton interrogatif chaque phrase qu'il lui disait, de façon à ce que Bastien suive leur échange, boire un verre ? ah ouais ? maintenant ? je sais pas… t'es en voiture ? et pendant ce temps Bastien secouait la tête d'exaspération, l'embrassait dans le cou, descendait vers ses seins, se collait contre elle pour lui montrer qu'il était bandé, Clara poursuivait sa conversation, oui peut-être que ça me tenterait, peut-être qu'on pourrait prendre un verre, c'est vrai qu'il n'est pas si tard… Perdant patience, Bastien lui avait pris le téléphone des mains et avait raccroché, elle avait éclaté de rire.

Quand ils étaient rentrés, Bastien s'était mis à la déshabiller dès le vestibule, il l'avait couchée sur le sol à moitié dévêtue, elle n'avait pas résisté, et il lui avait fait l'amour plus brutalement que d'habitude, il comprenait très bien pourquoi il agissait ainsi, que c'était sa manière de lui dire ce qu'il avait ressenti en la voyant avec d'autres gars toute la soirée, et il réalisait que c'était ridicule, mais il s'en foutait, et Clara comprenait très bien aussi, elle riait, se moquait de lui, répétait qu'il était possessif et jaloux, et pour toute réponse il lui avait plaqué une main contre la bouche pour la faire taire, si elle avait eu le moindre geste pour le repousser il l'aurait lâchée, mais elle ne protestait pas, il la sentait qui riait toujours, et en même temps qui devenait de plus en plus excitée, il savait qu'en continuant il la ferait jouir rapidement, et c'était précisément ce qu'il désirait, qu'elle jouisse là, maintenant, tout de suite, à cause de lui et pas d'un autre, et Clara pensait que Bastien la tenait comme s'il voulait l'empêcher de fuir, la garder près de lui, elle pensait que peut-être il y parviendrait, pas seulement cette nuit, mais plus tard, longtemps, peut-être toute une vie, il saurait la dissuader de partir, la forcer à rester, et elle était consciente qu'elle pouvait s'en exciter parce que ce n'était qu'un jeu, si elle restait avec lui ce serait de son plein gré, de même qu'elle le laissait lui faire l'amour brutalement pour se prouver qu'elle était à lui et à personne d'autre, et Bastien, en sentant Clara jouir au bout de deux minutes, s'était dit qu'elle était ainsi qu'il l'avait pressenti à l'adolescence, un peu garce, juste assez folle, excessive, ardente, trop impétueuse pour qu'on puisse croire qu'elle se laissait faire par faiblesse, capable de le faire bander en l'insultant, capable aussi de s'abandonner à lui avec une confiance totale, et surtout, il savait qu'elle l'aimait, exactement tout ce qu'il avait souhaité pendant des années.

Malgré ces sorties occasionnelles, la plus grande part de leur relation se déroulait toujours entre les murs de l'appartement de Clara. Bastien habitait avec deux colocataires, elle refusait de les rencontrer. Il passait tout son temps libre chez elle, dormait dans son lit presque chaque nuit. S'ils vivaient officieusement ensemble, c'était parce que la colocataire de Clara était la plupart du temps chez son propre chum. Elle ne venait que le dimanche matin faire sa lessive. Clara s'arrangeait pour que Bastien ne soit pas là, elle s'opposait à ce qu'il dorme avec elle la nuit d'avant.

Une fois, en se mettant au lit un samedi soir, Bastien réalisa que la simple idée de lui faire l'amour chez lui avait l'attrait d'un fantasme inaccessible. Il l'appela pour le lui dire, puis réussit à la convaincre de le rejoindre, ses deux colocs étaient sortis, ils rentreraient passé trois heures du matin, elle n'aurait qu'à partir avant leur retour, personne ne saurait. Elle avait accepté de passer. Dès qu'il était question de sexe potentiellement plus intense, Bastien avait remarqué qu'il devenait facile de vaincre sa résistance. Il lui fit donc banalement l'amour dans son lit avec l'impression de l'avoir persuadée de se livrer pour lui à un acte défendu. Mais ils s'étaient ensuite endormis, et le lendemain, elle avait croisé Vincent au salon. Bastien l'avait présentée comme une amie, son coloc avait eu un sourire sarcastique, Clara n'avait plus voulu revenir. Bastien avait cessé d'insister, considérant ce refus comme temporaire. Clara avait beau persister à mentionner sa limite d'un an, il ne se laissait pas démonter, confiant qu'elle changerait d'idée quand ce stupide délai arriverait et qu'ils ne seraient assurément pas prêts à se quitter. Ils arrêteraient alors de se cacher de leurs amis et parleraient à leurs parents. Au début, il y aurait des jugements négatifs, mais ça finirait par passer. Jamais durant cette première année il ne douta qu'elle l'aimait assez pour que les choses évoluent ainsi.

Bientôt un an

Pendant les premiers mois, Clara croyait sincèrement qu'elle se lasserait de Bastien. Même si elle était prête à concéder que ses sentiments étaient plus forts qu'avec les autres gars, elle mettait cette intensité sur le compte de l'excitation provoquée par leur lien de parenté. Et ça aussi, elle en deviendrait forcément indifférente.

Quand cela fit dix mois, elle s'inquiéta. L'année achevait et elle ne s'ennuyait toujours pas. Elle focalisa ses pensées sur le fait qu'elle voulait des enfants. Elle était persuadée que l'amour s'effrite après un an, mais en observant les couples dans son entourage, elle avait conclu qu'être parents et être amoureux sont deux choses différentes. Il était tout à fait possible de fonder une famille sur la base d'autres critères – évidemment, pas avec son neveu. Puis même sans cet obstacle de parenté, il y avait l'écart d'âge. Ses enfants, elle ne les voulait pas trop tard. Elle connaissait d'expérience ce qu'est de traverser son adolescence avec des parents dépassés par les changements du monde. 30 ans lui semblaient la limite pour un premier enfant, 35 pour un dernier. Lorsqu'elle aurait 30 ans, dans trois ans, Bastien n'en aurait que 25, elle se doutait bien qu'ils ne seraient plus à la même étape de leur vie.

Après onze mois, Clara dut se rendre à l'évidence qu'elle n'avait pas envie de rompre. Bastien habitait pratiquement chez elle, et elle ne ressentait toujours pas de lassitude. À cette époque, sa colocataire passa faire sa lessive un jeudi sans prévenir. La semaine suivante, elle demanda à Clara comment s'appelait son chum. Bastien portait le nom de Denis et celui de Séverine, Clara et lui avaient un patronyme commun, et elle se surprit à omettre le nom compromettant. Toute la journée, elle fut maussade. Sans trop savoir ce qu'elle en attendait, elle tapa sur internet les mots «tante, neveu, couple», lut quelques pages, rectifia sa recherche, «tante, neveu, mariage». Étonnée, elle découvrit qu'au Canada, leur relation n'avait rien d'illégal.

Le soir, elle rapporta à Bastien qu'elle venait d'apprendre que les lois de leur pays autorisaient à épouser son cousin, sa cousine, sa tante, son oncle, son neveu, sa nièce. C'était tout de même surprenant... Était-il au courant? Oui. Il la fixa sans rien ajouter, Clara détourna les yeux. Après un moment de silence, il lui demanda ce qu'elle répondrait, si un jour il lui proposait de l'épouser. Elle constata avec ahurissement qu'il était sérieux, marmonna qu'il disait n'importe quoi, qu'il n'avait que 22 ans, et lui rappela que cela ferait un an dans un mois, bientôt ils devraient se quitter. Bastien se mit à rire, se rapprocha d'elle sur le sofa et commença à la déshabiller.

— S'il nous reste juste un mois…

Clara prit un air buté mais ne protesta pas, et lorsqu'elle fut nue, il se recula et la regarda. Il ressentait tout pour elle. L'envie de lui faire l'amour lentement en contemplant son visage jusqu'à ce qu'elle jouisse, ou l'envie qu'elle lui bande les yeux et que durant un temps indéterminé il n'ait pas idée de ce qu'elle lui ferait, ou l'envie de lui ordonner de prendre telle position, puis telle autre, puis encore telle autre et qu'elle obtempère chaque fois, lui laissant croire qu'il la dominait. Il ressentait aussi ce réflexe constant de la protéger, il était heureux si elle s'enthousiasmait d'une chose ou d'une autre, soucieux si elle traversait quelques jours de déprime, il aimait leurs conversations interminables, le matin il était rassuré quand, sans ouvrir les yeux, il tendait sa main vers elle et touchait son corps endormi. Mais pour l'instant, alors qu'elle était nue sur le sofa avec cette expression obstinée, il avait surtout envie d'approcher son pénis de ses lèvres et qu'elle se l'enfonce dans la bouche.

— Un an?

— Je te l'ai dit et redit depuis le début. On devrait même pas être ensemble. Tu veux continuer combien de temps à faire semblant devant les autres? À mentir à tout le monde?

— On n'a qu'à leur dire.

— Je suis ta tante.

— Dis-le encore?

— Pourquoi?

— Ça m'excite.

Clara lui lança un coussin.

— Tu crois que ça ferait rire les autres ?

Il se pencha vers elle, l'embrassa, prit un ton exagérément dramatique.

— D'accord chérie, alors fais-moi l'amour comme si c'était la dernière fois.

Il l'avait dit pour blaguer, et sa réplique réussit à faire sourire Clara, mais peu après, au moment où elle allait jouir, percevant que Bastien allait jouir aussi, elle se redressa pour le regarder dans les yeux, se demandant comment serait la fois qu'ils sauraient être la dernière, et l'orgasme qui la parcourut lui sembla différent, presque douloureux. À la suite de cette discussion qui avait tourné à la blague et à une énième baise sur son sofa, Clara comprit que Bastien ne croyait pas à son délai d'un an. Le lendemain, elle lui posa clairement la question, prenait-il cette date butoir au sérieux ? Non. Et depuis quand ? Depuis le début. Clara ne répondit rien.

Fuck !

Clara n'avait pas vérifié dès le début de leur relation s'il était légal d'épouser son neveu ou sa tante, mais elle avait fouiné sur internet pour voir ce que les gens pensaient des couples incestueux. Elle avait trouvé plusieurs cas de demi-frère et demi-sœur, oncle et nièce, cousin et cousine, et même de frère et sœur. Tante et neveu, toutefois, il y en avait très peu. Sur les blogues, elle avait lu avec curiosité ces histoires d'inceste consentant, et aussi les commentaires qui leur succédaient. La majorité des gens jugeaient sévèrement les fautifs et les insultaient copieusement; seule une minorité se portait à leur défense au nom de l'amour, de la liberté, de la relativité des mœurs. Certains rappelaient que l'aristocratie avait longtemps privilégié les mariages consanguins, d'autres invoquaient telle tribu encourageant les alliances entre parents. S'ensuivait une avalanche de contre-arguments, d'exemples d'enfants nés avec des malformations ou des maladies génétiques, de citations d'anthropologues qui soutenaient au contraire que l'organisation tribale empêchait le plus souvent les unions entre membres étroitement apparentés, pour des raisons culturelles probablement influencées par des intuitions biologiques.

En lisant ces forums, Clara avait vite compris que les enfants étaient le nœud de l'affaire. Si on pouvait tolérer bien des perversions, les enfants, c'était sacré. Les déviances des adultes ne devaient en aucun cas nuire à leurs descendants. Au pire, qu'ils s'abstiennent de procréer.

Les jours suivant la discussion sur leur rupture imminente, Clara repensa à ces commentaires. Même s'ils adoptaient, raisonnait-elle, ou si elle se faisait inséminer par un donneur, leur lien de parenté pourrait se savoir, leurs enfants seraient exposés à des moqueries, on traiterait leurs parents d'incestueux. Et avec l'adoption, il lui faudrait renoncer à son désir de vivre l'expérience d'être enceinte. L'équation était simplissime : elle voulait des enfants, avec Bastien c'était inenvisageable, leur relation était vouée à l'échec, ils l'avaient entamée en sachant qu'elle ne serait pas éternelle, mais là il fallait revenir à la réalité. Donc mettre un terme à cette liaison. Mais elle n'en avait pas envie.

Mais il le fallait. Mais elle n'en avait pas envie. Mais il le fallait. Fuck !

La veille de Noël, ils s'étaient disputés. Clara lui disait qu'ils se quitteraient en janvier, c'était insensé de vivre dans le secret aussi longtemps, sans compter qu'un jour elle voudrait des enfants et qu'il ne pourrait pas lui en donner. Bastien répondait qu'il le pouvait très bien, il s'était renseigné, leur coefficient de consanguinité était de 12,5, ce n'était pas si dramatique, les couples faisaient des enfants en n'ayant aucune idée de leur génétique, eux au moins ils seraient conscients des risques, ils n'auraient qu'à passer des tests préalablement. Clara lui répliquait qu'il oubliait leur différence d'âge, peut-être que d'ici trois ans elle serait prête à avoir un enfant, lui n'aurait que 25 ans. Bastien affirmait que ce n'était pas non plus un problème, il serait prêt lui aussi, d'ailleurs elle l'avait informé dès le début qu'elle voulait des enfants à 30 ans. N'importe quoi, s'opposait Clara, je te l'ai dit *avant* qu'on se fréquente, en bavardant, et absolument pas comme à quelqu'un qui pourrait être le père de ces enfants. Et après ? s'impatientait Bastien, maintenant on est ensemble. Clara répétait qu'il ne comprenait rien, Bastien rétorquait qu'il comprenait parfaitement et que tout ce qu'elle disait il le savait en commençant à sortir avec elle. Justement, se défendait Clara, on n'a pas commencé à sortir ensemble comme un couple qui durerait toute une vie, Bastien lui répondait d'arrêter de lui rebattre les oreilles avec cette histoire d'un an, c'était ridicule, même elle n'y croyait plus. Clara s'était emportée, il était inconscient, il y avait aussi le jugement des autres, voulait-il passer sa vie à se justifier, et risquer que leurs enfants subissent de l'intimidation ? Il s'était emporté à son tour, elle exagérait, on était au 21e siècle, les mentalités étaient beaucoup plus évoluées qu'elle le supposait.

L'après-midi du 25 décembre, elle l'avait prévenu qu'ils ne devaient rien laisser paraître à leur party de famille. Leur querelle avait repris quand elle lui avait annoncé qu'elle les conduirait jusqu'à Saint-Jean-sur-Richelieu, puis le déposerait au terminus d'autobus, il n'aurait qu'à appeler Séverine pour un lift, elle préférait qu'ils arrivent séparément. Bastien protestait que cette précaution était inutile, il suffisait d'inventer qu'il l'avait contactée pour lui demander de faire le trajet avec elle. Clara refusait de plier. En route, ils s'étaient à peine parlé.

Au terminus, en regardant la voiture s'éloigner, Bastien s'était dit que 2006, qui avait si bien débuté, se terminait mal.

Chez Amélie et Grégoire, Bastien s'était emparé du bébé de son oncle Laurent. Il l'avait gardé dans ses bras près d'une heure en regardant fréquemment Clara, qui comprenait très bien le message et se retenait de lever les yeux au ciel. Leur famille se composait d'une quarantaine de personnes, les gens discutaient par petits groupes, des enfants couraient partout. Clara les observait en pensant qu'ils étaient ses nièces et ses neveux, mais les cousins et cousines de Bastien. Ou encore les enfants de ses frères et sœurs, mais les enfants des tantes et des oncles de Bastien. S'ils faisaient leur vie ensemble, leurs enfants seraient à la fois les petits-enfants et les arrière-petits-enfants d'Amélie et de Grégoire, alors que Séverine serait leur grand-mère et leur tante. Tous ces liens doublés l'étourdissaient.

Bastien s'arrangea toute la soirée pour se retrouver dans les mêmes conversations que Clara. Remarquant qu'il la suivait, elle eut une idée. Elle se mit à parler d'un couple d'amis chez qui elle fêterait le réveillon, ses amis se mariaient l'été prochain, c'était assez particulier, car les deux étaient cousins, leurs mères étaient sœurs. Les membres de leur famille qui l'écoutaient avaient passé des commentaires qui oscillaient entre l'intransigeance et la tolérance. Plusieurs jugeaient cette relation choquante. Un frère de Clara avait même lancé que c'était dégoûtant. Est-ce légal ? avait demandé sa femme. Grégoire avait protesté que ce n'était rien, dans son temps c'était une pratique relativement banale de se marier entre cousins. Quelqu'un s'était opposé : auparavant, les villages étaient isolés, leurs habitants peu nombreux, et il fallait bien se marier, mais de nos jours, avec tous les moyens de faire des rencontres, ce genre de situation n'avait plus d'excuse. Amélie s'était rangée à l'opinion de son mari, puisque cela avait déjà été admis, pourquoi pas maintenant ?

Clara réussit à raconter son histoire sur ce couple imaginaire pas moins de quatre fois au cours de la soirée. À chaque commentaire négatif, Bastien jurait intérieurement. La quatrième fois, il déclara que lui, il n'y voyait aucun problème. Si une de ses cousines lui avait plu, il ne se serait pas gêné. Et même, tiens, s'il s'était avéré qu'il était tombé amoureux de sa t… Clara l'avait coupé pour ramener la conversation sur ses amis. Elle avait évoqué la question des enfants, et sur ce point, tout le monde était d'accord, c'était délicat. Le beau-frère de Clara avait mentionné la sœur d'un ami qui avait marié son cousin au deuxième degré et dont l'un des enfants était trisomique. Bastien avait argué que ce pouvait être un hasard. Clara avait changé de sujet, exaspérée.

À la fin de la soirée, comme convenu, Bastien avait dit à sa mère que Clara lui offrait de rentrer en voiture avec elle, ça lui éviterait le trajet de bus. Sur le chemin du retour, il lui avait reproché sa comédie à propos de son couple d'amis cousins. Clara avait répliqué que grâce à cette «comédie» ils avaient eu un bon aperçu de ce qu'ils auraient à endurer s'ils restaient ensemble, leur famille constituait un échantillon représentatif de l'état des mentalités. Bastien affirmait qu'il était prêt à endurer bien pire, Clara répondait qu'elle aussi mais qu'elle n'imposerait pas ça à ses enfants, Bastien rétorquait qu'il avait lui-même subi des moqueries à l'école parce que son père était un ancien prisonnier, il ne s'en portait pas plus mal aujourd'hui. Clara contestait que ce n'était pas comparable, Bastien soutenait le contraire, etc. À l'appartement, ils s'étaient encore disputés.

Le 8 janvier, Clara lui demanda de ne plus venir chez elle, de ne plus l'appeler, ni lui écrire, ni rien. C'était fini.

Réduit à la condition de femme

1899

William acquit malgré lui un exemplaire des *Mille et Une Nuits* alors qu'il venait de franchir le cap des 36 ans. Après avoir célébré la messe, il descendit l'allée centrale de la chapelle et remarqua un livre abandonné sur l'un des derniers bancs. Il le ramassa avec curiosité. Le titre ne lui disait rien, William, à part son instruction biblique, et encore, n'était pas très lettré. Arrivé au presbytère, il le déposa sur sa commode et l'oublia.

Un soir, il se rappela sa trouvaille. Aucun paroissien ne l'avait réclamée. Il l'ouvrit au hasard et lut un passage où il était question d'un homme châtré par une amante jalouse – plus exactement, la victime subissait une émasculation complète, soit à la fois une orchidectomie (ablation des testicules) et une pénectomie (ablation du pénis), mais ça, ni William ni *Les Mille et Une Nuits* n'avaient des termes aussi précis pour le dire. Le conte privilégiait plutôt les allusions, telle la tournure «il était privé de ses attributs virils et réduit à la condition de femme», sans toutefois s'abstenir de descriptions occasionnelles plus crues, comme «elle me trancha le sexe». William interrompit sa lecture, dégoûté.

Nonobstant cette aversion, le lendemain soir, l'appel du recueil de contes millénaires fut trop fort. William l'ouvrit cette fois à la première page et apprit avec malaise l'histoire de deux rois, frères de sang, trompés par leur épouse. Les deux surprenaient leur femme au lit avec un esclave. Dans le cas de l'aîné, sa femme et l'esclave étaient par surcroît entourés de neuf autres couples forniquant. William ne connaissait pas le mot «orgie», la scène le laissa perplexe. Des sensations qu'il évitait autant que possible fourmillèrent entre ses jambes. Les deux femmes du conte avaient choisi pour amant un homme à la peau noire. Le prêtre repensa à ses propres parents, son père métis et sa mère blanche, qui lui avaient légué une identité problématique dans le Sud des États-Unis où il était né et avait grandi, jusqu'à ce que… William ferma le volume brusquement. À quoi bon ressasser son passé. Maintenant, il vivait au Vermont.

Un mois après avoir trouvé l'exemplaire des *Mille et Une Nuits*, William fut réveillé vers minuit par le cahotement d'une calèche. Sa chapelle et son presbytère étaient situés sur une colline en retrait du village, personne n'y venait autrement que pour les offices ou pour requérir ses conseils. Il se leva et sortit. Un homme d'une cinquantaine d'années, qu'il eut le vague souvenir d'avoir déjà vu, se tenait sur le porche.

1999

La porte de la cellule se referma d'un coup sec, le bruit métallique résonna en contrepoint de celui des pas du policier qui s'éloignait, l'abandonnant dans la pièce. À peine quatre mètres carrés. Agression sexuelle. Crime sexuel. Délinquance sexuelle. Les mots tournaient en boucle dans sa tête. Ses yeux tombèrent sur les deux minuscules lits et la toilette disposés selon un plan qui empêchait toute intimité. Au moins, pour l'instant, il n'y avait pas d'autre détenu. Combien s'écoulerait-il de temps avant que quelqu'un paie sa caution… Sa caution… *Sa* caution… Ce n'était pas possible. Elle reviendrait à la raison.

Ou elle persisterait. Il réalisa qu'il ne la connaissait pas. Après deux ans, tout compte fait, il ne la connaissait pas. Pas assez pour savoir qu'avec elle, il avait été en danger. Xavier sentit les larmes lui brûler les yeux. Ne surtout pas pleurer. Il s'assit par terre, près de la porte en barreaux, incapable de se résoudre à s'avancer dans la cellule. Le policier qui l'avait interrogé le mitraillait de chiffres, condamnation de deux ans, trois ans, quatre ans. Il avait voulu l'effrayer. Et ça avait marché. Quatre ans… Il avait 19 ans. Donc jusqu'à ses 23 ans. Non, ce n'était pas possible.

1899

Cela faisait trois jours et la fille ne lui avait pas adressé la parole. William ne savait même pas son nom. Elle restait cloîtrée dans la chambre qu'il lui avait assignée, prenait ses repas à l'écart. La femme âgée, peut-être sa servante, n'était pas tellement plus bavarde. Je reviendrai les chercher d'ici six mois, avait déclaré l'homme qui les avait conduites au milieu de la nuit, en attendant ne laissez personne voir la fille. Il avait refusé de lui dire comment elle s'appelait.

L'homme lui avait remis une lettre cachetée. L'évêque l'y remerciait de bien vouloir héberger avec la plus grande discrétion la fille d'une de ses fidèles. William avait pour consigne d'informer ses paroissiens que la femme était sa nouvelle gouvernante. Quant à la fille, elle ne devait en aucun cas quitter le presbytère. La lettre était brève, autoritaire, et avare d'explications. *Vous aurez l'occasion d'observer par vous-même, mon fils, qu'elle a le diable au corps.* Seule cette phrase fournissait un maigre indice.

La quatrième journée, alors que William priait dans la chapelle, la femme vint lui dire que sa protégée souhaitait se confesser. L'église était toujours déserte l'après-midi, il accepta. Au confessionnal, en l'écoutant, il comprit la raison qui la forçait à se cacher. Elle était enceinte sans être mariée. Habituellement, les mères célibataires étaient envoyées dans des couvents pour soustraire leur condition aux regards, les sœurs veillaient sur leur vertu jusqu'à leur libération. La famille justifiait par un voyage l'absence de celle dont on tentait de sauver l'honneur. Après la naissance, l'enfant était abandonné au couvent et la mère rentrait chez les siens. Pourquoi lui avait-on confié cette fille ? William songea à la femme qui l'accompagnait, probablement une accoucheuse.

La cinquième journée, la fille revint se confesser. Elle avait oublié de mentionner certaines fautes. William l'écouta raconter en détail six péchés charnels impliquant chacun un homme différent. Rendu au deuxième, il fut troublé de constater que ses confidences lui causaient un effet comparable à la lecture des *Mille et Une Nuits*. Les paroissiennes dont il recueillait les aveux abordaient rarement les œuvres de la chair. S'il advenait qu'elles le fissent, elles employaient des figures imagées, des formules à double sens, souvent William ne saisissait rien à leur charabia et en déduisait par élimination qu'il concernait des péchés de luxure. Son défaut d'expérience en ce domaine le restreignait dans sa pénétration de ces discours tortueux. La fille, par contre, s'exprimait d'une façon plus limpide, bien que ses propos demeurassent implicites – ce qui ne l'empêchait pas, ici et là, de laisser échapper une phrase crue à un point tel que le cœur de William en bondissait dans sa poitrine. Jamais une femme n'avait manié à son oreille langage si impudique. À la fin, il lui enjoignit d'abréger, s'excusant de ce qu'il n'avait pas davantage de temps à lui consacrer. Il l'entendit avec étonnement se plaindre de n'avoir pu solliciter le pardon que pour une infime part de tous les actes contre la foi qu'elle avait perpétrés. William envisagea de l'absoudre pour la totalité de ses fautes, puis se ravisa. Un autre jour, lui promit-il.

À son grand dépit, le lendemain, la fille poursuivit le récit de ses inconduites. Le surlendemain également. Plus les journées passaient, moins elle usait de cette manière oblique de rapporter ses voluptés, et plus elle favorisait les révélations franches. À quelques reprises, William dut lui demander des précisions à propos de mots qu'il ne connaissait pas. Il apprit ainsi qu'un homme et une femme pouvaient se livrer à des pratiques dont il n'aurait pas même soupçonné la possibilité.

Un soir, alors que cela faisait une semaine qu'elle lui confessait des relations charnelles et que le nombre de ses amants s'élevait à 46 – il en tenait un compte minutieux –, William rentra au presbytère et trouva la fille assise dans la salle à manger. Elle lui déclara qu'elle prendrait son repas en sa compagnie. Durant l'heure qui suivit, où la gouvernante se chargea du service, ils ne parlèrent presque pas. Vos cheveux ? finit-elle par le questionner. Ma grand-mère paternelle était Noire, expliqua William.. Elle le dévisagea avec attention. Votre mère était Blanche ? C'est cela. La fille n'ajouta rien. William jugea que la conversation était propice pour s'enquérir de son nom mais, réfléchissant que sa famille lui avait peut-être interdit de le lui dire, il s'abstint.

À la fin du repas, la fille lui annonça qu'elle s'était conformée à ses recommandations et lisait la Bible tous les après-midi. Pour éviter que mes pensées me mènent vers des idées impures, précisa-t-elle en appuyant sur le terme « impur ». William baissa les yeux, sentant ses joues s'empourprer. Cela éclaire-t-il votre esprit ? marmonna-t-il après un moment de silence. La fille secoua la tête. Certains passages me laissent… confuse, lui répondit-elle, peut-être pourriez-vous me guider dans l'interprétation de leur sens ? William hésita, se doutant des passages auxquels elle faisait référence. Des versets dont sa lecture remontait à ses années de séminaire, puisque depuis quinze ans, il limitait ses messes aux mêmes fragments. Il n'était pas devenu prêtre par illumination divine ni par vocation, et l'étude du Livre Saint l'ennuyait. Par paresse, il servait à ses fidèles un corpus sommaire dont de toute façon, William le voyait bien, ils n'écoutaient qu'à moitié la récitation. Malgré sa désaffection pour l'ensemble du texte biblique, il savait qu'on y rencontrait des histoires n'ayant rien à envier aux *Mille et Une Nuits*. Quels passages vous posent problème? se résigna-t-il à demander à la fille. Le Livre d'Ézéchiel. William soupira. Si sa mémoire était bonne, le Livre d'Ézéchiel était l'un de ceux qui l'avaient le plus embêté. Nous verrons cela demain, conclut-il à regret.

Avant de se coucher, il relut à la lueur d'une bougie les pages pour lesquelles la fille réclamait ses lumières. Elle n'était là que depuis dix jours, déjà il avait l'impression de perdre le contrôle de la situation, et il devait l'héberger six mois. Il se mit au lit avec des palpitations dans les reins. Trouver le sommeil ne serait pas chose aisée.

Pour la pureté des héritiers

1999
22 000 esclaves. Raphaëlle referma le guide touristique, prise d'une amère déception. En plus, elle ne parvenait même pas à lever les yeux, le soleil était au zénith et le marbre blanc du Taj Mahal l'éblouissait. La chaleur aussi, suffocante. Et les gens… il y en avait tellement. C'était donc ça, l'un des chefs-d'œuvre du patrimoine mondial de l'Unesco, une montagne de

marbre impossible à regarder sous la lumière solaire, et pour laquelle on avait sacrifié des milliers de vies. Elle tenta de nouveau d'observer ce supposé symbole d'amour, mais ne vit qu'une tache incandescente. Elle se rappela la neige qu'elle avait laissée derrière elle au Québec, qui flamboyait tout autant si le soleil était trop intense. Lorsqu'elle travaillait les samedis et dimanches à la station de ski, et que la veille elle avait fait la fête jusqu'au matin, le reflet des rayons sur la surface blanche était insupportable, ses yeux lui brûlaient, irrités par le manque de sommeil et l'abus d'alcool, elle ne pouvait quitter ses lunettes de ski teintées qu'en se réfugiant dans le pavillon au pied de la montagne.

Raphaëlle songea qu'on était le 27 décembre, il ne restait que quatre jours au deuxième millénaire. Quatre jours sur les 365 250 qu'il avait duré. Enfin, quatre jours, tout dépendait d'où on se situait dans le monde. Au Québec, est-ce qu'on était déjà le 27… ou encore le 26… non, ici il était passé midi, on était également le 27 chez elle, depuis trois heures. Une dernière fois, se dit-elle en levant les yeux vers le Taj Mahal. Elle les rebaissa aussitôt. Impossible. Si seulement elle n'avait pas bu autant hier soir… Tant pis. Elle devrait attendre que le soleil se calme pour embrasser le palais du regard. Aussi bien visiter l'intérieur en patientant.

La profusion de détails décorant les murs, c'est ça surtout qui l'avait attirée sur les photos des brochures touristiques. Raphaëlle caressa les arabesques gravées dans le marbre. Elle se souvint de ce qu'elle avait lu : 22 000 esclaves. Elle aurait dû se renseigner davantage avant de venir ici. Quelle heure pouvait-il être maintenant ? Les lendemains de soirées trop arrosées, elle perdait la notion du temps. Se soûler la veille, quelle mauvaise idée. Mais le groupe d'Américains de l'auberge l'avait invitée à se joindre à leur beuverie, évidemment elle n'avait pas refusé, cela faisait un moment qu'elle n'avait pratiquement parlé à personne. À l'ashram, quitté trois jours plus tôt, elle avait gardé le silence pendant deux semaines. Là-bas aussi, en méditant, elle perdait la notion du temps. Elle posa sa main sur un motif floral taillé par un esclave plus de trois siècles auparavant, tenta d'imaginer que dans une vie antérieure elle avait été cet esclave, et s'efforça d'éprouver sa souffrance. Non, elle ne ressentait rien. Engourdissement des sensations. De la douleur comme de la joie. Torpeur. Atonie. Peut-être qu'elle avait assez traîné à l'intérieur pour que le soleil soit suffisamment descendu. Elle avait oublié sa montre, il fallait s'informer de l'heure. Donc repérer des touristes qui parlent français ou anglais…

Raphaëlle se promena en tendant l'oreille et repéra une famille de Français, elle leur demanda l'heure en détachant le mieux possible ses mots. Seulement 14 h 25. Depuis un mois qu'elle voyageait, elle avait réalisé que si elle comprenait sans problème les Français malgré leur accent, l'inverse n'était pas toujours vrai. Elle se tournait souvent vers des Français lorsqu'elle avait besoin d'un renseignement, ils étaient nombreux dans les lieux touristiques et les auberges. Quand elle formulait ses questions, on la dévisageait parfois avec curiosité, parfois avec incompréhension. Leur accent ne lui posait pas de problème, à peu près tous les Québécois avaient déjà vu des films français. Pas sûr que les Français s'intéressent au cinéma québécois…

Elle dénicha un banc où s'asseoir et reprit son guide de voyage. 22 000 esclaves, 22 ans de travaux.

Tout ça pour une tombe. Se donner autant de mal pour un cadavre et se foutre des vivants. Le ton du guide la rebuta. On y vantait le Taj Mahal comme un symbole d'amour éternel. Mouais... Sceptique, elle tira de son sac un livre sur l'histoire de l'Inde, retrouva la section où l'on traitait de l'érection du mausolée. Sans surprise, elle apprit que l'empereur moghol Shâh Jahân, qui l'avait fait construire à la mort de son épouse Mumtaz Mahal, avait deux épouses additionnelles et un harem de 2000 femmes. Elle repensa à ce qu'un professeur de littérature avait dit. Il soutenait que le concept d'amour ne pouvait pas se comparer d'un siècle à l'autre, qu'on ne devait pas juger les époques antérieures à la lumière de nos valeurs. Peut-être que d'avoir trois épouses selon un Moghol du 17ᵉ siècle était une chose naturelle... Qu'il ne serait pas venu à l'esprit de cet homme que son amour pour Mumtaz Mahal fût moins sincère à cause de ses autres femmes. Peut-être que l'exclusivité était une invention de l'Occident... Une contrainte dérisoire dans ce coin de l'Orient... Non, pas vraiment, puisque les femmes n'avaient pas le droit de prendre plusieurs maris et qu'elles étaient tenues à la fidélité. Raphaëlle relut les pages où il en était question, cherchant les mots exacts employés par l'auteur. *Pour la pureté des héritiers.* Beurk. Une fois de plus, elle remercia le destin d'être née au 20ᵉ siècle. Elle rangea le livre et se dirigea vers la sortie.

De toute façon, restaient les esclaves... Devait-on pardonner ça aussi ? Un professeur de philo leur avait expliqué qu'il ne fallait pas tenir rigueur à Platon d'avoir possédé des esclaves. Question d'époques. Bullshit. Le Taj Mahal... L'œuvre d'un homme soumettant d'autres hommes pour honorer une femme qu'il avait engrossée à répétition tout en couchant avec des centaines d'autres. Si c'était ça l'amour, elle l'emmerdait. Avant de sortir, elle s'approcha d'un mur, s'assura que personne ne la surveillait, et cracha sur le marbre.

L'attente

1999
Alice n'avait aucune idée de l'expression à donner à son visage au moment où le policier amènerait Xavier. Un air déterminé, lui signifiant qu'elle prenait la situation en main? Une attitude témoignant de son amour inconditionnel de mère? De l'accablement avec une pointe de perplexité, pour montrer qu'elle le croyait innocent? Scepticisme? Compassion? Était-il possible qu'il ait commis de tels actes… Selon l'avocat, son fils affirmait qu'il était innocent, que Fanny avait tout inventé, qu'elle le manipulait depuis des mois. Xavier ne lui avait jamais parlé de rien. Jamais dit qu'il était malheureux, qu'il avait des problèmes avec sa blonde. Il ne parlait à peu près pas d'elle, ni de sa vie amoureuse, ni de grand-chose en fait. Taciturne. Mais doux, serviable. Elle avait toujours trouvé que c'était le plus sensible de ses fils. Le plus empathique aussi. Durant leur enfance, Xavier subissait les mauvais tours et les plaisanteries de Zack sans broncher, sans se plaindre, sans colère. Même quand Louis-Joseph avait grandi, Xavier n'avait pas transposé ces taquineries sur son plus jeune frère. Puis à l'adolescence, vers les 16 ans de Xavier, une étrange complicité

s'était créée entre Zack et Louis. Ils s'étaient alliés, à 18 et 11 ans, pour se payer sa tête. Ce n'était rien de bien méchant, reste que la dynamique était inhabituelle, l'aîné et le cadet contre l'enfant du milieu. Et ça s'était poursuivi. Aujourd'hui, Zack avait 21 ans et Louis 14, et ils se moquaient encore un peu de leur frère. Peut-être qu'un sentiment d'humiliation avait couvé chez Xavier pendant des années… Peu importe, il ne pouvait pas avoir fait ça. D'un autre côté, pourquoi quelqu'un inventerait-il une telle affaire ? Alice se souvint qu'un policier avait mentionné des photos des blessures de Fanny. Elle ne voulait pas les voir. Du moins pas avant que son fils lui ait confirmé que tout était faux. Elle le croirait, bien entendu. C'était faux. Il fallait que ça soit faux.

Mais… si c'était la vérité… et qu'elle avait complètement échoué dans son rôle de mère… qu'elle avait élevé un… Alice baissa les yeux, s'aperçut que ses mains tremblaient. Peut-être qu'elle n'avait pas été assez disponible, pendant leur enfance… Et Matthew, quel mauvais père elle leur avait choisi. Elle avait essayé de se racheter, de leur offrir mieux, avec Jacques. Ça n'avait peut-être pas suffi…

Un bruit de porte tournant sur ses gonds la fit sursauter. Xavier apparut, fixant le sol. Un instant, elle crut que c'était vrai, qu'il avait battu sa blonde enceinte, qu'il allait le lui avouer, et qu'elle ne saurait pas comment le protéger. Tout ne dura qu'une seconde, puis Xavier releva la tête, le regard désespéré. Alice ne contrôla pas l'expression qui apparut sur son visage, mais elle supposa que celle-ci traduisait la certitude qu'elle eut immédiatement. Sous cette certitude sourdit la honte d'avoir douté.

Il y avait deux mois que William et la fille étudiaient la Bible le soir, à la lueur des bougies. La sage-femme – c'en était bien une – les quittait sitôt la cuisine rangée. Ils restaient seuls, lisant et commentant le Livre d'Ézéchiel, l'histoire de Loth, le Cantique des cantiques, en alternance avec les Évangiles. Chaque fois, la fille réclamait des explications à propos des textes les plus embarrassants, chaque fois William répondait d'une manière succincte avant de diriger la discussion sur les récits des apôtres, chaque fois la fille la faisait dévier vers les passages qui l'intéressaient, et ainsi de suite. Le jour, elle continuait à venir se confesser. Le total atteignait maintenant 318 hommes. Des médecins, des instituteurs, des fonctionnaires, des domestiques, des jardiniers, des hommes trop jeunes pour avoir une fonction, selon ses dires il y avait même un prêtre et un séminariste, William avait écouté la gorge serrée ces deux révélations. La distinction de classe ne semblait pas un critère dans sa sélection des hommes. Après huit semaines à entendre ses confessions, il connaissait les détails les plus intimes sur elle. Pourtant, son nom lui demeurait inconnu.

Le vent fit vibrer la fenêtre. On n'était qu'en septembre, cependant les nuits étaient déjà froides, l'automne s'annonçait rude. William remit une bûche dans le poêle. La fille l'observait.

— Vous paraissez soucieux…

— Une femme est venue me voir aujourd'hui.

William s'arrêta. Il ne devait pas lui parler de ses autres fidèles. Néanmoins, elle n'avait pas l'autorisation de sortir du presbytère, et d'ici quelques mois, elle disparaîtrait…

— Une femme?

— Pour me demander conseil.

— Vous n'avez pas su l'éclairer?

Il se rassit sans répondre. La femme qui le pré-occupait avait onze enfants. Ses deux derniers accouchements avaient été difficiles, le médecin lui avait déconseillé une grossesse supplémentaire. Mais son mari… La fille posa une main sur son ventre, qui commençait à poindre sous ses robes. William songea que d'après ses calculs, elle était enceinte de cinq mois. Quel âge a-t-elle? se demanda-t-il soudain. Peut-être 20 ans? À l'en croire, elle aurait péché avec plus de 300 hommes… Était-ce la première fois qu'elle portait un enfant? En usant de détours, il réussit à lui poser la question. Elle acquiesça.

— C'est la première fois.

— La Providence vous a épargnée durant des années…

— La Providence et la ruse.

Il toussota avec gêne. La conversation prenait une tournure inhabituelle, jamais ils n'avaient fait référence à son passé à l'extérieur du confessionnal. Leur causerie du soir se restreignait au commentaire de la Bible. Même s'il concernait des passages qui plongeaient William dans un état malséant pour un homme d'Église, et même si la fille lui lançait des regards énigmatiques, en surface leurs discussions étaient celles d'un maître instruisant son élève.

— La ruse?

— Tenez.

La fille lui tendit la Bible, ouverte à une page de la Genèse, et se leva. Il était à peu près l'heure où elle se retirait, laissant William l'esprit brouillé par des images inconvenantes.

Une fois seul, il lut le passage qu'elle lui avait indiqué. Toute la nuit, il se réveilla, tourmenté par sa paroissienne dont la prochaine grossesse pourrait lui être funeste, et par les onze ou même douze enfants qui deviendraient orphelins. Il fallait lui reparler. Sauf qu'elle ne reviendrait pas se confesser avant des jours… De surcroît, elle n'était pas seule dans sa situation. Il était au courant qu'une autre femme du village vivait en mésentente avec son mari à qui elle se refusait pour la même raison. Sans oublier une troisième, morte en couches il y avait quelques années, à la naissance de son quatorzième enfant. William pensa de nouveau à la fille. 318 hommes… pour l'instant. Et une unique conséquence.

À l'aube, il avait pris sa décision.

Un doute restera

Alice referma la portière de sa voiture et se tourna vers lui, espérant qu'il romprait le silence. Xavier demeura muet. Il n'avait pas dit un mot au poste, ni depuis qu'ils étaient sortis. Elle finit par dire son nom, il ne répondit que par un mouvement convulsif. Elle approcha sa clé du contact, pensant que son fils préférerait peut-être discuter en roulant, ou une fois qu'ils seraient rendus… rendus où? Où fallait-il aller dans les circonstances? Xavier eut un second geste nerveux, elle comprit qu'il lui demandait de ne pas démarrer. Une minute plus tard, il marmonna qu'ils pouvaient partir. Quand la voiture quitta le stationnement, il fondit en larmes.

La voiture était garée dans l'allée déserte devant le parc. Xavier fixait le vide, il avait cessé de pleurer.

— Je n'ai rien fait.

— Je sais.

— Non, tu peux pas savoir. Personne ne peut savoir avec certitude, sauf elle et moi. Et c'est elle qu'ils vont croire.

— Je suis ta mère, je sais que…

— Non. Tu peux supposer, croire, soupçonner, mais pas savoir. Tu ne pourras jamais.

— Xavier…

— À moins qu'elle revienne à elle et retire son accusation. Et encore, un doute restera, toujours. Les gens pourraient penser qu'elle a pris peur au dernier moment. Ou qu'elle se sentait trop vulnérable, parce qu'elle est enceinte. De toute façon, elle ne reniera rien.

— Xavier, qu'est-ce qui s'est passé ?

— Je ne l'ai pas crue. Et elle s'est vengée.

Clément

Un gars d'une vingtaine d'années s'assit à ses côtés, Raphaëlle sentit son regard sur elle. Elle fit semblant d'être absorbée par sa lecture, mais il se tourna vers elle.

— Tu es Québécoise ?

Raphaëlle se résigna à le regarder.

— Exact.

— Je t'ai entendue discuter avec des Français.

— Ah.

— Ton guide de voyage, c'est de la merde.

— Je sais.

Elle referma le livre et l'enfouit dans son sac.

— Clément, dit-il en lui tendant la main.

— Raphaëlle.

— Tu visites l'Inde ?

— On peut rien te cacher.

— J'ai visité le Canada il y a deux ans.

— Cool.

— Le Québec et la Colombie-Britannique pour être plus précis. On aurait dit deux pays.

— Pour beaucoup de Québécois, c'est deux pays.

— On dirait qu'il faut plus que beaucoup de Québécois du même avis pour faire deux pays.

La remarque lui parut déplacée. Le dernier référendum avait eu lieu quatre ans auparavant. Même si ce n'était pas son cas, de nombreux Québécois en ressentaient toujours de l'amertume. Ses parents, par exemple. Elle se leva et ajusta ses lunettes de soleil.

— Tu pars ?

— J'ai soif.

— Je voulais pas te vexer.

— Il faut plus qu'une ou deux insignifiances sur la politique de mon pays pour me vexer.

— Je peux t'accompagner ?

Raphaëlle hésita. Malgré tout, il avait l'air sympathique. Et elle était tellement seule depuis deux semaines. Elle réalisa qu'elle avait terriblement envie de bavarder. Les retraites de méditation, ce n'était manifestement pas pour elle. Parler, et si possible dans sa langue. Pas en anglais. Pas avec des Américains dont elle ne comprenait pas toutes les blagues ou les références culturelles, ou qui employaient des mots inconnus, et pas non plus dans cet anglais simplissime parlé par la majorité des touristes dont ce n'était pas la langue maternelle. Elle songea que Clément était Français, lui aussi avait d'autres références, et elle dirait des mots qu'il ne comprendrait pas et vice-versa. N'empêche, c'était mieux que l'anglais.

Va vers la femme de ton frère

— « Juda maria son fils aîné Er à une femme nommée Tamar. Er déplut tellement au Seigneur qu'il le fit mourir. Juda dit alors à Onân, son deuxième fils : "Va vers la femme de ton frère. Agis envers elle comme le proche parent du mort et suscite une descendance à ton frère." Mais Onân savait que l'enfant ne serait pas considéré comme le sien. C'est pourquoi, chaque fois qu'il avait des rapports avec la femme de son frère, il laissait tomber sa semence à terre, pour ne pas donner d'enfant à son frère. »

William releva la tête. Il perçut la surprise chez ses fidèles. Certains n'avaient pas porté attention à son discours, somnolant sur leur banc, mais plusieurs le regardaient avec des yeux étonnés. Le thème du fragment les déconcertait, sans compter que le prêtre leur avait fait entendre des versets de la Bible inconnus pour eux – la plupart des paroissiens de William étaient analphabètes ou lisaient difficilement, seules ses messes les instruisaient du contenu du livre. William acheva son homélie en tentant de maîtriser le tremblement de ses mains, puis enchaîna avec le Credo. La mère de onze enfants qui s'était confessée la veille le fixait d'un air ébahi.

Le soir, la fille l'accueillit dans un enthousiasme qui contrastait avec son habituelle tranquillité langoureuse.

— Vous avez passé sous silence la conclusion.

— Quelle conclusion?

— «Chaque fois qu'il avait des rapports avec la femme de son frère, il laissait tomber sa semence à terre, pour ne pas donner d'enfant à son frère. Ce qu'il faisait déplut au Seigneur qui le fit mourir à son tour.»

— Comment…

Elle secoua la tête, signifiant que c'était sans importance. William comprit qu'elle avait trouvé le moyen de se cacher dans la chapelle afin d'écouter ses messes.

— Cette omission est brillante.

La gouvernante interrompit leur conversation en dressant la table. William remarqua que la fille était vêtue d'une robe qu'il ne lui connaissait pas, son ventre lui parut plus proéminent que ces derniers temps. Pour la première fois, il se demanda à quoi pouvait ressembler le corps nu d'une femme alourdi d'un enfant. Il s'efforça de chasser cette pensée.

— Ne croyez-vous pas que d'autres passages pourraient élever l'âme de vos paroissiens? l'interrogea-t-elle quand la sage-femme s'éloigna. Des passages qui ne sont pas de ceux que vous avez coutume de leur lire?

Elle savait. Elle avait épié assez de ses messes pour constater qu'il se restreignait toujours aux mêmes extraits. Il haussa les épaules et changea de sujet. Toute la soirée, la fille fut plus volubile qu'à l'ordinaire. Pendant leur étude de la Bible, elle ramena sans cesse leurs conversations sur le Livre d'Ézéchiel, il parvint à peine à aborder les Évangiles. En passant près de lui pour quitter la pièce, elle le frôla de sa robe, William ne sut dire si son mouvement avait été volontaire.

Alice déposa Xavier à son travail, après lui avoir promis qu'elle n'en parlerait à personne, même pas à Jacques. Toutefois, la première chose qu'elle fit en rentrant fut de trahir sa promesse. Jacques la regarda, stupéfait. Comment cela pouvait-il arriver à Xavier ? Assurément, Zack jouait avec le feu, si ce qu'il entendait dire sur son compte était vrai. Un ami de Zack travaillait pour Jacques comme plâtrier, Zack et lui avaient l'habitude de fermer les bars ensemble. Jacques était témoin de l'état dans lequel se traînait son employé le lendemain de ces débauches. Il avait quelques fois intercepté des conversations, des anecdotes à propos de Zack, et si ces potins étaient véridiques, les virées de son beau-fils se terminaient systématiquement par des coucheries. Même sans ces commérages, il avait deviné depuis longtemps que Zack avait ce profil. Puis bon, c'était le fils de Matthew, son tempérament ne tombait pas du ciel… Bien qu'il n'y trouvât rien à redire, Jacques s'était souvent demandé si ça ne finirait pas par lui causer des ennuis.

Et il y avait Louis-Joseph, qui changeait de copine chaque mois. Des filles de son école, d'environ 15 ans, un an de plus que lui – Louis avait sauté sa troisième année –, qui avaient l'allure d'enfants. Jacques craignait qu'une d'elles ne tombe enceinte. Elles étaient si jeunes, probablement insouciantes, irréfléchies, de toute façon à cet âge, pouvait-on leur en vouloir… Jacques était au courant du fait que Louis avait des relations sexuelles avec certaines d'entre elles, le contenu de la boîte de préservatifs qu'il laissait dans la salle de bains diminuait à une vitesse déconcertante, et c'est lui qui la remplaçait avant qu'elle soit vide. Quelle époque. En revanche, que Xavier puisse avoir des ennuis, ça ne lui serait pas passé par la tête.

Ni homme à la verge coupée ni bâtard
dans l'assemblée du Seigneur

Il sentait qu'un homme l'immobilisait par les épaules, tandis qu'un autre lui maintenait les jambes écartées. Il n'arrivait pas à distinguer leur visage. Il essaya de crier le nom de sa mère, aucun mot ne sortit. Prisonnier de leur poigne. Soudain, il aperçut des taches blanches flottant devant ses yeux. Trois taches triangulaires, hautes et minces, ou plutôt des cônes. L'une d'elles s'approcha de son visage, il cligna des yeux, mais rien ne se précisait. Il percevait qu'il était nu. Vulnérable. Une main agrippa ses testicules. Il tenta de redresser la tête, une paume s'écrasa sur son front. À ses oreilles, des rires bourdonnaient. Les rires semblaient provenir des taches blanches. Trois rires, trois taches. Puis un cri, pas le sien, peut-être celui de sa mère, ou de son père, un cri tellement animal qu'on ne pouvait pas le rattacher à l'un ou à l'autre sexe. Les taches blanches et coniques s'agitaient de plus en plus, les rires redoublaient. Oui, c'était bien elles qui riaient méchamment. Il ne comprenait pas ce qu'on lui faisait. Toujours des mains contre ses testicules, toujours des rires, toujours une agitation nerveuse autour de lui, toujours ce cri, et subitement une douleur indescriptible, dans son bas-ventre, insupportable, et la sensation de disparaître, ses paupières clignotant sur l'image des taches blanches devant lesquelles scintillaient maintenant les points lumineux qui préludent à la perte de conscience.

William se réveilla en sursaut. Voilà longtemps qu'il n'avait pas fait ce cauchemar. À une époque de sa vie, dès qu'il s'endormait, il était visité par ces hommes qui n'aiment pas les Noirs, et qui n'aiment pas que des femmes blanches s'unissent à des Noirs, ni à des hommes dont le sang porte en lui le souvenir d'une autre union entre Blanc et Noir. Le Ku Klux Klan.

Il s'assit dans son lit, le cœur palpitant. C'était à cause d'elle. Elle éveillait en lui ce qui ne devait pas être éveillé. Elle excitait ce qui ne pouvait pas être assouvi. Il se leva, posa ses pieds sur le sol glacial, pensa s'y allonger pour calmer les envies qui l'assaillaient. Au lieu de cela, il ralluma la bougie, ouvrit la Bible au Deutéronome et chercha les versets qui l'avaient tant perturbé pendant sa jeunesse. « Le bâtard n'entrera pas dans l'assemblée du Seigneur ; même la dixième génération des siens n'entrera pas dans l'assemblée du Seigneur. » Et l'autre, plus terrible encore, « l'homme mutilé par écrasement et l'homme à la verge coupée n'entreront pas dans l'assemblée du Seigneur ». C'était l'Ancien Testament, Jésus avait créé une Nouvelle Alliance, mais... Peut-être qu'il était doublement condamné. Même s'il le servait toute sa vie, il était possible qu'il n'entre pas dans l'assemblée du Seigneur. Alors à quoi bon... Bâtard. Sa mère et son père n'avaient pas pu se marier à cause des lois antimétissages. Il se souvint de sa mère, des années après cette atroce nuit où des membres du Ku Klux Klan s'étaient introduits dans leur maison pour le châtrer. Elle lui avait expliqué qu'il ne pourrait pas prendre une épouse, que jamais il ne serait père. Ce pour quoi le sacerdoce devenait la meilleure option. L'horreur de réaliser ce qu'on lui avait volé. Qu'il ne connaîtrait pas les joies du mariage. Que le bonheur de tenir son enfant dans ses bras lui resterait inconnu. Ensuite, la résignation. Il songea à ce que la fille lui avait dit, « élever l'âme de ses paroissiens ».

Au fond, cela le laissait indifférent. Ce qui le troublait, c'était sa réaction. La fébrilité mêlée d'admiration qu'il avait lue dans ses yeux toute la soirée.

Je me suis toujours été un autre.
ROMAIN GARY

Depuis trois jours, Raphaëlle sillonnait les rues de Mumbai avec Clément, et elle devait concéder que tout était plus facile. Elle avait l'impression de payer moins cher ses achats. Ses trajets en taxi prenaient moins de temps. Et elle surprenait moins de regards convoiteurs posés sur elle. La présence d'un homme à ses côtés renforçait le respect qu'on lui portait. Elle repensa aux commentaires de sa mère, lorsqu'elle lui avait annoncé qu'elle voyagerait en Asie. Avec qui? Personne. Tu vas voyager seule? Oui. À 19 ans? Oui. En Thaïlande, au Viêt Nam et en Inde? Exact. Mais c'est beaucoup trop dangereux pour une femme de voyager seule dans ces pays, et pas juste ces pays, les femmes ne devraient jamais voyager seules, tu n'as pas un ami qui pourrait t'accompagner? Raphaëlle n'avait rien répondu. Des amis, elle en avait des tonnes. Des amitiés superficielles, des gens avec qui elle ne se sentait pas vraiment elle-même, ne sachant pas trop ce que c'était, de toute façon, «elle-même». Ce voyage, c'est en solitaire qu'elle voulait le faire. Peut-être que loin d'eux, ses amis, sa famille, loin de sa ville natale, elle trouverait. Sa mère n'avait pas compris. À 52 ans, elle n'avait quitté le Québec que pour Cuba et la République dominicaine, des vacances d'une semaine au bord de la mer dans des resorts ultrasécurisés conçus pour ne pas dépayser les touristes. Voyager, à condition que ça ressemble le plus possible à chez soi. Elle jeta un coup d'œil à Clément. La veille, il lui avait tenu le même discours que sa mère, agrémenté d'histoires de filles seules qui s'étaient fait harceler ou violer en voyage. Espérait-il qu'elle ait peur et accepte de passer ses journées avec lui? Qu'importe, pour l'instant, ça lui convenait. Quand elle en aurait assez, elle reprendrait sa solitude, redeviendrait une proie potentielle et tant pis. Si ça se trouvait, Clément n'avait pas que des intentions chastes à son égard.

Les garçons inexpérimentés : Rosamund

— «Comme j'étais à ma fenêtre, j'ai regardé par le treillis. Je vis des garçons inexpérimentés, j'aperçus, parmi les jeunes, un adolescent dénué de sens. Il passait dans la ruelle, près de l'endroit où vit l'une de ces femmes, et il prit le chemin de sa maison. C'était à la tombée du jour, lorsque la nuit s'approche et que l'obscurité s'installe. Voici que la femme vient à sa rencontre, vêtue comme une prostituée séductrice. Hardie et excitée, elle ne tient pas en place dans sa maison. Dans la rue ou les lieux publics, partout elle cherche l'aventure. Et voilà qu'elle le saisit, le couvre de baisers, lui dit d'un air effronté : "J'ai recouvert mon lit de couvertures, d'étoffes multicolores, de lin d'Égypte. J'ai aspergé ma couche de myrrhe, d'aloès, de cinnamome. Viens, enivrons-nous de volupté jusqu'au matin. Jouissons ensemble de l'amour. Car mon mari n'est pas à la maison. Il est parti en voyage, bien loin." Par ses propos flatteurs, elle le fait fléchir. Elle l'entraîne de ses paroles enjôleuses. Il la suit aussitôt.»

Cette fois, tous les membres de l'assistance avaient les yeux braqués sur William. Jamais il ne s'était senti si écouté. Il débita une conclusion décousue qui justifiait la lecture de cet extrait des Proverbes, puis invita les fidèles à se lever pour la récitation du Notre-Père. Quelques-uns obtempérèrent, les autres tardèrent à le faire, encore sous le choc du nouveau style de William.

En se confessant ce jour-là, la fille ne lui raconta que des péchés qu'elle avait commis avec «des garçons inexpérimentés». Elle disait que sa lecture des Proverbes durant la messe l'avait éclairée, que maintenant elle se repentait d'avoir incité à la débauche des jeunes hommes innocents. À l'instar de cette femme hardie et excitée, elle les avait enjôlés par ses paroles. Des jeunes hommes de 13 ou 14 ans, qu'elle séduisait alors qu'elle en avait 18, qui ne pouvaient pas lui résister. Elle les avait entraînés dans la luxure, répétait-elle, les avait dévergondés sans scrupule aucun, couvrant leur corps de baisers, exactement comme le décrivait la Bible.

Le soir, lorsque William rentra au presbytère, la fille le reçut en arborant un sourire qu'il ne lui connaissait pas. Tout le long du souper, elle lui tint des propos qui le mirent dans un état impossible. Il mangea à peine, tandis qu'elle, au contraire, dévorait avec gourmandise ce que la sage-femme leur servait. Celle-ci lui lança plusieurs regards désapprobateurs, que la fille ignora royalement.

Pendant leur étude de la Bible, elle lui demanda ce qu'il prévoyait de lire le lendemain. Le Sermon sur la montagne. La fille parut déçue. En partant pour regagner sa chambre, elle s'arrêta près de lui et posa sa main sur son bras. William ne bougea pas, garda les yeux rivés au sol, crut qu'il allait défaillir, après quelques secondes elle s'éloigna. Les mains tremblantes, il ouvrit la Bible distraitement, laissa son regard errer sur les lettres sans rien absorber, décida à son tour de monter à sa chambre. *Les Mille et Une Nuits* étaient toujours sur sa table de chevet, il y retrouva ce passage où un esclave est dépucelé par la fille de son maître : «À un moment, elle me poussa par terre, où je tombai sur le dos. Elle se mit à califourchon sur ma poitrine, se roula sur moi, tant et si bien que mon membre se découvrit. Quand elle le vit ainsi, tout gonflé, elle le prit dans sa main et s'en frotta les lèvres de sa fente par-dessus son vêtement. Un coup de chaleur me prit, je l'étreignis pendant qu'elle entrelaçait ses doigts sur...» William referma le livre.

Lors de la messe suivante, il constata qu'une curiosité impatiente agitait l'auditoire, lequel lui sembla plus dense qu'à l'accoutumée. Il lut le Sermon sur la montagne, perçut le désappointement. Durant la soirée, la fille fut moins bavarde. Elle le quitta sans faire un geste vers lui. William peina à trouver le sommeil, essaya de prier, y renonça parce que des images incompatibles avec le recueillement l'obnubilaient. De sa vie, il n'avait vu qu'une seule fois une femme nue, quand il avait surpris sa sœur âgée de 16 ans en train de se déshabiller. Depuis des jours, le souvenir de son corps dénudé fusionnait avec l'image du visage et du ventre renflé de la fille. Pourquoi la lui avait-on amenée? Pourquoi n'était-elle pas dans un couvent? La réponse lui serait fournie le lendemain.

Xavier ne voulait rien manger. Alice se força à commander une assiette pour donner l'exemple, elle indiqua au hasard un plat sur le menu et s'étonna vingt minutes plus tard qu'on dépose devant elle un carré d'agneau, avec ses quatre os placés de biais qui semblaient pointer dans sa direction de manière accusatrice.

L'avocat venait de leur suggérer de plaider coupable avec circonstances atténuantes. La sentence risquait d'être moins lourde si Xavier reconnaissait ses torts, manifestait des regrets, se repentait. Il est innocent, s'était emportée Alice. Oui, nous, nous le savons, cependant… Elle s'était demandé s'il les croyait. Un avocat spécialisé dans les crimes sexuels, qui défendait les hommes accusés, c'était son créneau. Comment pouvait-on choisir une telle carrière. La loi du marché sûrement, l'offre et la demande… Alice en eut la nausée. Au téléphone, la première fois, il s'était fait rassurant, affirmant qu'il avait fait disculper des dizaines d'hommes d'accusations similaires, portées par d'ex-blondes offusquées d'avoir été larguées et prêtes à tout pour se venger. Même si Alice avait pensé qu'une partie des agressions devaient être réelles, elle s'était abstenue de commentaire. La seule chose qui lui importait, c'était de sauver son fils. Lors du rendez-vous, le discours de l'avocat avait changé : il avait pris connaissance des accusations, l'affaire s'annonçait plus délicate qu'il ne l'avait escompté, la fille était enceinte, et il y avait apparemment eu voies de fait, sans compter un potentiel témoin, ce n'était pas très clair, il faudrait voir. Alice remua négligemment sa fourchette dans ses pommes de terre.

— Xavier… Il n'y a pas personne qui… je sais pas, des amis que vous auriez en commun… qui pourraient lui parler…

— Non. Elle n'a pas d'amis. Et mes amis la connaissent peu. Ils ne l'ont jamais tellement aimée.

— Pourquoi tu…

Alice s'interrompit. Sa question était inutile. Elle posa sa fourchette, incapable d'avaler une bouchée. Xavier murmura sans la regarder.

— Mes amis, je ne vais pas leur dire. À personne. Ni à eux ni aux autres. À Matthew non plus.

— Si elle…

— Elle ne leur dira pas.

— Comment peux-tu en être sûr?

— Je le sais. Donc personne.

— Zack et Louis?

Xavier leva sur elle un regard vide.

— Non.

L'importance de la virilité

La fille achevait la narration de son troisième péché du jour, William sentait le sang battre dans sa verge. Elle lui racontait cette fois où elle avait offensé Dieu avec un de ses cousins, lorsqu'elle cessa de parler. Après un temps de silence, William lui demanda si elle avait autre chose à confesser.

— Oui.

— Je vous écoute.

— Ce péché se distingue des autres.

De quoi pouvait-il s'agir? William s'agita sur son banc, soucieux. Il l'entendit avec étonnement évoquer à mots couverts une femme de chambre de sa mère, puis une phrase tomba, dissipant toute ambiguïté quant à la nature de ce qui allait suivre.

— Mais comment…

William s'arrêta net. Il avait ouï dire que des femmes pouvaient connaître entre elles la volupté, toutefois il n'avait jamais réfléchi à comment c'était techniquement possible. Il souhaita qu'elle n'ait pas deviné la question qu'il avait failli lui poser, avant de s'avouer qu'en fait, oui, il avait irrésistiblement envie d'une réponse. La fille avait compris, elle le bombarda d'explications détaillées, ponctuées de déclarations de repentir, insistant sur le plaisir intense qu'elle avait éprouvé et qui décuplait la gravité de sa faute. N'en pouvant plus, William la coupa, lui donna l'absolution et quitta la chapelle pour se murer dans sa chambre.

Le soir, il ne descendit pas souper. Il se coucha tôt, espérant que le sommeil apaiserait sa frénésie. Il restait ébranlé d'avoir appris que, vraisemblablement, la virilité n'était pas si importante pour elle. Des heures plus tard, toujours éveillé, il entendit la fille marcher dans le couloir. Elle s'arrêta devant la porte de sa chambre, William eut peur qu'elle ne tente d'entrer. Il ne se rappelait pas s'il avait fermé à clé. Au bout de quelques minutes où il attendit en proie à un émoi insoutenable, la fille partit sans avoir essayé d'ouvrir. Il ne sut si son soulagement l'emportait sur sa déception.

En sortant du temple, Raphaëlle eut un vertige. Les rues étaient tellement bondées, c'était comme marcher en faisant du surplace. Des gens la frôlaient de toutes parts, elle aurait voulu s'éloigner immédiatement, dénicher ne serait-ce qu'un mètre carré de superficie pour elle seule, mais la foule lui signifiait que ça n'arriverait pas de sitôt. Clément perçut son désespoir, lui demanda si ça allait. Elle tourna la tête vers lui, eut besoin de plusieurs secondes pour le reconnaître. Ce laps de temps trop long l'alarma. Elle comprit qu'elle faisait une crise de panique.

À moins qu'elle réussisse à la contrôler, espérat-elle. Elle n'avait pas eu de crise depuis des mois, sa médicamentation était censée les empêcher. Elle balaya la foule du regard. Elle venait d'un pays où la densité de population est l'une des plus faibles au monde. Quelque chose comme le 185e pays sur les 193 existants. Un territoire énorme, le deuxième plus grand pays au monde, occupé par une population éparpillée. Elle essaya de se concentrer sur ces données. Le Canada, dix fois moins dense en population que les États-Unis. Trente fois moins dense que la France. C'est ce qu'on lui avait appris à l'école. Et l'Inde… Quelle pouvait être la densité de population de l'Inde… Elle devait être atrocement élevée.

Peut-être qu'il valait mieux penser à autre chose, ces idées ne ralentissaient pas son rythme cardiaque. Son système nerveux n'était pas habitué à tolérer autant de gens, alors son cerveau lui envoyait le message de fuir. Il fallait juste se calmer. Elle n'était pas en danger. Son cerveau le croyait, sauf qu'il se trompait. De vieux réflexes de sa partie reptilienne, c'est ce que lui avait expliqué son psychologue. Raphaëlle sentit son cœur modérer sa cadence. Ça allait, elle avait fait comprendre à son corps qu'aucune menace ne l'environnait. Clément la regardait, un peu inquiet. J'ai soif, lui dit-elle. Il lui tendit sa gourde, elle fit signe que non. Pas cette soif-là.

Le roi Salomon

— « Loth monta de Çoar pour loger à la montagne, et ses deux filles l'accompagnaient. Il logea dans une caverne, lui et ses deux filles. L'aînée dit à la cadette : "Notre père est vieux et il n'y a pas d'homme dans le pays pour venir à nous selon la coutume du pays. Allons ! Faisons boire du vin à notre père et nous coucherons avec lui pour donner vie à une descendance issue de notre père." Elles firent boire du vin à leur père cette nuit-là, et l'aînée vint coucher avec son père qui n'eut conscience ni de son coucher ni de son lever. Or, le lendemain, l'aînée dit à la cadette : "Vois ! J'ai couché la nuit dernière avec mon père. Faisons-lui boire du vin cette nuit encore, et tu iras coucher avec lui." Cette nuit encore, elles firent boire du vin à leur père. La cadette alla coucher avec lui. Les deux filles de Loth devinrent enceintes de leur père. »

William avait déclamé l'extrait en feignant l'indifférence, mais intérieurement, il jubilait. Depuis deux semaines, ses sermons faisaient se dresser les paroissiens sur leur banc. Même si quelques femmes baissaient la tête et rougissaient, la plupart ne lâchaient pas William des yeux, leur curiosité surpassant leur pudeur. Après tout, ces histoires épatantes n'étaient-elles pas dans la Bible ? Il ne pouvait y avoir de mal à les entendre.

La fille et lui avaient retrouvé leur routine. Ils prenaient leur souper ensemble, passaient ensuite au salon pour l'étude, et depuis qu'il avait recommencé pendant ses messes la lecture des textes impudiques de la Bible, elle le frôlait au passage avant de monter à sa chambre. Il lui aurait suffi d'allonger le bras pour la retenir. Son ventre était de plus en plus saillant, William avait régulièrement de nouvelles visions à méditer.

La nuit, il rêvait de ce qui ne se raconte à personne. À trois reprises, elle était venue à sa porte, sans toutefois essayer d'entrer. William se demandait ce qu'elle voulait, et surtout s'il devait arrêter de fermer à clé sa chambre, au cas où elle… Pourtant, tous les soirs, affolé à l'idée qu'elle le rejoigne et découvre son secret, il tournait la clé. Cela faisait douze semaines qu'elle était là. Le décompte se chiffrait à 492 hommes. En l'écoutant au confessionnal, il pensait parfois qu'elle dépasserait peut-être le roi Salomon, cette figure de la Bible connue pour ses 700 épouses et 300 concubines. Elle serait ici six mois et elle lui avouait en moyenne six péchés par jour. Le total pourrait bien excéder les 1000 femmes ayant partagé la couche de ce roi…

— Vous devriez accepter l'entente.

Alice eut envie de le gifler. Jacques posa sa main sur son bras pour la calmer. Elle avait réussi à convaincre Xavier de le mettre dans le secret. Seulement eux trois. Et ce stupide avocat.

Xavier était affaissé sur sa chaise, l'air absent. Six mois. Il serait sûrement relâché après quatre. Alice l'observait sans pouvoir prononcer un mot. C'était horrible, elle savait que c'était la meilleure solution. Pris au piège. Comment expliqueraient-ils son absence à Zack et à Louis ? Xavier s'entêtait, peu importe le dénouement, personne ne devait être au courant. Alice avait commencé à combiner des plans de voyage ou d'études à l'étranger. Ils n'en avaient pas encore parlé, jusqu'à la fin elle voulait faire comme si tout allait se régler. Mon Dieu qu'il s'est mal défendu, pensa-t-elle, même Jacques s'est raidi en l'écoutant. Aucune chance. Et Fanny… Rien ne prouvait qu'elle soit enceinte de Xavier. Elle s'était soustraite au test de paternité prénatal, sous prétexte qu'il y avait des risques pour le fœtus. Des risques de fausse couche… Pfff, probablement plutôt le risque que le test prouve que Xavier n'était pas le père. Fanny avait débité au juge des fadaises pro-vie, étalé son enfance difficile, pleurniché que Xavier l'avait battue parce qu'elle refusait de subir un avortement et qu'il espérait lui faire perdre le bébé… Une frime habilement ficelée. Quand il sortait avec elle, se rappela Alice, Xavier lui avait dit à quel point elle était intelligente. Il venait d'en faire les frais…

Xavier prit le stylo. L'avocat eut un regard qu'il dut s'imaginer compatissant, Alice ressentit de nouvelles envies d'agression à son endroit. Jacques serra plus fort son bras. Elle le regarda, mais il ne bougea pas, il fixait la main de Xavier qui apposait sa signature sur le document.

De simples allégories

La bougie éclairait le visage de la fille, elle était penchée sur la Bible. En le contemplant, William songea à ce jour lointain où, enfant, il avait entendu son oncle dire combien le visage de sa tante était beau lorsqu'il la menait au septième ciel. Ces propos l'avaient intrigué, qu'est-ce que cela pouvait bien signifier… Des années après, il avait fini par comprendre. Il s'était demandé avec toujours plus de curiosité quelle était cette mystérieuse expression qui altérait le visage des gens quand ils atteignaient le septième ciel. Ce septième ciel que lui n'atteindrait jamais. Comme peut-être il n'atteindrait pas le Royaume. La fille releva la tête.

— Vous ne leur avez pas encore lu le Livre d'Ézéchiel.

— Non.

— Pourquoi ?

— Il s'agit d'un livre délicat.

— D'un livre obscène.

— Ce ne sont que des allégories. Je vous répète que vous ne devez pas prendre au pied de la lettre ce qu'on y lit. Ézéchiel reproche à Jérusalem ses vices et ses fautes, il utilise la figure de la prostituée pour traduire en images ses récriminations.

La fille le toisa en souriant.

— Mais pourquoi précisément cette figure ? Pourquoi ces tirades inconvenantes pour sermonner le peuple d'Israël? Pourquoi ne pas avoir choisi une allégorie moins impudique? Pourquoi exciter ainsi leur ardeur?

— Là n'est pas l'intention. Il s'agit de plonger Jérusalem dans la honte de s'être conduite *comme* une prostituée.

— Dans ce cas, il n'y a pas d'embarras à ce que vos paroissiens soient instruits de ce texte.

William ramena la conversation sur les Évangiles, la fille cessa de l'écouter. Elle se leva brusquement.

— Déjà?

— Je crois que vous m'avez suffisamment éclairée pour l'instant. Trop d'exégèse perturbe l'âme. Je dois maintenant prendre le temps de méditer ce que vous avez eu la bonté de partager avec moi. Nous pouvons suspendre nos causeries du soir.

Ni homme ni femme

— Tu picoles beaucoup pour une femme.

— Tu bois pas beaucoup pour un Français.

Raphaëlle descendit d'un trait le reste de sa bière. Un engourdissement causé par l'ivresse la gagnait doucement. Elle observa l'étiquette de sa bouteille. Kingfisher. Le nom lui fit penser au film *The Fisher King* et à ses personnages vivant dans des mondes imaginaires. Elle commença à peler l'étiquette en réfléchissant.

— Peut-être qu'avant, j'étais un homme. Donc je bois comme un homme.

— Dans une autre vie?

— Non, dans celle-ci.

Elle se mit à rire. À quoi aurait ressemblé sa vie si elle avait été un homme ? Elle aurait pu voyager seule sans se faire sermonner, affirmer son envie d'écrire sans entendre des sottises, boire deux fois plus sans être jugée.

— C'est ce que je disais. Tu bois trop.

— J'ai passé deux semaines sans boire à l'ashram.

— C'était comment ?

— L'enfer. Plus jamais.

— Plus jamais deux semaines sans boire ou plus jamais d'ashram ?

— Les deux.

— Un jour, il faudra bien que tu arrêtes pendant neuf mois.

— Pas question. Je veux pas d'enfants.

— Toutes les femmes veulent des enfants.

Raphaëlle pouffa de rire.

— Et tous les hommes croient en l'égalité des sexes.

Elle réalisa qu'elle n'avait pas ri depuis des jours. Au moins, Clément était divertissant. Puis elle se sentit coupable. Il était gentil avec elle, attentionné même. Mis à part ses commentaires agaçants sur la politique canadienne, elle le trouvait assez charmant. Il se renversa sur sa chaise, prit un ton narquois.

— Alors tu aurais été un homme ?

— Pourquoi pas ?

— Tu es trop féminine. Tu as entendu parler des hijras ?

— Non. C'est quoi ?

— Les adeptes d'une secte indienne. Ils se font couper le pénis et les testicules.

— Pour devenir des femmes ?

— Non, pour être ni homme ni femme. Ils considèrent qu'ils appartiennent à un troisième genre.

— Intéressant… Ils ne veulent ni les problèmes des hommes ni ceux des femmes…

— Ils veulent surtout être au-delà de la sexualité.

— Ça, je les comprends moins…

Raphaëlle était songeuse. Clément lui sourit malicieusement.

— Tu voudrais pas être asexuée ?

— Si je voudrais être asexuée… Tu veux pas qu'on cherche un endroit où on sert des Bhang Lassis ?

— Des quoi ?

— Des Bhang Lassis. Une boisson indienne faite avec des feuilles de cannabis.

— Pas trop, non… Tu veux picoler du cannabis, maintenant ?

— Exact. Comme un homme. Mais pas toi, parce que tu bois comme une femme. Peut-être que c'est toi qui étais une femme avant, ou dans une autre vie…

Le faux voyage de Rosamund

— Je n'avais aucune idée de qui était cet homme. Une fois près de moi, il a mis sa main sur mon…

Depuis dix jours, la fille prenait ses repas dans sa chambre. 843 hommes, nota William alors qu'elle commençait son récit d'un péché supplémentaire. Chaque soir, après avoir mangé, il envoyait la gouvernante offrir à la fille de poursuivre leur étude de la Bible, et toujours elle déclinait l'invitation. Toutes les nuits, il l'entendait circuler dans le couloir, et toutes les nuits, il s'effrayait de son désir de lui ouvrir. L'après-midi, elle continuait de venir se confesser.

Soudain, elle se tut. William se tendit. Ses pauses annonçaient généralement des révélations stupéfiantes.

— Ce sera Noël très bientôt.

— Dans quinze jours.

— Suivi du Nouvel An. Nous changerons non seulement d'année, mais de siècle. Avez-vous des aspirations pour ce renouveau qui vient?

— Je… Non.

— J'aurais préféré franchir le siècle avec les miens plutôt que d'être confinée ici.

— Où croient-ils que vous êtes?

— Outre ma mère, ils croient que je voyage en Europe. Un voyage inventé pour dissimuler la honte. La leur. Je n'en éprouve aucune.

C'était la première fois qu'elle brisait le pacte tacite entre eux, selon lequel elle lui rapportait ses écarts de conduite parce qu'elle s'en repentait, tandis qu'il l'écoutait pour mieux l'absoudre. Ils demeurèrent silencieux un moment. William supposa qu'elle s'apprêtait à prendre congé de lui, mais elle soupira.

— J'ai fait un rêve la nuit dernière. J'étais dans une église et un prêtre lisait pendant la messe des passages du Livre d'Ézéchiel.

— Ce n'est pas un péché…

— Ensuite, j'allais à sa chambre.

William s'affola. Contrairement à son habitude, il ne voulut pas connaître la suite.

— Vous êtes absoute.

— Mais je n'ai…

Déjà, il avait quitté le confessionnal. Il restait cinq semaines avant son départ. Il n'y survivrait pas.

— Je ne veux pas qu'ils sachent. Ni Zack, ni Louis, ni Matthew.

— OK OK, c'est bon. On fera comme tu veux.

Devant l'entêtement de son fils, Alice se résigna à suggérer la seule autre possibilité qu'elle voyait.

— Si on leur disait que tu pars en voyage ?

— Où ?

Xavier y avait pensé cent fois, à inventer un voyage. C'était une solution facile. Il avait 19 ans. Plusieurs de ses amis parlaient de partir à l'étranger, six mois, un an, l'un d'entre eux l'avait déjà fait.

— Pourquoi pas en Inde ? C'est une destination prisée par les jeunes.

— On est en octobre. Je partirais en novembre et je reviendrais en mai.

— Ça change quoi ?

— Le bronzage. C'est pas crédible.

— C'est vrai… La France ? C'est commun d'aller étudier en France.

— Non. J'ai un ami qui est en France pour l'année. S'il entend dire que je suis là aussi, il cherchera peut-être à me contacter. Pas la France.

— Les États-Unis ?

— C'est trop proche.

— La Suède ?

Alice venait de se rappeler que trois ans auparavant, elle avait fait établir son arbre généalogique. Retracer ses aïeux l'intriguait depuis son enfance. Elle s'attendait à y découvrir des ancêtres français, anglais, ou irlandais, écossais. Il y en avait, mais elle avait aussi appris que les parents d'une de ses arrière-grands-mères étaient suédois. Cette découverte l'avait laissée perplexe. Du sang suédois, une petite partie du moins, coulait dans ses veines. Un pays dont elle ne savait à peu près rien. Dont elle ne savait toujours à peu près rien. Elle réfléchit que si Fanny était véritablement enceinte de Xavier, elle serait grand-mère. À 43 ans… Dans son arbre généalogique, une ligne pourrait être tirée sous son fils… donc sous elle. Le premier enfant à cet étage…

— La Suède ? répéta Xavier.

— Oui, le climat ressemble au nôtre, et c'est pas une destination très populaire.

— En effet.

— Il n'y a pas beaucoup de risques que tu rencontres quelqu'un qui aurait voyagé en Suède, et qui te parlerait d'attractions que tu serais supposé avoir vues. Qui visite la Suède ?

— Qui visite la Suède… Personne.

Xavier ajouta mentalement « et je serai personne pendant des mois ».

— Tu pourrais feuilleter quelques livres.

Alors Xavier se retrouva à lire sur ce pays qu'il ne connaissait que de nom, qui ne l'attirait pas, qui n'évoquait rien d'excitant ni d'ennuyant, juste rien. Il avait envie de voyager, de voir l'Italie, l'Espagne, l'Inde, le Pérou. Par contre, la Suède, ça ne lui aurait pas passé par la tête. D'ailleurs, aucun voyage ne lui serait permis avant longtemps, les anciens détenus ne peuvent pas traverser les frontières à leur guise. Il lui faudrait attendre dix ans après sa libération pour solliciter son pardon et l'effacement de ce casier judiciaire qui l'enfermerait dans le Canada. La Suède. Un pays qu'il ne connaissait pas, songeait-il en lisant, qu'il apprenait à connaître un peu à travers des mots et des photos, mais qu'il ne connaîtrait jamais en vrai. Car jamais il ne voudrait y mettre les pieds. Pour lui, la Suède resterait le nom fictif du lieu où il aurait vécu les pires mois de sa vie. Parce que ce serait les pires. Ensuite, sa vie serait tranquille. Sans remous, calme, exempte de mauvaises surprises comme de bonnes. Il en avait décidé ainsi, et une fois qu'il regagnerait sa liberté, plus rien ni personne ne pourrait l'atteindre.

Pas tout à fait homme et pas tout à fait femme

Le soir après qu'il ait interrompu le récit du rêve de la fille – rêve où elle entrait dans la chambre d'un prêtre ayant lu en public le Livre d'Ézéchiel –, William envoya la sage-femme lui dire qu'il la demandait au salon. Pas de proposition, pas d'invitation, il lui ordonnait de descendre. Elle renvoya la femme avec le message qu'elle le rejoindrait sous peu, puis mit une heure à se présenter. Dès qu'elle arriva, William sentit son emportement se dissiper. Son ventre lui sembla avoir considérablement grossi. Pour la première fois, l'envie de le toucher lui brûla les doigts.

— Vous souhaitiez me voir ?

— Oui… nous pourrions… j'ai pensé…

Qu'avait-il pensé ? Lui dire qu'elle devait arrêter de venir se confesser ? Il n'en avait pas le droit. Exiger qu'elle recommence à prendre ses repas avec lui ? Qu'elle cesse d'approcher sa chambre la nuit ?

— Le Livre d'Ézéchiel, déclara-t-elle en voyant que William demeurait muet.

— Pardon ?

— Lorsque vous le lirez à vos paroissiens, je viendrai à votre chambre.

Une bûche du feu se rompit à cet instant et menaça de dégringoler du poêle dont la porte était ouverte. William saisit le tisonnier et se précipita pour la repousser.

— Je quitterai cet endroit dans tout au plus un mois. Il vous reste un mois.

L'image de trois hommes cagoulés de cônes blancs traversa son esprit. Il ne pouvait pas.

— Je ne peux pas.

Il se redressa, délaissant le feu, et lui fit face.

— Je ne peux pas, répéta-t-il, étonné du soulagement que les mots lui procuraient. Je ne suis pas tout à fait homme.

— Parce que vous êtes prêtre ? Que m'importe ? Si vous saviez combien de fois on m'a reproché de ne pas me comporter comme une femme. Le Livre d'Ézéchiel, et je viendrai.

La fille partit sans attendre. Il se rappela que c'est lui qui l'avait convoquée. Mais elle s'était présentée au moment qui lui convenait, avait mené leur entretien, et l'avait conclu à son gré. Le Livre d'Ézéchiel… et la délivrance de son tourment… Ou enfin, une délivrance partielle… Non, il ne pouvait pas.

Mon ennemi est arrogant et silencieux
Y s'câlisse ben d'savoir si chu jeune ou si chu vieux
Y est sûr de lui, y'est méthodique, y prend son temps
Y est au service d'la mort, y connaît pas les sentiments

LES COLOCS
Dehors novembre

Raphaëlle fouilla dans son portefeuille et sortit par inadvertance un billet de vingt dollars canadiens. Elle voulut l'y remettre pour prendre des roupies, mais Clément s'en empara.

— Fais voir?

Pendant qu'elle payait son verre, il l'examina.

— J'avais oublié que la reine d'Angleterre est sur vos billets.

— Pas sur tous nos billets. Juste les vingt dollars.

— Mais sur toutes vos pièces de monnaie.

— Pis? Tu sais que si on analyse la surface des pièces de monnaie, on trouve des traces d'urine, d'excrément, et même de sperme? Tu voudrais ta face là-dessus? Si la reine veut se sacrifier, qu'elle fasse à sa guise.

Clément ignora sa remarque et recommença à palabrer sur la situation particulière du Québec, formula son opinion quant aux résultats de leur dernier référendum, fit des comparaisons avec l'Espagne et les Catalans, le Royaume-Uni et les Écossais. Raphaëlle l'écoutait à moitié. Il lui avait dit que son master traitait des conséquences du colonialisme français en Afrique du Nord, ou quelque chose du genre, il ne se lassait pas d'étaler ses théories. Elle songea au soir du deuxième référendum, en octobre 1995. Elle avait 14 ans. Assise avec ses parents devant la télévision, elle avait suivi le dévoilement des résultats distraitement, le casque de son Discman vissé aux oreilles, faisant jouer en boucle

Nevermind de Nirvana. Kurt Cobain s'était suicidé l'année précédente, et elle avait été désespérée d'apprendre qu'elle ne le verrait jamais en concert. Malgré cette bulle sonore qui l'éloignait de ses parents, elle avait ressenti par contagion leur euphorie quand le Oui avait devancé le Non, puis leur inquiétude de voir les résultats basculer, et finalement leur déception face à l'évidence que si le Québec devait un jour devenir un pays, ce jour n'était pas arrivé. Le lendemain, à l'école, elle avait été surprise d'entendre parler de la réaction de Dédé Fortin. Après la victoire du Non, le chanteur du groupe Les Colocs avait eu les larmes aux yeux lors d'une entrevue, au point d'être incapable de répondre aux questions. Se mettre dans un état pareil pour une affaire de frontières lui avait paru étrange.

Ce qu'elle ignorait en ce 30 décembre 1999, absorbée par ces pensées tandis qu'elle était attablée au fond d'un resto de Mumbai avec un Français qui discourait de l'indépendance du Québec, c'est que ce chanteur qui avait pleuré à cause de l'échec du référendum allait s'enlever la vie au cours de l'année à venir, cette année qui marquerait le début d'un nouveau millénaire et que certains optimistes se plaisaient à croire pleine d'espoir. Et qu'il s'enlèverait d'une manière bien plus violente que Kurt Cobain, qui s'était tiré une balle dans la tête : c'est en se faisant hara-kiri que Dédé Fortin dirait adieu au monde. Mais pour l'instant, indifférente au monologue de Clément, buvant Kingfisher sur Kingfisher, elle ne pouvait pas savoir qu'elle passerait la deuxième moitié de l'an 2000 à se soûler de la musique de l'album *Dehors novembre*, en se demandant pourquoi elle n'avait pas le courage d'imiter Kurt Cobain et Dédé Fortin.

— « Oholiba éprouva du désir pour eux dès le premier regard et elle envoya des messagers dans leur pays. Alors les Babyloniens vinrent coucher avec elle. Ils la souillèrent par leur débauche. Quand elle se fut suffisamment avilie avec eux, elle les prit en aversion. Elle s'était publiquement conduite comme une prostituée, elle avait livré sa nudité aux regards. Elle se prostitua de plus en plus et se conduisit de façon aussi immorale que dans sa jeunesse en Égypte. Là, elle avait éprouvé du désir pour des débauchés, à la sexualité bestiale et effrénée comme celle des ânes ou des étalons. Oholiba, tu as recommencé à agir avec la même immoralité que dans ta jeunesse, lorsque tu laissais les Égyptiens te toucher la poitrine en tripotant tes jeunes seins. »

William toussota et fit signe à l'organiste d'enchaîner. Le musicien était abasourdi par l'extrait du Livre d'Ézéchiel, il plaqua un faux accord qui sortit de leur stupéfaction les paroissiens. Le reste de la messe, William perçut l'agitation de l'assistance. À la fin, quelques-uns s'approchèrent, souhaitant lui poser des questions. Il prétexta un malaise pour s'esquiver. De retour au presbytère, il avertit la sage-femme qu'il jeûnerait et se coucherait tôt, puis il s'enferma dans sa chambre.

Aux alentours de minuit, il entendit la fille longer le couloir. Il avait choisi de ne pas verrouiller la porte, parce qu'elle lui avait dit que si pendant la messe il lisait le Livre d'Ézéchiel, elle… Dans un sursaut d'angoisse, il changea d'idée et bondit hors du lit, tourna la clé. Il attendit et crut sentir sa présence de l'autre côté de la porte. Peut-être que moins d'un mètre les séparait. Il ferma les yeux et se mit à prier à voix basse, tentant de freiner l'emballement de son pouls. Lorsqu'il cessa, la sensation de sa présence avait disparu.

Le cadeau

Le samedi précédant le « départ pour la Suède », Alice invita ses trois fils à la maison. C'est Xavier qui l'avait proposé. Il craignait que ses frères ne trouvent bizarre qu'il parte ainsi, six mois, sans qu'il y ait un dernier souper de famille. La veille, il avait dîné avec Matthew pour les mêmes raisons. Alice continuait de désapprouver ce mensonge. Toute la soirée, elle se retint de pleurer. De temps en temps, Jacques lui souriait d'un air rassurant. Zack et Louis étaient de bonne humeur, blaguaient, riaient, à des années-lumière de se douter de ce qui attendait leur frère. Xavier, lui, restait d'une impassibilité inquiétante.

À table, Zack leur avait parlé d'une Suédoise rencontrée pendant un voyage à New York – tout le monde comprenait : une Suédoise avec qui il avait couché –, il disait que les Suédoises avaient la réputation d'être de très belles femmes, blondes, grandes, de toute façon Xavier devait être au courant, il n'avait sûrement pas choisi cette destination pour rien ? Louis rigolait, Zack et lui adoraient se moquer de la timidité de leur frère avec les filles. Ils ne lui connaissaient comme anciennes blondes que Fanny et Nadia, personne d'autre, alors l'imaginer sélectionner un pays sur ce critère... Xavier s'était efforcé de sourire, songeant que des femmes, ses frères n'avaient pas idée à quel point il en verrait peu dans les prochains mois, ni à quel point c'était le dernier de ses soucis. Et même quand il réintégrerait la société, il n'en voudrait plus rien savoir, pour des années, peut-être pour toujours.

À la fin du souper, Zack lui tendit un paquet-cadeau.

— Tiens, pour ton voyage. Pour tes dix heures d'avion.

Xavier le prit avec surprise. Il ne s'attendait pas à recevoir un cadeau de son frère avant son départ. L'emballage laissait supposer un livre. Il le déchira.

— Tu l'as pas lu, j'espère ?

Le banni, Selma Lagerlöf. *Le banni...* Xavier le tourna pour voir la quatrième de couverture et fixa les lettres sans les lire, incapable de se concentrer.

— C'est une auteure suédoise, j'ai demandé conseil à un libraire. La première femme à avoir remporté le prix Nobel de littérature.

Xavier parvint à déchiffrer le résumé. L'histoire était celle d'un voyageur banni par les hommes pour avoir mangé de la chair humaine lors d'une expédition polaire désastreuse. Un hasard. Il se répéta le mot plusieurs fois, un hasard, un hasard, son frère ne pouvait pas savoir. C'était même une preuve qu'il ne savait pas, raisonna-t-il, s'il avait su, jamais Zack n'aurait acheté un livre avec un tel titre.

— Merci.

— C'est rien.

La conversation reprit sans Xavier. Il faudra lire le roman, pensa-t-il. Son frère lui poserait probablement des questions à son «retour de voyage». Combien de pages ? 300. Bon. Il aurait le temps.

Le 29 décembre 1899, trois jours avant le changement de siècle, William décida qu'il lirait à ses paroissiens un passage du Livre d'Ézéchiel. Un deuxième en une semaine. À son réveil, il avait volontairement brisé la serrure de sa porte. Il n'était plus possible d'y introduire la clé. Cette nuit, il saurait enfin à quoi ressemble le corps nu d'une femme portant un enfant.

— « Tu as choisi certains de tes vêtements aux riches couleurs pour orner tes lieux sacrés et tu t'es prostituée dessus. Tu as pris les bijoux d'or et d'argent que je t'avais donnés, tu t'en es servie pour fabriquer des idoles masculines et tu t'es livrée à la débauche avec elles. À l'entrée de chaque rue tu t'es construit une estrade et là, tu as souillé ta beauté, tu t'es offerte à tous les passants et tu t'es prostituée de plus en plus. Tu t'es prostituée aux Égyptiens, tes vigoureux voisins, et tu m'as irrité par tes innombrables actes de débauche. Mais tes désirs n'étaient pas assouvis et tu t'es prostituée aux Assyriens. Malgré cela tu n'as pas été satisfaite. Tu as commis d'innombrables actes de débauche dans le pays des Babyloniens, sans réussir davantage à satisfaire tes désirs. Tu t'es conduite comme la pire des prostituées. Tu t'es construit une estrade à l'entrée de chaque rue et tu t'es aménagé un endroit bien en vue sur toutes les places, mais tu n'as même pas demandé un salaire comme une prostituée ordinaire ! Toutes les prostituées reçoivent un salaire, mais toi, tu as offert des cadeaux à tes amants, tu les as payés pour que, de partout, ils viennent coucher avec toi. On ne te recherchait pas, et on ne te donnait pas de salaire, mais c'est toi qui payais. Ainsi tu as inversé les rôles. »

Tu les as payés pour que, de partout, ils viennent coucher avec toi. En revenant au presbytère, William se remémora les visages interloqués des paroissiens et éclata de rire. Le 20ᵉ siècle approchait. On attendait un renouveau, le sien avait commencé cinq mois et demi plus tôt, quand une calèche avait déposé chez lui une fille enceinte et lubrique, parce qu'un évêque mal renseigné croyait que la castration marque la fin de toute virilité. Il remercia le Seigneur en entrant dans sa chambre, puis se figea. Elle était là.

Ainsi tu as inversé les rôles.

Les rôles. Quel était son rôle? Qu'est-ce qu'il devait faire? Quels gestes, quels…

Il ressortit de sa chambre prestement et referma la porte, se hâta vers l'escalier, le dégringola, ralentit le pas sur les dernières marches, s'arrêta, réfléchit, et reprit sa fuite en direction de la chapelle.

> *Rousseau l'a dit : « Les femmes en général n'aiment aucun art, ne se connaissent à aucun et n'ont aucun génie. » Dans le monde entier, ce sexe n'a pu produire un seul esprit véritablement grand, ni une œuvre complète et originale dans les beaux-arts, ni en quoi que ce soit un seul ouvrage d'une valeur durable.*
>
> ARTHUR SCHOPENHAUER

Dans cinq minutes, on serait en l'an 2000. Raphaëlle parcourut la foule du regard. Il y avait une centaine de personnes massées dans le jardin, des touristes pour la plupart. Cinq minutes. Quelle importance. Sa famille et ses amis au Québec ne franchiraient pas le siècle avant encore neuf heures. Ce n'était qu'un symbole. Comme un tas de marbre assemblé par des esclaves censé représenter l'amour. Elle songea à la légende selon laquelle un deuxième Taj Mahal aurait existé, tout noir celui-là. L'envers du blanc… La face cachée de Shâh Jahân… Il aurait pu y avoir un autre calendrier aussi. En fait, il y en avait d'autres, le chinois par exemple. Mais elle aurait pu vivre en ce moment dans un calendrier différent, si l'histoire n'avait pas ricoché sur les mêmes événements. Si une bande de crédules n'avait pas prêté foi à la résurrection d'un prophète galiléen, ou si le christianisme n'avait pas vaincu son statut initial de secte d'illuminés. Ou si un moine scythe n'avait pas eu cette idée farfelue de faire débuter notre ère historique par la circoncision de Jésus… Dans ce cas, cette soirée n'aurait rien de particulier. Et sa mère ne lui en voudrait pas de la passer loin d'eux… Au lieu de quoi, très bientôt, le passage symbolique d'une seconde à la seconde suivante déclencherait une liesse générale. Des étrangers échangeraient des vœux de bonne année, en ignorant, pour la majorité, qu'on commémore une circoncision. Le Nouvel An… Des descendants lointains fêtant naïvement la mutilation partielle d'un appareil reproducteur mâle.

Raphaëlle tressaillit, Clément cherchait encore à passer son bras autour de sa taille. Elle se dégagea en prétextant qu'il faisait trop chaud, et se demanda pourquoi elle avait accepté de passer le réveillon avec lui. Parce qu'elle se sentait seule, voilà pourquoi. Son dernier Nouvel An lui revint en mémoire. Elle sortait avec Pascal depuis six mois. Pascal qui lui avait dit, l'après-midi du 31 décembre 1998, qu'aucune femme n'avait jamais écrit de chef-d'œuvre. Alors qu'elle lui avait confié quelques jours avant son désir d'être romancière. Il était déjà passablement soûl, c'est vrai, et il s'était excusé le lendemain. Néanmoins, après ses excuses, ils avaient discuté des femmes et de la littérature, et Pascal persistait à dire que les hommes sont plus doués pour les mots. Raphaëlle lui avait présenté des contre-exemples, George Sand, Virginia Woolf, il avait grimacé, des œuvres bien, sans plus. Elle avait beau protester que les femmes avaient longtemps été moins éduquées que les hommes, contraintes à s'occuper de familles nombreuses, restreintes dans leur liberté, Pascal n'en démordait pas : oui, elle avait raison, n'empêche que celles qui avaient réussi à écrire malgré ces conditions avaient pondu des œuvres soit faibles, soit moyennes, au mieux agréables, ou *intéressantes* – il l'avait prononcé de manière appuyée, la voix teintée de cette nuance hautaine qui réduit la chose intéressante à un objet de curiosité –, sans toutefois avoir la stature requise pour rivaliser avec la production des génies littéraires masculins. Bref, les femmes pouvaient quand même écrire de bons livres, juste pas des chefs-d'œuvre. De toute façon, avait lancé Pascal, tu n'as pas l'intention de révolutionner la littérature ? Qu'est-ce que tu aimerais écrire ? Quel genre ? Elle n'avait pas répondu. Évidemment, pour Pascal, il fallait qu'elle veuille écrire des romans de genre, des policiers, de la science-fiction, impossible qu'elle ait l'ambition d'écrire des romans tout court. Leur conversation l'avait bouleversée. Pascal avait 20 ans, il étudiait la philosophie, elle le voyait lire des grands penseurs, Nietzsche, Schopenhauer, Kant, comment pouvait-il avoir une opinion aussi rétrograde ? La semaine suivante, elle l'avait quitté. Pendant des mois, il s'était entêté à glisser dans son casier des lettres éplorées, s'y lamentant qu'elle lui manquait, qu'il était inconsolable, qu'elle était la femme de sa vie, le soleil de ses nuits, son papillon au milieu de cet hiver interminable. Raphaëlle souriait à chacune de ces métaphores ridicules. Plus doués pour les mots…

Une vague de joie anima la foule. Minuit. Raphaëlle n'avait pas remarqué le décompte. Ni Clément qui s'était rapproché. Il colla subitement ses lèvres contre les siennes, elle n'eut pas la force de le repousser, se contenta de ne pas réagir à son baiser. Géniale façon de commencer le nouveau millénaire… Il finit par la lâcher, l'expression de son visage oscillait entre la gêne, la déception et l'agacement. Non, elle n'échapperait pas à la solitude en couchant avec lui. Ni avec personne. À cet instant, un Américain avec qui elle avait fait la fête récemment arriva les mains chargées d'un plateau couvert d'une vingtaine de shooters, où il en restait seulement trois pleins. Raphaëlle et Clément en prirent chacun un, Andy s'empara du dernier, balança le plateau sur une table, ils trinquèrent et descendirent leur verre. Clément jeta à Raphaëlle un regard un peu méprisant. Andy se pencha vers elle pour lui souhaiter la bonne année, avec l'intention de lui faire un hug, mais Raphaëlle tourna la tête pour l'embrasser sur la bouche. Du coin de l'œil, elle vit Clément sursauter, puis partir. Andy était soûl, il se laissa d'abord faire, après quoi il se recula, bafouilla en riant quelque chose à propos des Canadiennes, voulut l'embrasser de nouveau. Raphaëlle se déroba et marcha vers la sortie. La paix. C'est tout ce qu'elle désirait.

> *« Tant que les êtres voudront se posséder les uns les autres, nous en resterons là. »*
>
> ROSAMUND

— Je suis tombée sur ceci, le jour où je vous attendais dans votre chambre.

William sentit une main qui le secouait doucement par l'épaule, il ouvrit les yeux. La fille lui tendait le recueil des *Mille et Une Nuits*. Il se redressa péniblement, le corps douloureux et la tête lourde. Depuis trois nuits, il dormait sur un banc de la chapelle. La fille le regardait d'un air interrogateur, un bougeoir à la main.

— Que faites-vous avec ce livre ?

— Je l'ai trouvé dans la chapelle, il y a plusieurs mois.

Elle le feuilleta, lui désigna une page blanche où l'on avait inscrit quelques mots.

— À Rosamund, lut-il, pour élever son âme.

— C'est mon nom.

— C'est votre livre ?

— L'homme qui m'a menée ici me l'avait donné puis repris. Avant mon arrivée, il est venu s'assurer que ces lieux me conviendraient. Il a dû oublier le livre lors de son passage.

— Qui est cet homme pour vous ?

— Peut-être le père de mon enfant. Peut-être pas.

William hésita. Après tout, elle partirait très bientôt, et elle venait de lui révéler son nom.

— Pourquoi ne vous a-t-on pas mise à l'écart dans un couvent ?

Rosamund sourit.

— Ma mère m'a remise entre les mains de cet homme. Elle ignore qu'il est un de mes amants. Il a

433

voulu m'isoler là où ma vertu ne craindrait rien. Un couvent de femmes le laissait soucieux. Il connaît mes penchants. Il les connaît tous.

— Tous ?

— Je les lui ai racontés en détail, comme à vous. Mais il présumait qu'ils appartenaient à mon passé, il s'est imaginé que je lui étais fidèle. Il voulait m'épouser, j'ai dû lui avouer que la couleur de la peau de l'enfant ne serait peut-être pas pour lui plaire.

— Comment a-t-il réagi ?

— Il était furieux. Il a discuté avec l'évêque, qu'il connaît bien, celui-ci a pensé à vous, jugeant qu'en votre presbytère je serais totalement en sûreté. Je dois admettre qu'il avait raison…

— Ce n'est pas…

— Soyez sans crainte. Je ne vous torturerai plus.

Elle se tut un moment.

— Savez-vous ce que j'ai dit à cet homme, la nuit où il m'a conduite ici ? Qu'il ne pouvait pas tout empêcher : «Tu as pris les bijoux d'or et d'argent que je t'avais donnés, tu t'en es servi pour fabriquer des idoles masculines et tu t'es livrée à la débauche avec elles. »

— Que signifie cela ?

Rosamund se mit à rire, prit la main de William et la posa sur son ventre, en un endroit où sa peau se tendait par un mouvement de l'enfant.

— Oubliez cela. Je vous le confesserai demain.

William essaya de comprendre, mais laissa tomber en sentant l'enfant qui remuait sous ses doigts. L'émotion lui serra la gorge, jamais il n'aurait cru percevoir le remous d'un bébé à l'abri du monde en sa mère. Une envie impérieuse de protéger cet être le saisit.

— Qui l'élèvera ?

— Je n'en sais rien.

L'enfant bougea de nouveau, l'impact se fit plus bas. Rosamund déplaça la main de William pour qu'il puisse suivre les ondulations à la surface de son ventre. Ils restèrent quelques minutes sans parler, Rosamund guidant la main du prêtre. Puis l'enfant cessa ses mouvements.

— Pourrions-nous sortir? lui demanda-t-elle. Il est près de minuit. J'aimerais voir le ciel lorsque nous abandonnerons un siècle pour un autre.

William se souvint qu'on était le 31 décembre 1899. Enfin, plus pour très longtemps.

Sur le porche, Rosamund observa les étoiles. Il était minuit moins cinq.

— La fin de 1899 et le début de 1900… C'est également mon anniversaire.

— Aujourd'hui?

— Dans cinq minutes. J'aurai 20 ans. J'aurais souhaité souligner ce passage d'une tout autre façon. Ces deux passages. Moi et l'histoire franchissant chacune un anniversaire important. Qu'y puis-je, les femmes décident rarement pour elles-mêmes.

— Peut-être que le nouveau siècle apportera quelques changements…

— Vous y croyez?

— Je ne sais pas. Vous?

— Non. C'est un monde condamné à la souffrance. La moitié de l'humanité est brimée depuis toujours. Les femmes seront éternellement sous le joug des hommes. Comment voulez-vous que ce monde s'améliore quand une si grande part de l'humanité est asservie?

— Asservie?

— Oui, ainsi que le furent vos ancêtres. «Cette coutume qui oblige la femme à porter le nom de son

435

mari, n'est-ce pas le fer brûlant qui imprime au front de l'esclave les lettres initiales du maître, afin qu'il soit reconnu de tous comme sa propriété? »

— C'est de vous?

— Non, de Jeanne Deroin.

— Avec le temps, qui sait…

— Rien ne changera. Il y aura peut-être progrès, mais la régression couvera toujours. Tenez, *Les Mille et Une Nuits*. Ce livre qui nous vient du fond des âges, il débute avec l'histoire de deux hommes qui exécutent leur épouse pour cause d'infidélité.

— On y trouve aussi le récit d'une femme jalouse qui châtre son amant…

— C'est juste. Tant que les êtres voudront se posséder les uns les autres, nous en resterons là où nous sommes.

William songea qu'en dépit de sa kyrielle de confessions, il avait l'impression qu'elle se confiait à lui pour la première fois. Un peu comme si dans le confessionnal, elle avait été une autre. La neige se mit à tomber en flocons duveteux. Rosamund suivait leur trajectoire désordonnée.

— C'est féerique.

— Oui, c'est très beau. Comme des confettis pour le Nouvel An.

— Je hais les confettis.

— Pourquoi? s'étonna William.

Le ton de Rosamund s'était durci, et son visage assombri. Elle tarda à répondre.

— Il y a deux ans, j'ai rencontré une diseuse de bonne aventure. Elle m'a prédit que lors d'un carnaval je me retrouverais sous des confettis et que peu après j'aurais un enfant. Je lui ai ri au nez. Il n'était pas très risqué de hasarder cette prophétie à l'endroit d'une jeune femme célibataire. Or je n'avais l'intention ni de me marier ni d'être mère.

Elle soupira. Sa voix redevint plus douce.

— Je ne crois pas en ces superstitions. Ses prédictions se sont accomplies, soit, ce n'est qu'un coup du sort. Un simple hasard. Mais depuis, c'est au-delà de ma raison, je n'aime pas les confettis.

— Vous ne voulez pas être mère?

— Je n'ai rien d'une mère. Je n'en ai que cet organe avilissant qui nous rive les fers aux pieds. J'aurais préféré naître homme.

William se demanda si son enfant serait une fille ou un garçon. Deux possibilités… et deux destins radicalement contrastés. Rosamund scrutait les étoiles, malgré la dureté de ses dernières paroles ses traits avaient retrouvé leur tranquillité. La lueur de la lune se reflétait sur les étendues de neige environnant la chapelle et son visage était irradié par la lumière opaline. William tenta d'imaginer quelle expression il prenait lorsqu'elle atteignait ce septième ciel où l'auraient menée 952 hommes, selon ce qu'il en savait jusqu'à maintenant. Il pensa une fois de plus à ce plaisir pour lequel les gens se perdent, pour lequel on avait emprisonné, pendu, brûlé vif, tranché tant de têtes, ce plaisir pour lequel Rosamund s'était exposée au risque d'être enceinte au mépris de sa répugnance à l'égard de la maternité, pour lequel des hommes mettent en danger la vie de leur épouse trop de fois mère, ce plaisir qu'il ne connaissait pas et ne connaîtrait pas. Mais l'évêque avait tort, Rosamund n'était pas tout à fait en sûreté avec lui. Car ce plaisir, il savait qu'il aurait pu le lui donner, comme n'importe quel homme. Même s'il ne savait pas exactement comment s'y prendre, il le pouvait. *Tu as inversé les rôles…* Elle serait là encore deux semaines… Elle saurait lui montrer, si jamais… De toute façon, il n'entrerait sûrement pas au Royaume. Doublement condamné. Et s'il persistait dans sa peur, triplement. Il se condamnerait lui-même à un regret indicible. Il regarda Rosamund. Deux semaines.

Banni

Le paysage défilait par la fenêtre, et Xavier songeait qu'il ne referait pas ce trajet en sens inverse avant au moins quatre mois. Donc pas avant le 10 mars. Entre-temps, Fanny accoucherait, c'était prévu pour le 17 janvier. Il y aurait un test de paternité. Chaque jour, il espérait ne pas être le père de cet enfant. Elle pouvait très bien s'être empressée de coucher avec n'importe qui après leur rupture, pour tomber enceinte et monter son histoire.

Pas de libération possible avant le 10 mars… Le 3 janvier, ce serait son anniversaire, il fêterait ses 20 ans. Un changement de décennie. Le deuxième de sa vie. Il se rappela quand Zack avait célébré son vingtième anniversaire, deux ans et demi plus tôt. Alice et Jacques avaient accepté de lui laisser la maison et avaient passé la nuit à l'hôtel. La centaine d'invités, l'alcool qui coulait à flots, la musique de plus en plus forte au fil de la soirée. Rien de ça pour lui. Ses 20 ans, il les entamerait au milieu d'étrangers. Qu'importe, il n'aimait pas trop les partys. Et il n'aurait pas eu cent personnes à inviter, il était loin d'avoir la popularité de son frère. Reste qu'il était difficile d'imaginer anniversaire aussi triste que celui qui l'attendait.

Banni, pensa-t-il. Pour quatre à six mois. Comme le personnage du roman que Zack lui avait offert. Banni de sa propre vie. Banni de son vingtième anniversaire.

Rosamund l'emporte sur le roi Salomon

— « L'aile de l'autruche se déploie joyeuse ; on dirait l'aile, le plumage de la cigogne. Mais l'autruche abandonne ses œufs à la terre, et les fait chauffer sur la poussière ; elle oublie que le pied peut les écraser, qu'une bête des champs peut les fouler. Elle est dure envers ses petits comme s'ils n'étaient point à elle ; elle ne s'inquiète pas de l'inutilité de son enfantement. Car Dieu lui a refusé la sagesse, Il ne lui a pas donné l'intelligence en partage. Mais quand elle se lève et prend sa course, pour elle c'est un jeu de laisser à distance cheval et cavalier. »

William referma le livre, marmonna quelques phrases confuses et quitta la chapelle. Cela faisait trois semaines qu'il terminait ses messes par cet extrait du Livre de Job. De retour au presbytère, il se dirigea droit vers la dernière chambre à l'étage. Il se pencha au-dessus du berceau et toucha la joue du nourrisson. La douceur de la peau l'émerveilla, comme chaque fois. La nourrice entra dans la pièce et lui lança un regard réprobateur, lui signifiant qu'il risquait de réveiller l'enfant.

Son fils, c'est ainsi qu'il l'appelait. Il l'avait baptisé Salomon, en l'honneur de ce roi de la Bible qui avait connu charnellement un millier de femmes. Même si la peau de Salomon était blanche, l'homme venu chercher Rosamund n'en avait pas voulu. William lui avait promis qu'il s'occuperait de confier l'enfant à un couvent où des sœurs l'élèveraient. Il savait déjà qu'il n'en ferait rien. Après leur départ, il était allé quérir une nourrice au village. Lorsqu'il disait «mon fils» et que la nourrice le dévisageait d'un air embarrassé, il ajoutait «spirituel». Mon fils spirituel. Peu importe, son fils quand même. Certes, il n'avait jamais été avec sa mère comme un homme peut l'être avec une femme, mais malgré ses 1038 amants confessés, il était sans doute celui qui l'avait le plus désirée. Et c'est lui qui élèverait cet enfant qu'elle avait abandonné derrière elle avec autant d'indifférence que l'autruche.

La solitude multipliée par 60

Son avion décollait pour le Canada le lendemain matin. Elle n'avait pas aimé l'Inde, avait traversé le Viêt Nam sans le voir et venait de passer dix jours de débauche en Thaïlande. Une débauche plutôt sage. Que de l'alcool. Et un tatouage. Elle examina sa main encore tuméfiée. It's your first tattoo, you can't start with the hand. Le Canadien de Vancouver qui l'accompagnait ne cessait de répéter ça en rigolant. Il était franchement ivre et voulait se faire tatouer un motif tribal sur le biceps. I do what I want. Elle, elle était sobre. Sauf quelques échos de sa beuverie de la veille qui lui donnaient le tournis si elle regardait l'aiguille entrer et sortir de sa peau.

Ne pas commencer par la main, pensa-t-elle en observant la mer irisée par le soleil, c'était une recommandation pour ceux qui se préoccupent de leur avenir, et l'avenir, elle s'en foutait. Après avoir quitté le salon de tatouage, ils avaient bu sans modération des Lao Pane à base de whisky. The hand! You Quebecers are so rebellious. Le soir, elle l'avait perdu de vue sur la plage et s'était retrouvée en compagnie d'un Hongrois avec qui elle ne pouvait échanger qu'une centaine de mots, dans un anglais tenant davantage du babillage que de la conversation. Ils avaient fini par s'embrasser. Tant qu'à n'avoir rien à se dire… Dès qu'elle avait senti ses mains lui faire comprendre qu'il désirait aller plus loin, elle l'avait planté là. Dix jours, et jamais plus qu'embrasser des inconnus. Ce n'était pas si mal, ses amis lui avaient prédit qu'en Thaïlande elle coucherait avec des gars des cinq continents. Évidemment, ils blaguaient, ce n'était pas son genre.

Tous ces gens qu'elle avait rencontrés… et toutes les sottises qu'elle avait entendues. Une Française lui avait affirmé que les Québécois ne parlaient pas français mais québécois, selon elle c'était une autre langue. Un Suisse, qui avait vécu deux mois à Montréal et qui avait trouvé l'accent et les expressions très contrastés, lui avait demandé si au Québec on recrutait des Français pour enseigner la langue aux enfants dans les écoles, après tout en Suisse on préférait engager des professeurs d'anglais dont c'est la langue maternelle. Puis il lui était arrivé d'aborder des Français qui lui avaient spontanément répondu en anglais, convaincus que le français n'était pas sa langue maternelle, voulant lui faire savoir qu'elle n'avait pas à se forcer, qu'ils pouvaient communiquer en anglais. Se faire dire ou suggérer à répétition qu'on ne parle pas sa propre langue… excellent pour l'identité.

Elle avait aussi traîné avec des groupes mixtes de Français et de Québécois où c'est des commentaires de ses compatriotes qui l'avaient gênée. Ils s'adressaient aux Français en employant des formules tout à fait régionales, mâchant leurs mots, inconscients qu'ils ne seraient pas compris avec des phrases comme « y a cruisé une trâlée de filles depuis qu'on est icitte », « ça y a pété sa balloune drette là », « ma chum de fille te l'a r'viré d'bord ». Ou, parce qu'ils confondaient le sens des termes « français » et « francophone », certains Québécois énonçaient des aberrations telles que « vous êtes des Français de France ? » Elle avait envie de leur rétorquer « et vous, vous êtes des Québécois du Québec ? » Elle-même n'avait pas toujours été comprise, loin de là, mais elle avait au moins ralenti son débit et tenté d'éviter les expressions québécoises.

Tant d'incompréhension mutuelle… On lui avait appris à l'école que sa langue était la cinquième ou la sixième la plus parlée dans le monde. Quelque chose comme 250 millions de locuteurs, en incluant ceux dont ce n'est pas la langue maternelle. Son voyage lui avait démontré que cette donnée était à relativiser. Elle avait plutôt l'impression qu'elle ne pouvait être vraiment comprise que par 7 millions de personnes. Donc 60 fois moins. Et encore, vraiment comprise, il ne fallait pas exagérer non plus… Quand même, d'ici 24 heures, elle pourrait adresser la parole à tous les gens qu'elle croiserait sans se poser de questions.

Raphaëlle enfonça à moitié sa main tatouée dans le sable en songeant à la neige qui l'attendait à Saint-Jérôme. Au contact des grains de sable, elle sentit sourdre une douleur lointaine, engourdie qu'elle était par les bières avalées ce matin. Qu'est-ce qui l'attendait d'autre que la neige ? Des dizaines d'amis, plus ou moins proches. Sa famille. Et l'ennui. La monotonie de revoir continuellement les mêmes visages. Le manque d'horizon. Choisir en prévision de l'an prochain un programme d'études, c'est-à-dire choisir une chose à être toute sa vie. Essayer de trouver qui on est. Être soi-même, mais pas trop. Se faire répéter qu'à 19 ans, elle a tout pour être heureuse. Que la dépression, ça passe. Voilà, l'ennui dans toutes ses nuances. Elle ensevelit sa main en entier dans le sable, eut la sensation que la douleur ne lui appartenait pas. L'ennui… Cet ennui qu'elle n'avait pas réussi à semer en fuyant à 13 000 kilomètres de chez elle. Il l'attendait à Saint-Jérôme, comme elle avait découvert qu'il l'attendait dans chaque pays visité. Et demain il l'attendrait à bord de l'avion, dans le siège M-32 ou dans n'importe lequel du Boeing 757 qui la ramènerait au Québec où le thermomètre indiquerait 60 degrés Celsius de moins que sur cette plage. Pour ce que ça changeait… Chaud ou froid, elle ne ressentait presque rien.

Salomon porte mal son nom

Le 4 juillet 1917, Jour de l'Indépendance des États-Unis, Salomon traversa la frontière qui séparait son pays de son voisin du Nord, ce Canada que l'on disait plus froid encore que le Vermont. Il ne sut pas exactement à quel moment ses pieds foulèrent le sol de cette patrie qu'il avait choisi de faire sienne. Néanmoins, au cours de l'après-midi, il présuma qu'il n'était maintenant plus en son pays natal, où l'on venait de voter en faveur de l'enrôlement obligatoire des hommes en âge de combattre, histoire d'aller prêter main-forte à cet interminable conflit qui ravageait une Europe ne suscitant aucune sympathie chez Salomon. C'est de ce continent qu'avaient émigré ces barbares qui avaient réduit le quart des ancêtres de William à l'esclavage. Haut de 6 pieds 1, bâti comme un homme, ayant passé toute sa vie dans la chapelle d'un modeste village et ne possédant pas de papiers officiels, Salomon était incapable de prouver qu'il n'avait pas les 21 ans requis pour être envoyé au front.

Atteindre Montréal lui prit plusieurs jours supplémentaires, et une fois arrivé, il se promit qu'il n'en repartirait pas. Il se présenta chez les McKenzie, famille pour laquelle un notable du canton l'avait muni d'une lettre de recommandation. Quand son regard croisa celui de la fille cadette de la maison, Salomon décida sur-le-champ qu'il l'épouserait. Comme une certitude intérieure, révélée d'un coup. Kirsten était remarquablement laide. Petite, trapue, le visage disgracieux, elle avait une jambe plus courte que l'autre et se déplaçait à l'aide d'une canne. Il apprit sans surprise qu'elle était demoiselle, attendit quatre semaines de se faire valoir auprès de la famille, puis demanda sa main.

Durant leur nuit de noces, il craignit que son corps ne lui obéisse pas. Il ferma les yeux et s'efforça de penser à Lucy, jeune fille réputée être la plus belle du village où il avait grandi, mais son image, comme d'habitude, le laissa indifférent. Il sentit l'inquiétude de sa femme lorsqu'elle tâtonna dans le noir et, après quelques tentatives, réalisa son impuissance à venir en aide à son mari. Salomon se concentra plus fort sur le souvenir de Lucy, en vain. Il cessa finalement de diriger ses pensées, leur permettant de vagabonder à leur guise, elles se reportèrent sur l'idée qu'il avait échappé à la guerre. Cette conviction chimérique – la conscription obligatoire au Canada devant en fin de compte entrer en vigueur le 29 août 1917 – l'apaisa, et son corps détendu réussit à honorer son épouse. Il ne parviendrait pas à répéter l'exploit avant 22 ans.

Si cette première nuit ne porta pas fruit, contre toute attente, le 10 septembre 1939, après deux décennies de mariage platonique, Salomon entra dans sa chambre pris de pulsions charnelles. Le Canada venait de déclarer la guerre à l'Allemagne. Toute la soirée, à la taverne, Salomon avait bu une quantité excessive de Dow Ale pour soûler son ressentiment envers le caractère belliqueux de l'espèce humaine. En revenant chez lui, son ivresse et sa colère à l'égard des hommes s'amalgamèrent au souvenir de cette unique nuit lointaine où, motivé par le soulagement d'avoir évité la Première Guerre mondiale, il s'était uni à son épouse.

Contrairement à la première, cette seconde nuit n'allait pas rester infructueuse. Neuf mois plus tard, Kirsten mit au monde un enfant qui, Dieu merci, avait hérité exclusivement des caractéristiques physiques de son père. Salomon passerait des mois à s'étonner que lui, dont le goût et l'aptitude pour les plaisirs indispensables à l'enfantement frôlaient le zéro, lui qui à 40 ans n'avait connu que deux fois une femme, avait bel et bien un fils, chair de sa chair. Il le baptisa Matthew.

Mentir le sauverait

L'aiguille perfora la peau, y laissant un point bleu indélébile. Le sang suinta et se mêla à l'encre qui perlait.

445

Le visage grimaçant, l'homme lâcha un juron que Xavier entendit à peine, hypnotisé par le spectacle qui se déroulait sous ses yeux. Cinq points. C'était tout ce qui composerait le tatouage, exécuté à l'aide d'un bout de ressort scotché sur un stylo. Cinq points sur la main, disposés comme sur la surface d'un dé à jouer. Les quatre points extérieurs représenteraient les murs de la prison et celui du centre le prisonnier. Ton tour après ? lui chuchota Malec, sourire aux lèvres, en observant lui aussi la scène. Xavier jeta un coup d'œil au détenu qui partageait sa chambre, sans rien répondre.

La dernière chose qu'il voulait, c'était marquer son corps de son passage ici. Dès qu'il sortirait, il s'efforcerait d'oublier et de masquer la réalité de ces six mois. Il mentirait à Zack et à Louis, à Justin, à Matthew, à ses amis. Sauf Alice et Jacques, personne ne saurait la vérité à propos de son voyage en Suède, et personne ne pourrait deviner pourquoi il demeurerait célibataire pour le reste de sa vie. Mentir le sauverait. Aucun état d'âme ni aucune confidence ne trahiraient son passé. Aucun point d'encre sur ses mains non plus.

Libido et procréation

S'il hérita des traits physiques de son père Salomon, Matthew ne reçut pas, tant s'en faut, son absence de concupiscence. Comme la surdité peut sauter une génération et passer des grands-parents aux petits-enfants, la libido de Rosamund enjamba Salomon et tomba avec fracas sur Matthew. Une génération plus tard, la propre libido immodérée de ce petit-fils allait se distribuer de manière inégale entre les quatre garçons que, sans qu'il l'ait trop souhaité, deux femmes qu'il ne saurait pas aimer convenablement lui donneraient. Et puisque au 21e siècle, à l'heure où ses fils deviendraient en âge d'être pères, libido et procréation seraient plus que jamais dissociées, atteignant un degré d'indépendance inouï dans l'histoire, cette répartition inégale de l'appétit sexuel ne présagerait en rien lesquels de ses quatre fils assureraient la transmission de ses gènes, des gènes que Matthew avait hérités partiellement d'un père ayant eu seulement deux relations sexuelles en 63 ans de vie, et que ce père asexuel tenait quant à lui d'un homme à l'identité inconnue et d'une femme ayant apparemment supplanté le roi Salomon dans le nombre de ses conquêtes, sans toutefois parvenir, malgré six mois d'efforts, à inscrire à son prétendu catalogue d'amants un prêtre au destin bouleversé par la bêtise humaine qui, elle aussi, ne cesserait de se transmettre de génération en génération au moyen de la couveuse humaine, cet utérus symbolique de l'espèce dotée, toutes proportions gardées, du plus massif cerveau qui soit parmi les créatures terrestres.

Fille ou garçon

— Fanny a accouché la semaine dernière.

Comme pour ne pas entendre la suite, un réflexe poussa Xavier à éloigner le combiné de son oreille. Le cœur lui débattait. Quelle date était-on ? 28 décembre. Il rapprocha lentement le combiné.

— C'est un bébé prématuré ?

— Non, expliqua Alice, elle a accouché à 37 semaines. On parle de prématuré en dessous de 37.

— Ah… Et le test?

La réponse de sa mère se fit attendre. Dans la cabine de droite, Malec raccrocha violemment le téléphone. Alice s'éclaircit la gorge.

— J'ai le résultat.

Il suivit des yeux Malec, qui s'en allait en jurant.

— Vas-y.

— C'est ton enfant…

Un autre détenu prit la place de Malec, lança un regard torve à Xavier, il tourna la tête vers le mur.

— As-tu demandé le sexe?

— Non, Xavier, j'ai fait comme tu m'avais dit.

Il resta un instant à fixer une lézarde sur le mur, lui trouvant la forme d'un escargot. Il était père. Absurde. Il avait été conscient qu'en couchant avec des filles, il y avait toujours des risques, et que les gars n'ont pas le dernier mot sur leur paternité. Tout de même, il n'aurait pas cru que ça lui arriverait dans de telles conditions. Une fille ou un garçon… Une envie inattendue de le savoir le submergea.

— Xavier? As-tu changé d'idée? Je peux rappeler l'avocat.

Il pivota sur sa chaise, hésitant. Cette information rendrait l'enfant plus concret… Ses yeux tombèrent sur la main du prisonnier à sa droite, il y vit les cinq points tatoués la veille.

— Non.

Le 31 décembre, les gens libres se demandent-ils comment les prisonniers attendent l'arrivée du Nouvel An? Jusqu'à ses 19 ans, Xavier, comme tout le monde, ne s'était jamais posé la question. Et ce n'est pas seulement une nouvelle année qu'il débuterait en prison, ce n'était même pas qu'une transition entre deux siècles, non, c'était carrément le seuil d'un nouveau millénaire qu'il traverserait derrière les barreaux, loin de sa famille et de ses amis et de tout ce qu'il avait toujours connu. Un changement de millénaire, c'est-à-dire une chose qui allait se produire une deuxième fois dans l'histoire, qui ne se reproduirait pas avant mille ans, et sur laquelle on spéculait depuis des siècles, y associant fin du monde, fin de l'histoire, Jugement dernier et autres balivernes, quoique à l'approche de ce nouveau millénaire, ce qui inquiétait n'était plus tant qu'une force divine décide soudainement de se soucier de nous, mais plutôt que nos systèmes informatiques «boguent», les préoccupations s'étant un tantinet modifiées au cours des décennies précédant ce point charnière dont on attendait la deuxième occurrence de l'histoire – la deuxième occurrence dont les êtres humains seraient conscients, s'entend, cette division du temps n'étant qu'une de nos fictions pour nous repérer dans ce monde qui nous en fournit assez peu, des repères, nous laissant nous entretuer sur la base de réponses impossibles à prouver concernant toutes ces interrogations apparues avec la conscience humaine : la vie sur Terre a-t-elle un sens? qui ou quoi nous a créés? y a-t-il une vie après la mort? aurons-nous un jour des comptes à rendre? l'histoire a-t-elle un but? pourquoi la vie? pourquoi l'humain? ou encore, plus simplement, comme se le demandait souvent Raphaëlle qui, quant à elle, avait choisi de vivre la transition vers ce nouveau millénaire en un coin du monde où on avait retenu, entre autres options disponibles pour fournir des semblants de réponses, celle de la réincarnation, comme Raphaëlle donc, qui, plusieurs fois par jour, se résumait ainsi le vide existentiel jamais comblé par deux millénaires et demi de philosophie : what the hell are we doing here ?

Castré

MARS 2016

La neige avait complètement enseveli la voiture. Une femme d'environ 70 ans se tenait devant, l'air désemparé, une pelle à la main. Xavier lui offrit son aide et se défoula en déblayant, pendant que la femme l'inondait d'une profusion de remerciements. Il était désespéré, et chaque motte de neige lancée furieusement équivalait à un reproche de moins parmi ceux qu'il s'infligeait sans cesse depuis des jours. Lorsqu'il eut fini, la femme voulut lui donner vingt dollars, qu'il refusa en marmonnant que ça lui avait fait plaisir, mais elle s'obstina à glisser l'argent dans la poche de son manteau. Il essaya de le lui redonner, sans succès, elle s'enferma à l'intérieur de sa voiture. Il s'éloigna et tendit le billet au premier itinérant sur son chemin. Celui-ci le prit avec émerveillement, remercia d'une voix empâtée par l'alcool. Xavier se dit que l'homme pouvait bien se procurer une quinzaine de canettes de bière avec cet argent. Ou une fellation. Non, peut-être pas pour vingt dollars… Une branlette sinon… Il secoua la tête. Pourquoi avait-il ce genre d'idées? C'était le blogue de Raphaëlle. Cela faisait huit jours que, dès qu'il ne travaillait pas, il le parcourait compulsivement.

Il ne lui avait pas reparlé. Pas depuis cette soirée désastreuse au club échangiste. Il n'y avait qu'avant-hier qu'elle était passée au bar. Dix minutes.

Xavier bifurqua vers une artère principale, escomptant que le trottoir y serait mieux déneigé. Une tempête déferlait, c'était un temps à rester chez soi, sauf qu'il n'en pouvait plus de se morfondre dans son appartement à guetter le moindre bruit dans le couloir de l'immeuble en espérant que ce soit elle. Alors il marchait sans but, tentative pour chasser sa nervosité. Et sa jalousie.

Parce qu'avant-hier, elle n'était pas seule. Elle était débarquée avec un gars plus jeune, fin vingtaine. Ils s'étaient assis à une table. Matis leur avait apporté des Goldschläger, Xavier était déjà accaparé par un groupe de quatre filles qui hésitaient entre partager un pichet de sangria ou prendre chacune un cocktail, avant que l'une d'elles lui demande s'il ne pourrait pas plutôt lui conseiller une de leurs nouvelles bières, il paraît qu'ils offraient même des verres de dégustation? Xavier avait eu envie de les envoyer promener, mais s'était contenté de les servir patiemment, tout en surveillant Raphaëlle. À un moment, il avait croisé son regard, elle avait détourné les yeux.

Le gars et Raphaëlle avaient ensuite quitté leur table pour s'accouder au bar. Ayant terminé avec les quatre filles, il s'était approché pour les servir. Le gars la tenait par la taille et lui parlait à l'oreille. Raphaëlle s'était dégagée en voyant Xavier. D'un ton neutre, elle lui avait commandé des Black Russians. Il avait entendu le gars l'appeler Maryse. Il avait préparé leurs verres en se disant qu'elle faisait toujours ça, bavarder avec des inconnus, en plus elle lui avait donné un faux nom, ce gars ne devait pas signifier grand-chose pour elle, et si elle était ici, c'était certainement dans l'intention de le faire réagir. En constatant que le gars continuait de la coller, il avait eu cet insupportable élancement de jalousie. Il avait déposé les Black Russians devant eux, puis s'était occupé de clients installés à l'extrémité opposée du comptoir, évitant de regarder dans leur direction. Une demi-heure plus tard, quand il s'était décidé à lui parler même si elle n'était pas seule, Raphaëlle s'était éclipsée, le gars aussi.

Le dernier matin, une semaine auparavant... Qu'est-ce qu'elle lui avait reproché déjà, d'être passif et inhibé? Inoffensif? L'avant-veille, il aurait dû laisser en plan les quatre filles, traverser de l'autre côté du comptoir, s'avancer et l'embrasser, peu importe le gars. Se diriger droit vers elle, sans hésitation. Comme aurait fait Zack. C'était sûrement ce qu'elle souhaitait. Inoffensif... et inhibé. Elle avait raison. Elle venait le voir après six jours, accompagnée d'un inconnu, et il leur servait des cocktails sans broncher. Tout comme il était resté totalement passif pendant 40 jours. C'était la faute de son ex. Fanny. À cause d'elle, il avait passé les seize dernières années à fuir stoïquement les filles, l'amour, le sexe, et maintenant il était paralysé par la peur. Métaphoriquement, Fanny l'avait castré.

À force d'errer dans la ville, il se rendit compte qu'il était assez loin de chez lui. Il ne reconnaissait pas le quartier. En consultant son téléphone, il réalisa qu'il se trouvait à quelques minutes de l'appartement de Zack. On était vendredi, la journée où son frère travaillait de la maison. Peut-être qu'il pourrait sonner. Zack avait de l'expérience avec les filles, peut-être que... Peut-être que quoi? Il se sentait incapable de se confier à lui. Il ne l'avait jamais fait. Il y avait tellement de choses que tout le monde faisait et que lui n'avait pas faites depuis si longtemps. Et le résultat était lamentable.

— Xavier? s'étonna Charlie en lui ouvrant.

— Tu t'attendais à quelqu'un d'autre?

— Non… Je croyais qu'on avait sonné à la mauvaise porte. Il y a 230 condos dans l'immeuble, les gens se trompent parfois.

— Zack est là?

Xavier observait le vestibule. Les murs étaient tapissés de cinq morceaux de papier peint disparates. Il y avait aussi plusieurs dessins coincés sous les rebords d'un grand miroir.

— Non, il n'est pas là. Tu veux entrer quand même?

Elle l'avait dit d'un ton indécis, supposant qu'il ne voudrait pas se retrouver seul avec elle. Xavier fixait ses bottes.

— Je ne te ferai aucun mal, promit Charlie en souriant. À moins que tu préfères que je dise à Zack que tu es passé?

Pour toute réponse, Xavier enleva son manteau. Charlie constata qu'il semblait troublé.

En pénétrant dans la pièce principale, Xavier s'arrêta. S'il avait jugé étrange l'état du vestibule, l'aire ouverte tenait de la jungle. Une vingtaine d'imposants cartons recouverts de papier peint étaient punaisés aux murs ou appuyés contre des meubles. Des feuilles de croquis étaient collées sur les murs et même sur les armoires de cuisine, il y en avait sur la table de la salle à manger, sur l'îlot de cuisine, sur chaque console ou table basse, le sol en était jonché. Ici et là, des crayons et des tubes de peinture. Xavier se sentit étourdi par ce foisonnement de couleurs et de formes, et l'impression de chaos qui en ressortait. Charlie considérait la pièce comme si elle la voyait à travers ses yeux et remarquait pour la première fois le fouillis.

— Désolée pour le désordre… Viens, on va s'asseoir, le sofa est encore accessible.

En réalité, elle dut le désencombrer de nombreuses boules de papier chiffonné, dégager deux cahiers de dessins, des crayons et un nuancier de couleurs.

— Je pensais que Zack travaillait ici le vendredi.

— Habituellement, mais là il est à l'hôtel pour quelques jours.

— Vous vous êtes disputés ?

— Oui, il m'a trompée et je lui ai dit de faire ses valises.

— Qu'est-ce que… ?

— Je blague. Non, tu as vu l'appartement, c'est un peu invivable. Quand je vous parlais de mes crises de créativité, eh bien c'est ça.

Elle désigna l'appartement d'un mouvement de la main. Xavier s'aperçut qu'elle n'était vêtue que d'un pantalon en coton maculé de peinture et d'une camisole échancrée. Il toussota.

— Donc Zack est allé à l'hôtel…

— Il n'y dort sûrement pas seul, ne t'en fais pas pour lui.

— J'imagine…

Xavier prit le nuancier de couleurs que Charlie avait posé au sol, déploya les cartons en éventail, repéra les roses et se mit à comparer les différents tons. Il sélectionna un échantillon à la teinte flamboyante, c'était celle du manteau de Raphaëlle.

— Tu veux boire quelque chose ?

— Non.

Une larme rebondit sur le carton rose. Charlie se figea, abasourdie. Xavier épongea le carton avec sa manche.

— Désolé, le papier va gondoler…

— Xavier, qu'est-ce qui se passe ?

Elle n'arrivait pas à croire que son beau-frère pleurait dans son salon. Puisqu'il ne répondait rien, elle s'approcha de lui, lentement, comme pour ne pas l'effrayer. Elle effleura sa joue, voulant essuyer une larme, puis retira sa main avec précipitation, soudain incertaine de la façon dont il réagirait. Xavier la dévisagea.

— Je te fais peur?

— Toi?

— Oui, moi?

Charlie ne put s'empêcher de sourire.

— Pourquoi tu me ferais peur, Xavier?

— On est seuls, Zack ne revient pas avant des jours…

— Pis?

— Je sais pas… Les murs doivent être très bien insonorisés ici, ce genre d'immeuble… Je te dépasse d'une tête, je pèse au moins 80 livres de plus que toi…

— Pis?

Xavier repensait à Raphaëlle, qui lui avait dit qu'il était tellement inoffensif qu'elle pourrait ramener un homme dans son lit et lui ordonner de dormir dans le salon.

— C'est parce que je me suis reculée? Tu as cru que j'avais peur de toi?

— Pourquoi pas? Je pourrais… Je pourrais plein de choses.

— Comme quoi? M'étrangler?

— Non non, pas ça.

— Alors quoi? Me violer?

Xavier lui jeta un regard où elle crut lire une lueur de défi.

— Par exemple.

— Xavier, si on reste dans les limites de la sexualité, il n'y a pas grand-chose que j'aurais pas envie que tu me fasses.

— N'importe quoi ?

Charlie se retenait de plus en plus de rire. Elle songea que lors de ses phases de créativité intense, elle avait déjà tendance à rire pour un rien et à se sentir euphorique. D'autant plus qu'elle n'avait jamais entendu Xavier dire un seul mot touchant à la sexualité.

— Tu me laisserais t'attacher ? Te bander les yeux, te bâillonner ?

— C'est pas tout à fait le genre de trucs dont je raffole, mais si ça t'excitait… Je suis pas sûre de croire que ça soit ton genre, par contre…

— Ok, autre chose d'abord… Tu me laisserais t'enculer ?

Cette fois, elle se mit à rire franchement. Elle pensa ensuite que c'était le frère de Zack, ils devaient avoir à peu près la même taille.

— Eh bien, ça serait compliqué de commencer par ça, mais si on débutait plus doucement, après, oui, pourquoi pas. Si ça t'excite.

Xavier l'observait, tout cela n'était qu'un jeu pour elle. Tant leur conversation que le sexe.

— Tu te laisses attacher par des inconnus ?

— D'après toi ? J'ai l'air stupide ? Sauf que t'es pas un inconnu.

— Tu as l'impression de me connaître ?

— Assez pour savoir que j'ai rien à craindre avec toi. Après tout, on…

— J'ai pas couché avec une femme depuis seize ans.

La voix de Charlie se fit plus douce.

— Je sais. Je veux dire… Je savais que ça faisait des années, pas le nombre exact.

— Comment aurais-tu pu savoir ça ?

— Je sens ces choses-là.

— Comment ?

— Je sais pas trop…

— Tu crois que les autres femmes le sentent aussi ?

— Je sais pas. Non… pas toutes.

— Mais toi, oui ? Comment pourrais-tu savoir ? Comment pourrais-tu savoir que tu le sais ?

— J'ai couché avec beaucoup d'hommes qui m'attiraient parce que j'avais l'intuition qu'ils n'avaient pas fait l'amour depuis des mois. Parfois je leur posais la question, parfois c'est eux qui m'en parlaient. Je me suis presque jamais trompée.

— Beaucoup ? Il y en avait que ça faisait des années ?

— Il y en avait… Mais pas seize ans… La plupart, ça se comptait en mois. Au pire un an ou deux. Enfin, là je parle des hommes.

— C'est différent pour les femmes ?

— Non, je pensais à… oublie ça.

— Oublie quoi ?

Elle n'allait quand même pas mentionner les adolescents qui n'avaient jamais eu une expérience avant elle…

— Xavier, pourquoi tu me poses toutes ces questions ?

— Tu trouves ça normal ? Des gens qui couchent avec personne pendant des années ?

— Non… Toi, tu trouves ça normal ?

— Non.

Il l'avait lancé d'une manière tranchante, presque méprisante, avec aussi un peu de dépit, il se surprit lui-même d'avoir été si catégorique. Il se sentit ensuite gêné de tout ce qu'il venait de dire. Puis la gêne céda la place à l'agacement d'être encore en train de se culpabiliser et de regretter. Il regarda Charlie, et ses sentiments se mêlèrent à sa déception. Il détourna les yeux vers le nuancier.

— Là, maintenant, pourquoi…

— Pourquoi quoi?

— Tu dis depuis deux ans que tu veux coucher avec moi, on est seuls ici…

Charlie réfléchit, embêtée. Quelque chose l'empêchait de se jeter sur lui ou de faire un geste équivoque comme avec Louis. Elle saisit quoi.

— Si je faisais ça, c'est moi qui aurais l'impression de profiter de la situation.

Xavier ricana. Il s'interrompit brusquement, elle craignit qu'il ne se remette à pleurer.

— Si je te le demandais?

— Je sais pas, dans l'état où tu es, je pense pas que tu en aies vraiment envie… Peut-être que tu veux faire ça pour autre chose, et que… Remarque, je… C'est juste que je préférerais comprendre avant.

— Ta réponse, c'est que tu penses que j'en ai pas envie?

— Tu en as envie?

— Pourquoi j'en aurais pas envie?

— Parce que tu as toujours été… enfin…

— Demandes-tu ça aux autres gars? S'ils en ont envie?

— Mais les autres gars… Généralement, c'est assez clair…

— Bon, si je te montrais que j'en ai envie?

— Xavier, qu'est-ce qui est arrivé?

Il ne répondit pas, Charlie crut de nouveau qu'il retenait ses larmes. Elle jongla avec l'idée de le prendre dans ses bras, seulement pour calmer sa peine, après tout c'est ce qu'elle aurait fait devant la détresse de n'importe qui d'autre. Mais Xavier…

— Je dois aller à la salle de bains.

Il se leva, évalua le désordre, chercha où mettre les pieds pour quitter le salon.

— C'est comme ça dans tout l'appartement?

— Sauf la salle de bains.

En s'aspergeant le visage, Xavier compta tout de même six croquis collés sur le miroir. L'évier était barbouillé de résidus de peinture. Dans la baignoire, un fatras de pinceaux séchaient. Lorsqu'il sortit, la voix de Charlie lui parvint de la chambre, elle devait être au téléphone. Son réflexe fut d'aller l'attendre au salon, mais il se força à la rejoindre. Il s'accota dans l'embrasure de la porte, Charlie lui fit signe qu'elle n'en avait que pour une minute. Xavier inspecta le bordel de papiers et de cartons qui garnissaient les murs. La pièce était aussi désordonnée que le salon. Le lit était défait, des tasses et des verres sales recouvraient le dessus des tables de chevet. Des vêtements un peu partout, sur les commodes, le sol, le fauteuil. Son frère pouvait bien fuir à l'hôtel.

— Excuse-moi, dit Charlie en raccrochant. Ma mère. Elle a croisé Zack aujourd'hui avec une femme. Elle croit qu'il la tenait par le bras. C'est la deuxième fois qu'elle voit Zack en compagnie d'une autre.

— Qu'est-ce que ça fait?

— Mes parents ne savent pas l'entente entre Zack et moi. Elle voulait me prévenir d'être vigilante.

— Ils ne savent pas?

— Si tu les connaissais... Tu peux entrer.

Xavier était toujours dans l'embrasure, il étirait le cou pour voir un carton tapissé d'un papier peint aux motifs de crânes humains, avec des volutes à l'arrière-plan. Il entra dans la chambre et l'examina.

— C'est pas un peu glauque, des crânes?

— Ça l'est. Mais il y a un marché pour le glauque.

Des scènes trash du blogue de Raphaëlle lui revenaient en mémoire.

— Veux-tu du thé ? J'allais en préparer quand tu es arrivé.

— Ouais, ok.

Xavier la suivit. En marchant, il se contraignit à la détailler. Ses cheveux remontés dégageant son cou fin, sa nuque, ses épaules parfaites où Zack posait parfois ses dents en faisant semblant de la mordre, son dos, ses fesses rebondies. Au milieu du couloir, Charlie fit volte-face.

— J'ai froid, je vais chercher un chandail.

Au lieu de lui céder le passage, Xavier ne bougea pas, soutint son regard quelques secondes et, n'y tenant plus, baissa les yeux en se tassant sur le côté. Lorsqu'elle passa devant lui, il rassembla son courage et lui prit la main, Charlie s'arrêta. Xavier eut l'impression qu'elle s'était crispée. Il hésita, la lâcha, elle poursuivit son chemin sans rien dire.

À la cuisine, Charlie mit l'eau à bouillir, avant de grimper sur une chaise pour attraper une boîte de thé. Xavier la surveillait sans lui proposer son aide. Il aurait pourtant pu atteindre la dernière tablette aisément, il n'y songea qu'en la voyant redescendre. Elle s'avança vers l'îlot, repoussa plusieurs papiers, tâcha d'enlever l'emballage autour de la boîte, comme il résistait elle le déchira avec ses dents. Xavier s'approcha et s'immobilisa à quelques centimètres derrière elle. Charlie cessa de manipuler la boîte. Elle n'osait se retourner, ambivalente quant à ce qui pourrait s'ensuivre. Elle pensait que si elle baisait durant ses crises de créativité, elle jouissait plus fort, sans compter que Xavier avait cette aura des adolescents qui l'attirait tant… Et même si elle avait toujours cru que ça ne se produirait jamais, elle avait envie de coucher avec lui depuis deux ans. Subsistait cette intuition qu'elle ne pouvait pas, pas aujourd'hui… Des images lui passèrent par la tête. Elle finit par pivoter.

— Xavier…

— Quand Zack et toi allez dans des clubs échangistes, c'est comment ? coupa-t-il en évitant de la regarder.

— On va pas vraiment dans ces endroits. On est allés deux fois au début de notre relation, parce que des amis insistaient.

— Vous disiez que…

— Les fois qu'on l'a fait à trois ou à quatre, c'était avec des connaissances.

— Le reste, c'est faux aussi ?

— Quel reste ?

— Que vous… Tinder, ces affaires-là.

— C'est vrai.

— Que tu couches avec des femmes ?

— Des fois.

— Que tu coucherais avec moi ? Et que Zack, ça ne lui ferait rien ?

Charlie ne répondit pas. Xavier continuait d'éviter son regard, mais ne s'était pas reculé. La bouilloire émit un sifflement. Aucun des deux ne bougea.

— L'eau, dit finalement Xavier.

— La bouilloire va s'éteindre d'elle-même, murmura Charlie.

— Et ma question ?

— Pourquoi ça t'intéresse ? Pourquoi aujourd'hui ? Qu'est-ce qui s'est passé ?

Xavier s'écarta d'elle. Il contourna l'îlot de cuisine et s'assit de l'autre côté du comptoir sur un des tabourets, après en avoir ôté une feuille froissée.

— J'aimerais mieux un café au fond. Ou t'aurais pas une bière ?

Charlie versa de l'eau dans sa tasse, un peu surprise, chaque fois que Xavier venait chez eux, il refusait toujours quand ils lui offraient de l'alcool. Même lors de leurs soupers de famille, il buvait rarement. Elle fouilla dans le frigo et lui tendit une bière.

— Tu veux un verre ?

— Non.

— Tu mettrais de la musique ? Mon iPod est juste derrière toi, à côté de la lampe rouge.

— J'ai rencontré quelqu'un.

Le visage de Charlie s'illumina. Xavier sut avec certitude ce qu'il avait déjà pressenti : sa belle-sœur l'aimait bien.

— Oui ?

— Hum.

Le sourire de Charlie disparut, si Xavier était ici avec cet air abattu, c'est que ça ne se déroulait pas très bien… Dommage. Depuis le temps qu'elle lui souhaitait de rencontrer quelqu'un.

— Comment ça se passe ?

— Ça se passe… étrangement.

Xavier reprit son silence.

— Étrangement comment ?

— Elle… Il y a comme un problème, mais je… Je sais pas.

— Vous sortez ensemble ?

— On peut pas vraiment dire ça… non.

— Tu l'as vue plusieurs fois ? Tu la connais depuis quand ?

— Connaître… ça dépend. Je l'ai vue pour la première fois il y a un peu plus d'un an. Mais disons qu'on… disons un mois.

— Elle s'appelle comment ?

— Cléopâtre.

Il se mit à rire nerveusement, puis sentit que s'il se laissait aller à rire, il risquait de recommencer à pleurer. Charlie était perplexe.

— Cléopâtre? C'est quoi, son pseudo sur un site de rencontres?

— Non non. Je l'ai rencontrée au bar. Elle s'appelle Raphaëlle.

— Raphaëlle… Elle fait quoi? Comme travail?

— C'est pas clair. Elle est peut-être étudiante.

— Peut-être étudiante?

— C'est ça.

— Elle est jeune?

— 34 ans. Je pense.

— C'est compliqué, tout ça…

— Un peu…

Xavier ramassa un carnet de croquis qui traînait sur le comptoir et commença à le feuilleter distraitement, constata que la spirale métallique ne passait pas par les premiers trous, il s'appliqua à l'y replacer. Charlie le regardait s'absorber dans cette tâche inutile.

— Tu as couché avec elle? C'est de ça que tu voulais parler avec Zack?

— Non.

— Non quoi?

— Non, j'ai pas couché avec elle.

Il délaissa le cahier. Charlie goûta son thé, secoua la tête.

— Il me faut du miel, trop amer.

Elle ouvrit l'armoire, encore stupéfaite par la révélation de Xavier. Comment pouvait-elle l'aider… Quand elle se retourna, il n'était plus au comptoir, elle l'aperçut devant la porte-fenêtre du balcon. Elle le rejoignit avec l'envie de le prendre dans ses bras, peut-être fraternellement, peut-être pas, mais se contenta de se placer à sa droite. La neige tombait toujours. L'appartement était au 21e étage, on voyait s'étaler Montréal. Xavier balayait la ville du regard, il s'arrêta au Stade olympique, à sa forme d'ovni échoué surmonté d'un bras oblique dressé. Pour la première fois, la structure lui parut obscène. Il essaya ensuite de localiser Chez Hélie, sans y parvenir.

— Tu crois que Zack et toi seriez ensemble si un de vous deux avait une conception plus classique de la fidélité ?

— Non.

— Ça te dérange pas ? De penser que votre couple ne tient qu'à ça ?

— Il ne tient pas qu'à ça. Mais je ne serais pas la même si j'avais pas cette conception d'un couple. Zack non plus. On serait des gens très différents.

— C'est si important ?

— Important… C'est pas seulement une question de sexe. Comment t'expliquer… J'aime le sexe, mais autant ce qui vient avant. La séduction, l'inconnu. J'aime rencontrer toutes sortes de personnes, j'aime me réveiller un matin et ne pas savoir comment ma journée va se terminer, ni avec qui. La sexualité, c'est une façon parmi d'autres d'entrer en contact avec les gens.

— Zack, c'est la même chose pour lui ?

— Oui et non.

— Lui, il couche avec des hommes ?

— Non.

Charlie eut le souvenir d'un souper entre amis survenu un an auparavant, chez eux. À la fin, tous les invités étaient partis sauf son ami Adrien. Ils avaient beaucoup bu et continuaient de se resservir. Adrien et elle s'étaient mis à se moquer de Zack : il n'avait jamais rien essayé avec un homme, même Adrien qui était gai avait couché avec des femmes, il fallait tout tester, comment pouvait-il savoir que ça ne lui plairait pas sans tenter l'expérience ? Zack avait protesté, il n'était simplement pas attiré par les hommes, Adrien lui avait répliqué que c'était bien dommage, de lui faire signe s'il changeait d'idée, Zack s'était un peu prêté au jeu, oui, on sait jamais, un jour peut-être, puis Charlie avait déclaré que voir son mari se faire sucer par un homme l'exciterait terriblement. Après cette remarque, l'attitude de Zack avait changé, il avait de plus en plus participé à leurs plaisanteries, leur conversation s'était poursuivie sur un ton mi-blagueur mi-sérieux, en fin de compte Zack s'était retrouvé debout devant Adrien qui lui faisait une fellation, Charlie les regardait, fascinée, assez rapidement Zack lui avait paru excité, il avait dit à Adrien d'arrêter. Quelques minutes plus tard Adrien s'était effondré sur leur canapé, trop ivre pour rentrer chez lui. Charlie lui avait apporté une couverture et un oreiller. Dès qu'elle avait eu fini de le border, Zack l'avait attrapée et renversée sur l'autre canapé, et ils avaient fait l'amour à deux mètres d'Adrien qui ronflait. Le lendemain, elle s'était réveillée inquiète, peut-être que Zack regrettait, peut-être qu'elle avait été trop loin. Elle l'avait pourtant trouvé à la cuisine d'excellente humeur, lui et Adrien blaguaient à propos du dénouement de la soirée. En la voyant, Zack l'avait enlacée, avant de lever le poing en lançant «Pas de tabou!» Il avait ri, ajoutant qu'il exagérait, la veille c'était pas mal sa limite. Encore aujourd'hui, elle repensait à cette soirée avec un mélange d'étonnement et d'excitation, elle n'aurait pas cru qu'il ferait ça. Reste que pour la question de Xavier, non, on ne pouvait pas dire que Zack ait déjà couché avec un homme.

— Tu n'en as jamais parlé avec lui ? Tu n'as jamais demandé à Zack pourquoi le sexe est aussi important pour lui ?

— Non.

— Même quand vous étiez plus jeunes ?

— Je sais pas trop… Non.

— En tout cas, tu veux pas me parler de cette fille que tu as rencontrée ? C'est à cause d'elle que tu es ici ?

— Non… je passais dans le coin par hasard.

— Par hasard ?

— On pourrait coucher ensemble, toi et moi, là, maintenant ?

Il l'avait dit sans cesser de fixer la ville devant lui.

— On pourrait…

— Mais ?

— C'est une très mauvaise idée de coucher avec quelqu'un pour oublier quelqu'un d'autre. Ça n'arrange rien. C'est ça que tu veux faire ?

Xavier se tourna vers elle, Charlie continua de contempler les flocons. Il songea qu'il aurait peut-être mieux fait de l'embrasser directement, dès le début, au lieu de s'embourber dans des demandes qu'elle avait éludées l'une après l'autre. Alors qu'il envisageait de le faire, son attention fut attirée par un dessin posé sur une console derrière elle. Il se dirigea vers la feuille et la souleva, consterné.

C'était un diplodocus orné de motifs orientaux. Il était identique au tatouage sur la main de Raphaëlle. La nervosité l'envahit. Il essaya de réfléchir, probablement qu'elle et Charlie s'étaient inspirées de la même image dénichée sur internet… Peut-être un symbole qu'il ne connaissait pas, un logo, un personnage de dessin animé. Charlie s'était approchée.

— C'est quoi ? demanda Xavier.

— Un dinosaure.

— Oui, je sais, mais il vient d'où? Tu ne l'as pas dessiné à partir de rien?

— Non, j'ai vu une fille qui avait un tatouage comme ça l'autre jour. Il m'est resté en tête, je l'ai dessiné.

— Tu la connaissais?

— Non.

— Il était exactement comme ça?

— Je l'ai dessiné de mémoire, mais je suppose que oui. J'ai une bonne mémoire visuelle d'habitude.

— Il était où, son tatouage? Quelle partie du corps?

— Sur la main. Pourquoi?

— Pour rien…

— J'ai fait un essai de papier peint après. Tu veux voir?

Xavier la regarda sans comprendre. Charlie partit vers la pièce qui lui servait d'atelier, il la suivit. En y entrant, il fut frappé par le désordre, l'état des lieux était pire que dans le reste de l'appartement. Puis il découvrit un papier peint de deux mètres sur deux mètres, surchargé de diplodocus aux cous enlacés, leur peau parcourue de fines arabesques.

— Pour une chambre d'enfant, par exemple. Ou un espace de jeu.

— Où as-tu vu cette fille?

— Qui?

— Celle avec ce tatouage?

— Hum… Laisse-moi me rappeler… C'était aux 3 Brasseurs. Elle était assise à la table à côté de moi. Tu la connais?

— Non. Oui, vaguement, c'est une amie d'amis. C'était quand?

— La semaine passée.

— Quel jour?

— J'ai vu Brian la veille de la journée où j'ai commencé à ne faire rien d'autre que dessiner… C'était jeudi. Pourquoi tu veux savoir ça ?

— Jeudi, c'est la journée que tu es venue me voir au bar en après-midi ?

— Oui, les 3 Brasseurs n'est pas loin de Chez Hélie, je suis arrêtée te dire bonjour juste avant mon rendez-vous.

Xavier tenait toujours le dessin dans sa main, mais l'avait oublié. Il était obnubilé par la centaine de diplodocus envahissant le mur. La sensation du papier sur lequel il crispait ses doigts le fit revenir à lui.

— Je peux le garder ?

— Oui. J'en ai d'autres si tu veux.

Une fois dehors, Xavier ressortit le dessin. C'était le même. Les couleurs, les lignes, tout lui sembla identique. Il le rangea et se mit en route en direction de Chez Hélie. Il prenait la relève de Matis dans vingt minutes.

« De nos jours, il y a des façons plus créatives d'éliminer ses ennemis. »

RAPHAËLLE

Au cours de la soirée, Xavier examina à plusieurs reprises le diplodocus. Il n'avait pas de nouvelles de Raphaëlle depuis deux jours. Plutôt huit, l'avant-veille ils ne s'étaient même pas parlé. Il pourrait essayer de lui écrire via son blogue… Il pourrait scanner le dinosaure, le lui envoyer, exiger des explications. Et elle pourrait inventer n'importe quoi. Ou ne rien répondre. Huit jours… Huit jours qu'il dormait à peine, passait ses soirées à l'attendre en tournant en rond dans son appartement ou à travailler en jetant compulsivement des coups d'œil vers l'entrée.

En arrivant chez lui à 3 h 45, il aperçut le manteau fuchsia de Raphaëlle suspendu à la patère du vestibule. Son cœur fit un bond. Elle avait encore la clé. Elle était revenue. L'idée traversa son esprit qu'elle avait croisé Olivier dans un bar et qu'elle était rentrée avec lui. Il ressentit son pincement habituel de jalousie, tenta de se raisonner. Quand il poussa la porte de sa chambre, il la vit assise sur le fauteuil, elle écrivait, concentrée. Elle leva la tête pour lui sourire, Xavier fut tiraillé entre sa joie de la revoir et la méfiance qui l'habitait depuis l'après-midi. Il lui tendit le dessin du dinosaure.

— J'ai trouvé ça chez ma belle-sœur.

— Charlie est ta belle-sœur ?

Raphaëlle inspecta le diplodocus sans y toucher. Son visage ne laissait paraître aucune surprise. Elle finit par prendre la feuille et juxtaposa sa main tatouée au dessin.

— Elle a un bon sens de l'observation… et une bonne mémoire… Je me rappelle pas qu'elle ait pris une photo, je l'aurais remarqué.

— Tu la connais ?

— Non… On a mangé côte à côte dans un resto… Elle sort avec un de tes frères ?

— Qu'est-ce que tu faisais là ?

— Tu sais qu'elle le trompe ? Le gars avec qui elle dînait n'était pas ton frère. Et leur conversation… aucun doute possible.

— Comment tu sais que c'était pas un de mes frères ? Eux aussi, tu les as espionnés ?

— Ce gars-là pouvait pas être ton frère… Il avait au maximum 20 ans. Ton plus jeune frère, tu m'as dit qu'il a 31 ans?

— Bon, Charlie et mon frère sont en couple ouvert, ils ont les aventures qu'ils veulent. Mais tu détournes la conversation.

— Ah… Donc c'est ta belle-sœur…

— Pourquoi tu mangeais à la table à côté d'elle? Comment savais-tu que je connais Charlie? Qui es-tu? Raphaëlle, c'est pas ton vrai nom?

Elle lui assura que ce l'était, le regarda d'un air embarrassé, puis recommença à observer le dessin de Charlie. Du bout de son index, elle se mit à suivre les lignes du dinosaure. Xavier ne l'avait jamais vue mal à l'aise.

— Te rappelles-tu la fois où je t'ai raconté qu'à 19 ans, j'avais participé à une thérapie de groupe pour femmes victimes d'agression sexuelle? Avec une amie? J'ai rencontré une fille là-bas qui s'appelait Rébecca. On est devenues amies. Rébecca venait d'avoir un enfant, elle sortait pas beaucoup, c'est toujours moi qui allais chez elle. Dans son appartement, il y avait plein de photos d'un gars. J'ai fini par lui demander c'était qui. Elle m'a répondu que c'était son ex, le père du bébé. J'étais surprise, parce que Rébecca avait dit durant les séances de thérapie qu'elle était tombée enceinte de son agresseur. Elle m'a expliqué qu'elle lui avait pardonné, qu'il avait avoué son crime, qu'il était maintenant en prison, que c'était quand même le père de son enfant. Ça m'avait paru bizarre. Moi, à sa place, j'aurais voulu l'oublier, sûrement pas tapisser mon appartement avec ses photos. Après la thérapie, j'ai revu Rébecca seulement deux fois. L'automne suivant, elle s'est suicidée.

Raphaëlle s'interrompit un instant, visiblement émue.

— Des années plus tard, je marchais dans la rue et j'ai vu à travers la fenêtre d'un bar un homme qui ressemblait au gars sur les photos chez Rébecca. C'était toi.

— Elle ne s'appelait pas Rébecca.

— Je sais. Elle s'appelait Fanny. Je l'ai su à son enterrement. Dans le groupe de thérapie, on avait le choix de se donner un faux nom, pour garder l'anonymat. C'est là que j'ai changé mon nom pour la première fois.

Xavier la regardait qui évitait de le regarder. Il n'éprouvait aucune émotion. Ses yeux tombèrent sur le dessin, il pensa au commentaire de Charlie à propos de son papier peint à dinosaures, qu'il serait bien pour une chambre d'enfant. Est-ce que les couleurs étaient plus appropriées pour une chambre de garçon ou de fille ? Vert, violet, blanc, noir, bleu, rose, rouge… Les deux peut-être…

— Son enfant… Un garçon ou une fille ?

— Un garçon. Il a été adopté par son frère aîné et sa femme. Je l'ai appris à l'enterrement.

— Pourquoi tu m'as rien dit ?

— Je suis mythomane… C'est dans ma nature, mentir… La première fois, quand je suis entrée Chez Hélie, je voulais seulement confirmer que tu étais le gars sur les photos. Par curiosité. Tu te souviens, je t'ai dit que je m'appelais Fanny ? Je voulais voir ta réaction.

— Qu'est-ce que Fanny t'avait dit sur moi ?

— Pas grand-chose. Que tu l'avais agressée après votre rupture. Que tu avais raconté à tout le monde que tu étais en Suède au lieu de dire que tu étais en prison. C'est vrai, ça ?

— Je l'ai pas agressée. Le voyage… oui, j'ai dit ça.

— Ça m'avait intriguée… Je m'étais dit que l'ex de Fanny était une sorte de mythomane, un menteur compulsif qui berne tout le monde. Mais quand je t'ai rencontré, j'ai trouvé que tu cadrais pas du tout avec ça. Je me suis même demandé si Fanny n'avait pas inventé son agression. J'avais remarqué à l'époque qu'elle avait tendance à mentir sur plein de choses, comme moi. Peut-être aussi que j'ai eu envie de croire que t'avais pas fait ça…

— Je l'ai pas fait.

— Je te crois…

Xavier passait les dernières semaines au crible, essayant de comprendre tout ce qui lui avait échappé.

— Olivier, tu l'as rencontré par hasard?

— C'est plus compliqué… Je suis allée Chez Hélie un soir et il était là. Tu m'as pas vue, c'était très achalandé. Je vous ai vus bavarder de loin. Par hasard, je me suis retrouvée à une table près de lui. Je l'ai entendu dire à quelqu'un que vous êtes colocs. Pas longtemps après cette fois-là, je l'ai croisé dans un autre bar. J'ai pas pu résister à la tentation de lui parler.

— Et Charlie?

— Même chose. Je venais te rejoindre et je vous ai vus discuter, elle était en train de mettre son manteau. Elle s'est penchée par-dessus le comptoir et vous vous êtes donné deux becs. Je me demandais c'était qui, je l'ai suivie.

— Pourquoi tu fais ça, mentir? Pas juste à moi, en général?

— C'est pas du tout comme Fanny… Tu l'avais quittée, c'est ça? Pour moi, ça n'a rien à voir avec la vengeance… C'est le seul moyen que j'ai trouvé pour me sentir vivante. C'est ça qui m'a sauvée.

— Sauvée de quoi?

— De l'ennui.

— L'ennui ?

Pour toute réponse, Raphaëlle fit un signe vague de la main. Elle redonna le dessin à Xavier.

— Tu m'as dit que tu es célibataire depuis des années, c'est un mensonge, ça aussi ?

— Non, c'est vrai.

— Pourquoi ? La vérité ?

— Je te l'ai dit, la vérité, je suis mythomane… Ça veut dire que tu pourras jamais être sûr que je te dis la vérité… Je ne peux pas ne pas mentir à quelqu'un, c'est impossible. C'est difficile à faire comprendre… Les gens pensent que c'est un choix. C'est plutôt comme une addiction, la tentation est toujours trop forte. Mentir rend tout plus excitant. Vivre dans la seule réalité, je ne peux plus, depuis longtemps. Même si avec de la chance j'avais rencontré un gars que ça n'aurait pas dérangé, que je mente, je l'aurais fait aussi devant ses amis, sa famille… Comment veux-tu qu'une relation soit possible ?

— Pourquoi tu as accepté qu'on se voie tous les jours alors ?

— Parce que… D'habitude, les gens m'ennuient rapidement. Avec toi… C'était différent.

— Différent ?

— Oui, différent…

— Et pourquoi tu faisais rien ?

— Mais toi ? J'ai jamais compris… Au début, je voulais juste te laisser faire les premiers pas. Ensuite, c'est devenu un jeu… j'attendais que tu fasses quelque chose… C'est mon côté observateur, les comportements des gens m'intriguent. Encore plus quand ils sont inhabituels. Dormir platoniquement à côté de quelqu'un, personne fait ça.

Elle hésita, regarda brièvement Xavier, détourna les yeux sur sa main tatouée.

— J'avais pas prévu que ça tournerait comme ça… Je suis désolée que tu sois tombé sur deux mythomanes. J'espère que les autres…

— Il n'y a pas « d'autres ». Tu devais l'avoir deviné ?

— Ça fait seize ans…

— Il n'y a eu personne depuis seize ans.

— Tu veux dire… tu n'es sorti avec personne depuis seize ans ?

— Pas sorti et pas rien d'autre.

— Rien ? Mais… avec toutes les filles que j'ai vues te cruiser Chez Hélie…

— Tu penses qu'on peut faire confiance à n'importe qui, après ce que j'ai vécu ? Tu penses qu'on peut coucher avec une inconnue ?

— On peut s'arranger pour que des inconnues cessent d'être des inconnues…

— Ça ne m'intéressait plus. Pas depuis seize ans.

— Pourquoi tu m'as laissée venir dormir chez toi ?

— J'imagine que je pensais que tu commençais à cesser d'être une inconnue.

— Xavier, je t'ai toujours dit que j'étais mythomane. Comment aurais-tu pu croire ça ?

— Aucune idée… Peut-être qu'inconsciemment je me disais qu'avec toi, j'étais fixé. J'avais pas besoin de me demander si tu allais me mentir, la réponse était oui.

— C'était juste ça ?

Xavier tenait la feuille dans sa main droite, il referma son poing et la froissa. Une sensation de vide s'empara de lui.

— Mais non. Je… Peu importe.

Il laissa choir le dessin sur le plancher, la feuille se déplia un peu dans sa chute. Ils restèrent un moment à fixer en silence l'image déformée du diplodocus. Raphaëlle répéta qu'elle s'excusait, se leva pour partir, et Xavier, une fois de plus, ne sut pas quoi faire. Dès qu'il entendit la porte de l'appartement se fermer, il eut envie de courir après elle. Il demeura immobile et compta lentement jusqu'à 10. C'était possible de la rattraper, elle devait être dans l'escalier. Il continua jusqu'à 20, peut-être dans le hall, il pouvait la rejoindre facilement. 30, encore possible. Rendu à 60, il se dit que les chances étaient minces, elle devait déjà avoir sauté dans un taxi. Et à 100, il pensa que c'était vraiment la dernière fois qu'il la voyait. Il se demanda s'il mettrait seize ans avant de retomber amoureux. Il aurait 51 ans…

Il ramassa le diplodocus et se souvint qu'il avait envisagé cet après-midi de coucher avec sa belle-sœur. Il fallait vraiment qu'il ne soit pas dans son état normal… Soudain, il comprit que c'est précisément ce que Raphaëlle avait essayé de faire tout l'hiver, le sortir de son état normal. Un état de pétrification impassible auquel il s'était astreint depuis ses 20 ans, d'où résultait un malheur diffus qu'il avait fini par prendre pour sa personnalité naturelle. Il ouvrit son garde-robe. Le foulard était sous une pile de vêtements. Malgré les paillettes et leurs arêtes tranchantes, il y enfouit son visage. L'odeur de noix de coco subsistait encore.

Au bout d'une semaine à ressasser ce qui s'était passé, Xavier lui envoya un message privé par l'entremise de son blogue. Avec son laconisme habituel, il écrivit en deux lignes qu'il aimerait la revoir. Elle ne répondit pas. Le surlendemain, il lui adressa un deuxième message, auquel succéda un troisième. Durant le mois qui suivit, dans un crescendo de désespoir, il lui déclara qu'il était amoureux d'elle, que dès leur première rencontre elle l'avait intrigué, avec ses histoires saugrenues, son imagination, ses bizarreries, il ne connaissait aucune fille aussi colorée, il lui jura qu'il rêvait de lui faire l'amour, que si elle lui accordait une autre chance il surmonterait ses peurs, que jamais plus ils ne dormiraient ensemble comme frère et sœur, qu'il l'embrasserait dès l'instant où elle viendrait le voir, chez lui, au bar, ou elle pouvait lui donner rendez-vous, n'importe quand, n'importe où, les choses se dérouleraient différemment, il se soûlerait avec elle dans tous les bars de Montréal, boirait assez de cerveaux pour perdre la tête, participerait à un centurion jusqu'au centième verre, l'accompagnerait dans tous les endroits louches qui lui plaisaient, un jour il lui annonça qu'il avait trouvé de la liqueur de violette sur eBay, il avait reçu la bouteille, si elle passait Chez Hélie il pourrait lui préparer ce cocktail de la prohibition qu'on ne sert nulle part à Montréal, ensuite il lui assura qu'il était en érection à chaque message qu'il rédigeait à son intention, il se mit à évoquer des souvenirs de ses yeux, de son visage, de son corps, lui dit qu'elle l'avait toujours excité, il décrivit maladroitement les heures d'insomnie où il avait fantasmé sur elle pendant ces 40 nuits, énuméra des occasions où il avait failli l'embrasser, dans tel et tel bar, dans le taxi, chez lui, il n'arrivait pas à comprendre pourquoi il ne l'avait pas fait, il le regrettait chaque jour, mais la prochaine fois il ne manquerait pas sa chance, puis comme Raphaëlle ne répondait toujours rien, il plagia son blogue et lui écrivit qu'il voulait lui mettre son pénis dans la bouche pour qu'elle le suce jusqu'à la dernière goutte, la baiser comme une salope dans les toilettes de Chez Hélie, lui arracher sa culotte dans un taxi et la faire crier de plaisir aux oreilles du chauffeur. Après une flopée de propos pornographiques qui ne lui ressemblaient pas du tout, il cessa de la bombarder de messages. C'était inutile.

Louis préfère le rose, Zack les filles,
et Xavier les têtes de samouraïs

1993-1995

L'idée d'utiliser des couleurs pour distinguer les enfants
de sexe féminin et masculin est apparue bien tardive-
ment dans l'histoire, et fut motivée entre autres par les
recherches sur la psychologie de l'enfance qui foison-
nèrent au tournant du 20e siècle. L'influence des théories
freudiennes, qui affirmaient que l'homosexualité et les
déviances sexuelles sont le fruit de perturbations sur-
venues au cours de l'enfance, ne fut pas de reste dans
l'affaire. Certains émirent l'hypothèse qu'en réservant
une couleur aux vêtements des filles et une autre à ceux
des garçons, les enfants prendraient conscience de leur
sexe plus rapidement, ce qui, espérait-on, repousserait
une possible «confusion identitaire». Avant que s'im-
pose cette coutume, fillettes et garçons étaient habillés
de la même façon pendant leurs premières années de
vie, tant pour la couleur que pour la coupe des vêtements – ce qui avait l'avantage que rien n'empêchait de
refiler les vêtements d'une fille à un garçon plus jeune,
ou vice-versa. Le choix d'une couleur propre à chaque
sexe posa d'ailleurs quelques incertitudes. À la fin du
19e siècle, plusieurs penchaient pour attribuer le rose
aux garçons : proche du rouge, comme le sang, cette
couleur semblait plus agressive et susceptible d'éveiller

479

les ardeurs. Le bleu, couleur délicate et emblématique de la Vierge Marie, aurait davantage convenu aux filles. Il fallut attendre les années 1950 pour que le rose et le bleu soient finalement genrés dans la répartition arbitraire qui nous est familière.

En 1984, arbitraire ou pas, la dichotomie rose-bleu était bien ancrée dans les mœurs, et au retour de l'hôpital, Jacques, en couchant Louis dans son berceau entre quatre murs rose bonbon, ressentit un certain malaise. Il aurait pu faire venir un de ses employés pour l'aider et régler le problème en une journée, mais Alice s'opposa à repeindre la chambre immédiatement : l'odeur de la peinture serait plus néfaste pour l'enfant qu'une banale couleur, on était en octobre, laisser les fenêtres ouvertes n'était plus de saison. Au printemps prochain.

Mais le printemps ne s'y prêta pas, ni l'été, et Alice finit par ne même plus remarquer la teinte « féminine » ornant les murs. Cette entorse aux codes de la masculinité continuait toutefois de préoccuper Jacques. Vers le quatrième anniversaire de son beau-fils, il décida de prendre les choses en main et rapporta à la maison un gallon de peinture bleue. En apprenant les intentions de Jacques et la menace planant sur son univers rose, Louis s'effondra en larmes. Jacques n'y comprit rien, mais laissa tomber. Louis était un enfant sensible, aux réactions parfois exagérées. Il se borna donc, chaque printemps, à proposer à Louis de repeindre sa chambre et, durant six ans, essuya refus après refus. La chambre ne devait revêtir une couleur digne d'un enfant mâle de la fin du 20e siècle que quelques années plus tard, lors d'un autre épisode dont les raisons échapperaient également à Jacques.

Louis fut le seul des trois frères qui appela Jacques «papa», et Matthew, «Matthew». Personne ne sut jamais ce que le père biologique en pensait. Lorsqu'il passait chez Alice chercher ses deux autres fils, Matthew essayait bien, malgré son peu d'habileté avec les enfants, d'établir un contact avec Louis. Au début, il le prenait dans ses bras, rien de trop difficile, mais dès que Louis eut l'âge de marcher, il fuyait si Matthew l'approchait. Alice mit son ex-mari en garde, son fils ne le reconnaissait pas, il fallait au plus vite que Louis accompagne ses frères aînés chez lui. Néanmoins, Matthew ne s'y résolvait pas, échaudé par l'unique tentative ratée après le sevrage de Louis.

Quand Louis eut 4 ans, Matthew céda aux demandes d'Alice. Les jours avant le fameux week-end, Louis fut plus turbulent qu'à son habitude. Le vendredi, tandis qu'Alice rassemblait ses effets, il lutta pour lui arracher des mains vêtements et jouets, commença à pleurnicher qu'il n'irait pas. Alice et Jacques s'efforcèrent de le raisonner, et découvrirent de quoi il retournait.

Louis ne croyait pas que Matthew fût son père. Même s'il comprenait que cet homme qui emmenait parfois Zack et Xavier était leur père à eux, qu'il réalisait que ses frères appelaient Jacques par son prénom, et bien qu'on lui ait répété maintes et maintes fois que Matthew était aussi son père, il refusait secrètement de l'admettre. Ce jour-là, il s'obstina à répéter que son seul père était Jacques. Il sanglotait, convaincu d'un coup monté par ses parents pour se débarrasser de lui. Jacques tenta encore de lui expliquer qu'il était *comme* son père, qu'il était une sorte de père *adoptif*, mais qu'il n'était pas son père *biologique*. Évidemment, Louis ne saisissait rien au terme «biologique». Jacques sentait sa gorge se serrer en s'imaginant simplifier les choses en disant «je ne suis pas ton vrai père». L'expression «vrai père» l'horripilait, il considérait Louis comme son fils et se considérait comme son père, il préférait se dire que Matthew était *aussi* son père, ni plus vrai ni plus faux. Par une crise monumentale, Louis leur signifia qu'il n'avait que faire de leurs explications : si Jacques était son père, il ne l'obligerait pas à partir avec un inconnu.

Zack et Xavier avaient assisté à toute la crise. L'aîné se moqua de Louis et lança que c'était la faute de la chambre rose, leur frère avait peur de se retrouver entre hommes, avec eux et Matthew. Alice, exaspérée, lui dit de se taire. Rien ne vint à bout de la résistance de Louis. Alice et Jacques abdiquèrent. Le récit qu'ils avaient élaboré pour expliquer les anomalies de leur famille reconstituée était un échec.

Toutefois, à 10 ans, sans donner de raison, Louis déclara que la prochaine fin de semaine, il la passerait chez Matthew. Alice et Jacques échangèrent un regard perplexe, mais Louis semblait déterminé. Matthew ne manifesta pas de réticence, et le vendredi suivant, pour la première fois depuis dix ans, il ramena ses trois fils chez lui. Puis il s'éclipsa jusqu'au dimanche.

Contrairement aux suppositions d'Alice et Jacques, la soudaine motivation de Louis n'était pas, comme leurs lectures sur la psychologie de l'enfance le suggéraient, «l'éclosion d'une curiosité filiale envers le père biologique» ou «les balbutiements d'une crise identitaire à l'aube de la puberté». Non, c'était plutôt des remarques chuchotées par Zack et Xavier à propos des visites chez leur père.

À l'époque où Louis se décida à dissiper le mystère de ces week-ends, Zack avait 17 ans, et Xavier, 15. Matthew les jugeait, depuis déjà deux ans, aptes à se débrouiller tout seuls. La veille de leur arrivée, il remplissait le frigo. Le vendredi, après les avoir cueillis chez Alice et Jacques, il les déposait à son appartement, leur laissait suffisamment d'argent de poche pour le week-end, et filait chez sa blonde. Jamais il ne crut bon de présenter Deborah à ses fils – ni, un an plus tard, de leur présenter Mylène, et pas davantage, au fil des ans, Whitney, Édith, Françoise, Susie, Lauren et bien d'autres. Un samedi, Xavier aperçut Deborah dans la voiture de son père tandis que celui-ci se garait devant l'immeuble. Matthew monta les voir quelques instants, elle l'attendit dehors en fumant une cigarette. Xavier fut désagréablement surpris : Deborah lui sembla à peine plus âgée que Zack. Lorsque Matthew entra, Xavier préféra faire comme s'il n'avait rien vu.

Les samedis, Matthew passait toujours chez lui une quinzaine de minutes afin de vérifier que tout allait bien. Il jasait distraitement avec Zack et Xavier, faisait le tour de l'appartement, repartait sans tarder. Il ne revenait que le lendemain soir, les amenait au restaurant, puis les raccompagnait chez Alice. Pendant la première année de cet arrangement, ses contacts avec ses fils se limitèrent donc à deux trajets de voiture, quinze minutes de supervision et un souper avalé en vitesse – bref, un gros deux heures, le tout une fin de semaine sur deux. L'année suivante, Matthew laissa tomber les quinze minutes du samedi. Il n'y avait jamais eu de problème, pourquoi continuer cette supervision inutile ? Pour être sûr que ses fils ne manquent de rien, il augmenta l'argent de poche déjà généreux qu'il leur accordait pour se faire livrer des pizzas, s'acheter des friandises ou louer des films.

Pourtant, des problèmes, cette première année, il y en eut. Alors que l'argent ne servit en aucun cas à l'achat de friandises, les seuls films qui sortirent du club vidéo furent des pornos. Des pizzas furent bel et bien commandées, mais pas avant deux heures du matin, quand Zack et ses amis avaient des rages de nourriture dues au cannabis. En tant qu'aîné, Zack s'était attribué la gestion du magot. Le montant était faramineux pour l'époque, et bien au-delà des besoins de deux adolescents. Matthew voulait surtout, par cette largesse, s'acheter la complicité de ses fils – il n'aurait pas fallu qu'Alice apprenne qu'il les laissait à eux-mêmes pendant 48 heures. Peut-être aussi voulait-il se débarrasser d'une vague culpabilité. Mais très vague.

Cette routine s'amorça dès que Zack fêta ses 16 ans – Xavier en avait 13. Grâce à l'argent donné par Matthew, Zack était en mesure de soûler une dizaine de personnes le vendredi. Le samedi, d'autres amis fournissaient de quoi passer la soirée et la nuit dans un état d'ivrognerie collective. Les premiers mois, le cadet invitait un ami, Sacha, lui-même enfant de parents divorcés. La fin de semaine de Sacha chez son père correspondait à celle de Xavier chez le sien. Comme Matthew, le père de Sacha se préoccupait assez peu de l'emploi du temps de son fils. Sacha tenait donc compagnie à Xavier. Ils jouaient à des jeux vidéo, regardaient des films à la télé, traînaient à la salle d'arcades du coin ; Zack leur concédait quelques dollars pour leurs innocentes activités, et dilapidait en alcool le reste de la somme – achetant ainsi à peu de frais le silence de son frère, de la même façon que son père achetait le sien. Parfois, le dimanche matin, en ouvrant le frigo dont le contenu avait été dévalisé par Zack et ses amis, Xavier regrettait d'avoir renoncé aussi docilement à sa part de l'argent, mais protester lui semblait peine perdue.

Tandis que Xavier et Sacha se contentaient de candides divertissements, les amis de Zack débarquaient le vendredi avec la ferme intention de traverser la nuit en se soûlant. Ils étaient habituellement une dizaine : le noyau de cette bande était formé par Zack et quatre gars ; les filles variaient selon les semaines. La majeure partie de la soirée était consacrée à assécher la totalité des bouteilles en jouant à des jeux, dont les règlements étaient pervertis pour accélérer la consommation d'alcool. Un de leurs jeux préférés s'appelait « Le 25 sous ». Il consistait à lancer une pièce de monnaie dans un verre de bière. Le joueur atteignant la cible désignait une personne, condamnée à ingurgiter d'un trait le contenu du verre. Le jeu prenait chaque fois la même tournure : plusieurs joueurs se liguaient momentanément contre un seul et lui prodiguaient tous leurs coups gagnants, le bombardant de verres à boire. Après un temps, la victime changeait. L'objectif était souvent, pour les garçons, de soûler les filles dans l'espoir de les rendre plus faciles à séduire. Ce type de stratégie, somme toute, était superflu ; chacun, gars ou fille, était venu précisément pour s'enivrer.

Il tient du miracle qu'aucun voisin ne se soit jamais plaint de la débauche qui faisait rage les vendredis et samedis soirs. L'appartement de Matthew était au dernier étage d'un triplex. Le rez-de-chaussée était loué par un couple d'octogénaires qui, par chance, dormaient sans leurs appareils auditifs ; trois colocataires dans la vingtaine se partageaient le logement du milieu. Eux-mêmes fêtards chroniques, ils ne rentraient qu'après la fermeture des bars et s'effondraient sur leur lit, trop défoncés pour être incommodés par le tapage.

Zack et ses amis pouvaient donc sans crainte rire, crier, faire jouer de la musique à tue-tête, pendant que Xavier et Sacha se terraient dans la chambre de Matthew, installés devant le téléviseur. Souvent, presque à l'aube, Zack venait les réveiller et les chasser de la chambre pour y dormir avec une fille. La seconde chambre, où il y avait les lits de Zack et de Xavier, était généralement occupée par d'autres adolescents ayant encore la force de s'envoyer en l'air. Xavier et Sacha n'avaient alors d'autre choix que se rouler dans des couvertures à même le sol du salon parmi le reste des amis de Zack.

Puisque Matthew, la première année, passait le samedi vers midi, Zack réglait son réveille-matin. Une fois sur deux, la sonnerie ne troublait pas le moins du monde son sommeil aviné, et c'est Xavier qui devait le réveiller, surmontant sa gêne d'entrer dans la chambre et de trouver son frère et la fille nus, parfois cachés par le drap, parfois non. Zack se levait, réveillait les autres de peine et de misère, les mettait à la porte avec l'ordre de patienter une demi-heure. Seul un ami restait pour l'aider à camoufler les traces de la veille, ils ramassaient à la hâte bouteilles, mégots, cartons de pizza et autres résidus compromettants.

Lorsque Matthew stationnait sa voiture, il ne s'étonnait pas de cet attroupement de jeunes aux yeux cernés et au teint blafard qui flânaient sur le trottoir devant chez lui. Peut-être pensait-il que c'était des jeunes du coin. Ou les petits-enfants du couple d'octogénaires. Ou des amis des colocataires du premier étage. Ou peut-être qu'il ne pensait rien du tout. Qu'il ne les voyait même pas. Toujours est-il que jamais il ne posa sur eux un regard soupçonneux. Il ne nota pas non plus que son fils aîné avait le même visage livide que les zombies sur le trottoir, ni ne remarqua les fois où Zack faisait disparaître discrètement une bouteille ou un soutien-gorge qui avait échappé à sa vigilance. Matthew eut bien un soupçon le samedi où il trouva Zack en train de vomir. Il douta de l'explication fournie – un virus –, mais l'appartement lui semblant dans un état correct, il n'insista pas. Il se dit que son fils avait possiblement bu deux ou trois bières chez des amis, après tout, à son âge, c'était normal d'explorer, et il apprendrait vite de ses erreurs... À la suite du départ de Matthew, Zack, en souverain absolu, envoyait Xavier, ou même Sacha, avertir les autres qu'ils pouvaient rentrer.

Le samedi, le nombre d'invités se multipliait. Si les vendredis étaient destinés aux amis proches de Zack et à quelques filles, le lendemain, il pouvait y avoir une quarantaine de personnes qui envahissaient l'appartement. Xavier et Sacha se planquaient de nouveau dans la chambre de Matthew. Ils s'équipaient de chips et de biscuits et limitaient leurs sorties. De toute manière, il leur était impossible d'utiliser la cuisinière, réservée à l'usage de ceux qui chauffaient des couteaux pour fumer du haschich. Quant à l'autre chambre, par deux fois, en voulant y récupérer un objet, Xavier tomba sur des adolescents se prêtant à diverses pratiques sexuelles. La première fois, il déguerpit, mais la seconde, il resta médusé devant les corps nus de deux filles et un garçon. Il revint à lui lorsqu'une des filles lui fit signe d'approcher. Il claqua la porte et s'empressa de rejoindre Sacha. Jamais plus il ne s'aventura dans cette chambre au cours des partys. Ou presque...

Pour ce qui est de la salle de bains, Xavier et Sacha pouvaient difficilement y éviter tout passage. Là encore, c'était à leurs risques et périls. La serrure n'étant plus fonctionnelle, elle ne se verrouillait qu'une fois sur deux. Au fil des week-ends, ils y trouvèrent un peu de tout : couple baisant dans la baignoire sans se soucier de monopoliser la seule salle de bains de l'appartement ; fille retenant les cheveux d'une amie vomissant de longues gerbes de couleur bleue révélant un abus de Blue Lagoons, cocktail alors populaire parmi des amies de Zack qui passèrent un été à s'en rendre tour à tour malades ; adolescent recevant une fellation ; fille fraîchement larguée et en larmes, consolée par deux amies tandis qu'une autre se roulait par terre en riant, trop stoned pour comprendre la petite tragédie en cours ; gars soûl urinant sur le couvercle baissé de la cuvette et inondant le sol sans sourciller. À chaque nouvelle découverte, Xavier ou Sacha revenaient en vitesse se mettre à l'abri dans la chambre de Matthew et raconter à l'autre la scène entrevue.

Au bout d'un an, le père de Sacha déménagea dans une ville éloignée, et Sacha dut cesser de prêter assistance à Xavier durant ces week-ends mouvementés. Aucun ami de Xavier ne pouvait le remplacer aussi assidûment. Il y eut bien Jérémie qui vint quelques fois, jusqu'à ce que sa mère débarque à l'improviste un dimanche matin, constate l'état des lieux, et interdise à son fils d'y remettre les pieds. D'ordinaire, cette deuxième année, Xavier fut seul. Jérémie aurait aimé revenir, émerveillé qu'il avait été par ces adolescents plus vieux s'adonnant à une débauche qui le ferait longtemps rêver. Il essaya d'ailleurs de convaincre Xavier de sa chance, lui répétant qu'il devrait se mêler à la fête et qu'il pourrait même tenter d'embrasser une amie de son frère. Xavier était toutefois peu intéressé par ces filles qu'il ne voyait pas sous leur meilleur jour et, de toute façon, beaucoup trop timide. Un soir seulement, une jolie fille plus réservée que les autres attira son attention quand il rasa le mur du couloir vers la salle de bains. Deux heures après, se risquant à la cuisine, il la revit encerclée d'une dizaine de personnes qui l'encourageaient en criant et en tapant des mains, pendant qu'elle buvait de la bière à l'aide d'un entonnoir ; la scène le refroidit.

L'été suivant, une nouvelle mode s'imposa lors des soirées. Les filles prirent conscience que s'embrasser entre elles avait le pouvoir d'émoustiller les garçons. Xavier assista à des baisers langoureux échangés non pas tant pour le plaisir du contact que pour captiver les regards de la gent masculine. Il put contempler ce manège à quelques occasions sans se faire remarquer, se glissant discrètement parmi d'autres gars qui profitaient du spectacle. Néanmoins, un samedi, Zack surprit son frère en train de dévisager deux filles qui s'embrassaient dans le couloir. Il rejoignit Xavier, passa un bras autour de ses épaules, et décida de le présenter à la quarantaine d'invités. Tous souriaient, enchantés de rencontrer le jeune frère de Zack. Plusieurs lui offrirent un verre – la perspective d'être témoins de la première brosse d'un adolescent de trois ans leur cadet les inspirait. Après avoir fait le tour des invités, Zack aperçut dans l'entrée une fille aux cheveux bleus, elle venait d'arriver. Il se rua vers elle et abandonna Xavier, désespéré à l'idée qu'il aurait à braver seul le salon et le couloir pour réintégrer la chambre. Il regarda son frère, implorant silencieusement son retour, avant de se rappeler que la veille, Zack n'arrêtait pas de parler d'une Clara qui devait passer le samedi, avec qui il voulait coucher depuis des semaines, et qui avait enfin accepté de venir à son party du samedi. Xavier en déduisit que c'était la fille aux cheveux bleus. Aucune chance que son frère revienne.

Tandis que Xavier hésitait sur le meilleur trajet à suivre – se faufiler à la gauche de quatre filles qui dansaient sur du Beastie Boys, ou à la droite d'un groupe où circulait une bouteille de rhum –, une fille s'approcha et lui demanda son âge. 14 ans, répondit-il distraitement, préoccupé par son dilemme. Elle lui apprit qu'elle s'appelait Élisabeth, qu'elle l'avait déjà vu à l'école, en quelle année était-il? Secondaire 2. Xavier continuait d'hésiter, en contournant la bande où on se partageait le rhum, il risquait qu'on lui offre avec insistance une gorgée; en s'aventurant entre le mur et les filles, il y avait fort à parier qu'on l'agrippe pour danser – une des filles lui jetait des regards appuyés depuis que son frère l'avait laissé en plan. Je suis en secondaire 4, dit Élisabeth. Xavier l'observa soudainement et réalisa d'une part qu'elle était jolie, mais surtout qu'elle ferait un excellent bouclier. Il lui demanda si elle ne l'accompagnerait pas dans le couloir. Le couloir? pour quoi faire? J'y ai oublié ma bière, improvisa Xavier. Élisabeth acquiesça. Il opta pour la gauche, frôla contre son gré deux filles qui dansaient, aucune n'osa l'agripper, voyant qu'une autre le suivait. Une fois dans le couloir, il feignit de ne plus trouver sa bière. Élisabeth lui planta la sienne dans les mains, lui disant qu'elle allait s'en chercher une autre. Le temps que Xavier tergiverse, elle était revenue.

Il se résigna à bavarder avec elle. Elle lui répétait qu'elle l'avait souvent vu à l'école, mais elle ne savait pas qu'il était le frère de Zack, vraiment, avoir su – Xavier pensait : avoir su aurait changé quoi? –, elle expliquait que même si elle était en secondaire 4 et que Zack était en secondaire 5, ils étaient dans le même cours d'anglais, elle avait sauté une année pour cette matière, c'est pour ça qu'ils étaient bons amis

– Xavier se disait : elle a sûrement couché avec lui –, par contre elle n'avait pas d'amis en secondaire 2, est-ce que Xavier avait des amis en secondaire 4 ? Xavier avait secoué la tête, non, Élisabeth avait repris son bavardage. Tout en l'écoutant, Xavier buvait sa bière nerveusement. Dès qu'elle se taisait, il lui faisait un sourire gauche et s'empressait de prendre une gorgée, espérant que ce geste justifierait son silence, et Élisabeth enchaînait sur une autre banalité. Après dix minutes, il s'aperçut avec inquiétude que sa bouteille était vide. Élisabeth parlait toujours. Xavier remarqua qu'elle s'était rapprochée, il recula d'un pas. Au moins, il ne ressentait aucune ivresse à cause de la bière, probablement fallait-il en boire davantage. Il se détendit à cette pensée et recommença à chercher une façon de s'esquiver.

À ce moment-là, une fille fit irruption dans le couloir, courant vers la salle de bains, une main sur la bouche. En tournant la tête pour la suivre des yeux, Xavier fut pris d'une sensation inconnue. Il reporta son regard sur Élisabeth, eut la vague envie de l'embrasser, et comprit que l'alcool faisait effet. Envahi par la peur de commettre une gaffe – il avait si souvent entendu les amis de son frère se flageller le lendemain de leurs beuveries –, il abandonna Élisabeth et se dirigea vers la chambre de Matthew. Celle-ci interpréta mal son départ, elle lui emboîta le pas. En poussant la porte, Xavier découvrit Zack et la fille à la chevelure bleue arrivée un quart d'heure plus tôt. Il s'étonna que deux personnes puissent franchir aussi vite les étapes nécessaires pour se retrouver presque nues à s'embrasser, puis se dit que son frère savait être convaincant. Il se retourna, tomba nez à nez avec Élisabeth, enregistra qu'elle l'avait suivi, devina à son sourire qu'elle avait vu Zack et Clara. Sans réfléchir, il se sauva vers l'autre chambre, se risqua à ouvrir, se réjouit de constater qu'il n'y avait personne. Élisabeth, qui n'avait toujours pas saisi qu'il s'efforçait de la semer, y entra derrière lui et referma la porte.

La suite devait rester obscure. Comme ils n'avaient pas allumé, seule la réverbération des lampadaires de la rue les empêcha d'être dans le noir total, et la pénombre s'ajouta à l'alcool pour brouiller l'esprit de Xavier. Qui avait embrassé qui en premier demeura pour lui un mystère. Sans doute elle, conclut-il le lendemain, où en aurait-il trouvé le courage ? D'un autre côté, il se souvenait que l'idée lui était passée par la tête dans le couloir et peut-être que, la bière aidant... Au bout de quelques minutes à sentir sa langue dans sa bouche rouler contre la sienne, Xavier se demanda ce qu'il devait faire. Jamais il ne lui était rien arrivé de tel. Il imagina diverses possibilités, ne vit qu'un geste qu'il pouvait envisager d'accomplir, et réalisa que la bière lui faisait plus d'effet qu'il ne l'avait cru lorsqu'il se surprit à poser sa main sur un de ses seins. Il s'effraya de son audace, mais Élisabeth ne réagit pas particulièrement. Elle essaya ensuite de dézipper son jeans, Xavier s'écarta vivement. Il se ressaisit, bredouilla une phrase incompréhensible et quitta la pièce, laissant Élisabeth stupéfaite. Il retenta sa chance dans l'autre chambre, cette fois Zack avait barricadé la porte avec une commode. Pris de désespoir, il sortit de l'appartement, dévala l'escalier jusqu'au sous-sol, se réfugia dans la buanderie de l'immeuble.

Le lendemain matin, Xavier se réveilla parce qu'une main le secouait énergiquement. Il ouvrit les yeux et reconnut un des colocataires du premier étage. Il marmonna qu'il était rentré tard, avait oublié ses clés. Le gars rigola, ramassa ses vêtements en lançant quelques blagues sur l'abus d'alcool et de substances illicites, puis disparut. L'après-midi, Xavier s'enquit auprès de Zack d'une Élisabeth avec qui il avait parlé la veille. Élisabeth? Oui, dans ton cours d'anglais. Zack n'avait aucune idée à qui Xavier faisait référence. Plus tard il se souvint, ah oui, Élisabeth, une fille de secondaire 4, mais qui fait anglais de secondaire 5, pourquoi? Pour rien. Elle te plaît? Non. Zack ricana et l'accabla de blagues salaces. Après s'être défendu, Xavier parvint à lui demander maladroitement s'il avait déjà couché avec elle. Non, pas possible, elle a un chum. Ah ouais? depuis quand? Je sais pas, six mois, un an. Les semaines suivantes, Xavier la croisa plusieurs fois à l'école au bras de son chum, et elle l'ignora. Cette fille, qui s'était jetée sur lui et disait l'avoir remarqué auparavant, occuperait longtemps ses pensées.

Ce n'est qu'un an et demi plus tard que Louis décida de percer le secret des chuchotements de Zack et de Xavier. Il avait flairé que ses frères vivaient chez leur père des aventures trépidantes. Les trois garçons avaient alors 10, 15 et 17 ans. Quand Zack sut que Louis serait avec eux pendant le week-end, il pensa annuler le party du samedi. Il négocia finalement avec Xavier pour que Louis et lui restent dans la chambre de Matthew les deux soirs. Il promit de ne pas les en déloger à l'aube et consentit même à céder dix dollars supplémentaires pour la location de jeux vidéo. Le vendredi, tandis que Xavier se démenait à trancher des têtes de samouraïs, Louis passa plutôt la soirée avec Zack et ses amis. Ils s'amusèrent beaucoup de cet enfant dégourdi qui papotait sans arrêt, les harcelait pour avoir de la bière, et participa à leurs jeux de boisson avec un esprit de compétition excessif – Louis eut la permission de faire boire les gens s'il marquait un bon coup, mais fut évidemment exempté de faire partie des victimes. Un ami de Zack lui tendit en fin de compte son bock, Louis avala en grimaçant une trop grosse lampée de bière, tout le monde éclata de rire. Vers 23 heures, il s'endormit sur sa chaise. Xavier le mit au lit, soulagé que son frère rate la débauche qui couvait ; les pires extravagances de Zack et de ses amis se produisaient après minuit.

Le samedi, Louis fut averti par Zack qu'il ne pourrait pas se joindre au party. Xavier et lui s'enfermèrent dans la chambre, mais Louis argua aux demi-heures un urgent besoin d'aller aux toilettes. Chaque fois, en traversant le couloir, il ralentissait le pas à la hauteur du salon pour épier les gens qui s'agitaient dans la pénombre, fumaient, riaient, il fut en particulier ébloui par des filles dansant dans la lumière saccadée d'un stroboscope et qui lui parurent merveilleusement belles. Xavier l'accompagnait pour s'assurer qu'il ne fasse pas de découvertes inappropriées dans la salle de bains. À mi-chemin, il laissait Louis hypnotisé par le party, s'avançait en éclaireur, puis revenait le tirer par l'épaule si l'endroit s'avérait fréquentable. Lors d'un de leurs raids, tandis que Xavier ramassait des éclats de verre dans la salle de bains, Louis vit Zack surgir dans le couloir, le visage abruti par l'alcool. Une fille le suivait, tout aussi bourrée, deux shooters dans les mains. Ils trinquèrent au milieu du couloir, puis Zack flanqua les verres sur la console, la fille l'embrassa en le plaquant contre le mur, il glissa une main sous son chandail jusqu'à ses seins. Louis les dévisageait avec les yeux ronds. Zack finit par remarquer la présence de son frère, il pouffa de rire, ouvrit la porte de sa chambre et disparut avec la fille. Xavier était sorti de la salle de bains juste à temps pour les voir se peloter contre le mur, il soupira d'exaspération.

Le dimanche, quand les amis de Zack eurent quitté l'appartement, Louis demanda à son frère si «la fille d'hier» était sa blonde. L'aîné était évaché sur le sofa, une serviette humide sur le front. Il se mit à rire et répondit qu'il n'avait pas *une* blonde, mais des dizaines. Louis ne comprit pas et parut choqué par la blague. Il demanda à Zack à quel âge il avait eu sa première blonde. Zack rit de nouveau, puis réfléchit. Mettons 14 ans. Pourquoi «mettons»? voulut savoir Louis. Ça serait trop compliqué à t'expliquer. Écoute-le pas, railla Xavier, Zack a jamais eu de blonde. Ouais, j'ai eu beaucoup mieux. Comment ça, «mieux»? insista Louis. Rien, laisse faire ça. Tu as hâte d'avoir une blonde, Louis? le taquina Xavier, amusé par ses questions. Si c'est le cas, répliqua Zack négligemment, va falloir que tu dises à Jacques de repeindre ta chambre, les filles sortent pas avec des gars qui ont une chambre rose. Décroche avec ça, lui lança Xavier en roulant des yeux. Louis, lui, devint songeur. Sans le savoir, Zack venait d'anéantir en une phrase la résistance sur laquelle Jacques achoppait depuis des années.

Deux semaines plus tard, Alice, Jacques et Louis partirent en voyage pour un mois. On était à la mi-juillet. Zack et Xavier, à cause de leur emploi d'été, restèrent à la maison, et Xavier dut endurer un nombre croissant de fêtes. Par chance, plusieurs de ces rassemblements se terminaient aux alentours de minuit, Zack et ses amis finissant la soirée dans les bars du centre-ville.

Zack venait de célébrer ses 18 ans et de nouveaux temples de la débauche lui étaient maintenant accessibles. Xavier profitait d'une brève quiétude, jusqu'à ce que Zack rentre après la fermeture des bars. Il se faisait alors réveiller par les rires de son frère et d'une inconnue – jamais la même –, suivis par les bruits de corps plongeant dans l'eau. Il y avait une piscine chez Alice et Jacques, et Zack fut celui qui en fit l'usage le plus fructueux durant ces étés. Les trois premières nuits, Xavier se leva et s'approcha de sa fenêtre. La première fois, Zack et la fille se baignaient nus, Xavier ne les observa qu'un instant. La deuxième, son frère tenait une autre fille dans ses bras, Xavier crut qu'ils étaient déjà en train de faire l'amour, il tira le rideau précipitamment. La troisième, il se figea, incapable de reculer. Il avait reconnu Élisabeth, nageant nue sous le regard de Zack qui achevait de se déshabiller.

Il regagna son lit, un peu déprimé par le fait qu'à 15 ans, sa seule expérience se limitait à cette fille qui s'apprêtait à coucher avec son frère. Et encore, pensa-t-il, comme expérience, on a vu mieux, quelques baisers et un attouchement et demi. Il y avait des filles qui lui manifestaient de l'intérêt, mais il se dérobait toujours. Par contre, depuis trois semaines, il s'était fait une amie au camp d'été. Sans qu'il sache trop pourquoi, c'était facile de parler avec elle, il était à l'aise, ce qui était une première. Il savait que Violaine avait une réputation pas très convenable… les gens colportaient souvent n'importe quoi. Même si les rumeurs disaient vrai et qu'elle avait couché avec de nombreux gars, qu'est-ce que ça pouvait lui faire ? Zack couchait bien avec une tonne de filles. De toute façon, si un jour Violaine et lui sortaient ensemble, les ragots diminueraient. Et Élisabeth cesserait d'être sa seule référence…

Puis septembre arriva, l'école reprit, Zack et Xavier recommencèrent leurs visites chez Matthew. Louis n'exprima pas le désir d'y retourner. Les partys se raréfièrent, Zack préférant les bars où les opportunités étaient autrement variées. Un an plus tard, à la rentrée, Xavier rencontra Nadia, avec qui il sortit cinq mois avant que sa famille déménage à Edmonton. L'année suivante, il entra au cégep, et rencontra Fanny.

Only Lovers Left Alive

— Xavier, il y a une cliente qui demande un Aviation, tu connais ça ? Il paraît qu'on en sert ?

En se retournant, Xavier aperçut d'abord une robe rose fuchsia et se rappela le nuancier de couleurs chez Charlie. Un sac turquoise lustré contrastait avec le rose.

— Je m'en occupe.

Une fois en face d'elle, il ne sut quoi dire. Il ne lui avait pas écrit depuis deux mois. Et la dernière soirée où ils s'étaient vus remontait à mars. Raphaëlle lui sourit.

— Il paraît que vous avez de la liqueur de violette ?

Xavier apporta trois bouteilles et un citron. Il savait la recette par cœur.

— Je peux voir ?

Elle souleva la bouteille de liqueur de violette et l'examina.

— C'était vrai… Je croyais que tu avais inventé ça…

— Tout ce que j'ai écrit était vrai. Je ne suis pas mythomane.

— Tout ?

Raphaëlle se mit à rire, Xavier eut un air gêné.

— Bon, les derniers messages étaient peut-être un peu…

— Empruntés ?

— Un peu.

Il déposa le cocktail devant elle. Le contenu avait une couleur lavande. Elle en but une gorgée.

— Pareil comme à Détroit. Tu as vu le film *Only Lovers Left Alive* ?

— Non.

— C'est filmé à Détroit. L'histoire de deux vampires qui sont mariés depuis quatre siècles.

— Quatre siècles… Si j'avais quatre siècles à vivre, je regretterais pas d'avoir perdu seize ans. Ni 40 jours.

— C'est encore rattrapable… Tu penses que tu pourrais aimer la même personne pendant quatre siècles ?

— Aucune idée. C'est plutôt moi qui devrais te poser la question. Tu penses que tu pourrais passer quatre siècles avec quelqu'un sans t'ennuyer ?

— Je sais pas non plus.

Raphaëlle reprit une gorgée de son Aviation.

— Je me demande si ça goûtait comme ça, dans les années 30, pendant la prohibition. Peut-être que le goût est objectivement le même. Sauf que maintenant c'est légal, et ça, ça doit changer la perception du goût.

— Non, c'est illégal.

— Comment ça ?

— Au Québec, les bars doivent s'approvisionner en alcool à la SAQ. On nous vend des bouteilles timbrées spécialement pour la vente au public. Cette bouteille de liqueur de violette, je l'ai commandée sur eBay. J'ai le droit de l'avoir chez moi, mais pas d'en servir ici.

— Tu prends des risques pour moi ?

— C'est ça.

— Tu veux y goûter ? À moins que tu y aies déjà goûté ?

Xavier prit le verre en faisant signe que non. Il trouva le cocktail trop sucré et grimaça. Raphaëlle sourit en récupérant son verre.

— Tu ne m'écris plus ?

— Tu me lisais ?

— Bien sûr.

— Je peux recommencer.

— Pas la peine. Tiens.

Elle lui tendit un bout de papier. C'était une adresse.

— Tu as quelque chose de prévu après le travail ?

— C'est quoi ? Un after *?*

— C'est chez moi.

Xavier jeta un œil sur l'horloge qui coiffait la porte d'entrée. 23 h 10. Raphaëlle termina son cocktail et se leva.

— Je vais t'attendre.

Dans le taxi, Xavier lut l'adresse au chauffeur et constata avec surprise qu'elle habitait la même tour d'habitation que Zack et Charlie. Il se dit que ce serait commode, il pourrait rendre visite à son frère plus souvent, ils pourraient même s'organiser des soupers à quatre. Il songea ensuite à Louis, avec qui il avait finalement accepté de prendre une bière en juin, lui mentant, s'obstinant à dire qu'il était en Suède au tournant de l'an 2000. Louis ne l'avait sans doute pas cru, il avait paru sceptique, peut-être même déçu que son frère ne lui fasse pas confiance. Ils avaient changé de sujet. Xavier ouvrit son téléphone et sélectionna la conversation avec Louis. Il tapa : *J'ai passé 4 mois en prison.* Il relut sa phrase plusieurs fois, hypnotisé par les mots, et appuya sur la touche d'envoi. Son frère ne le lirait que dans quelques heures, à son réveil. Il resta une minute à fixer son aveu sur lequel il était impossible de revenir. *J'ai passé 4 mois en prison.* Sept mots abolissant seize ans de mensonges, envoyés à 3 h 20 sur un coup de tête. Un sentiment de légèreté l'enveloppa. C'était tout ce qu'il fallait, un simple texto.

Le taxi s'arrêta devant l'immeuble de 22 étages. Xavier se demanda s'il embrasserait Raphaëlle dès qu'elle ouvrirait la porte, ou attendrait d'être à l'intérieur, ou s'il valait mieux discuter un peu avant, ou… Son inquiétude grimpant, il se força à ne pas anticiper.

En entrant dans l'appartement, il eut un instant d'angoisse. Raphaëlle s'en aperçut, s'approcha et posa ses lèvres sur les siennes, Xavier sentit les battements de son cœur poursuivre leur accélération, mais pour une raison différente. L'angoisse s'évanouit. Elle revint à plusieurs reprises dans l'heure qui suivit, et chaque fois Raphaëlle la fit disparaître. Puis il cessa de penser.

Après, lorsque Raphaëlle blottit sa tête et sa masse de cheveux emmêlés au creux de son épaule, Xavier ressentit ce qu'il devina être de l'euphorie. Il n'avait pas le souvenir d'avoir déjà ressenti quoi que ce soit d'approchant. Le bonheur d'être en vie. Peut-être quand il était enfant… mais sans en être conscient. Il eut envie de raconter à quelqu'un ce qui venait de lui arriver. Il chercha à qui il aimerait le plus le raconter, et sut que c'était à son frère aîné. Il s'imagina confier à Zack qu'il avait fait l'amour avec Raphaëlle sur le même ton qu'un adolescent de 16 ans surexcité par une première expérience sexuelle, et se mit à rire. Il était vingt ans en retard.

— Pourquoi tu ris ?

— Rien. J'ai hâte de te présenter à mon frère.

— Ton frère ? Lequel ?

— Zack. Louis aussi. Justin. Ma belle-sœur Charlie. Toute ma famille.

— Ça te fait rire ?

— Tu vas voir… Je suis sûr que tu vas les aimer. Je pense que tu vas les trouver… inspirants.

Raphaëlle releva la tête pour regarder son visage. Xavier glissa sa main dans ses cheveux, ses doigts restèrent pris dans les nœuds. Il se redressa sur un coude, la repoussa doucement et détailla son corps, se souvenant qu'il s'était demandé pendant des mois s'il était recouvert de tatouages. Il caressa sa peau immaculée, prit ensuite sa main et déposa un baiser sur un diplodocus qui rappelait que tout ce qui vit disparaît un jour ou l'autre. Vingt ans en retard… Et alors ? Déjà, il était de nouveau en érection.

Les jeudis

Quand elle repensait à leur dernière conversation, Clara se rappelait surtout à quel point il était calme. Bastien avait certes essayé de la faire changer d'idée, mais après une ultime tentative, il était devenu étrangement calme. Il lui avait dit qu'il avait attendu des années d'être assez âgé pour qu'elle le prenne au sérieux, qu'il avait fréquenté d'autres filles durant six ans pour passer le temps, il pouvait bien patienter quelques mois qu'elle redescende sur terre et cesse de faire des montagnes avec leur lien de parenté. Et si c'est quelques années ? lui avait-elle lancé. Oκ, des années. Et si c'est jamais ? Aucune chance, qu'elle arrête de raconter n'importe quoi. On était le 8 janvier.

Une nuit, en février, Bastien sonna chez elle à 3 h 30. Il était complètement soûl. Clara le laissa entrer, il s'affala sur le sofa, s'endormit. Elle resta un long moment à le regarder en réfléchissant à l'année précédente, avant de se coucher dans sa chambre. Le lendemain matin, il n'était plus là. La même chose se reproduisit deux semaines après, puis une troisième fois, et finalement Bastien vint tous les jeudis la réveiller au milieu de la nuit pour s'effondrer ivre dans son salon. Il ne lui disait presque rien. Un matin, elle se leva et il n'était pas encore parti.

Elle lui demanda pourquoi il faisait ça, chaque semaine, il ignora sa question. C'était la première fois qu'elle le voyait sobre depuis trois mois. Elle le trouva d'un calme étrange, comme le jour de leur rupture. Il enfila son manteau, la remercia de lui avoir permis de dormir chez elle. Lorsqu'il ouvrit la porte, elle voulut savoir comment il allait, il lui répondit qu'il allait comme quelqu'un qui attend. Clara n'émit pas de commentaire.

Le jeudi suivant, Clara fit la tournée des bars avec des amis et ne rentra pas. Le vendredi, elle regretta de s'être arrangée pour le rater. La semaine d'après, il arriva plus tôt, à 1 h 30, et lui demanda où elle était la nuit de jeudi dernier. Chez Alexandre. Tu sors avec lui ? Non. Bastien la fixa en silence. Clara réalisa qu'elle avait envie qu'il l'engueule, puis l'embrasse, elle n'aurait pas résisté, ensuite elle aurait glissé sa main dans ses cheveux, ou aurait mis ses bras autour de son cou, ou se serait attaquée directement à sa ceinture. Au lieu de tout ça, il partit. Elle crut qu'elle ne le reverrait pas de sitôt.

Il revint pourtant, mais se présenta plus tard qu'à l'accoutumée, vers 5 h 15. Clara s'était tracassée depuis des heures, guettant le moindre bruit. Bastien tenait à peine debout, riait sans arrêt et rapportait confusément des détails de sa soirée : il était allé danser avec des amis, à la fermeture des bars ils s'étaient retrouvés chez une fille, ils avaient bu d'autres bières, quelqu'un avait de la coke, il en avait pris, ce n'était pas certain qu'il parvienne à dormir, il était beaucoup trop high, d'ailleurs elle n'aurait pas le goût de baiser ? Baiser ? Oui, en attendant ? En attendant quoi ? Mais qu'on revienne ensemble. Elle avait claqué la porte de sa chambre, puis avait entendu Bastien mettre de la musique. Le lendemain, il s'était éclipsé avant qu'elle se lève.

Après cet épisode, il reprit l'habitude de sonner à 3 h 30 et de se coucher sans presque un mot. Un jeudi, Clara était fatiguée, elle cacha la clé sous le tapis du vestibule comme elle faisait lorsqu'ils étaient ensemble, se disant qu'il n'avait qu'à entrer. Quand elle se réveilla, il dormait dans son lit, suffisamment éloigné d'elle pour ne pas la toucher. En le voyant si près, là où il avait passé la plupart des nuits de 2006, elle se mit à pleurer. Il s'éveilla, l'attira à lui et la tint dans ses bras sans bouger ni parler, elle posa sa tête sur sa poitrine et continua de sangloter en sentant son érection contre son ventre. Elle finit par se rendormir d'épuisement. À son réveil, il avait déjà quitté l'appartement.

Elle ne le revit pas pendant un mois, et le 12 juin, il sonna chez elle. Il voulait l'informer qu'il partait en voyage tout l'été visiter des pays d'Amérique du Sud. Seul ? Non, avec une amie. Ah. Elle se retint de lui demander si c'était uniquement une amie, Bastien comprit très bien ce qu'elle pensait. Il ne dit rien.

Un été dans les brumes

L'été où Bastien était en voyage, Clara contracta la manie de sortir et de boire à peu près tous les soirs. La semaine, en après-midi, elle était chargée de cours de français à l'université, mais même en commençant à travailler à treize heures, il lui arrivait d'avoir encore la tête dans les vapes et une légère nausée en expliquant les règles d'accord du participe passé à ses étudiants. Le soir, elle tournait en rond en imaginant Bastien dans un autobus, la tête d'une fille sur son épaule, puis Bastien conduisant un scooter avec les bras de cette fille autour de sa taille, puis Bastien et la fille baisant sur le lit d'une chambre d'hôtel décrépite. N'en pouvant plus, elle se rendait dans un pub où se rassemblaient quotidiennement des étudiants de l'université, ou bien elle pigeait dans son répertoire de numéros de téléphone récoltés ces dernières années lors de fins de soirées arrosées et elle passait des coups de fil à des gars dont elle se rappelait à peine le visage, ou sinon elle sortait avec des amies dans des clubs où dénicher un gars potable était d'une facilité excessive, sur la piste de danse il suffisait de choisir parmi ceux qui lui souriaient d'un air engageant. Elle s'enivrait toute la soirée, après quoi elle finissait la nuit avec un inconnu, et même si elle était consciente que son comportement tenait de l'autodestruction, elle continuait, parce que sans alcool elle était incapable d'oublier ses ruminations sur Bastien, et dès qu'elle se soûlait, elle devenait obsédée par l'idée de renchérir sur son oubli dans les bras de n'importe qui.

Le retour

Bastien rentrait le 24 août, elle craignait qu'il ne vienne la voir. Puis elle s'avouait qu'elle ne souhaitait que ça. Puis se convainquait du contraire. Elle ne savait plus ce qu'elle voulait. À compter du 24, elle cessa de passer ses soirées à l'extérieur. Le 31, il n'avait toujours pas donné signe de vie. Le 1er septembre, alors qu'elle se préparait à sortir, il frappa à sa porte. Elle n'osa pas le laisser entrer et lui dit d'attendre deux minutes. Elle le rejoignit dans le couloir avec l'envie de lui sauter au cou, mais se contenta de lui proposer d'un ton dégagé d'aller prendre un verre au McCarold, un pub qu'ils fréquentaient l'année précédente.

En chemin, ils parlèrent à peine. Une fois attablé, Bastien lui raconta son voyage : il avait vraiment aimé, les paysages étaient magnifiques, il avait escaladé le Machu Picchu, la fille qui l'accompagnait avait déjà beaucoup voyagé, elle connaissait les villes à visiter et les bons endroits où dormir, manger, faire la fête. N'y tenant plus, Clara lui demanda s'il sortait avec elle.

— Non.

— Non ?

— Non… Mais on a couché ensemble tout le voyage, si c'est ta question.

— Hum.

— On a dormi deux mois dans les mêmes chambres, côté budget c'était plus pratique, et à force… C'était prévisible.

— C'était bien ?

Elle regretta sa question, qui avait fusé malgré elle. Bastien sourit.

— Aussi bien que les six années avant qu'on soit ensemble, quand je couchais avec des filles en pensant à toi. Sauf que là mon cerveau avait des images très précises à me fournir. Toi sous la douche, toi les lèvres sur mon pénis, toi en train de jouir dans les toilettes de la bibliothèque.

Clara garda le silence. Il l'avait dit en la regardant d'une manière peut-être suggestive, peut-être pas. Il l'avait surtout dit d'une façon tellement légère, rieuse, comme si tout allait parfaitement bien, elle ne parvenait pas à décider s'il s'apprêtait à lui annoncer qu'il avait surmonté son deuil de leur relation, ou au contraire s'il croyait encore qu'ils reviendraient ensemble bientôt, et jugeait que ça n'avait pas grande importance, qu'il ait couché avec une autre en pensant à elle, ils pouvaient même déjà en blaguer.

— Toi ? Tu as rencontré quelqu'un ?

— Rien de sérieux.

— Mais as-tu couché avec quelqu'un ?

— Une trentaine.

Cette fois, son visage se crispa. Clara songea que depuis janvier, elle n'avait réussi à provoquer chez lui que de la tristesse. Il ne se fâchait jamais, ne lui avait fait aucun reproche pour la nuit où il était venu en avril et qu'elle était chez Alexandre. Elle voulut ajouter quelque chose, il leva la main.

— S'il te plaît.

Bastien tourna la tête vers la fenêtre et suivit des yeux un adolescent roulant sur un longboard. Il se rappela qu'à l'époque, plusieurs des amis de Clara se baladaient avec des planches à roulettes, plus courtes, la mode était différente, au moins trois d'entre eux avaient eu un bras ou une jambe plâtrés à cause d'une chute de skate, après quelques jours leur plâtre était couvert de slogans, de tags de marques de vêtements, de noms de groupes de musique. Avait-elle couché avec l'un d'eux tandis qu'ils se remettaient de leur fracture ? Les trois ? Comment c'était, coucher avec quelqu'un dont un membre est paralysé sous un encombrant amas de plâtre ? Il eut une vision de Clara à 16 ans aidant un adolescent aux cheveux verts à retirer son t-shirt malgré un bras plâtré.

— Cet automne, demanda Clara pour briser le silence, tu poursuis tes études à l'université ?

— Oui.

— Vas-tu recommencer à sonner chez moi les jeudis au milieu de la nuit pour dormir sur mon sofa?

— Non.

Il lui avait répondu d'une voix si assurée que Clara crut qu'il allait lui révéler que son voyage lui avait clarifié l'esprit, qu'il avait tourné la page. Peut-être qu'une autre fille l'avait attendu à Montréal durant ces deux mois, une fille de ses cours, plus près de son âge, amoureuse de lui, peut-être une fille du groupe avec qui il se soûlait cet hiver avant de débarquer chez elle à trois heures, une fille à qui il aurait confié qu'il sortait d'une relation difficile, qu'il avait besoin de temps, mais peut-être qu'après son voyage il lui avait déclaré qu'il était prêt pour une nouvelle relation, peut-être que c'était à cause de cette fille qu'il n'était venu que le 1er septembre et non dès son retour, il n'était pas pressé parce qu'il y avait quelqu'un de plus urgent… À moins que Bastien ne se soit inscrit à l'université à Québec, ou à Sherbrooke, des établissements trop éloignés pour qu'il soit en mesure de passer chez elle à l'improviste. Peut-être aussi qu'il était dégoûté qu'elle ait couché avec autant d'hommes, peut-être qu'elle venait de franchir le dernier pas pour qu'il l'oublie.

— Non?

— Non.

Bastien regarda de nouveau par la fenêtre. Le garçon avec la planche à roulettes était appuyé contre un abribus, son skate à la verticale, il mangeait un sandwich et lançait des miettes à un pigeon presque tout blanc. Un morceau de pain s'accrocha à une des roulettes, l'oiseau étira le cou pour l'atteindre et Bastien se souvint du cygne en carton que Clara avait démoli à l'aveugle il y avait maintenant neuf ans. Clara tenta de redonner à la conversation un ton plus anodin.

— Tu as d'autres projets, à part l'université? Tu travailles?

— Pensais-tu à moi quand tu couchais avec eux?

— Quoi?

— Non?

— Pourquoi tu…

— C'est une question facile, pensais-tu à moi ou pas?

— J'ai… je veux dire…

— Si c'est non, il suffit de dire non. Tu peux quand même pas avoir peur de me blesser. Tu l'as déjà fait en janvier, puis en avril, au point où on en est. Il suffit juste de dire non.

— Qu'est-ce…

En voulant prendre son verre, Clara renversa un bol d'arachides, elle se pencha pour les ramasser. Lorsqu'elle se redressa, Bastien l'observait toujours d'un air interrogateur.

— Alors?

— Excuse-moi, c'est quoi déjà… la question?

— Pensais-tu à moi quand tu couchais avec tellement de gars qu'il est impossible qu'il y en ait eu un seul qui comptait?

— C'est vraiment pas une question qui…

— Répondre «non» n'a aucune implication. À moins que la réponse soit oui?

— Bastien…

Ils restèrent un moment sans parler. Bastien s'avança sur sa chaise.

— Tu sais pourquoi je suis ici?

— Pour qu'on se donne des nouvelles… Pour…

— Arrête. Écoute, tout ça est extrêmement compliqué dans ta tête et hypersimple dans la réalité. Là, je vais me lever, je vais aller payer nos bières, tu vas me laisser te raccompagner chez toi, tu vas me laisser entrer, puis tu vas me laisser te faire l'amour toute la nuit, et pour une fois depuis huit mois, ni toi ni moi on va coucher avec quelqu'un qui n'est pas celui qu'on voudrait en pensant à quelqu'un d'autre, qui s'avère pour moi être toi et pour toi être moi.

Clara avait baissé les yeux, ses scénarios catastrophiques remplis de «peut-être» s'effondraient, mais un nouveau scénario, aux conséquences plus complexes, se formait pour les remplacer.

— Et après...?

— Demain, on va aller chez l'ami qui m'héberge depuis mon retour, je vais lui dire salut Eliot, je te présente Clara, ma blonde, en passant c'est aussi ma tante, Eliot va rire, on va rire avec lui comme si c'était une farce stupide, parce que c'est pas écrit sur notre front qu'on vient de la même famille, après tu vas m'aider à faire mes valises, et on va les emporter dans ton appartement, qui à partir de demain sera aussi le mien.

— Mais... ensuite?

— Ensuite, on va recommencer comme l'an dernier, tu t'illusionneras avec tes histoires de passion qui s'essouffle au bout d'un an, et en septembre prochain, tu me quitteras même si tu n'en as aucune envie, on se séparera pendant quelques mois, j'irai en voyage visiter un autre coin du monde, et accessoirement coucher avec une autre fille en pensant à toi, pendant ce temps-là tu pourras coucher avec tous les gars que tu voudras et que tu n'aimeras pas, parce que c'est encore à moi que tu vas penser, puis à mon retour on se remettra ensemble pour une autre année, et ainsi de suite jusqu'à ce que tu comprennes que tout le monde s'en fout que je sois ton neveu, que tu sois ma tante, que ma mère soit ta sœur, ou que mes grands-parents soient tes parents.

Le 2 septembre, Bastien s'installa chez elle et Clara prévint sa coloc. Lorsque celle-ci venait les dimanches, Bastien restait et bavardait avec elle. Elle ne fit pas le lien quand un jour il lui dit que son nom complet était Bastien Rhéaume-Leroux. Seule Clara sursauta.

Car malgré ce revirement, aucune des inquiétudes de Clara n'était apaisée. Les premiers temps, elle s'efforça tant bien que mal de les ignorer. Une nuit, prise d'insomnie à force de ressasser les mêmes questions, elle se reprocha de trop anticiper. Elle avait 28 ans et Bastien 23, ils pouvaient sortir ensemble quelques années, puis se quitter comme n'importe quel couple. Après tout, peu de couples durent plus que trois-quatre ans. Elle n'avait qu'à attendre pour avoir des enfants. Sauf qu'ils n'allaient pas continuer à se cacher, c'était ridicule.

Avant lui, elle n'avait jamais eu peur de choquer. Pourquoi s'afficher avec son neveu, qui n'était pas tellement plus jeune qu'elle, lui semblait-il impossible ? Chaque fois qu'elle s'imaginait l'annoncer à ses parents, ou présenter Bastien à des amis et, s'ils blaguaient sur leur patronyme commun, leur apprendre qu'ils étaient tante et neveu, l'angoisse la saisissait. Pour ses amis, elle trouverait le courage. Mais pour ses parents… Serait-elle encore l'enfant problématique de la famille, qui contrevient aux normes et leur cause du souci, alors qu'ils avaient 70 ans ?

En octobre, Clara dut lire *Cent ans de solitude* pour un séminaire. Elle tomba sur un passage où une femme, Amaranta, vit une liaison passionnelle avec son neveu, Aureliano José. Clara dévora les pages qui racontaient comment la tante et le neveu se réfugiaient dans les recoins de la maison familiale pour se caresser et s'embrasser, sans franchir le pas ultime à cause de l'opposition d'Amaranta. Le neveu, exaspéré, finissait par s'enrôler dans l'armée. Au front, il entendait l'histoire d'un homme ayant épousé sa tante. On peut marier sa tante? demandait Aureliano José, surpris. «Non seulement on peut, lui répondait un soldat, mais nous sommes en train de faire cette guerre contre les curés pour avoir le droit de se marier avec sa propre mère.» Les mots que Clara hurlait à ses parents pendant son adolescence lui revinrent en tête. *Dieu n'existe pas et dites-lui dans vos prières que je l'envoie chier!*

Après le récit de cette histoire de mariage consanguin, Aureliano José désertait. De retour à son village natal avec l'intention d'épouser sa tante, il continuait d'essuyer un refus. Même s'il lui promettait de se rendre à Rome chercher une dispense autorisant leur mariage, Amaranta demeurait implacable. Elle lui objectait que l'accord papal n'était pas le seul obstacle, il y avait aussi les risques qu'elle mette au monde des êtres difformes, car «c'est ainsi que naissent les enfants avec des queues de cochon» – une légende familiale racontait qu'un de leurs ancêtres, né de parents cousins, était doté d'une excroissance de cartilage tirebouchonnée. À ceci, Aureliano José rétorquait: «Et quand bien même il naîtrait des tatous.» La suite apprit à Clara que leur amour n'irait pas plus loin.

Elle referma le livre et le lança sur la table. Maudite génétique! Amaranta, ce personnage d'un roman publié en 1967, ne disait pas autre chose que les commentateurs de forums des années 2000. Et elle-même ne se conduisait pas autrement.

C'était terminé. Elle ne serait pas aussi bornée qu'Amaranta. «Nous sommes en train de faire cette guerre contre les curés pour avoir le droit de se marier avec sa propre mère.» Bien sûr, c'était une hyperbole. Reste qu'on avait engagé une guerre contre les tabous depuis des siècles.

«Je chie et je rechie sur la nature», répliquait un autre personnage, quand on voulait lui défendre d'épouser sa demi-sœur, sous prétexte que ce serait «contre nature». Clara songea que c'est ce qu'on avait toujours fait, chier sur la nature, avec une accélération époustouflante au 20ᵉ siècle. On transplantait des organes, des gens changeaient de sexe, des femmes enfantaient après la ménopause. Continuellement, on repoussait les limites du possible, des enfants naissaient qui n'auraient pas pu naître auparavant, et survivaient qui n'auraient pas pu survivre, on diminuait de plus en plus le temps de gestation minimal pour sauver les bébés prématurés. Sauf que ces victoires suscitaient de nouveaux préjugés. Les femmes enceintes postménopausées et les transsexuels, bien des réactionnaires s'en scandalisaient. Pas des transplantations cardiaques, rénales, pulmonaires. Changer de cœur, oui, changer de sexe, non. Fuck that.

Il y aurait toujours quelque chose pour déplaire à une partie de l'humanité, tandis que l'autre s'en réjouirait. Elle n'allait pas renoncer à Bastien parce qu'on était incapable de se passer de tabous et de préjugés, encore moins au nom de la sacro-sainte nature. «Contre nature», elle l'avait lu si souvent, ce mot, sur les forums. Mais tout ce qu'on faisait qui était contre nature! Les anovulants, la dialyse, la chimiothérapie, les traitements de fertilité, les césariennes. La nature était une suite d'erreurs et d'approximations à rectifier.

Et les préjugés, des peurs confuses de s'en affranchir. On avait commencé la guerre, il fallait la gagner.

Au party de Noël suivant, quand Clara et Bastien arrivèrent, tous les membres de leur famille savaient qu'ils sortaient ensemble et qu'ils prévoyaient de se marier dans l'année. Leur liaison alimentait les conversations depuis des semaines.

On ne conteste pas les décrets divins

Dieu avait peut-être perdu du terrain dans le Québec des années 2000, mais la génétique veillait à ne pas laisser tous les territoires inoccupés. Si l'Église catholique avait l'habitude d'accorder des dispenses aux cousins et cousines qui désiraient se marier, puis qu'aux 19ᵉ et 20ᵉ siècles le gouvernement canadien démontra par divers projets de lois qu'il considérait de son ressort de statuer sur qui épouse qui, au tournant du 21ᵉ siècle, une fois que furent officiellement légalisés les mariages tante-neveu, oncle-nièce et cousin-cousine, des internautes prirent le relais de cette guerre de pouvoir entre État et clergé, armés d'arguments fournis par les recherches en génétique.

Après qu'ils eurent décidé de se marier, Clara s'abonna à plusieurs forums sous le pseudonyme d'Amaranta, et y lança des conversations titrées «Je sors avec mon neveu et nous allons nous marier».

Elle réfléchit et ajouta à la moitié d'entre elles : «Nous voulons des enfants.» Les commentaires acerbes déferlèrent. Quelques jours plus tard, en jubilant d'avance, elle renchérit sur cette déclaration et rajouta : «Je suis déjà enceinte», puis eut le plaisir d'éplucher la pluie d'insultes qui s'ensuivit. Irresponsables, inconscients, dégoûtants, insouciants, abjects, immondes, monstrueux, égoïstes. Il y avait aussi des gens qui se portaient à sa défense, relativisaient la situation, tentaient de la conseiller, lui recommandaient de consulter un généticien, de passer des tests prénataux. Mais partout, des réactions. Internet lui sembla le laboratoire idéal. Elle s'entraînerait avec ces inconnus à riposter aux blâmes qui les attendaient.

En parallèle, Clara poursuivit ses lectures de témoignages en lien avec des couples apparentés. Elle trouva surtout des cas de cousin et cousine, quelques-uns d'oncle et de nièce, très peu de tante et neveu. Elle ne repéra que deux sites où s'exprimaient des garçons désespérés de ne pas pouvoir épouser leur tante. Ils étaient juifs, et dans leur religion, s'il est permis à un homme d'épouser sa nièce, le mariage d'une femme et de son neveu est proscrit. L'un des garçons lui fit particulièrement pitié, il sollicitait de l'aide pour légitimer sa relation amoureuse, espérant qu'un passage de la Torah nuance l'interdiction ou qu'une autre interprétation soit possible. Un rabbin balayait ses espoirs en lui déclarant péremptoirement qu'on n'épouse pas sa tante, car il s'agit d'un «Gzerat Hakatouv», un décret divin ; on ne conteste pas les décrets divins.

Clara s'irrita de cette sotte réponse. Si les Juifs voulaient s'illusionner, soit. Mais il y avait sûrement une meilleure raison pour que des hommes aient créé cet interdit en l'attribuant à Dieu. Elle fouilla davantage et découvrit une hypothèse selon laquelle le mari ayant autorité sur sa femme, il serait inconvenant que le neveu ait autorité sur sa tante. Entre autres, pour les corrections corporelles. Qu'un homme lève la main sur la sœur de son père ou de sa mère n'était pas tolérable. L'inverse, l'oncle qui corrige sa nièce, aucun problème. Clara eut un mouvement de colère. Il restait du chemin à faire avant de remporter la guerre.

Si Clara et Bastien n'avaient pas peur de mettre au monde des tatous ni des enfants affublés d'une queue de cochon, ils avaient néanmoins des craintes concernant les risques lié à leur consanguinité. Et Clara, à propos des jugements d'autrui envers leurs enfants. Même si elle s'amusait à claironner anonymement sur internet qu'elle voulait un enfant de son neveu, jamais elle ne l'envisagea. Comme elle avait su se maintenir à la frontière de la déviance et de la provocation durant son adolescence, elle percevait que c'était la limite à ne pas transgresser. Quoiqu'elle ait toujours cru qu'elle vivrait cette expérience unique de porter un enfant, de sentir un être se développer à l'intérieur de soi, elle y renonça. Pour cet aspect délicat, ils se garantiraient de tout reproche. Ils imposeraient à leur couple une stérilité volontaire afin de satisfaire les préjugés, ils se laisseraient castrer par les convenances sociales. Ils adopteraient, et iraient les chercher loin, très loin, dans un pays où les enfants ont des traits de visage qui seraient impossibles à imputer à leurs parents adoptifs caucasiens. Ils iraient les chercher en Chine.

Vulnérable

2020
— Charlie est pédophile?

Il était passé trois heures du matin. Zack était débarqué chez Xavier et Raphaëlle un peu plus tôt, les avait réveillés à coups de sonnette insistants, s'était mis à marcher de long en large dans leur cuisine en racontant une histoire incompréhensible à propos de Charlie, elle avait des problèmes, il s'était passé quelque chose, elle risquait la prison, Xavier peinait à se concentrer, ce monologue n'avait ni queue ni tête, il jetait un œil sur le cadran de la cuisinière, 3 h 15, pensait avec soulagement que ses années de barman étaient derrière lui, aujourd'hui il pouvait dormir la nuit, alors qu'auparavant, à pareille heure, il aurait été en train d'éponger des flaques d'alcool renversé, de nouveau il tentait de porter attention aux paroles décousues de son frère, Zack avait enfin lâché le morceau : Charlie avait couché avec un adolescent de 17 ans. Une fois lancé, Zack avait avoué que ce n'était pas un acte isolé, il y en avait d'autres, beaucoup même, ça durait depuis des années, depuis le début, il avait essayé de la raisonner, de lui rappeler régulièrement les risques de coucher avec des adolescents, il s'était toujours inquiété pour elle, il se doutait que ça finirait mal, mais il n'avait pas su la protéger, pas contre elle-même, et là, de toute façon, en supposant qu'il parvienne à régler cette situation, à lui éviter la prison, il y en aurait d'autres, Charlie ne s'assagirait pas, ce n'était pas son genre, d'ailleurs n'était-ce pas pour ça qu'il l'aimait ? son côté libertin, ses goûts sexuels insolites, sa libido insatiable, cet après-midi ils s'étaient engueulés, ça ne leur était jamais arrivé, pas une fois en sept ans, Charlie était partie chez ses parents, et lui il était resté seul à s'imaginer les pires scénarios, Charlie en prison, Charlie le quittant, Charlie ayant son nom étalé dans les journaux, Charlie sortant de prison triste, éteinte, dépressive. Xavier faisait de grands efforts pour s'extirper de sa somnolence et pour s'intéresser aux confidences de son frère, il avait regardé Raphaëlle, elle était assise très droite, suivait les allées et venues de Zack, elle l'écoutait avec cette concentration que Xavier lui connaissait bien, cette concentration qui la saisissait lorsqu'un événement lui en apprenait un peu plus sur les mystères de la nature humaine, et tandis qu'elle offrait à son frère l'écoute la plus soutenue qu'on puisse espérer, Xavier, lui, n'avait rien trouvé de mieux à dire que : Charlie est pédophile ?

— Elle n'est pas pédophile, voyons ! Les gars dont je te parle sont aussi grands que nous, ils ont des poils, la voix grave. Leur puberté est terminée.

— Il est mineur…

— C'est pas la question. Être majeur ou mineur, c'est autre chose, là on parle de l'âge du consentement sexuel. Au Québec, c'est 16 ans. Il n'y a rien dans la loi qui interdise à un adulte de coucher avec quelqu'un de 16 ans.

— Ah ouais ? J'ai toujours cru que c'était 18 ans… T'as pas dit que le gars avec qui Charlie a couché a 17 ?

— Oui, sauf que ça s'est passé aux États-Unis. Là-bas, l'âge minimum varie d'un État à l'autre. En Floride, c'est 18 ans. On était à Miami quand c'est arrivé.

— Bon…

— Tu vois comme c'est ridicule ? 600 kilomètres plus loin, on est en Georgie, et là c'est 16 ans. Charlie ne serait pas dans le trouble.

— Elle risque quoi, comme peine ? Combien de temps ?

— Ça dépendra du juge. Ça peut aller de quelques mois à des années. Le mieux, c'est d'essayer de négocier avec les parents. Trouver un accord extrajudiciaire. Mais s'ils veulent rien entendre, elle… Elle pourrait… Le gars va avoir 18 ans dans six semaines ! Elle risque la prison pour une affaire de six semaines…

Zack s'interrompit, se souvenant que son frère avait passé quatre mois en prison, une épreuve qu'il ne lui avait révélée que seize ans plus tard, à peu près à l'époque où il avait commencé à sortir avec Raphaëlle. Par contre, Xavier était innocent…

— Tu dis que ça lui arrive souvent ? demanda Xavier.

— Ouin…

— Et au Québec, elle ne risque rien ?

— À moins qu'elle tombe sur un gars de 15 ans qui lui mente sur son âge. Ou qu'elle couche avec un élève de l'école où elle enseigne.

— Comment ça ? Ses élèves ont en bas de 16 ans ?

— C'est pas ça, si l'adulte est dans une situation d'autorité, l'âge du consentement sexuel devient 18 ans.

— Elle a déjà couché avec un de ses étudiants ?

— Pas que je sache.

— Pourquoi elle fait ça ? Je veux dire… que ça soit un élève ou pas, pourquoi des gars si jeunes ?

— Mais Xavier, c'est Charlie, tu la connais. Pis les gens peuvent avoir envie d'une vie sexuelle plus variée que toi. Désolé.

Zack s'était excusé en regardant Raphaëlle. À force de s'emporter, il avait oublié sa présence. Elle lui sourit.

— Ça va.

— Zack, poursuivait Xavier, 17 ans, avoue que c'est jeune. Tu as même dit que c'est arrivé avec des gars de 16 ans… C'est presque des enfants…

— C'est pas des enfants.

— Peut-être qu'ils sont encore enfants dans leur tête ?

— Ok, et le jour de leurs 18 ans, ils vont devenir « adultes dans leur tête », comme par magie ? Un jour, on est un enfant, le lendemain, on est adulte ? Il ne se passe rien entre 17 et 18 ans ! Là où il se passe quelque chose, c'est quand tu grandis d'un coup, quand ta voix mue, quand tu te mets à bander pour un rien. Les gars avec qui Charlie couche sont des hommes. De très jeunes hommes, ok, mais des hommes quand même.

— Pense à Rosalie, elle a 13 ans, dans trois ans elle en aura 16. Même si la loi le permet, tu serais pas choqué d'apprendre qu'un homme de notre âge a couché avec elle ?

— Je… Si elle était consentante… non.

— Admettons que l'homme l'ait manipulée, parce qu'elle est jeune ?

— Et il va se passer quoi, quand elle aura 18 ans ? Un homme qui manipule une fille de 17 ans, ça te choque, mais un homme qui manipule une fille de 18, rien à redire ? Ou ça te choque aussi ? Ça arrête de te choquer à partir de quel âge ? Il est où le moment magique où on arrête d'être « un enfant dans sa tête » ? J'ai connu des femmes de 40 ans qui se sont fait manipuler pour coucher avec des salauds. On fait quoi ? Est-ce que ces femmes sont encore des enfants « dans leur tête » ? Est-ce qu'on met le salaud en prison pour agression sur des « mineures dans leur tête » ?

Xavier s'était tu, il observait son frère s'agiter au milieu de la cuisine en s'embourbant dans des arguments confus et extravagants. Zack remarqua son silence et celui de Raphaëlle, des larmes embuèrent ses yeux. Xavier resta pétrifié, il n'avait aucun souvenir d'avoir déjà vu son frère pleurer.

— Écoute, j'ai l'air de défendre des pratiques sexuelles douteuses, ou de faire l'apologie de… de je sais pas quoi. La vérité, c'est que j'ai toujours couché avec des femmes d'à peu près mon âge, peut-être un peu plus jeunes parfois, en tout cas rien de choquant. Mais Charlie… elle est fantasque, tu comprends ? Elle s'invente des scénarios… des scénarios érotiques si tu veux et… non, tu peux pas comprendre… Elle n'a jamais fait de mal à personne.

— Propose de l'argent. Vous en avez assez pour ça.

Avec étonnement, Zack réalisa que tout au long de son plaidoyer, il avait voulu la bénédiction de son frère. Lui qui n'avait plus besoin de l'approbation de sa famille depuis longtemps, il était venu ici pour se faire confirmer qu'il était acceptable de négocier l'absolution de sa femme de 35 ans avec les parents de l'adolescent de 17 ans qu'elle avait selon leurs dires « débauché ». Les paroles de Xavier l'apaisèrent. Il se tourna vers Raphaëlle. Il l'avait toujours trouvée intelligente, réfléchie, subtile dans ses opinions à défaut de l'être dans ses tenues vestimentaires.

— Raphaëlle ?

— Oui, l'argent, bien sûr. Tu sais c'est quel genre de famille ? Les parents, ils font quoi ?

— D'après mon avocat, la mère est professeure de piano, le père travaille comme fleuriste le jour et chauffeur de taxi la nuit.

— L'argent, alors.

— Oui?

— Oui. L'argent devrait aller. Le montant sera sûrement pas si énorme…

— Pour le montant, je sais pas… Le gars… On était à l'hôtel, c'était un employé. Dans l'entretien ménager…

— Oui?

— Ben… Ils se sont fait prendre… Peu importe l'âge, on couche pas avec des clientes pendant ses heures de travail sans…

— Donc il a été congédié.

Xavier eut un soupir de découragement, qu'il regretta aussitôt. Jamais son frère ne lui avait semblé aussi vulnérable. Raphaëlle se retint de sourire.

— Ça va aller, Zack. L'argent arrange tout.

— Tu penses?

— Oui. Mais peut-être que…

— Quoi?

— Peut-être que tu devrais envisager d'avoir un enfant avec Charlie.

— On a jamais voulu d'enfants.

— Les choses peuvent changer, avec le temps. Peut-être que si elle a un enfant…

Raphaëlle laissa son idée en suspens, mais Zack avait compris : peut-être que si Charlie devenait mère, elle cesserait de reluquer des jeunes. Zack songea à tout ce qu'il venait de leur dire pour prendre la défense de Charlie. Et si, dans 17 ans, il était lui-même le père d'un adolescent, penserait-il différemment? Il n'en savait rien.

Il marmonna que ce n'était pas possible, Charlie et lui ne vivaient pas ainsi, pas comme un couple qui peut se transformer en famille. Il remercia son frère et Raphaëlle pour leur écoute, s'excusa du dérangement, rentra chez lui et s'effondra sur son lit insupportablement vide.

La conversion de Rosalie

2023

À l'instar de certaines formes de surdité, les convictions souverainistes de Jacques sautèrent une génération, enjambèrent Zack, Xavier et Louis, et atterrirent, contre toute attente, sur Rosalie. Bon, Rosalie n'était pas vraiment la petite-fille de Jacques. C'était la fille du fils que Matthew avait eu avec Diane pendant que Jacques s'occupait de l'autre fils de Matthew né de son ex-femme dont lui-même était amoureux. Ou la fille du demi-frère des trois garçons qu'il considérait comme ses fils. Mais c'était aussi la petite-fille de la femme avec laquelle Matthew avait trompé Alice. Mais la nièce des trois fils d'Alice. Enfin, c'était bien compliqué.

Ce qui par contre n'avait jamais été compliqué pour Jacques, c'est que les fils d'Alice étaient comme les siens. Après tout, c'était lui et pas Matthew qui avait passé des nuits à attendre à l'urgence parce que Zack s'était enfoncé un clou dans le pied en s'introduisant par effraction dans une maison désaffectée, que Xavier avait fait une réaction allergique à la pénicilline censée le guérir d'une amygdalite, ou que Louis s'était cassé le bras en dégringolant du haut d'un lit superposé chez un ami. Oui, ça et mille autres désagréments, il s'en était chargé. Lui, et pas Matthew.

Plus tard, lorsque Justin s'était tourné vers Alice pour toutes ses questions par rapport à Rosalie, Jacques avait eu pitié du demi-frère de Zack, Xavier et Louis. Il avait eu l'idée d'inviter Justin et Rosalie lors des réveillons de Noël, dîners de Pâques et soupers de la Saint-Jean-Baptiste, sachant que Matthew n'organisait rien pour ces fêtes. Alice ne s'y était pas opposée, elle aussi avait pitié de cet autre fils que Matthew avait négligé. Elle repensait parfois à Diane recroquevillée dans son lit d'hôpital, seule, tandis qu'elle, Alice, avait Jacques à ses côtés. Et que la mère de Rosalie ait abandonné sa fille l'avait toujours choquée.

Par la suite, Jacques avait proposé à Justin de travailler pour lui comme plâtrier. Celui-ci enchaînait depuis des années des emplois précaires dans la restauration. Jacques l'avait pris sous son aile et lui avait transmis un métier au salaire décent, qu'on pratiquait selon des horaires réguliers. À partir de ce moment, Justin et lui se virent tous les jours de la semaine. Le nombre d'occasions où on invitait Justin et Rosalie augmenta. Pour Jacques, ils faisaient partie de la famille.

La foi de Jacques en la destinée d'un Québec souverain sauta donc une génération et échut à Rosalie. Même Jacques, tous les 24 juin, quand il lui racontait la venue des premiers colons français, évoquait fièrement la rébellion des patriotes, ou tentait de schématiser la Révolution tranquille, ne s'attendait pas à ce que la fillette soit sensible à ses envolées historico-politiques. Les premières années, Rosalie écouta les prédications de cet homme qu'elle appelait «grand-papa» – en sachant confusément que ce n'était pas tout à fait juste –, comme elle aurait suivi n'importe quelle histoire de livre pour enfants. En grandissant, elle continua de l'écouter avec un mélange de politesse et d'affection, consciente qu'elle était la seule à porter attention à ses soliloques enthousiastes. Puis, un 24 juin, alors qu'elle avait 15 ans, un déclic se produisit. Elle fut frappée par une phrase de Jacques, le fit répéter pour être sûre d'avoir bien saisi, lui demanda plus de détails sur ce point de l'histoire qu'il mentionnait chaque année sans éveiller son intérêt. Jacques se fit un plaisir de lui répondre. Rosalie écouta attentivement, amalgama l'information à ses propres obsessions et, dans les mois qui suivirent, déclara à qui voulait l'entendre qu'elle était souverainiste. Cette subite conversion provoqua les sourires en coin de son père, de sa grand-mère qui n'était pas sa grand-mère, de ses oncles. Seule sa belle-mère s'en irrita, déplorant à part soi ce qu'elle nommait le côté frondeur de sa belle-fille.

Une énormité

2016
— Tu veux des enfants?
   Cela faisait quelques mois qu'ils sortaient ensemble. Xavier se disait que c'était peut-être suffisant pour aborder le sujet. Seulement poser la question, d'un ton dégagé, en passant. Raphaëlle le regarda comme s'il avait proféré une énormité.

526

— Bien sûr que non.

— Pourquoi pas?

— Comment un enfant ferait pour discerner le vrai du faux avec une mère mythomane?

— Il pourrait avoir un père qui lui apprend à faire la distinction entre la réalité et les délires de sa mère. Plein de pères le font déjà, pour moi il y aurait juste une légère différence de degré…

— Tu penses que les mères racontent n'importe quoi?

— Non! Pas juste les mères. Les pères, les mères, on improvise tous. Il y a des parents qui expliquent le monde à leurs enfants à partir de l'idée de Dieu, c'est pas confondre ses désirs avec la réalité, ça?

— C'est pas pareil.

— C'est pareil.

— De toute façon, je veux pas d'enfants. Je saurais pas m'en occuper.

— Mais il y aurait toute une couveuse humaine autour d'eux pour nous aider.

— Autour *d'eux*? Parce que tu en veux plus qu'un?

— On a jamais trop de frères et sœurs pour affronter le monde.

— Bon, on va pas mettre des enfants au monde pour les envoyer au front.

— Il peut être magnifique, le front.

— Depuis quand tu vois la vie en couleurs?

— C'est ta faute.

Existe-t-il une zone de la jalousie
dans le cerveau ?

2020

En se réveillant le lendemain de sa visite nocturne chez Xavier et Raphaëlle, Zack appela au laboratoire pour avertir qu'il prenait deux jours de congé, se rendit à sa banque, retira 30 000 dollars de ses placements, prépara un chèque de 10 000, traversa la ville en direction de l'aéroport, attendit l'embarquement en regardant par les baies vitrées les avions aller et venir, passa le vol à se répéter *pas de tabou*, *pas de tabou*, *pas de tabou*, prit un taxi jusqu'à son hôtel. De sa chambre, au douzième étage, il avait une vue magnifique sur l'océan Atlantique. Il jeta un œil à sa montre, 16 h 20, se dit qu'il devrait sortir, profiter de la mer, du soleil. Indécis, il activa son téléphone, lut un message de son avocat. *Bonne nouvelle parents pê plus ouverts compensation financière, t'appelle vers 20 h.*

Il ouvrit la porte du balcon, le vent souffla les rideaux à l'intérieur. L'odeur salée de la mer le calma un peu, sans toutefois lui donner envie de rejoindre les baigneurs. Il sortit sur le balcon pour les observer. La plage était bondée. Oui, il pourrait enfiler son maillot et descendre se mêler aux corps très légèrement vêtus. Il rentra et s'assit sur le lit, repensant à la fois où c'est Sophie qui l'avait accompagné à Miami. Avec elle, il ne risquait rien, pas de danger qu'elle séduise un adolescent. Ni personne d'autre que lui... Pas de danger, mais pas de sensations fortes non plus.

Sophie... pourquoi avait-elle autant tenu à lui ? L'esprit de compétition peut-être. Mimétisme. Pendant l'année et demie qu'ils avaient passée ensemble, combien de personnes avaient félicité Sophie de l'avoir enfin casé? Combien lui avaient dit qu'elle était la première à réussir cet exploit? Que tout le monde avait renoncé à l'espoir que ça arrive un jour? Chaque fois, elle souriait, sans doute flattée d'être la fille à triompher des nombreuses autres. Puis il y avait eu la contrepartie : ses infidélités chroniques, ses mensonges, leur rupture quand il l'avait quittée pour Charlie. Pour Charlie, mais aussi pour toutes les femmes qui lui devenaient accessibles sans remords en étant en couple ouvert. Se faire quitter pour la terre entière… ou plutôt la moitié de la terre… ouais, ce ne devait pas être facile à avaler.

Au début, avec Sophie, même lui y avait cru. Tous ses amis. Sa famille. Donc elle aussi, forcément. Non, pas tous. Bizarrement, seul Xavier ne semblait pas y croire. Il n'avait pas manifesté l'enthousiasme d'Alice, Jacques, Louis et Justin. Un jour, Xavier lui avait avoué qu'il ne pensait pas que ça durerait. Zack ne l'avait pas contredit, à ce moment-là, il trompait déjà Sophie à répétition, il avait même perdu le compte du nombre de fois. Il lui en avait confessé plusieurs, prévoyant les premiers temps qu'elle le quitterait, mais non, elle fondait en larmes, puis l'assurait qu'elle comprenait, après tout il cumulait les aventures depuis tellement longtemps, il ne pouvait pas changer d'un coup, il avait besoin d'une transition. Zack se sentait soulagé qu'elle lui pardonne, se disait qu'elle avait raison, il traversait une période d'adaptation, il avait de la chance d'être tombé sur une fille si compréhensive. Dans son for intérieur, pourtant, une voix murmurait que la tolérance de Sophie jouerait contre elle, à la prochaine occasion de la tromper.

Et c'était ce qui se produisait. Il sortait avec des amis, remarquait une fille, se débrouillait pour entamer une conversation avec elle, lui offrait un verre, essayait mollement de résister à son envie de l'embrasser ou de lui lancer un commentaire équivoque, un compliment, n'importe quoi pour révéler ses désirs, et plus la soirée avançait, plus sa résistance cédait, plus il savait qu'il le ferait, tromper Sophie, encore, avec une inconnue qu'il ne reverrait jamais, puisque de toute façon elle lui pardonnerait, encore, encore et encore, parce que ça faisait maintenant des mois qu'elle lui pardonnait, donc une infidélité de plus ou de moins, même dix de plus ou de moins, et il commençait à réaliser qu'il n'arrêterait pas, le temps passait, sa culpabilité grandissait, Sophie lui parlait toujours de transition, lui n'y croyait plus, ne comprenait pas qu'elle s'entête à y croire. Il avait fini par lui dire qu'ils devaient se séparer, elle n'était pas heureuse, il fallait se rendre à l'évidence, il ne changeait pas, il ne changerait pas, il était comme ça, incapable d'être fidèle, et Sophie avait de nouveau réussi à le convaincre du contraire, il n'y avait pas d'urgence, peut-être que sa transition serait plus longue que prévu, il vivait ainsi depuis près de vingt ans, on n'efface pas des réflexes de vingt ans en quelques semaines, ni même peut-être en quelques mois, elle l'attendrait, et à écouter cette fille qui semblait tant l'aimer, et qu'il croyait aimer, il se ralliait à son opinion, oui, ça lui passerait. Le jour de leur premier anniversaire, Zack avait compté qu'il avait eu quatre aventures au cours de la semaine, même quand il était célibataire cela ne lui était jamais arrivé, quatre en une semaine, et durant l'après-midi, à quelques heures d'aller rejoindre Sophie au resto pour fêter l'événement, il avait croisé dans un café une ancienne collègue, Corinne, ils avaient échangé des nouvelles, après un moment elle s'était assise à ses côtés sur la banquette, pour continuer à bavarder, et déjà il savait que si elle le voulait il coucherait avec elle, aujourd'hui, sans hésitation, ou en hésitant à peine, même si dans six heures il devait rejoindre Sophie, même si aujourd'hui cela faisait un an qu'il faisait perdre son temps à Sophie, parce qu'il n'y avait pas de transition vers quoi que ce soit, Louis avait raison, il était comme Matthew, irrémédiablement comme Matthew, et deux heures plus tard il était chez Corinne, et quatre autres il était devant Sophie, qui lui parlait d'enfants, elle avait 33 ans, s'ils en voulaient deux il ne fallait pas attendre des années, Zack ne disait rien, submergé par la honte, soudain il l'avait interrompue, comment pouvait-elle vouloir un enfant avec lui, qui la trompait sans relâche? Sophie avait recommencé, ça lui passerait, cela ne les empêchait pas d'avoir un enfant, elle lui déballait ses arguments, et il l'écoutait avec une certaine fascination, sachant que s'il ne se méfiait pas elle le persuaderait, encore, il s'efforçait de penser à Corinne, la cinquième de la semaine, en se répétant que ce n'était pas possible, au bout d'un moment il avait coupé Sophie pour lui avouer son infidélité de l'après-midi. Cette fois, elle n'avait même pas pleuré, elle était restée silencieuse, avant de dire que ça ne changeait rien, ils n'en étaient plus à une aventure de plus ou de moins, exactement ce que lui-même pensait si souvent. Il y en aura toujours une de plus, avait protesté Zack. Il avait réaffirmé que pour leur bien à tous les deux, ils feraient mieux de rompre, Sophie n'était pas d'accord, ils en avaient discuté pendant des heures, Zack songeait avec inquiétude qu'il ne savait pas comment on quitte quelqu'un, il n'avait jamais fait ça, tout ce qu'il disait Sophie le réfutait, il avait essayé d'être plus ferme, à la fin, en désespoir de cause, elle lui avait proposé qu'ils s'engagent dans une relation ouverte, il aurait la liberté de poursuivre ses aventures sans culpabilité, d'autres couples fonctionnaient ainsi, pourquoi pas eux ? mais Zack pouvait imaginer à quoi ça rimerait, il aurait des aventures et elle non, son sentiment de culpabilité ne s'émousserait pas, et si par-dessus le marché ils avaient des enfants, sa vie deviendrait un enfer. Sans compter qu'il était loin d'être sûr de vouloir être père. Tout de même, la peine et les arguments de Sophie le déboussolaient. Ce soir-là, il n'était pas parvenu à la quitter. Ni le lendemain ni les mois suivants. Il avait eu besoin de rencontrer Charlie pour s'extirper de sa rhétorique.

Aujourd'hui, Sophie en avait deux, des enfants. Il l'avait croisée l'an dernier, en compagnie de son chum et de leurs deux filles. Elle semblait heureuse. Il était avec Charlie, elles s'étaient même saluées, auparavant cela aurait été impossible, Sophie avait détesté et traité Charlie de tous les noms après leur rupture, jusqu'à ce qu'il coupe les ponts. Qu'est-ce qu'il n'avait pas entendu à l'époque… Un jour, alors que Sophie lui répétait qu'ils reviendraient ensemble tôt ou tard, et que Zack lui répliquait une énième fois qu'il était maintenant avec une autre, elle avait déclaré qu'elle ne prenait pas sa nouvelle relation au sérieux, qu'elle considérait qu'il ne l'avait pas quittée pour Charlie mais pour Tinder, et Tinder, ça lui passerait, on ne fait pas sa vie avec une application tendance. Dans un moment d'exaspération, il avait rapporté ses paroles à Charlie, elle avait ri, disant que Sophie avait raison, sauf qu'une nuance lui échappait : Charlie était aussi sur Tinder. Donc s'il avait quitté son ex pour Tinder, il l'avait aussi quittée pour elle. Une fois de plus, Zack avait été impressionné par son caractère, même les insultes ne la troublaient pas. Vraiment, où trouverait-il une autre fille comme elle si…

Un oiseau se posa sur la balustrade, Zack sortit de ses pensées. Le soleil déclinait. Il se leva et s'avança doucement sur le balcon, scruta la plage, eut l'impression que la foule s'était clairsemée. 10 000 dollars… 20 000, 30 000… ou plus… Pour avoir baisé cinq minutes avec un adolescent. Zack se mit à rire, la situation était trop absurde. Il cessa brusquement. Qu'arriverait-il si les parents lui demandaient un montant au-dessus de ses moyens ? Les peines étaient plus lourdes aux États-Unis qu'au Canada… Et comment ferait-il pour visiter Charlie fréquemment ? Il s'appuya sur la balustrade, l'oiseau s'enfuit. En se penchant, il examina les silhouettes couchées sur les serviettes de plage. Ce soir, il pourrait se rendre au centre-ville, il connaissait des endroits à Miami où dénicher sans trop d'effort quelqu'un avec qui passer la nuit… Il n'était pas sûr d'en avoir envie.

Il pensa appeler Charlie, lui lire le dernier message de leur avocat, mais se souvint qu'à cette heure, elle était en classe. Dans une heure. Ou pas. La laisser dans l'incertitude. L'appeler seulement demain, lorsqu'il aurait la réponse des parents. Ou même s'il la tirait d'embarras, il pourrait attendre de rentrer pour le lui annoncer. Étirer le temps de son inquiétude… En supposant qu'elle en ressente… Non, elle n'en ressentait sûrement pas. Totalement insouciante. La nuit où il avait atterri chez Xavier et Raphaëlle, rongé d'angoisse et en proie à l'insomnie, probable que Charlie dormait paisiblement dans son ancienne chambre d'enfant.

Pourquoi était-il à ce point épris d'elle ? Il n'avait jamais pu tomber amoureux d'une autre… malgré des centaines de rencontres. Ce sentiment qui le prenait même après sept ans lorsqu'il la serrait contre lui, l'excitation qu'il ressentait en l'écoutant raconter ses aventures, le sourire qui lui montait irrésistiblement aux lèvres quand, après l'avoir attendue un moment en surveillant les passantes, il l'apercevait soudain et s'émerveillait qu'elle brille au milieu des autres femmes, par sa beauté, sa démarche flâneuse, le sourire magnétique qu'elle lui lançait et qu'il savait qu'elle lançait à bien d'autres. Il était convaincu qu'aucune femme ne pourrait lui plaire autant. S'ils se quittaient, finirait-il comme Matthew, enchaînant des histoires vouées à l'échec, ou redeviendrait-il un éternel célibataire…

Charlie aussi lui disait qu'il était unique, se consola Zack. Elle faisait surtout référence à son absence de jalousie. Avant lui, elle avait fréquenté deux hommes qui voulaient des relations non exclusives, mais leur ouverture avait ses limites. L'un n'aimait pas qu'elle couche avec des femmes sans lui, parce qu'il considérait que les liaisons entre femmes deviennent vite fusionnelles, il avait eu une mauvaise expérience avec son ex ; l'autre essayait d'encadrer leurs aventures : pas plus d'une fois avec la même personne, pas de sexe oral ni anal, en aucun cas on ne reçoit ses conquêtes chez soi. Charlie trouvait ces restrictions inutiles et barbantes, de quoi avaient-ils peur, pourquoi ce besoin de se réserver certaines pratiques ? Lui ne lui avait pas imposé de balises, l'idée ne lui était même pas passée par la tête, Charlie était capable de juger ce qui était acceptable ou pas pour elle-même. Et elle pouvait bien ramener des hommes chez eux en son absence, qu'est-ce que ça changeait ? Charlie lui disait parfois que son cerveau était différent de celui du commun des mortels, qu'il lui manquait la zone responsable de la jalousie. Après tout, réfléchit Zack, on avait identifié le centre du langage, de la mémoire, de temps à autre il lisait des articles où des chercheurs soutenaient avoir découvert la zone de la foi. Par contre, il n'avait pas entendu dire qu'on ait repéré quelle section du cerveau contrôlait la jalousie. Ni qu'on l'ait même cherchée d'ailleurs. Alors que la jalousie était à l'origine de tant de maux…

S'il existait une zone de la jalousie, il avait hérité la sienne de son père. Alice s'en était tellement plainte, que Matthew ait été incapable de ressentir son désarroi d'avoir été trompée. Que pour avoir de l'empathie, il fallait pouvoir associer les sentiments d'autrui avec notre propre expérience. Zack avait toujours pensé que l'absence de jalousie de son père s'accompagnait de traits de personnalité cohérents. Matthew manquait d'aptitudes sociales, il s'adressait inconsciemment aux gens de façon trop directe, beaucoup de conventions lui échappaient. À l'adolescence, Zack avait réalisé que son père était bizarre, pas comme les autres, et en apprenant le sens des mots «autiste» et «Asperger», il s'était dit qu'il y avait un peu de ça chez Matthew. La jalousie faisait partie de tout ce que son père ne voyait ni n'éprouvait jamais. Lui n'avait pas ces tares, il était sociable, soucieux des autres, sensible à leurs émotions. Alors pourquoi ne pouvait-il pas être jaloux, comme tout le monde? Sa vie était sûrement plus simple ainsi… À moins qu'elle ne soit plus compliquée? S'il avait pu être jaloux, aurait-il pu être fidèle, par réciprocité émotive? Mais pourquoi cette spéculation vaine… Parce que sa femme avait couché avec le mauvais adolescent dans le mauvais pays. Était-il possible de se mettre dans un état pareil…

Zack jeta un dernier regard sur la plage et rentra. Il tira les rideaux avec l'intention de faire une sieste, histoire d'être en forme le soir. Tant qu'à être à Miami, il en profiterait. Une heure plus tard, à son réveil, il appela plutôt le service aux chambres et se commanda des tagliatelles au pesto. Même descendre au restaurant de l'hôtel lui paraissait trop exigeant. Il songea qu'il vieillissait. Dans deux semaines, il aurait 44 ans.

Là où les berceaux se vengent

2023
Qu'est-ce qui, dans les discours de Jacques, avait pu attiser la flamme séparatiste de Rosalie ? Eh bien, ce n'était ni la peur de la disparition de la langue française, ni l'humiliation infligée aux Canadiens français sous la domination britannique, ni non plus l'idée que tout peuple doit pouvoir s'autogouverner. Non, c'était la Revanche des berceaux.

Comme Jacques le lui expliqua, le territoire qu'on appelle aujourd'hui le Québec fut pendant longtemps le théâtre d'une guerre de clochers entre catholicisme et protestantisme. En 1760, lorsque les Britanniques arrachèrent cette portion du Nouveau Monde à la France, ils firent l'acquisition de terres riches en matières premières, mais héritèrent également d'une population de langue française et de confession rivale, dont les membres s'élevaient à 60 000. Un siècle après la Conquête, le nombre de ces Canadiens français aurait grossi jusqu'à atteindre l'honorable total d'un million d'individus.

Il semble que les Britanniques n'aient pas su gérer ce déferlement humain et, dans les années 1830, ils eurent à en découdre avec des Canadiens français insurgés contre les injustices commises à leur égard – leur nombre avoisinait alors les 500 000. Bien que la révolte des patriotes ait été matée, la Couronne prit conscience des troubles agitant cette partie de son royaume. Le comte Durham fut dépêché d'Angleterre pour évaluer la situation. Il rendit sur le peuple canadien-français un verdict navrant : «irrationnel», «mal éduqué», «stationnaire», «apathique», «ignare», «rétrograde». Malgré ces traits déplorables, Durham reconnut aussi à ses membres des qualités non négligeables : «doux et accueillants, frugaux, ingénieux et honnêtes, très sociables, gais et hospitaliers». On fait quoi avec ça? Sa solution : l'assimilation pure et simple du peuple canadien-français à la majorité canadienne-anglaise. Pourquoi pas. On parle juste d'un demi-million d'êtres humains après tout. Entre autres manœuvres offensives, Durham préconisa l'envoi de colons anglais dans l'objectif de minoriser de plus en plus les Canadiens français au sein du pays.

Les rêves de domination de Durham restèrent de jolies chimères, et en 2023, tandis que Rosalie écoutait Jacques palabrer sur la Revanche des berceaux, cette tentative d'assimilation, pour l'heure, n'avait toujours pas réussi. Comment les Canadiens français y avaient-ils résisté? Une hypothèse suggère que leur fécondité légendaire les aurait sauvés de l'anéantissement progressif, et que cette fécondité aurait été le résultat de la pression du clergé catholique.

D'aucuns considèrent en effet que, après la Conquête britannique, l'Église catholique avait tout à gagner en incitant ses fidèles de souche française à se reproduire massivement, afin de s'assurer l'avantage numérique sur les Canadiens anglais en majorité protestants. D'autres soutiennent que la pression cléricale exercée sur les Canadiens français pour les convaincre d'accomplir leur «devoir de famille» – comprendre : ne pas lésiner sur la fornication pour accroître sa descendance – ne peut expliquer à elle seule leur taux de natalité singulièrement élevé. Que cette influence ait été ou non déterminante, il reste qu'entre 1760 et 1960, pendant que la population mondiale quadruplait, les Canadiens français, eux, voyaient leur nombre se multiplier par 80, sans que l'immigration puisse justifier une si spectaculaire explosion. Cette prolifération humaine était-elle une stratégie délibérée de l'Église catholique et de ses fidèles?

C'est ce que voulut croire le jésuite Louis Lalande en baptisant la féroce natalité des Canadiens français du nom de «Revanche des berceaux». Il la louangea en 1918 lors d'un discours pronataliste, par lequel il exhortait les familles à préserver cette fécondité si précieuse. Le taux de natalité était alors de 39 enfants pour 1000 habitants, quelques points derrière celui de 1866, soit 44 pour 1000. Un siècle plus tard, à l'époque où Rosalie se déclara souverainiste, cela faisait vingt ans que le taux oscillait autour de 10 pour 1000. Imaginez la frayeur du jésuite s'il avait eu la prémonition du désintérêt drastique des femmes québécoises du 21e siècle pour l'enfantement...

Si certains réfutent l'hypothèse du clergé exhortant la population sous son joug à se reproduire et proposent d'autres pistes pour élucider la fécondité proverbiale des Canadiennes françaises, Jacques, quant à lui, y adhérait fermement. C'est donc cette version de la Revanche des berceaux qu'il résuma à Rosalie, omettant de lui signaler la diversité des explications du phénomène. De toute façon, à 15 ans, qu'aurait eu à faire cette adolescente entêtée de subtilités interprétatives?

Par un raisonnement singulier, après avoir écouté Jacques, Rosalie décida que si les Canadiens anglais n'avaient pas dominé leurs confrères francophones, ceux-ci ne se seraient pas laissé manipuler par le clergé et n'auraient pas commis la bêtise de se reproduire comme des lapins. Sur les 8 milliards d'êtres humains que comptait alors la population mondiale, quelques millions de spécimens en moins, pour Rosalie, ç'aurait déjà été ça de pris. Depuis deux ans, Rosalie était outrée par la surpopulation. Elle répétait à tout vent que les humains devaient cesser de faire autant d'enfants, qu'on était déjà bien assez nombreux, qu'il faudrait quatre planètes Terre pour supporter notre train de vie; bref, elle reprenait à son compte les discours ambiants catastrophistes, qui ne manquaient pas au cours de son adolescence.

La meilleure amie de Rosalie, Orianne, eut à subir durant des jours ses tirades scandalisées où elle accusait les ancêtres des anglophones d'être responsables de la croissance démographique exagérée de leurs compatriotes francophones. Selon Rosalie, en les menaçant d'assimilation, les anglophones les avaient perversement incités à engendrer des familles nombreuses. Aujourd'hui, il fallait s'activer pour fonder un pays dont la population ne craindrait plus de disparaître sous un déluge de locuteurs anglophones. Il était impératif d'éviter que, advenant un danger pressant d'assimilation, les Québécois toujours sans pays soient tentés de gonfler leur nombre par la procréation. Pour l'instant, le taux de natalité des Québécois était parmi les 20 % les plus bas au monde. Mais, s'emportait Rosalie, si cette exhortation des femmes à enfanter s'était faite dans le passé, elle pouvait aujourd'hui se répéter.

Orianne écouta avec peu d'intérêt ces propos exaltés. Elle était née en Chine, où l'on doit plutôt décourager la population de trop se multiplier. C'est sans passer de commentaire qu'elle laissa Rosalie déblatérer sur l'urgence de la souveraineté du Québec. À 15 ans, Orianne ne se sentait pas concernée par les ennuis potentiels de sa terre d'accueil.

> *Derrière cette envie de pénis se fait jour maintenant cette rancœur hostile de la femme envers l'homme, qu'il ne faut jamais totalement méconnaître dans les relations entre les sexes et dont les signes les plus nets se rencontrent dans les aspirations et les productions littéraires des « émancipées ».*
>
> SIGMUND FREUD

2017

Puis un jour, Raphaëlle lui dit que son blogue érotique commençait à l'ennuyer.

— Je veux écrire autre chose. Changer de genre, de forme.

— Tu pourrais écrire des histoires pour enfants ? Tu as toujours aimé sauter d'un extrême à l'autre.

— Hilarant. Non, je sais pas… Je pourrais écrire un roman. Quelque chose de plus substantiel… Peut-être une saga familiale sur quatre-cinq générations…

— Je suis sûr que tu peux réussir tout ce que tu veux. Et on pourrait faire un enfant.

Raphaëlle fronça les sourcils. C'était la deuxième fois que Xavier lui en parlait, elle allait finir par croire qu'il était sérieux.

— C'est quoi le rapport?

— Tu disais que Nancy Huston déplorait que les philosophes n'aient pas d'enfants, parce que ça les déconnectait de la réalité des gens. Elle dit la même chose des romanciers, non? À moins que tu comptes écrire des livres sans enfants, comme les auteurs nihilistes qu'elle critique?

— Je peux mettre des enfants dans mes livres sans être mère.

— Oui, mais tu aurais une meilleure connaissance des enfants si tu en côtoyais quotidiennement.

— J'ai juste à observer ceux de Louis.

— On voit pas Louis si souvent.

— Bon, on va pas faire des enfants comme une expérience de création littéraire.

— C'est ce que tout le monde fait, des enfants comme des expériences.

— C'est stupide.

— Complètement. C'est stupide. Et je suis stupide. Mais, comme j'ai lu récemment : «Plus un individu est bête, plus il a envie de procréer. Les êtres parfaits engendrent au plus un seul enfant, et les meilleurs, comme toi, décident de ne pas procréer du tout. C'est un désastre.» Tu vois, je suis bête et tu es parfaite. Sauf que tu es aussi prise avec moi...

— Tu sors ça d'où?

— Milan Kundera, *La valse aux adieux*.

— Qui dit ça? Quel personnage?

— Le docteur Skreta.

— C'est pas le gynécologue qui traite ses patientes venues le consulter pour infertilité en les inséminant avec son propre sperme ?

— C'est lui.

— Depuis quand tu lis autant ? Et depuis quand tu fais des raisonnements alambiqués, en détournant les idées de ce que tu lis pour raconter n'importe quoi ?

— C'est ta faute.

Une ingurgitation qui n'a rien de métaphorique

2023

La pièce était enfumée, la lumière tamisée. Un homme aux yeux bridés entra, tenant le singe dans ses bras. Il s'approcha d'une table ronde dont le centre était percé d'un trou de dix centimètres. D'une main, l'homme tira un loquet. Le dessus de la table se scinda en deux demi-lunes. Il empoigna fermement le singe et le mit dans une cage suspendue sous le trou. Il positionna le cou à la hauteur des deux panneaux, les referma, puis abaissa le loquet. Seule la tête du singe demeurait visible au milieu de la table. Les quatre convives prirent place, observant avec curiosité l'animal emprisonné qui se débattait en poussant des cris. L'homme se munit d'un petit marteau et assomma le singe plusieurs fois. Celui-ci hurlait, les mains crispées autour des barreaux de sa cage. Sous les coups, il perdit conscience. L'homme scia le sommet de sa boîte crânienne et retira l'os, le sang gicla. Il enfonça un couteau dans le cerveau de la bête encore vivante pour en découper un morceau, qu'il déposa dans l'assiette du plus âgé des convives.

Orianne ferma la page YouTube et fixa la photo du fond d'écran de son ordinateur, où apparaissait Valerie Solanas, l'auteure féministe du *scum Manifesto*. C'était donc vrai. Cet après-midi, un gars de sa classe l'avait traitée de bouffeuse de cerveau de singe, elle n'avait pas compris de quoi il parlait. Maintenant, elle savait. Dans la vidéo, l'homme qui découpait le cerveau était chinois. Tout ce que les autres élèves associaient à la Chine lui tombait dessus. Depuis dix ans.

Les images des yeux exorbités du singe lui restaient en tête. Elle ouvrit une nouvelle page internet, poursuivit sa lecture de la veille. Cela faisait des jours qu'elle lisait sur la politique de l'enfant unique adoptée en Chine de 1979 à 2015, qui imposait de lourdes amendes aux couples ayant plus d'un enfant. Elle avait appris que le gouvernement chinois se vantait d'avoir ainsi empêché la naissance de 400 millions d'enfants. Pas mal… En revanche, la loi avait causé un débalancement du ratio homme-femme, puisque de nombreux couples avaient pris les mesures nécessaires pour avoir un garçon. Bien qu'il soit interdit aux médecins de révéler le sexe du bébé durant la grossesse, beaucoup se laissaient soudoyer. Dans l'annonce d'une fille à naître, ces couples préféraient choisir l'avortement afin de retenter leur chance pour gagner un garçon à la loterie des sexes.

Depuis qu'elle lisait sur la limitation des naissances, Orianne ne cessait de se demander si ses parents biologiques l'avaient rejetée en raison de son sexe. Peut-être qu'ils n'avaient pas eu les moyens de soudoyer un médecin, qu'ils avaient espéré un garçon, et que face à la déception de voir naître une fille, ils l'avaient abandonnée dans un orphelinat. Ou peut-être qu'elle était la deuxième enfant de sa famille et qu'ils n'avaient pas eu les moyens de payer l'amende. Surtout qu'une fille, pour les Chinois, ça ne valait pas grand-chose. Un investissement non rentable. C'était quoi déjà, l'adage chinois qu'elle avait lu… «Celui qui élève une fille cultive le champ d'un autre»… un truc dans le genre. Peut-être que si elle avait été un garçon, ses parents l'auraient gardée. Et aujourd'hui, elle n'endurerait pas les moqueries des autres élèves.

Bouffeuse de cerveau de singe. Qu'est-ce qu'on répond à ça? Rien. On se tait et on regarde ailleurs.

Un peu tard

2023

La première fois que Rosalie lui déclara son intention de se faire ligaturer les trompes de Fallope, elle avait 15 ans. Justin la regarda, interloqué, puis mit ses élucubrations sur le compte de l'adolescence. Ça passerait, ce n'était rien de plus qu'une nouvelle lubie, comme son envie de piercing au-dessus de la lèvre supérieure, à l'endroit du grain de beauté légendaire de Marilyn Monroe. Ou encore comme sa fixation sur ce groupe de musiciens adolescents qui, durant leurs concerts, mettaient le feu à des mannequins de papier mâché à l'effigie de femmes enceintes. Déjà, depuis deux mois, n'avait-elle pas cessé de faire jouer leurs chansons à tue-tête? Tout passe. Mais, quelques jours après son anniversaire de 18 ans, quand sa fille lui reparla de ligature des trompes, Justin constata avec surprise que ça n'avait pas passé. Elle était majeure, et ce n'est qu'à ce moment qu'il comprit l'urgence d'intervenir. Un peu tard…

Être dans un éternel présent
ne serait-ce qu'une minute

2020

Le matin, Zack rejoignit son avocat qui arrivait de Montréal, dîna avec lui en réexaminant leur proposition, se rendit en taxi chez les parents du garçon, tâta pendant tout le trajet son carnet de chèques dans la poche de son veston, grimpa les escaliers conduisant à la dernière porte à laquelle il avait envie de frapper, attendit qu'on leur ouvre en sentant la sueur perler à son front et en se répétant *pas de tabou*. Une heure plus tard, il ressortit du pire rendez-vous de sa vie, fila jusqu'à l'aéroport, franchit les 2300 kilomètres le séparant de chez lui, éprouva une joie exagérée en apercevant sa voiture dans le stationnement – comme si ce qu'il venait de vivre était tellement invraisemblable que la simple vue d'un véhicule familier devenait rassurante. Il retourna à la banque, déchira le chèque de 10 000 dollars – il les avait sortis de ce pétrin pour 20 000 –, ouvrit un compte d'épargne-étude destiné à un enfant à naître, choisit un prénom androgyne, y fit transférer l'argent restant. Une fois à l'appartement, il texta Charlie, l'informa que tout était réglé. Elle rentra à son tour, aussi souriante que s'il ne s'était rien passé, sauf qu'en le déshabillant elle l'appela, en riant bien sûr, mon sauveur. Le lendemain, Zack se lancerait dans une croisade de sept mois pour tenter de la convaincre d'avoir un enfant.

Avant d'entreprendre avec l'énergie du désespoir sa démarche insolite de par sa motivation, Zack passa la nuit à errer dans leur appartement, tandis que Charlie dormait à poings fermés. Tout ce qu'il avait raconté aux parents… Il leur avait parlé des dépressions successives de sa femme – si Charlie avait des phases maniaques, Zack ne l'avait jamais vue être affligée de la moindre mélancolie –, de sa mère monoparentale et de son père qui les avait abandonnées quand elle n'avait que 3 ans – à part Jacques, Zack ne connaissait aucun homme aussi dévoué et paternel que le père de Charlie –, de sa perte de contact avec la réalité qui avait résulté de ses années de dépression chronique. Bref, que des conneries.

Mais des conneries qui avaient marché… Ou peut-être que les parents auraient accepté de toute façon. Il pensa à son avocat, un ami d'ami, qui n'ignorait plus les comportements pas très convenables de sa femme. Tout le monde savait que Charlie et lui étaient libertins… mais pas à ce point. S'ils s'amusaient à exhiber leurs aventures et leur vie sexuelle débridée, ils n'étaient pas assez idiots pour blaguer sur l'inclination de Charlie pour les adolescents. « Inclination », est-ce le bon mot ? se demanda Zack. « Perversité » ? Peu importe, pour elle ce n'en était qu'une parmi d'autres… Pourquoi ne se résignait-elle pas à la laisser tomber… Uniquement celle-là…

Il était affalé dans le fauteuil de l'atelier de Charlie. Les quatre murs de la pièce étaient chargés d'échantillons et de feuilles de croquis. L'épisode où elle avait recouvert leur appartement de papier peint représentant des êtres humains lui revint en tête. Il se souvint de son tourment, trois jours sans nouvelles, la voix étonnée de Justin. Combien de fois s'était-il inquiété à son sujet, combien de fois avait-elle semé dans leur vie un chaos auquel elle était aveugle…

C'est Raphaëlle qui avait raison. Il ne voyait pas d'autre moyen. Il était marié et toujours amoureux à la limite de l'obsession d'une femme-enfant de 35 ans qui en paraissait dix de moins, d'une beauté remarquable, et qui n'allait pas se priver pour en tirer le meilleur parti jusqu'à la fin. Elle avait risqué l'emprisonnement et pour elle rien n'avait changé, rien ne changerait, aucune peur n'avait perturbé son insouciance. Elle continuerait de s'inventer des mises en scène érotiques improbables et de s'enfermer dans son monde de motifs reproductibles à l'infini, prise dans son éternel présent. Mais peut-être que si elle avait un enfant, peut-être que si elle devenait une mère, peut-être qu'elle… il ne savait pas exactement… quelque chose comme s'assagir… entrer dans le temps qui passe…

L'échantillon sur le mur devant lui provenait d'une esquisse que Charlie lui avait montrée en miniature récemment. Elle l'avait fait imprimer à grande échelle entre-temps, il se mit à l'observer. Ce papier peint n'était composé que de motifs abstraits, reposants, n'évoquant rien de précis. Rien de précis… Il essaya de ne pas penser. Être lui aussi dans un éternel présent, ne serait-ce qu'une minute… Happé par la contemplation de la possibilité de l'infini… Sauf que sans tarder, son cerveau piocha dans ses souvenirs pour combler le vide qu'il s'efforçait d'aménager et lui présenta une image où il faisait l'amour avec Charlie, quelques heures plus tôt, quand il l'avait tenue contre le mur d'une manière où elle pouvait à peine bouger, et ses pensées reprirent leur cours, il se rappela comment il l'avait ensuite conduite vers le lit et l'avait prise en levrette, parce que c'est ainsi qu'elle avait ses orgasmes les plus intenses et qu'il aurait voulu la faire jouir rapidement, comme lorsqu'elle atteignait un orgasme en une minute avec des adolescents, même s'il était conscient qu'au bout de sept ans de relation, il n'avait plus ce pouvoir sur elle. Mais quelques minutes plus tard, en sentant l'excitation de Charlie commencer à monter, il l'avait lâchée, il était troublé, un truc n'allait pas, elle s'était couchée sur le dos, le fixant d'un air intrigué, il avait détourné le regard et avait remarqué sur ses hanches des marques rouges laissées par ses doigts, il s'était étonné de l'avoir serrée si fort. Il s'était alors penché pour embrasser délicatement sa peau rougie, mais Charlie lui avait dit de plutôt la mordre, ça lui prenait parfois, il avait obtempéré, avait appuyé ses dents sur les empreintes laissées par son étreinte, en même temps il avait mis ses doigts sur son sexe, et il avait refermé sa mâchoire un peu plus, et un peu plus encore, Charlie avait gémi, brusquement il l'avait retournée sur le ventre, lui avait caressé les fesses avec l'envie de l'enculer, pourtant c'était exceptionnel qu'ils baisent ainsi, Charlie était toute petite et lui beau-coup trop membré pour son corps délicat, et ce soir ce désir l'agaçait, il aurait préféré qu'elle jouisse vite, et jouir aussi, en finir, mais impossible de se débarrasser de cette envie, alors il le lui avait proposé, seulement pour voir si elle accepterait, et Charlie avait acquiescé, elle s'était redressée, il hésitait, il avait l'impression que ses idées n'étaient pas claires, il détaillait son dos, ses épaules, sa nuque, et lentement il l'avait repoussée sur le lit, comme un objet qu'on écarte, ne sachant si on l'utilisera, ou non, il continuait de lui effleurer les fesses, se demandant pourquoi là, aujourd'hui, il avait cette envie si tenace, mais au fond il comprenait, et pensait que c'était tellement con, tellement simpliste, il avait eu peur de la perdre à cause de cette histoire de prison, et maintenant il voulait la posséder de toutes les façons possibles, il s'agrippait à elle au point de lui laisser des marques sur la peau, il s'excitait en l'immobilisant, en se faisant croire qu'elle était à sa merci, et à présent cette envie de la sodomiser, car il savait qu'elle laissait très peu d'hommes le faire, au fond il se comportait comme ses ex, cherchant à se donner l'illusion de posséder exclusivement une part d'elle, c'était puéril, et plus il s'exaspérait d'avoir ce désir, plus celui-ci devenait insistant, il n'avait que ça en tête, l'enculer, même si ça avait une touche de mauvais goût, comme si Charlie l'avait entraîné dans un mauvais film porno, où un mari aisé allonge de l'argent pour tirer sa femme d'embarras, et ensuite la sodomise, puisqu'elle ne lui refusera rien ce jour-là, en réalité il savait que Charlie ne considérait pas qu'elle lui devait quelque chose, pas de cette manière, mais il avait l'intuition qu'elle aussi avait un scénario semblable en tête, qu'elle aussi allait jouir plus fort parce qu'une aura de prostitution et de domination les entourerait lorsqu'il éjaculerait dans son cul, ses idées devenaient de plus en plus vulgaires, finalement il avait cessé de lutter contre ses scrupules, il avait dit à Charlie de s'agenouiller, puis il avait posé une main sur sa nuque, il avait abaissé sa tête jusqu'à la poser sur l'oreiller, la maintenant ainsi, et il avait commencé à la pénétrer, progressivement, il devait bouger avec précaution, contrôler chaque mouvement, pour ne pas la blesser, comme un jouet fragile, il repensait à son scénario de domination, son excitation s'intensifiait, il aurait pu jouir immédiatement, ne pas la prévenir, et pendant qu'il envisageait d'éjaculer sans se soucier d'elle, ce qu'il ne faisait jamais, Charlie avait voulu se soulever, mais il l'avait retenue, raffermissant sa prise sur sa nuque, avec cette impression qu'elle était à sa merci, vulnérable, elle n'avait pas protesté, après un moment elle avait seulement pris son autre main pour la poser sur son sexe, il l'avait laissée faire, mais quand il avait senti que Charlie approchait de l'orgasme il avait retiré sa main, avait attendu que son plaisir redescende, puis l'avait replacée, puis de nouveau enlevée, il savait qu'elle ne jouirait pas s'il se contentait de la sodomiser, après un moment il avait remis sa main, et cette fois Charlie avait pressé sa main sur la sienne, l'empêchant de se dégager, ses doigts se mêlaient aux siens sur son sexe, et en l'entendant jouir il avait dû se retenir de céder à sa tentation d'y aller beaucoup plus fort et beaucoup plus vite malgré sa propre excitation qui montait brutalement, et en jouissant à son tour il avait eu l'esprit traversé d'une rafale de souvenirs des derniers jours, sa femme baisant avec un adolescent de 17 ans dans les locaux de l'entretien ménager d'un hôtel de Miami, les conséquences désastreuses qu'aurait pu avoir son geste, les 20 000 dollars que venaient de leur coûter ses extravagances.

En se remémorant la scène, assis dans l'atelier de Charlie au milieu de ses papiers peints, il dut s'avouer qu'en dépit de tout le stress qu'il avait subi cette semaine, et particulièrement cet après-midi, ou peut-être plutôt à cause de ce stress, il avait joui avec une intensité qu'il n'avait pas ressentie depuis longtemps, ni avec elle ni avec personne. C'était aussi banal que ça : il avait eu peur de la perdre, il l'avait retrouvée, l'avait enculée en s'imaginant dans un film érotique douteux, et il avait eu un orgasme d'une force décuplée. Que des clichés. Mais Charlie avait raison. Les clichés font jouir plus fort.

« On est plus intelligents que des dinosaures. »
RAPHAËLLE

2022

Un peu comme Alice avait longtemps été agacée par
l'idée que si Louis était son troisième fils, c'était le
quatrième de Matthew, il arrivait que, en regardant Chanel et Noé, Xavier songe qu'elles étaient les premier et
deuxième enfants de Raphaëlle, mais ses deuxième
et troisième à lui. Quelque part, il avait un fils qu'il ne
connaîtrait jamais. À moins que son fils ne cherche à
le retracer. Lui n'oserait pas. Qu'est-ce que sa famille
adoptive avait pu lui raconter à son sujet… Peut-être
rien. Peut-être aussi des calomnies qu'il préférait ne pas
imaginer. Aujourd'hui, si son fils était toujours de ce
monde, il avait 24 ans. Une rencontre lui semblait peu
probable. Quand son fils avait eu 18 ans, Xavier s'était
dit que, maintenant devenu légalement adulte, celui-
ci essaierait peut-être de le retrouver. À cette époque,
Raphaëlle était enceinte de Chanel, et chaque jour il
collait son oreille sur son ventre en se jurant que cet
enfant-là, il ne le laisserait pas disparaître. Les quatre
années suivantes, dès qu'un numéro inconnu s'affichait
sur son téléphone, il était assailli par la pensée que
c'était son fils, ou un intermédiaire chargé de les mettre
en contact. À l'anniversaire de 4 ans de Chanel, il avait
calculé que son fils en avait 22. Ça n'arriverait pas. Ce
jour-là, Raphaëlle lui avait annoncé que, fille ou garçon,
leur deuxième enfant s'appellerait Noé.

— Noé ? C'est un nom d'homme. Si c'est une fille…

— Ce sera Noé quand même. Toutes ces distinc-
tions homme-femme, c'est ridicule.

— C'est pas le nom d'un des premiers soûlons de
l'histoire ?

— Détail.

— Pourquoi Noé ?

— Pour compenser le dinosaure.

— Je comprends pas…

— L'autre jour, Chanel m'a demandé pourquoi j'ai un dinosaure sur la main. J'ai rien répondu.

— Pourquoi ?

— Je me voyais pas lui dire qu'à 19 ans, je me suis fait tatouer le symbole d'une espèce exterminée il y a 65 millions d'années, parce que j'étais suicidaire et que ça me réconfortait de penser que l'humanité allait s'éteindre un jour.

— Ouin…

— C'est pas grave. Bientôt, je lui dirai la vérité, à peu près. Je lui dirai aussi qu'on peut changer d'idée et que son frère ou sa sœur portera le nom d'un homme qui a sauvé l'humanité à partir de presque rien. On est plus intelligents que des dinosaures. C'est le cerveau humain… il peut des miracles.

— On est loin de la vérité. Noé, c'est une histoire.

— La vérité, on s'en fout.

— Bon, on va espérer que ce sera un garçon…

Des cieux plus cléments

2025

Aucun médecin sensé ne ligaturerait les trompes d'une femme de 18 ans, mais Rosalie n'était pas du genre à se laisser démonter par des bagatelles. Après trois rendez-vous avec des gynécologues qui l'éconduisirent de manière expéditive – elle était trop jeune, ce

552

n'est pas parce qu'elle ne voulait pas d'enfants maintenant qu'elle n'en voudrait pas d'ici quelques années, plusieurs options de contraception s'offraient à elle, pilule, anneau vaginal, implant, patch, stérilet –, Rosalie se tourna vers internet. Alors que dix-huit ans plus tôt, son père préférait appeler Alice chaque semaine au lieu de confier ses questions aux moteurs de recherche, sa fille, qui avait grandi dans un monde où toute difficulté se résout par quelques lettres tapées sur un appareil connecté au réseau informatique mondial, pallia le refus des gynécologues en s'en remettant à son téléphone. Elle apprit que ses chances de dénicher au Canada un médecin qui consentirait à concrétiser sa volonté étaient nulles. Néanmoins, il était possible de s'envoler vers des cieux plus cléments. Contre un montant d'argent appréciable, tout se trouve. Et le montant requis, voyage inclus, n'était pas si élevé. Grâce aux économies qu'elle avait engrangées depuis deux ans en travaillant dans une boutique de thé, la somme était déjà à sa portée.

Les testicules embaumés

2023
Manger sept cerveaux d'homme pour qu'un pénis et des testicules repoussent miraculeusement. Quelle sottise.

Orianne claqua l'écran de son ordinateur portable. Hier, elle avait lu une série d'articles à propos des femmes chinoises stérilisées contre leur gré après la naissance de leur premier enfant. Aujourd'hui, elle venait d'apprendre que les hommes, dans l'histoire de la Chine, n'avaient pas été de reste quant à l'irrespect de l'intégrité de leurs organes reproducteurs.

Des eunuques… Orianne n'avait jamais entendu ce mot auparavant. Dans ses recherches, elle avait découvert qu'en Italie, il y avait eu une mode de chanteurs castrés avant la mue, qu'on appelait «castrats». Mais on leur enlevait seulement les testicules. En Chine, tout y passait. Elle hésita, puis rouvrit son ordinateur. La tentation était trop forte.

Oui, les hommes chinois transformés en eunuques étaient horriblement charcutés. Elle parcourut la description de l'opération. Système de poulies, sangles pour maintenir le garçon immobile, corde nouée autour des parties génitales, suffocation du patient sous la douleur, œuf enfoncé dans la bouche afin de provoquer l'évanouissement par manque d'oxygène, scrotum et pénis sectionnés d'un coup vif. Eurk. Une fois amputées, les chairs étaient frites, puis immergées dans un liquide balsamique en vue de la conservation. Les eunuques qui souhaitaient entrer au service de l'empereur devaient présenter le bocal contenant leur pénis et leur scrotum comme preuve de leur émasculation, et le fournir sur demande tout au long de leur carrière. Eurk, eurk, eurk.

Orianne relut le passage où il était question de Wei Chung Hsien. Cet eunuque né au 16e siècle avait désespérément voulu recouvrer sa virilité. Il avait une compagne avec qui il désirait faire l'amour comme n'importe quel homme. Pour remédier à sa mutilation, on lui avait conseillé de manger les cerveaux de sept hommes, ce pour quoi il aurait ordonné l'exécution de criminels. L'acte cannibale n'aurait pas eu le succès promis…

Prochainement, dans son cours d'histoire, Orianne devait faire une présentation orale sur un sujet libre.

Elle s'imagina discourir devant les élèves de pénis tranchés, cuits et embaumés dans un bocal, et de cerveaux humains dévorés par un homme condamné à ne jamais assouvir ses pulsions sexuelles. Elle visualisa la tête des garçons de la classe et sourit. Cela lui arrivait rarement, de sourire.

Six, bientôt sept

2024

— Noé ? Mais c'est un nom d'homme ?

— Ouin… Ça ressemble à Zoé. Une lettre de différence.

— Ça reste un nom d'homme. Puisque vous savez que ça va être une fille…

— C'est Raphaëlle qui décide.

Zack regardait Xavier avec perplexité. Vraiment, il ne comprenait rien à la blonde de son frère.

— Pourquoi c'est elle qui décide ?

— C'est ce qu'on a négocié. C'est elle qui choisit les prénoms. C'est son domaine en plus, trouver des noms. Elle baptise plein de personnages pour ses livres.

— Négocié ?

— T'as pas idée de tout ce que j'ai dû négocier…

— Pour quoi ?

— Pour avoir Chanel. Puis Noé.

Xavier souriait. Zack était toujours incrédule.

— Tu m'avais dit qu'elle n'était pas trop sûre de vouloir des enfants, mais à ce point-là ? Elle a négocié quoi d'autre ?

— Elle sort tous les jeudis et vendredis soirs. Sauf le premier mois suivant l'accouchement, c'est moi qui prends le congé parental et qui reste à la maison. Ça, tu le savais.

— Autre chose ?

— Elle n'allaite pas.

— C'est pas mieux pour les enfants, l'allaitement ?

— Bah, les recommandations médicales changent tout le temps. Et tu le savais que Raphaëlle n'a pas allaité Chanel. Ça faisait partie du deal.

— Tu trouves pas ça…

Xavier tourna la tête vers Raphaëlle, qui bavardait avec Charlie, leurs regards se croisèrent. Elle lui envoya un geste de la main, dont eux seuls connaissaient le sens, et qui signifiait qu'elle avait envie de faire l'amour. Comme lorsqu'elle était enceinte de Chanel, Raphaëlle avait une hausse de libido dans son deuxième trimestre. Xavier lui sourit et jeta un œil sur son téléphone pour vérifier l'heure.

— Zack, toi et moi, on sait pas ce que c'est de vomir tous les jours pendant des semaines, de subir une batterie de tests et d'examens, d'avoir tout le temps envie d'uriner quand l'utérus se met à peser sur la vessie, d'avoir un ventre énorme qui empêche de dormir confortablement, de passer à travers un accouchement. Ni de devoir surveiller tout ce qu'on mange pendant neuf mois, pis de devoir continuer de tout surveiller, parce que ça se retrouvera dans le lait maternel. Alors non, je trouve pas ça quoi que ce soit. C'est son choix.

Chanel s'approcha, elle voulait que son père replace une barrette tombée de ses cheveux. Xavier l'assit sur ses genoux et la recoiffa. Zack sortit son téléphone,

Chanel essaya d'agripper l'objet de sa petite main. Il se recula et positionna l'appareil dans leur direction.

— Tu fais quoi ? demanda Xavier.

— Je vous prends en photo.

— Pourquoi ?

— J'ai envie d'une photo de mon frère et ma nièce.

Xavier serra sa fille dans ses bras et sourit au téléphone de son frère.

— Me semble… c'est pour quoi ?

— Bon, OK. Quand je rencontre des femmes, elles me demandent presque toutes si j'ai des enfants. Je leur dis que non, mais que j'ai six nièces, bientôt sept. Je leur montre des photos, souvent elles trouvent ça très cute, un homme qui garde des photos de ses nièces dans son téléphone.

— Si on peut t'être utiles…

Zack s'assura que la photo était bonne.

— Chanel, il y avait une raison, pour ce nom ?

— À cause de Coco Chanel.

— Ah… J'aurais pas cru que Raphaëlle admirerait une designer de mode.

— C'est son côté féministe. Elle dit que Coco Chanel a libéré les femmes du joug des vêtements. Les corsets, les robes encombrantes.

Zack pensa à la robe de mariage de Charlie, et à la masse de tulle qui compliquait ses mouvements durant la cérémonie. Le joug des vêtements… peut-être. Sa robe n'avait pas trop arrêté Charlie, par contre…

2025

Le mois où Rosalie fêta ses 18 ans, Justin réalisa non seulement que sa fille ne comptait pas perpétuer leur lignée, mais aussi qu'elle avait maintenant toute liberté pour s'acheter un billet d'avion, se réserver un hôtel, traverser les douanes, disparaître des jours sans sa permission et rentrer quand bon lui semblerait. Légalement, il n'avait plus aucun contrôle sur elle. Rosalie eut la sollicitude de lui envoyer un message de l'aéroport : *parti voyage revien ds 10*. Il appela une amie de Rosalie qui confirma pour le voyage, sans être en mesure de le renseigner sur la destination. Justin se résigna. Il ne pouvait rien faire. Pendant dix jours, il consulta son téléphone et ses courriels compulsivement. Sa fille ne donna pas de nouvelles. Un matin, elle poussa la porte d'entrée, laissa tomber sa valise, s'affala sur le sofa en marmonnant qu'elle était épuisée à cause du décalage horaire. Elle refusa de lui dire d'où elle revenait, mais lui révéla le motif de son voyage. Elle avait visité un pays où les médecins sont plus conciliants envers leurs patients que ceux du Canada : ses trompes de Fallope étaient maintenant ligaturées.

Éphébophilie ou chronophilie

Si Charlie risqua un procès pour agression sexuelle sur un mineur, mit le bordel à leur appartement un nombre incalculable de fois, et causa à Zack la frousse de sa vie en négligeant de lui téléphoner durant ces trois jours à Honolulu, il reste qu'une des variantes aux angoisses qui coloraient les insomnies de son mari ne survint jamais – ou pour être exact : il n'en sut rien.

En effet, Zack s'était longtemps demandé ce qu'il adviendrait quand les amis de Rosalie auraient l'âge d'attirer Charlie. Lorsque sa nièce aurait 16 ans et Charlie 39, par exemple, un soir qu'ils souperaient chez Justin et Vanessa, un ami de Rosalie pourrait capter son attention. Toutefois, à l'encontre de ses anticipations inquiètes, vers les 16 ans de Rosalie, Charlie lui déclara que les garçons inexpérimentés ne l'intéressaient plus. Zack avait ensuite réalisé qu'elle avait commencé à coucher régulièrement avec des hommes plus âgés que lui, de 55, 60, 65, 70, 75 ans… Elle lui montrait des photos, c'était toujours des hommes qui avaient bien vieilli, sans embonpoint, élégants, et qui, comme elle le lui avait spécifié, venaient tout juste de divorcer après un long mariage. Zack avait conclu qu'en fin de compte elle n'était pas éphébophile, ainsi qu'il l'avait cru, mais chronophile. À cause de Charlie, il connaissait par cœur les noms des excentricités sexuelles.

Au bout d'un moment, il avait compris que ses nouveaux fantasmes n'étaient pas seulement liés à l'âge. En réalité, ce qui excitait Charlie, c'était que ces hommes récemment séparés se soient restreints durant les vingt, trente, quarante dernières années, voire plus, à faire l'amour avec la même femme, et que leurs rapports se soient espacés au fil du temps – atteignant parfois des moyennes d'une ou deux relations sexuelles par an, ce qui pour Charlie, qui avait plusieurs orgasmes par semaine, et rarement seule, était inimaginable. Il y avait les hommes dont la vie de couple s'était organisée autour des enfants, et qui, à 40 ou 50 ans, maintenant que leurs enfants étaient adultes, voulaient rattraper le temps perdu. Et il y avait ceux qui, même une fois apaisées les responsabilités parentales, avaient persisté dans leur couple tenant davantage de l'amitié que de l'amour. Tu sais que je suis tombée sur des hommes qui ne se sont jamais fait faire une fellation de leur vie ? lui avait dit Charlie avec les yeux brillants, aujourd'hui c'est banal, mais ça n'a pas toujours été le cas. Elle avait expliqué à Zack que ces hommes libres depuis peu, qu'ils aient 40 ou 75 ans, étaient pris d'un sentiment d'urgence qui intensifiait ses aventures.

La première fois que Rosalie présenta un garçon à sa famille, elle avait 18 ans. C'était l'anniversaire des 70 ans d'Alice, ils devaient tous se réunir chez Xavier et Raphaëlle. Charlie avait maintenant 41 ans, sa beauté était toujours frappante. Zack, lui, avait 49 ans, et dans ses nuits d'insomnie, il lui arrivait de compter ses jours de sursis avant de franchir le cap de la cinquantaine. Atteindre la trentaine n'avait rien changé. Mais la cinquantaine… Il craignait surtout la perception des autres. Il trouvait que 50 ne sonnait pas comme 49, que ça faisait vieux. Carrément un demi-siècle…

Avant de se rendre chez Xavier et Raphaëlle, Zack et Charlie devaient arrêter prendre Justin et Vanessa – leur voiture était en panne. Lorsqu'ils arrivèrent chez eux, une amie de Rosalie quittait la maison. Zack lui jeta à peine un regard en la saluant, mais Charlie l'observa. Elle avait un visage magnifique, des traits parfaits, de longs cheveux noirs et lustrés, elle était d'origine chinoise. Charlie se demanda si c'était Orianne, la fille de ses cousins Clara et Bastien, elle savait qu'elle et Rosalie étaient amies. La dernière fois qu'elle avait vu ses cousins remontait à son mariage, Orianne avait 5 ans. Charlie lança un coup d'œil à son mari, qui discutait avec Vanessa en caressant un chat noir et blanc qu'il avait pris dans ses bras en s'exclamant que tiens, ils avaient un nouveau pensionnaire. Elle s'étonnait encore que Zack puisse distinguer un nouvel individu parmi la meute des dix chats qui vivaient avec Justin, Vanessa et Rosalie. Zack possédait des capacités étranges, et les fois où il se plaignait que son père avait des agissements à la limite de l'autisme, Charlie pensait que lui aussi avait de ces attitudes et réactions qui sont des anomalies chez les humains. Comme son absence totale de jalousie. Et que l'attention de son mari soit plus attirée par un chat amorphe que par la jeune fille sublime qui laçait ses bottes dans l'entrée d'un air boudeur parce que Rosalie lui disait qu'elle et Anthony seraient en retard au party de ce soir, cela rendait Charlie perplexe, même après treize ans de vie commune.

Pourtant, à 49 ans, Zack avait autant de libido. Il n'était simplement pas du genre à reluquer des gamines de 18 ans. Ces dernières années, il avait souvent croisé les amies de sa nièce et elles l'avaient laissé indifférent. Rosalie avait installé sa chambre au sous-sol pour s'éloigner de son père et de sa belle-mère, et il y avait toujours plusieurs filles qui squattaient chez eux. Parfois, attablé à la cuisine avec son demi-frère, Zack percevait leurs rires qui montaient du sous-sol. Ces rires étaient aigus, enfantins, en les entendant Zack aurait pu croire qu'elles avaient 8 ans. Quand elles grimpaient en trombe les escaliers et surgissaient dans la cuisine en chahutant, les saluaient nonchalamment, puis détalaient dans une surexcitation criarde, Zack était épuisé pour son frère, qu'il ait à supporter tout ce tapage. Surtout, elles appelaient Zack «monsieur» de ce ton subtilement ironique, d'une politesse exagérée, un ton qui lui rappelait qu'il avait l'âge de leurs parents. Ce ton lui donnait l'impression d'être projeté loin du présent. C'était le même qu'employaient les caissières et les serveuses très jeunes des boutiques, cafés et restos où il avait ses habitudes, des filles qu'il trouvait insupportables, mais qu'il ne pouvait éviter sous peine de ne plus mettre les pieds dans un commerce.

Il ne lui serait pas venu à l'esprit d'envisager ces filles turbulentes et un peu insolentes comme des aventures potentielles. Il savait que pour Charlie, c'était différent, les garçons qui lui plaisaient étaient au contraire timides, maladroits, éblouis par elle. Au fond, Charlie et lui recherchaient la même chose, se sentir désirés, sauf que lui ne percevait pas de désir chez les adolescentes qu'il rencontrait, il le reconnaissait chez les femmes qui avaient plus ou moins son âge. Il aimait sonner chez Bianca et qu'elle lui ouvre presque nue avec de l'impatience dans les yeux, il aimait passer voir Cassandre à son bureau et que, dès la porte refermée, elle le pousse contre le mur en défaisant sa braguette, il aimait bander en lisant les textos d'Émilie lui disant qu'elle était en train de se masturber en pensant à lui. Mais se casser la tête afin de dénicher les rares jeunes filles attirées par les hommes plus âgés, ou coucher avec une fille de 20 ans en se demandant si elle le trouvait vieux et ringard, très peu pour lui.

Cette journée où Rosalie leur présenta pour la première fois un garçon, Zack se félicita que Charlie n'ait plus d'intérêt pour les jeunes. Et soyons juste, concédat-il à part lui en serrant la main d'Anthony, c'était le chum de Rosalie, pas seulement un ami, Charlie n'était pas mesquine. Quoique, dans l'imaginaire de Charlie, cela aurait pu faire un bon scénario de film porno, la tante par alliance qui séduit le chum de sa nièce… Pendant qu'ils prenaient l'apéro, Anthony leur dit qu'il avait 17 ans, 18 dans cinq semaines – Zack remarqua qu'il insistait beaucoup sur ce « 18 dans cinq semaines » : à chaque étape de la vie son rapport à l'âge. Il était grand, plutôt costaud, physiquement c'était tout à fait le genre de Charlie. Par contre, comme le nota Zack, Anthony était dégourdi, bavard, il n'avait pas ce regard timide et fuyant qui séduisait sa femme, et Zack aurait parié que Rosalie était loin d'être la première fille à son actif. Il avait cette manière sans pudeur d'attraper Rosalie par la taille et de lui flanquer ses lèvres n'importe où, sur la joue, la bouche, le cou. Cette conduite indifférait Zack, lui et Charlie avaient passé des années à faire fi des convenances, et Justin n'osait critiquer aucun des comportements de sa fille, mais Vanessa avait un tressaillement toutes les fois qu'Anthony et Rosalie étaient trop démonstratifs. En fait, Vanessa souhaitait vivement leur rupture. Elle ne se doutait pas que, dans un an, elle donnerait cher pour qu'ils soient encore ensemble.

Après l'apéro, ils partirent chez Xavier et Raphaëlle. Justin et Vanessa montèrent dans la voiture de Zack et Charlie. Rosalie se rendrait avec Anthony, qui conduisait un de ces véhicules peu pratiques destinés à seulement deux passagers. Peu pratique, mais tellement écolo, précisa fièrement Rosalie, avant de se lancer dans la comparaison de divers modèles d'automobiles électriques. Zack l'écouta en se faisant la réflexion que les préoccupations des jeunes avaient bien changé, puis il s'agaça d'avoir ce genre de pensées, il se sentit vieux. Reste que lui, à 18 ans, il conduisait un Chevrolet Station Wagon délabré de cinq mètres de long que lui avait cédé Matthew, une voiture qui consommait une quantité faramineuse d'essence, mais tout ce qui lui importait à l'époque, c'était la liberté de se déplacer. Il pouvait aussi rabattre le siège arrière et profiter d'un espace intérieur de plus de deux mètres. Il se rappelait y avoir dormi aux côtés de deux filles durant un week-end où ils étaient descendus faire la fête à Tadoussac. Et pas que dormi… Pas sûr que la voiture d'Anthony, avec son habitacle réduit au minimum, permette une grande liberté de mouvement.

« Je l'emmerde, la nature. »
RAPHAËLLE

Alors que Xavier mit plus d'un an à convaincre Raphaëlle d'avoir un enfant, et que Zack renonça à persuader Charlie au bout de sept mois, Louis, lui, ne se fit demander son avis que la sixième fois.

Après le départ des filles de Louis – leurs mères étaient venues les chercher –, Xavier mit Chanel et Noé au lit. En regagnant la salle à manger, il considéra d'un œil satisfait, comme à chaque rassemblement familial depuis dix ans, la disposition des invités autour de la table. Il posa un baiser sur la tête de Raphaëlle en s'assoyant à ses côtés. Elle discutait avec Béatrice, la blonde de Louis. Alice, Jacques et Rosalie suivaient la conversation.

— J'ai accouché de Chanel et Noé par césarienne.

— Oh… des complications ?

— Non, c'est ce que j'avais choisi.

— Choisi ? C'est pas un truc qu'on choisit.

— On peut choisir. J'ai trouvé un médecin qui était d'accord.

— C'est pas naturel…

— Et la péridurale, c'est naturel ?

— Non… C'est pour ça que je veux… si j'avais un enfant…

Béatrice loucha vers Louis, qui débattait avec Zack et Anthony du meilleur modèle de voiture hybride sur le marché.

— Donc les femmes qui accouchent sous péridurale, tu vois ça comme une entorse à la nature ?

— Non, avec la péridurale, on accouche par voie naturelle.

— Je l'emmerde, la nature. Elle avait juste à s'arranger pour condenser le cerveau.

— Condenser le cerveau ?

— C'est la tête du bébé le problème. À neuf mois, le cerveau est trop volumineux.

Xavier, qui avait cessé de porter attention à la discussion sur les voitures et avait capté les dernières répliques de Raphaëlle, sourit.

— Ma femme est une anarchiste nouveau genre.

— On est pas mariés.

— C'est tout comme. Tu es ma femme quand même. Et tôt ou tard, tu vas accepter de m'épouser. À moyen terme, tu peux rien me refuser. Il suffit de te tenir tête. Et ça, je sais le faire.

Raphaëlle fit semblant d'être exaspérée, Xavier l'embrassa sur la joue. Il adorait la taquiner avec cette idée.

— Moi aussi, murmura Rosalie, je l'emmerde, la nature.

— C'est pas dans mon temps qu'on aurait vu des femmes oser demander une césarienne à leur médecin, commenta Alice.

Sans lui faire part de son désaccord, Alice n'avait jamais compris cette décision de sa belle-fille. Son refus d'allaiter aussi, au début, l'avait choquée. Elle avait mis ça sur le compte des tendances alcoolos de Raphaëlle. À la vitesse à laquelle elle descendait ses verres dans les soupers… elle était sûrement impatiente de recommencer à picoler. Un jour, Alice avait entendu Raphaëlle rétorquer à Madison, la blonde de Louis à l'époque où Chanel était née, qu'elle n'avait aucune envie de se transformer en biberon humain pendant des mois. Alice avait repensé aux années 1980, où elle-même se faisait juger pour la raison inverse, parce qu'elle avait choisi l'allaitement plutôt que les laits artificiels qui avaient alors la cote. Toutes les fois où elle avait dû se justifier, expliquer que les mères allaitent leurs enfants depuis la nuit des temps, qu'elle mangeait très bien, que ce contact avait peut-être une portée qui dépassait la seule alimentation. Maintenant, c'était au tour de Raphaëlle d'avoir à se justifier. Les femmes avaient toujours des comptes à rendre lorsqu'il s'agissait des enfants. Comme si elles n'étaient plus maîtres de leur corps. Tout de même, ne pas vouloir être un biberon humain… drôle d'argument. Et ce soir, un plaidoyer pour la césarienne… Quel choix singulier que Xavier a fait, songea Alice, comme chaque fois qu'elle écoutait Raphaëlle débiter des propos extravagants. D'un autre côté, elle lui savait gré d'avoir sorti son fils du célibat dans lequel il s'était cantonné pendant quinze ans… Raphaëlle l'avait transformé.

— Pourquoi tu préférais la césarienne ? demandait Béatrice. Si c'est pas indiscret…

— J'adore l'indiscrétion. Disons que je trouve l'accouchement naturel terriblement animal. Le périnée qui peut déchirer parce que la tête du bébé passe de justesse, le risque d'hémorroïdes, tout le sang perdu, et on en parle pas trop, mais beaucoup de femmes défèquent pendant l'accouchement à force de pousser. Non, vraiment, j'aurais pas pu.

— C'est horrible, laissa tomber Rosalie.

Elle avait les yeux arrondis par le dégoût. Une chance que ses trompes de Fallope étaient ligaturées. Raphaëlle a raison, approuva-t-elle en silence, c'est complètement animal.

— Raphaëlle, lui reprocha Jacques en riant, tu vas traumatiser Rosalie. La pauvre, elle ne voudra plus d'enfants après ça.

— Je veux déjà pas d'enfants.

— Bah, tu as le temps de changer d'idée, objecta Alice avant de se tourner vers Zack qui manipulait son téléphone. Quelle heure est-il ?

— Presque 22 heures.

Zack avait répondu distraitement, Charlie et Anthony bavardaient et il essayait de suivre leur conversation. Durant le repas, il n'avait pu se retenir d'épier sa femme, curieux de savoir si la présence d'un garçon de 17 ans raviverait ses anciens fantasmes. Charlie avait fini par remarquer qu'il la surveillait. Elle avait fixé Zack avec surprise, puis avait éclaté de rire et lui avait dit un mot qu'il n'avait pas compris. Il n'avait pas osé lui demander de le répéter plus fort, Vanessa était assise à la droite de Charlie, elle risquait d'entendre. Comme pour se moquer de lui, Charlie s'amusait depuis à faire plus de blagues salaces qu'en temps normal. Anthony s'esclaffait à chacune de ses plaisanteries.

Béatrice chuchota à Louis que le moment était propice. Il hésita, s'assura que tout le monde était là, regarda sa montre. Oui, aussi bien se lancer maintenant. Il s'éclaircit la gorge.

— Oui, euh… Béatrice et moi, on a une bonne nouvelle à vous annoncer.

Alice, qui riait d'un commentaire de Zack, cessa abruptement. Non, se raisonna-t-elle, ce n'était pas possible. C'était autre chose. Forcément. Peut-être qu'ils allaient leur apprendre qu'ils déménageaient, ou qu'ils partaient en France visiter la famille de Béatrice, ou que Louis avait eu une augmentation, ou…

— Béatrice est enceinte.

L'annonce ne provoqua pas la joie escomptée. Ou enfin, ni Louis ni Béatrice n'avaient escompté grand-chose. Louis était déjà cinq fois père, et ses filles avaient chacune leur mère. En entendant Louis, Rosalie refréna une grimace. Alice baissa la tête, gardant les yeux rivés sur son assiette. Zack et Charlie échangèrent un regard qui disait leur incompréhension amusée. Raphaëlle se mit à observer attentivement Louis et Béatrice comme on examine des bêtes de foire. Jacques jeta un coup d'œil inquiet en direction d'Alice, puis s'efforça de sourire à Béatrice. Vanessa les félicita machinalement, Justin tourna la tête vers sa fille, anxieux de l'entendre, vu ses convictions, faire une remarque désobligeante. Anthony, percevant qu'un truc n'allait pas, voulut calquer sa réaction sur celles des autres, mais ne discerna pas qui imiter pour se fondre dans le groupe. Seul Xavier parut spontanément ravi. Il se leva pour embrasser Béatrice et serrer la main de Louis. Raphaëlle le dévisagea, sa curiosité se transforma en perplexité. Xavier lui sembla tout à fait déplacé. Elle réfléchit, et sourit avec satisfaction. Il était parfait ainsi. N'empêche, quelle famille. Elle souleva sa coupe de vin dans l'intention de porter un toast, histoire d'en rajouter une couche sur la réaction de Xavier, toutefois, en voyant l'air d'Alice, elle se borna à prendre une gorgée.

La conséquence de deux confettis

Comment, en ce premier quart du 21e siècle où la contraception était abordable, offerte en de nombreuses options et d'une haute fiabilité, Louis en était-il venu à être cinq fois père? Sans doute qu'une relation durable aurait pu lui éviter cette quintuple paternité.

Car bien que, à partir de 31 ans, Louis ait transcendé sa limite de six mois, aucune de ses relations ne dépassa les trois ans, la moyenne se situant plutôt à un an et des poussières.

Huit mois après la naissance de Victoria, Emmanuelle décida qu'elle en avait marre de s'occuper d'un bébé et d'un homme plus ou moins sorti de l'adolescence. Et tout compte fait, entre devenir mère monoparentale ou se taper chaque jour ces interminables séances de sexe avec Louis, elle préférait le premier choix. Louis se releva vite de cette rupture et, sans trop tarder, se mit à fréquenter Madison – il n'avait rien perdu de son dédain pour le célibat. Alors qu'ils étaient ensemble depuis cinq mois, Madison apprit qu'elle avait un léiomyome utérin. Le médecin l'avertit que si elle voulait un enfant, c'était peut-être maintenant ou jamais. Madison hésita à en parler à Louis. Advenant qu'il ne désire pas d'autre enfant, elle devrait rompre. Mais quitter Louis, se trouver un nouveau chum, attendre un laps de temps suffisamment décent avant de proposer à cet homme hypothétique d'avoir un enfant, tout ça serait trop long. Et tant qu'à se faire inséminer grâce à une banque de sperme, aussi bien prendre Louis. Il était beau, intelligent, en parfaite santé, quoi chercher de plus ? Au pire, cet enfant, elle l'élèverait seule. Par curiosité, elle tapa sur internet les mots « insémination artificielle ». Les images de paillettes de sperme sans visage renforcèrent son intuition. Elle lut qu'en faisant affaire avec une clinique, on avait accès à des photos et à des descriptions, malgré tout le processus la rendait méfiante. Louis, trancha-t-elle. Elle balança le reste de ses pilules contraceptives à la poubelle. Le sort aurait le dernier mot. Au moins, avec la libido de Louis, elle n'avait pas à craindre qu'ils ratent sa période d'ovulation.

Deux mois plus tard, Madison annonça la nouvelle à Louis, justifiant son état par la prise récente d'un médicament qui avait dû interagir avec sa pilule contraceptive et en diminuer l'efficacité. Elle précisa d'emblée que l'avortement n'était pas une option, s'inventant une conscience éthique pro-vie. Lorsque Madison dut subir une ablation de l'utérus peu après son accouchement, Louis eut l'impression, à cause de certains commentaires du médecin, qu'elle l'avait utilisé. Leur couple pas très solide s'effondra avant que Simone ait 6 mois, quand Louis rencontra Charlotte. Dès la première fois qu'il la vit, il fut saisi d'une attirance irrésistible qui eut le bonheur – ou, selon ce qu'il en penserait après un an, le malheur – d'être réciproque. Comme il n'aurait pas trompé Madison, ni aucune femme, l'infidélité lui répugnant toujours autant, il la quitta et s'embarqua dans la liaison qui serait la plus grande passion de sa vie.

De toutes les femmes qu'il connut, Charlotte avait, et de loin, le pire caractère. Louis avait la garde de ses filles un week-end sur deux, et Charlotte tolérait difficilement que ses ex viennent chez lui pour amener et récupérer leur enfant. Elle ne supportait pas davantage les nombreuses fois où il devait leur parler au téléphone. Ni les fois où Emmanuelle décidait qu'elle ne pouvait pas accompagner Victoria à ses cours de natation du jeudi. Ni celles où Madison amadouait Louis pour qu'il prenne Simone chez lui un vendredi supplémentaire parce qu'elle avait une date.

À leur premier anniversaire de couple, Charlotte imita Madison et cessa de prendre ses anovulants. Si,

comme l'ex de Louis, elle ne l'en prévint pas, le jour
où elle fut enceinte, elle ne lui cacha pas la vérité. Elle
le lui annonça d'abord d'une voix neutre, surveillant
sa réaction. Surpris, Louis essaya de comprendre ce
qui s'était produit, ne prenait-elle pas la pilule ? Charlotte commença par esquiver sa question, lui reprocha
de ne pas sembler heureux, mit en doute son amour
pour elle. Louis tenta de la raisonner, il avait déjà deux
filles, elle se plaignait constamment que ça restreigne
leur liberté, à quoi ressemblerait leur vie avec trois
enfants ? Charlotte s'emporta alors dans une de ses
colères épouvantables qui pouvaient durer des jours :
il avait fait des enfants à deux autres femmes, pourquoi n'en voulait-il pas un avec elle ? il ne l'aimait
pas autant que ses ex ? qu'est-ce qu'elle était pour
lui, un rebound ? une baise temporaire en attendant
de trouver mieux ? À la fin, c'est Louis qui la supplia de
lui pardonner, il avait mal réagi, c'était la surprise, il
aurait dû accueillir joyeusement la nouvelle, bien sûr
qu'il voulait un enfant avec elle. Il n'en pensait rien,
mais désamorcer la colère de Charlotte exigeait beaucoup d'ardeur et une capitulation sur tous les points.
Lorsqu'il informa Alice qu'il serait père une troisième
fois, elle resta silencieuse, puis se mit à lui parler de
vasectomie. Jamais ! rétorqua Louis. Il ne laisserait
aucun médecin lui ouvrir les testicules au bistouri, il
préférait encore assumer. Alice abandonna. La relation
de Louis avec Charlotte dura deux ans et demi, ce qui
pour lui était un record. Il finit par la quitter, harassé
par ses crises, et se retrouva célibataire et père de trois
filles, inquiet d'avoir quelques difficultés à rencontrer
une femme non rebutée par sa situation.

Tiffany, elle, dès le premier soir qu'elle passa en
compagnie de Louis, sut qu'elle aurait un enfant de

lui. Du moins, elle mettrait tout en œuvre à cette fin. Elle avait 37 ans, son horloge biologique s'emballait depuis six ans, sauf que ses deux derniers chums avaient prétexté qu'ils n'étaient pas prêts à fonder une famille, ils lui avaient demandé d'attendre un peu, lui avaient fait perdre son temps pendant deux et trois ans, puis l'avaient larguée. Aujourd'hui, le premier avait des enfants avec une autre, et elle venait d'apprendre que le second serait père bientôt. Génial. Le jour où Tiffany accepta l'invitation de Louis, elle ne cherchait plus un chum, elle cherchait un père. Même pas un père, un géniteur.

Elle fut enchantée quand Louis glissa dans la conversation, embarrassé, qu'il avait trois filles. Parfait, il était fertile. Elle trouva plus comique de l'entendre ajouter que ses filles étaient de trois mères différentes, mais ses plans ne furent nullement ébranlés par l'éventualité d'augmenter le nombre à quatre.

Au bout de trois mois, Tiffany annonça à Louis qu'elle était enceinte. Elle encaissa sans broncher le découragement qui se peignit sur son visage. Se rappelant la terrible crise de Charlotte, il s'efforça de se reprendre et lui demanda le plus délicatement possible si elle envisageait l'avortement. Non. Cette fois, Louis dit qu'il avait besoin de réfléchir. Tiffany partit sans que son bonheur soit altéré. Il allait la laisser, et après ? Elle avait ce qu'elle voulait. Le lendemain, Louis lui téléphona. Ok, lui proposa-t-il, tu veux venir habiter chez moi ? mon appart est plus grand que le tien. Tiffany resta bouche bée. Elle le connaissait depuis trois mois, mais soudain, elle comprit qu'elle ne le connaissait pas vraiment. Quel genre d'homme réagirait de la sorte…

La vérité était simple, quoique pas très avouable. Après qu'Emmanuelle l'eut quitté, Louis avait été célibataire quelque temps. Sa fille avait 8 mois au moment de leur rupture. Louis n'était pas trop à l'aise avec les bébés, et un vendredi sur deux, il débarquait chez Alice et la suppliait de garder Victoria pour la soirée, souvent il ne revenait que le lendemain, voire le surlendemain. Il avait ensuite rencontré Madison, ils étaient toujours ensemble et celle-ci avait pris l'habitude de s'occuper davantage de sa fille que lui-même. Madison était maternelle, elle sortait balader Victoria en poussette, l'emmenait avec elle faire des courses, ils passaient leurs soirées à trois devant la télé, et Louis se félicitait d'avoir cette mère substitut à sa disposition. De la même façon que Madison s'était occupée de la fille d'Emmanuelle, Charlotte, une fois enceinte, avait elle aussi développé l'habitude de prendre soin des filles d'Emmanuelle et de Madison. Avant que Charlotte soit enceinte, par contre, comme elle se sentait menacée par ses enfants, Louis avait dû de nouveau solliciter le secours d'Alice. Puis Érine était née et, une fin de semaine sur deux, Charlotte avait dû veiller sur trois filles. À la suite de leur séparation, Alice avait recommencé à jouer les gardiennes, tout en prévenant Louis que ça ne pourrait pas durer éternellement. Depuis qu'il fréquentait Tiffany, elle lui donnait un coup de main avec Victoria, Simone et Érine, mais elle ne venait pas systématiquement chez lui pendant 48 heures.

Lorsque Tiffany lui apprit sa grossesse, Louis ne lui demanda pas d'explication. Emmanuelle avait été négligente avec ses anovulants, Madison lui avait sans doute menti parce qu'elle devait subir une ablation de l'utérus, Charlotte était délibérément tombée enceinte dans son dos. Pour Tiffany, peu importe, il ne voulait même pas le savoir. Elles racontaient toutes n'importe quoi. Il regretta l'époque où il était dans la vingtaine. Aucune de ses blondes ne lui avait parlé d'enfant avant ses 30 ans. Aujourd'hui qu'il ne sortait qu'avec des femmes dans la trentaine, les enfants étaient toujours un sujet latent. Mais il avait 37 ans, il n'allait quand même pas se tourner vers des filles de 25 pour éviter d'être père à répétition… C'est à ce point de sa réflexion qu'il réalisa que, s'il ne quittait pas Tiffany, ils emménageraient sûrement ensemble. Dans ce cas, les fins de semaine, Tiffany pourrait s'occuper des filles d'Emmanuelle, de Madison et de Charlotte…

Malgré cette proposition intéressée, Tiffany ne déménagea jamais chez Louis. Trois jours après, il croisa une ancienne blonde, Rachel, à qui il en avait tant voulu quinze ans plus tôt d'avoir couché avec son frère. Sans qu'il s'explique pourquoi, ce fut le coup de foudre. Maintenant qu'il y avait eu Charlotte, il savait reconnaître ce sentiment dévastateur qui affadit tout ce qui n'est pas la personne qui le suscite. Tiffany ne s'offensa pas outre mesure de ce retournement ; elle jugeait plus inquiétante qu'autre chose son offre, sentant qu'un truc lui échappait. C'est donc Rachel qui s'installa chez Louis et qui joua les belles-mères à temps partiel.

Quand Tiffany atteignit son quatrième mois de grossesse, Rachel, après beaucoup de préambules, annonça à Louis qu'elle était enceinte. Elle ne comprenait pas comment c'était possible, pourtant, comme Louis le savait, elle portait un anneau contraceptif… d'un autre côté, il fallait le garder à l'intérieur du vagin en quasi-permanence, il n'était permis de l'enlever qu'au maximum trois heures par jour… elle préférait le retirer lorsqu'ils faisaient l'amour, c'était plus confortable… peut-être qu'elle l'avait enlevé trop souvent ces derniers temps…

Au début, Louis crut à une blague. En réalisant qu'elle était sérieuse, il ne trouva rien à dire à part que Tiffany n'avait même pas encore accouché. Rachel, plutôt embêtée, laissa entendre qu'elle n'avait pas tellement envie de se faire avorter. Elle avait déjà dû recourir quatre fois à cette intervention, et à 39 ans, elle n'avait pas d'enfant... Louis essaya quand même de la convaincre d'interrompre sa grossesse, Rachel s'impatienta, il déclara qu'il avait besoin de prendre l'air. Après avoir erré dans la ville en voiture durant une heure en se demandant ce qu'elles avaient toutes à lui faire le coup, il atterrit chez un de ses amis, commença dès quatorze heures à s'enfiler bière sur bière, et paracheva sa beuverie dans un bar. Vers minuit, complètement soûl, il écrivit un texto à Rachel, rouspétant qu'il ne saisissait pas pourquoi elle s'était fait avorter de quatre autres, mais que de lui, c'était non. Rachel répondit que justement, lors de son premier avortement, elle avait 22 ans et l'enfant était de lui. Il lut son message, abasourdi, puis conclut qu'elle mentait. Elles lui mentaient toutes. À 1 h 10, flirtant avec deux filles aussi bourrées que lui, il leur lança qu'il était spécialisé dans la fécondation des trentenaires-pas-encore-mères, si jamais l'une d'elles, ou même les deux, étaient intéressées. À 2 h 25, une des filles l'attira dans sa voiture, et pour la première fois de sa vie, Louis faillit être infidèle. Il se ressaisit à temps et l'affaire se limita à «s'être laissé» embrasser cinq minutes – c'est du moins ainsi qu'il se résuma l'épisode les jours suivants pour se débarrasser de son sentiment de culpabilité. À 3 h 30, il rentra chez lui, vacilla jusqu'à sa chambre, réveilla Rachel et lui baragouina que si elle gardait l'enfant et qu'ils en venaient à rompre, elle n'aurait de lui qu'une pension alimentaire dérisoire, son salaire étant déjà amputé par trois

autres pensions, bientôt quatre. Rachel lui rit au nez :
elle gagnait quatre fois son salaire, croyait-il qu'elle en
avait après son argent ?

Le lendemain, Louis émergea du sommeil avec une
de ses pires gueules de bois à vie. Rachel lui prépara
un bouillon et sortit lui chercher des antinausées. Ils ne
reparlèrent pas de la veille, et deux jours plus tard, elle
lui montra un pyjama jaune, un éléphant en peluche
et un livre de prénoms qu'elle avait achetés. Louis se
résigna. Que pouvait-il faire ?

Durant quelques mois, il y eut donc dans le monde
deux femmes enceintes de Louis en même temps, et
Alice appela son fils chaque semaine pour l'entrete-
nir de vasectomie. Toujours pas convaincu, il fit un
peu de recherche. Sur internet, il apprit que, à la suite
de l'intervention, les testicules risquaient d'enfler, de
bleuir et de devenir douloureux ; que dans 0,1 % des
cas, une douleur chronique s'installait ; qu'il fallait
s'abstenir de rapports sexuels pendant cinq jours ; que
les premières éjaculations postopératoires pouvaient
être teintées de sang. Déjà passablement écœuré, il
visionna une vidéo de vasectomie sur YouTube qui
acheva de confirmer sa position. Hors de question.
Après la naissance de Maurane, Louis se lamentant
du harcèlement d'Alice, Rachel se fit poser un stérilet
et assura sa belle-mère qu'elle ne voulait pas d'autre
enfant. Alice ne réagit pas. Elle savait que Rachel ne
serait pas la dernière blonde de son fils.

— Louis, la vasectomie ?

Alice et lui étaient seuls à la cuisine. Des rires leur
parvenaient de la salle à manger. Son fils évitait son
regard.

— Je sais pas…

— Louis, insista Alice d'un ton autoritaire.

Il soupira et la regarda.

— Louis, on est en 2026. Plus personne ne fait six enfants en 2026. On est déjà beaucoup trop sur cette planète.

— C'est pas si clair… Au Québec, il paraît qu'on n'a pas le taux de renouvellement des générations…

— Ah, tu t'es donné comme mission de repeupler le Québec ?

— Ben, si on veut équilibrer le vieillissement de la population…

— Garde ces arguments-là pour les autres ! C'est pas à moi que tu vas faire gober que tu t'es découvert une conscience sociale !

— OK OK… Mais Béatrice, c'est la bonne. Elle serait pas restée avec moi si j'avais refusé.

— C'est la bonne ? Et les cinq autres ?

— Le hasard…

— Le *hasard* ?

— Oui… Avec elle, c'est différent. Béatrice me l'a demandé, on en a parlé longuement avant de se décider. Elle a 37 ans, elle a pas d'enfant, un jour ou l'autre elle…

— Mais toi, tu en as cinq, des enfants !

— Je voulais pas la perdre…

— Tu voulais pas la perdre ! Louis, tu as 41 ans, pas 20 ! Je t'avertis, dans un an ou deux, quand Béatrice et toi allez vous quitter, je passerai pas mes vendredis et mes samedis soirs à m'occuper de six enfants.

— C'est la bonne. Crois-moi.

Louis s'enfuit vers la salle à manger. Mieux valait s'esquiver. Quand sa mère se lançait sur le thème de la vasectomie, elle devenait intarissable, en plus Béatrice risquait d'entendre. Alice soupira. Depuis que Rachel avait quitté son fils, probablement exténuée d'avoir à gérer une fin de semaine sur deux les filles d'Emmanuelle, de Madison, de Charlotte et de Tiffany, en plus de la sienne, et ce, tandis que Louis sortait avec des amis, c'est Alice et Jacques qui en avaient hérité. Jacques ne s'en plaignait pas, il adorait ces fillettes qui mettaient sens dessus dessous leur maison pour construire des cabanes en utilisant tous les coussins disponibles, ou qui regardaient dans la même pièce, à plein volume, des films distincts sur leur tablette, créant une cacophonie insupportable qui ne semblait pas les déconcentrer de leur visionnage respectif. Sans compter que Jacques avait tellement achalé Zack, Xavier et Louis pour qu'ils fassent des enfants… Alice repensa au mot employé par Louis, «hasard», puis aux toiles de Jackson Pollock. Une autre famille en dripping. Si on pouvait appeler ça une famille… En vérité, elle aussi aimait avoir ses petites-filles chez elle, même si après 24 heures à les surveiller, elle était épuisée. Ce qui l'irritait, c'était le comportement de son fils. Et elle comprenait très bien pourquoi. Louis lui rappelait Matthew.

— Tu t'es fait avoir une sixième fois?

Zack et Louis fumaient un cigare sur la terrasse.

— Non, cette fois-ci, c'était planifié.

— Vraiment?

Zack souriait d'un air narquois. Louis réitéra que c'était une décision commune mûrement pesée.

— Voyons, persista Zack, pourquoi aurais-tu voulu un *sixième* enfant? Tu voulais t'essayer pour un garçon?

— C'est pas ça.

— En plus, tu le sais que tu auras encore une fille. Le sortilège de la chambre rose opère toujours.

— Anyway, t'as jamais voulu d'enfants. Tu peux pas comprendre.

Zack tira une bouffée en réfléchissant. C'était faux. Un jour, il en avait voulu un, un enfant. Mais personne ne savait qu'il avait échoué, malgré des mois d'acharnement, à convaincre Charlie d'avoir un enfant avec lui.

— Toi non plus, t'en as jamais voulu, rétorqua-t-il à Louis après avoir expiré la fumée. Tu m'as dit que c'était jamais planifié. Tu t'es juste fait à l'idée chaque fois.

— Avant, non, mais avec Béatrice, c'était voulu. C'est la bonne.

— Ah ouais?

Son frère ne le croyait pas, Louis haussa les épaules. Zack se remit à sourire, la situation lui paraissait trop cocasse.

— Maman t'a félicité tantôt, quand vous étiez dans la cuisine?

— C'est ça, ouais.

— Déjà qu'elle a pas encore tout à fait digéré que t'aies mis Tiffany et Rachel enceintes en même temps…

— Faudrait qu'elle en revienne, ça fait quatre ans.

— Essaie de la comprendre. Ça lui rappelait quand Diane et elle étaient enceintes de Justin et toi.

— On peut pas comparer ça avec ce que Matthew a fait. J'avais pas trompé Tiffany. J'ai jamais trompé une fille.

— C'est une façon de voir… Pis ses parents, à Béatrice, ils en pensent quoi, que tu sois déjà cinq fois père? Avec cinq femmes différentes?

— Ses parents… ils sont en France. Qu'est-ce que j'en sais.

— Tu les as jamais rencontrés ? Par Skype ?

— Oui, ça arrive. Mais on parle pas de ça.

— Elle leur a pas dit, hein ?

— Elle… Non. Ses parents sont assez conservateurs. On a un peu adouci les choses… Pour l'instant.

Zack rigola. Pauvre Louis. Le chat de Xavier et Raphaëlle apparut sur la terrasse, Zack se pencha pour le caresser. L'animal avait la queue à moitié amputée, encore une bête amochée que Vanessa avait réussi à caser dans la famille.

— Tu fais comment, avec les pensions alimentaires ? Il doit rien te rester à la fin du mois ?

— Elles font toutes le double de mon salaire. Plus même, dans le cas de Béatrice et Rachel.

Cette fois, Zack lui jeta un regard admiratif. Les ex de Louis devaient effectivement percevoir des revenus très au-dessus de la moyenne. Il n'avait pas fait le lien avant ce soir… Emmanuelle était cadre dans une boîte de publicité, Madison avocate des affaires, Charlotte raflait chaque année le titre de meilleure courtière immobilière de son secteur, Tiffany possédait une entreprise de géothermie, Rachel avait hérité de son père six franchises d'un restaurant extrêmement populaire. Et Béatrice était ophtalmologiste. Quand même.

— Au moins, tu as su protéger tes arrières.

— Ç'a pas rapport. C'est un hasard.

— Tu penses ? Six sur six…

— Peut-être pas seulement un hasard… Mais c'est pas de ma faute si les hommes ont peur des femmes qui font trop d'argent.

— C'est quoi, cette idée ?

— C'est vrai. Ça les fait se sentir inférieurs. Pas moi.

— Où t'as pris ça?

— Elles me l'ont dit. Charlotte, Madison, Rachel, Emmanuelle, Tiffany, Béa, elles se sont toutes plaintes qu'elles avaient eu de la difficulté à rencontrer des hommes à cause de ça. Madison et Rachel s'en plaignent encore, quand je leur demande des nouvelles. Moi, leur salaire, ça m'a jamais dérangé.

— Eh ben… Votre enfant, à Béatrice et toi, il aura une double nationalité? Canada et France?

— Oui.

— Ce sera un avantage sur ses sœurs. Et peut-être sur son ou ses frères.

— De quoi tu parles?

— Louis, pourquoi t'arrêter en si bon chemin? Rendu à six, pourquoi pas sept ou huit? Neuf?

— Béatrice veut juste un enfant.

— Oui, mais la suivante…

— Arrête. C'est la bonne.

— Mouais.

Louis ne répliqua pas, il savait qu'il ne convaincrait pas son frère. Le hasard… Il pensa à Victoria, sa fille aînée. Les mois suivant sa naissance, il la regardait parfois en se disant qu'elle devait sa vie à deux confettis. Après tout, les années avant qu'il couche avec Charlie, il avait mis un terme qu'il croyait définitif aux one-nights, tanné des moments embarrassants dus à son problème d'orgasme. Sauf qu'après Charlie, son blocage s'était évaporé, et quand il avait rencontré Emmanuelle, il se souvenait s'être dit qu'elle ne lui plaisait pas particulièrement, mais que pour une nuit, ça irait. Par la suite, à force de textos et de propositions, Emmanuelle avait réussi à s'immiscer dans sa vie.

Les débuts avaient été similaires avec Madison, il la trouvait plutôt commune, mais elle l'avait épaté la première nuit, il avait accepté de la revoir pour le sexe, s'était pris au jeu. Résultat l'année suivante : Simone. Et Charlotte, serait-elle tombée enceinte d'Érine dans son dos, s'il n'avait pas déjà été père ? Tiffany aurait-elle jeté son dévolu sur lui pour se faire engrosser de Romy, comme il le soupçonnait ? Avec trois enfants, sa fertilité était pratiquement écrite sur son front… Est-ce que Rachel avait refusé de se faire avorter de Maurane parce qu'il avait quatre enfants et qu'elle considérait qu'un de plus ou de moins, ça ne changerait pas grand-chose pour lui ? Va savoir. À part l'enfant qu'il aurait de Béatrice, divaguait-il, peut-être que toute sa progéniture était la conséquence de deux confettis.

Vers 22 h 45, Jacques et Alice commencèrent à bâiller, Vanessa à s'agiter sur sa chaise. Justin comprit qu'elle voulait partir, annonça qu'ils allaient les quitter, Alice et Jacques leur offrirent de les déposer en chemin, eux aussi rentraient. La soirée se poursuivit autour de verres de cognac et de Baileys. La conversation dévia sur le mariage de Zack et Charlie, Rosalie raconta qu'elle avait aperçu ce soir-là un des invités courir dans l'hôtel, nu et barbouillé de glaçage de gâteau. Zack avait oublié l'épisode, Charlie avait un vague souvenir de quelqu'un se roulant dans le gâteau. Xavier, lui, s'en souvenait très bien.

— C'était votre DJ. Il était affreusement ivre. Il s'est déshabillé parce qu'il s'était jeté dans la piscine tout habillé. Après il s'est couvert de glaçage et s'est mis à courir partout en criant. Je savais pas que tu l'avais vu, Rosie, il était tard à ce moment-là.

— Il criait quoi ? demanda Anthony.

— Quelque chose comme : «Qui aimerait du gâteau ? »

Raphaëlle sourit en écoutant Xavier. Il rapportait l'anecdote avec légèreté, mais elle se doutait que sur le coup, il n'avait pas dû juger ce numéro très drôle.

— Je me souviens ! s'anima Charlie. Il y a une photo de lui dans notre album de mariage, avec le glaçage.

— Non, dit Rosalie, j'ai regardé votre album une centaine de fois, on en a une copie à la maison. Il n'y a pas de photo de lui.

Tout le monde prit la formule «une centaine de fois» pour une exagération, mais Xavier eut l'impression que Rosalie s'exprimait littéralement. Il fut surpris que sa nièce ait si souvent feuilleté l'album de mariage de son oncle et de sa tante. Il se pencha à l'oreille de Raphaëlle et murmura d'un ton sceptique «une *centaine* de fois ?», elle hocha la tête et chuchota «recherche des origines».

— Nous avons deux albums de mariage, rectifiait Zack. Tu n'as pas vu celui dont parle Charlie.

— Pourquoi deux albums ?

En voyant la stupéfaction de Rosalie, Xavier fut convaincu de la justesse de son intuition, c'était sûrement littéral. Recherche des origines… C'est vrai que Rosalie n'a pas connu sa mère, réfléchit-il, ni sa famille maternelle, pas plus que sa grand-mère paternelle… Si cet album lui avait servi d'archives généalogiques, elle venait d'apprendre qu'on lui avait caché l'envers de la cérémonie…

— Il y a l'album «officiel» que tout le monde a vu, continuait Zack, et un autre album avec les photos moins décentes. On avait fêté jusqu'à six heures du matin.

Il expliqua que l'idée était venue du photographe, parce qu'ils ne pouvaient quand même pas mettre dans l'album principal des photos de leurs amis masculins paradant avec la robe de Charlie, et qu'un peu trop d'invités s'étaient baignés nus. Anthony riait aux éclats, posait des questions, et Zack et Charlie, aidés de Louis, se lancèrent dans le récit de toutes les frasques de la soirée. Ou presque. Car évidemment, personne n'évoqua ce qui s'était passé entre la mariée et son beau-frère.

Après cette chronique, Anthony, enhardi par ce récit et par l'absorption immodérée de Baileys, se vanta que Rosalie avait les trompes de Fallope ligaturées et qu'ils n'avaient pas besoin d'utiliser de préservatif. Tous crurent à une blague de mauvais goût. Xavier demanda à Rosalie de les rassurer : ce n'était pas sérieux ? Sa nièce prit un air de défi et acquiesça. Elle fit allusion à son voyage de janvier sans préciser de destination – elle craignait qu'on ne mette en doute le professionnalisme de l'établissement médical – et ajouta que Justin et Vanessa étaient au courant.

— Ils t'ont laissée faire ? s'étonna Xavier.

— Je leur ai pas demandé la permission. J'ai 18 ans maintenant.

Ils finirent par réaliser que la révélation d'Anthony n'avait rien d'une blague. Zack regarda Louis, il semblait ahuri. Son frère ne voulait rien savoir d'une vasectomie. Et leur nièce de 18 ans se serait fait ligaturer les trompes… Le monde à l'envers.

De retour à leur appartement, Charlie en reparla à Zack.

— C'est vrai, cette affaire de stérilisation ?

— Possible… Rosalie est assez excentrique.

— T'en penses quoi ?

— Je vais appeler Justin demain.

— Mais t'en penses quoi ?

Zack ne put réprimer un sourire.

— Es-tu choquée ?

— Choquée ?

— Oui. Est-ce que je te verrais choquée pour la première fois, après toutes ces années où c'est toi qui choques les autres ?

Charlie sourit à son tour. Choquée, non… mais troublée. Rosalie était tellement jeune… Peut-on se connaître assez à son âge pour prendre une décision aussi importante ? Même des gens qui se font stériliser à un âge plus avancé regrettent leur choix et tentent de recouvrer leur fertilité. 18 ans… Oui, Rosalie avait atteint une limite de son ouverture d'esprit.

Le lendemain, Zack appela Justin, supposément pour autre chose, et glissa en passant ce qu'Anthony leur avait appris. Justin garda le silence, puis marmonna qu'il n'était pas sûr que ce soit vrai : Rosalie était un peu marginale, elle et ses amies avaient des manies étranges, elle avait même commencé à se lier à un groupe de militants, elle restait évasive sur la cause qu'ils défendaient, il soupçonnait que leur idéologie était inhabituelle.

Dès qu'il eut raccroché, Justin interrogea sa fille. Elle avait raconté à toute la famille qu'elle s'était fait ligaturer les trompes de Fallope. C'était vrai ou pas, cette histoire ?

— C'est vrai. Je te l'ai dit en rentrant de voyage. Tu m'as pas crue ?

— Rosalie, tu as 18 ans… Est-ce que c'est réversible ? Si tu changes d'idée ?

— Je changerai pas d'idée.

Anthony assistait à la conversation, Rosalie et lui visionnaient un film au sous-sol. Justin s'adressa à lui.

— Qu'est-ce que t'en penses, Anthony ?

— Ben… Si Rosalie veut pas d'enfants…

— Elle pourrait changer d'idée.

— Peut-être… Mais plein de gens se font faire des tatouages, ça aussi c'est pour la vie. C'est compliqué à faire enlever. Dans la vie, il faut assumer ses choix.

— Ça n'a rien à voir.

Justin ne se fâchait jamais, mais cette fois, il eut envie d'écraser son poing dans la figure de cet adolescent effronté qui lui prêchait sa philosophie à deux sous et se targuait de coucher avec sa fille sans préservatif.

— Toi, Anthony, en veux-tu, des enfants ?

— Pas maintenant.

— J'espère bien. Mais un jour ?

— Oui, sûrement.

— Et là, tu sors avec une fille qui s'est fait ligaturer les trompes ?

— Papa, on passera pas notre vie ensemble.

— J'ai 17 ans, répondit Anthony, je suis pas rendu là, les enfants…

— Mais qu'est-ce que tu penses de Rosalie qui est stérile, par sa faute ? Ton plan, c'est de la quitter quand tu seras « rendu là » ?

— Papa, je te répète que j'ai absolument pas l'intention de passer ma vie avec lui.

Même Anthony fut déboussolé par la conviction que Rosalie avait mise dans sa protestation. Justin capitula, dépassé par la situation. Que sa fille sorte avec un garçon ainsi, pour se divertir, sans aucune visée à long terme, était au-delà de son entendement. Pour lui, l'amour était sacré, on ne se fréquentait pas à la légère. Lorsque Anthony fut parti, Justin rassembla son courage.

— Rosalie, vous… vous vous protégez au moins ?

— Pourquoi on se protégerait ?

— Les maladies…

— Anthony est fidèle.

— Tu lui fais confiance, comme ça ?

— Papa…

— Cette opération, c'est efficace à 100 % ?

— Il n'y a aucun risque. Arrête de t'inquiéter.

Des risques, il y en avait. Comme Rosalie le savait, la ligature des trompes de Fallope est fiable à 99,5 %. Dans certains cas, il arrive qu'une obturation incomplète, la reperméabilisation spontanée ou le déplacement des corps occlusifs rende l'intervention inopérante.

Trois semaines après cette discussion, Rosalie quitta Anthony, qui s'acharnerait des mois à lui envoyer des textos pleurnichards la suppliant de revenir avec lui. Après quelque temps, elle ne prit même plus la peine de les lire, gênée de voir un garçon qu'elle avait fréquenté s'abaisser de la sorte, regrettant d'avoir pu s'intéresser à un tel loser. De toute façon, elle se doutait du contenu de ses textos, qui n'avait guère varié avant qu'elle cesse de les lire : ils étaient faits l'un pour l'autre, il pensait à elle tout le temps, jamais il n'aimerait aucune fille autant qu'elle, dans ses pires messages il allait jusqu'à parler de destin, d'âmes sœurs et de karma, lui composant une anthologie d'expressions romantico-sentimentales empruntées à ces films d'amour que Rosalie détestait depuis toujours.

Mais, destin ou pas, Rosalie avait quelqu'un d'autre dans sa vie.

On ne peut reprocher au roman d'être fasciné
par les mystérieuses rencontres des hasards.

MILAN KUNDERA

— «Le Seigneur m'adressa la parole : "Ézéchiel, il
y avait deux femmes, filles de la même mère; elles
se prostituèrent en Égypte. Voici leurs noms : Ohola,
l'aînée, Oholiba, sa sœur. Oholiba fut plus sensuelle
encore; ses débauches devinrent pires que celles de sa
sœur. Alors ils vinrent à elle, les fils de Babylone, et ils
la rendirent impure par leur débauche. Elle montra sa
sensualité avec leurs débauchés : leur membre est un
membre d'âne, leur éjaculation celle du cheval. Elle
multiplia ses débauches. Voici, Oholiba, ce que je t'af-
firme, moi, le Seigneur Dieu : Je vais dresser tes amants
contre toi; ceux que tout ton être a pris en aversion, je
vais les ameuter contre toi de partout : les fils de Babylone et tous les Chaldéens, Peqod, Shoa et Qoa – tous
les fils d'Assour avec eux – tous les jeunes gens sédui-
sants, gouverneurs, préfets, écuyers, dignitaires, tous
montant des chevaux. Alors viendront contre toi, du
nord, chars et véhicules : des peuples coalisés. L'écu, le
bouclier, le casque, ils les placeront tout autour contre
toi; ils te jugeront selon leur droit; ils agiront contre toi
avec fureur; ils te couperont le nez, les oreilles, ils te
prendront tes fils et tes filles et ce qui subsistera de
toi sera dévoré par le feu. Je vais te livrer aux mains

de ceux que tu hais, aux mains de ceux que tout ton être a pris en aversion ; ils agiront envers toi avec haine ; ils prendront tout ton profit ; ils te laisseront nue et dévêtue, et ta nudité de prostituée sera dévoilée."»

Damien fixait l'assistance. Pas une fois il n'avait baissé les yeux vers le texte, il connaissait par cœur ce passage du Livre d'Ézéchiel. Il referma la Bible, la tendit à une femme assise en retrait et s'avança vers le devant de la scène.

— Pourquoi Dieu a-t-il besoin de rassembler des peuples coalisés ? Pourquoi a-t-il besoin de chars, de boucliers et d'hommes montés sur des chevaux ? Pourquoi a-t-il besoin d'ameuter les hommes de Babylone, de Chaldée, de Peqod, de Shoa, de Qoa, d'Assour ? Pourquoi un tel déploiement ?

Il marqua une pause et balaya le public du regard.

— Écoutez bien : pour maîtriser *une* prostituée. Pour une seule femme soi-disant dépravée, Dieu a besoin de tous ces hommes et de toute cette offensive. Ne faut-il pas qu'il soit… *fou* ?

Beaucoup hochèrent la tête énergiquement. Damien affecta un air pensif.

— Que fait la prostituée qui déplaît tant au Seigneur Dieu ? Elle prend en elle la semence de dizaines d'hommes. Là où ne peut être conçu qu'un seul enfant, des dizaines d'hommes répandent leur sperme qu'ils auraient dû réserver à d'autres femmes. La prostituée déjoue le destin que Dieu a choisi pour l'humain. Dieu a ordonné : «Croissez et multipliez-vous. Soyez féconds et prolifiques, pullulez sur la terre, et multipliez-vous sur elle.» La prostituée défie ce commandement. Un commandement insensé. Car voyez où il nous a menés : à ces milliards d'humains qui saccagent la Terre.

Quelques personnes applaudirent, Damien eut un geste faussement humble pour les faire cesser.

— Dieu n'existe pas. Il est l'idée qui nous permet de conceptualiser cette force malade et perverse en nous. Nous sommes Dieu. Quand les êtres humains ont écrit sur Dieu, ils ont écrit sur eux. Sur nous. Un livre sexophobe, homophobe, misogyne. Un livre où on coupe le nez et les oreilles des femmes qui aiment le sexe. Où on mutile des femmes qui assouvissent leurs désirs en comblant ceux des hommes. Un livre qui rend sacrilège *ce qui n'est que nature*.

Les derniers mots de Damien furent répétés par plusieurs auditeurs avec de nouveaux hochements de tête.

— Nous sommes des créatures perverses et dépravées, parce que nous refusons notre nature. Nous la refusons depuis au moins 2700 ans. Ce livre en est une preuve. Il n'est pas une preuve de l'existence de Dieu. Il est une preuve de notre propre démence. Notre démence que nous n'avons jamais calmée en 2700 ans. Ce n'est pas le sexe qui nous déprave. Ce sont nos *tabous*.

Il pencha la tête vers sa poitrine, respira profondément, puis se redressa, le visage sombre.

— Nous avons diabolisé la sexualité parce que nous n'appartenons plus à la nature. Le développement du cerveau humain à travers l'évolution nous a apporté une *pudeur contre nature*. Notre cerveau nous a poussés au refoulement et aux troubles qui en découlent : la folie, l'hystérie, la cruauté cathartique. Notre cerveau, c'est vrai, nous a également permis une ingéniosité sans borne. Mais nous l'avons utilisée et l'utilisons à mauvais escient.

Des applaudissements timides reprirent, que cette fois Damien ne freina pas, se contentant d'accélérer son débit et d'élever la voix.

— Par ce cerveau qui nous distingue des autres espèces, nous n'appartenons plus à la nature. Nous n'appartenons plus à ce monde depuis longtemps. C'est pourquoi nous le saccageons sans vergogne. Aujourd'hui, avant qu'il ne soit trop tard, nous devons le quitter. N'en déplaise à «Dieu», nous devons arrêter de nous multiplier, nous devons arrêter de pulluler. Nous devons arrêter d'être féconds.

Rosalie, assise dans la première rangée, dévorait Damien des yeux. Plusieurs fois, il l'avait regardée d'une manière appuyée. Elle savait que ce soir, c'est elle qui quitterait l'assemblée avec lui. À sa droite, Orianne la surveillait de temps à autre. Vers la fin du sermon, elle posa ses lèvres dans son cou, Rosalie frissonna et lui prit la main, sans détourner son attention de Damien. Quand les applaudissements éclatèrent, elle désenlaça ses doigts de ceux de son amie et se leva avec la foule pour l'ovationner.

— Demain, lança Rosalie à Orianne avant de partir.

Damien ne couchait qu'avec des filles stériles. Il disait qu'aucune des méthodes de contraception n'était totalement fiable. Et surtout, il s'opposait farouchement aux contraceptifs impliquant des hormones synthétiques. De nombreuses recherches démontraient que celles-ci aboutissent dans les cours d'eau et déstabilisent l'écosystème; Damien mettait le respect de l'environnement au zénith des valeurs. Par ses prédications, il appelait les hommes et les femmes à se faire stériliser, et se donnait en exemple : lui-même avait subi une vasectomie.

Un observateur pourrait se demander pourquoi, étant stérile, il évitait toute relation sexuelle avec des femmes fertiles. Damien, si on lui faisait remarquer qu'il s'astreignait à des précautions inutiles, balayait ces raisonnements : le corps des femmes fertiles ne l'excitait pas. Sa conscience environnementaliste prenait le dessus sur ses instincts libidinaux. Il possédait une mentalité plus évoluée que l'homme moyen, cet esclave de ses gènes n'obéissant qu'à son désir, souvent inconscient, de se reproduire. Damien, lui, ne pouvait pas être excité en présence d'une femme dont les gènes chercheraient à accaparer son ADN afin de formater un nouvel être humain.

— Tu as couché avec combien de personnes depuis la dernière fois ? lui demanda Damien en s'étendant sur le dos pour que Rosalie le chevauche.

— Trois.

— Trois… en quatre jours ?

Rosalie posa ses mains sur son torse, contracta ses muscles vaginaux autour du bout de son pénis, et allongea graduellement ses mouvements.

— On s'est pas vus depuis cinq jours, répondit-elle. Ça fait trois en cinq jours. Et toi ?

— Cinq en cinq jours. J'ai une meilleure moyenne.

— Je suis pas exposée sur un stage à chaque soir.

— Ton amie, celle qui est d'origine chinoise…

— C'est quand tu veux. Mais elle est fertile.

— Ah oui, j'oublie tout le temps… Dans ce cas, non.

Rosalie sourit intérieurement. Orianne n'avait rien à faire des hommes. Pourquoi se ferait-elle stériliser ? Alors elle laissait entendre à Damien que oui, bien sûr, ils pouvaient baiser à trois, pas de problème.

— Trois en cinq jours ? Des hommes ou des femmes ?

— Les deux.

Elle crut qu'il allait jouir, elle s'immobilisa. Damien était excité à l'idée que ses amants et amantes aient de nombreux partenaires. Elle lança un œil sur l'ordinateur resté ouvert, vérifia l'heure pour savoir depuis combien de temps ils baisaient. Deux minutes… Damien cessa de bouger, et aussi de l'interroger à propos de ses activités sexuelles, qu'elle inventait pour lui sans qu'il se doute qu'elle mentait.

— Tu m'aimes? lui demanda-t-il plus tard, pendant qu'il cuisinait et que Rosalie, assise au comptoir, lisait ses messages sur son téléphone.
— Non.
Elle n'avait même pas relevé la tête pour répondre. Il sourit, s'approcha d'elle, lui ôta son téléphone, la fit se mettre debout, plongea ses yeux dans les siens en songeant qu'il préférait les filles petites, comme elle, qu'il dominait de presque un pied et demi. Puis il appuya sa main sur la tête de Rosalie pour l'agenouiller.

Die Humankind!

La première fois qu'elle vit Damien, Rosalie avait 13 ans. Elle le remarqua à peine, trop obnubilée par un autre gars qui l'éclipsait. Damien avait alors 21 ans et celui qui captait tous les regards de Rosalie, 17. Elle n'était pas la seule à ne pas lâcher des yeux l'ami de Damien, ils étaient plus de 2000 personnes à l'écouter hurler des chansons provocatrices. Damien, trois mètres plus loin, tapait sur une batterie; assis, on ne pouvait pas deviner qu'il dépassait les membres de son groupe d'une tête. Le mois suivant, Rosalie accrocha dans sa chambre une affiche des trois gars et deux filles de Die Humankind! Durant un an, elle vit le visage de Damien chaque jour et pensa souvent qu'il était beau, grand, tout à fait le genre de gars qui lui plaisait.

Cinq ans après ce spectacle mémorable, Rosalie déroulait le fil d'actualité du compte Facebook d'Orianne lorsqu'elle tomba sur une photo de Damien. Tu le connais? lui demanda-t-elle en identifiant le batteur du groupe qu'elle avait adulé au cours de son adolescence et qui s'était dissous récemment. Orianne avait jeté un œil à l'écran avant de grimacer. Ouais, un gars du groupe de soutien pour enfants adoptés auquel mes parents m'obligeaient à participer. Il jouait dans Die Humankind! s'enthousiasma Rosalie. M'en fous. Tu savais qu'ils brûlaient des mannequins de femmes enceintes à chacun de leurs shows? Ah ouais? Le reste de la journée, Rosalie fouilla la page de Damien, dénicha un lien vers son blogue, parcourut ses articles. Le soir, elle lui écrivit un message. 24 heures plus tard, elle assistait avec Orianne à une réunion de la communauté d'extinctionnistes dont Damien était le leader. Un autre 24 heures et il lui éjaculait au visage. Tout se passait exactement comme elle l'avait souhaité.

Tu m'aimes?

En caressant les seins d'Orianne, Rosalie repensa à ce que Damien lui avait dit la veille: déranger l'ordre, frapper fort, organiser un coup d'éclat qui attirerait

595

l'attention médiatique sur eux et la philosophie extinctionniste. Il avait raison. Mais comment s'y prendre ? Elle sentit la langue d'Orianne frôler son clitoris, se raidit en gémissant et se rappela l'orgasme qu'elle avait eu avec Damien. Non, il n'était clairement pas aussi doué que son amie.

Tu m'aimes ? Il le lui demandait chaque fois. Damien ne voulait pas qu'une femme s'amourache de lui. Ni un homme. Il s'en assurait en posant cette question, sans détour, systématiquement. Comme si elle ne pouvait pas lui mentir. Elle ou n'importe qui d'autre qui baisait avec lui. Même s'il l'excitait lorsqu'elle l'écoutait discourir avec fougue sur l'extinction de l'espèce humaine, même s'il l'attirait en convainquant les autres, du haut de ses 6 pieds 4, de la nécessité d'arrêter de procréer, même si elle couchait avec lui depuis des mois, elle le trouvait assez niais. Et prévisible. Et pas très bon baiseur, malgré ses multiples expériences. En tout cas, il n'avait pas à s'inquiéter, aucune chance qu'elle ne s'entiche de lui. Ni de qui que ce soit.

Tu m'aimes ? lui demanda Orianne quand Rosalie relâcha son étreinte et que son corps cessa d'être parcouru de spasmes. Rosalie était toujours perdue dans les sensations de son orgasme, elle n'entendit pas. Orianne s'appuya sur un coude, le menton au creux de la main. Elle l'observa reprendre ses esprits. Tu m'aimes ? répéta-t-elle après un moment. Les deux fois, elle l'avait dit sur un ton imitant Damien. Rosalie pouffa de rire, Orianne aussi, puis elles s'enlacèrent. Rosalie lui avait raconté comment ça s'était passé la veille avec Damien, et comment il l'avait encore bassinée avec sa question fatale prononcée d'un ton ridiculement sérieux.

Damien rabâchait jusqu'à l'écœurement que les relations sexuelles devaient être détachées de toute considération accessoire, qu'il fallait baiser pour baiser, pas par amour, pas pour enfanter, baiser à leur manière stérile afin de protéger la nature. Seul le plaisir comptait. Un plaisir qu'il savait prendre, pensait Rosalie, mais pas tellement donner. Au fond, l'amour le terrorisait... En dépit de ses sermons, il craignait sa puissance, à cause de laquelle la grande majorité des êtres humains continuaient d'être en couple, continuaient de se marier, continuaient de se limiter à un seul partenaire sexuel, officiel ou réel, en Occident du moins. Rosalie n'en avait pas peur, elle, de l'amour, aucun être n'aurait jamais sur elle cet ascendant, elle en avait la certitude. Elle n'interrogeait pas les gens avec qui elle couchait ; leurs sentiments, s'ils dépassaient l'amitié ou le désir, ce n'était pas son problème.

Comment la science permet à un gourou de se débarrasser de sa mère

Rosalie faisait les cent pas dans sa chambre, passablement énervée. Elle venait d'annoncer à Damien que son père et sa belle-mère avaient décidé de se marier. Elle lui en parlait avec dégoût, quelle idée, ils sortaient ensemble depuis quinze ans, apparemment que c'était un geste symbolique, après toutes ces années ils avaient envie de franchir une étape supplémentaire, blablabla. À son étonnement, Damien déclara qu'il aimerait l'accompagner.

— Qu'est-ce que tu viendrais faire là ?

— Observer. Je suis curieux de voir à quoi ressemble un mariage. De voir contre quoi on se bat. J'en ai jamais vu.

    — C'est un petit mariage. On va être une quarantaine.

    — C'est parfait.

Rosalie prévint son père qu'elle serait accompagnée au mariage. Justin avait souvent croisé ce garçon qu'il trouvait un peu trop vieux pour sa fille. Huit ans de différence... Il n'avait pas cru que c'était sérieux, Rosalie elle-même affirmait que Damien n'était qu'un ami. Bon, un ami qui dormait chez eux toutes les semaines...

    — Il fait quoi dans la vie ?

    — Il travaille dans un magasin de vélos.

    — De vélos ?

    — Ouais, il répare et vend des vélos. Pourquoi ça t'intéresse ?

    — Tu as déjà rencontré ses parents ?

    — Non. Damien a été adopté, il s'est brouillé avec ses parents adoptifs.

    — Ah... Est-ce qu'il a cherché à retrouver ses vrais parents ?

    — Son père biologique, non.

    — Et sa mère ?

    — Damien n'a pas de mère biologique.

    — Elle est décédée ?

    — Non, il n'en a jamais eu.

    — Elle est morte à sa naissance ?

    — Non plus. J'ai dit : il n'en a *jamais eu*.

Justin la dévisagea, essayant de comprendre. Sans y prendre part, Vanessa suivait la conversation en brossant la fourrure emmêlée d'un himalayen.

— Rosalie, tout le monde a une mère biologique.

— Pas Damien. Il a été conçu par ovogenèse prénative.

— C'est quoi, ça ?

— Vers la fin des années 90, des scientifiques ont découvert que c'était possible de récupérer des ovaires sur des fœtus avortés. Damien est né en décembre 1999, il a été conçu comme ça. Sa mère biologique est un fœtus. Un début d'être humain qui n'a jamais vécu. Retrouver sa grand-mère biologique, la femme qui s'est fait avorter et qui a fourni le fœtus, c'est impossible. Les dons étaient strictement anonymes.

— Il t'a raconté ça ?

— Oui.

— Tu l'as cru ?

— Pourquoi je l'aurais pas cru ?

Justin était sidéré. Vanessa ne croyait pas du tout à cette histoire, mais elle préféra jouer le jeu pour en savoir plus.

— Il y a quand même une femme qui l'a porté pendant neuf mois ? demanda-t-elle. C'est sa mère adoptive avec qui il s'est brouillé ?

— Non, une autre femme, payée pour l'expérience. Jusqu'à 1 an, Damien a vécu à l'institut de recherche. Après il a été adopté comme n'importe quel enfant.

— C'est tard pour être adopté, 1 an…

— Ben quoi ? Orianne aussi a été adoptée à 1 an.

— Oui, mais Clara et Bastien ont été la chercher en Chine, où les orphelinats devaient être pleins à craquer. Il est de quelle origine, Damien ?

— Canadien.

— Eh bien… C'est curieux.

Vanessa coula un regard vers Justin. Rosalie avait toujours été bizarre, rien de surprenant que ses amis le soient. Néanmoins, à partir de cette conversation, Vanessa se mit à surveiller ce jeune homme qui passait fréquemment chez eux, restait parfois à dormir, était très poli, quoique d'une politesse qu'elle jugeait suspecte. Un jour qu'elle discutait avec lui, elle s'enquit de son nom de famille, puis fit une recherche internet. Enfin, elle comprit. Damien était le gourou d'une secte *nouveau genre*. Belle affaire. Elle montra à Justin les articles qu'elle avait trouvés, celui-ci soupira, qu'est-ce qu'ils pouvaient y faire? Rien, lui concéda Vanessa. Avec les années, elle avait appris à ne pas trop se soucier des lubies de sa belle-fille. Rien? répéta Justin. Non, rien, il n'y avait rien à faire. Mais au moins, maintenant, ils savaient qu'un gourou se disant né d'un fœtus avorté et exhortant l'humanité à s'autoanéantir dormait régulièrement sous leur toit. C'était déjà ça de pris.

L'ancêtre des confettis

Pourquoi lance-t-on des confettis sur les mariés? Il semblerait que les particules de papier aient remplacé le riz qu'on leur jetait autrefois, héritant de sa symbolique: ils apporteraient aux époux bonheur, prospérité, fertilité et fécondité. Pour les deux derniers points, dans le cas de Justin et Vanessa, c'était inutile. À 43 ans, il y avait six ans que Vanessa avait subi en bonne et due forme l'opération convoitée par sa belle-fille durant toute son adolescence.

Rosalie, en regardant sur le parvis de la mairie les confettis tourbillonner autour de son père et de sa belle-mère, ne connaissait rien des lointaines origines de cette tradition. Elle s'exaspéra de ce gaspillage de papier, puis eut envie de consulter son téléphone, histoire d'en apprendre davantage, mais se retint. Justin et Vanessa trouveraient inapproprié qu'elle utilise son téléphone. Elle vérifierait plus tard. Damien lui prit la main, elle se dégagea en riant et lui chuchota qu'il n'avait pas besoin d'en faire autant. Il reprit sa main. Tu leur as dit que j'étais quoi? s'informa-t-il en toisant l'assistance, ton chum? un ami? Non, mon gourou. Damien rigola. Rosalie remarqua qu'un confetti s'était logé entre son col de chemise et son cou, elle s'approcha pour l'en débarrasser. Il en profita pour l'attirer contre lui et l'embrasser avec emphase. Pour dissiper l'ambiguïté devant ta famille, blagua-t-il en se reculant, sans cesser de lui tenir la main. Super. Elle songea aux lèvres d'Orianne, se demandant comment sa famille aurait réagi si elle était venue accompagnée par une fille et l'avait embrassée passionnément à la sortie de la mairie. Si elle les avait avertis au préalable qu'elle sortait avec une fille, sans doute n'auraient-ils rien pensé de particulier. Ou elle aurait pu venir flanquée des deux, leur dire qu'elle était bisexuelle, qu'ils formaient un trio polyamoureux. Mais ce n'était pas ça. Ni Damien ni Orianne n'étaient son amoureux ou son amoureuse. Même si elle couchait avec les deux sexes, elle n'en aimait aucun. Pas d'engagement, pas de fidélité, pas d'exclusivité, et surtout, pas d'amour. Que du sexe. Est-ce qu'il y avait un nom pour ça? Damien observait Vanessa, qui tenait une gerbe de lys blancs. Il se pencha vers l'oreille de Rosalie. Si ce soir tu attrapes le bouquet, je t'épouse. Rosalie sourit sarcastiquement. Damien lui retenait toujours la main de force, elle porta leurs mains enlacées à ses lèvres et le mordit en faisant semblant d'y poser un baiser. En riant, il retira sa main. Il simula ensuite un air solennel. Tu voudrais pas être légalement à moi?

Pendant qu'elle urinait dans les toilettes de la salle de réception, elle sentit son téléphone vibrer. Damien lui envoyait une photo de son pénis en érection, lui aussi devait être à la salle de bains. Une fois de plus, elle réfléchit qu'il était sexiste et arriéré de séparer les toilettes pour les hommes de celles pour les femmes. Elle pressa quelques touches et transféra la photo à Orianne, avec en légende «Damien». En se lavant les mains, Rosalie reçut une réponse d'Orianne, mélange d'insultes et de références aux poils pubiens blonds de sa chatte. Elle retourna dans la cabine, descendit sa culotte, et envoya la photo à Orianne. Comme elle quittait la salle de bains, elle croisa Alice, elles échangèrent des compliments sur leurs robes.

Dans la salle où on servait un vin d'honneur, Rosalie chercha Damien des yeux. Elle le repéra qui parlait avec animation à Zack et à Xavier. Zack riait, mais Xavier fronçait les sourcils, elle se demanda quelle bêtise Damien pouvait bien leur raconter. À leur gauche, Louis, sa fille de 6 mois dans les bras, bavardait avec la sœur de Vanessa et son mari. Rosalie promena son regard sur Damien et ses trois oncles. Pour la première fois, surprise, elle fit un parallèle entre lui et eux. Damien était démesurément grand, il faisait 6 pieds 4. C'était parfait pour son rôle, sa grandeur lui donnait de l'ascendant, et lorsqu'il invitait d'autres gars à monter sur scène pour parlementer, il les surplombait tous. Au milieu de ses oncles, en revanche, Damien ne se distinguait pas. En les comparant, elle décela même une légère ressemblance entre leurs visages. Elle pensa aux gars avec qui elle était sortie avant de comprendre qu'elle n'avait pas besoin d'être en couple, à Marc-André, à Kamar, Anthony, Ryan, Léo, Tommy, à ceux avec qui elle avait seulement couché. Tous étaient très grands, bien au-dessus de la moyenne. Qu'est-ce que cela signifiait… Est-ce qu'elle recherchait le physique de ses oncles?… L'idée lui parut farfelue, mais elle n'arrivait pas à la rejeter. C'est vrai qu'ils avaient été ses premiers repères… Du côté de son père, elle n'avait pas de cousins. Elle ignorait tout de la famille de sa mère, et la sœur de Vanessa n'avait pas d'enfant. Elle avait toujours méprisé les filles qui recherchent des hommes ressemblant à leur père… Constater qu'elle choisissait systématiquement des hommes aussi grands que ses oncles la laissa songeuse.

Au cours du repas, Rosalie regarda quelques fois la table où Alice, Jacques, Zack, Charlie, Raphaëlle, Xavier, Louis et Béatrice mangeaient, à côté de celle où les filles étaient assises, Chanel, Noé, Victoria, Simone, Érine, Romy, Maurane, toutes sauf Anne-Solène, que Béatrice tenait dans ses bras. À un moment, en voyant Xavier poser un baiser sur la joue de Raphaëlle, elle se souvint d'un film projeté à l'école quand elle avait 5 ans. Un roi obligeait sa fille à épouser un prince d'un royaume étranger, la princesse refusait, tentait de s'enfuir, le roi la séquestrait. Rosalie avait fait une crise terrible, la directrice de l'école avait appelé Justin au travail pour qu'il vienne la chercher. Comme une panique qui donne envie de s'échapper de son propre corps. À la maison, elle avait continué de pleurer dans les bras de son père, à la fin elle hyperventilait. Elle avait ressassé le film avec angoisse durant des jours, avant de conclure que si on la forçait à se marier, elle choisirait Xavier, et s'il ne voulait pas, elle se tuerait. À 5 ans, à cause de Diane, elle savait ce qu'est le suicide. Elle eut une pensée pour cette grand-mère qu'elle n'avait pas connue, qui aurait dû se trouver à la table parmi eux, et jeta un œil à Matthew. Il était assis à côté de Justin, en face des parents de Vanessa. Il avait été très peu présent dans leurs vies, c'est Jacques et Alice qui auraient mérité d'être à la table d'honneur. Matthew avait 87 ans, il était venu seul, sa dernière conjointe de 58 ans l'avait quitté la semaine précédente, Justin leur avait appris en souriant qu'elle avait reproché à Matthew d'être égoïste et immature. Tandis que Rosalie dévisageait son grand-père, Damien posa une main sur sa cuisse et remonta sa robe, elle ouvrit les jambes et sentit ses doigts la caresser par-dessus sa culotte. Elle tourna la tête vers Xavier. Quel âge avait-il maintenant ? Elle fit le calcul, 47 ans. Damien prit une gorgée de vin en continuant de bavarder avec Vanessa, de l'autre main il écarta sa culotte et enfonça un doigt dans sa chatte, pour une fois avec lui elle éprouva sans effort un élan de plaisir, peut-être que c'était dû aux circonstances. Matthew fit tinter son verre avec sa cuillère, des gens l'imitèrent pour faire s'embrasser les mariés, Justin et Vanessa se plièrent au rituel. Tous les convives regardaient vers leur table. Rosalie referma ses cuisses subitement et fit signe à Damien d'arrêter, elle était déjà sur le point de jouir. Peu après, elle se leva et se dirigea vers les toilettes. Elle entra dans la pièce réservée aux handicapés, qui avait l'avantage d'être destinée à une seule personne. Baiser dans les toilettes de la salle de réception où se tenait le mariage de son père lui sembla pervers. Elle le raconterait à Orianne. Deux minutes plus tard, Damien arriva.

Accoudée à la table, Rosalie écoutait distraitement Zack qui improvisait un discours de félicitations adressé aux mariés. Elle se remémorait une conversation entre ses trois oncles, qu'elle avait interceptée vers l'âge de 7 ans. Ils se demandaient s'ils voulaient des enfants. Louis disait en vouloir un ou deux, Xavier aucun, Zack n'était pas fixé. Évidemment, c'est Xavier qui avait mérité son approbation. De toute façon, c'était déjà celui qu'elle préférait. Qui lui accordait le plus d'attention. Et il était le seul célibataire. Zack avait commencé à fréquenter une première femme dont elle avait oublié le nom, ensuite il y avait eu Charlie. Louis changeait constamment de blonde. Chez Jacques et Alice, autour de la table de la salle à manger, elle s'assoyait à côté de Xavier, tous les autres étaient en couple, assis par paires. Xavier et elle formaient la cinquième paire, bizarrement assortie, la nièce turbulente et l'oncle solitaire. Xavier faisait l'objet de moqueries de la part de Zack et de Louis, parce qu'aucune fille ne l'accompagnait jamais. Avant qu'il rencontre Raphaëlle, elle avait cru qu'il était au-dessus de l'amour, chaste, autosuffisant, ce qu'elle-même souhaitait être. À l'adolescence, elle avait réalisé qu'elle s'était forcément fait des illusions sur cette période de la vie de Xavier. Il devait coucher avec des tas de femmes, sans vouloir s'embarrasser d'une relation sérieuse. Il avait même été barman, l'emploi parfait pour enchaîner les one-nights. Son oncle était très beau, ses frères aussi, les trois l'étaient toujours d'ailleurs, enfin, pour des hommes dans la quarantaine. Non, la cinquantaine pour Zack, on avait célébré ses 50 ans le mois dernier... Tout de même, dans la trentaine,

Xavier était encore mieux. Elle se le rappelait surtout parce qu'elle avait regardé compulsivement l'album de photos du mariage de Zack et Charlie durant des années. Elle examina Damien et lui trouva de nouveau une ressemblance avec ses oncles. Était-ce inconsciemment une des raisons pour lesquelles Damien l'attirait ? Comme une sorte d'archétype physique qu'elle aurait assimilé dans son enfance…

Vers ses 8 ans, un soir, Xavier s'était présenté avec Raphaëlle. Déception. L'année suivante, elle l'avait entendu confier à Zack qu'il voulait lui faire un enfant, mais qu'elle refusait. Elle s'était mise à préférer Zack, qui ne lui portait certainement pas autant d'attention, mais qui, au moins, depuis qu'il était avec Charlie, affirmait qu'il ne serait jamais père. Au début de son adolescence, Zack et Charlie étaient devenus pour elle un modèle de couple. Pas d'enfants, libertins. Ensuite, elle s'était dit qu'être en couple n'était même pas nécessaire. Elle avait toutefois continué de passer d'une relation à une autre, de sortir avec un gars quelques mois avant de le laisser tomber pour un nouveau, exactement comme Louis, qui jadis sortait avec des filles six mois, puis passait à la suivante. Les motivations de Louis à agir ainsi lui restaient un mystère, par contre… Les gars pouvaient tout se permettre. Pour elle, il avait été plus prudent d'être dans des relations officielles, quoique secrètement bidon, que de baiser à droite et à gauche. C'était aussi le meilleur moyen de calmer la réputation de nymphomane-se-tapant-tout-le-monde qu'on commençait à lui accoler en troisième secondaire. Déjà qu'en parallèle, elle avait couché avec des filles et que ça s'était su… Sauf que tant qu'elle avait un chum, les autres élèves n'osaient pas trop commérer. L'école secondaire, quel paquet d'ennuis. Même aujourd'hui, deux ans après avoir fini son secondaire, elle avait encore de ces réflexes stupides, comme de ne pas embrasser Orianne en public, de dire à son père que Mélinda et Leslie étaient des «amies», et de dissimuler la plupart de ses aventures aux autres, à l'exception d'Orianne et de Damien.

Les lèvres de Damien dans son cou la firent sursauter, elle se recula, fit tomber sa fourchette. Arrête ça. Il se mit à rire et essaya de l'embrasser. Rosalie se dégagea, Damien lui murmura qu'il adorait les filles farouches, elle lui répliqua qu'elle adorait les hommes précoces, sans aucun orgueil il rigola davantage. De façon prévisible, une fois enfermée avec lui dans les toilettes, elle n'avait pratiquement rien ressenti. Après avoir éjaculé en une minute, il lui avait plaqué sa main entre les jambes, mais elle l'avait repoussé, avait prétexté qu'elle ne voulait pas qu'ils s'éclipsent trop longtemps, lui avait dit de retourner à la table en premier, elle le rejoindrait sous peu, ça ferait moins louche. Puis elle s'était masturbée. Damien ne savait pas s'y prendre, aussi bien le faire soi-même. Elle avait appelé Orianne, lui avait rapporté qu'elle venait de baiser avec Damien pendant que, une douzaine de mètres plus loin, on célébrait le mariage de son père. Il t'a fait jouir? Non. T'es où? Là où on a baisé. T'es seule? Ouais. Orianne avait tout de suite saisi pourquoi elle l'appelait, elle lui avait improvisé une série d'obscénités, dont la moitié impliquait des références au sperme infertile de Damien que Rosalie avait toujours sur son sexe et ses doigts. Redis-le, demandait Rosalie après chaque commentaire scabreux, et Orianne répétait une fois, deux fois, passait à sa prochaine grossièreté.

À la fin, elle avait sorti une vulgarité à propos de sexe anal, et Rosalie avait joui l'esprit traversé par des images de cet après-midi où Orianne et elle s'étaient enfoncé tour à tour un dildo que son amie avait trouvé dans la chambre de ses parents, l'idée qu'elle sodomisait Rosalie et se faisait sodomiser par elle avec le même objet que Clara s'était peut-être pris dans le cul – ou même Bastien, qui sait? – excitait Orianne à un point qui dépassait l'entendement de Rosalie, même si elle ne manquait pas d'imagination sexuelle. Voir Orianne à un cheveu de l'orgasme aussi longtemps, lui ordonnant toutes les trente secondes d'arrêter le temps qu'elle redescende, ce qui ne marchait manifestement pas, l'avait excitée comme rarement.

Zack venait de terminer son discours de félicitations quand Rosalie sentit une main sur son épaule. Elle se retourna, c'était Chanel, qui lui proposait de jouer à la cachette avec elle, Érine et Romy. Durant son adolescence, Rosalie gardait la fille de Xavier chaque semaine, et elle avait beau décliner maintenant toutes ses propositions, Chanel ne désespérait pas que sa cousine de 19 ans se joigne à leurs jeux lors des rassemblements familiaux. Encore une fois, Rosalie se défila, alléguant qu'elle devait rester avec Damien. Chanel le jaugea, semblant hésiter à l'inviter lui aussi, finalement elle s'éloigna, Damien rit. Charlie passa devant leur table, il la suivit des yeux. C'est qui? Ma tante, la femme de Zack. Ta tante?... ton oncle les aime jeunes. Elle a 42 ans. Ah ouais? j'aurais pas cru... en tout cas, je la baiserais n'importe quand. Rosalie réfléchit que Charlie ne refuserait peut-être pas. Elle était au courant du fait que trois ans auparavant,

Charlie avait couché avec un gars de son école, sans savoir que c'était un de ses amis. Elle avait croisé sa tante dans une boutique de vêtements en compagnie d'Adam, elles s'étaient saluées, il avait rougi, Charlie n'avait rien laissé paraître. Après son départ, Rosalie avait taquiné Adam, lui disant que sa tante lui faisait de l'effet. Il s'était défendu en bafouillant. Il était tellement troublé qu'elle avait continué de l'agacer, il avait fini par lui avouer qu'il avait couché avec elle des semaines plus tôt, Rosalie était stupéfaite. C'est à ce moment-là qu'elle avait réalisé que les blagues de Zack et Charlie devaient parfois être interprétées littéralement. Elle regarda Damien. Il était beau, grand, séduisant, est-ce qu'il pourrait être le genre de Charlie? Elle pensa soudain que sa tante couchait également avec des femmes. Peut-être qu'en réalité c'était Charlie, dans la famille, qui lui ressemblait le plus. Zack menait une vie dissipée en dehors des normes de la fidélité, mais jamais elle n'avait entendu dire qu'il ait des liaisons avec des hommes... Et il y avait Raphaëlle, qui mentait à propos de tout et de rien. Mythomane, avait expliqué Xavier au début de leur relation, prévenant sa famille du caractère particulier de celle avec qui il avait enfin choisi de s'engager. Rosalie mentait souvent, elle aussi. À Justin et Vanessa, à Damien, un peu à Orianne, à ses autres amis, à ces chums de son adolescence dont elle n'était pas amoureuse, aux gens qu'elle avait besoin de manipuler. Sauf que Raphaëlle, si Rosalie avait bien compris, inventait des histoires pour colorer sa vie, alors qu'elle, c'était généralement pour arriver à ses fins. Malgré tout, le principe était le même, elles mentaient pour traverser la vie du mieux qu'elles pouvaient. Oui, sans doute qu'elle ressemblait aussi aux femmes de ses oncles.

Ou plutôt à celles de Xavier et de Zack, parce que les six dernières blondes de Louis, qui lui avaient toutes fait un enfant, non, aucune ressemblance possible.

Un serveur déposa le gâteau de noces devant Justin et Vanessa. La mariée coupa le premier morceau, le photographe braqua sur elle son appareil. Rosalie observa avec attention l'homme qui mitraillait des flashs en direction de leur table. Elle parcourut la salle des yeux, s'arrêtant brièvement sur chaque invité. À part elle et Damien, tous les adultes avaient plus de 40 ans, et les filles de Xavier et de Louis, entre 6 mois et 10 ans. Elle se souvint que Zack avait parlé d'un deuxième album de mariage, trop osé pour être montré à n'importe qui. De la réception de ce soir, par contre, il ne sortirait qu'un album, parfaitement présentable. De bon goût, décent. Comme si cette comédie du mariage pouvait durer encore mille ans.

> *Les vrais écologistes n'ont pas d'enfants.*
> EARTH FIRST !

Si, pour faire plaisir à Jacques, Alice avait levé le poing au milieu des années 1990 en criant avec la foule « Le Québec aux Québécois ! », et si, dans les années 2010, Charlie levait le sien en déclamant « Pas de tabou ! » avant de pouffer de rire, c'est en scandant « Exit l'humanité ! » que Rosalie leva le poing à son tour en 2027.

La réunion avait pris une tournure inattendue. Damien leur avait parlé d'un coup qu'il fomentait depuis des mois. Il voulait frapper simultanément trois lieux symboliques : les locaux d'une association pro-vie, une clinique de fertilité et, cible principale, un symposium sur le réchauffement climatique. Damien réprouvait les figures de proue conviées au symposium, une bande d'incapables aux positions molles qui se contenteraient d'échanger des propos creux en se congratulant sur leur compréhension soi-disant lucide des enjeux de l'époque, alors que leur seule fonction réelle serait de faire écran à l'immobilisme ambiant.

Trois lieux, même jour, même heure. Il fallait douze volontaires, trois cellules de quatre personnes. Rosalie était partante, Orianne aussi. Damien avait expliqué les détails des interventions, puis une nouvelle membre du groupe leur avait montré un plan des salles où se déroulerait le symposium et un plan de la clinique. La fille, Lou, était restée floue sur la manière dont elle était entrée en possession de ces documents. Damien la couvait d'un regard admiratif, Rosalie s'était dit qu'il couchait sûrement avec elle. Il avait baisé avec toutes les filles du groupe, excepté Orianne et deux-trois autres. Chacune des 60 filles… Sans compter les non-membres qui assistaient occasionnellement aux réunions. Rosalie observa les plans. Un rassemblement d'experts des questions environnementales, une clinique de fertilité, une association pro-vie. Qu'est-ce qu'elle préférait ? Un des deux derniers.

Rosalie reçut un texto d'Orianne annulant leur séance de cardio, elle avait ses règles. Chaque mois, elle souffrait de dysménorrhée. Rosalie savait ce que son message impliquait, Orianne passerait la journée à faire des allers-retours entre sa chambre et la salle de bains, se tordant de douleur, vomissant violemment, fiévreuse, parfois au bord de l'évanouissement. Elle déposa son téléphone, ramassa une chatte qui tournait autour de ses jambes en ronronnant, la caressa machinalement, fouilla la fourrure de son ventre, repéra la fine cicatrice laissée par l'ovariohystérectomie, la palpa avec précaution et, soudain, se figea.

Une minute plus tard, penchée au-dessus du calendrier de son portable, elle s'étonna d'avoir du retard dans ses règles. Cinq semaines. Elle avait carrément sauté un mois. Elle ne surveillait pas les dates, elle ne pouvait pas tomber enceinte de toute façon. Mais là, cinq semaines… à moins que ce ne soit six… Passer un test de grossesse lui parut absurde. Elle songea qu'elle avait perdu un peu de poids ces derniers temps, elle avait déjà lu que les anorexiques n'ont plus de règles. Bon, elle n'était pas anorexique, seulement très mince. Un autre problème de santé peut-être… Il faudrait prendre rendez-vous avec un médecin.

À toutes celles qui ont un brin de civisme,
le sens des responsabilités et celui de la
rigolade, il ne reste qu'à renverser le
gouvernement, en finir avec l'argent, ins-
taurer l'automation à tous les niveaux et
supprimer le sexe masculin.

VALERIE SOLANAS

— Écoute ça, dit Damien, c'est tellement juste : on doit «désamorcer la bombe reproductive en nous», par «un terrorisme volontaire de chaque individu envers lui-même».

— Hum.

Rosalie était assise sur son lit, appuyée contre un mur recouvert d'un papier peint confectionné par Charlie. Les motifs baroques rouges étaient floqués sur un fond noir de papier glacé, d'une main elle caressait la partie en relief, de l'autre elle tenait son téléphone, captivée par une vidéo d'animation, *Le* SCUM Mani-festo *expliqué aux enfants*. À ses côtés, Damien feuilletait un livre chiffonné de Dorian Daviault, son auteur fétiche.

— J'aurais pas pu dire mieux, reprit-il. Ce texte est un chef-d'œuvre. Ça date de 2004, tu imagines? Il avait déjà tout compris.

Sur l'écran du téléphone de Rosalie, une femme accoutrée d'un uniforme arborant le logo des SCUM faisait visiter à une classe de fillettes un établisse-ment de fécondation. À l'intérieur de cellules vitrées, elle leur indiquait des hommes nus se reposant entre deux séances d'approvisionnement des réserves de la banque de sperme. «Les donateurs sont actifs jusqu'à 30 ans, martelait la femme, au-delà de cet âge il est prouvé que la qualité du sperme décline. Après la castration, ces hommes seront réaffectés à l'entretien ménager ou aux tâches requises par la pouponnière. »

— Un génie, s'émerveilla Damien en tournant une page.

— Ouais, c'est clair.

La scène suivante montrait les toilettes d'un restaurant où une jeune femme comparait les différentes options offertes par une machine distributrice de fioles de sperme. Rosalie éclata de rire.

— La lucidité de Daviault, poursuivait Damien, était incroyablement avant-gardiste.

Rosalie monta le volume. Damien referma son livre, détacha son pantalon et commença à se branler.

— Ton amie, celle qui est tout le temps avec toi aux assemblées…

— Orianne.

— Tu as pas essayé de la convaincre de se faire stériliser ?

Encore cette question… Rosalie hésita, sans cesser de fixer l'écran. Orianne était une des cartes avec lesquelles elle manipulait Damien pour l'exciter, en lui faisant miroiter un possible plan à trois. Tant pis, il lui resterait d'autres ruses.

— Je pense qu'Orianne n'aime que les femmes.

— Tu penses ?

— Non, pas je pense. Elle ne couche qu'avec des femmes.

Damien arrêta de se toucher. Rosalie lui jeta un coup d'œil, vit sa déception et cacha la satisfaction qu'elle ressentit à l'idée qu'elle, elle couchait régulièrement avec Orianne. Une fille exactement dans les goûts de Damien, petite, mince, en fait toutes deux avaient la même taille, quoique Orianne avait plus de courbes. Elle interrompit sa vidéo.

— Tu sais que vous étiez dans le même groupe de soutien d'enfants adoptés, elle et toi ? Vous êtes amis Facebook, c'est par Orianne que j'ai entendu parler de toi.

— Ah ouais ? Je me souviens pas d'elle.

— C'est sûr, elle a mon âge. Quand tu avais 17 ans, elle en avait 9.

— Je vois… Donc Orianne, c'est ça ?

— Hum. Tu lis plus ?

— Je prends une pause. Elle ne couche absolument jamais avec des hommes ?

— C'est ce qu'elle m'a avoué récemment.

Un autre mensonge, rien de plus simple. Damien devint songeur. Il reprit *L'Ultime Testament de KiM-SaG* de Daviault, l'ouvrit au hasard.

— J'ai réfléchi à ça dernièrement. Notre communauté s'accroît. Je croise de plus en plus de lesbiennes qui adhèrent à nos principes. Des gais aussi. Je médite sur ce thème depuis un bout. Ma conclusion, c'est que tout le monde devrait se faire stériliser. Il faut que j'ajuste mes discours. Que j'intègre un précepte inédit…

— Comment tu vas justifier ça ? Le viol ? Et pour les hommes ?

— Rosalie, tu négliges des variables. Tu tiens pas compte des bouleversements qui approchent. J'en parlerai bientôt.

Une semaine plus tard, tandis qu'elle était assise avec Orianne à l'arrière de la salle et lui caressait les cuisses du bout des doigts en remontant très lentement sous sa jupe, avec en bruit de fond la voix de Damien déclamant un sermon auquel elle ne portait aucune attention parce qu'elle le connaissait par cœur, son amie remua et lui fit signe d'écouter. Rosalie se concentra sur les propos de Damien et comprit l'étonnement d'Orianne. Après dix mois, elles allaient enfin entendre du nouveau.

> *Les femmes sont uniquement créées pour la propagation de l'espèce.*
>
> ARTHUR SCHOPENHAUER

> *Grâce au progrès technique, on peut aujourd'hui reproduire la race humaine sans l'aide des hommes et produire uniquement des femmes ; conserver le mâle n'a même pas la douteuse utilité de permettre la reproduction de l'espèce.*
>
> VALERIE SOLANAS

La serveuse déposa leurs assiettes de cheeseburger-frites. Orianne était préoccupée, elle n'avait presque rien dit depuis qu'elles avaient quitté l'assemblée.

— Tu crois que je devrais me faire stériliser ? lâcha-t-elle en regardant Rosalie mordre dans un cheeseburger double disproportionné.

Rosalie réfléchit en mastiquant. Le cheeseburger était horriblement gras, mais elle essayait de reprendre du poids. Son rendez-vous chez le médecin était dans trois semaines, elle n'avait pas encore eu ses règles. Bon, qu'avait dit Damien ? Que le monde était incertain, que les crises économiques sévissaient avec régularité depuis cent ans, toujours plus violentes, toujours plus lourdes de conséquences. Leur système monétaire était voué à s'effondrer. Le temps approchait où le monde tel qu'ils le connaissaient disparaîtrait. La loi et le droit seraient chose du passé. Finis le corps policier, l'armée, la justice institutionnalisée, l'incarcération des criminels. Toutefois, insistait Damien, il ne fallait pas redouter cette catastrophe. À son avènement, les humains seraient confrontés à l'horreur de leur condition, ils seraient désemparés, chercheraient une nouvelle forme de spiritualité. L'extinctionnisme pourrait alors gagner de plus en plus d'adeptes. Peut-être aussi que ce scénario apocalyptique ne se produirait pas, parce que leur communauté réussirait à rallier assez d'adeptes avant la crise fatale, que leur doctrine aurait raison même des plus récalcitrants, que le jour viendrait où le dernier humain mourrait en paix, serein de quitter ce monde et de laisser la Terre retrouver son équilibre préhumain. Dans l'autre hypothèse, par contre, si le système actuel s'écroulait, ce serait la jungle. Les êtres humains régresseraient à un mode de vie primaire et sauvage. Il suffisait de visionner des films et des séries postapocalyptiques pour se représenter le monde futur. Les femmes seraient les premières victimes. Les viols deviendraient monnaie courante. Il n'y aurait plus de contraception chimique, l'avortement ne serait possible que par des moyens artisanaux et risqués. En prévision de cette période trouble, les femmes, toutes les femmes, même celles qui n'avaient pas de relations sexuelles avec des hommes, devaient dès maintenant se faire stériliser. Elles écarteraient ainsi le péril de servir d'incubateur. Car dans l'éventualité d'une catastrophe, les pertes humaines seraient énormes. Les groupes de survivants qui se formeraient une fois le pire de la tempête passé aspireraient à grossir leurs effectifs pour se protéger des groupes rivaux. Les femmes seraient contraintes à enfanter. *Contraintes à enfanter…*

— La Revanche des berceaux, murmura Rosalie.

— Quoi ?

— La Revanche des berceaux, comme au 19ᵉ siècle !

— Tu vas pas recommencer avec ça…

— Le scénario de Damien, ce serait un peu comme à l'époque de la Revanche des berceaux ! Les femmes devaient enfanter à répétition… C'est déjà arrivé dans l'Histoire… Oui, tu devrais faire ligaturer tes trompes.

— C'est fiable ?

— À 99,5 %. Mais c'est comme si c'était 100 %. Le 0,5 % est un risque théorique.

— De toute façon, j'aurais pas l'argent.

— Essaie de le faire faire ici, au Canada. Demande qu'on t'enlève l'utérus.

— Les médecins voudront jamais.

— Prétexte la dysménorrhée. Dans ton cas, ça pourrait passer.

— Sûr que non. Ils vont encore me dire de prendre leurs foutus anovulants.

— Fais semblant de les prendre six mois, puis dis-leur que ça t'aide pas.

— Ça marchera pas… Tu veux le faire, le coup de Damien ?

— C'est clair. Toi ?

— Oui, mais Damien veut seulement douze personnes… Tu as compté combien il y avait de volontaires ?

— Une trentaine. Si j'insiste, il nous choisira.

— Même moi ? Je couche pas avec lui.

— Pas grave.

— Si tu le dis… Tu as remarqué la nouvelle fille qui est toujours avec Damien ces temps-ci ? Celle qui avait

618

les plans l'autre jour ? Elle était assise dans la première rangée ce soir.

— La fille presque aussi grande que lui ?

— Oui.

Et presque aussi grande que mes oncles, songea Rosalie en se rappelant le mariage.

— Tu lui as parlé ? demanda Orianne.

— Non. Je sais qu'elle s'appelle Lou. Pourquoi ?

— Elle veut coucher avec toi.

— Qui dit ça ?

— Elle me l'a dit.

— Tu la connais ?

— Lou a été adoptée elle aussi. Damien, elle et moi, on était dans le même groupe de soutien.

— Elle est plus vieille que nous... Elle a quel âge ?

— L'âge de Damien, 27.

— Elle est d'origine étrangère ?

— Non, elle est née ici. Elle a été adoptée par son oncle et sa tante. Ses parents pouvaient pas s'occuper d'elle.

— Pourquoi ?

— Elle me l'a pas dit.

— Pourquoi elle veut coucher avec moi ? Pour allumer Damien ?

— J'en sais rien. Peut-être qu'elle est attirée par les blondes fluettes au teint et aux cheveux à la limite de l'albinisme.

— Vous avez les mêmes goûts ?

Rosalie s'accota au dossier de sa chaise en souriant du commentaire d'Orianne. Elle pensa à la nouvelle favorite de Damien. Lou était magnifique. Mais elle n'aimait pas coucher avec les mêmes filles que lui. Elle était d'ailleurs surprise qu'il soit si souvent avec elle, après toutes les fois où il lui avait mentionné sa prédilection pour les filles petites. Elle-même mesurait 5 pieds. Lou devait bien faire 6 pieds… Rosalie s'aperçut qu'Orianne la scrutait.

— Quoi ?

— Elle t'intéresse ?

— Sais pas. Non. Toi, tu as déjà couché avec elle ?

— Deux fois.

— Quand ?

— Le mois dernier.

— Et ?

— Bof.

— Bof pourquoi ?

— Elle ne jouit pas.

— Même avec toi ?

Rosalie sourit de nouveau. Si Orianne n'y parvenait pas, personne n'y parviendrait. Et certainement pas Damien. À moins que Lou ne soit pas excitée par les filles et qu'elle n'ait voulu que plaire à Damien en couchant avec Orianne.

— Si elle a pas joui avec toi, elle doit s'emmerder solide avec Damien.

— Elle peut pas jouir.

— Comment ça, elle peut pas ?

— Rosalie, j'ai pas demandé de détails.

— Bizarre… Au fond, c'est la fille parfaite pour Damien.

En vérité, Orianne savait très bien pourquoi, mais elle n'avait pas envie de le lui dire. Rosalie l'apprendrait peut-être, si jamais elle couchait avec Lou malgré sa frigidité. Après tout, Orianne avait remarqué depuis longtemps que Rosalie préférait jouir plutôt que faire jouir. Comme Damien.

Même si Rosalie répéta plusieurs fois au médecin que ses trompes de Fallope étaient ligaturées, la femme lui ordonna d'aller uriner dans un gobelet et de le déposer au laboratoire du rez-de-chaussée. Où avez-vous subi l'opération ? avait-elle marmonné en remplissant un formulaire, vous êtes bien jeune pour ce type d'intervention. Rosalie n'avait pas répondu, le médecin lui avait tendu le contenant. Elle était intraitable. On commençait par un test de grossesse, c'était la marche à suivre, s'il s'avérait négatif, on aviserait. Quelques minutes plus tôt, elle avait palpé l'abdomen et le col de l'utérus de Rosalie, elle était presque certaine que sa jeune patiente était enceinte, mais elle savait que lui faire part de son intuition serait inutile. Pour ce genre de personnalité bornée, il fallait une preuve. En réalité, il en fallut plus d'une, et Rosalie reçut trois réponses positives de trois médecins avant de se rendre à l'évidence.

Contrairement à ce que croyaient les trois médecins, son scepticisme n'était pas seulement dû à sa ligature des trompes de Fallope. Depuis cinq mois, à part Damien, elle ne couchait qu'avec des filles. Si son opération avait été bâclée ou que son corps avait recanalisé ses trompes, c'était lui le père. Or Damien était vasectomisé, il le répétait à qui voulait l'entendre et même à qui n'en avait rien à foutre. Donc…

Quelles étaient les chances que leurs deux opérations aient été inefficaces ? Rosalie ouvrit son portable. La vasectomie avait un taux d'efficacité réel de 99,85 %. Elle fit le calcul, si on considérait les risques d'inefficacité de 0,5 % de la ligature des trompes et de 0,15 % de la vasectomie, les probabilités pour elle de tomber enceinte de Damien étaient de l'ordre de 0,00075 %…

L'équivalent de 7,5 chances sur un million. Ou 1 sur 133 333. C'était très peu probable… mais pas impossible. Il y avait toutefois une explication beaucoup plus plausible : Damien mentait.

Elle attendit le soir pour appeler Orianne. À la première sonnerie, elle raccrocha. Personne ne devait savoir. Elle irait seule.

C'est encore la faute aux confettis

Ne pas ouvrir les yeux. Restait le bruit. Elle garderait des souvenirs de son avortement, rien à faire. N'y tenant plus, elle entrouvrit les paupières et vit un filet de sang courir dans un tube transparent, elle les referma vivement. Elle n'avait aucun remords. Elle était seulement dégoûtée que son corps lui ait fait ce coup-là.

Après l'intervention, on la laissa dans la salle de repos. Pour tuer le temps, Rosalie sortit son téléphone. Elle remarqua qu'un petit morceau rond de papier s'était logé entre l'appareil et son étui protecteur. Elle le dégagea machinalement, s'apprêtant à le jeter par terre, lorsqu'elle s'arrêta pour l'observer. C'était un confetti. Il s'était sûrement glissé dans son sac le jour du mariage et venait de se coincer contre son téléphone. Quelle était la signification déjà… bonheur et fécondité… ou fertilité… Balivernes. Des superstitions. N'empêche, elle s'était trouvée sous une pluie de confettis quelques mois plus tôt, en avait traîné un dans son sac tout ce temps, et elle était tombée enceinte. Maudit mariage. Maudit mariage et maudits confettis. Et surtout, maudite fécondité !

En quittant l'hôpital, elle composa le numéro d'Orianne et, cette fois, ne raccrocha pas. Je t'attends, dit celle-ci sans se douter de rien. Rosalie monta dans l'autobus, en redescendit aussitôt, à peine à l'extérieur elle vomit. On l'avait prévenue, elle aurait peut-être besoin de quelques jours d'acclimatation avant que cessent les nausées. Son corps ne comprenait pas encore qu'il n'y avait plus de fœtus. Fallait-il qu'il soit stupide et inadapté au monde d'aujourd'hui.

> *Aimez votre mère, n'en devenez pas une.*
> EARTH FIRST !

— Je voudrais me faire enlever l'utérus.

Orianne regarda Rosalie d'un air perplexe.

— Pis quoi encore ? Les trompes ligaturées, ça ne te suffit plus ?

— Tu sais que c'est une opération réversible ? C'est compliqué, mais possible. Si c'était l'apocalypse et qu'il manquait de mères porteuses pour renflouer l'humanité, on pourrait essayer de me déligaturer les trompes.

— Qu'est-ce que tu racontes ?

Rosalie se mordit la lèvre.

— L'opération n'a pas marché.

— Quoi ?

— La ligature des trompes de Fallope, ça n'a pas réussi.

— Comment le sais-tu ?

— J'ai été enceinte.

— Hein ?

Orianne était abasourdie. L'image de Rosalie enceinte de plusieurs mois se formait dans son esprit, la peau blanche de son ventre étirée par un bébé flottant dans du liquide amniotique. L'écœurement lui serra la gorge.

— Quand ?

— Je me suis fait avorter il y a cinq heures.

— De qui ? Tu m'avais dit que ces temps-ci, le seul gars avec qui tu couches, c'est Damien ? Rosalie, il faut que tu me tiennes au courant, je veux savoir avec qui je couche indirectement.

— C'est Damien. Il ment à tout le monde.

— Il est vasectomisé…

— Il ment.

Déracinée

L'utilisation de deux mots, « nymphomanie » et « satyriasis », pour décrire un même phénomène, témoigne des différences séparant les perceptions des sexualités masculine et féminine. Si Zack ne se gêna jamais pour se vanter de ses conquêtes, c'est sans doute ce clivage, présent dans les mœurs comme dans les mots, qui poussa Violaine à confier ses problèmes de réputation à un psychologue, et Charlie à user de discrétion pendant son adolescence – sans parler de Rosamund, l'arrière-arrière-grand-mère de Rosalie, qui, ayant vécu à cheval sur les 19e et 20e siècles, était soumise à des us et coutumes autrement discriminatoires quant à la sexualité féminine. Au 21e siècle, le mot « hypersexualité » fut proposé pour remplacer «nymphomanie» et «satyriasis», offrant entre autres l'avantage d'aplanir cette discordance. Durant la jeunesse de Rosalie, le terme tardait toutefois à s'implanter dans la conversation courante, tandis que «nymphomanie» ne perdait pas de sa vigueur et que «satyriasis» demeurait marginal.

— Tu vas cesser de coucher avec des hommes maintenant?

L'avortement de Rosalie remontait à trois jours. Orianne était assise sur le sofa du salon, la tête de Rosalie sur ses cuisses, elle caressait ses cheveux. Elle prit une longue mèche et la tressa avec une des siennes pour voir le contraste entre le noir et le blond.

— Non.

— Ah… Et pour pas tomber enceinte une deuxième fois?

— Stérilet. Je l'ai déjà.

— C'est fiable?

— 99,8%.

— On peut le garder combien de temps?

— Cinq ans.

— Pis après?

— Le médecin l'enlève et en pose un nouveau.

— Si c'est l'apocalypse, qui va s'en charger? Vas-tu avoir accès à un médecin? Est-ce que ça va être encore possible d'en trouver, des stérilets?

En fait, constata Orianne tout en spéculant sur l'apocalypse, les cheveux de Rosalie n'étaient pas vraiment blonds, ils étaient presque blancs, mais pas comme ce blanc grisonnant des vieillards, plutôt blanc ivoire. Et les siens étaient noirs. Le yin et le yang. Elle porta leurs mèches de cheveux emmêlées à sa bouche, referma ses lèvres sur une dizaine de centimètres et se mit à les enrouler autour de sa langue.

— J'espère que s'il y a une crise de civilisation, elle n'arrivera pas avant onze ans, disait Rosalie. À 30 ans, j'ai des chances de trouver un médecin qui accepte pour la ligature des trompes. Un médecin d'ici, plus compétent. Ou peut-être que dans quelques années, je pourrais me procurer des faux papiers, changer ma date de naissance…

Orianne enleva leurs cheveux de sa bouche en les suçant pour en extraire sa salive. Rosalie était couchée sur le côté, lui tournant le dos, elle ne s'était pas aperçue de son manège.

— Rosalie, à 19 ans tu en parais 14. Donc à 25, tu risques d'en paraître 20.

— T'exagères.

La porte s'ouvrit, Clara et Bastien entrèrent les mains chargées de paquets, suivis de Daphné, leur fille cadette. Rosalie voulut se relever, mais Orianne appuya fermement son bras contre son épaule pour la retenir.

— Non.

En les voyant, ses parents et sa sœur leur dirent bonjour. Rosalie les salua en retour, Orianne leur fit un signe de tête à peine perceptible. Elle se pencha ensuite et embrassa Rosalie sur les lèvres. Daphné soupira bruyamment d'exaspération, Clara et Bastien n'eurent aucune réaction. Lorsqu'ils disparurent vers la cuisine, Rosalie se dégagea de la prise d'Orianne en riant.

— Pourquoi tu fais ça?

— Ça m'amuse.

— Tes parents s'en foutent, de ce qu'on fait.

— Ce sont pas mes parents. S'ils s'en foutent, pourquoi t'allais te lever quand tu les as vus?

— Je sais pas. Réflexe.

— Ouais. Et ils s'en foutent pas. Je leur ai dit que tu couchais avec Damien. Régulièrement. Depuis des mois.

— Pourquoi ?

— Ils le détestent.

— Comment ça ?

— Je leur parle souvent du groupe. Nos idées, nos convictions, notre philosophie extinctionniste. L'autre jour j'ai laissé traîner un de nos tracts, Clara était scandalisée. Maintenant qu'ils savent que tu baises avec lui, ils doivent te considérer comme une mauvaise influence.

— Tu m'utilises pour énerver tes parents ?

Rosalie riait. Elle passa sa main dans ses cheveux, ne comprit pas pourquoi une mèche était humide.

— C'est pas mes parents.

— Pourquoi tu vis toujours ici alors ? Tu as 19 ans, va-t'en.

— J'aurais pas assez d'argent. Je leur laisse l'honneur de m'héberger encore un peu. Ils me doivent bien ça, ils m'ont déracinée.

— Tu crois que t'aurais fait quoi, en Chine, comme lesbienne à tendance nympho ?

— Comme ici. Je me serais débrouillée.

— Tu penses pas ce que tu dis.

— Je le pense.

— Rappelle-toi tous les problèmes qu'on avait au secondaire. Il fallait pas dire qu'on couchait ensemble, pas dire qu'on couchait avec d'autres filles, pas dire que je couchais avec trop de gars. Toutes les fois où on s'est fait traiter de nymphos.

— Justement. Ici ou en Chine, same shit.

— Pas sûr… En tout cas, pour Clara et Bastien, j'ai vu pire comme parents.

— Des incestueux.

Elle l'avait sifflé d'un ton méprisant, Rosalie la regarda avec étonnement. Jamais Orianne ne parlait de ça. D'ailleurs, à part elle, aucune des amies d'Orianne n'était au courant du lien de parenté entre Clara et Bastien.

— Arrête. Depuis quand tu as des préjugés ?

— Ils sont fertiles, ils pouvaient avoir des enfants. La seule raison pourquoi ils nous ont adoptées ma sœur et moi, c'est parce qu'ils avaient peur de leur consanguinité. Ils auraient pu juste s'abstenir de sortir ensemble. Comme ça, ils auraient eu leurs propres enfants, au lieu de piquer ceux des autres. Et je serais encore en Chine.

— Orianne, tu étais dans un orphelinat… D'autres parents t'auraient adoptée…

— Oui, mais peut-être que ces parents-là auraient été chinois. Je serais restée en Chine.

— Ouin… Peut-être. Mais on milite pour la réduction de la population mondiale… Tu préférerais que Clara et Bastien aient eu des enfants chacun de leur côté ? Encore des êtres humains supplémentaires ?

Orianne fit un geste d'impatience et se leva en marmonnant qu'elle allait chercher à manger. Rosalie la suivit des yeux, pensive. Elle songeait que si ses parents s'étaient aimés autant que Clara et Bastien, sa mère n'aurait pas déguerpi deux mois après sa naissance. Puis elle se dit que c'était mieux ainsi. Si Justin et Nora s'étaient aimés comme eux, ils auraient peut-être voulu un deuxième enfant, et même un troisième. D'autres êtres humains parasites. Oui, c'était vraiment mieux ainsi.

En enlevant son manteau dans la chambre de Rosalie, Orianne pensa que cet avortement avait aussi ses avantages. Depuis quatre jours et pour encore dix autres, le médecin avait déconseillé à Rosalie d'avoir des relations sexuelles sous n'importe quelle forme à cause du risque d'infection. Orianne jubilait secrètement de l'entendre se plaindre que c'était une torture, ces deux semaines de chasteté forcée. Elle ôta ses bracelets et les posa sur la table de chevet.

— T'es sûre que tu veux aller à la réunion de ce soir? demanda-t-elle.

— Oui, pourquoi? C'est ce qu'on avait prévu.

— Maintenant qu'on sait que Damien ment…

— Ça change rien. On adhère aux idéaux quand même. Tu veux toujours faire le coup, le mois prochain?

— Oui. Mais pour Damien, il dit qu'il est vasectomisé et il couche avec des filles sans protection. C'est dégueulasse. Tu voudrais pas le dire aux autres, que tu as été enceinte?

— Pour être radiée du groupe? Non. De toute façon, Damien pense que je couche avec d'autres gars. Il va nier que j'étais enceinte de lui. Personne va me croire.

Orianne commença à défaire les boutons de sa chemise.

— C'est pas un peu comme une fille qui refuserait de dénoncer son violeur et mettrait à risque d'autres victimes potentielles?

— T'exagères. Même avant d'être enceinte, j'étais pas mal sûre que les autres filles qui couchent avec Damien lui mentent. Elles doivent juste prendre des anovulants. C'est impossible qu'elles aient toutes les trompes de Fallope ligaturées. À écouter Damien, ça se chiffrerait par centaines. Peut-être les plus âgées... Mais la moitié des filles qui baisent avec lui ont pas 30 ans. J'ai dû aller à l'autre bout du monde pour ça, tu crois qu'elles se sont toutes payé le voyage ? En même temps, d'après moi, aucune fille n'a comme seul partenaire Damien. Si elles couchent avec d'autres, elles prennent forcément une contraception chimique. Ou un stérilet.

— Pourquoi personne n'aurait Damien comme seul partenaire ?

— Parce qu'il est trop mauvais. On peut pas avoir juste Damien comme partenaire.

Rosalie riait, mais Orianne restait songeuse.

— Tu devrais l'essayer, tu comprendrais.

— Je couche pas avec des hommes.

— Une fois n'est pas coutume.

Orianne lui lança un oreiller, après quoi elle détacha son jeans.

— Toi, tu couchais pas avec d'autres hommes à part lui.

— Pas ces temps-ci. Sauf que moi, j'ai la chance d'avoir dans mes baises régulières une Asiatique perverse et experte qui ferait jouir un nonagénaire sur son lit de mort.

— Un ? Jamais.

— Bon, une alors.

— Je me demande quand même si Damien se doute que des filles lui mentent... et qu'il pourrait les mettre enceintes...

— Ton amie Lou, tiens, penses-tu qu'elle ment à Damien ?

— Lou n'est pas à risque.

— L'opération peut rater, j'en suis l'exemple.

— Lou n'a pas d'utérus.

La surprise se peignit sur les traits de Rosalie. Orianne crut déceler dans sa voix une pointe d'envie.

— Comment ça? Elle a eu un cancer des ovaires? Ou elle souffrait d'endométriose?

— Aucune idée.

Orianne dégrafa son soutien-gorge.

— Ah, c'est pour ça! s'exclama Rosalie.

— Pour ça que quoi?

— Que Damien baise principalement avec elle maintenant! Il m'avait déjà parlé d'une autre femme avec qui il avait couché, qui avait subi une ablation de l'utérus. Elle avait une cicatrice sur le ventre, ça le rendait complètement fou. Il s'imaginait dans le film *Crash* de Cronenberg, tu l'as vu?

— Non.

— Ça raconte l'histoire de gens qui sont excités par les accidents de voiture. Ils font exprès d'en avoir ou ils regardent des vidéos. Il y a une scène où le personnage principal couche avec une femme qui a une longue cicatrice boursouflée derrière la cuisse, due à un accident de voiture. Il lui suffit de frotter sa queue sur sa cicatrice pour jouir. Damien faisait ça avec la femme, il disait que c'était encore mieux que dans le film, parce que c'était une cicatrice d'hystérectomie.

— Il est vraiment malade.

— Mais… c'est Damien. Elle est comment sa cicatrice, à Lou?

— De quoi, comment?

— Il y a deux techniques d'hystérectomie. On peut faire une incision de dix à quinze centimètres sur le ventre, assez grande pour sortir l'utérus. Sinon on peut utiliser la laparoscopie, on fait plusieurs petites incisions dans lesquelles on introduit des instruments pour couper les attaches de l'utérus, et ensuite on l'extrait par le vagin.

— T'es drôlement renseignée.

— Pourquoi tu penses? Donc Lou, c'est une ligne ou des points?

— Pourquoi ça t'intéresse? Ça t'excite, comme Damien?

Rosalie lui relança l'oreiller. Orianne s'esquiva, enleva sa culotte et s'étendit sur le lit.

— Ça m'excite pas, je suis curieuse, c'est tout.

— J'ai pas vu de cicatrice.

— Pas de cicatrice? Comment c'est possible…

Rosalie ouvrit son téléphone et chercha «ablation utérus».

— C'est vrai, je crois qu'il y a une troisième méthode… Attends… Ok, on peut faire une hystérectomie vaginale, sans incision abdominale, s'il y a eu une descente préalable de l'utérus. Hum… d'habitude ce genre de problème survient avec l'âge… À moins que Lou ait eu un accident qui a décroché son utérus. C'est peut-être le même accident qui a causé sa frigidité…

Orianne prit la main de Rosalie et la posa sur un de ses seins.

— Arrête de parler d'elle.

La castration d'Ouranos

— You've heard about sex?

— Sure I have.

— Well, I've discovered why sex is.

632

— You have? Fantastic!

— It's because humans don't live underwater.

— I don't get it.

— Well, fish don't need sex, because they just lay the eggs and fertilize them in the water. Humans can't do that because they don't live in the water. They have to internalize the water. Therefore we have sex.

— So you mean humans wouldn't have sex if they lived in the water?

— They'd have a kind of sex. But the kind where you wouldn't have to touch each other.

— I like the idea.

Rosalie avança un peu le film, les personnages de jumeaux identiques de 10 ans se métamorphosèrent sur l'écran en étudiants en médecine gynécologique. Les vieux films de Cronenberg lui semblaient terriblement longs. Comment Damien faisait-il pour en regarder plusieurs d'affilée… Un miaulement lui fit tourner la tête, un chat se frottait contre le mur recouvert du papier peint, des poils allaient encore rester collés au faux velours. Rosalie le sortit de sa chambre, puis enleva quelques poils. En examinant le papier peint, elle ressentit un malaise. Elle suivit du doigt le contour d'un des motifs, de plus en plus mal, et fut prise de frissons. La nausée aussi, ça ne la lâchait pas depuis la veille. Peut-être un virus attrapé à l'hôpital.

Elle s'emballa dans un duvet, se rassit, ouvrit Facebook, survola son fil d'actualité, recompta les jours restants avant la fin des deux semaines de chasteté prescrites par le médecin. Neuf jours… Seulement cinq de passés… Une notification attira soudain son attention. Damien avait recopié un extrait d'un livre de Dorian Daviault. Encore… C'était une vraie obsession. De même que pour David Cronenberg, son réalisateur préféré, dont elle regardait en ce moment *Dead Ringers*. Peu après sa rencontre avec Damien, au cours d'une soirée en tête-à-tête, ils avaient visionné trois de ses films. Six heures d'ennui... Le rythme était trop lent et Damien s'opposait à sauter ne serait-ce qu'une minute, il disait que ses films étaient sacrés. Comme il le disait des textes de Dorian Daviault...

Damien s'était mis en tête que Dorian était son père biologique. Dans les années 1990, Dorian avait été actionnaire d'un institut de recherche privé sur la fertilité, derrière lequel se serait dissimulé un programme d'eugénisme – le centre où Damien aurait été conçu par ovogenèse prénative. L'homme d'affaires était préoccupé par les enjeux environnementaux, et il espérait qu'en favorisant la reproduction des meilleurs spécimens de notre espèce, les individus du futur seraient plus intelligents, respecteraient leur habitat, élaboreraient des moyens de vivre en harmonie avec la nature. Selon Damien, Dorian était un des donneurs, triés sur le volet, de la banque de sperme. Toutefois, en 2003, une illumination aurait balayé ses chimères eugénistes, ne laissant dressée parmi les ruines de ses convictions que la plus pure lucidité : pour sauver la Terre, la solution n'était pas de perfectionner l'espèce humaine, mais de l'anéantir.

Damien passait des heures à comparer des photos de lui et de Dorian, persuadé de distinguer dans leurs visages d'évidentes ressemblances que Rosalie ne parvenait pas du tout à voir, même si elle l'assurait du contraire. De son point de vue à elle, aucune similitude. Dernière lubie en liste, Damien soupçonnait que l'écrivaine et prix Nobel de la paix Mel B. Dumais était sa grand-mère. Elle s'était liée d'amitié avec Dorian en 1998, et pendant longtemps il avait financé ses ONG. Ils étaient sortis ensemble dix ans plus tard, jusqu'à la mort de Mel causée par un attentat terroriste. Dans un de ses essais en faveur du droit universel à l'avortement, elle citait sa propre expérience de cette intervention médicale, qui remontait à 1999. Damien prétendait qu'un informateur lui avait certifié que dans le milieu, c'était un secret de polichinelle que Mel s'était fait avorter à l'institut de recherche parrainé par Dorian – elle avait le profil parfait exigé des donneurs de sperme, ovocytes, fœtus et autres matières humaines : brillantissime, physiquement saine et, surtout, dévouée au Bien. La «mère» de Damien serait donc ce fœtus de Mel à partir duquel on aurait récolté l'ovocyte qui, grâce à une ovogenèse prénative, aurait donné vie à Damien. Depuis cette nouvelle hypothèse, Damien voyait également des ressemblances frappantes entre son visage et celui de Mel – Rosalie n'en discernait pas davantage que pour Dorian.

Elle redémarra *Dead Ringers* dans une fenêtre plus petite, suivant du coin de l'œil les tribulations des jumeaux maintenant devenus gynécologues, tout en parcourant dans une autre fenêtre le texte de Dorian que Damien venait de publier sur Facebook.

Les Grecs. À l'origine du monde, il y a le Chaos. Du Chaos émerge Gaïa, la Terre. Elle enfante Ouranos, le Ciel. Il n'y a ni temps ni espace. Ouranos recouvre Gaïa en permanence. Il la viole à perpétuité dans cet atemporel antécosmos. De cette union incestueuse, des enfants sont conçus. Ouranos les tient prisonniers au creux des entrailles de leur mère.

— So I'll tell him to fuck off, pardon my French.

La colère de Gaïa contre Ouranos gonfle. Exténuée, elle propose à ses enfants que l'un d'eux mette un terme à cette agression. Elle façonne une faucille. Son fils Chronos se porte volontaire.

— Don't tell him to fuck off. I need the work. This miniseries is paying absolute peanuts.

Pendant qu'Ouranos viole Gaïa, Chronos, de l'intérieur de sa mère, agrippe le sexe de son père. Il le tranche. Ouranos s'enfuit en hurlant. Enfin, le Ciel et la Terre se séparent.

— You don't need to be humiliated.

Le temps s'ébranle. Ainsi commence le monde, par une castration. Ainsi, aujourd'hui, doit-il finir.

— I've decided I want to be humiliated.

Des millénaires ont passé. Bien plus que les héritiers de Gaïa, nous sommes les héritiers d'Ouranos. Gaïa, nous la violons jour après jour. Nous la recouvrons, l'exploitons, l'épuisons. C'est à notre tour d'être castrés.

— Tell me about my uterus.

La boucle sera bouclée. Là où tout a commencé par une castration, tout se terminera par une castration.

— Well, it has three doorways. Three cervixes leading into three separate compartments in your uterus, that is fabulously rare. Do you have trouble with your

Rosalie sursauta et arrêta le film. Elle recula le curseur, réécouta attentivement, malgré sa nausée qui reprenait. *Three separate compartments in your uterus.* Qu'est-ce… Elle consulta un résumé du film, y lut que le personnage de Claire était une trifurcate, son utérus avait trois compartiments, avec chacun leur col. Quelle horreur. Bon, ce n'était qu'un film… une fiction… Elle pivota sur sa chaise, troublée, ses yeux tombèrent sur le papier peint. La nausée se fit plus intense. *It has three doorways…* Quelque chose n'allait pas avec ce papier peint… Les motifs… C'était quoi au juste, des fleurs ? *Three cervixes…* Charlie avait dit «des motifs baroques»… Mais des motifs de quoi ?

*Three doorways, three cervixes, three separate com-
partments…* Les enfants de Gaïa, ils vivaient où avant
la castration d'Ouranos? Dans son utérus? Est-ce que
son utérus était divisé en compartiments… Le temps
débutait chez les Grecs par un utérus qui se vide…
et par une castration… Elle repoussa son duvet, saisie
d'une bouffée de chaleur. Un utérus qui se vide d'un
paquet de dieux monstrueux… *She's a trifurcate. I've
never seen anything like it.*

Brusquement, sa nausée s'aggrava, elle courut à la
salle de bains. Elle vomit, des phrases du film continuaient de résonner dans sa tête. Et si son utérus avait
trois trompes de Fallope, et que le médecin n'en avait
ligaturé que deux?

— Rosalie, ça va pas? lui demanda Justin à travers
la porte.

Ou si elle avait deux utérus… et quatre trompes…
Elle vomit une seconde fois.

— Tu es malade?

Ou même trois utérus, six trompes… Est-ce que
c'était possible? Une malformation… Elle se leva
péniblement, ouvrit la porte.

— Je dois me coucher, marmonna-t-elle.

— Tu as vomi?

Justin la suivit jusqu'à sa chambre. Rosalie s'effondra sur son lit, ses dents claquaient de fièvre. Trois
utérus, pensa-t-elle, c'est pour ça qu'elle était tombée enceinte, le médecin avait négligé de lui ligaturer
quatre trompes… Combiné au sortilège des confettis…

— Va chercher Vanessa, ordonna-t-elle à Justin.

Il revint avec sa belle-mère, elle toucha son front.

— Tu es fiévreuse.

— Vanessa, est-ce que les femmes peuvent avoir
deux utérus?

— Il arrive que les canaux de Müller ne se résorbent pas lors de la différenciation morphologique des voies génitales et provoquent un utérus bicorne, oui.

— Quoi?… Qu'est-ce que tu… Est-ce qu'un utérus peut avoir trois trompes de Fallope?

— Biologiquement parlant, toutes les aberrations sont envisageables.

— Pourquoi tu veux savoir ça? s'étonna Justin.

— Ou même… Peut-être que j'ai trois utérus… On peut avoir trois utérus?

— C'est la fièvre, elle a le délire. Tu peux me trouver le thermomètre?

— Pourquoi il y avait des confettis à votre mariage aussi…

— Son front est brûlant.

— Mais pourquoi? répéta Rosalie.

— Pourquoi quoi?

— Les confettis… pourquoi vous en avez fait lancer à votre mariage?

— C'est une tradition.

— Ça pollue… le papier gaspillé…

— Pas ceux-là, répondit Vanessa, on a payé un surplus pour des confettis biodégradables en papier de riz. Les oiseaux peuvent même les manger, ils sont sans danger pour les animaux.

— Ah, c'est du riz… Autrefois on lançait du riz, plus tard on lançait du papier, et maintenant du papier de riz… C'est comme une boucle… le début à la fin… comme Ouranos va se recoucher sur Gaïa. Ça commence par une castration et ça finit par une castration…

— Qu'est-ce que tu dis?

— Justin, elle est malade, elle délire, c'est tout. Laisse-la se reposer.

Durant deux jours, Rosalie refit inlassablement les mêmes rêves fiévreux. Elle rêva qu'elle avait trois utérus, qu'elle portait trois embryons, qu'elle voulait subir un triple avortement, mais la fin du monde survenait, elle était emprisonnée, contrainte d'enfanter des triplets à la chaîne pour compenser les pertes humaines; elle rêva de Lou qui n'avait pas d'utérus, Lou lui demandait de lui donner un de ses trois utérus, parce que c'était l'apocalypse et que les femmes infertiles seraient exécutées; elle rêva que son père était un roi, il l'enfermait dans la cellule d'un château, elle était forcée de se marier, à cause de l'apocalypse toutes les femmes devaient se marier, elle tentait de négocier pour épouser Xavier, mais on lui proposait Damien, ou même Lou, souvent Damien et Lou fusionnaient, parfois c'était Xavier et Damien, ou Lou et Xavier, leurs traits se brouillaient, le jour du mariage elle ne savait toujours pas qui des trois elle épouserait, devant l'autel on lui apprenait que ce ne pouvait être aucun d'eux, les mariages incestueux étaient proscrits, il fallait favoriser la régénération d'une espèce saine; elle rêva que les gynécologues jumeaux de *Dead Ringers* l'opéraient pour lui retirer ses utérus, après quoi ils lui annonçaient qu'elle serait guillotinée puisqu'elle était devenue inutile aux survivants de l'espèce humaine, Damien venait la voir dans sa cellule avant l'exécution, elle lui montrait la cicatrice de son hystérectomie et il éjaculait sur son ventre; ponctuellement, entre deux rêves, elle entrouvrait les yeux et apercevait le papier peint de Charlie, elle hallucinait que les motifs de fleurs se muaient en utérus, elle angoissait parce qu'il y avait des dizaines d'utérus sur un mur de sa chambre, puis elle se trouvait de nouveau dans un château, séquestrée, les quatre murs de sa cellule étaient recouverts du même papier peint, elle était cernée d'utérus, ils bougeaient sur les murs, palpitaient, s'extrayaient du papier, se transformaient en organes vivants qui roulaient au sol, se mouvaient, elle se recroquevillait dans un coin, terrorisée ; elle rêva qu'on lui lançait des confettis, ces talismans de fertilité et de fécondité, elle avait beau courir et courir pour s'en sauver, toujours il en virevoltait quelques-uns qui s'immisçaient dans ses vêtements, ses cheveux, sa bouche. Le matin du troisième jour, elle s'éveilla et perçut un calme étrange. Elle reconnut après quelques secondes son état normal. La fièvre était tombée.

Elle se redressa et analysa le papier peint. Ce n'était pas que le fruit d'une hallucination fiévreuse, les fleurs avaient réellement une forme apparentée à celle d'un utérus... Impossible que ce papier peint reste là.

À la cuisine, elle lut une note de son père lui souhaitant bonne journée et disant de l'appeler s'il y avait quoi que ce soit. Gaspillage de papier. Elle jeta la note, déjeuna et, en dépit de sa fatigue, redescendit à sa chambre équipée de sacs poubelles et d'un escabeau. En arrachant les bandes de papier peint, elle éprouva une satisfaction mêlée de soulagement. Lorsqu'elle remonta avec deux sacs bourrés, Justin venait de rentrer.

— C'est quoi, ces poubelles ?

— Le papier peint qu'il y avait dans ma chambre. Je l'ai ôté.

— Tu l'aimais plus ?

— C'est pas ça. J'ai réalisé que les dessins ressemblaient à des utérus.

— Hein ?

Elle tira sur un morceau froissé qui dépassait d'un sac et l'étala sur la table. Elle savait que son père n'y comprendrait rien, ça l'amusait.

— Regarde, ici on dirait la poche utérine, ici les trompes de Fallope, et là le col. Tu vois ?

— Euh… Mettons… C'est grave ?

— Laisse faire, tu comprends pas.

Justin observait le dessin, il passa sa main sur le papier pour l'aplanir.

— Ça date pas d'hier que t'aimes pas les utérus… C'est même l'histoire de ta vie…

— Qu'est-ce que tu veux dire ?

— Ben… Nora a fait une grossesse extra-utérine.

— *Quoi ?*

— Parfois l'ovule ne se rend pas jusque dans l'utérus et là…

— Papa, je sais c'est quoi une grossesse extra-utérine !

La révélation avait foudroyé Rosalie, elle dut s'appuyer contre la table, prise d'un vertige. Une vague de colère l'envahit.

— Pourquoi tu me l'as jamais dit ?

— C'est que… si les médecins découvrent que l'embryon se développe en dehors de l'utérus, ils avortent. C'est trop dangereux pour la mère… Mais Nora savait pas qu'elle était enceinte… ses règles étaient très irrégulières, elle était un peu ronde…

— T'aurais pu me le dire !

— J'avais peur que tu penses que j'avais pas voulu de toi… Que Nora se serait fait avorter si elle avait su plus tôt qu'elle était enceinte… J'ai appris que tu allais naître sept heures avant ton arrivée… Les sept heures les plus surréelles de ma vie. Mais quand je t'ai tenue dans mes bras, je t'ai tout de suite aimée. Tu es la plus belle chose qui me soit arrivée. Tu vas dire que tous les parents disent ça… C'est vrai quand même.

Justin avait les larmes aux yeux, Rosalie se calma d'un coup.

— J'avais seulement 22 ans... Un matin comme les autres, je me suis levé, et le soir quand je me suis couché, j'étais un père... Mais j'ai jamais douté que j'allais t'élever, que je t'aimais.

Sa voix s'étranglait, ses premières années avec Rosalie lui revenaient en tête.

— J'ai fait de mon mieux... Tu as 19 ans. Imagine si dans trois ans, tu devenais mère du jour au lendemain, sans préparation.

Non, ça, Rosalie ne voulait pas l'imaginer. Elle était sous le choc, mais l'idée faisait son chemin : elle n'avait pas été dans un utérus comme la quasi-totalité des humains. Soudain, elle se sentit légère, presque euphorique. Elle serra son père dans ses bras, le remercia d'avoir pris soin d'elle toutes ces années, l'assura qu'elle allait bien, puis empoigna les sacs poubelles avec entrain. Encore un gaspillage de papier, songea-t-elle en souriant. So what ? Elle n'avait jamais été dans un utérus.

Rosalie est bel et bien remise

— Tu ne couches plus avec Damien ?

— Oui, pourquoi ?

Orianne était découragée. Maintenant que les quatorze jours étaient passés et que Rosalie avait repris sa vie sexuelle plus qu'active, elle avait supposé que son amie éviterait au moins le gourou.

— Tu couches encore avec lui ?

— Oui.

— Même s'il t'a menti ?

— Moi aussi, je lui mens tout le temps.

— Il t'a mise enceinte, Rosalie !

— C'était pas exprès.

— Mais s'il t'avait pas fait croire qu'il est vasectomisé, tu…

— Ça n'aurait rien changé. Depuis un an, j'ai couché avec plusieurs gars sans protection, je croyais que j'étais stérile.

— Ce qui t'excitait chez Damien, c'est qu'il soit stérile lui aussi ?

— Oui… entre autres.

— Entre autres quoi ? Rosalie, il arrive à peine à te faire jouir, il est capable d'être vraiment con, il est vieux, et il est même pas ce qu'il prétend. Qu'est-ce que tu fous avec lui ?

— Il a une grosse queue.

Elle l'avait lancé en riant. Orianne prit un air boudeur.

— Même ça, ça ne te plaît pas, tu me l'as dit.

— L'idée me plaît.

— Pfff.

Rosalie riait toujours. Qu'est-ce qu'Orianne pouvait en comprendre ? Rien. Elle coucherait avec Damien tant qu'elle voudrait.

Rosalie renonce à mémoriser « aïdoïopoïèse »

Finalement, c'est Damien qui éclaira Rosalie.

— Lou n'a jamais eu d'utérus.

— Jamais ?

— Non.

Damien l'avait dit d'un ton moqueur. Sur ses draps noirs, la blancheur du corps de Rosalie lui semblait encore plus prononcée. Sa peau était si pâle, il ne connaissait personne dont on apercevait aussi bien les vaisseaux sanguins. Une peau translucide. Comme s'il voyait à travers elle. Il suivit de son index des veines sur ses seins, la tourna ensuite sur le ventre, évalua dans quelle proportion il pouvait enserrer son cou d'une seule main, fit glisser ses doigts sur sa colonne vertébrale en palpant les os, s'arrêta à ses fesses.

— Une anomalie congénitale?

— Mais non, Rosalie. T'aurais pas envie qu'on fasse de l'anal?

— Je te l'ai déjà dit, avec la grosseur de ta queue, jamais.

Elle se coucha sur le côté et le dévisagea, cherchant à comprendre. Lou n'avait jamais eu d'utérus... La réponse lui traversa l'esprit. Orianne le savait-elle?

— Elle est trans, c'est ça?

— Quel sens aigu de la déduction. Un peu lent par contre... Tu me laisserais même pas essayer? J'irais très doucement.

— Oublie ça. Pas avec toi. Comment ça s'appelle, l'opération pour passer d'homme à femme?

Il empoigna l'os de sa hanche, eut la sensation de tenir directement son squelette. Il recommença à observer ses veines.

— Je sais pas... une vaginoplastie peut-être. Tu le fais avec d'autres gars?

— Pas d'utérus... et pas de sperme... La stérilité parfaite... Tu l'as rencontrée après son changement de sexe?

— Non, avant. Alors, tu acceptes avec les autres?

— Damien, décroche. Tu l'as vue se transformer?

Il soupira et cessa de faire serpenter son doigt sur les lignes bleutées parcourant son corps.

— Non plus. Après les réunions de soutien, je l'ai perdue de vue pendant des années. Quand je l'ai recroisée, elle était comme maintenant. C'est elle qui m'a reconnu, moi j'aurais pas pu.

— Elle va devoir prendre des hormones toute sa vie…

— Pis ?

— Si c'était l'apocalypse, il lui arriverait quoi ?

— Bonne question.

Rosalie réfléchit, se leva et commença à s'habiller. Damien parut déçu.

— Déjà ? T'as pas de temps pour une deuxième fois ?

— Un autre deux minutes ?

— On s'était pas vus depuis trois semaines…

— Rappelle-moi plus vite la prochaine fois.

— Tu m'as pas appelé non plus…

Dans l'autobus, Rosalie tapa sur son téléphone «transsexuelle orgasme» et apprit que dans de rares cas, il advenait que l'ablation totale des testicules et partielle du pénis, dont la partie conservée était ensuite reconstruite en vagin et en clitoris, entraîne la perte des sensations menant à l'orgasme. Elle découvrit également que le véritable nom de la transformation chirurgicale de l'organe sexuel masculin en organe sexuel féminin n'est pas, même s'il est tombé dans l'usage, une «vaginoplastie» – opération concernant en réalité les êtres humains nés avec un vagin –, mais une «aïdoïopoïèse». Rosalie prononça le mot plusieurs fois avec peine pour le mémoriser, puis renonça à s'en souvenir. Comme un mot qu'on aurait inventé en espérant décourager son utilisation… Elle écrivit ensuite à Orianne. Elle voulait rencontrer Lou. Pouvait-elle organiser quelque chose ?

Un vrai gourou

Lou n'était pas du tout la fille soumise et obsédée par Damien que Rosalie s'était imaginée. Depuis une heure, les trois se moquaient de ce gourou précoce et mégalomane.

— C'est parce que Damien n'a pas de mère, disait Rosalie sarcastiquement.

— Bien sûr, renchérit Orianne, il a été conçu à partir d'un fœtus dont l'âme n'a pas foulé le sol de cette Terre impure et souillée par les humains.

— L'Immaculée Conception façon 21e siècle, ajouta Lou.

Rosalie et Orianne s'esclaffèrent. Évidemment, elles n'avaient jamais cru à cette histoire. Lou sourit.

— Il manque pas d'imagination.

— Bof, il a piqué ça dans un livre.

— Oui, mais de nos jours, toutes les idées viennent d'un livre ou d'un autre… Sur le fond, vous êtes d'accord ?

— Que l'humanité devrait choisir de s'éteindre ?

Les deux filles redevinrent sérieuses.

— Oui… même si ça n'arrivera pas de notre vivant.

Orianne soupira en pensant à Clara, qui lui répétait sans cesse que Damien fabulait et ne croyait pas un mot de ses propres prédictions extinctionnistes.

— Je me demande comment les parents de Damien trouvent son blogue, ses idées.

— J'ai déjà rencontré les parents de Damien, leur apprit Lou.

— Tu as rencontré Dorian Daviault et le fœtus de Mel B. Dumais?

— Ah quel délire, ça… Non, ses parents adoptifs. Mais ça fait longtemps. On était dans le même groupe de soutien pour enfants adoptés. Orianne, tu te souviens d'eux?

— Non.

— Tu étais trop jeune… J'ai le même âge que Damien, je me souviens très bien de ses parents. Ils venaient le déposer et le chercher à chaque réunion, pour être sûrs qu'il y assiste. Deux connards. À l'époque, ils étaient scandalisés à cause de Die Humankind!

— Tes parents, ils savent que tu fais partie d'un groupe extinctionniste?

— Mes parents adoptifs ont coupé les ponts avec moi quand j'ai décidé d'entamer le processus de changement de sexe.

— Ah… désolée…

— Ça va. Deux connards aussi. Sinon, j'ai su que vous vous êtes portées volontaires pour le coup de Damien?

— Sûr.

— Laquelle des trois cibles vous intéresse?

— La clinique de fertilité ou le groupe pro-vie, répondit Rosalie.

— Hum… Damien vous a mises au congrès sur le réchauffement climatique. J'ai vu la distribution.

— Pas grave, on le fait quand même. Toi, tu seras où?

— Avec vous, au congrès.

— Et Damien?

— Damien reste chez lui. Il dit que si ça tourne mal, en tant que leader, il doit être disponible pour parler aux médias, rassurer les adeptes, interagir sur les réseaux sociaux.

— Un vrai gourou.

— Ouais, un vrai gourou. Surtout qu'il n'applique même pas ses principes.

Rosalie regarda Lou avec curiosité.

— Qu'est-ce que tu veux dire?

— Cette histoire de vasectomie, c'est faux. Damien est aussi fertile que n'importe quel gars de 27 ans.

— Pourquoi tu dis ça?

— J'ai fait analyser son sperme.

— Pour vrai?

— J'avais un doute. Une de mes amies travaille dans un laboratoire, on a magouillé. Damien est fertile.

— Tu lui en as parlé?

— Pas directement. Je lui ai raconté que je connaissais un gars dont les canaux déférents s'étaient ressoudés avec les années et qui était redevenu fertile. Ensuite, je lui ai demandé ce qu'il ferait si jamais une fille disait être enceinte de lui. S'il accepterait de passer un test de paternité.

— Et?

— Non. Il m'a dit que c'était impossible, parce qu'en plus d'être vasectomisé, il couche seulement avec des filles stériles. Les probabilités seraient nulles, qu'à la fois son opération et celle de la fille se renversent avec le temps. Ça, c'est le baratin. La vérité, c'est qu'il s'arrange pour que les filles lui confirment d'abord leur stérilité par texto. Il les fait parler.

— Pourquoi?

648

— Il croit que les textos sont des preuves. D'après lui, si une fille affirmait qu'il est le père de son enfant, il pourrait refuser de se prêter à un test de paternité sous prétexte qu'elle l'aurait manipulé en lui disant que ses trompes sont ligaturées. Deuxième astuce, il choisit toujours des filles qui couchent ou prétendent coucher avec d'autres gars, beaucoup d'autres gars, et encore là, il en discute avec elles par écrit, pour cumuler des preuves, au cas. Il pense qu'un juge oserait pas forcer un homme à passer un test de paternité si son avocat démontre que la fille s'en tapait dix autres en parallèle.

— Damien dit que ça l'excite, les gens qui ont des partenaires multiples. Ça, c'est vrai ou pas ?

— Ça, je t'assure que c'est vrai.

Rosalie se mit à rire. Damien était un peu moins con qu'elle l'avait cru. Se doutait-il qu'elle aussi lui mentait constamment ? Pas sûr pour autant. Et il demeurait un amant médiocre, selon Rosalie c'était le signe d'une intelligence limitée. Il possédait un haut niveau d'intelligence sociale, d'intelligence logico-mathématique, d'intelligence rhétorique, mais l'intelligence sexuelle, non, il ne l'avait pas. Reste que sur plusieurs points, il était comme elle. L'éventualité d'avoir un enfant l'horripilait. Sauf qu'elle ne voulait pas d'enfant biologique, alors que Damien, apparemment, ne voulait surtout pas d'enfant légal. Ce qui n'expliquait pas pourquoi il n'avait pas simplement subi une vasectomie... Tout à coup, elle comprit.

Damien avait 27 ans et n'avait pas d'enfant. Se faire stériliser ne devait pas être plus facile pour un homme de 27 ans que pour une femme de 18 ans. Elle s'était fait répondre par les médecins d'attendre ses 30 ou ses 35 ans. Probablement que Damien avait eu les mêmes difficultés. Mais elle, elle avait pu se rendre à l'un de ces endroits dans le monde où, si on a suffisamment d'argent, les médecins font tout ce qu'on leur demande. Damien, lui, n'avait pas le droit de quitter le pays depuis ses 19 ans. Elle savait qu'il avait vécu quelques années de la vente de stupéfiants, avant d'être condamné à six mois de prison. Il le lui avait raconté en la déshabillant, convaincu que l'idée de coucher avec un ex-détenu l'exciterait. Pour une fois, il avait vu juste. Rosalie imaginait la tête que feraient son père et Vanessa s'ils apprenaient qu'elle se faisait baiser par un ancien voyou de bas étage, revendeur de drogues cheap, assez stupide pour s'être fait coincer. Après, ils en avaient reparlé sérieusement, Damien soutenait que c'était la vérité, que peu de gens étaient au courant, qu'il ne le confiait pas à n'importe qui. Il semblait sincère. Bon, c'était peut-être excitant, mais avec un casier judiciaire, Damien ne pouvait pas voyager à son aise. Donc pas de vasectomie hors des frontières de ce Canada où les médecins veillent vaillamment à la préservation de la fertilité de leurs jeunes patients.

> *L'espèce humaine passera, comme ont passé les dinosaures. Il ne restera même pas de nous ce qui reste aujourd'hui de l'homme du Neandertal.*
>
> JEAN ROSTAND

À l'extérieur du resto, Lou s'arrêta un instant pour observer les filles à travers la fenêtre, qui finissaient leurs cafés mokas. Orianne et Rosalie sont si jeunes, pensa-t-elle en détaillant leurs cheveux exagérément longs, l'une d'un blond tirant sur le blanc, l'autre d'un noir de jais. Huit années la séparaient des deux filles… elle avait la sensation que c'était bien davantage. Rosalie s'aperçut qu'elle les regardait, elle lui envoya la main, Orianne tourna la tête et sourit. Lou leur rendit leur salut puis s'éloigna. Ce n'est peut-être pas seulement leur âge, réfléchit-elle en marchant, il y a un truc enfantin chez elles… Elles étaient comme protégées par cette amitié fusionnelle propre à l'adolescence et au tout début de l'âge adulte. Un itinérant tendit sa main vers elle pour lui quêter de l'argent, elle le dévisagea un peu trop longtemps, puis baissa les yeux avec gêne. Il avait un tatouage en plein milieu du front, un ensemble de cercles concentriques représentant une cible. Le dessin commençait à la racine des cheveux et se terminait entre ses sourcils, une horreur. À droite et à gauche de la cible, deux symboles de yin-yang placés en symétrie. Quelle étrange composition. Elle releva les yeux, lui sourit d'un air désolé, s'excusa de n'avoir pas d'argent sur elle, lui souhaita bonne journée en mettant le plus de chaleur possible dans sa voix, espérant, comme chaque fois qu'elle s'adressait à un sans-abri, ne pas paraître méprisante ou dégoûtée. Déjà qu'une expression de répulsion avait dû filtrer sur son visage lorsqu'elle avait remarqué ces trois hideux tatouages. Elle prit une rue transversale en se demandant comment survivraient ces personnes démunies, quand disparaîtraient pour de bon les générations plus âgées qui avaient conservé l'habitude déclinante de traîner de l'argent comptant. 2027… Les gens de son âge ne s'encombraient pas de billets et de pièces de monnaie. Elle poussa la porte de la boutique, salua la caissière, se dirigea vers la deuxième rangée, chercha le bleu de cyan et le magenta parmi les tubes.

Une cible en plein milieu du front comme tatouage, repensa Lou en faisant la file à la caisse. Et deux symboles de yin-yang… Qu'est-ce que ce triptyque signifiait ? Peut-être rien. Peut-être que c'était seulement des reliquats de soirées où trop de drogues avaient circulé et où l'homme avait fait n'importe quoi. Elle paya ses pigments, ressortit, songea qu'elle allait repasser devant l'itinérant. Elle pourrait lui demander la signification de ses tatouages, leur histoire… Elle pourrait… mais elle ne le ferait pas, trop gênée d'aborder un étranger.

C'était quoi au juste, le yin-yang, à part un symbole chinois kitschifié qu'on trouvait sur des breloques, boucles d'oreille ou bracelets porte-bonheur, ou sur des tableaux de mauvais goût agrémentant des centres de yoga… Lou ouvrit Wikipédia, tapa les deux mots, parcourut le texte en diagonale tout en marchant. Le manuscrit de Mawangdui, le plus ancien texte sur le yin-yang, datait du 2e siècle avant notre ère… Il associait le yang, la moitié blanche, au masculin et à une liste de choses connotant la vie et la domination : le printemps, l'été, le jour, les mariages et les naissances, le supérieur, le maître, la parole, la réussite. Le yin, moitié noire à laquelle était associé le féminin, symbolisait l'envers de ces éléments, sous le thème de la mort et de la soumission : l'automne, l'hiver, la nuit, le deuil, l'inférieur, l'élève, le silence, la misère.

Le silence du côté féminin et du côté masculin la parole, réfléchit Lou en rangeant son téléphone. Toujours la même affaire… Elle passa devant le coin de rue où elle avait vu le sans-abri, il n'y était plus. Dommage, elle aurait aimé revoir son tatouage. Quel pouvait être le message derrière une cible sur le front… Envie de mourir ? Attente de la mort ? Autocrucifixion symbolique? Façon de crier au monde «je suis là, j'existe»? Provocation? Un peu comme leur mouvement extinctionniste... Damien jouait très bien son rôle, jamais il ne laissait entendre que leur idée de stérilisation universelle n'était que de la provocation, jamais il ne trahissait que leur posture apparente cachait un message exactement contraire : prenez conscience de la valeur de la vie avant qu'il soit trop tard, et faites tout ce que vous pouvez pour la protéger. Attirer l'attention... Ils étaient comme la cible sur le front de l'homme... Elle pourrait s'en inspirer pour peindre un truc... une fresque de leur groupe extinctionniste, tous les membres affublés d'une cible sur le front... en rose et bleu... Parce que depuis deux ans, elle ne peignait plus qu'avec des teintes de rose et de bleu, sauf dans ses bonnes journées où elle mêlait les couleurs sur la toile pour obtenir du violet. Dans ses bonnes journées, c'est-à-dire pas très souvent. Et si on mélangeait le noir et le blanc du yin-yang, on obtenait du gris... L'Occident n'avait rien inventé en genrant des couleurs. Ce sempiternel besoin d'opposer les sexes... Elle repensa au sans-abri, savait-il quelles idées il véhiculait sur son front? Sûrement pas... Ça n'avait rien d'exceptionnel, on le faisait tous, trimballer des symboles, des mots, des gestes, dont on connaissait plus ou moins le sens originel. L'art charrie la mémoire de l'histoire, leur répétait un des professeurs qu'elle avait le plus appréciés durant son bac. Mais l'art ne pouvait pas se passer de nous... Si l'art charriait la mémoire de l'histoire, c'est nous qui charriions l'art d'une époque à l'autre. On était autant le véhicule de l'art qu'il était le nôtre... Et un jour, on ne serait plus là. On saccageait morceau par morceau notre habitat, et lorsqu'on l'aurait rendu invivable, il n'y aurait nulle part pour nous accueillir. Certains se racontaient qu'on finirait par coloniser d'autres planètes. Quelle naïveté. Si c'était ça, le plan de sauvetage, on se jetait tranquillement à la rue de l'univers. Il n'y en avait pas, pour nous, d'«ailleurs».

Encore des pensées déprimantes, se reprocha Lou. C'était plus fort qu'elle. Elle observa la rue achalandée devant elle, puis ferma les yeux et visualisa une image des lieux sans les êtres humains. C'était une de ses tactiques, quand le découragement la submergeait. Elle imaginait ce qui resterait si une apocalypse anéantissait l'espèce humaine. Si des cataclysmes venaient à bout du pire parasite de la planète… Ces visions la calmaient. La Terre soulagée des humains, se libérant peu à peu de ce qu'on y aurait laissé. Les monuments, les bâtiments, les ponts. L'art. Des artefacts innombrables. Des livres. Des inscriptions gravées. Toutes ces traces de nos esprits incrustées dans la matière. Ces miroirs de nos cerveaux. Ce legs de l'humain, qui dépérirait à des vitesses variables. La nature recouvrirait ces choses, s'en nourrirait, les décomposerait. Advenant que des extraterrestres visitent la Terre dans des milliers d'années, il ne resterait presque rien de notre passage. Peut-être quelques fossiles qu'ils exhumeraient et analyseraient. S'ils en trouvaient assez pour reconstituer notre histoire, ils ne pourraient pas comprendre comment une espèce aussi choyée avait pu choisir de brûler sa maison.

À moins qu'aucune créature extraterrestre ne découvre la Terre d'ici la mort du Soleil… Notre étoile avait déjà atteint la moitié de sa vie. Avant de mourir, le Soleil connaîtrait une inflation qui réchaufferait la Terre et ferait s'évaporer les océans. Plus d'eau, plus de vie. La Terre deviendrait un autre désert roulant dans l'univers, peu de chances que des extraterrestres s'approchent pour étudier un caillou de plus. Lou se souvint d'une phrase qu'elle avait lue récemment. *Les océans s'évaporeront comme un reste d'eau dans une casserole oubliée sur le feu.* Ce serait aussi notre sort. Oubliés. Non, ce serait pire qu'être oubliés... il n'y aurait plus personne pour nous oublier.

Là où tout finit par l'ingurgitation de cerveau

L'impact de la balle avait éjecté le globe oculaire du crâne et l'œil avait foncé droit vers elle, sans qu'elle puisse faire un geste pour l'éviter, figée par l'étonnement. L'œil ne l'avait pourtant pas atteinte, se contentant de fendre l'air à côté de sa tête. Elle crut l'entendre siffler à ses oreilles. Par une association inutile en cet instant fatal, Rosalie se rappela qu'elle aurait pu être sourde ; le cas échéant, elle n'aurait rien entendu ou cru entendre siffler à son oreille. Mais si elle avait été sourde, à quoi aurait ressemblé sa vie ? Son destin l'aurait-il menée ici, à ce symposium sur les changements climatiques ? Ses amis auraient-ils été les mêmes ? N'ayant pas de réponse à ces questions, son cerveau ramena son attention sur le présent. Rosalie se demanda si elle devait se retourner, ramasser le globe oculaire qui avait voyagé près de sa tête, trouver de la glace pour le conserver jusqu'à l'arrivée des secours. Son regard tomba sur l'autre œil d'Orianne, demeuré en place à gauche de l'orbite vide, et elle dut se rendre à l'évidence : son amie était morte.

Tout s'était passé en une seconde. La deuxième balle atteignit Lou en pleine poitrine. Le policier avait visé nerveusement la jambe, avait toutefois tiré un peu plus haut, et Lou, en tentant de s'esquiver, avait trébuché, leurs deux mouvements ratés faisant se rencontrer une aorte thoracique ascendante et une balle de plomb fuselée qui, bien fichée, pouvait terrasser n'importe quel être humain. Elle s'affala avec surprise, secouée de convulsions sous le regard médusé de Rosalie et, selon cette étrange expression, elle rendit l'âme. À ce moment, Xavier eut dans ce monde le même nombre d'enfants que Raphaëlle. Deux : Chanel et Noé. Il n'en saurait jamais rien, mais cet enfant qu'il avait eu contre sa volonté à 19 ans, qui avait traversé une adolescence difficile, avait exigé qu'on lui sectionne le pénis, et avait été aussi malheureuse en femme qu'en homme, venait de mourir pour quelques pots de peinture, quatre kilos de confettis et un mégaphone. Ou, au gré des points de vue, pour la noble cause de défendre la survie de la planète bleue, peut-être le seul astre errant de l'univers à abriter l'intelligence.

En effet, en inspectant les sacs transportés par les rebelles, le policier de l'escouade antiterrorisme inventoria des gallons de peinture – ils avaient eu l'intention d'en asperger le mur derrière la scène où se tiendraient les conférences pour, selon le plan de Lou, faire un dripping de peinture biodégradable –, des confettis – ils prévoyaient de les lancer sur les spécialistes venus débattre de l'avenir de l'unique habitat connu pour l'espèce humaine – et un mégaphone – Rosalie devait lire, ou essayer de lire avant d'être interrompue, le manifeste rédigé par Damien qui, dans le confort de son salon, ignorait à l'heure actuelle qu'il ne reverrait jamais Lou et Orianne, tout comme il ignorait qu'il ne reverrait pas de sitôt Rosalie qui, malgré sa force de caractère, passerait plusieurs mois à se remettre de son choc posttraumatique, brisée d'avoir perdu son amie d'enfance et fuckfriend, jusqu'à ce que, dans un regain de vie, elle se dise que bof, ces affaires-là arrivent, et qu'elle débarque chez ce gourou en mal d'attention pour reprendre leurs ébats unilatéralement satisfaisants.

Le policier détacha les menottes de Rosalie et l'abandonna dans la cellule. Elle se laissa choir au sol, paralysée par la torpeur. Après quelques minutes, elle ressentit un picotement à la tête. Elle s'aperçut que ses cheveux étaient humides, devina au toucher visqueux qu'il s'agissait de sang, supposa qu'elle avait été blessée à son insu.

En palpant ses cheveux, elle découvrit une petite masse, la dégagea et l'examina. Elle reconnut un morceau de cerveau. Le cerveau d'Orianne. L'œil avait sifflé près de son oreille, elle devait avoir reçu du cerveau en même temps. Elle le pressa entre ses doigts, il était froid. Sans réfléchir, elle le porta à sa bouche et le déposa sur sa langue.

Le cerveau humain, cet organe trop volumineux qui risque de déchirer le périnée des femmes lors de l'accouchement, qui aurait besoin de 21 mois de croissance intra-utérine pour atteindre la maturité de celui des primates à la naissance, qui nous envoie des messages inappropriés parce que dernièrement les choses ont évolué beaucoup trop vite, qui permet à des joueuses et à des joueurs d'échecs de mener plusieurs parties simultanément sans même regarder un échiquier, qui produit un cocktail d'hormones despotiques pour nous faire tomber amoureux, qui possède peut-être quelque part au milieu de ses neurones une zone de la jalousie si compliquée à gérer en ce 21e siècle au miroitement des désirs infinis, le cerveau humain, cette anomalie qui provoquera peut-être la ruine de la planète à cause de notre incapacité à équilibrer ingéniosité, convoitise et finitude des ressources, le cerveau humain, Rosalie, en le mastiquant, trouva qu'il n'avait pas de goût. Elle l'avala.

TABLE

René Lapierre, *Pour les désespérés seulement*
André Roy, *L'accélérateur d'intensité* suivi de
   On ne sait pas si c'est écrit avant ou après la grande conflagration

PROSE

Nicole Brossard, *Journal intime* suivi de
   Œuvre de chair et métonymies

ROMAN

Louise Bouchard, *Les images*
Carole David, *Impala*
Michael Delisle, *Drame privé*
Pauline Harvey, *Pitié pour les salauds !*
Monique LaRue, *La cohorte fictive*
Alain Bernard Marchand, *L'homme qui pleure* suivi de
   C'était un homme aux cheveux et aux yeux foncés
Pierre Samson, *Le messie de Belém*
Elizabeth Smart, *À la hauteur de Grand Central Station je
   me suis assise et j'ai pleuré*
France Théoret, *Nous parlerons comme on écrit*

THÉÂTRE

Normand Canac-Marquis, *Le syndrome de Cézanne*
Carole Fréchette, *Baby Blues*
Jean-Frédéric Messier, *Au moment de sa disparition*
Jean-Frédéric Messier, *Le dernier délire permis*
   suivi de *Ouroboros*
Larry Tremblay, *The Dragonfly of Chicoutimi*

LES HERBES ROUGES
Maison fondée en 1968
par les frères Marcel et François Hébert

4067, boulevard Saint-Laurent
bureau 303B
Montréal (Québec)
H2W 1Y7
lesherbesrouges.com

EN COUVERTURE
Sara Hébert
sarahebert.com

DISTRIBUTION
Diffusion Dimedia
514 336-3941
dimedia.com

DIFFUSION EN EUROPE
Librairie du Québec
+33 1 43 54 49 02
librairieduquebec.fr

Cet ouvrage a été achevé d'imprimer
sur les presses de l'Imprimerie Gauvin
à Gatineau en juin 2023
pour le compte des
Éditions Les Herbes rouges

IMPRIMÉ AU QUÉBEC (CANADA)